문학비평 용어 사전

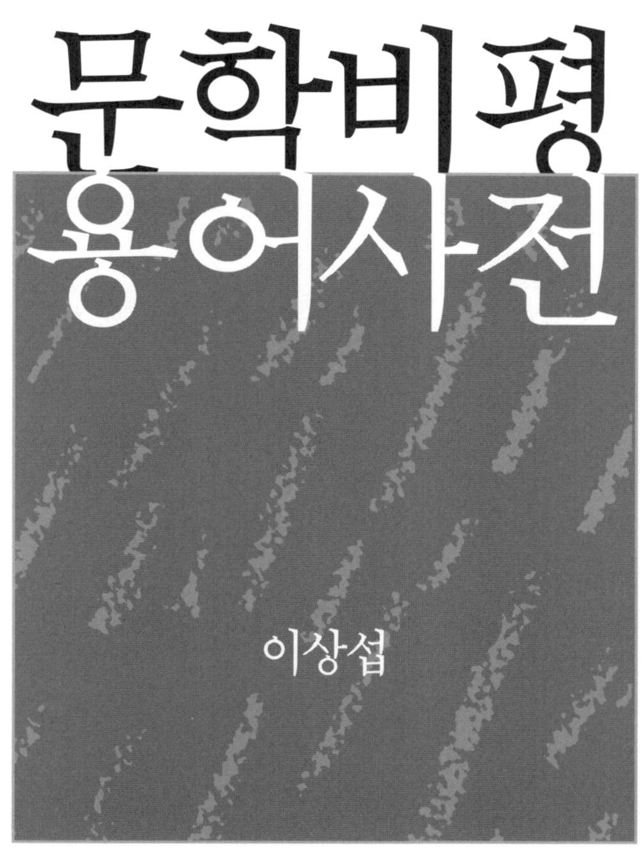

문학비평 용어사전

이상섭

민음사

증보·개정판에 부쳐

1976년에 좀 서둘러서 책을 내고는 좀 고쳐야지, 좀더 보태야지 하면서 어언 25년이나 지내버렸다. 30대였던 내가 60대가 되었으니 옹근 한 세대가 지난 것이다. 그동안 20판이 찍혀 나간 것을 보면 이런 책이 꽤 소용이 되는 것을 알 수 있었다. 그런데도 그런 필요한 일을 이제껏 미뤄온 것이다. 게을렀다는 것밖에 달리 핑계할 수 없다.

지금 내 형편과 능력으로서는 책을 전부 고쳐 쓸 수는 없어서, 아주 부끄러운 일이나, 어구를 조금 수정하고 항목들을 보태고 말기로 했다. 그래서 요즘 사람들의 입에 자주 오르내리는 이론과 용어들 중에서 골라 나 나름으로 이해한 대로 설명하느라고 했다. 국내에서는 주로 외국문학자들이 학술적 논저를 통해 상당히 많이 다루는 주제들인데 대체로 고답적이고 간혹 현학적이기도 해서 문학비평을 공부하려는 일반인이 알아듣기에 아주 쉽지는 않다. 아마 오늘날의 서양 문학비평 이론의 중심은 마르크스주의, 정신분석학, 페미니즘일 터인데 이 셋은 구조주의-탈구조주의의 말투를 나름대로 모두 조금씩 갖다 쓰고 있다(조금 신물이 날 때도 되었다).

그동안 나로서는 매우 중요하고 시급한 다른 일에 푹 빠져서 우리 문학을 많이 읽지 못했다. 그래서 이론과 용어를 설명하면서 오늘의 우리 문학에서 적절한 예를 많이 들지 못했다. 이 역시 부끄러운 일이다.

「찾아보기」는 자연히 전부 고쳐 만들었다.

오래전에 약속한 이 일을 이제야 대강 마무리한 것을 받아준 민음사에 감사하며 편집 실무를 맡은 김현숙 선생에게 특별히 고마움을 느낀다.

2001년 11월
이상섭

초판 머리말

　무릇 어떤 주제에 대해서 합리적 사고와 판단을 기초로 하여 논의를 벌인 역사가 형성되면 자연히 그 논의에서 자주 쓰이는 용어들이 생기게 된다. 그 이후 차차 그 주제에 대한 논의는 그 용어들의 의미의 확대, 전환 및 새로운 정의와 밀접한 관계를 맺게 된다. 어떤 의미에서는 학문이란 용어들의 대한 이해와 그들의 상호 관련성의 파악이라고 볼 수도 있다.

　문학론은 다른 학문에 비하여 역사가 짧다고는 할 수 없지만, 용어들에 대하여 논의자들 사이에 합의가 비교적 잘 이루어지지 않았었고 논의의 방식에 대하여서도 의견 충돌이 많은 것이 그 특징이라고 할 만큼 되어 있었다. 그러나 현대에는 문학론이 대학과 같은 연구, 교육 기관에서 중요한 과목으로 편입되었고, 또 많은 학자들이 체계적으로 연구하기에 이르렀기 때문에 용어들에 대한 정비 작업이 놀라울 정도로 진척되고 있다.

　이 조그만 〈사전〉은 현대의 많은 학자, 비평가들이 문학에 대하여 책임 있는 합리적인 논의를 전개할 때 사용하는 용어들 중에서 특별히 중요하다고 생각되는 것들을 골라 모은 것이다. 그러므로 이 〈사전〉은 근년에 국내에서 출간된 여러 백과사전식 문학 사전들과는 상당히 성격이 다르다. 이 〈사전〉을 이용코자 하는 이는 다음의 몇 가지를 유의하기 바란다.

1) 이 〈사전〉은 문학에 관련된 일체의 사항을 수록한 문예 백과
사전이 아니므로 작가, 작품, 작중 인물 등은 자연히 제외한다.

2) 이 〈사전〉은 문학에 관련된 낱말 모음이 아니며, 또한 그러한
낱말에 대한 사전적 의미를 간략히 알려주는 일을 하지 않는다.

3) 이 〈사전〉은 한 나라의 문학에만 국한되는 사항은 수록하지
않고 국제적 내지 세계적인 의의가 있는 사항 중에서 특히 현대 한
국의 문학론에서 관심을 가질 만한 용어들을 골라 수록한다.

4) 이 〈사전〉은 외국문학론의 용어들을 외국 학자의 관점에서만
해석하지 않고 한국 내지 동양 문학적 입장에서 재해석 내지 부연
하려고 한다.

5) 이 〈사전〉에 수록된 용어들에 대한 설명은 문학 이론의 견지
에서 되도록 충분한 비평적, 이론적 해석이 주어져서 짧은 논문의
형태를 취하고 있다.

6) 항목간의 교차 참조를 다소간 꾀한다. 〈→〉표는 〈찾아보라〉
는 뜻이다.

용어의 선정, 해석, 비판 등은 현대문학론의 상황에서 저자가 판
단한 결과에 따랐지만, 저자의 주관성도 개입되었을 것이므로 독자들
은 저자와 다른 입장에서 비판을 가할 수 있다. 이는 환영할 만한 일
이다. 무책임한 공격이 아닌, 합리성에 의거한 비판이야말로 문학론
의 본령이다. 이 〈사전〉의 근본적인 목적은 정보 제공이라기보다는 활
발한 문학론의 촉발 매체 노릇을 하는 것이다.

1976년 5월

이상섭

차례

문학비평용어 사전   11

찾아보기 /표제어   393

찾아보기 /전체   399

ㄱ

각운 脚韻, rhyme

시는 말의 소리를 최대한도로 응용하는데, 그중 각운은 시의 두 줄 또는 그 이상의 끝소리가 같은 소리로 조직되어 있는 것을 말한다. 시행의 길이가 일정한 정형시에 주로 많이 쓰이지만 행의 길이가 보다 자유로운 시에도 간혹 쓰이며, 특별한 의미의 표현 또는 소리의 효과를 내기 위해 시의 일정한 부분에서만 사용하는 예도 있다.

세계적으로 보면 각운을 쓰는 언어보다 안 쓰는 언어가 더 많다. 고대 그리스, 헤브라이 문학에서는 각운을 안 썼고, 한국문학에서도 안 썼다. 유럽에서는 중세의 라틴 문학에서 차차 쓰이다가 프랑스어, 이탈리아어 등 남유럽의 방언에서 대대적으로 개발되어 나중에 영어, 독일어 등 유럽 전역에 파급되었다. 중국은 그 옛날의 『시경』 시절부터 각운을 썼고 페르시아도 오래전부터 각운을 썼다.

중국시의 예를 들자면,

牀前看月光 / 疑是地上霜 / 擧頭望山月 / 低頭思故鄕.

여기서 光, 霜, 鄕, 세 글자의 소리는 첫 홀소리만 빼고는 다 같다. 한시의 각운에 쓰일 수 있는 글자는 아무것이나 되는 것이 아니고 주로 듣기 좋은 부드러운 소리——이른바 평성(平聲)——여야 한다.

서양시에서 각운은 듣기 좋은 소리여야만 한다는 제약은 없으나, 영시의 경우 각운이 악센트 있는 음절로 끝나면 남성운, 악센트 없는 음절로 끝나면 여성운이라 한다. 여성운은 주로 희극적 내용의 시에 쓰인다.

각운은 소리 좋고 뜻 좋은 말들의 반향으로 그 말들을 부각시키는 효과가 있는데, 우리말은 토씨와 끝바꿈으로 말이 끝나므로 각운을 만들자면 토씨나 끝바꿈을 가지고 만들어야 할 때가 많다. 토씨나 끝바꿈은 서로 소리가 반향을 이룬다 해도 별로 인상에 남지 않는다. 〈놀아라―먹어라〉같이 〈라〉 소리를 맞춘다고 해도 우리의 주의를 별로 끌지 못한다. 한국시는 각운 말고 다른 소리의 밑천을 풍부히 가지고 있다.

갈등(葛藤, conflict) → 비극, 플롯

감상주의 感傷主義, sentimentalism

이것은 무슨 원칙을 주장한다는 뜻의 〈주의〉가 아니고 어떤 것을 지나치게 강조한다는 뜻의 〈주의〉이다. 아마 〈감정 과장〉이라고 번역하는 것이 더 옳을는지도 모르겠다.

감상주의는 애상감, 비감 등의 정서를 인간성의 사실적 표현으로서가 아니라 그런 정서에 빠져 있는 상태를 즐기기 위하여 인위적으로 조장할 때 생긴다. 애상감, 비감 등은 인간의 정서인 이상, 물론 문학에서 표현될 수 있지만 그러기 위해서는 적절한 정황이 마련되어야 하고 적절한 말씨가 선택되어야 한다. 문학이 어떤 정서를 일으킬 때 독자는 일종의 쾌감을 느끼지만, 그 쾌감을 일으키는 것만을 목적으로 하여 작품의 사실적 상황과는 관계 없이 그 정서를 조장하고 연장시키려고 하면 우리는 얼마 안 가서 그 허위성을 감지한다. 우리나라의 신파조 연극은 약간의 핑계만 있어도 실컷 눈물을 쏟고 싶어하던 한국인의 감상주의적 성향에 영합한 대중오락물(멜로드라마)이었다. 『백의인의 눈물』, 『북간도의 눈물』, 『효녀의 눈물』 등 신파조의 통속소설들도 같은 구실을 했다.

한편 감상주의는 비감, 애상 등 눈물과만 관계가 있지 않고 소박한 낙관주의와도 관계가 있다. 인간과 사회의 현실을 도외시하고 값싼 이상주의나 낙관주의에 탐닉하는 것 역시 감상주의이다. 어린이, 농민, 동물에 대한 무비판적인 예찬, 영웅 숭배, 자연물에게 인간성을 부여하는 태도(돌, 나무, 꽃을 불필요하게 의인화하는 것, 즉 〈감상적 허위〉) 등도 역시 감상주의가 될 수 있다. 원시주의, 전원주의, 영웅주의, 범신론 등이 감상주의적인 사실주의에 의하여 심각히 도전받는 이유가 그 때문이다.

현대의 신문, 잡지 등의 특종 기사는 〈슬픔으로 몸을 가누지 못했다〉, 〈눈물을 머금고〉, 〈푸른 하늘도 앞날을 축복하는 듯하였다〉 등등의 우리의 사실적 감정과는 동떨어진 감상적인 말투를 곧잘 사용한다. 이것은 감상주의가 대중성과 관계 있음을 암시한다.

감수성 sensibility

〈감수성〉이라는 말이 문학과 관련되어 사용되기 시작한 것은 18세기 초 영국에서였다. 처음 그것은 사랑, 동정심, 연민과 같은 부드러운 감정을 잘 느낄 수 있는 성향을 뜻했고 이어서 아름다운 것에 쉽게 반응하는 성향을 뜻했다.

어떤 대상에 대하여 지적 판단보다 감정적 반응이 빠른 것은 성인보다는 청소년들이다. 〈감수성이 예민한〉 소년기라는 말은 격언처럼 되어 있다. 따라서 시인은 감수성이 예민하고 강하고 풍부해야 한다고 하는 말은, 시인이 청소년의 어떤 특성을 갖고 있어야 한다는 말이 된다. 보들레르는 아동과 회복기의 환자와 예술가가 공통적으로 〈사물에 대하여, 지극히 사소하게 보이는 것에까지도, 생생하게 흥미를 느낄 수 있는 능력〉을 갖고 있어서 모든 것을 신기하게 본다고 하였다. 그러므로 감수성은 오관을 통한 사물의 체험을 생생하게 하는 데에서 형성된다. 그것은 정서의 능력이기에 앞서 감각적 체험의 능력인 것이다.

외계에 대한 감각적 지각은 고정되어 있지 않고 유동적이다. 감각적 체험의 유동성을 판단력에 의하여 억제하든가 분리하지 않고 그대로 받아들이면 그 체험은 오관의 지각 내용이 현란하게 뒤섞인 일종의 요지경이 된다. 이 상태가 〈공감각(共感覺, synaesthesia)〉이다. 〈의식의 흐름〉의 수법은 바로 의식의 요지경을 재생코자 한 시도이다.

현대비평에서 〈감수성〉이라는 말은 영국 시인 엘리엇이 〈감수성의 괴리〉를 운운한 이래 새로운 의미를 갖게 되었다. 그는 17세기 영국의 형이상학파 시인들을 논하는 글에서 〈그들에게는 사상도 감각적인 체험이었다. 사상은 그들의 감수성을 수정했다〉는 말을 하였다. 그들은 추상적인 사상까지도 장미의 향기처럼 오관을 통해서 파악하였다는 것이다. 이때 감수성은 지성과 감각이 분리되어 있지 않은, 모든 시인들이 희구하는 정신적 상태를 뜻한다. 단지 사색적이거나, 단지 감정적이기만 한 시인은 모두 〈감수성〉이 모자라는 시인들인 셈이고, 진정한 시인은 이성과 감성, 지성과 감각이 화합된 감수성을 가진 시인이다.

감정(感情, feeling) → 정서

감정이입, 공감　empathy, sympathy

한 예술 작품을 대할 때, 그것과 우리 자신을 동일시하는 것을 감정이입이라 한다. 예를 들어 한 독자가 소설의 주인공과 자기를 동일시하여 그 주인공이 웃었다는 대목에 이르러서는 자기도 같은 마음에서 따라 웃는 것, 또는 배우의 무섭게 찡그린 얼굴을 보면서 관객이 자기도 모르게 얼굴을 찡그리는 것 등은 다 감정이입의 결과이다. 독일의 헤르만 로체가 1858년에 처음 예술과 관련시켜서 〈아인퓔룽 Einfühlung(감정을 넣어줌)〉이란 말을 썼고, 후에 테오도르 립스가 예술 이론으로 정립시켰는데, 그들에 의하면 수사학에서의 의인법, 비유 등은 모두 감정이입의 결과라는 것이다. 예컨대 〈내 마음은 촛불이요〉에서 시인은 자기의 정서를 촛불에 옮겨 넣고 있다.

공감은 주로 인간끼리, 또는 인격이 부여된 상상적인 행위자에게 동류 의식을 갖는 것을 뜻한다. 즉 『햄릿』을 보면서 내가 감정적으로 햄릿이 되는 것이 아니라, 제삼자로서 그의 고민을 동정하고 불쌍히 여기는 감정이 곧 공감인 것이다. 감정이입이 주체와 객체를 결합시키는 것이라면 공감은 나란히 서게 하는 것이다.

공감의 능력이 없으면 작품을 읽을 수 없다. 작중 인물들은 대개 공감 또는 반감을 사도록 되어 있으며, 그들에게 얼마나 옳게 공감하고 또 얼마나 바르게 반감을 가지는가가 독자의 질의 척도가 될 수 있다. 이로써 미루어보면 공감은 다분히 지적이고 사상적인 것인 반면, 감정이입은 육체적이고 본능적이다.

작품의 전달을 위해서 위의 두 가지는 다 필요한데, 감정이입에 역점을 두는 작가는 암시성이 강한 말을 골라 구체적이고 세밀한 묘사에 치중할 것이고 공감에 역점을 두는 작가는 인간 본연의 성격을 부각시키려 할 것이다.

개성 personality

한 개인을 다른 개인들과 구별짓는 내적 특질들의 총합이라는 뜻의 개성이라는 말은 물론 오래된 심리학 용어이지만 문학과 긴밀하게 연관시켜 논의한 역사는 비교적 짧다. 18세기 말에 문학을 문인의 사상과 감정의 표현으로 보게 된 이래 문인의 개성의 문제는 가장 중요한 문제 중 하나로 대두하였다. 요새는 개성이라는 말 대신 흔히 주관, 주체성, 자아라는 말을 쓰기도 한다.

문학적 표현에 개성이 관여하는 방식에 관하여 특히 논란이 많다. 개성은 문학적 표현의 주체가 되는가, 대상이 되는가, 아니면 수단이 되는가? 문학은 개성이 표현한 것인가(주체), 개성을 표현한 것인가(대상 또는 목적), 아니면 개성에 의한 표현인가(수단)? 문학이 개성의 표현이라는 말은 실상 위의 세 가지의 서로 다른 의미로 해석될 수 있는 모호한 말이다.

첫째로, 개성이 주체가 되어서 표현하는 것이라면 개성은 실제로 문인 자신을 가리키는 것이 된다. 표현 주체로서의 문인은 심리적, 사회적으로 특수한 인물이지만, 또한 그 이웃과 공통점을 많이 가지고 있다. 그는 사회 생활을 위하여서는 그 공통점에 많이 의존하지만 문학의 창작에는 그의 개인으로서의 특수한 입장을 예민하게 의식할 것이다. 그러나 소재 및 주제의 선택, 배열, 조직과 같은 직접적인 작업에는 문학적 전통, 독자에 대한 의식과 같은 사회적 배려가 주어질 것이다. 이처럼 표현 주체로서의 개성은 사회적 공통성과 개인적 특수성이 긴장 관계를 이루며 만나는 곳이다.

둘째로, 문학은 개성을 표현하는 것이라면 문학의 재료 자체가 개성이라는 말이 된다. 개인의 특수한 정신 내용 자체가 말로 변한다는 말이다. 남과 다른 특수한 정신 내용이므로 그 개인에게는 귀중하고도 아름답게 느껴질지 모르나, 남들에게도 귀중하고 아름답게 느껴지리라는 보장은 없다. 더욱이 극도로 개인적인 특수한 것이므로 남들이 이해조차 하기 곤란할지 모른다. 또 개성이라는 것은 불변하는 요소이므로, 한번 작품으로 표현되면 또 다른 작품에는 쓰일 수 없거나, 반복 아니면 비슷한 내용의 되풀이가 될지도 모른다. 이러한 특수한 내용을 사회적 의사 소통의 수단인 언어를 통하여 표현한다는 것은 무리이지만 언어가 아니라면 사회에 전달될 수 없다. 개성을 표현의 목적물로 삼을 때 언어는 어찌할 수 없이 의존해야 하는 수단인 셈이다.

끝으로 개성에 의한 표현이라는 개념에서는 표현의 주체가 자기의 개성을 수단으로 한다는 말이 되는데, 이때의 개성은 개인적인 선택의 원리, 관찰의 각도, 미적 감각, 인생관 등이라고 할 수 있다. 개성을 수단으로 하여 표현되는 목적물은 객관적인 사물일 것이다.

시인 키츠는 작가가 자기의 독특한 개성 때문에 외부의 사물을 있는 그대로 다 받아들이지 못하고 배척하는 버릇이 있으면, 즉 개성이 적극성을 띠면, 작가의 정신은 그만큼 빈곤해진다고 하였다. 그러므로 작가는 외부의 온갖 사물을 인색하지 않게 받아들이는 〈소극적 수용력〉이 필요하다고 하였다. 엘리엇은 그와 비슷한 입장에서 〈시는 개성을 표현한 것이 아니라 도리어 개성으로부터의 도피〉라는 말을 하고, 이어서 강한 개성을 가진 자라야 개성의 도피란 말이 무슨 뜻인지 알 것이라고 하였다. 즉 개성, 다시 말하면 개인적 특성은 자기의 역사적 위치(문학적 전통)를 강하게 의식하고 있는, 즉 의식적인 작가가 극복해야 할 것이지 조장하고 아낄 것이 아니라는 것이다. 이것이 〈비개성주의 문학관〉이라는 것이다. → 객관적 상관물, 독창성

개연성(蓋然性, probability) → 모방

객관적 상관물 objective correlative

엘리엇이 실생활에 있어서의 정서와, 문학 작품에 구현된 정서의 절대적 차이를 강조하는 입장에서 사용한 문구이다. 〈어떤 특별한 정서를 나타낼 때 공식이 되는 한 떼의 사물, 정황, 일련의 사건으로서, 바로 그 정서를 곧장 환기시키도록 제시된 외부적 사실들〉이라고 그는 말했다. 이미 19세기 중엽에 이 문구가 사용되었는데 엘리엇이 지나가는 말처럼 떨군 이 문구를 계기로 하여, 일상 생활의 개인의 감정이 문학 작품에 액면 그대로 반영되는 것이 아니라, 그 감정과 상식적으로는 직접적 관계가 없는 어떤 심상, 상징, 사건에 의하여 구현된다는 사상, 즉 개인 감정의 예술적 객관화 사상이 강조되었다. 그러한 객관화를 위해 이용된 심상, 사건, 상징 등이 바로 객관적 상관물이다. 개인의 정서가 그러한 예술적 객관화의 과정을 거치지 못하고 그대로 생경하게 노출될 경우, 그것은 문학의 재료를 그냥 재료 상태에 그대로 머물게 한 것으로 본다. 김소월의 「진달래꽃」은 분명히 김소월의 개인적 정서와 관계가 있으나, 이별하는 남녀 관계에서 버림받는 여자가 혼자 말하는 객관적 정황을 마련하고 있는데, 바로 이 정황이 김소월의 개인적 감정의 객관적 상관물이 된다. 슬픈 감정을 그냥 〈아아 슬프다!〉고 토로하는 것은 객관화되지 못한 것이다. 문학

은 개인의 감정과 사상의 표현이라고 하는 흔한 정의는 객관적 상관물 이론, 넓게는 예술적 거리 개념으로 크게 수정되었다. 이는 더 넓게는 객관주의 문학론의 한 개념이다. →개성, 정서

결말 dénouement

17세기 프랑스의 희곡비평에서 처음 쓰인 〈데누망 dénouement〉이란 말의 뜻은 〈얽힌 것을 푼다〉는 것이었다. 즉 최종적 해결이란 뜻인데, 이런 해결은 희곡의 마지막 장면에서 이루어지는 것이다. 프랑스 비평가들은 잘 맞아 떨어지는 끝을 대단히 중요시하여 한 작품이 벌여놓고 뒤섞은 것(이른바 얽힘 complication)을 하나도 남김없이 마무리하기를 요청하였다. 즉 중요한 인물들에 대한 뒤처리뿐 아니라 모든 사소한 사건의 전개까지도 적절한 결말이 주어져서 그뒤에 벌어질 사실은 그 작품 자체와는 관련이 없도록 하여야 한다고 하였다. 대체로 고전적 희극에 있어서는 주인공의 운명이 확정되고, 악당은 적절히 벌받고, 서로간의 오해가 완전히 해소되고, 애인들은 결혼을 하든가 다시 헤어지지 않을 입장에 도달하며, 헤어졌던 부부나 친족들이 다시 만나든가 한다. 데누망이란 말은 주로 희극에서 잘 쓰이고, 비극에 대해서는 카타스트로피 catastrophe란 말이 쓰인다.

현대비평의 견지에서 볼 때 작품의 끝맺음은 희곡뿐 아니라 모든 장르에 있어서도 대단히 중요한 부분이다. 작가들은 이구동성으로 시작보다도 끝이 어렵다는 말을 하고 있다. 아리스토텔레스의 말대로 작품이 하나의 전체라는 단일 구조를 형성하기 위해서는 처음, 중간, 끝이 필요한데, 끝이란 반드시 〈그 앞의 무엇인가를 따르고 그 뒤에는 아무것도 딸리지 않은 것〉이다. 즉 필연적인 선행 조건이 있으면서 그뒤에는 계속성이 없도록 되어 있어야 끝인 것이다.

한때 대중소설에서 〈대단원(大團圓)〉이라는 마지막 장을 두고, 여기에서 주요 인물들의 그 나중 소식(즉 후문)을 간략히 열거하는 방식을 택한 적도 있다(뒤마의 『삼총사』 등). 이는 물론 인위적이어서 끝맺

음의 느낌을 해치지만 어쨌든 모든 인물과 사건에 어떤 끝을 마련해
주어야겠다는 필요성을 나타낸다.

현대의 일부 문학에서는 적절한 끝맺음을 하는 대신에 끝을 열어
놓음으로써 작품의 기본 문제를 그대로 남겨놓는 수법을 쓰기도 한
다. 베케트의『고도를 기다리며』같은 작품은 실제로 끝이 있을 수 없
는 작품이다. 대체로 사실, 사건, 인물, 사상, 감정에 대한 확고한
결론을 내리기 곤란하다고 느끼고 있는 현대에 있어 섣불리 확정적인
결말을 낸다는 것은 오히려 불신감을 조성할 수도 있으며, 독자에 대
한 작가의 강압으로 오해받을 수도 있다. 그러나 엄격히 따지자면 현
대문학의 〈열려진 끝〉도 실상은 교묘한 종류의 끝맺음에 틀림없다. 우
연히 잘라놓아서 끝이 된 것은 아닌 것이다.

끝맺음을 이루기 위하여 관습적으로 동원되던 요소들, 즉 주인공
의 죽음(비극의 경우), 화해, 애인들의 결혼, 목적의 달성, 적수의
제거 등등은 아직도 대중적인 문학에서 이용되지만 아마도 그 신선미
는 대체로 고갈되었기 때문에 〈열려진 끝〉의 방식이 개발되고 있는 것
이라고 볼 수도 있다.

계몽주의 啓蒙主義, enlightenment

서양에서 17세기와 18세기에 왕성했던 사조를 말한다. 프랑스에서
는 데카르트에서 볼테르와 디드로, 영국에서는 베이컨에서 로크와
흄, 독일에서는 라이프니츠에서 칸트에 이르기까지 계몽주의는 인간
의 이성이 모든 중요한 문제를 해결할 수 있다고 믿었다. 이성은 인생
의 규범을 정할 수 있으며, 미신과 편견, 이성의 승인을 받지 못한
권위와 전통에서 인간을 해방시킬 수 있으며, 따라서 올바른 인격과
사회를 성립시킬 수 있다고 확신하였다. 이성이 가장 아름답게 구현
된 것은 과학으로서 과학적 사고 방법이란 곧 이성적 사고 방법이다.
종교에 있어서는 절대자를 우주의 생성 원인으로 인정하되, 인간의
역사 속에는 기적, 섭리 등의 비이성적, 비과학적 방법으로 개입하지

않는다는 이른바 이신교(理神敎, deism)를 내세웠다.

문학면에 있어서 계몽주의는 신고전주의와 거의 일치한다. 형식은 이성의 한 표현인 질서와 조화를 구현하기 때문에 존중되었다. 문학적 법칙도 기하학의 공리처럼 자연을 이성에 의하여 정리해 놓은 것이라고 믿었다. 이 시대를 합리주의 시대라고도 한다.

동양의 견지에서 보면 공자 이래의 유교 사상은 사람이 타고나서 닦은 올바른 이치로 인간의 모든 문제——과학적이나 도덕적이거나 간에——를 해결할 수 있다고 본 점에서 합리주의적인 셈이다. 격물치지(格物致知)의 사상, 귀신을 존경하되 멀리하라는 가르침 역시 서양의 이신교 사상과 상통하는 바가 있다. 한국의 경우, 불교적 세계관에서 유교적 세계관으로 넘어온 조선왕조 초기는 17세기 유럽이 후기 르네상스의 중세적 전통과 결별하던 시대와 닮은 데가 있다. 인간의 보편적 합리성, 인간의 도덕적 및 과학적 능력의 신뢰에서 출발한 것이다. 조선 5백 년은 이치를 따지는 시대였음을 우리는 알고 있다.

20세기 초엽에 다시 계몽주의 운동이 일어났는데, 이번에는 별다른 체계의 합리성 이론으로 조선 시대의 합리주의를 몰아붙인다. 다수의 초기 계몽주의자들은 서양의 기독교를 받아들였는데 그것은 기독교의 반합리주의적 종교철학 때문이라기보다는 기독교가 오히려 더 합리적인 종교로 보였기 때문이다.

최남선, 이광수 등을 가리켜 문학사에서 계몽주의자라고 하는 이유는 그들이 글, 주로 문학을 통하여 새로운 합리주의를 전파하고 그것에 의거하여 당시 한국인이 당면한 문제를 해결할 수 있음을 깨우치려고 하였기 때문이다. 합리주의가 계몽주의로 되는 것은 바로 그처럼 깨우치지 못한 대중이 있다고 믿고 사명감을 느낄 때이다. 계몽이란 다른 말로 하면 교육이다. 계몽주의 문학은 작가가 교사, 선각자의 입장에서 민중을 합리성에 호소하여 가르치려 하는 일종의 교훈주의 문학이다.

문학보다 더 효과적인 계몽 수단이 개발되어 있는 현재에 있어서 뚜렷한 계몽적 의도를 가진 문인은 없다고 할 수 있다. 또한 문인은 교사나 선각자처럼 사회 지도자로 노출되는 것을 본능적으로 꺼린다. 그러나 교훈적 요소가 들어 있는 문학은 조금이나마 계몽적이 안 될 수 없을 것이다. → 교훈주의 문학

고전 classic

　문학에 한정하여 사용할 때 이 말은 우수한 질적 가치와 영향력으로 문학의 역사상 인정된 위치를 가지고 있는 작품을 뜻한다. 그러니까 하나의 고전은 상당한 시간의 경과와 관계 있다. 그 가치의 우수함과 영향력의 계속적 인정은 하나의 동질적인 문화의 세계 안에서 가능하다. 하나의 고전은 따라서 한 문화 전통의 구성 요소이며 표현인 것이다. 고전이라는 낱말을 그냥 옛날 문헌이란 뜻으로 사용할 때에는 그러한 문화적 가치 개념을 배제하고 단지 그 역사성만을 뜻할 때이다.

　서양의 〈클래식〉이란 말은 본래 기원 2세기경의 어떤 로마의 저술가가 〈클라시쿠스〉 작가와 〈프롤레타리우스〉 작가를 구별한 데서 시작되었다고 한다. 앞엣것은 수입이 많은 소수의 행복한 작가를 뜻했고 뒤엣것은 수입이 적은 영세한 작가를 뜻했다. 클라시쿠스 작가는 주로 귀족 사회, 즉 소수 엘리트들을 상대로 하고 프롤레타리우스 작가는 평민 대중을 상대로 한다고 했다. 그러나 이 구별의 원뜻은 후에 와전되어 클라시쿠스가 클라스, 즉 학교의 반(班)을 뜻하는 것으로 해석되었다. 학교에서 공부할 만한 훌륭한 모범적 저술들이 클래식으로 이해되었던 것이고, 그런 모범적 저술들은 당시로서는 그리스와 로마의 이름난 작품들이었다. 그후 르네상스 시대에는 그리스나 로마의 모범적 작품을 잘 모방한 작품도 클래식하다는 형용사를 붙이기 시작하였고, 그 이후 그리스와 로마의 문학적 정신, 형식, 주제 또는 소재가 잘 다루어진 작품을 클래식하다고 하기 시작했으며, 급기야는 남의 모범이 될 만한 작품을 클래식하다고 하기에 이른 것이다. 그러므로 과거의 작품으로서 후세의 모범이 되어 있는 작품, 그리하여 하

나의 전통을 수립, 지속시키는 데에 뚜렷이 기여하고 있는 작품은 고전이라 할 수 있다.

고전주의 古典主義, classicism

르네상스 이후 유럽인들은 그리스와 로마의 모범적 예술 작품들이 공통적으로 가지고 있다고 믿은 특질을 다시금 구현하려고 한 태도를 고전주의라 했다. 잘 알려진 바와 같이 르네상스는 그리스·로마의 고전들을 재발굴하여 숭배한 시대이다. 르네상스 이후의 유럽 지성인들은 고대의 문학 작품을 경모한 나머지 그들을 잘 모방하는 것이 곧 그들처럼 고전적으로 되는 길이라 믿었고 그들을 제대로 모방하기 위해서는 개인의 자유분방한 재능을 발휘하는 대신 고전에서 발견되는 법칙을 따라야 한다고 믿었다. 특히 아리스토텔레스의 『시학』과 호라티우스의 『시의 기술』은 고전의 법칙을 망라한다고 믿어 문학자들은 그 고전적인 두 문학 이론서들을 더 세밀히 설명하고 항목화하는 일에 심혈을 기울였다. 그리하여 생긴 법칙이 희곡에 있어서는 3일치의 법칙, 서사시에 있어서는 〈중도에 뛰어들기 법칙〉, 문장 작성에 있어서는 상·중·하의 문체와 〈어울림〉의 법칙 등이었고, 이러한 법칙들은 문학 전반의 질서 수립을 위해 창작가들에게 합리성의 명목하에 강요되었다. 이 경향은 처음에는 이탈리아에서 아리스토텔레스의 『시학』에 대한 세밀한 주석과 더불어 생겨났고 17, 8세기에는 프랑스에서 전성기를 맞았으며 영국과 독일에도 큰 영향을 끼쳤다. 18세기 말에 영국과 독일을 중심으로 일어난 이른바 낭만주의에 의하여 역사적 사조로서의 고전주의는 막을 내렸다. 낭만주의 이후 유럽 지성인들은 전 시대의 입법적 고전주의를 경멸하여 그것을 그냥 고전주의라 부르지 않고 의고전주의(擬古典主義, pseudo-classicism), 즉 가짜 고전주의라 불렀다. 그러나 최근에는 신고전주의 neo-classicism라는 이름을 붙여, 이를 그리스·로마의 정신적 특질이란 의미의 고전주의와 구별 짓고 있다.

　　역사적 문학사조로서의 신고전주의(16-18세기)와 구별되는 소위 고전주의라는 개념은 18세기 말 독일의 낭만주의 발흥기에 오히려 낭만적 경향이 있는 문인들에 의하여 성립되었다. 그들은 고전주의 시대의 예술 정신을 재해석했던 것이다. 현대의 고전주의에 대한 이해는 그들로부터 시작된다.

　　고전주의는 예술을 자연의 모방으로 전제한다. 그리스에서 플라톤과 아리스토텔레스가 문학 논쟁을 일으켰을 때 두 철학자는 똑같이 모방으로서의 문학을 상정하고 있었다. 자연의 모방이라는 개념은 모방자 즉 예술가가 자연에 대하여 겸손한 위치에 서 있음을 뜻한다. 예술적 모방의 대상이 되는 자연, 넓게 말하여 온갖 인간사와 만물을 다 포괄하는 우주는 예술가에 대하여 비할 수 없는 우위와 권위를 갖는다는 것이다. 자연은 엄연히 개인과 동떨어져 존재한다. 고전적 작가는 그러한 외부적 실재의 가장 본질적인 면을 진실되게 재현해야 한다.

　　여기서 고전주의는 객관성이라는 이념과 결부된다. 객관성이란 문학의 독자들과 관련시켜 볼 때 보편성을 뜻한다. 문학은 모름지기 보편성에 호소해야 하고 편벽되고 특수한 것은 배격해야 한다. 따라서 남과 다른 특수한 개성, 성질, 독창성 등은 작가가 적어도 문학을 하는 순간에는 극복해야 할 것들이다. 실재의 보편타당한 의미를 구현하여 많은 사람들에게 전달하는 것이 작가의 의무였다. 개성의 표현이 곧 문학이라는 생각은 없었다.

　　모방론에서 가장 중요한 것은 모방의 실재가 무엇이냐 하는 것인데 고전주의에서는 자연, 즉 실재를 질서와 조화가 있는 합리적 실체로 보았다. 개인은 물론 하나의 건전한 사회가 성립되기 위해서는 합리적 기반 위에 질서와 조화가 이루어져야 한다. 자연은 바로 그런 의미에서 인간의 모범이 되는 것이고, 이를 모방하는 문학은 인간의 질서 있고 조화 있는 생활을 조성하기 위한 윤리적 도구가 된다. 고전주의는 그 윤리성과 구별지어 생각할 수 없다.

　　개인적 감정과 사상의 억제를 통하여 보편적 합리성에 도달하는 것이 이상이므로, 고전주의가 형식적 제약을 받아들인다는 것은 당연하다. 또한 우주적 질서와 조화를 구현하기 위해서라도 문학적 서술의 질서적, 조화적 전개는 필요하다. 따라서 형식은 중요하지 않을 수 없다. 이와 같은 형식에의 의지는 그것을 방해하는 자질구레한 세부적 요소들을 되도록 제거한다. 결국 전체적 형상을 위한 통일성, 명징성, 단순성, 균형이 뚜렷한 윤곽, 견고한 조직이 강조된다. 자연은 변함없는 실재라 믿어졌으므로 고전주의는 문학적 유행과 진보를 믿지 않고 보수적이며, 과거의 모범 즉 전통을 중요하게 여긴다.

이러한 정신에서 유럽의 대표적 문인들이 문자 그대로 고전을 낳았다고 믿으며, 현대에 있어서도 지성, 객관성, 비개인성, 균형과 조화를 강조하는 문학에 〈고전주의적〉이라는 형용사를 붙이기도 한다. 그러나 자연(또는 실재)에 대한 개념이 18세기 이전의 것으로 되돌아갈 수 없는 한, 유럽의 고전주의는 극히 부분적으로만 부활할 수 있을 것이다. 실러나 괴테 같은 낭만주의 시대의 문인들은 고전주의를 재현 불가능한 것이 현대의 피할 수 없는 병이라고 하였다. 고전주의는 어쩌면 부조화, 무질서의 곤경에 빠진 근대인이 상상해 낸 정신적 유토피아인지도 모른다. → 모방론, 신고전주의, 자연

관습　慣習, convention

문학에서 오래 계속하여 사용 또는 응용한 결과로 말미암아 고정된 관습처럼 되어버린 형식, 문체, 주제, 소재 등을 말한다. 우리나라 평시조의 초·중·종 3장 45자의 형식은 5백여 년 동안에 굳어버린 형식적 관습이다. 마찬가지로 시조 종장의 끝막음의 맺음꼴인 〈……하노라, ……하느니, ……하더라〉 등은 시조 문체의 관습인 것이다.

이와 같은 형식 또는 문체의 관습은 비교적 판별이 용이하지만 주제나 소재의 관습은 상당히 세밀한 검토 후에야 알아낼 수 있다. 다시 시조에서 예를 든다면, 「동창이 밝았느냐, 노고지리 우지진다」, 「샛별 지자 종달이 떴다」 등등의 전원시조에 나오는 양반의 한적한 전원

취미는 실제 체험의 개성적 표현이라기보다는 관념적 또는 상상적 체험의 문학 관습적 표현이라고 보는 것이 옳을 것이다. 즉 시조 문학에 나타나는 양반들의 전원주의는 주제에 있어서의 문학적 관습이었다는 말이다.

계모의 학대를 받던 착한 딸이 복을 받게 된다는 소재의 관습도 우리는 익숙히 알고 있으며, 동리의 불량배가 일본 헌병의 보조원이 되어 점잖은 양반집에 가서 행패하는 반일 문학의 인물(성격)의 관습도 잘 알고 있다. 한국전쟁으로 생긴 전쟁 미망인과 고아, 또 그들의 전형적인 생존 방식 등도 대부분 1950년대 우리의 소설 문학에서 거듭거듭 다루어지는 바람에 문학적 관습을 이루었고, 그것이 일단 관습이 되자 한국전쟁을 직접 겪은 일이 없는 후대의 작가가 그 관습을 따라 전쟁 미망인, 전쟁 고아를 작품에서 다루기도 한다. 이처럼 문학상의 관습이 일단 성립되면 그것은 약간의 변모를 겪으면서 이용, 응용되는 것이다. 독자도 자연히 그러한 관습에 익숙해지게 된다.

어떤 관습에 익숙해진다는 것은 저자나 독자에게 좋을 수도 나쁠 수도 있다. 한 저자가 이용한 관습이 너무 친숙한 것이면, 그는 독창성을 발휘할 수 없을 수 있고, 독자는 신선감을 느낄 수 없을 것이다. 순전히 관습에만 의존한 작품에서 독자가 느끼는 것은 조작감, 인위성이다.

그러나 한편으로 관습은 저자와 독자 사이에 미리 공통의 영역을 마련해 주기 때문에 그들 사이의 의사소통을 원활히 할 수 있다. 어떤 시인이 시조를 썼다면 시조의 관습을 알고 있는 독자는 어떤 기대감을 가지고 그 시조 작품을 대하게 되며, 미처 기대하지 못했던 새로운 것을 만나게 되어 의외의 기쁨을 느낄 수 있을 것이다(이는 물론 독창적인 시조 작품의 경우이다).

관습은 역사의 산물이다. 문학 외적 및 내적 요인들로 말미암아 문학적 관습들은 조금씩 변모하고 생성, 소멸, 대치, 부활된다. 시조는 고려 말에 생성되어서 수백 년 지속되다가 사설시조에 의해 대치되었다가 현대에 상당히 변모되어 다시 부활하였다. 주제나 소재의 관습들도 마찬가지이다. 관습 중에는 거의 불변하는 것도 있다. 희곡에 있어서 무대는 완전히 닫혀진 공간으로 되어 있지만 실제로는 관객을 향한 면은 트여 있다. 즉 삼면만 있는 것이다. 그러나 연기자들과 관객들 사이에는 이를 불합리한 것으로 보지 않는다는 전통적인 묵계 즉 관습이 성립되어 있는 것이다. 막이라는 것 역시 그러한 관습의 하나이다.

궁극적으로 희곡, 시, 소설 등의 문학의 기본 장르들도 확고부동한 관습인 것이다. 이 절대적 장르의 관습 안에서 문인은 반드시 시나 소설이나 희곡을 쓰기로 약속되어 있다. 시, 소설, 희곡 등은 또 더 작은 장르(서정시, 서사시, 소네트 등등)로 나뉘는데, 이들 작은 장르들도 제각기 비교적 불변성 또는 가변성의 관습들을 가지고 있으며, 한 작가의 독창성이란 주로 가변적인 관습을 새롭게 이용, 변형, 개발, 대치하는 것이다.

현대 문학 이론에서 관습을 대단히 중요하게 여기는 이유는 그것이 순전한 언어의 의미를 초월하는 또 하나의 의미 구조를 이룬다고 보기 때문이다. 시조의 관습적 형식, 문체, 주제를 알지 못하고 단지 언어적 의미만 해석하면 많은 경우에 있어 의미를 곡해하든가, 특별히 의도된 의미를 파악하지 못한다. 관습은 또 하나의 문법인 셈이다.

→ 문학사, 장르

관점   point of view

소설의 이야기를 작가가 어떤 입장에서 독자에게 제시하는가는 흥미 있는 문제이다. 소설의 이야기는 저절로 전개되지 않고 누군가가 말해 주고 있는 것이다. 물론 궁극적으로는 저자가 다 지어낸 것이지만, 저자는 이야기가 전개되게 하는 틀을 마련하고 그 틀에 맞추어 전개되도록 해둔 것 같기도 하다. 이 이야기 전개의 틀을 〈관점〉이라고 한다. 관점의 문제는 미국의 소설가 헨리 제임스가 제기한 이래 소설론의 중요한 문제로 인정되고 있다.

궁극적으로 소설 전개의 관점은 소위 1인칭과 3인칭 두 가지이다. 1인칭 이야기는 〈나〉가 하는 이야기를 말한다. 이야기하는 〈나〉는 단지 자기가 들은 어떤 이야기를 전달하는 입장에만 있을 수 있다. 〈내가 우연히 어떤 사람을 만났는데, 그 사람은 다음과 같은 재미있는 체험을 하였다〉는 투이다. 이때 〈나〉는 그 이야기에 전혀 참여하지 못한다. 〈나〉가 이야기 속에 직접 등장하되 주요 인물이 아니라 부차적인 인물일 경우도 많다. 자기에게 일어난 이야기가 아니라 남에게 일어나는 일을 목격한 증인의 입장이다. 〈나〉가 이야기의 주인공이 되는 이야기가 물론 1인칭 이야기의 가장 흔한 형태이다.

1인칭 이야기는 〈나〉의 관점에서 하는 이야기이므로 시야가 좁다. 〈나〉가 보지 못하는 다른 인물들의 행위에 대해서는 짐작밖에 할 도리가 없다. 따라서 본격적인 〈나〉의 이야기는 남들에 대한 이야기보다 〈나〉에 관한 것, 나의 마음에 관한 것이며 궁극적으로는 독백이 된다. 그리하여 〈의식의 흐름〉 소설이 된다.

1인칭 이야기의 〈나〉를 교묘히 이용하여, 특수한 효과를 낼 수도 있다. 첫째로 자기가 하는 이야기에 대해서 단순한 전달자가 아니라 자기가 이야기를 하고 있다는, 즉 소설을 만들고 있다는 의식을 가진 존재임을 표면화시키는 경우가 있다. 〈지금 나는 이야기를 하려고 하는데 내가 하는 이야기이니 만큼 이 소설은 평론가들이 1인칭 소설, 그 중에서도 빈정대는 1인칭 소설이라 할 것이다〉라는 투의 소설 말이다. 둘째로는 〈소박한 나〉를 등장시키는 1인칭 이야기가 있다. 주요섭의 「사랑방 손님과 어머니」는 어른들의 애정 관계를 이해하지 못하는 천진, 소박한 어린아이가 전하는 이야기로 되어 있다. 그런 이야기와 이야기하는 사람 사이의 거리가 아이러니의 묘미를 더한다.

3인칭 이야기는 인물들이 모두 그, 그녀, 그들로 되어 있다. 3인칭 관점은 크게 둘로 나뉘는데, 하나는 〈전지적 관점〉, 즉 〈다 아는 관점〉이다. 이야기하는 사람이 인물과 사건에 대하여 장소와 시간에 구애됨이 없이 모두 다 알고 있는 입장에 있다. 자기 마음대로 인물들의 언행을 알려주든가 또는 감춰뒀다가 나중에 이야기하든가 할 수 있어

마치 시간과 공간을 초월한 신처럼 자유롭다. 외부적 언행뿐만 아니라 깊은 마음 속에, 더더구나 무의식 속에 생기는 심리 작용까지도 다 알아내는 능력이 있다.

대개 모든 것을 다 아는 이야기꾼(궁극적으로는 작가이지만)은 이야기 속에 직접 개입하지 않는 것이 보통이나, 가끔 인물의 성격이나 행동에 대하여 평을 가하고(〈그가 그때 그런 짓을 한 것은 인류상 지탄받을 만하다〉 등등) 나아가 인생 전반에 대한 윤리적 해석을 가하기도 하는데, 독자는 이런 말들을 지당한 말씀이라고 받아들이기로 되어 있다. 톨스토이는 『전쟁과 평화』에서 역사철학을 길게 설파하고 있다.

이와 반대로 다 아는 이야기꾼이 인물의 언행을 그대로 극적으로 제시만 할 뿐 무슨 평을 직접 가하지 않을 수도 있다. 그 경우에는 이야기가 그저 저절로 전개되는 듯한 인상을 준다. 철저하게 객관적인 사실주의 작품은 이처럼 이야기를 보여주지, 들려주려고 하지 않는다.

또 하나는 〈제한된 관점〉이라는 것이 있다. 저자는 다 아는 이야기꾼을 내세우지 않고 인물들 중의 한 사람의 관점을 빌린다. 이야기는 그 인물의 시야에 들어오는 만큼, 그 인물의 해석과 평을 곁들여 전개된다. 이야기는 1인칭 관점처럼 제한되지만 저자가 마음대로 조작한다는 느낌이 없고 한 관점에 집중되어 있다는 느낌이 든다.

이 제한된 관점의 이야기도 그후 한 인물의 주관을 깊이 파고들어가는 것이 되어 결국 〈의식의 흐름〉 소설로 발전하였다. 독자는 어떤 이야기꾼의 중간 역할이 없이 직접 인물의 심리의 움직임을 보는 듯하다. 〈자기 소멸의 저자〉, 〈저자의 소멸〉이란 말을 이 경우에 하게 된다.

어떤 현대소설가는 한 작품에서 관점의 통일을 기하지 않고 오히려 여러 관점을 뒤섞어놓아 독자들을 당황하게 하는 특별한 효과를 노리기도 하고 또 2인칭(〈너〉의 관점) 소설을 쓴 작가도 있다고 하나 예외적이다. →의식의 흐름

교훈주의 didacticism

문학의 가치를 그 사회적 효용의 면에서 구하는 사람들은 대체로 교훈주의 문학관을 가졌다고 할 수 있다. 교훈이란 말을 좀더 넓게 해석하면 지식의 전달과 도덕적 가르침이란 뜻을 동시에 포함하게 된다. 역사, 과학, 기술 등에 대한 지식을 전달하기 위하여 씌어진 문학이 고대에는 적지 않았다. 중국의 『역경(易經)』은 당시의 우주과학 내지 형이상학(둘은 확연히 구별되지 않았었다)의 지식을 전달하기 위한 운문시이며, 로마의 대시인 베르길리우스는 농사짓는 기술을 가르치기 위하여 『게오르기카』라는 장시를 썼다.

한편 도덕적 가르침을 위한 문학은 문인이 사회에 대하여 선각자, 스승, 교사로서의 책임을 가지고 있다고 믿을 때 생길 수 있다. 어느 시대에나 그러한 입장을 취하는 문인이 있지만, 특히 문학적으로 도덕적 취향이 강한 시대가 있다. 한국 신문학 초창기가 바로 그러한 시대로서 이광수는 특히 계몽주의자, 즉 몽매한 민족을 깨우치는 선각자의 입장을 취했다.

지식 전달을 목적으로 하는 문학은 현재 실질적으로 죽었다. 원자 물리학이나 장미 가꾸는 법 등은 문학(소설이나 시)을 통해서는 오히려 부정확, 불충분하게 전달될 수 있으며, 또한 그런 지식을 전달하기 위한 적절한 산문(논문, 설명문, 르포르타지)이 근래 대단히 발달되었다.

도덕적, 종교적 교훈을 주기 위한 문학은 현재에도 생산되지만 문학의 본령을 이루지는 못한다. 그러한 교훈은 근대에 발전된 인생론적 에세이, 설교문, 수상록, 논설문, 평론 등의 산문이 대단히 효과적으로 담당해 낸다. 요즈음에는 종교적 결단을 촉구하기 위하여 문인이 존 번연의 『천로역정』 같은 글을 쓰지 않는다. 밀턴처럼 〈인간에 대한 신의 행위가 정당함을 증거하기 위해〉 『잃어버린 낙원』을 짓지도 않는다. 그런 목적의 글은 훨씬 호소력과 감동이 있는 산문으로 씌어질 수 있는 것이다. 이는 일반 산문이 뒤늦었으나마 장족의 발전을 하였음을 증명한다.

따라서 현대에 있어 교훈주의 문학은 창작의 목적이나 결과라기보다는 해석의 태도라고 보는 것이 옳다. 실상 모든 문학은 그 저자가 교훈적으로 의도하였든 안하였든 간에 교훈적으로 해석할 여지가 있다. 좋은 문학은 넓은 의미의 인간적 호소력을 가지고 있으므로 결국은 사람에게 유익하다고 할 수 있다. 셰익스피어의 『리어 왕』은 「태산이 높다 하되 하늘 아래 뫼이로다」라는 시조보다 직접적으로 교훈적인 것은 아니나 인간에 대한 넓은 의미의 진리를 암시한다고 할 수 있다. 그런 의미에서 윤리적인 것이다. 이 윤리성을 현실적으로 해석하면 상당히 명백한 도덕률로 명문화할 수도 있을 것이다(이 경우 『리어 왕』의 진체적 인상은 제거되어 버릴 수밖에 없지만).

그러나 도덕률이란 당장의 현실 생활을 지도하기 위한 것이므로 시대가 지나면 불합리하게 되든가 인간성의 위축을 가져올 수도 있다. 문학의 교훈주의적 해석은 그러므로 임시적임을 면치 못한다. 명백한 도덕적, 종교적 목적을 가지고 쓴 작품의 경우도 그 당시의 도덕, 종교 사상을 겨냥한 것이므로 후대의 독자에게는 효과가 없는 경우가 많다. 예컨대 정철의 「경민가」 중 「남진 죽고 우는 눈물 두 젖에 내리 흘러」라는 과부의 재혼 금지 교훈을 위한 시는 현재에는 호소력이 거의 없을 뿐 아니라 어쩌면 도리어 부도덕하다.

그러나 많은 경우에 있어서 문학은 저자의 명백한 교훈 또는 정보 제공의 목적에도 불구하고, 보편적 인간성에 호소하는 자유로운 상상을 구현하고 있는 까닭에 창작 당시에만 효과가 있지 않고 시간과 공간을 초월할 수도 있다. 이른바 고전이란 것이다. 현대인은 베르길리우스의 『게오르기카』를 농업 기술을 배우기 위하여 읽지 않고 땀 흘려 일하는 즐거움, 돋아나는 씨앗을 보는 기쁨, 철 따라 변하는 자연의 아름다움을 예찬한 작품으로 읽고 있다. 단테의 『거룩한 희극』은 가톨릭 신학을 배우기 위함이 아니라 인간성에 대한 날카로운 비판, 인간 정신의 고양에의 열망을 극적으로 구현한 보편적인 의미의 문학으로 읽힌다. 「농가월령가」는 농사 월력을 알기 위해서가 아니라 한국적 생활상의 한 단면이 주는 홍취 때문에 즐겨 읽을 수 있다. 이처럼 한정된 시대의 효용을 겨냥한 문학도 작품의 성질에 따라 보편성을 띠게 된다. 교훈주의 문학 중에서도 가장 현실적이라 할 수 있는 풍자문학도——풍자문학은 당시 사회의 구체적인 병폐나 어리석음을 꼬집는다——인류의 보편적 약점에 대한 비판으로 승화될 수 있다. 영국의 조지 왕의 궁정을 풍자하기 위한 『걸리버 여행기 1——난쟁이 나라 이야기』는 지금은 그 역사성, 즉 당대적 제한을 벗어나 인류 전체로 하여금 인류 공통의 약점을 함께 웃게 하는 상상적 문학으로 받아들여지고 있다. 이광수의 『무정』은 계몽주의적 의도에서 씌어졌지만 현재의 우리가 읽기에는 하나의 대중적 연애소설이지, 우리를 계몽하지는 못하고 있다(그것이 우수한 연애소설이냐 아니냐는 별문제다). 모든 문학은 이처럼 한 시대의 제한된 의도에서 벗어나 보편적 의미로 해석될 수 있는 성격을 띤다.

인간성의 보편성을 확인한다는 것은 그것대로 가장 중요한 의미의 교훈성이 아니냐, 따라서 문학은 교훈적일 수밖에 없지 않으냐 하는 반론을 제기할 수도 있으나, 이른바 교훈주의 문학의 본래의 말뜻은 그런 의미의 교훈성과는 관련이 멀다. 교훈주의는 현실적 효용성을 강조하는 것이다.

현실적 효용성을 극도로 강조하면 문학은 선전propaganda이 된다. 사회의 어떤 실질적 변동을 가져오기 위하여 독자를 행동하도록 자극하는 문학이 바로 그것이다. 극단적 마르크스주의자들은 특히 문학을 이른바 계급 투쟁을 위한 무기로 사용할 것을 주장한다. 이러한 극단론 말고도, 심경이나 태도의 깊은 반성, 비판을 유발하려는 것이 아니라 직접적인 행동으로 자극하는 문학, 배타적 국수주의, 사회의 한 계층에 대한 배타적 옹호, 어떤 사회 정치 문제에 대한 일방적 선동 등은 모두 선전이며, 어떤 의미에 있어서는 선정(煽情)이자 선동(煽動)인 것이다. 선전, 선동은 일시적 효용만 충족되면 무가치하게 되기 쉽다. 그러나 선전으로 의도되었던 문학이 그 일시적 효용을 넘어서서 인간의 근본 문제에 대한 성실한 질문을 계속하고 있는 것으

로 받아들여지는 경우도 적지 않다. → 계몽주의

구조 structure

일반 문학론에서 말하는 〈구조〉는 하나의 문학 작품(전체)의 구성 요소들(부분)의 상호 관계의 총합을 뜻한다. 여기서 〈전체〉는 반드시 완성된 문학 작품을 뜻하지는 않는다. 소설의 한 장도, 희곡의 한 막도, 시의 한 절(연)과 한 줄, 한 구절까지도 하나의 전체로 볼 수 있다. 왜냐하면 그것들도 나름대로 부분을 가지고 있는 전체——비록 더 큰 전체에 속하는 부분이지만——인 까닭이다.

부분은 형식적 부분과 비형식적 부분으로 나눌 수 있다. 형식적 부분은 소리, 낱말, 문장, 수사적 문채(文彩)들이고 비형식적 부분은 주제, 소재, 이야깃거리, 저자의 태도 등이다. 그러니까 하나의 작품을 놓고 그 소리의 배열과 조직을 알아보는 것은 그 작품의 형식적 구조 중 소리의 구조를 알아보는 것이 된다. 마찬가지로 그 작품에서 작가의 인생관이 어떻게 표현되고 있는가를 알아보는 것은 그 비형식적 구조 중 저자의 의도의 구조를 알아보는 것이 될 수 있다. 그러나 작품 전체가 형식적 및 비형식적 부분들을 동시에 포괄하고 있다는 의식을 떠나서, 단지 소리만을, 또는 저자의 인생관만을 따진다면 그것은 구조적 이해가 아니라 그냥 음성학 또는 생애 연구가 된다. 형식적이든 비형식적이든 간에 한 부분에 주의를 기울여 그것을 전체와의 관련 속에서 검토할 때에 다른 부분들은 무시할 수 있는 것이 아니다. 반드시 다른 부분들에 대하여서도 적당한 고려를 하여야 한다. 단, 주의를 기울이는 부분과 더 밀접한 관계에 있는 것으로 생각되는 부분들에는 그렇지 않다고 보이는 부분들보다 더 주의를 기울이게 되어, 부분들 사이에 위계가 정해지게 된다. 주제를 중요하게 생각하는 사람은 저자의 인생관, 문화적 배경, 선택된 소재 등의 비형식적 부분들에 우선 주의를 보내겠고 아마도 문체나 소리의 배열 등에는 주의를 덜 보낼 것이다. 그렇게 하여 구성한 전체에 대한 설명은 소리를 중심으로 한 구조적 설명과는 차이가 나지 않을 수 없으나, 둘은 상호 배타적 관계에 있는 것이 아니라 상호 보족적이고 화해될 수 있는 것이다. 여기서 강조할 것은 작품이 취급하는 대상(자연, 사회 등), 작품의 저자와 독자 같은 작품의 외부적 사실들에 관심의 초점을 두고 있는 사람은 작품의 형식적 구조에 대하여는 관심이 적다는 사실이다.

뉴크리티시즘은 형식을 고정된 것으로 보지 않고 각 작품의 부분들이 하나의 통일체를 이루고 있는 독특한 원리로 보는 까닭에 형식과 구조를 거의 동의어로 본다. 그러나 형식은 전통적으로 내용과 반대되는 개념인 까닭에 구조라는 말을 더 좋아한다. 그들은 구조에 참여하고 있는 여러 요소들의 상호 관계가 정적인 것이 아니라 서로 밀고 당기는 힘의 아슬아슬한 균형 상태를 이루고 있다고 본다. 그들이 즐겨 사용한 긴장, 중의성, 역설 등의 용어가 이를 암시한다.

이론가 웰렉은 작품을 여러 구성 요소들의 계층적(위계적) 구조로 보고 이 계층들 사이의 상호 작용으로 말미암아 전체 구조는 역동성을 띤다고 하였다. 그는 또한 구조라는 말이 형식/내용의 이분법을 지양할 수 있는 개념임을 지적하였다. 구조의 반대 개념은 재료material 이지 내용이 아니다. 문학 작품은 언어에 의한 구조인데 그 작품의 부분이 되기 이전의 모든 요소들——소리, 낱말, 문장, 문채, 사상, 감정 등——이 모두 재료였고, 그 재료들이 적절히 선정되고 배합되고 배열된 결과, 하나의 구조가 된다고 하였다. 그러나 일단 구조를 이루면 재료들은 모두 재료의 상태로 남아 있지 않고 구조의 각 부분들을 이룬다. 모래와 자갈과 시멘트 같은 건축 재료가 집이라는 구조물에 들어와서 바닥, 벽 등이 되는 것과 마찬가지다. →유기적, 형식

구조주의 structuralism

한때 주로 프랑스에서 언어학을 비롯하여 인류학, 사회과학, 심리학, 수학, 생물학 등 여러 학문의 공통적인 방법론으로 추구되고 있던 지적 경향이다. 구조주의는 본래 철학에 있어서 〈기호학(semiotics, theory of signs)〉의 한 가닥으로서, 의미를 전달하는 일체의 사물을 기호로 본다. 언어는 가장 중요한 기호 체계이지만 교통신호, 몸짓, 표정, 기상도, 운동 경기 등 비언어적 기호 체계들도 얼마든지 있다. 그 각각의 기호 체계는 각기 그 나름대로의 규칙이 있고 이 규칙에 따라 기호들이 운용된다. 이는 마치 언어가 문법에 따라 소리로 조직되어 뜻을 나타내는 것과도 같다. 그리하여 모든 기호 체계를 일종의 〈언어〉로 보고, 인간 사회의 각종 제도(즉 격식을 갖춘 행위)도 특유의 〈문법〉을 가진 〈언어〉로 본다. 그러므로 예컨대 복장의 〈언어〉도 있을 수 있다. 그것은 옷 입은 사람의 뜻을 색깔, 무늬, 감, 멋, 노출의 정도 등에 의하여 전달하는 언어이다. 사람마다 말씨가 다르듯, 옷의 〈말씨〉도 다르다. 궁극적으로는 다 같은 옷의 〈문법〉의 지배를 받는다. 즉 〈옷〉이라는 근본적인 밑바탕이 있어야 김씨의 옷, 이씨의 옷 같은 개인적인 구체적 옷들이 있을 수 있다. 이것은 일반적인 의미의 〈말〉이란 것이 있어야 각 나라, 각 시대에 〈국어〉가 있을 수 있고 그런 〈국어〉가 있어야 김씨의 말, 이씨의 말이 있을 수 있는 것과 같다.

언어의 이러한 구조를 처음 체계화한 사람은 스위스의 언어학자 소쉬르였는데, 프랑스의 현대 인류학자 레비스트로스는 주로 소쉬르의 언어구조론을 응용하여, 격식을 갖춘 모든 사회 제도가 가진 〈말〉을 이해하려 하였다. 모든 뜻의 전달은 구조——옛말로 하자면 체계 system——에 의하지 않고서는 불가능하다.

문학이론가들이 즐겨 사용하는 구조라는 용어는 레비스트로스 등의 구조주의자들에 의하여 독특한 철학적 전제가 주어졌으며 보다 함축적인 뜻을 갖게 되었다.

구조는 첫째로 〈전체〉라는 것이다. 〈전체〉와 〈집합체〉는 전혀 다른 것임을 알 수 있다. 집합체는 상호 연관이 없는 부분(요소)들의 무더기요, 전체는 부분들을 뭉쳐놓는(상호관련성을 짓는) 일련의 법칙을 갖고 있는 것이다.

둘째로, 구조적 전체가 구성의 법칙들에 의존한다는 말은 그 법칙들이 구조를 이룬다는 말이 된다. 즉 법칙들은 일단 전체 속에서 이루어진 것이지만, 그들 자체의 체계를 이루어 새로운 구조들을 만들 수 있다. 현대언어학에서 말하는 〈변형생성〉이란 바로 언어의 기본 구조가 스스로 변형하여 많은 작은 구조들을 생산할 수 있다는 것을 뜻한다.

셋째로, 구조의 법칙은 자율적이다. 즉 구조는 자체적인 법칙들에 의하여 지속되고 다른 종류의 구조들과 구별된다. 하나의 구조는 자급자족하는 자율적 체계이다. 한 분야의 지식을 깊이 캐어 들어가 우연한 요소들을 제거하고 궁극적으로 자율적인 체계에 도달하면 우리는 그 지식의 근본적 심층 구조, 즉 그 지식으로 하여금 그 지식이 되게 하는 밑뿌리에 도달한 것이 된다.

구조주의자들은 대체로 그러한 근본적 구조가 구체적인 요소들의 집합에서 귀납적으로 도출한 형식적인 결론이 아니라 인간 정신의 변함없는 구조 자체에서 연역된 것으로 보고 있다. 이는 베이컨 이래의 경험주의에 대한 데카르트류의 합리주의의 승리를 말한다. 인간성에 뿌리박은 구조의 근원을 그들은 합리적, 이성적이라고 믿는 것이다.

구조주의는 언어학과 사회과학에 중요한 방법론을 제공하고 있으며 문학 작품의 분석과 서술에도 얼마쯤 응용되고 있다. 구조주의의 입장에서 보자면 한 편의 시는 그보다 더 궁극적인 시 장르라는 심층 구조의 변형 법칙에 따라 생성된 하나의 말단적 현상이다. 뉴크리티시즘에서처럼 이 말단적 현상의 구조만을 따지지 말고 이 현상을 낳은 근본적 〈문법〉을 파악할 때, 즉 장르의 자율적 규칙들의 운용 방식을 알 때 비로소 그 현상(시 작품)이 무슨 〈말〉을 하고 있는지 알 수 있다는 것이다(그러나 이 일은 실제로 비평가들이 예전부터 해온 일이다).

구조주의는 사회의 여러 가지 〈언어〉들의 차이뿐 아니라 그 상호 관련성을 또한 추적한다. 이들 서로 다른 〈언어〉들이 궁극적으로는 〈뜻 전하기〉라는 근본 구조에서 합치하는 까닭이다. 문학 이론은 구조주의의 〈언어〉들의 상호 관련성을 추적하는 방법을 배워서 문학과 사회, 문학과 과학, 좀더 좁게는 소설과 정치, 시와 심리학의 관계를

구조적으로 이해하는 방법을 발전시켰다. → 구조, 기호학, 해체론

구체적 / 추상적　concrete / abstract

　문학적 논의에서 〈구체적〉이란 낱말은 〈추상적〉이란 낱말에 비하여 문학의 더 바람직하고 가치 있는 어떤 면을 가리키는 것으로 보통 이해된다. 구체성은 실제로 존재하는 대상, 우리의 오관을 통하여 감지될 수 있는 사물을 묘사 또는 암시할 때 생긴다고 할 수 있는데 추상성에 비하여 구체성이 가치 있다고 하는 것은 감각적 대상의 재현 또는 모방을 문학의 보다 바람직한 기능으로 보는 까닭이다.

　문학사조의 역사를 보면, 구체성이 언제나 추상성보다 기림을 받은 것은 아니다. 플라톤은 문학의 철저한 구체성을 이유로 들어 문학은 추상성 즉 관념, 다시 말해 진리의 영역과 동떨어져 있다고 경멸하였고, 아리스토텔레스는 그 구체성에도 불구하고 그것의 추상적 의미(그것을 그는 보편성이라 지칭했다) 때문에 문학이 가치 있다고 했다. 두 철학자는 모두 구체성보다 추상성에 가치를 두고 있는 것이다. 중세의 알레고리 문학론에서도 문학의 추상적 의미의 세계를 강조하였고 17, 18세기의 신고전주의는 구체성을 축소하고 추상적 관념의 문학을 완성하였다.

　반면, 낭만주의는 구체성을 추구하고 구체성은 감각적 체험에서만 주어진다고 믿었다. 그들이 문학적 심상의 형성이 문학의 최고 목표인 양 심상의 형성에 최대의 주의를 기울인 것은 감각, 그중에서도 대표적 감각인 시각의 체험을 구체적으로 재현하려는 목적에서였다. 상징주의는 다시 추상성을 지향하였으나 그 추상성은 철학적 의미의 관념성이 아니라 구체성의 윤곽을 지워버리고 막연한 암시성을 고조한 데서 오는 것이었다. 20세기 초에 이미지스트들은 관념적 추상성은 물론, 윤곽 없는 암시성을 배제하고 다시 윤곽이 뚜렷한 구체적 이미지를 포착하려고 하였다.

　현대 작가는 그의 의도에 따라 구체성, 추상성을 적절히 배분하여

사용한다. 〈과거의 시간과 현재의 시간은 아마도 미래의 시간에 존재하리라〉는 투의 극도의 추상성과 〈팔찌를 낀 하얀 맨살의 팔(그러나 불빛 아래선 갈색 털이 덮인!)〉이라는 식의 구체성을 한 시인(엘리엇)이 사용하기도 하는 것이다. 실상 이 일은 대부분의 전통적인 작가가 예로부터 해오고 있는 일이다. 추상적 언어는 과학과 철학의 언어이고 구체적 언어는 문학적 언어라는 생각은 문학의 순수주의를 지나치게 강조한 결과인 것이다. →말

권선징악(勸善懲惡) → 시적 정의

극적(劇的, dramatic) → 어조, 희곡

기법　技法, technique

〈솜씨〉란 말이 더 좋은 우리말일 듯하다. 〈수법〉, 〈기교〉란 말도 많이 쓰인다. 서양의 어원을 따지자면 그리스어의 〈테크네〉란 말과 라틴어의 〈아르스〉란 말은 다 같이 기술, 기예를 가리키는 말이다.

기법은 배울 수 있고 가르쳐줄 수 있는 후천적인 방법이다. 플라톤은 농업, 목수일 등은 후천적으로 습득한 기술로 물건을 만드는 것임에 비하여 시는 영감에 의하며 선천적으로 얻어지는 것이라, 능동적으로 배울 수도 가르쳐줄 수도 없는 것이라고 비판하였다.

서양문학론에서 기술과 영감, 예술과 자연의 대치 관계는 오랫동안 큰 문제다. 그 관계를 상호 대척 내지 모순적 관계라고 주장하는 사람들은 플라톤처럼 작품 창조에 있어서 순수 영감 또는 무의식이 결정적 역할을 하며 창조는 자연발생적이어야 한다고 믿는다. 학습과 훈련에 의하여 습득된 기법은 오히려 방해가 된다는 것이다.

일부 극단적인 기교파는 창작에 있어서 이른바 영감이라는 것은 성숙치 못한 예술가만이 의존하는 것이고, 자연 상태는 질서가 부여되지 않는 한, 혼돈 상태에 머문다고 주장한다. 신고전주의자들이 말한

문학의 법칙들이란 고전 작품에서 그들이 합리성을 내세워 추출한 기교의 조목들이었다. 그러한 법칙들——이를테면 희곡에서 시간, 장소, 행위 세 가지의 단일성을 지켜야 한다는 이른바 삼일치의 법칙이나, 비극의 주인공은 고귀한 신분이어야 한다는 장르와 인물의 어울림의 법칙 등——을 잘 준수하면 좋은 작품을 낼 수 있다고 하였다.

그러나 순전히 기법에만 의존하여 작품을 만들 수 있다고 한 사람은 없는 듯하다. 타고난 능력, 정체를 잘 알 수 없는 소위 영감, 작가 자신의 개성, 자기 신념에 대한 성실한 태도, 남에게 있는 그대로 전달하겠다는 순수한 의도(이른바 성실성 sincerity)가 있으면 기법은 자연히 뒤따르기 마련이라든가, 또는 균형이 이루어진다고 본 것이 보통이었다.

신고전주의 시대 이래 다시금 기술, 기교, 기법이 창작의 중요 문제로 제기된 것은 소설에 있어서 사실주의, 시에 있어서 상징주의가 승리한 이후이다. 사실주의는 주관적, 정서적 영감의 자연 발생을 믿지 않고, 주제와 소재에 대한 철저한 지적 통제에 의존하므로 자연히 기법은 가장 중요한 문제가 될 수밖에 없다. 상징주의는 강한 암시성의 효과를 높이기 위하여 일상 언어의 〈조직적〉인 파괴를 의도적으로 행하므로 역시 기법이 크게 문제시된다. 사실주의와 상징주의는 다 같이 명백한 도덕적 교훈을 내세우지 않기 때문에 도덕적, 개인적 의도를 조직적으로 파괴하거나 감추기 위해서라도 기법이 강화된다.

현대의 어떤 이론가들은 기법을 작품의 제작 전반에 동원되는 의식, 무의식의 일체의 요소로 본다. 작품은 생활에서 소재를 구하는데, 생활과 작품의 차이는 기법의 유무에서 온다. 기법은 결국 완성된 작품을 향하여 가게 하는 원동력 및 과정인 셈이다.

기의 → 기호학, 탈구조주의, 해체론

기표 → 기호학, 탈구조주의, 해체론

기호학, 기호 이론 semiotics, theory of signs

실제 응용에 있어서 기호학은 구조주의와 다를 바 없다. 기호학이란 간단히 말하면 기호의 창안, 사용, 해석 등에 관련된 사항들을 체계적으로 연구하는 것인바, 인간 문화의 기본적 산물이라 할 수 있는 온갖 기호의 체계에 관한 것이므로 다분히 학제적 성격이 강하다. 기호학은 우선 논리학의 문제가 되며 언어학, 특히 구조주의 언어학의 한 영역이고, 문화인류학, 신화학, 문학 이론, 건축학, 영화 이론, 도상학 등 기호적 성격이 있는 모든 분야에 적용될 수 있다.

철학에 있어서, 구체적 사물과 사실, 또는 사람이 머리에 떠올리는 관념들 자체와는 달리, 그것들을 〈가리키는〉 형식적인 말, 즉 언어 기호(사회적으로 약속된 일정한 체계적 소리)에 대한 관심은 고대에 시작되었고 근대에는 인식론의 한 중요한 문제로 대두하였다. 관념(또는 진실)이 기호(진실 자체가 규정한 것이 아닌 우연한 소리들의 집합)에 의존하지 않고는 매개될 수 없다는 사실은 인식론에서는 큰 문제가 아닐 수 없다. 언어 기호는 그 자체로서 강력한 체계를 이루고 있으므로 진실을 단순히 투명하게 매개하는 것이 아니라 간섭할 수도 있기 때문이다. 초월적 진실이 성대의 울림이라는 생리적, 물리적 현상에 의하지 않고는 매개될 수 없다는 것은 플라톤 이래의 관념철학이 쉽게 용인할 수 없는 사실이다.

기호에 대한 이론적 진전이 이루어진 것은 스위스 언어학자 페르디낭 드 소쉬르(1857-1913)와 미국 논리학자 찰스 샌더스 퍼스(1839-1914)의 영향이다. 철학계에서는 퍼스의 기호론semiotic의 영향이 날로 커지고 있지만 문학 이론에는 소쉬르의 언어학적 기호론sémiologie의 영향이 우세하다.

소쉬르가 언어 기호signe([영]sign)를 소리signifiant([영]signifier)와 뜻signifié([영]signified)로 나눈 사실은 상식이랄 만큼 아주 널리 알려져 있다. 우리나라에서는 학자들이 말의 소리를 〈기표(記表)〉로, 그 뜻을 〈기의(記意)〉로 좀 기이하게 옮겨 사용하고 있다. 기표와

기의는 서로 체계적인 관련성 안에서만 기호 노릇을 하게 된다. 그럼에도 불구하고 기표와 기의는 서로 전적으로 우연히 결합되는 것이다. 예컨대 ㅁ+ㅜ+ㄹ(물)이라는 소리는 수도꼭지를 틀면 흘러나오는 물질을 본래부터 뜻하기로 되어 있지 않고 단지 그러기로 사회적으로 약속됐을 뿐이다. 그래서 같은 물질을 다른 나라들에서는 〈미즈〉, 〈수이〉, 〈워터〉, 〈아과〉라 하는 것이다. 그러나 일단 그 둘이 관련을 맺은 다음에는 떨어질 수가 없다. 종이의 앞면과 뒷면처럼 소리와 뜻(기표와 기의)은 완전히 서로 별개이면서 붙어 있다. 그런데 소쉬르는 이론의 형식적 순수성을 위하여 그 소리의 면에 이론적 고찰을 집중했다. 일견 놀라운 사실은 그 기표들이 그 자체로 매우 정교한 체계를 이루고 있어 별도의 과학적 연구의 대상이 된다는 것이다. 오늘날의 기호학은 실제에 있어서는 〈기표학〉이라고 해야 할 만큼 기표 자체의 독자적 체계성이 중요시되고 있다.

소쉬르의 또 하나의 혁신적 사상은 언어에는 오로지 〈차이〉들만이 있을 뿐이지 고정된 본질이 있지 않다는 것이다. 예컨대, 〈ㄱ〉이라는 소리의 본질이란 없고 다만 그 소리가 ㅋ, ㄲ, ㄷ…… 등과 다르다는 사실만이 있을 뿐이다. ㄱ에 대한 설명은 따라서 그것을 둘러싼 여러 소리들과의 차이를 설명하는 것이 된다(이것이 오늘날의 음운론이라는 학문이다). 마찬가지로 언어학적으로는 〈사람〉은 고정된 본질적 의미가 있는 것이 아니라 사람이 아닌 개, 나무, 집, 천사, 신 같은, 그것을 둘러싼 여러 말들과의 차이나 대조를 통하여 한 언어의 전체적 구조 안에서 그것에게 주어지는 구실이 드러나는 것이다(이것이 의미론이다). 그래서 언어에 따라 〈사람〉이 우리말에서 부여받은 구실(즉 의미)은 달라지게 된다. 그래서 우리의 〈사람〉이 반드시 영어의 〈맨 man〉을 뜻하지는 않는다. 이처럼 모든 기호는 그물처럼 촘촘히 짜인 차이와 대조(또는 반대) 체계의 그물 속에서 작용한다.

소쉬르는 언어가 가로로 결합시키는 syntagmatique 규칙과, 선택의 대상이 되는 항목들로 이루어진 세로로 나열되는 paradigmatique 목록으로 되어 있다는 이론도 폈다. 〈사람이 뛴다〉라는 아주 단순한 문장에서도 〈사람＋이＋뛰＋ㄴ＋다〉라는 다섯 요소들이 어떤 규칙에 따라 가로로 결합하고 있다. 한편, 〈사람〉이라는 명사가 놓인 자리에 들어갈 만한 다른 명사들도 많다. 개, 말, 아이, 어른, 벼룩, 피, 물가 등 뛸 수 있는 사물의 목록을 세로로 죽 내려적을 수 있다. 그중에서 어떤 특정 상황에 어울릴 것을 고르기로 되어 있는 것이다. 또한 〈뛴다〉라는 자리에 들어갈 만한 걷는다, 긴다, 비틀댄다, 지랄한다 등 여러 선택 후보가 되는 말의 목록이 생길 수 있다. 역시 그중에서 특정 상황에 맞는 말을 고르는 것이다. 이처럼 언어는 가로축과 세로축이 있는데, 짐작할 수 있다시피 소쉬르 자신은 그 가로축, 즉 결합 규칙에 관심을 집중했다. 그것이 통사론이다. 그 이후 통사론은 언어학의 핵심, 즉 순수 언어학으로 간주되고 있다.

소쉬르는 또한 언어의 역사성과 동시성을 나누어 생각했다. 역사성이란 언어가 과거로부터 지금까지 변화되어 온 과정이다. 이를 그는 통시성 diachronie이라 했다. 언어의 동시성이란 일정한 시대에 한 언어가 보이는 현상을 말한다. 이를 공시성 synchronie이라 했다. 주로 언어의 역사, 어원, 분포, 계통 따위에 주목했던 종래의 언어학과 달리 그는 언어에서 역사적, 사회적 요인들을 제거하고서 추상적 체계로서의 언어를 논의의 대상으로 삼았다.

소쉬르의 새로운 언어학을 구조주의 언어학이라 일컫거니와 그가 구조주의의 기초 위에서 제창한 기호학은 구조주의의 한 핵심이 된다. 그런데 그의 기호학은 훨씬 뒤에 언어학자뿐만 아니라 문화인류학자, 문학이론가, 예술이론가들에 의하여 확대 응용되었고 나중에 라캉의 정신분석학과 데리다의 해체 이론 등에서는 기발하게 창조적으로 왜곡되기도 했다.

소쉬르의 기호 이론을 수용한 문학이론가들은 먼저 문학 텍스트를 특수한 기호의 체계로 보고 그 체계를 분석해 내고자 했다. 더 정확히 말하자면 문학 텍스트의 〈기표적〉 성격을 밝히고자 했다. 종래의 문학론에서 지겨울 정도로 흔히 다룬 주제, 사상, 윤리관, 철학, 역사 따위의 문제는 자연히 논의의 중심에서 물러나게 되었다. 의미를 조성하는 기표들의 성격과 조건과 조직 양상을 알아보고자 한 것이다.

먼저 어떤 요소들이 어떤 종류의 기표 구실을 하는지를 알아내야 할 것이다. 한 요소가 기표라는 관점은 이론적 발견이기도 하다. 우리 나라 시조의 기표적 체계를 밝히기 위하여서는 시조의 역사나 시조에 나타나는 인생관이나 자연관과는 관계 없이 일련의 기호들(음성을 나타내는 문자들)의 조직 체계를 세밀하게 고찰해야 할 것이다. 즉 일련의 기호들이 어떤 조직의 조건들을 충족시키면 시조의 구조를 이루는가를 밝히는 일이 된다. 마찬가지로 어떤 기호들이 어떻게 결합되면 하나의 〈우화〉(이솝 우화 같은)를 형성하는지를 알아내는 일을 응용하면 소설기호학으로 확대할 수 있을 것이다. 이 경우 기호학은 구조주의와 실제적으로는 마찬가지이다.

아마 소쉬르의 가장 중요한 이론적 영향은, 언어가 의미를 담보할 어떤 본질이나 현존과 직접적인 대응 관계를 가진 것이 아니라(진리를 명백하게 가리키거나 대신하거나 나타내지 않고) 오로지 기호(기표)끼리의 〈서로 다름의 체계〉를 이룰 뿐이라는 관점에 있을 것이다. 즉 한 기표가 다른 기표들과 어떤 정도로 어떤 성격의 차이 또는 대조의 관계를 유지하고 있는지를 밝히는 것이다. 예컨대 〈사람〉이라는 기표는 반드시 그에 대조되는 〈신〉 또는 〈짐승〉 등등의 기표와 짝을 이루어(이른바 이항 대립binary opposition) 나타나기 마련이므로 반드시 차이 또는 대조를 이루는 기표들의 짝짓기를 하게 된다. 비유하자면 이것은 서로 밀고 당기는 기표들이 이루는 그물(날줄과 씨줄의 교차)의 지도를 작성하는 일이다. 여러 그물코들이 서로 이어져서 그리는 그 〈지도〉가 어떤 지형을 암시할 것이다. 그게 이른바 텍스트의 뜻일 것이다. 그러나 이것은 그 텍스트에서 저자의 인생관이나 세계관을 추출하여 설명하고 감상하고 비판하는 일과는 전혀 다르다.

문법은 문장을 이루는 기표들의 횡적 결합 규칙이다. 예컨대 어떤 명사가 어떤 동사와 결합하여 한 문장을 이루는지를 밝히는 일이 문법의 일이다. 마찬가지로 문학기호론에서는 문학 텍스트의 기표들의 횡적 결합 규칙을 밝히는 일이야말로 가장 중요하다. 어떤 이는 한 편의 소설도 하나의 문장처럼 다루어질 수 있다고 보고, 문장의 명사가 주어, 동사가 술어가 되는 사실을 이용하여 명사는 주인공, 동사는 주인공의 행위로 분석한 일도 있다. 그러한 기본 구조에 대하여 부가적인 요소들은 각각 부사, 형용사, 감탄사, 수식구, 삽입구, 조건절 따위가 되는 셈이다. 최근의 학술적 논의에서 소설 문법, 영화 문법, 무대 문법, 광고 문법 같은 용어들이 쓰이는 것은 기호 이론의 영향을 단적으로 말한다.

또한 기표의 기능을 가로축과 세로축으로 나눈 것은 특히 시학에서 각각 환유metonymy와 은유metaphor를 이루는 것으로 이해되어 시의 언어의 두 기본 특질을 구분하여 설명하는 데에 응용되기도 한다. 이 공식은 러시아 형식주의자에서 구조주의 언어학자로 대성한 로만 야콥손의 정밀한 분석으로 유명해졌다. 환유는 원인과 결과처럼 전후 접촉 관계의 개념을 서로 엇바꾸는 데에서 발생하며 은유는 서로 비슷한 개념끼리의 자리바꿈에서 성립된다.

러시아 형식주의는 소쉬르와 상관없이 구조주의적 관점을 개발하였었는데 후에 체코의 프라하에서 일부 러시아 형식주의자들과 프라하의 학자들이 다시금 구조주의를 재출발시켰고 그 전통은 그후 소련의 한 국가였던 에스토니아의 타르투 대학에서 이어져 1970년대에 하나의 뚜렷한 학파를 형성했다.

기호 이론은 언어의 의미의 세계를 제외할 뿐 아니라 공시성에 주안하므로 문학을 역사적 변화나 현실과의 관련성에서 단절한 채 기호적 구조에만 관심을 보인다. 그런 까닭에 당연히 역사주의, 마르크스주의, 페미니즘 등으로부터 악성 관념론의 재판이라는 공격을 받는다.

그러나 라캉 같은 정신분석학자는 사람의 무의식은 언어와 같다는 전제하에 소쉬르의 기호 이론을 확대 응용하다 못해 매우 창의적으로 왜곡했다. 그는 소쉬르의 기본 도식에 성(섹스)이라는 요소를 덧씌워 도저히 충족될 수 없는 욕망을 본질 또는 현존의 부재를 숙명적으로 안고 있는 기표에 비교했다. 이러한 욕망과 기표의 관계를, 그의 영향을 받은 정신분석학적 문학비평에서 응용한다.

데리다 역시 소쉬르의 기본 틀을 빌려다가 서양철학이 그처럼 말을 많이 정교하게 써서 추구해 온 진리, 본질, 궁극적 의미는 영원히 지연된다는——기표 즉 말만 무성하게 남고 의미 자체는 부재한다는——해체철학을 세웠다. 그러나 그는 소쉬르가 소리(음성 언어)를 고찰의 대상으로 삼은 사실에 대하여 소리 위주의 서양철학은 부당하게도 글을 언어의 아류로 보는 전통을 수립했다고 비판하고 자기는 글이 사람의 말의 성격을 더 잘 드러낸다고 주장했다. 글은 말보다 그 텍스트적인, 다시 말하면 기호적 성격이 더 뚜렷하다는 것이다.

→ 구조주의, 말, 소리, 탈구조주의, 형식주의

긴장　tension

미국 시인이자 비평가인 앨런 테이트가 서술에 있어서 문자적 의미 extension와 비유적 의미 intension에서 접두사인 ex와 in을 떼어버리고 남는 tension, 즉 긴장을 문학의 중요한 성질로 제시한 이래 〈긴장〉이란 말이 현대비평에서 중요하게 사용되고 있다. 문자적 의미는 바깥 세계로 향하는 것이고 비유적 의미는 작품 내부로 향하는 것이니까, 결국 밖과 안이라는 반대 방향에서 서로 당기는 힘이 즉 긴장인 것이다. 좋은 작품에서 우리는 어떤 힘을 느끼는데, 그 힘은 바로 그처럼 내포된 서로 반대되는 세력들의 밀고 당김에서 생긴다는 것이다.

테이트의 주장이 있기 전부터 이질적, 또는 서로 차이가 있는 요소들이 한 작품 속에서 공존하기 위하여서는 힘의 균형이 이루어져야 한다는 견해가 있었다. 〈내부적 긴장이 없으면 목표로 곧장 흘러가 버릴 것이다. 발전과 성취라고 할 것은 없어질 것이다. 저항이 있다는 것이 작품의 창작에서 지성이 있을 자리를 확보한다〉고 존 듀이는 말한 바 있다. 그보다 조금 전에는 리처즈가 예술은 충돌하는 요소들의 힘겨운 화합을 이루어준다는 말을 하였고, 그보다 훨씬 전에는 콜러리지가 예술적 능력인 상상력이 서로 반대되는 요소(이를테면 주관과 객관, 보편과 특수)들의 화합 또는 균형을 이룬다고 하였다. 사회 현상에서나 심리 현상에서도 서로 대치되는 요소들 사이의 긴장이 파괴를 가져올 수도 있으나, 또한 보다 나은 화합을 이룰 힘을 제공하기도 한다.

문학의 힘의 상당한 부분은 그것이 나타내는 현실과 이상의 긴장, 시적 율격과 일상 언어의 리듬과의 긴장, 문학적으로 쓰인 한 낱말의 여러 다른 뜻 사이에 벌어지는 긴장(이른바 〈중의성〉), 표면과 그 이면의 뜻이 다름으로 인해 생기는 긴장(역설, 아이러니) 등 내용적, 언어적, 형식적 긴장에서 온다.

문학에서 긴장을 강조하는 것은 문학이 직선적으로 저항 없이 나열될 수 있는 요소로 되어 있는 글(철학이나 과학의 글)이 아님을 강조하는 것이며, 특히 문학의 〈극적〉인 성격을 강조하는 것이다. 잘 알다시피 극은 서로 충돌하는 요소들의 갈등과 그것의 궁극적 해소를 나타낸다. 긴장이 모자라는 작품은 별로 인과적 상관 관계가 없는 장면들의 나열로 된 작품이든가, 충돌적이고 저항적인 요소를 제거하고 동질적인 요소들만 가지고 만든 작품(이른바 순수한 작품) 등이다. 그러나 긴장이 과도하게 조성되어 화합을 이루지 못하는 작품은 산산조각이 나버린다.

난해성 　難解性, obscurity

현대문학, 특히 현대시는 어렵다는 것이 공인된 사실처럼 되어 있다. 현대문학을 읽고 무슨 뜻인지 알 수 없는 사람은 당혹감을 느낀 나머지 어려운 현대문학을 욕하든가 자신의 문학 해득력의 부족을 느끼든가 할 것이다. 현대문학의 저자는 또 어떤 이유로 해서 어려운 문학을 의도적으로 창작하기도 한다.

근본적으로 문학이 좋은, 심각한, 어려운 내용을 재미있고 즐겁고 쉽게 풀이해 주는 것이라는 생각은 합리주의, 계몽주의, 교훈주의 문학관의 일단이며, 세계의 긴 문학사를 통하여 볼 때 그런 생각이 언제나 주류를 형성한 것은 아니다. 오히려 문학은 쉬운 글이라기보다는 깊은 뜻을 담고 있는 힘든 글이라는 생각이 더 지배적이었다. 옛날이나 지금이나 아무도 『시경』이나 『역경』, 구약의 「욥기」 및 예언문학, 아이스퀼로스의 『오레스테이아』 등을 쉬운 글이라고 생각지 않는다. 그런 글들이 현대문학보다는 비교적 쉽게 읽히는 것은 오랜 교육적 전통의 덕분이다. 많은 학자들의 해석이 차차 우리가 공동으로 누리고 있는 문화 속에 편입되어 있다. 그러나 현대문학은 아직 우리의 문화 속에 편입될 시간적 여유가 없었다. 미래에는 우리가 난해하다고 보는 현대문학이 단지 문학의 여러 변종의 하나로 보이게 될 듯도 하다.

그러나 이 생각은 옳은 데가 있으면서도 지나치게 낙관적이다. 많은 문명비평가들은 현대의 산업주의 문명이 문학에 대하여 호의적이 아니라는 점을 지적하고 있다. 과거에는 문학이 문화의 중심적 역할을 하는 것 중의 하나였으나, 현대 사회에서는 소외되어 있다는 것이다. 서양의 경우 이러한 경향은 17세기 중엽에 기계론적 우주관을 낳은 이성이 감성을 의심쩍은 것으로 보기 시작한 이래 생긴 것이라고 한다(이를 엘리엇은 〈감수성의 괴리〉라고 하였다). 그 이전에는 감성과 이성이 대체로 통합되어 있었다고 본다. 그 까닭에 그 이전에 씌어진 글은 문학이거나 철학이거나 과학이거나 간에 감성과 이성이 서로 섞여 있어서 교육을 받은 사람이면 해득할 수 있었고 또 글로 씌어진 것은 대부분 다 읽을 수 있게 하는 것이 교육이기도 하였다.

과학이 감성(여기에는 상상력도 포함된다)에 호소하는 어법이나 표현을 극구 배척하고 그 특유의 투명한 말씨를 개발하면서 근대적 의미의 전문 언어라는 것이 생겼다. 이어서 철학도, 과학도, 역사학도, 모두 그 특유의 말씨를 발전시키기 시작했고, 20세기에는 모든 학문이 다 자체의 독특한 언어를 갖는 전문 영역이 되었다. 생물학자는 문학이론가의 글은 물론이고 물리학자의 말도 알아듣기 힘들다. 모든 사람들이 공통으로 이해하고 알아들을 수 있는 말은 극히 단순하고 조잡한 일상 언어뿐이고, 교육받은 사람들의 공통 언어도 신문이나 방송의 일반 보도 언어 정도에 그친다. 사설조차도 교육받은 사람이 다 읽어내지 못하기도 한다. 문학은 본래 어느 정도 교육받은 사람을 상대로 하는 것인데, 현대의 교육받은 사람들은 실상 문학의 언어를 저항 없이 받아들일 만큼 준비가 되어 있지 못하다. 그뿐 아니라 근대 교육은 과학 교육 일색이고 감성 교육은 경시되거나, 심한 경우에는 위험시되기도 한다. 결국 문학예술가들은 과학자가 과학 특유의 언어를 발전시켰듯이 문학 특유의 언어를 발전시킨 셈이고 교육받은 사람의 소수만이 문학의 언어를 해득할 뿐이다. 이러한 상황이 언제 해소될 것인지, 해소될 가능성이 있기나 한지는 쉽게 예측할 수 없다.

현대문학의 난해성은 어려운 철학이나 비밀을 내포하고 있기 때문에 생긴다기보다는 표면적 논리의 조직적인 파괴에서 기인한다고 할 수 있다. 이것은 표면적 논리를 제일 중요하게 여기는 과학적 언어에 대한 반발인 동시에 비판이며, 또한 20세기가 도달한 인생과 우주의 무가치, 무의미함을 암시한다고 본다. 현대문학이 종잡을 수 없이 복잡한 것은 현대 세계가 무의미할 정도로 복잡한 까닭이다. 문학은 언제나 문화에 대하여 민감한 반응을 보이기 마련이다. 이러한 세상에 처해 있으면서 단순 소박한 문학을 한다는 것은 문화에 대하여 민감하지 못하든가 부정직하다는 것을 드러낸다고 본다.

예전에는 표면적인 교리는 서로 충돌한다고 해도 근본에 있어서는 종교적이고 인도주의적인 정신 우위의 문화 속에서 인류가 막연하나마 동질성을 느낄 수 있었는데, 현대에는 문화적 동질성을 느낄 아무런 기반도 없다. 그래서 문인들은 자기 또는 자기와 동조하는 소수끼리만 나눌 수 있는 사적인 정신적 가치의 체계, 즉 사적인 철학, 종교, 신화를 형성하고 그것에 근거한 작품을 내기도 한다. 예이츠라는 시인은 자기의 신화 내지 신학 체계를 창안했다. 이 사적인 종교, 신화를 모를 때 그들의 작품은 암호처럼 난해하게 된다.

현대문학의 난해성은 바람직하지는 않지만 불가피한 것이라는 생각이 지배적이다. 그 책임은 현대 문명이 가장 많이 져야겠지만 언어 해득 능력의 감소는 독자 자신도 반성해야 할 일이며 독자들의 저하된 언어 해독 능력에 영합하는 상업적 저자들의 책임도 물론 크며, 난해한 글을 단지 유행으로 알고 필연적인 자각 없이 흉내만 내는 아류들의 책임은 더욱 크다. → 중의성

낭만주의　romanticism

어떤 학자의 계산에 의하면 1,400여 개의 정의가 있을 만큼 〈낭만주의〉는 지극히 다양한 뜻을 가지고 있는데, 크게 두 가지로 구분하여 생각하는 것이 옳다. 첫째로 낭만주의는 18세기 말에 영국과 독일에서 처음 일어나 유럽 전체에 파급된 역사적 문예사조로 보는 것이다. 이에는 두 가지 견해가 있는데 하나는 18세기 말에서 19세기 초반까지 있었던 문예사조가 진정한 낭만주의이고 그후에는 퇴조하여 세기말에는 타락해 버렸다는 것과, 또 하나는 18세기 말에 표면화하여

시대마다 그 특징을 드러내며 지금까지도 지속되고 있다는 것이다.

둘째로, 낭만주의는 단지 역사적 사건이 아니라, 사람의 근본적인 태도의 하나로서 언제나 있어왔고 또 있을 것이라는 생각이다. 호메로스에게도, 도연명에게도, 김삿갓에게도, 타고르에게도 있다. 고금 동서를 막론하고 사람의 하나의 기본 속성이라는 것이다. 우리가 〈백조파〉의 낭만주의라는 말을 할 때 우리는 바로 이런 뜻의 낭만주의를 말한다.

따라서 낭만주의라는 문학적 태도를 논의할 때 우리는 그것의 역사성과 사람의 기본 속성으로서의 의미를 한꺼번에 생각해야 할 것이다.

그러나 낭만주의적 경향이 세계의 어느 곳에서나 발견된다 하여도 의식적으로 그것이 강조되고 추구되던 시대와 장소는 18세기 말에서 19세기 중엽까지(또는 현대까지의) 서양이므로, 당시의 서양의 사조를 알아보는 것이 본원적 낭만주의에 대한 설명이 되겠다. 서양이라고 하여도 나라마다 발생의 시차가 상당히 있고 또 나라마다 강조점도 달랐다는 것은 잊지 말아야 한다.

일반적으로 낭만주의는 전통에 대한 반항과 관계가 있다. 여기서 전통은 역사 전부를 말한다기보다 문인이 처한 시대가 바로 그 전시대로부터 물려받은 것을 말한다. 서양의 경우 18세기 말에서 19세기 초의 낭만주의자들은 그 전시대의 신고전주의에 반발하였다. 이처럼 전시대에 대하여 반발하는 것, 또는 적어도 전통을 그냥 따르지 않고 개혁하려는 의지를 보이는 태도는 낭만적이라는 이름은 못 붙인다 하여도 다소 그런 경향을 띤다고 하겠다. 19세기 말의 문학에 반발한 엘리엇도 그 점에 있어서는 다소 낭만적이었다는 평을 듣는다. 막연하게나마 한국 전래의 문학에 반발하고 서양식 문학을 수입한 우리의 근대 초창기 문인들도 모두 다소 낭만적이었다.

낭만주의가 반발한 재래의 전통이란 무엇인가 하는 문제도 중요하다. 서양 낭만주의가 반발한 신고전주의는 개인적인 특성을 보편적인 합리성에 비추어 통제하여 조화와 균형이 잡힌 문학을 제작할 것을 요청하였다. 고전적 작품들은 바로 그러한 이념을 최고도로 구현한 절대적 모범이므로 그들의 구성 원리, 즉 문학적 법칙을 추출하여 그것을 충실히 따름으로써 고전 작품들을 모방할 수 있다는 것이다.

그에 반해 낭만주의자들은 고전에 대한 존경심은 신고전주의자들 못지않았으나 합리적인 사고의 결과로 추출하였다는 고전 모방의 법칙이 전적으로 인위적일 뿐만 아니라 문학 창조에 있어서 합리성에 의한 개인성의 통제가 불필요한 데 그치지 않고 극히 해롭다고 주장하였다. 낭만주의는 창작을 위한 기정 법칙과 방법에 맹종하기를 거부했고, 또한 개인적 특성에 대한 합리성의 우위를 거부했다. 영국 낭만주의의 선구자 워즈워스가 신고전 시대의 소위 〈시어〉를 가장 큰 소리로 반대한 것은 잘 알려져 있다. 그에 앞서서 이른바 희곡의 3일치의 법칙에 대한 영국 비평가들의 반발은 합리주의적 법칙이 실은 인위적임을 간파한 데서 시작되었다. 일반적으로 기성 사회는 합리성, 이치, 당연성 등을 이유로 개인의 고집을 버리고 관습이나 법칙에 따르기를 요청한다. 18세기의 신고전주의만이 그랬던 것은 아니다.

합리성은 이성 작용에 의하여 도달된 결론이다. 그래서 그것을 이치라고도 한다. 합리성, 이치에 대한 반발은 또 다른 합리성, 이치에 대한 찬성일 수도 있으나 서양 낭만주의의 경우에는 이성의 오랜 통제를 받아온 감정을 이성 대신에 내세웠다는 것이 특징이다. 감정은 물론 개인적, 주관적이다. 합리성이 사람의 이성적 동의를 얻을 수 있기 때문에 보편적이라고 한다면, 감정은 모든 사람이 나면서부터 가지고 있는 자연스러운 속성이라는 점에서 보편적이라고 하겠다. 그러나 감정의 내용은 사람마다 다르다.

낭만주의자는 남과 다른 자기의 감정, 취미, 습성, 생각을 부끄러워하지 않고 오히려 가장 귀중하게 여긴다. 신고전주의자는 보편적인 것을 관찰하여 그대로 반영하니까 자연히 문학을 〈모방〉으로 간주하지만, 낭만주의자는 자기의 독특한 것을 나타내 보이려 하니까 자연히 자기 표현적이 된다. 즉 낭만주의의 문학관은 표현론이 된다. 주체성의 표현, 개성의 표현, 독창성 등은 현재의 우리도 문학적 덕성으로 간주하고 있는 만큼 우리도 그 점에 있어서는 낭만적임에 틀림없다.

이성은 사람뿐 아니라 우주 만상의 보편적 진리를 발견하는 능력으로 인식되었고, 그 능력은 현대과학을 성립시켰다. 현대과학은 우주 만상에서는 물론, 사람 자체에서도 인간적, 종교적, 문학적 의미를 제거하여 비인간화하고 물질화하였다. 낭만주의자들은 개인적 감정에 충실한 것만 가지고서는 이성적 과학의 비인간적 추세에 대항할 수 없음을 느끼고 새로운 낭만적 형이상학을 성립시켰다. 유럽의 관념철학의 상당한 부분은 기계론적인 과학적 세계관과 대치되는 인간적이고 예술적인 세계관을 말했다. 이 철학에서 기림을 받는 인간의 능력은 상상력(또는 형성력)이라는 것이었다. 상상력은 이성에 대치되는 능력, 또는 이성을 지배하는 능력으로 주장되었다. 문학은 개성의 표현이라는 생각이 고양되어 상상의 표현이라는 주장이 나왔다.

상상력이 우위를 점하는 세계관은 초월주의를 낳는다. 눈에 보이는 사물은 그냥 무생명한 물건들이 아니라 우수한 상상력으로 직관할 수 있는 초월적인 세계에 대한 상징들이라는 것이다. 꽃은 단지 토양의 우연한 변화가 아니라 신비로운 세계에 대한 암시이며 이 암시성은 시인의 상상력만이 직관할 수 있다. 일종의 신비주의로서 만물 속에서 초월적인 거룩한 신적 존재를 느끼는 범신론은 19세기 유럽 낭만주의의 특징이다.

한편 개인성과 상상력의 자유로운 발휘를 거부하는 것으로 생각되는 산업혁명(과학의 실질적 업적) 이후에 현실 사회에 대한 반발은 산업 도시에서 대자연으로 시선을 돌리게 했다. 인공이 가해지지 않은 자연은 범신론적 상상력의 발휘에 적합하기도 하였지만 현실에 대한 간접적 비판의 구실을 마련해 주었다. 자연의 아름다움은 인공적이 아니라(인공적인 것은 신고전주의적인 아름다움이라고 보았다) 숭엄미라고 여겼다. 사람이 개입하더라도 지나친 인공적, 기술적인 일이 아닌 〈자연스러운〉 농업, 목축, 수렵을 더 옳고도 아름답게 보았고(전원주의), 어린이나 동물은 어른이나 사람에 비하여 훨씬 자연스럽다고 보아 찬양하였다. 인류의 어린 시절 즉 원시 시대에 대한 동경, 또는 먼 과거 즉 르네상스 시대, 중세, 그리스·로마의 고전 시대에 대한 향수도 19세기 낭만주의의 특징이다. 이른바 〈원시주의〉라는 것이다. 원시주의적 경향은 실상 어느 곳 어느 시대에나 다 있는 것으로서 기이하게도 혁신 사상의 한 중요 부분이 되기도 한다. 사회가 개혁되어 이루어질 사회의 모델을 상상적인 과거에 둔다는 말이다.

낭만주의자는 전통에 반발할 뿐 아니라 자기 자신의 멈춤, 굳어버림에 대해서도 반발한다. 〈거센 감정이 저절로 넘쳐나오는 것〉이 시라고 워즈워스는 말했지만, 그러한 넘쳐나옴이 계속되기 위해서는 감정이 끊임없이 용솟음쳐야 한다. 고전주의자들은 문학을 건축물처럼 고체적인 것에 비유한 반면 낭만주의자들은 문학을 매양 물, 바람, 불길 같은 유동적인 사물에 비유하였다. 이처럼 끊임없이 움직이려면 문인은 이루지 못할 어떤 열망을 가져야 한다. 그들에게 있어 완성은 정체를 의미하므로 두려운 것이고 이룰 수 없는 완성에의 열망이 바람직한 것이다. 이런 의미에서 낭만주의자는 이상주의자가 안 될 수 없고, 대개의 이상주의자가 그렇듯이 인류의 미래에 대하여 낙관적일 수밖에 없다. 그러나 역설적으로, 실현되지 못할 이상을 가졌으므로 절망과 비관은 쉴 사이 없이 따른다. 세기말 낭만주의자들의 냉소와 퇴폐가 이를 말해 준다.

그들은 문학을 유동적인 것으로 보는 만큼 문학의 형식을 고정된 것으로 보지 않는다. 형식을 각 작품마다 스스로 필연적으로 취하게 되는 형태로 보는 이른바 〈유기적 형식론〉이 대두했다. 또한 미완성 작품도 되다가 만 못난 작품으로 보기보다는 문학 정신이 표현 과정에 있다가 스스로의 무슨 이유로 해서 다시 잠적했음을 뜻한다고 보았다. 이 당시에는 개인의 정서를 표현한 서정시가 자연히 모든 다른 장르를 압도하였고, 그 형식은 자유시, 산문시에 이르기까지 다양했다. 모든 작품은 각기 그 자체의 형식을 마련한다고 보기 때문이다(현대문학의 실험적 경향은 이때 생긴 것이다). 간혹 장시, 서사시를 쓰기도 하였지만 모두 객관적인 주제와 소재를 취급한 것이 아니라, 『전주곡』의 워즈워스처럼 자기의 시적 생애를 취급하든지, 자기 자신의 사상, 감정을 표현하는 장편 서정시였다. 낭만주의 문학의 궁극적 주인공은 〈나〉인 것이다.

낭만주의의 초월주의, 원시주의의 일부 등 역사적 사조는 많이 수정되든가 버림받았지만 그 반항적, 개인적, 서정적 경향은 아직도 계속되고 있다. → 상상, 표현

내연/외연 內延/外延, connotation/denotation

본래 논리학에서 사용하는 술어인데 현대문학론에서 다소 다른 의미로 사용하고 있다. 문학에서 사용하는 언어는 그 의미가 직선적이거나 평면적이라기보다는 입체적 내지 고차원적이라는 견해가 대두하면서 언어의 내연적 의미와 외연적 의미를 구별하게 된 것이다. 외연적 의미란 사전에 정의된 대로의 말의 일반적 의미를 말한다. 내연적 의미란, 어떤 특정한 문맥 속에서 독자가 외연적 의미 이외에 파악, 감지하도록 되어 있는 의미들을 말한다. 외연적 의미를 표시적 의미로, 내연적 의미를 함축적 의미로 이해하면 보다 알기가 쉬울 것이다. 한 낱말이 단일한 의미만을 나타내도록 쓰였을 때 그 의미는 그 낱말에 의하여 표시되었다고 볼 수 있다. 즉 한 낱말의 외연이란 바로 그 낱말이 표시하고 있는 단일한 의미인 것이다. 한 낱말이 어떤 단일한 의미를 표시할 뿐만 아니라 그 쓰인 문맥상으로 보아 동시에 다른 여러 뜻을 암시하거나 내포할 때 즉 함축할 때, 이를 내연이라 하는 것이다.

외연적 의미는 일반적으로 객관적 설명이나 논술(과학 또는 철학 논문)에 쓰이고, 내연적 의미는 독자의 지적 이해 이외에 감각적 내지 정서적 반응을 불러일으키는 글 즉 문학, 웅변, 광고 등에 쓰인다.

내연이 문학 언어의 가장 중요한 특질의 하나로 간주되는 이유를 알 수 있다. 알레고리, 비유, 상징 등이 모두 말의 함축적 사용의 결과인 것은 물론이다. 그 밖에 문맥상의 암시에 의하여 독자의 다양한 반응을 유발하도록 쓰인 말은 모두 함축적이라 할 수 있다. 이렇게 보면 말의 함축적 사용은 특수한 용법이 아니라 표시적 사용에 비하여

오히려 더 자연스러운 사용법이며 특별히 문학 고유의 사용법이라고
는 할 수 없다. 따라서 함축성이 크면 클수록 더 좋은 문학이라는 견
해는 근거가 박약하다.

일반적으로 내연적 의미는 다음 세 가지로 구별하여 볼 수 있다.

(1) 개인적 체험의 결과로 부가된 의미.

〈공덕동에 피어오르는 아지랑이는／공덕동에 사는 이의 사랑의 모
습〉(서정주, 「아지랑이」)에서 공덕동은 서울의 한 행정구역인 고유명
사일 뿐 아니라, 작자인 서정주에게 특별한 의미를 더하여 갖고 있는
삶의 터전이다(서정주는 공덕동에서 오래 살았다). 그런데 작자는 공덕
동에 개인적 의미가 첨가되어 있음을 독자에게도 암시함으로써 독자
는 매우 희미하게나마 〈공덕동〉에 함축된 의미를 느끼게 된다.

(2) 집단적인 의미. 민족적, 문화적 또는 특정 사회적 경험, 전통
에 의하여 첨가된 의미.

〈지금은 남의 땅〉(이상화, 「빼앗긴 들에도 봄은 오는가?」)에서 〈지금〉
은 일제 치하의 시대, 〈남〉은 일본, 〈땅〉은 조국 강토라는 한국 민족
의 역사적 체험에 의하여 첨가된 의미를 더하여 갖고 있다.

(3) 인류 보편적 체험에 관계된 의미——가장 흔한 함축적 의미.

위의 서정주, 이상화의 예에서 〈아지랑이〉, 〈봄〉 등은 다소간 지역
적 문화적 차이가 있지만 적어도 온대 지방에서는 땅의 숨결, 온기, 생
명의 부활, 생기 등의 혼합된 의미들을 내포하고 있다. → 의미

내재율(內在律) → 서정시, 시, 율격, 자유시

뉴크리티시즘　new criticism

1930년대 후반에서 1950년대 후반에 이르기까지 주로 미국에서 왕
성했던 문학 이론 및 문학비평 방법론으로서 세계적 파급 효과를 미
쳤다. 〈뉴크리티시즘〉이라는 명칭은 1941년에 미국 시인이며 비평가
인 조 크로 랜섬이 바로 그 이름의 책을 내면서 공식화되었지만, 단

일한 문학 이론과 방법을 가리킨다기보다는 비교적 동질적인 경향을 가리키는 명칭이다. 랜섬은 그의 저서에서 리처즈, 엠슨, 엘리엇, 아이버 윈터즈 등의 비평 방법 중에서 좋은 점들을 지적하고(잘못된 점도 물론 지적했다) 그것들을 신장 보완하여 이른바 〈존재론적 비평〉을 수립해야 한다고 하였다. 그의 후배인 클리언스 브룩스나 로버트 펜 워런, 앨런 테이트, 윌리엄 케이 윔섯 등은 그 존재론적 비평을 수립하고자 애썼다.

그들은 문학 작품을 존재, 즉 객관적, 독립적, 자율적 사물로 보고 그것의 존재 방식, 그 자율의 양식을 서술하고자 하였다. 이때 문제가 되는 것은 그 작품을 낳은 작가와 그 작품이 반영하고 있는 사회 현상과 그 작품을 읽고 즐기든가 감화를 받는 독자 등이다. 뉴크리티시즘은 작가의 의도나 사회, 독자의 감화는 작품과 인과 관계가 있으나 작품 자체는 아니며 작품의 의미는 그것들에서 얻을 수 있지 않고 작품 안에서 얻을 수 있다고 주장하였다. 더욱이 작품의 가치는 작품 자체가 가진 본질 때문에 생기는 것이지 작가의 의도나 독자의 감동이나 사회적으로 좋게 인정되는 사상이 들어 있기 때문에 주어지는 것이 아니라고 하였다.

뉴크리티시즘은 자연히 문학 작품의 언어 조직에 관심을 기울였다. 〈자세히 읽기〉는 뉴크리티시즘의 기본 태도이다. 소리, 낱말, 문장, 문체, 심상, 상징 등이 작품 전체의 문맥 속에서 어떻게 작용하고 있는가를 살폈다. 그 결과 아이러니, 역설(패러독스), 중의성(뜻 겹침), 긴장 등의 언어 관계가 문학, 특히 시의 언어의 특징을 이루고 있다고 보게 되었다.

뉴크리티시즘 비평가들은 문학의 언어가 과학이나 철학의 언어와 다르다는 주장을 한다. 리처즈의, 〈정서 유발적 언어〉가 문학의 언어라는 생각이 어느 정도 받아들여졌으나, 문학의 언어가 별개로 존재한다기보다는 일반 언어를 철학이나 과학의 목적과는 다르게 사용한다는 견해에 대체로 찬동하였다. 철학과 과학은 언어를 내용 전달을 위한 수단으로 사용하지만, 문학은 언어를 내용과 형식이 나뉠 수 없게 종합을 이룬 상태로 사용한다고 보았다. 한 편의 작품은 단 몇 줄의 내용 요약으로 대표시킬 수 없는 그냥 그대로의 전체라는 것이다. 작품을 유기적 구조로 본다는 것은 바로 그런 뜻이다.

문학을 언어의 특별한 조직체로 보는 까닭에 뉴크리티시즘은 장르, 플롯, 행위, 사상 등에는 부차적인 관심을 보일 뿐이다. 장르의 구별 없이 모든 문학을 한눈으로 보는 까닭에 뉴크리티시즘의 기본 태도를 단원론monism이라고 비판한다.

그들은 문학이 철학이나 과학과는 다른, 세계를 인식하는 데 있어서 제3의 방법이라고 주장했다. 철학, 과학은 직선적 논리에 부합되지 않는 일체의 요소를 제거하고서야 성립되는 다분히 인위적, 조작적 논의 형태이나, 문학은 오히려 인간 체험의 그 복합적, 충돌적 양상들을 되도록 충실하게 재현할 뿐 아니라 그것들의 순간적인 화해, 힘겨운 평형 상태를 성취한 것, 즉 실제 체험의 의미를 구현한 것으로 보았다. 이처럼 뉴크리티시즘은 지나친 과학주의, 논리적 실증주의의 공격으로부터 그 나름대로 가치 있는 인식 방법으로서의 문학을 옹호하려 하였고, 역시 실증주의의 일단인 역사주의, 심리주의 및 인상비평에서 문학비평을 독립된 영역으로 정립시키고자 하였다. 그들은 대체로 낭만주의가 주관에 집착하기 때문에 객관 세계의 복잡다단한 체험을 단순화하고 지성에 의한 개인 감정의 통제가 부족하기 때문에 20세기의 냉혹한 정신 풍토를 견디지 못한다고 해서 그에 반발하였다. 복고적이고 귀족적인 신인본주의Neo-humanism에 대해서도 문학을 단지 전통적 도덕율을 전달하기 위한 것으로 취급한다고 하여 반대하였다.

어떤 이들은 뉴크리티시즘이 문학의 독자성을 주장한다 하여 19세기 말의 〈예술을 위한 예술〉의 재판이 아닌가 의심하기도 했지만, 이른바 뉴크리틱으로 알려진 뉴크리티시즘 비평가들이 대개 다 종교인들이고 일급의 창작가들이며 인생의 전체에서 문학이 가지는 독특한 의의를 밝히려 했고, 결국 문학으로 인생을 대치시키려는 짓을 안했다는 사실을 들어 이를 부정한다.

그후 유럽에서 형식주의 및 구조주의의 계속적 발전으로 뉴크리티시즘은 대물림을 한 듯이 보이나, 그것이 유포한 분석의 방법과 비평의 어휘는 세계 비평사에 큰 흔적을 남겼다. 특히 복합적인 구조를 가지고 있는 서정시나 단편소설의 분석 방법, 심상과 상징 체계의 해석 방법들은 이제는 모든 비평가가 다 터득해야 할 정도이다. 작품과 작가 및 독자와의 관계가 단순한 인과율의 관계가 아니고 대단히 복잡 미묘한 관계라는 비평 인식도 뉴크리티시즘의 간접적인 영향으로 생긴 것이다. → 형식주의

다다이즘 Dadaism

1916년 1차 세계대전 중에 스위스 취리히에서 루마니아 태생의 시인 트리스탕 차라가 프랑스, 독일 출신의 시인, 화가들과 더불어 자신들의 전위적 예술에다 붙인 이름. 〈다다〉는 어린애의 무의미한 중얼거리는 소리를 흉내 낸 것이라는 설이 있다. 그후 그들은 파리로 이동하여 국제적 화제에 오르게 되었고, 앙드레 브르통, 폴 엘뤼아르, 루이 아라공 같은 급진주의적 시인들의 동조를 얻었다. 1922년에는 공식적으로 다다이즘의 사명을 다한 것으로 선포하고 그 장례식을 치렀고, 그 추종자들은 대부분 좀더 이론적 근거가 확실한 초현실주의에 흡수되었다.

다다이즘은 우선 세계대전의 잔인성에 대한 항변이었고, 비인간화를 조장하는 부르주아 산업주의와 거기에 동조하거나 방관적인 예술, 특히 사소한 사실의 객관적 제시에 골몰한 사실주의 내지 자연주의 문학에 대한 반발이었다. 그 항변, 반발의 표현으로서 그들은 완전한 무의미, 비합리성을 그대로 드러낼 수 있는 엉뚱한 방법을 동원하였다. 그들은 전통적인 인쇄물의 방법만을 택하지 않고 몸짓과 육성으로 문학과 예술을 〈공연〉하였고, 아무렇게나 주워 모은 듯한 사물이나 낱말들을 또한 아무렇게나 연결시켜 완전한 무의미, 비사실적 창작물을 만들었다. 그들은 또한 난센스에 가까운 선언문들을 많이 발표하기도 했다.

이러한 의도적인 광태 밑에는 사회의 병폐에 대한 반항과 인간 정신의 자유를 향한 갈구가 숨겨져 있었다는 사실을 간과할 수 없다. 또

한 어느 시대에나, 문학이 사회의 압력으로 위축되었을 때 있게 마련
인 전위적 운동의 하나였음을 잊지 않아야 할 것이다. 다다이즘은 이
미 죽었지만, 그와 비슷한 전위적 경향은 미국의 해프닝 예술에서 다
시 볼 수 있다. 그들 자체로서는 위대한 예술가와 예술을 낳지 못했다
고 해도(전위 부대는 으레 그런 법이다) 새 시대의 촉진제가 된 것은 사
실이다. → 부조리 문학, 초현실주의

단편소설　short story

　짧은 이야기야말로 동굴 시대의 원시 시대부터 현재까지 누구나 할
줄 알고 또한 즐길 줄 아는 것이다. 사건에 대한 보고, 설명, 경험
담, 꾸며낸 거짓말, 소문 등 일체가 짧은 이야기의 꼴을 취할 수 있
다. 짧은 이야기야말로 사람에게 가장 자연스러운 잠재적 문학이다.
기나긴 이야기, 즉 장편소설은 짧은 이야기에 비할 때 부자연스럽고
조작적이다.
　짧은 이야기가 좀더 듣는 이의 관심과 흥미를 끌도록 발전된 형태
가 일화, 동화, 우화, 비유, 농담, 민담, 모험담 같은 것이다. 이런
이야기들을 좋은 글로 적어놓은 것이 『아라비안 나이트』, 『데카메
론』, 『삼국유사』, 『패림』, 『어수록』 등이고, 성경이나 불경 같은 종
교적 경전에도 짧은 이야기가 많이 포함되어 있다. 『파한집』, 『보한
집』처럼 이야깃거리와 그 이야기에 대한 저자의 사색 또는 비평을 곁
들인 일화적 수필에 이르면 짧은 이야기는 이야기만 들려주겠다는 의
도를 초월하여 저자 자신의 특질을 발휘하는 독특한 이야기가 된다.
서양의 경우에도 18세기에 잡지가 발전하면서 문장가들의 일화적 수
필이 많이 발표되어 19세기에 단편소설의 성립에 직접적 기여를 한
것으로 알려지고 있다. 긴 글을 실을 수 없고 짧고 흥미 있는 이야기
를 실어야 하는 잡지가 단편소설의 발생을 직접 유도했다고 보는 것
인데, 애초에 그런 흥미 있는 이야기는 수필식의 일화였다는 것이다.
　19세기 초엽 현대적 단편소설을 창안한 사람으로 알려져 있는 미국

의 앨런 포는 단편소설에 대한 최초의 현대적 이론을 폈다. 그는 〈산문 이야기〉가 30분 내지 2시간 동안 앉은 자리에서 한번에 읽을 수 있는 길이여야 하고, 어떤 독특한 단일한 효과만을 주어야 하며, 모든 부분은 그 효과를 조성하는 데 기여해야 한다고 주장하였다.

포 시대로부터 현재에 이르기까지 수많은 작가들이 단편소설을 써 오고 있는데 그들은 대체로 포의 이론을 따르는 것 같다. 즉 단편소설은 독자가 한눈에 한 덩어리임을 의식할 수 있을 만큼 인물의 수를 제한한다. 유유한 분석과 설명을 늘어놓든가, 성격의 발전 또는 변화 과정을 제시하든가, 사회상, 생활상 같은 배경을 세밀하고 광범위하게 묘사하지 않는다. 또한 지나치게 복잡하게 얽힌 사건을 다루지 않고 하나의 정점을 전후로 해서 가장 초점이 되는 부분만을 다룬다. 그래서 거두절미한 듯한 느낌이 든다. 성격의 발전 과정이 없는 대신 중심 인물의 성격, 생각, 생활 방식 등을 가장 잘 드러내는 사건을 선택하며, 그 밖에 전체의 통일에 직접적으로 기여하는 요소들만을 선택한다. 따라서 현대적 단편소설은 장편소설에 비하여 작가의 솜씨가 훨씬 강하게 지속적으로 발휘된다는 인상을 준다.

우리나라에서 단편소설을 특히 〈창작〉이라고 하는 이유도 그것이 작가의 창작 솜씨를 고도로 요구하는 장르인 까닭일 것이다. 바로 이 솜씨스런 면 때문에 단순한 짧은 이야기와 단편소설은 서로 구별된다.

특히 현대 단편소설의 결말은 특별한 솜씨를 요청하는 듯하다. 모파상(「감람나무밭」, 「진주목걸이」)이나 오 헨리(「마지막 잎새」, 「크리스마스 선물」)의 놀래키기 결말surprise ending, 체홉의 애조 띤 결말, 조이스의 순간적 계시의 결말epiphany 등은 보통 이야기나 장편소설에서 볼 수 없는 것으로 되어 있다.

이렇게 따져본다면 단편소설은 장편소설의 축소판은 아니다. 장편소설의 대강의 줄거리처럼 읽혀지는 단편소설은 분명히 실패작이다(이광수의 「가실」을 그 예로 볼 수 있다). 그 반대로 단편소설에다 세부 묘사를 길게 섞어 넣어서 만든 것 같은 장편소설도 실패작이다. 장편소설과 단편소설이 다른 장르라는 인식은 최근으로 올수록 강화되고 있다. 이광수나 박종화가 단편에는 실패하고 장편에는 성공했고, 김동인이나 이효석이 장편에 실패하고(적어도 덜 성공적이고) 단편에 성공했다는 사실은 두 장르에 동일하게 솜씨를 보일 수 없기 때문이었을 것이다. 영미에서도 단편 작가short story writer와 장편 작가novelist를 구별하고, 둘을 한꺼번에 지칭하는 일반적인 명칭은 없다. 우리나라에서는 둘을 다 합쳐 〈소설가〉라 하는데 그 때문에 단편 작가가 장편 작가를 쉽게 겸할 수 있다는 미신이 생긴 것 같다. 단편만 지은 사람에게 소설가novelist란 명칭을 붙이는 것은 어폐가 있다.

한국은 과거에 장편소설에 비하여 단편소설이 훨씬 우세하였는데 아마 그것은 발표 기관이 주로 잡지였던 까닭일 것이다. 장편소설은 단행본 출판의 전통이 약한 사회에서는 뒤지지 않을 수 없다. 잡지나 신문에 연재되는 장편은 미리 전작 장편으로 씌어진 것을 나누어서 게재하는 것이 아닌 경우에는 단편소설의 연장 같든가, 에피소드 투의 소설이 되기 마련이다.

단편소설은 그것의 조상인 짧은 이야기처럼 다양하다. 혹은 우화나 민담, 수필, 일화를 닮을 수도 있으며, 소재에 있어서는 인간의 사실적, 환상적 사건 모두를 취급할 수 있으며, 주제 역시 사람이 관심과 흥미를 느낄 수 있는 모든 생각을 다 표현한다. → 소설

대화 이론 dialogism, dialogic criticism

러시아 문학이론가 미하일 바흐친은 담론, 특히 문학적 담론에는 저자의 말이 단독적으로 미끈하게 전개되는 것이 아니라 서로 다른 여러 사람의 서로 충돌하는 말들이 동시에 진행되든가 병치된다고 보았다. 그는 우선 하나의 텍스트가 오랜 역사적 발전을 통하여 성립된 여러 다른 담론들의 환경, 즉 담론 문화의 〈문맥〉 속에서 이루어진다는 사실을 다시금 일깨우고, 특히 어떤 특정 텍스트 속에서 서로 다른 많은 가닥들이 얽힌 상태에 주목할 것을 촉구했다. 이러한 관점에

서 그는 러시아의 문호 도스토예프스키 소설의 특징이, 서로 다를 뿐 아니라 충돌하기까지 하는 여러 인물들의 목소리들이 동시에 들리게 하는 데에 있다고 했다. 즉 작가 자신의 목소리가 다른 목소리들을 억누르지 않는다는 것이다. 이를 그는 〈다성적 구조polyphony〉라고 했다. 이보다 더 넓은 인류학적인 관점에서 그는 16세기 프랑스의 문인 라블레의 작품을 〈카니발적 구조carnavalesque〉라고 했다. 카니발이란 사회의 구성원 전부가 일정 기간과 장소에서 사회적 제약이나 규율에서 벗어나 자유롭게 말하고 행동할 수 있는 공간으로서 모두에게 자유와 창의가 허락되는 일종의 무질서 상태이다. 한국의 전통 놀이마당에서 〈난장〉이라고 할 수 있는 것이다. 라블레는 당시의 온갖 논의와 행동이 자유롭게 서로 얽히며 전개되는 양상을 그대로 그리려고 했는데 바흐친은 이것이 바로 근대소설의 전형이 된다고 보았다.

다성적 구조로서의 소설에서는 모든 목소리들이 각각 제소리를 내며 서로 응답하고 반대하기도 하지만 어떤 한 목소리가 주도적이 되거나 다른 목소리들을 통제하지 않는다. 즉 모든 목소리가 똑같이 중요하다. 이는 단성적 구조monologism에서 저자의 한 목소리가 다른 목소리들을 억압하거나 주도하는 것과는 반대된다. 카니발적 구성 역시 모든 언행을 동시에 진행시켜 일면 무질서를 자아내지만 각 구성원의 자유분방한 창의를 발휘케 하여 전체적으로 생기가 넘치는 상황을 조성한다. 이러한 근대적 전통의 효시인 라블레를 뒤이어 에스파냐의 세르반테스(『돈 키호테』), 영국의 로렌스 스턴(『트리스트럼 샌디』), 도스토예프스키, 아일랜드의 제임스 조이스(『율리시즈』), 독일의 토마스 만(『마술의 산』) 등이 〈다성적〉 소설을 쓴 사람들로 거론된다. 이들 작품에서 저자는 많은 목소리들 뒤에 숨어 보이지 않는다. 마르크스주의자들처럼 어떤 특정 주장을 돋보이게 다루는 소설들은 〈단성적〉 소설이 될 것이다.

독자(讀者, reader) → 어조

독자반응비평 reader-response criticism

역사주의에서는 문학의 창작 주체인 저자와 시대를, 형식주의나 뉴크리티시즘에서는 작품 자체를 관심의 초점으로 삼은 데 반하여, 독자반응비평에서는 문학 작품을 읽는 독자, 즉 글읽기의 주체에 비평적 관심을 쏟는다. 역사주의에서는 저자에 관한 역사적 사실이 대체로 고정되어 있다고 보고, 형식주의에서는 작품 자체가 하나의 고정된 사물처럼 객관적으로 존재하는 것으로 전제하지만, 같은 작품일지라도 읽기의 행위는 독자에 따라 달라지기 마련이므로 독자반응비평은 문학 작품의 객관성을 추구하려 하지 않고 작품에 대한 독자의 반응과, 해석과 수용 과정에 나타나는 가변적인 현상들을 기술하려고 한다. 그러므로 독자반응비평에서 〈작품〉이라는 말 대신 〈텍스트〉라는 말이 쓰일 것은 당연하다.

독자반응비평은 특히 뉴크리티시즘에 대한 반발로 1960대에 기세를 올리기 시작했는데 뉴크리티시즘은 작품 바깥에 있는 저자의 의도나 독자의 개인적 반응은 각각 〈의도론적 오류〉, 〈영향론적 오류〉라고 하여 배격하고 한 작품의 의미는 작품 속에 고스란히 객관적으로 내재하는 것이므로 독자는 뉴크리티시즘이 처방하는 자세히 읽는 방법에 따라 그 의미를 찾아내면 된다고 했다. 역사주의 비평과 뉴크리티시즘에서 볼 때 독자의 반응에 기초한 비평은 인상주의 비평이 될 수밖에 없었다. 그러나 한 텍스트의 의미를 알아내는 방법은 제한이 없으며 뉴크리티시즘이나 역사주의의 방법은 다른 여러 방법들 중의 하나에 불과하며 독자는 자기 나름대로 한 텍스트의 의미를 해석할 수 있는 자유가 있다는 주장이 대두하였다.

독자가 자기 나름으로 해석하는 텍스트의 의미란 무엇인가? 그것이 텍스트 속에 고스란히 객관적으로 내재하는 것(마치 보물찾기에서의 보물처럼)이 아니라는 것은 확실하다. 그렇다면 그것은 독자의 읽는 행위 또는 읽기 과정의 어떤 기능일 것이다. 일반적으로 오늘날의 인식론은 인식의 대상은 인식 주체의 영향을 입을 수밖에 없다는 견

지에서 대상에 대한 완전히 투명한 인식(지식)은 불가능하다고 보는
바, 과거에는 그러한 불투명이 제거되어야 할 결함으로 여겨졌지만
지금은 오히려 인간의 자연스러운 조건이며 인식과 해석의 행위에서
인간의 주체성을 보장하는 것으로 본다. 따라서 독자의 읽는 행위는
텍스트의 의미를 주체적으로 형성하는 과정이 된다. 주체가 뚜렷할수
록 의미의 형성도 뚜렷해질 것이다. 다만 모든 독자의 읽기가 모두 꼭
같은 가치가 있다는(또는 없다는) 극단적 상대주의를 피하기 위하여
〈해석의 공동체〉라는 다소 느슨한 제도적 장치를 마련한다. 또는 형식
주의의 방법을 일부 전용하여 한 사회가 대체로 공인하는 〈텍스트의
관습〉을 내세우기도 한다. 해석의 공동체나 텍스트의 관습을 잘 인지
하는 독자는 그만큼 객관적 내지 공동적인 동의를 이끌어내는 읽기를
할 수 있다고 보는 것이다. 그러한 해석의 공동체는 일정한 기간 동안
일정한 지역이나 문화권에서 주로 교육을 통하여 전수되고 강화되나
모든 사회 관계가 그렇듯 영구불변한 것은 아니다. 이른바 패러다임
이 바뀌는 시기가 반드시 오기 마련이다.

　독자반응비평의 몇 가닥을 짚어보기로 한다. 우선 스탠리 피시는
독자가 문학 텍스트를 시간의 경과에 따라 경험한다는 사실을 매우
중요하게 여겼다. 구조주의나 뉴크리티시즘은 문학 텍스트를 한꺼번
에 조망할 수 있는 하나의 완전한 형상으로 간주하는 경향이 있지
만, 그는 문학은 음악처럼 시간의 경과를 통하여 순간순간마다 예측
할 수 없는 방향으로 변화를 거듭하며 변화의 종말에 이르는 주체의
경험 전체가 바로 의미라고 주장했다. 그러므로 독자는 읽기의 과정
중에서 의미를 체험하는 것이지, 읽기가 끝난 다음에 몇 마디 말로
그 텍스트의 의미는 이러이러하다고 말할 수 없다. 그러므로 매 순간
독자의 반응을 유도할 수 있는 텍스트의 기술, 즉 공인된 〈수사법〉이
중요하다. 그런데 모든 독자가 다 그처럼 주체적 의미 형성 경험을 할
수 있는 것이 아니고 한 사회, 한 시대가 공인하는 의미 해석의 방법
을 체득한 〈이상적 독자〉만이 그럴 수 있다. 한 사회의 공인된 해석의
방법이란 그 사회의 교육 기관, 교육 제도, 연구 방법 등에 의하여

형성된다. 독자반응비평은 이처럼 무분별한 상대주의를 벗어나기 위한 장치로서 〈이상적 독자〉를 상정한다.

조너선 컬러는 촘스키 언어학에서 언어 능력과 언어 수행이라는 용어를 차용하여 문학 연구는 독자의 근본적인 〈문학적 능력〉과 개별 작품에 대한 〈문학적 수행〉을 구별하여 문학적 능력에 관심을 집중해야 한다고 주장했다. 독자가 개별 문학 작품을 처리하는 행위(문학적 수행)는 독자의 내면에 형성되어 있는 문학적 능력에 기반한 것이다. 바로 그런 능력이 있으므로 개별 문학 작품을 제대로 해석하고 평가하게 된다는 것이다. 이 이론에서 필요한 전제도 역시 〈이상적인 독자〉또는 〈완전한 독자〉이다. 가장 이상적인 독자는 한 언어의 문학, 또는 특정 시대의 문학을 하나의 전체적 구조로 성립시키는 조건들을 모두 체득한 사람일 것이다. 따라서 그런 가상의 독자가 구비해야 하는 조건들, 다시 말하면 그 언어 또는 그 시대의 문학의 의미와 가치를 생성하는 모든 조건들을 찾아내는 일이 이 이론의 핵심이다. 그런 구조적 조건들을 구조주의에서는 기호 체계라고 했다. 그러니까 이 이론은 구조주의의 대상을 텍스트가 아닌 독자의 내면적 능력에서 찾으려 한 것이다. 그러나 〈이상적 독자〉라는 초역사적 존재를 과연 전제할 수 있는가는 문제였다. 그래서 탈구조주의가 대두하면서 이 이론은 퇴조했다.

독자의 반응은 심리 현상이므로 당연히 심리학이 응용될 만하다. 프로이트는 자기의 이론의 아주 많은 부분에서 문학 작품과 신화를 바탕으로 삼았다. 그가 창시한 정신분석학이 특히 독자반응비평 이론에 적용될 가능성이 높다. 노먼 홀런드는 독자가 문학 텍스트 속에 〈전략적으로〉 장치되어 있는 여러 요소들에 반응함으로써 자기 자신의 정체성을 만들어나가는 경험을 하게 된다고 했다. 정신분석학에서 개인의 자아 정체성은 소위 〈방어 기제〉에 의하여 자아를 위협하는 불안 요소들을 제어함으로써 성립되는 것인데 문학 텍스트는 독자의 환상(콜러리지가 말하는 문학적 허구가 주는 〈불신의 자발적 중단〉 상태)속에서 그러한 방어 기제를 적절히 사용하도록 도와주어 자아의 정체성을 확인하는 쾌감을 맛보게 한다. 그러한 자아 정체성의 경험이 바로 텍스트의 의미가 된다.

끝으로, 독일의 수용미학의 관점이 있다. 이 관점은 주로 볼프강 이저의 저작들로 널리 알려지게 되었는데 이저는 후설의 현상학을 응용하여 독자가 문학 작품을 읽는 행위를 세심하게 관찰했다. 모든 텍스트는 무엇보다도 독자의 역할을 전제하고 만들어진 것이다. 모든 글에는 독자가 이미 들어 있다고 할 수 있다. 그는 한 독자가 한 문학 텍스트를 읽는 행위는 궁극적으로 한 〈작품〉을 실현하는 행위로 보았다. 그는 텍스트는 아무리 촘촘히 짜인 것이라도 빈틈이 있기 마련이며 바로 그런 빈틈들을 적절히 메워나가는 것이 독자의 몫인 동시에 그의 읽기 행위의 가장 중요한 부분이 된다고 했다. 독자는 빈틈을 채워넣는 창조적인 행위를 부단히 하는 데에서 즐거움과 의미를 의식한다. 필연적으로 빈틈을 많이 내포하고 있는 텍스트는 그 자체로서는 불확정적인 무력한 상태에 머물러 있다. 독자가 이를 반드시 어떤 확정적 의미의 체계로 살려내야 한다. 그것은 어려운 모험이기도 하다. 독자는 여러 대안들을 시험하여 나가면서 확정성에 도달한다. 그러나 이저의 현상학적 방법은 작품이라는 객체와 능동적인 독자라는 주체 사이의 간극을 모두 만족스럽게 메꿀 수 없다는 인상을 풍긴다.

〈이상적 독자〉나 정신분석학의 자아 정체성이나 현상학의 주체성이란 개념들은 모두 해체 이론에서 저자와 아울러 독자도 소멸함에 따라 다소 무의미하게 되었다. 그러나 독자반응비평은 이론으로는 문제가 있지만 문학 교육에서 실제 응용성이 매우 높다. 20세기 초에 영국의 리처즈가 실제비평을 창시할 때 바로 독자의 다양한 반응을 교육적 진단의 자료로 삼았던 일이 되살아나는 듯하다.

→ 심리학, 정신분석학적 비평, 현상학적 비평

독창성 originality

요즈음에는 〈독창적〉이라는 말이 칭찬의 말임에 틀림없지만 예전

유럽에서는 그 말이 괴팍스러움을 뜻했고 따라서 욕처럼 사용된 적이 있었다. 자기의 노력이 없이 남의 작품을 표절하는 것, 단지 흉내만 내는 것은 물론 지탄의 대상이 되었으나, 고전을 본받고 그 방법을 모방하는 것은 오히려 바람직하게 여겨졌었다. 그래서 모방은 결국 고전의 모방이라는 설도 나오게 되었다. 또한 항간에 널리 퍼져 있는 신화, 전설, 설화 등의 소재는 모든 문인의 공동 재산으로 인정되었으므로 누구나 다 가져다 쓰되 그 취급 방식, 즉 아리스토텔레스가 말하는 플롯이 잘 짜이기만 하면 좋게 보아주었다. 인륜, 충효, 정의 등의 기본 주제는 물론 만인 공동의 것이고 독창적 주제란 생각할 수 없었다. 일반적으로 소재나 주제는 문인이 꾸며내는 것이 아니라고 보았던 것이다. 아직까지도 작품을 쓰면서 앞머리에서 그것이 자기가 지어낸 것이 아니고 우연히 발견한 어떤 사람의 수기라고 둘러대는 관습이 살아 있는데(아무도 믿지는 않지만), 이 관습은 주로 르네상스 때 소재의 발명을 자랑거리라기보다는 불신을 조장하는 것이라고 생각했던 것에서 연유한다.

18세기 중엽에는 신화, 전설, 설화 등 공동적 소재가 고갈되자 새로운 소재를 발견하든가, 여러 가지 경험을 토대로 상상적으로 발명하는 수밖에 없게 되었다. 한편, 문학은 주어진 사물의 모방이 아니라 작가 자신의 표현이라는 사상이 대두하였다. 이것은 사람은 각자 개성이 뚜렷하다는 민주주의 및 개인주의의 발생과 관계가 있다. 개인마다 개성의 차이가 있는데, 시인은 천재인 까닭에 더욱 뚜렷한 개성을 가지고 있다. 문학의 소재는 남과 아주 다른 자신의 특수한 개성이며, 그 개성을 표현하기 위한 말씨 역시 독특할 수밖에 없다. 이리하여 독창성은 문학의 최고의 도덕으로 존중되게 되었다.

20세기에는 개인이 속한 전통을 강하게 의식하는 것이 개인의 차이를 의도적으로 드러내려는 것보다 훨씬 원숙하고 건전한 태도라는 사상이 대두하여 독창성이 미덕이라는 생각은 후퇴했다. 남과 다름이 반드시 좋은 작품을 낳는다는 보장도 없다. 남과 다름은 단지 하나의 사실일 뿐 가치를 형성하지는 않는다는 말이다. 개성은 반드시 독창적으로만 표현되는 것도 아니며, 완전히 독창적인 것은 아무도 이해할 수 없을 것이며, 또 독창적이라고 알려진 것도 실은 남에게서 영향을 받은 것임을 현대의 미세한 분석법이 가려내고 있다.

→ 낭만주의, 표현

동화 fairy tale

아마도 〈동화〉라는 말보다는 〈옛날 이야기〉 또는 〈옛말〉이라는 말이 더 어울릴 것이다. 동화는 오늘의 우리 주변에서 벌어지는 이야기가 아니라 아주 먼 옛날, 우리가 사는 현실적 지방과 관계가 없는 먼 장소에서 벌어지는 이야기로서 연장자가 유년기의 아동에게 들려주는 것 즉, 구전문학인 것이다. 등장인물도 대개의 경우 임금님, 왕자님, 공주님, 장사, 농부, 형, 아우, 도둑, 도깨비, 선녀 등이고 사실적인 이름이 안 붙는다. 매일매일의 현실을 떠난 이 아득한 세계에서 대부분 현실에서는 이룰 수 없는 유년기의 꿈과 욕망이 그럴듯이 실현된다. 그래서 초자연적인 인물들(선녀, 도깨비, 요술쟁이)의 사건이 벌어지는 것이다. 대개의 경우 형보다 아우, 어른보다 아이, 힘센 바보보다 약하지만 약은 아이, 심술쟁이보다 착한 아이가, 현실 생활에서는 늘 당하기 마련이지만, 동화의 세계에서는 성공하는 것으로 되어 있다. 〈옛말〉을 들려달라고 조르는 아이들은 그러한 성공하는 동화의 아이들과 자기들을 동일시한다. 이러한 동일시, 즉 감정이입은 다른 어떤 문학 장르에서보다 동화에서 가장 순수하게 이루어진다. 이 때문에 동화는 유년기의 아동을 사회의 정신 구조로 유도하기 위한 가장 강력한 교육적 세력의 하나가 된다. 문학의 교육적 효용을 주장하는 사람 중에는 문학이 동화를 닮아야 한다는 말을 하는 이도 있다(예컨대 톨스토이).

동화는 어느 사회에나 있는 민속적 재산이지만 유럽의 경우 17세기 말에 특히 동화를 집대성하여 문자로 보급하는 일이 크게 벌어지기 시작했다. 프랑스의 페로의 동화집, 독일의 그림 형제의 동화집 등은 아주 유명하다. 19세기 낭만주의자들은 아동 예찬의 일환으로 동화를 창작하기 시작하였는데 덴마크의 안데르센은 세계적 명성을 얻고 있다. 현대 창작동화에서는 미래의 과학 나라에서, 또 우주에서 활약하는 꼬마 용사가 등장하는데, 이는 동화의 새로운 변모이다.

한국에서도 아동문학의 한 분야로 동화를 창작하는 이들이 많다. 그러나 옛말이 아닌 아동을 상대로 한 사실적 소설을 동화라 할 수는 없을 것이다. →민담, 우화

두운　頭韻, alliteration

2개 이상의 일정한 낱말들의 첫소리가 서로 같은 현상. 그러나 그러한 현상이 있다고 해도 그것이 우연이 아니고, 리듬의 조성이나 소리의 반복으로 인하여 그 낱말들에다 주의를 환기시키는 것 같은 어떤 특정한 효과를 위한 경우에라야 〈두운〉이라 할 수 있다. 예컨대 〈오늘 일은 네가 했으니 내일 일은 내가 하겠다〉고 동료끼리 말했다면 네, 내의 첫소리(ㄴ) 반복은 예술적 효과와 무관하다. 그러나 〈산에서 사는 작은 새는 산이 좋아 산에서 사노라네〉(김소월, 「산유화」)에서 ㅅ, ㅏ(ㅐ), ㄴ 소리는 우리의 주의가 그 소리에 끌리도록 의도적으로 배치되어 있다. 여기서 산과 새와 삶의 세 낱말은 이 시의 가장 중요한 낱말들이며, 그 세 낱말의 상호 연관이 이 시의 주제를 나타내기도 하는데, 그 상호 연관성을 뜻만이 아니라 소리로도 강하게 암시하는 것이다.

우리 시 문학은 끝소리를 반복하는 각운이 없지만 두운은 상당한 정도로 발달되어 있다. 〈가다 보니 가닥나무, 오다 보니 오동나무〉(옛 민요)의 두운은 너무나도 명백하여 아무도 놓치지 않을 터이지만, 〈동산에 달 오르니 기 더욱 반갑고야〉(윤선도, 「오우가」)에서 ㄷ 소리의 두운은 보통은 그냥 지나치지만 작품 자체의 구조상 의도적인 두운임을 알아야 할 것이다. 〈임 향한 일편단심〉의 경우도 마찬가지다(ㅣ 소리). 우리의 귀는 선조들보다 무뎌진 감이 있다. →각운, 소리

ㄹ

 **로고스 중심주의** logocentrism

프랑스 철학자 자크 데리다가 처음 쓴 말로서, 모든 개념, 사상, 담론은 어떤 불변의 절대적, 본질적 권위를 중심으로 삼고 전개됨을 가리킨다. 일반적으로 철학에서는 〈진리〉가 존재한다는 것을 중심 전제로 삼고서 비로소 그 나름의 담론을 전개한다. 헤겔 철학에서는 〈절대정신〉이라는 것이 유일한 핵심적 전제가 되어 그 위에 일체의 그의 철학적 담론이 성립된다. 신학적 담론은 신을 절대적 중심으로 삼고 전개된다. 그러나 데리다는 어떤 담론에서든지 그러한 〈로고스〉 또는 〈절대적 진리〉가 바로 이것이라고 모든 사람이 확인할 수 있도록 보여주는 일이 없이 다만 그것을 전제하고 온갖 현란한 논의를 벌일 뿐이라고 비판한다(사과에 대한 담론에서는 사과 자체를 모든 사람에게 보여줄 수 있는 것과 비교가 된다). 즉 로고스–진리는 단지 하나의 기표 signifier, signifiant로 남아 있을 뿐이고 그것의 기의 signified, signifié는 영원히 유예된다. 다시 말하면 아무리 현란한 말과 논리를 전개시켜도 그것들이 중심으로 삼고 있는 절대적 본질 그 자체의 〈현전〉 또는 〈현존성 presence〉은 확보되지 않는 채 현란한 말들만이 겉돌 뿐이라는 것이다. 즉 말 밖에는 아무것도 없다. 이것은 결코 확인할 수 없는, 또는 있을 수 없는지도 모를 로고스(진리, 말씀)를 중심에 두고 담론을 전개하는 서양철학 전통을 〈해체〉하기 위한 데리다의 기본적 비판이다.

이러한 형이상학적 문제를 우리는 글쓰기의 문제에 국한하여 생각한다. 모든 글은 의미를 중심적 전제로 삼고 전개된다. 그러나 소쉬르의 언어학에서 말하듯이 의미는 고정적, 확정적 〈현존〉이 아니라 온 갖 기표들의 〈서로 다름의 관계〉에서 빚어지는 현상에 불과하다. 그러 한 다름의 관계 자체가 고정된 것이 아니라 계속하여 맺어지고 이어 지는 가변적인 것이므로——이를 일러 〈차연〉이라고 한다——의미라 는 본질은 현존의 순간을 영원히 미루는 셈이 된다. 전통적으로는 글 의 의미는 글쓴이의 의도에 있다고 믿어졌는데 글쓴이 자신도 많은 텍스트들이 서로 어울리는 지점의 하나(이른바 상호 텍스트성)이므로 의미의 최종 권위자로서의 현존이 될 수 없다. 이것이 〈저자의 소멸, 또 는 죽음〉이라는 것이다.

그렇다면 로고스 중심주의가 아닌 반-로고스 중심적 글쓰기란 어 떤 것일까? 아마도 솔직하게 어떤 엄숙한 절대적, 권위적 진리 또는 본질적 의미를 전달한다는 저자 의식이 없이, 즉 〈저자가 죽은〉, 단지 쓸 뿐인 글, 어떻게 보면 저절로 씌어진 것 같은 글, 오로지 글의 〈차연적〉 성격을 최고도로 부각시킨 글, 궁극적으로는 그 자체를 스스 로 해체하는 글일 것이다. 그런 글을 데리다는 그냥 〈글écriture〉이라 고 했는데 물론 데리다 자신도 그런 절대적인 글은 못 썼다. 온갖 말이 한바탕 난장(카니발)을 벌이는 일부 모더니스트, 포스트모더니스트 글 에 아마 그 비슷한 것이 있을 법하다. 그러나 데리다는 실상 어떤 글을 쓰라는 처방을 내린 것이 아니라 모든 철학 담론의 기본 문제를 심각히 문제 삼은 것이다. 아울러 자기 주장이나 권위를 적극적으로 내세우는 저자에 대한 강한 불신을 나타낸 것이기도 하다.　→ 탈구조주의

로만스　romance

로만스란 말은 본래 로마의 직접적인 영향권 속에 있던 이탈리아, 프 랑스, 에스파냐, 포르투갈 등지에서 사용되던 로마말(즉 라틴어)의 방언을 뜻하였다. 언어학에서는 그들의 말을 로만스어라 부른다. 그 들은 중요한 문서나 저술은 이미 죽은 말이 되어버린 라틴어로 기록 하였으나, 그들의 오락을 위한 시와 이야기는 구어체의 방언으로 기

록하였다. 그렇게 기록된 이야기를 로만스, 로만즈, 로만조라 불렀는데, 이는 로만스 방언으로 쓴 하찮은 글이란 뜻이었다. 그런데 특히 현재의 프랑스 남부 지방에서 쓰인 로만스는 환상적으로 이상화된 기사의 무용담과 연애 이야기가 대부분이어서 그후 로만스 하면 환상적 무용담, 연애담, 또는 무용 연애담을 뜻하게 되어 오늘에 이른 것이다. 〈로만〉이라는 말이 유럽 대륙에서 〈소설〉의 뜻으로 사용되는 것도 그에서 연유한다.

12세기에서 15세기까지 크게 번성한 로만스 문학의 가장 중요한 소재가 되었던 것은 옛날 영국의 전설적 왕이었던 아더 왕과 그의 기사들, 프랑크족의 왕이었던 샤를마뉴 대왕과 그의 기사들, 및 그리스와 로마의 영웅들에 관한 전설이였다. 르네상스 시대에 고전문학 및 합리주의의 발흥으로 로만스 문학은 조소거리가 되었다.『돈 키호테』는 로만스 문학에 대한 조소로 일관한다. 합리주의에 기초한 사실주의가 로만스의 적이지만, 로만스스런 정신——감정적, 주관적인 열망, 현실을 초월하기 위한 이상화의 경향, 합리성, 사실성에 대한 본능적인 반발 등——은 계속하여 머리를 들곤 한다. 로만티시즘은 그 명칭이 직접 암시하듯이 로만스 정신의 근대적 부활이었다. 18세기 중엽의 막연한 공포와 신비를 추구한 이른바 고딕Gothic 문학, 앨런 포의「어셔 집안의 몰락」, 셸리 부인의『프랑켄스타인』, 스티븐슨의『보물섬』, 뒤마의『삼총사』같은 모험소설, 브론테의『폭풍의 언덕』같은 거의 초인간적인 사랑 이야기, 멜빌의『모비 딕』같은 우주의 신비에 대한 공포와 도전의 이야기 등은 전적으로 또는 부분적으로 로만스 문학의 후예들이고, 이 가닥은『데카메론』,『돈 키호테』등 사실적 이야기의 전통과 대치되어 이어지고 있다. 현대의 반사실적인 기괴한 문학, 즉 카프카나 일부 실존주의자들의 문학에도 로만스의 요소가 다분히 들어 있다. 사람은 빵만으로는 살 수 없다는 말이 있듯이 사람은 사실적 문학만으로는 살 수 없다고 하겠다. 이것은 동양문학에서도 마찬가지이다. →소설

리듬 rhythm →시, 율격, 자유시

마르크스, 엥겔스, 그리고 그들의 혁명적 사상을 정치적으로 실천한 레닌, 트로츠키, 마오쩌둥 등은 모두 문학에 대하여 조금씩 언급했다. 마르크스와 엥겔스는 당시의 일부 사실주의적 소설이 실상은 사실을 여실히 나타내기보다는 지배 계급의 사상과 가치 체계를 자연스러운 것, 당연한 것으로 나타내어 지배 계급의 지배를 정당화하고 지속시키는 위장된 〈이데올로기〉의 산물이라고 비판했다. 이에 더하여 그들은 한 사회의 문화와, 그 문화를 떠받치고 있는 생산 방식(주로 노동)과의 관계를 해부하고 문학을 포함한 문화란 결국 경제적 생산 수단을 장악하고 있는 지배 계급의 이데올로기를 정당화하는 일종의 공중누각 같은 것(이른바 상부 구조)이라고 주장했다. 이와 같이 문학에 나타나는 지배 이데올로기를 폭로하고 비판하는 것은 그후의 마르크스주의 비평의 한 큰 줄기가 되어 있다.

한편 그들은 당시의 본격적 사실주의 소설에서는 사회의 부조리에 대하여 철학자나 정치학자보다 더 예리한 통찰력으로 사회적 진실을 제시한다고 감탄하기도 했다. 즉 어떤 문학 작품은 사회에 대한 정확한 지식을 전달한다는 것이다. 이 역시 이후의 마르크스주의 비평의 한 큰 가닥이 되었다. 엥겔스는 사실주의 문학에 찬성하면서도 지나치게 자질구레한 사실 위주의 묘사보다 전형적인 상황 속의 전형적 인물의 행위 묘사를 요청한 바 있는데 이 〈전형〉 이론도 후에 중요한 원칙이 된다. 이처럼 마르크스와 엥겔스는 위대한 문학과 예술이 비록 많은 사람의 노동에 의존하는 공중누각의 일부이지만 그런 경제적 기초에 의하여 전적으로 결정되는 것은 아니고 상당한 독립성을 가지고 있다고 했다. 마르크스와 엥겔스는 독일 계몽주의의 후예들로서 문학과 예술을 존중하는 정신을 상당히 지니고 있었다. 이렇게 하여 지배 이데올로기를 비판하고 사회의 진실을 파헤쳐 제시하고 사회주의적 사회를 지향하는 문학을 최상위에 두는 마르크스주의 비평의 기본이 성립된 것이다. 그들에 비하여 공산주의 혁명을 실천한 트로츠키나 스탈린은 문학이 공산주의의 선전, 건설, 유지를 위한 수단으로 쓰일 것을 강조했다. 이른바 〈사회주의적 사실주의〉는 그러한 정치적 행동으로서의 문학과 예술을 규정한 방식이었다.

현대의 마르크스주의 비평을 수립한 사람들은 주로 서유럽, 특히 독일과 프랑스의 사상가들이었다. 이들은 대체로 유럽 문화의 전통과 철학적 비판을 중시하는 입장이었다. 이탈리아 사상가 안토니오 그람시는 지배 계급의 〈헤게모니〉를 유지하기 위한 수단으로서의 문화를 비판하고 피지배 계급이 혁명적 〈반헤게모니〉로써 그에 대항할 것을 제안했다. 그에게는 헤게모니를 행사하는 모든 문화——근대에는 주로 부르주아 문화——는 전복되어야 할 것이었다.

헝가리 출신의 게오르그 루카치는 마르크스와 엥겔스처럼 근대 부르주아 문화를 대체로 긍정하고 특히 영국의 월터 스콧과 프랑스의 발자크 등이 창작한 19세기 사실주의 소설들의 〈총체성〉을 예찬했다. 이들의 소설들은 자질구레한 사실의 묘사에 머물지 않고 한 사회 전체가 변화하는 모습을 보일 뿐 아니라 전형적인 사회 계급들의 관계, 그 충돌상 그리고 바람직한 미래 사회에 대한 총체적 전망을 열어 보인다고 했다. 그러면서 그는 표현주의, 초현실주의, 의식의 흐름 수법 따위의 모더니즘이 총체성을 파괴하고 오직 무의미하고 불건전한 파편만을 제시한다고 비난했다. 그는 〈건강한〉 사실주의를 거듭 강조했다.

그러나 발터 벤야민과 베르톨트 브레히트 등은 모더니즘이 부르주아의 자족과 나태에 대한 비판인 동시에 혁신적 방법에 대한 모색이 된다고 주장했다. 그들은 대중 매체와 대중 문화도 혁신적 방법을 제시할 수 있다고 했다. 이에 반하여 〈프랑크푸르트 학파〉, 또는 비판 이론자들은 대중 매체, 대중 문화는 지배 계급이 피지배 계급을 잠재우는 수단일 뿐이라고 비판했다. 마르크스주의는 본시 억압적 정치와 경제 관계의 속박으로부터 사람의 〈해방〉을 강조했다. 혁명이란 바로 그러한 해방을 위한 행동이다. 문학도 그러한 해방의 한 방식이 된다. 블로흐, 마르쿠제, 아도르노 등은 사람은 본래 현실의 억압적 사회로부터 해방되어 이상적인 사회를 이루고자 하는 염원이 있으므로 문학은 이 염원을 조장하고 그 실천을 유도하는 것이어야 한다고 주장했다. 이들은 정통적인 문학이 그 일을 할 수 있다고 보았고 앞에서 언급한 것처럼 대중 문화는 오히려 그에 적대적이라고 했다.

프랑스의 알튀세와 골드만 등은 문학을 포함한 문화적 산물에서 잠재적인 이데올로기를 분석해 내고 그 허실을 비판하기 위한 각종 논리와 논의의 구조들을 개발했다. 이들은 스스로 〈과학적〉 또는 〈구조적〉 마르크스주의 이론을 제시한다고 자부했다.

영국의 레이먼드 윌리엄스는 문학을 모든 문화적 행위와 그 산물의 자연스러운 연결 속에서 보았다. 그는 문화는 물론 물질적 기초 위에 수립된 것이지만 대중 문화, 고급 문화의 구별은 사람의 통합된 삶을 억압하므로 그 구별은 없어져야 한다고 주장했다. 그의 사상은 후에 영국의 문화적 유물론으로 발전했다.

미국의 프레드릭 제머슨은 마르크스-헤겔 식의 변증법과 정통적 해석학의 방법을 자기 나름대로 발전시켜 주체와 객체, 형식과 내용, 긍정과 부정 같은 까다로운 문제들을 문학 작품과 관련하여 분석하여 그들의 통합을 시도했다. 그는 문학 작품 속에 감추어진 총체적 역사적 문맥을 밝혀내어 그 정치 경제적 의미를 비판하는 일에 능하다.

현실적 정치 세력으로서의 마르크스주의가 쇠퇴한 현재, 마르크스주의 비평은 주로 다른 여러 비평 이론들과 자유롭게 절충하고 있다. 프로이트주의, 페미니즘, 탈구조주의, 해체 이론, 포스트모더니즘 따위와 연결되어 마르크스주의 고유의 절대주의를 버리고 상대주의적 경향도 보인다. → 문화유물론, 비판 이론, 이데올로기

만가 輓歌, elegy

중국의 만가(挽歌라고도 씀)는 본래 상여를 메고 나갈 때 부르는 노래의 일종을 가리키는 말이었다가 후에 죽은 사람을 조상하는 노래를 뜻하게도 되었다. 서양의 엘레지는 본래 내용과는 관계없이 어떤 율격 형식에 대한 이름이었는데, 그후 차차 죽은 사람에 대한 애도와 일반적으로 죽음, 불행, 허무감 등에 대한 사색적인 서정시를 가리키게 되었다.

한국의 경우, 월명사의 향가 「제망매가」는 대단히 높은 경지에 다다른 만가이며, 이두로 씌어진 「도이장가」 역시 오래된 만가이다. 「5백 년 도읍지를 필마로 돌아드니」(원천석) 등의 우울한 무상감의 시도 다분히 만가적이라고 할 수 있다.

서양에서는 전원적인 만가가 고대로부터 르네상스에 이르기까지 한창 성했었는데 르네상스 이후에는 기독교 사상의 영향으로 죽음에 대한 승리와 부활의 희망이 내포되는 것이 한 관습이 되어 있다(대표적인 예는 밀턴의 「리시다스」).

18세기에 영국에서 발생한 이른바 묘지파The Graveyard School 시인들은 일반적으로 죽음과 무상에 대한 우울한 시를 지었는데(에드워드 영의 『야상곡』), 이 경향이 유럽 전체에 전파되었다. 특히 제임스 맥퍼슨의 『오시안』은 청년 괴테를 그 달콤한 우울감으로 매료하여 그의 『젊은 베르터의 슬픔』에 길게 인용되었다.

고대와 르네상스의 전원시적 만가와, 묘지파의 우울한 시의 진통이 합하여 낭만주의 시대에 만가적 시풍을 형성했다고 볼 수 있는데, 그 최고 정점은 아마도 독일의 릴케(『두이노 비가』)일 것이다.

동양에서는 허무감, 무상감을 시적인 것으로 받아들이는 정신 풍토가 이루어져 있기 때문에 거의 어느 시인이나 만가적 작품을 짓지 않은 경우가 없고 또 각 시인의 우수작은 많은 경우에 있어 만가적이다.

특히 한국의 시는 한(恨)의 표백을 그 중심적 정조의 하나로 삼고 있는데, 〈한스러운〉 일 중의 상당수가 만가적인 것은 물론이다.

만가의 기본적 특성은 우수의 감정이다. 사색적 경향도 있으나, 이지적이거나 현학적이 되어서는 우수의 〈달가운〉 맛이 가신다. 우울한 감정이나 슬픔을 그대로 터뜨리지 않고 속으로 수용하든가 체념하는, 다분히 달관한 태도를 보여야 한다. 김소월의 「초혼」은 애도의 시임에는 틀림없으나 감정의 직접적 폭발인 까닭에 현대적 의미의 만가는 아니다.

말 language

문학이 말을 떠나서는 있을 수 없다는 것은 누구나 다 인정하겠지만, 문학이 어떤 종류의 말을 어떻게 사용하는지에 대해서는 논란이 많다.

말은 하나의 사회적 현상이다. 말은 한 공동 사회의 구성원이 습득하는 일련의 습관으로서 일정한 방식에 따라 발성되는 소리들로 구성된다. 그 기본 기능은 한 사람에게서 다른 사람에게로 약속된 소리를 통하여 어떤 자극을 전달하여 일정한 반응을 일으키는 것이다. 즉 사람들의 의식(또는 신경) 체계 사이에 연결을 가능케 한다. 이처럼 말은 사회의 공통적인 약속에 기초하고 있다는 것이 가장 중요한 특징이지만, 한편으로 각 개인은 저마다 독특한 〈말버릇〉을 가지고 있다. 말버릇이 없는 개인은 있을 수 없다. 사회의 커다란 약속의 테두리 안에서 어느 두 사람도 꼭 같은 말버릇을 가지지 않는다. 우선 말의 소리, 이를 테면 ㄱ 소리도 정확한 기계 측정에 의하면 개인마다 조금씩 다 다르다. 뿐만 아니라 말의 뜻도 각 개인에 따라 조금씩 다를 수밖에 없다. 소리는 성대의 구조와 주로 관계가 있고, 뜻은 개인의 심리적, 사회적 체험과 주로 관계가 있다. 말의 뜻이 사회의 공통적인 약속에 부합될 경우, 이를 외연(外延, denotation)이라 하고, 개인적인 요소가 개입되었을 때에는 그것은 내연(內延, connotation)이라고 부른다.

말은 특별히 문학을 위하여 존재하는 것은 아니다. 문학은 그 특정한 목적을 위하여 말의 어떤 속성을 특수하게 이용한다. 저자는 다른 개인들이나 마찬가지로 자기의 개인적인 말버릇과 사회의 공통적 관습을 적당히 뒤섞는다. 저자의 목적은 어떤 상황 속에서 자기, 또는 자기가 내세운 어떤 인물이 가지는 어떤 반응에 어울리는 반응을 독자에게 일으키려고 하는 것이다. 저자는 독자에게 그러한 반응을 일으킬 것으로 판단되는 말(외연 및 내연을 포함하여)을 고른다. 객관적 대상을 알려주는 것을 목적으로 하는 사실주의적 문학은 내연, 즉 개인적 의미의 요소를 축소시키고 외연 즉 표시적 요소를 증대시킬 것이다. 보다 상상력이 풍부한 문학은 물론 내연적(개인적, 함축적) 의미를 되도록 많이 살린 글이다. 통상적인 문법에서 약간 벗어나든가 관습적인 낱말 대신 독자의 특별한 관심을 끄는 드문 낱말과 뜻을 사용하여 그 글이 사회 공통의 관습적인 말의 한 토막이 아니라 상당히 흥미를 끄는 뚜렷한 개성의 소유자의 말이라는 인상을 남긴다. 또는 뚜렷한 개인이 아니라도 어떤 특수한 집단 또는 일반 사회의 특수한 순간과 상황의 말이라는, 즉 비상한 말이라는 인상을 남긴다. 이러한 말을 읽는 독자는 특수한 자극을 받는 만큼 사회 공통적 반응과는 다른 특수한 개인적 반응을 보이게 된다.

다른 특수하게 사용되는 말들과 마찬가지로 문학은 말을 의식적으로 잘 조직한다. 이 조직의 원리는 사회의 일반적인 말의 조직 원리보다 훨씬 특수하고 그 자체대로의 일정한 전통이 있다. 시라는 말의 조직체는 운율, 수사법 등 시 자체의 전통을 응용한다. 사회 일반의 말은 무자각하게 관습을 따르는 것이 보통이지만, 문학의 말은 사회의 관습은 물론 그 자체의 전통적 방식에 대하여 상당히 비판적이고, 말의 처음과 끝을 적절히 마무리하기 위하여 애쓴다(사회의 말은 처음과 끝이 확연히 구별되지 않는 계속적인 흐름이다). 말의 의식적인 조직화는 문학 아닌 과학 논문, 철학 논문, 법률 서류 등도 행하는 것이지만 이것들은 말을 되도록 외연적으로 사용하려고 한다는 점에서 문학과 구별된다. 즉 과학이나 철학, 법률의 세계에서는 공통된 뜻만을 사용하려고 하고 한 낱말에 한 뜻 이외에 다른 개인적인 뜻을 부가하지 않으려 하며, 그 전체적 조직 원리는 주로 그러한 철저한 외연성을 유지하기 위한 것이다.

어떤 이론가들은 문학의 말을 정서 유발적emotive, 과학의 말(및 기타 외연에 의존하는 글)을 지시적referential이라고 하여 구별한다. 〈지시적〉이라는 말은 말과 그것이 지시하는 객관적 사물이 1 : 1로 짝 지어진 관계를 갖는다는 뜻이다. 과학의 말, 이를테면 〈산소〉라는 말은 우주의 물질을 구성하는 백여 가지의 원소 중에 그런 이름으로 부르기로 약속된 원소가 실재하기 때문에 존재할 수 있다. 문학에서 〈사랑〉이라는 말을 사용하였다면, 그것은 대체로 심리학에서 말하는 객관적 심리 현상에 대한 이름이 아니라, 사람에게서 그 말과 관계 있는 어떤 정서를 불러일으키기 위한 것이다. 따라서 객관적으로 실재하지 않는 상상적 사물이라도 독자에게 어떤 정서를 불러일으키기만 하면 문학에서 얼마든지 사용할 수 있다. 따라서 과학은 실증할 수 있는 진리(객관적 사실)를 전달하는 진술이고, 문학은 진술과 비슷한 형태를 취하지만 진리, 즉 객관적 사실을 전달하지 않으니 유사 진술(類似陳述)이라는 것이다. 유사 진술의 목적은 상대방의 정서를 조화 있게 자극하여 그의 심리적 태도에 안정을 가져오려는 것이다.

한편 현대의 일부 사상가들은 말이 생각의 매개 수단, 또는 생각의 옷 내지 꾸밈에 불과하다는 관점을 거부한다. 말은 그처럼 우연히 사회적 약속으로 정해진 수동적인 수단이나 겉치장이 아니라 오히려 사람의 지각과 인식 및 관념을 통제하는 능동적이고 창조적인 인간적 능력으로 보고 있다. 〈나무〉라는 낱말이 없다면 우리는 〈나무〉라는 관념을 가질 수 없으며, 그런 관념이 없다면 그 관념을 내포하는 어떤 사고도 할 수 없으며, 나아가서는 〈나무〉라는 객관적 실체를 지각할 수도 없다는 것이다. 극단적으로 말하면 말이 없다면 인간 자신을 포함하여 우주도 존재하지 않는다고 하겠다.

문학은 바로 이러한 말의 창조력을 최대한도로 발휘시킨다. 말을 새로 창조하든가, 말을 독특하게 쓰든가, 아무도 알아채지 못한 말들의 새로운 관계를 맺어 보이든지 하여 새로운 말의 덩어리를 만들면 그것은 바로 새로운 실재를 창조하는 것과 같다. 〈나무〉라는 말이 없

을 때 〈나무〉라는 말(따라서 그 관념까지)을 창안하면 〈나무〉라는 실재
가 비로소 인간의 의식 속에 존재하게 되는 것처럼, 모든 문학은 새
로운 실체의 창조인 것이다(진정한 창조적인 문학은 사실 수가 적지만).
상식적인 차원에서 말하자면, 〈춘향〉이라는 순전히 말을 가지고 만들
어낸 인물은 역사상의 어느 실제적 인물 못지않게 우리의 의식 구조
속에 실존하고 있다.

이런 관점에서 볼 때, 하나의 문학 작품의 말은 어떤 감정이나 사
상을 담기 위한 수동적인 수단이 아니라, 그 자체가 실체의 형상인
것이다. 따라서 작품의 말을 다른 말로 바꾸든가, 요약하든가 하면
그 작품이 본래 형상화하고 있는 실체의 모습은 많이 변하든가 심한
경우에는 파괴되고 만다(이것이 뉴크리틱들의 견해이다). 그러니까 과
학의 말이나 문학의 말이나 일상 생활의 말이나 모두 외부 사물의 인
식작용을 통제하고 결정한다는 점에서는 마찬가지이다. 다르다면 단
지 각각의 말이 형성하는 사물의 모습이 다른 것뿐이다. 문학은 감정
유발의 유사 진술, 과학은 진실의 진술이라고 둘로 나누는 것은 틀렸
다는 말이 된다. 더욱이 현대언어학은 문학의 말과 과학의 말을 구분
하는 문학적 기준은 없다는 주장을 하고 있다. 말의 속성들의 어떤 것
을 얼마나 응용하는가 하는 정도의 차이뿐이며, 문학과 과학은 똑같
이 말에 의하여 실재의 인식을 통제하는 인간의 노력들이라고 보는
것 이다.

이 주장은 물론 문제가 없지 않지만 문학의 말과 과학의 말을 냉혹
히 구별하는 것이 문학에 유리한 영역을 마련해 주는 것만은 아닐
듯하다. 말을 잘 쓰려고 하는 인간의 여러 가지 노력은 다 같은 가
치를 가지는 것이지, 어떤 것은 좋고 어떤 것은 나쁘다고 할 수 없다.

현대의 〈기호 이론〉은 말과 기타 의미 전달 방식을 통한 인간의 모
든 의식적 노력이 동일한 작업의 여러 다른 양상들임을 밝혀내고 있
는데 이 분야의 연구의 일단이 이른바 구조주의이며, 이 연구가 인간
의 학문을 횡적으로 통일시켜 주리라는 전망을 보여주는 듯하다.

→ 구조주의, 의미

매너리즘 mannerism

〈틀에 박힘〉이라 번역할 수 있는 영어 낱말로 한 개인의 독특한 글투(문체)를 소재나 주제에 관계 없이 그대로 과다하게 사용하는 것을 말한다. 기교와 글투는 소재, 주제에 따라 적절히 변해야만 신선감을 주는데, 어떤 저자는 혹시 어떤 특정한 경우에는 효과적일 수도 있는 특수한 글투와 기교를 아무데서나 버릇처럼 사용하는 까닭에 첫째는 단조로움, 둘째는 불성실함의 느낌을 주게 된다. 우리말에서는 〈매너리즘에 빠진다〉는 말을 하는데, 이는 매너리즘을 저자의 능력 또는 성실성의 부족으로 인한 일종의 타락으로 보는 까닭이다.

매너리즘은 본래 서양 미술사에서 사용하던 용어로서 그 본뜻은 세밀한 부분들의 처리로 전체를 완성하는 데 대단한 솜씨를 보인 16, 17세기의 화가들의 화풍을 가리키던 말이다. 바로크란 말과 거의 비슷한 뜻을 지녔다. 같은 시기의 세밀한 수사법과 재치를 보인 문장에 대해서도 매너리즘이란 용어가 쓰였다. 그러나 현재는 문학에 있어서 매너리즘은 비난의 뜻으로 쓰인다.

독자도 매너리즘에 빠질 수 있다. 문학의 말에 세심한 주의를 기울이지 않고 〈사랑〉이라는 제목이나 낱말만 보아도 으레 틀에 박힌 달콤한 정서적 반응을 보이는 것은 매너리즘임에 틀림없다. 한국의 양반 시조는 매너리즘으로 말미암아 결국에는 사멸하였다. 독자들도 틀에 박힌 반응을 보이기가 싫증 났기 때문에 더 들어주지 않았던 모양이다.

멜로드라마 melodrama

본래 16세기 이탈리아에서 음악을 가미한 연극을 뜻하여 한참 동안 오페라와 동일한 것으로 간주되기도 했다. 차차 음악은 연극의 내용을 뒷받침하는 배경 음악으로 변하고, 무대 장치, 의상, 소도구 등의 시각적 효과를 십분 이용하고, 무르녹은 연애, 엽기적인 사건 등 강렬한 정서적 자극을 주는 것을 연극의 내용으로 하며, 대체로 주인공이 어려운 처지에 몰려 관중의 눈물을 자아내다가 끝에 가서 행복을 찾는다는 결말로 끝나는, 통속적인 윤리관에 입각한 권선징악적 교훈을 담은 민중의 사랑을 받는 연극으로 확정되었다.

음악, 무대 장치, 분장, 조명 등 극장의 보조 수단을 최대한 이용, 청중의 감정적 참여, 배우의 능란하고 과장된 연기 등으로 인하여 예술적인 거리를 조성한다거나, 인간성이나 인생에 대한 관조를 돕는 정규 비극이나 문제극의 차원에는 못 이른다. 정규 희극과 웃음극의 관계는 정규 비극과 멜로드라마의 관계와 같다고 할 수 있다. 멜로드라마의 인물들은 이른바 평면적 인물들이며, 선한 주인공과 악한 적대자들은 검정과 하양처럼 완연히 구별된다. 충격적인 사건과 극악한 흉계 때문에 선한 주인공이 한참 말할 수 없는 고통을 받으나 결국 행복하게 되는데, 이 인물들의 행위는 인간의 사실적 심리에서 동기가 주어지지 않고 인위적인 관중의 소망적 사고에 영합한다.

현재에는 서부 활극 같은 영화나 텔레비전이 많은 청중을 동원하며 멜로드라마의 전통을 유지하고 있다. 연애, 전쟁, 출세, 괴기, 역사, 전설 등 일체의 이야깃거리가 멜로드라마로 각색될 수 있다.

→ 비극, 희곡

모더니즘 modernism

현대 예술의 어떤 특질을 일컫는 다소 막연한 명칭으로, 현대문학──유럽에서는 20세기 문학 전부를 가리키기도 하고 1차대전이 시작된 1914년 이후의 문학으로 하기도 한다──전체가 다 모더니즘에 속한다고는 할 수 없다. 현대문학의 여러 경향 중에 특별히 전위적이고 실험적인 것만이 모더니즘과 관계 있다. 실험적인 까닭에 안정된 형식을 이루지 못한다. 모더니즘 예술은 의식적으로 창조하는 만큼 또 파괴를 감행한다. 보다 정확히 말하면 창조에 임할 때와 거의 똑같은 주도면밀한 계획하에서 조직적인 파괴를 감행한다. 이런 경우 파괴는 거의 창조의 의의를 갖게 된다. 파괴의 대상이 되는 것은 전통, 특히 바로 전시대의 예술 방법과 주제 및 소재이다.

모더니즘은 더 직접적으로는 19세기 후반과 20세기 초에 융성하였던 사실주의 및 자연주의에서 벗어나려는 노력이다. 사실주의와 자연주의는 19세기적 유물론과 관련이 깊은데 모더니즘은 그러한 우주관은 물론, 일체의 물질주의와 산업주의를 개인 정신의 억압으로 보고 반발한다. 모더니즘은 자연히 현대의 실제 세계에서 스스로를 소외시킬 수밖에 없다. 그들이 희구한 개인적 자유는 현실로부터의 망명이라는 아이로니컬한 의미를 띤다.

현실 세계의 미래에 대해서는 비판적이다. 모더니즘 문학은 과거 지향적이라기보다는 현실 비판적이고, 나아가서는 미래 예언적인데, 그 예언은 묵시록적인 세상의 파멸, 반유토피아에 대한 비전의 형태를 취하는 것이 보통이다. 현실에 속한 독자에 대하여 모더니스트는 이해를 돕거나 친절하지 않고 오히려 조소적이다. 현실 생활에 대한 비판의 한 방법으로서 〈예술의 비인간화〉를 서슴지 않기도 한다.

〈비개성적 예술관〉도 이와 관계가 있다. 그러나 모더니스트의 예술만이 미래의 우주적 파멸 뒤에도 살아남으리라는 암시를 어딘가 모르게 던져주고 있다.

현대에 문제가 되는 문인들은 모두 모더니즘과 관계가 있다. 표현주의, 이미지즘, 엘리엇 류의 〈고전주의〉 등은 모두 모더니즘이라는 다소 막연한 범주에 속하나 그들의 사상적 향배는 아주 다르다.

한국에서는 1930년대에 이상, 김기림 등이 모더니즘 문학에 참여했다고 알려지고 있다. 그들의 문학을 단순히 언어 유희나 병적인 것으로 보아 넘기는 것은 편견이지만, 그들이 과연 현대 문명에 대한 비판 정신이 투철하여 미래에 대한 강한 비전을 가지고 안일한 사실적, 상식적 예술 방법에 반발하였는가는 면밀히 검토해야 할 것이다.

→ 다다이즘, 부조리 문학, 초현실주의

문학을 일종의 모방으로 보는 것은 고대로부터 18세기까지 유럽 문학론의 가장 중심적인 입장이었다. 낭만주의 시대에 문학을 개인 정신의 자유로운 분출, 표현, 창조로 보기 시작한 이래, 모방이라는 말은 자취를 감추었었으나 현대에 아리스토텔레스의 이론을 재음미하기 시작한 것을 계기로 하여 문학 이론에서 모방의 개념이 다시 거론되고 있다. 한편 모방이라는 말 대신에 사실의 반영, 자연의 재현, 객관적 제시 등의 말을 흔히 사용하는 19세기 이후의 사실주의는 물론 모방 이론과 상당히 관계가 깊다.

모방론은 문학과 그 소재(대상)와의 관계를 중심적으로 고찰할 때 반드시 거론되게 마련이다. 현대에 있어서는 문학과 사회의 관계가 크게 문제시되므로 고전적 의미의 모방론은 아니나 사회반영론이 문학론의 가장 중요한 문제의 하나로 부각되지 않을 수 없다.

유럽 비평사에서 모방론은 대체로 다음 세 갈래의 전통을 가지고 있다.

첫째는 플라톤 계열이다. 플라톤은 그의 『국가론』 제10권에서 문학과 미술이 실재 즉 진실을 발견하거나 전달하지 못하고 그러한 실재, 진실의 그림자에 불과한 눈에 보이는 사물만을 그대로 복사한다고 하였다. 플라톤의 형이상학에 의하면 실재, 즉 진실은 눈에 보이지 않는 불변하는 순수 관념이다. 〈침대〉라는 관념이 감각적인 사물로 나타난 것이 우리가 일상에서 사용하는 침대인데, 이 침대는 침대라는 관념에 비하면 아주 조잡할 뿐 아니라 금방 파괴해 버릴 수 있는 임시적 상태이다. 그러나 목수가 만든 침대는 상당한 실용 가치라도 있지만 그 침대를 그려놓은 그림이나 그것을 묘사한 글은 그런 실용성마저 없으니 전혀 무가치하다는 것이 플라톤의 예술 반대론인 것이다. 문학은 진리 자체와는 아무런 관련을 못 가진 한낱 허울 좋은 장난(즉 흉 내 내기)에 불과하다는 생각, 즉 문학은 심각하지 못하다는 생각은 플라톤의 사상에 동조하는 것이다. 문학은 모방 즉 가짜이고, 그러니까 나쁜 것(모조품)이라는 생각이다.

그러나 플라톤의 관념론을 그대로 따르면서도 문학은 눈에 보이는 무가치한 사물의 모방이 아니라 관념, 즉 실재 그 자체를 모방한다고 주장하는 전통도 생겼다. 문학은 보이지 않는 관념에다 적절한 옷을 입혀 세상에 나타나게 하는 것이라는 생각은 중세의 신플라톤주의자들로부터 칸트, 셸링, 헤겔 등 관념철학자들에게서 공통적으로 볼 수 있다. 이 사상은 낭만주의의 근본 사상이 되었다. 단지, 낭만주의자들은 〈모방〉이라는 말을 기피하였다. 문학이 아니면 눈에 보이지 않는 순수한 진리를 여실히 나타낼 수 없다는 생각은 아직도 많은 추종자를 가지고 있는 엄연한 전통이다.

둘째는 아리스토텔레스 계통의 모방 이론이다. 아리스토텔레스는 음악과 무용까지를 포함하여 모든 예술을 모방이라 규정하고, 모방은 인간의 본능이며, 본능의 만족은 즐거운 것이라고 주장하였다. 인간성이 불변하는 한, 문학 및 기타 예술은 인간과 더불어 생겨날 수밖에 없고 또한 그것들에서 즐거움을 얻지 않을 수가 없다는 것이다. 그는 모방이라는 개념을 플라톤과는 전혀 다른 의미로 새기었다. 모방은 지상에 사는 인간과 관계 없는 관념의 세계에 관한 것이 아니라, 사람이 살고 있는 이 세상, 특히 문학에 있어서는 인간의 심성과 행위의 보편적인 양상을 제시하는 것이라고 하였다. 그는 사물의 본질이 사물과 동떨어져 있는 것이 아니라 사물 속에 내재한다고 믿었다. 인생의 본질은 인생 자체에서 발견할 수 있는 것으로서 결국 보편적인 사실이야말로 본질인 것이다. 인생의 보편적인 본질은 개별적인 특수한 사실 한 가지에서는 찾을 수 없다. 역사는 그처럼 개별적인 사실을 기술하는 것이니 인생의 보다 가치 있는 진실을 다루는 것이 못 된다. 문학은 역사처럼 한번 있었던 일을 다루지 않고 있음직한 일, 있을 수 있는 개연적인 일을 다루므로 인생의 보편적 진실을 다루는 것이 된다. 따라서 문학은 역사보다 훨씬 가치 있는 진실을 다룬다. 이런 의미에서 문학은 인생의 진실을, 즉 개연성을 모방한다고 하는 것이다.

또 한편, 문학은 기타 자연물처럼 몸을 가진 실체를 이룬다는 점에서도 자연을 모방한다고 볼 수 있다고 아리스토텔레스는 주장했다. 자연물 중에서 가장 잘 조직된 자연물은 돌이나 모래 같은 무기물이 아니라 유기체이다. 아리스토텔레스는 문학 작품을 하나의 유기체와도 같은 〈생명적〉 조직을 가진 존재로 보았다. 부분들이 하나의 전체를 형성하는 것을 유기체라고 한다면 문학 작품이야말로 인물, 언어, 운율, 기타 여러 가지 부분들이 적절하게 얽혀서 이룬 유기적인 전체이다. 즉 생명체를 닮는다. 다시 말하면 생명체의 모방이다. 생명체는 필요한 부분을 모두 갖추고 있고 불필요한 부분은 갖고 있지 않으며 그것들의 상호 연관은 그 전체를 형성하기에 가장 알맞는 형태로 이루어져 있다. 마찬가지로 잘된 문학 작품의 각 부분은 있을 만한 자리에 놓여져 있고 그런 자리에서 떼어내면 전체가 망가지도록 조직된 것이다. 이렇게 부분들을 전체로 짜 맞추는 것을 〈플롯〉이라 하였다. 그러니까 플롯은 작품의 구성 원리, 생명체로 말하자면 생명의 원리라고 할 수 있다. 그래서 〈플롯은 시의 영혼〉이라고 아리스토텔레스는 말했다.

생명체는 자기 스스로 자율적 존재가 된다. 마찬가지로 하나의 완전한 작품은 외부 세계에서 독립하여 존재한다고 볼 수 있다. 따라서 자연 세계의 암사슴은 뿔이 없지만, 화가가 혹시 뿔 달린 암사슴을 그렸다고 해도 그 작품이 잘되어 있으면 하나의 가치 있는 작품으로 존재할 수 있다고 아리스토텔레스는 주장하였다. 이 점에 있어서 그는 그의 스승 플라톤과 결정적으로 반대되며 아마 많은 소극적인 모방론자들과도 대척이 될 것이다. 엄밀히 말하자면 〈뿔 달린 암사슴〉의 그림은 모방이 아니라 창조인 까닭이다. 그러나 아리스토텔레스는 좀 더 넓게 유기체의 구성 원리를 닮는 것은 모방이라고 생각했고, 외부 사실의 복사를 모방이라고 보지 않았던 것이다.

세째로, 유럽 문학에서 모방은 문학적 모범에 대한 모방을 뜻했다. 이것은 작가의 글쓰는 훈련을 강조한 로마 시대 이래 지속되는 개념이다. 로마의 대시인 베르길리우스는 호메로스의 두 서사시의 방법을 잘 모방하여 『아에네이스』라는 대작을 남겼다고 하여 대표적인 모방의 예로 지목되었다. 이른바 〈고전〉이 후배 작가의 모범이라는 생각은 동서양을 막론하고 어디서나 믿어지고 있다. 문학의 전통은 그러한 모방에 의한 계승으로 이어진다고도 할 수 있다.

그러나 선배 작가의 모방은 그대로 베끼는 것을 뜻하지 않고 선배들의 창작 원리를 따르는 것을 뜻했다. 따라서 고전을 계속 열심히 읽는 것과 고전의 원리 즉 법칙을 익히는 것이 모방의 요건이었다. 르네상스와 신고전주의 시대에 작가들에게 강요되던 법칙들의 준수는 지금 보면 지나쳤다고 생각되지만 고전 작품에 필적할 만큼 잘 닮은 작품을 쓰기 위한 수련의 방법으로서는 무의미하다고 할 수 없다. 현재의 우리도 이런 뜻의 모방의 단계는 반드시 거쳐야 한다.

신고전주의 시대에 모방이라는 낱말은 재현representation이라는 말로 바뀌는데, 이는 아리스토텔레스나 플라톤의 근본 이념에서 멀어짐을 뜻한다. 인간의 본질적 특성(보편성) 또는 우주적 실재를 모방한다는 생각에서 사물, 특히 인간 생활의 표면을 사실적으로 보여준다는 생각으로 변한 것이다. 이는 특히 근대 소설 문학의 발전과 관계가 깊은 개념이다. 근대소설은 인간의 본질, 실재보다도 눈에 보이는 사실의 표면을 충실히 보여주는 일에 주안한 것이 사실이다.

그리하여 19세기에 사실주의가 확립되었을 때 문학, 특히 희곡이나 소설 같은 서사문학이 사실의 반영이라는 생각이 싹텄던 것이다. 아리스토텔레스의 창조적 모방론에 비하여 재현은 훨씬 소극적이고, 재현에 비하여 반영은 소극적이다 못해 수동적이다. 그러한 수동적인 거울의 표면을 닮음으로써 사실의 표면을 조금도 수정함이 없이 보여줄 수 있다는 것이다. 이 태도는 사실의 내면, 즉 실재에 대한 불신 또는 회의에서 생긴 것이다. 눈에 보이는 객관적 사실 이외에 또 다른 실재를 상정한다는 것은 작가로서는 힘든 일이다.

현대의 소수 이론가들이 아리스토텔레스의 모방론을 부활시키려 하는 것은 인간의 완전한 행위(완전은 처음, 중간, 끝이 필연성을 가지고 뭉쳐 있는 형태)를 이루는 유기적 구조로서의 작품에 관심이 가는 까닭이다. → 고전주의, 사실주의, 플롯

모티프   motif

반복되어 나타나는 동일한 또는 유사한 낱말, 문구, 내용을 말한다. 한 작품에서 나타날 수도 있고 한 작가 또는 한 시대, 또는 한 장르에서 나타날 수도 있다. 우리 설화에 자주 반복되는 이별한 님, 서양 동화에 자주 나타나는 요술 할멈과 미녀 이야기 등은 민족 설화의 모티프들이며, 두견, 소쩍새는 동양시에 자주 나오는 모티프이다. 〈봄은 여전히 왔는데, 사람은 가고 아니 온다〉는 내용의 정서도 동양시에서 약간의 모습을 바꾸면서 자주 반복되는 모티프이다. 한 작품 속에서도 계속 반복되어 그것이 느껴질 정도가 되는 모든 요소는 모티프라고 할 수 있다.

일부 형식주의자들은 작품에서 쓰인 최소 의미 단위, 즉 문장의 내용을 모티프라 부른다. 〈그는 즐거워서 웃었다〉, 〈참 좋은 날씨였다〉 등이 모두 개체적인 모티프인데, 그중 작품 전체의 주제(테마)를 형성하는 데에 직접 참여하는 모티프는 〈매인 모티프〉, 주제 자체와 간접적인 관계가 있는 또는 아무런 관계가 없는 것을 〈놓인 모티프〉라 하여 그 두 가지의 상호 견제 작용이 전체의 주제를 어떻게 풍부하게 형상화하는가를 밝히려고 하였다. 이러한 형식주의적인 견해를 받아들이지 않더라도 모티프는 작품의 주제를 구축하고 통일감을 주는 중요 단위로서 구실을 하고 있는 것이 사실이다.

현재의 신화비평에서 거론하는 원형적 심상도 모티프의 일종이다. 상징주의자들의 반복적인 상징도 마찬가지이다. 모티프는 모든 저자가 공유한 공동의 재산이나, 그것을 어떻게 이용하는가는 저자의 역량에 달렸다. →원형

묘사   description

근본적으로 말에 의한 사물의 전달은 모두 묘사에 의한다고 할 수 있다. 〈기차가 막 달린다〉란 말도 어떤 물체의 특수한 행위를 묘사하

는 것이다. 그러나 문학에서 말하는 묘사는 보다 기술적이고 의도적인 것이다. 근대문학에 있어서 가장 중요한 종류의 묘사는 배경 묘사일 것이다. 배경이란 어떤 사건이 벌어지는 공간이다. 예전에는 주인공의 어떤 행동이 벌어지기 위한 마당으로서의 배경을 막연히 제시했을 뿐이나 최근으로 올수록 배경이 인물의 행위와 직결되어 있다는 생각이 강해져서 배경 묘사는 결국 인간 행위에 대한 간접적인 암시 또는 대조, 비판이 된다고 보는 것이다.

다음으로 중요한 묘사는 인물 묘사이다. 인물의 외모에 대한 사실적 묘사는 근대 사실주의 문학에서 비롯되어 그 방법도 무척이나 세련되었다. 심리학의 영향으로 심리 묘사가 세련을 거듭한 것도 최근의 문학의 특징이 될 것이다.

행위의 묘사는 이야기 문학의 필요불가결한 요소이지만, 이것 역시 최근에 이를수록 섬세해졌다.

묘사를 여실히 하기 위하여 동원되는 수법은 다음의 여러 가지로 구분할 수 있다. (1) 가장 중심적인 인상(통일성)을 확정하는 것. (2) 가장 적절한 관점(물리적 또는 심리적)을 선택하는것. (3) 중심적 인상을 가장 효과적으로 창조할 특징적 세부들을 선택하는 것. (4) 독자의 오감을 되도록 많이 자극하는 것. (5) 이러한 세부들을 공간적, 시간적, 수사학적, 연상적 순서에 따라 연결시키는 것. (6) 직접적 진술이나 암시에 의해서 중심 어조를 띠도록 전체 문단(하나의 묘사 부분)을 완성하는 것.

대체로 말해서 묘사는 일반화에서 특수화로 옮아왔다고 할 수 있다. 특히 사회 환경이 개인의 언행을 결정한다는 19세기의 사상에 영향을 받아, 배경의 자세한 묘사는 결국 개인에 대한 인과율적 설명이 된다는 생각으로 굳어지게 되었다.

그러나 문학의 일부에서는 세부적인 사실적 묘사가 인간의 참모습을 다 드러내지 못한다는 주장을 내세우고 인간 내면의 제시 방법을 더욱 암시적이고 미세하고 상징적인 차원에서 추구하고 있다. 그것은 사실적 묘사는 아니나 또 다른 형태의 묘사적 수법이라고 하겠

다. → 구체적/추상적

문예사조(literary movement, trend) → 고전주의, 낭만주의, 문학 운동, 사실주의

문제극, 문제소설　problem play, problem novel

모든 이야기 문학은 서로 적대적인 세력들 간의 갈등을 내포하고 있다. 그러한 갈등을 빚는 상호 적대적 세력들 중에서 종교적이거나 철학적이거나 심리적인 것이 아니고 산업혁명 이후 크게 대두한 사회 관계에 있어서의 갈등을 빚는 요소들을 특별히 부각시켜 다루는 이야기 문학을 문제극, 문제소설이라 한다. 저자는 문제를 특수한 각도에서 제기하며 또한 일반의 관념과는 다른 진보적인 해석을 제시한다. 입센의 『인형의 집』은 여성의 사회적 지위라는 문제를 제기하고 여성은 어떤 결단이 있어야 하는지를 보이고 있는 19세기 대표적 문제극의 하나이다. 20세기의 버나드 쇼도 문제극을 많이 썼다. 최근에는 인종 차별 문제를 다룬 작품이 많이 나왔다.

19세기 이후 사회적 실증주의의 영향으로 사람의 문제를 종교나 철학의 측면에서 보지 않고 사회 정치 경제적 측면에서 보기 시작한 이래 문학은 사회적 사실주의의 경향을 두드러지게 띠었고, 사회적 사실주의 문학의 상당한 분량은 사회 문제의 제기와 진보적 해결책을 암시하는 문제의 문학이 되었다. 대개의 사회 문제는 그 당시의 특수한 여건이 빚은 것이므로 지금 우리에게는 특별히 관심을 끌지 못하고 그 해결책도 상당히 소박하게 보이기도 한다. 한 시대, 한 장소에 국한된 문제를 크게 여론화하려는 글은 문학을 이용한 선전(프로파간다)이 되고 만다.

확실히 옛날의 문제 문학은 대개 현재에는 싱싱한 맛이 없지만, 그 중에서도 아직 우리에게 감동을 주는 것은 사람의 문제를 시공을 초월한 보편적인 문제로 제시한 문학들이다.

문채 文彩, figures of speech

어떤 특수한 효과를 내기 위하여 통상적인 문장 작성 방법에서 의도적으로 벗어날 때 사용하는 기술들을 서양의 수사학에서는 피구라 figura(시각적 형상)라 하였는데, 동양의 문장론에서는 거기에 해당할 만큼 일반적으로 쓰이는 용어가 없다. 서양의 중세, 르네상스 시대에 그것을 〈말의 빛깔colours〉이라 한 적도 있으니 〈문채〉라는 동양의 옛말과도 통한다. 글의 〈빛깔〉, 즉 〈문채〉의 개념은 순전한 의미 전달을 위한 질박한 글의 바탕 위에 빛깔 있는 무늬를 적당히 첨가한 것이라는 생각이다.

바탕은 변치 않으나(즉 내용은 변치 않으나) 시각이라는 직접적인 감각에 확 띄는 효과가 있고, 따라서 전달 내용에 주의를 끌게 된다. 글을 잘 쓴다는 것은 단지 질박한 바탕(내용)만을 마련하는 것이 아니라 적당한 무늬도 군데군데 박아넣을 줄을 아는 것을 뜻한다.

서양의 전통적 분류법에 따르면 문채는 크게 두 가지로 구분된다.

첫째는 〈말의 문채figures of speech〉라는 것인데, 이것은 주로 문장의 어순을 특수하게 바꾼다든가, 낱말의 철자법을 바꾼다든가 하여 효과를 내는 방법들을 말한다. 예를 들자면, 〈진실로 진실로 너희에게 이르노니〉(신약성서)에서 보는 것과 같은 반복이나 〈산천은 의구한데, 인걸은 간데없다〉 같은 대구도 이에 속한다.

둘째는 생각의 문채figures of thought인데 이는 비유trope(돌림 turn이라는 뜻)라고도 하는 것으로 말의 뜻을 바꾸어 쓰는 일체의 방법을 말한다. 그러니까 은유metaphor, 환유(換喩, metonymy), 제유(提喩, synecdoche) 등이 이에 속한다.

이러한 여러 가지 문채들을 과거의 이론가들은 수십 가지로 세분했다. 그것들의 명칭과 실례와 용법을 가르치는 것이 과거의 인문 교육의 가장 중요한 한 부분을 차지했다. 그러나 이미 르네상스 때에 그런 방법들의 기계적 암기와 적용이 그대로 좋은 문장을 만들 수 있다고 믿지 않는 이론들이 생겨났고, 이어서 미리 예측할 수 없는 특수한 문맥에 따라 그것들의 역할이 정해진다는 발전된 이론도 생겨났다.

그러나 문채가 바탕에 대한 무늬, 즉 장식이라는 생각은 19세기 초에 이르러서야 수정되기 시작하였다. 단순한 장식은 바탕의 본질을 변화시키지 못한다. 단지 첨가되었을 뿐이니까 바탕을 손상시키지 않고 제거할 수도 있다. 그러나 어떤 문장에서는, 특히 시에서는 그런 장식이 바탕을 변질시킨다든가, 또는 덧붙인 장식이 아니라 본래 그 바탕과 같이 생겨난 본질적인 것이라는 새로운 생각이 대두했다. 생각과 언어를 내용과 형식으로 엄격히 구별하던 재래의 사고에서 생각은 언어와 동시에 발생한다는, 적어도 시에서는 생각과 표현(언어)이 동시적, 필연적 융합 관계에 있다는 사고로 옮겨온 것이다.

따라서 문채는 잘 쓴 글의 분석에는 도움이 되지만 글을 잘 쓰기 위한 편리한 방식으로 권장되지는 않는다. →문체, 수사학

문체　style

우리말로는 〈글투〉라고 하는 것이 가장 걸맞을 성싶다. 〈투〉는 우리말 사전에 보면 〈버릇〉과 〈솜씨〉를 뜻하는 말인데 문체는 바로 글버릇과 글솜씨를 뜻한다. 그런데 솜씨와 버릇은 서로 비슷한 뜻을 갖고 있는 두 낱말이 아니다. 솜씨는 재주나 기술처럼 어떤 일을 하기 위한 숙련됨을 뜻하며 따라서 질, 가치, 바람직함을 암시한다. 좋은 솜씨, 뛰어난 솜씨라는 말은 있어도 나쁜 솜씨, 못난 솜씨라는 말은 잘 쓰지 않는다. 반면에 버릇은 질이나 가치와 관계없이 단지 개인(또는 한 집단)이 어떤 일을 할 때에 나타내는 특유의 방법을 말한다. 그러므로 누구나 다 버릇이 있다. 그러나 솜씨는 누구에게나 다 있는 것은 아니다. 어떤 기준에 맞추어서 나쁜 버릇, 좋은 버릇이 구별되지만 버릇이 아주 없는 사람은 있을 수 없다. 솜씨는 그런 기준에 비추어볼 때 숙달된 좋은 버릇으로 볼 수 있다.

종래의 문체 이론에는 글투를 솜씨로 볼 것이냐 버릇으로 볼 것이냐 하는 두 견해가 있다. 글투를 솜씨로 본다면 글에 따라서 글투가

있는 글도 있고 없는 글도 있다는 말이 될 것이다. 이때의 글투는 효과적인 문장 구성 능력을 뜻하니까, 결국 좋은 글의 본질이 된다. 좋은 글의 본질이란 궁극적으로는 문학의 본질로 귀착된다. 따라서 문체론은 문학론의 핵심적 관심이 된다는 말이다. 특히 문학을 개성의 표현으로 보는 낭만주의 입장에서는 올바른 글투에 도달하는 것이 곧 올바른 문학을 창작한다는 말이 된다. 〈저자의 개성과 동시에 그의 생각을 가장 잘 표현하도록 낱말들을 배열한 것〉이 글투라고 정의한 이론가는 바로 글투가 곧 문학적 창조임을 믿는 사람이다. 가장 좋은 글투는 자기 말을 자기 생각에 가장 완전하게 적응시키는 것이다(이 세상에는 생각과 말의 완전무결한 적응은 없겠지만). 이처럼 글투는 표현될 생각과 특유한 표현의 솜씨를 보이는 저자의 개성이 결합됨으로써 이루어진다. 그러므로 어떤 글에서 낱말을 1개 바꾸어 넣든지, 순서를 바꾸든지, 문장의 형태를 조금 바꾸든지 하면 전체의 뜻은 조금이라도 달라진다. 즉 문장 구성의 방법이 그 문장의 뜻을 결정한다고 보고 또한 뒤집어서, 저자가 표현하고자 하는 어떤 뜻이 문장의 형식(낱말의 선택과 배열)을 결정한다고 보는 것이다.

잘 쓴 글은 〈그런 사상을 나타내기 위하여서는 그런 방식으로 쓸 수밖에 없다〉는 필연성, 불가피성을 강하게 풍긴다. 문학을 사상과 감정의 개성적 표현이라고 본다면 글투야말로 바로 그런 일을 하는 것이니까 문학의 본령이 된다. 글투가 없으면 문학이 아니다.

반면에, 글투를 단순한 글버릇으로 보는 견해는 현대언어학의 발전에 자극을 받은 현대문체론(특히 프랑스와 러시아 계통)의 입장이다. 글버릇이 없는 글은 없다. 따라서 모든 글은 문체론의 분석 대상이 된다. 글투란 단지 표현 방식일 뿐으로서, 가치 평가를 일삼는 비평의 대상이기에 앞서 언어학적으로 기술할 수 있는 현상이다. 즉 문체론은 비평 이전의 작업이다. 시어, 심상, 상징, 소리의 조직, 수사법 등 문학의 언어적 측면을 가치의 면에서 고찰하는 것은 문체론이 아니라는 것이다.

언어학적 입장의 문체론은 뜻과 표현 방법이 서로 필연적으로 결합

된다고 보지 않는다. 한 가지 뜻을 나타내는 데에는 여러 방법이 있다. 〈책을 좋아한다〉란 말은 〈독서를 즐긴다〉, 〈책을 즐겨 읽는다〉, 〈독서가 취미이다〉, 〈책읽기를 좋아한다〉, 〈도서를 애호한다〉, 〈책에서 즐거움을 맛본다〉 등등 무한하지는 않지만 상당히 여러 방법으로 말할 수 있는데, 이중의 하나를 선택하게 하는 요인은 뜻과 표현 방식의 완전한 적응이 아니라, 의미 전달(표현)을 둘러싼 구체적인 정황이라는 것이다. 이 복합적인 정황 속에 문장 자체도 한 요소가 되는 것은 사실이나 절대로 전부는 되지 못한다. 넓게 본다면 의미 전달의 정황은 한 사회 문화 전반에 관련된다. 어른에게 아이가 〈밥 먹었느냐?〉 하지 않고 〈진지 드셨읍니까?〉 하는 것은 한국의 언어 문화, 나아가서는 사회 관계의 문화에 관계된 것이지 개성과 사상의 결합으로만 보기 곤란하다는 것이다. 그러니까 문체론은 의미 전달을 둘러싼 정황 즉 넓은 의미의 문맥에 주의를 기울인다. 문맥은 한 편의 글 자체가 이루고도 있지만 또한 한 사회가 그 테두리를 이루고 있기도 하다. 그래서 글투는 한 작가에 한정시켜서(예컨대 이광수 글투 같은 식으로) 생각할 수 있고 한 시대의 것으로도(19세기 글투) 생각할 수도 있다.

현대문체론은 언어학으로부터 심층 구조와 표면 구조의 개념을 도입하였다. 변형생성 언어 이론에 의하면 사람의 정신 속에 깊이 박혀 있는 문장 생성 능력(심층 구조)이 문장을 만들어서 외부적 또는 개인 심리적 문맥에 맞도록 변형시켜서 밖으로 표출한 것이 표면 구조이다.

심층 구조에 있어서는 동일한 문장일지라도 거기에 적용한 변형 규칙(여러 가지 문법적 방법)에 따라 겉으로 나타나는 문장은 달라진다는 것이다. 개인적 및 사회 문화적 문맥에 따라서 적용한 변형 규칙이 다르므로, 문체론은 글에서 어떤 변형 규칙을 사용했는가를 분석한다. 하나의 글버릇은 주로 한 가지 또는 몇 가지 한정된 변형 규칙을 계속적으로 사용한 결과 동질감을 주는 표면 구조가 눈에 띄는 것을 말한다. 이를 〈내세우기 foregrounding〉라고 부른다(이는 러시아 형식주의의 이론이다). 개인에 따라서, 시대에 따라서, 주제에 따라서, 문학 장르에 따라서 이렇게 표면에 내세워지는 요소가 다르기 마련이다.

그런데 이 내세워진 요소들은 통계적으로 계산할 수 있는 수량적인 것이다. 아주 기초적인 예로, 이광수와 김동인의 형용사와 대명사의 사용 비율을 통계적으로 밝힐 수 있다. 이른바 호메로스 글투라는 것도 미세한 통계적 처리를 통하여 어떤 요소들이 내세워지고 반면 어떤 요소들이 물러나 있는 결과인지를 알아낼 수 있다. 심리언어학, 사회언어학의 발전은 개인 및 사회의 문맥의 변형 규칙의 선택에 대한 설명을 더 선명하게 해주고 있다. 최근에는 전자계산기를 이용하여 익명으로 발표된 작품의 저자를 판별해 내기도 한다.

종래 수사학에서 말하던 장중체, 화려체, 해학체 등의 구분은 표현론적 문체론에 비추어보나 현대문체론에 비추어보나, 무척 뒤진 것임을 알 수 있다. 장중체는 언제나 장중한 효과를 낼 수 있는 본질을 가지고 있지 않고 저자의 구체적인 장중한 의도와 표현 방법이 맞아들어 갈 때에만 성립된다. 무엇이 장중한 것인지는 개인과 시대, 사상, 주제에 따라 또한 다르므로 장중체라는 불변하는 본질을 추출하기는 곤란하다.

그러나 현대문체론이 말하는 〈내세운〉 요소들을 구체적인 문장들에서 실증적으로 추출한 결과 글버릇의 유형을 구별할 수는 있다. 그리하여 개인 저자의 글버릇(이광수 글투), 한 시대의 글버릇(조선 후기 글투), 한국어의 글버릇(한국 글투), 한 장르의 글버릇(서정시 투), 한 주제의 글버릇(실존철학 글투), 한 지역 또는 사회 집단의 글투(호남 글투, 군대 글투), 독자에 따른 글투(대중 글투, 보고서 글투), 목적에 따른 글투(해학 글투) 등을 구분할 수 있다. 대개 이들은 단독으로보다는 몇 개가 복합적으로 사용된다.

글솜씨와 글버릇은 글투의 두 면으로 보는 수밖에 없으나, 현대는 확실히 실증주의적 문체론, 즉 글투는 글버릇이라는 견해가 우세한 듯하다. → 구조주의, 의미 동양에서 문학이라는 낱말이 문예, 언어 예술, 의미 예술 등의 뜻으로 쓰인 것은 서양 문물에 접하고 나서부터이다.

문학이란 문자 그대로 하자면 〈글공부〉란 뜻밖에 없다. 서양의 리테라투라literatura란 말도 본래는 글로 씌어진 것 즉 문헌, 특히 어떤 학문 분야에 관련된 문헌을 뜻하는 말이었다가 19세기에 이르러서 비로소 현재의 의미를 갖게 되었고, 그전에는 포에시아poesia 즉 〈시〉라는 말을 현재의 〈문학〉에 해당되는 말로 썼었다. 동양에서도 〈문학〉에 해당되는 말로 시, 시문이라는 말을 썼었으니, 동서양을 막론하고 문학은 시라는 다소 한정된 개념을 갖고 있었다.

동양, 예컨대 한국에서 정철, 윤선도 등 선비들이 오랜 글공부를 바탕으로 하여 지은 시조나 가사, 특히 한시 작품들과, 무명 인사들이 지은 『춘향전』, 『임진록』, 『배비장전』 등 대중의 흥미에 영합하는 글들을 문학이라는 한 테두리 속에 넣어서 한 종류의 글이라고 인식하기는 벅찬 노릇이었다. 서양에서도 호메로스의 『일리아스』와 디포의 『로빈슨 크루소』가 다 같이 문학이라는 범주에 속한다는 인식에 도달한 것은 산문 문학이 발달하고 민주주의적 사회 의식이 발전한 이후, 즉 19세기 이후인 것이다. 『시경』에 수록된 시와 〈남녀상열지사〉로 지탄받은 고려가요들을 문학으로 한데 묶었을 때, 자연히 『시경』의 유교 경전으로서의 도덕적 교훈은 뒤로 물러나고 그 말의 아름다움 또는 감동, 거기에 표현된 인간 정신, 감정 등이 두드러지게 되고, 고려가요에서는 유교적 도덕관이 지적하는 그 도덕적 타락이나 경박성은 뒤로 물러나고 자연스런 인간적 감정, 상상, 말의 아름다움 등이 부각되어 결국 그 둘은 서로 향배를 달리하는 요소들을 내포하면서도 동질적이고 동등한 것으로 인식되는 것이다. 이러한 인식의 재조정을 쉽게 할 수 없을 때에는 그것이 문학이냐 아니냐 하는 논쟁이 벌어진다. 그러한 인식은 인류가 문학을 향유한 그 유구한 역사에 비하여 너무나 짧기 때문에(서양은 2세기 정도, 한국은 1세기도 못 된

다) 문학이 무엇이냐 하는 논쟁이 벌어지는 것은 당연하다고 하겠다. 그러나 『시경』, 「장진주사」, 『임진록』, 『일리아스』를 한데 묶을 수 있게 하는 공통적 요인 몇 가지를 열거할 수는 있을 것이다.

문학은 말의 어떤 속성——함축성, 감정 유발성, 인식, 창조성, 음악성 등——을 적극적으로 개발한 형태이다. 이와 같은 말의 특수한 사용에는 자연히 어떤 기술과 전통이 생기며, 이 기술과 전통을 다루는 데 있어 개인의 재능이 큰 몫을 차지한다. 문학은 공예품처럼 잘 다듬어서 만들어진 일종의 물건이며, 대체로 사회는 공들여서 만들어진 문학이 사회가 귀중히 여기는 가치를 구현한다고 믿어 인쇄하여 보존하며 후손에게 읽힌다. 또는 암송의 방법으로 보존하기도 한다. 다른 예술품과 마찬가지로 그것은 새로운 것으로 대체되지 않는다.

문학은 인생을 소재로 삼지만, 사회의 말로 표현할 수 있는 한도 내에서만 인생을 다룰 수 있다. 따라서 문학은 사회 전체의 여실한 반영이라기보다는 말에 의하여 선택된 사회의 양상을 다시 형상화(형식화)한 것이다.

저자는 자기의 글버릇을 발휘하며 또한 자기의 관점을 중요한 요소로 삼고 강조하는 것이 보통이다. 따라서 문학은 저자 쪽에서 볼 때에는 자기스러움의 표현이다.

독자에게 문학은 무질서하거나 복잡한 심리를 정돈하여 질서에서 오는 쾌감을 주고, 아울러 문학이 구현하는 인생의 의미가 궁극적으로 윤리 생활에 도움이 된다고 믿게 한다. 그러나 오로지 특정 집단의 교리 설득 방법으로 문학이 이용되는 것은 선동, 선전으로 간주된다. 문학은 그런 선전이 되어서는 안 될 뿐 아니라 또한 오로지 특정한 지식, 정보를 주기 위한 것이 되어서도 안 된다고 믿는다. 문학이 인생에 대하여 말하는 것이 있다고 해도 그것은 우리의 실제적 행동이 벌어질 수 있는 실제의 세계에 관한 것이 아니라 허구, 가상, 개연성의 세계라고 믿는다. 라디오 조립법은 현실적인 행위를 가르치지만, 문학이 직접적 행위를 유발하지 않는 것은 그 허구성과도 관계가 있으나 독자에게 이른바 〈심미적 거리〉라는 쾌적한 정신 상태를 조성시켜 주는 까닭이기도 하다.

문학은 구체적으로 그 창작자의 창작의 순간 그의 정신 속에 존재하는 것도 아니요, 그렇다고 독자들의 독서 경험 속에 존재하는 것도 아니다. 문학은 독특한 언어 구조로 존재하며, 각 독자는 이 구조가 가진 잠재적 가치를 현실화하지만 그 작품 자체에 완전히 도달할 수 있는 것은 아니다.

문학 연구는 문학을 대상으로 하는 일종의 체계적 학문으로서 그 관계는 물리학과 자연의 관계와 마찬가지이다. 물리학이 자연 자체를 생산할 수 없듯이, 문학 연구는 문학 창작을 가르쳐주지는 못한다. 엄격히 말해서 물리학에서 배우는 것은 자연 자체가 아니라 물리학인 것과 마찬가지로 문학 연구에서 배우는 것은 문학 자체가 아니라 문학 연구이다.

문학사　literary history

〈그 문학에 나타난 한 민족의 정신의 흐름을 기술하는 것〉이 문학사라고 정의하는 것이 보통이다. 민족의 정신 대신 민족의 상상력, 풍속, 사회상, 생활상 등 조금씩 다른 낱말을 바꾸어 넣어도 문학사의 근본적인 뜻은 변치 않는다. 이러한 정의들은 모두 문학이 한 민족의 가장 중요한 양상들을 나타낸다고, 즉 반영한다고 전제하고 있다. 그러니까 이 정의들은 문학의 모방적 기능을 강조한 견해에서 온 것들이다. 좀더 축소시켜 말하자면 19세기 중엽에 생긴 사실주의 문학관에 속한다.

19세기 사실주의는 당시의 실증주의 철학 방법에서 직·간접의 영향을 받았다. 프랑스 학자 이폴리트 텐느는 그 영향하에서 최초로 근대적인 문학사(영문학사)를 기술하여 주목을 끌었다. 그는 문학사가 한 민족 사회의 변천을 반영할 뿐 아니라, 오히려 사회의 변천이 문학사를 결정한다는 극단적인 실증주의 견해를 갖고 있었다. 종족, 환경, 시기가 문학을 결정하는 세 요소라고 한 그의 주장은 유명하다.

　그 세 요소가 무엇인지를 알아내기 위하여서는(이를테면 셰익스피어가 속한 영국민은 어떤 성격을 가진 종족인가, 그가 처한 16세기 영국 런던의 사회상(환경)은 어떤 것인가, 구체적으로 그가 『리어 왕』을 창작하던 시기는 어떤 사회적 세력들이 교차하던 순간인가?) 그 당시에 씌어진 일체의 문헌(문학을 포함하여)은 물론 그 밖의 유물, 유적, 기후, 지리까지 다 면밀히 고찰하여야 한다고 하였다. 그래서 문학사를 〈정신의 박물학〉이라고도 불렀던 것이다. 그는 모든 문헌과 유적 중에서 제일 좋은 증거는 문학이라고 하였다. 그러나 그 이유는 잘 밝히지 않았다. 많은 유적과 문헌을, 특히 문학을 섭렵한 끝에 민족성, 환경, 시기의 특성이 밝혀지면 그것을 가지고 한 시대의 문학이 필연적으로 그러한 모습을 취하지 않을 수 없음을 설명하였다.

　그 이후에 나타난 여러 학자들의 문학사는 모두 조금씩은 텐느의 방식을 따랐다. 역사적인 기록, 문학, 기타 문헌, 유적을 광범위하게 고찰하여 한 민족의 정신을 과거로부터 현재에 이르기까지 꿰뚫고 흐르는 특질이 무엇인가를 추정하고 그것이 각 시대의 문학에 어떻게 반영되는가, 각 시대의 문학을 어떤 꼴이 되게 하는가를 일목요연하게 기술하는 것이 문학사가 된 것이다. 이러한 성격의 문학사는 19세기 말에서 20세기 초까지 굉장히 많이 씌어졌고, 종래의 한국의 여러 문학사들도 대체로 그 방법을 따랐다고 할 수 있다.

　그러나 그런 문학사들의 한계는 일찍부터 발견되기 시작하였다. 첫째로 민족성이라는 것은 몇 마디로 표현될 수 있는 간단한 개념이 아니라는 것이 곧 드러났다. 영국인은 유유하고 한결같다는 또는 경험주의적이라는 규정만 가지고 이를테면 바이런의 성급한 태도는 무엇으로 설명할지 곤란해진다. 은근과 끈기라는 개념, 정한(情恨)이라는 특질로 한국 탈춤의 그 호방함과 빠름을 어떻게 설명할까? 또는 〈저항 정신〉이란 막연한 태도를 가지고 「가시리」의 〈끈기(?)〉와 또 순응적이라고 공격받는 수많은 옛날과 오늘날의 작품들을 어떻게 현실적으로 대접할까? 실상 정과 한, 은근과 끈기, 저항 정신처럼 막연한 성격은 어느 나라 어느 민족이든지 다소간 다 지니고 있다.

모든 문헌과 유적을 다 섭렵해야 한다는 실증주의적 사관의 명령은 문학의 역사, 그것도 잘 쓴 문학 작품들의 역사에 흥미를 느끼는 사람에게는 대단히 부담스럽다. 세상의 어느 문학사가도 자기 나라의 문헌은 고사하고 문학을 다 읽지도 못했을 것이다. 한국의 근대 역사가 중에도 절대적 사료인 『왕조실록』을 다 읽은 분이 없는 듯하다. 그래서 실증주의 역사가들은 대개 사료들을 수집하고 그것을 설명하는 데에 그친다. 실증적 문학사가도 문학에 관련된 사항들을 시대적으로 나열하고 고증학적, 서지학적 설명에 그치는 일이 많다.

이렇게 되면 문학사는 단지 사료 위주의 역사학, 또는 문화사의 한 부분에 지나지 않는다. 실상 많은 문학사들은 일반 문화사에서 문학을 취급한 장과 절을 따로 떼어내어 편집한 것 같기도 하다.

문화사 아닌 문학사를 만들기 위해서 일부 학자들은 이름난 문인들과 그들의 작품에 대한 문학비평적 서술을 시대적으로 나열하기도 하였다. 그러나 그것은 결국 문학평론집에 지나지 않는다는 비판을 벗어날 수 없다.

문학사를 필요로 하면서도 그 어려움을 또한 느끼지 않을 수 없다. 우리는 조심스럽게 문학사의 방법을 생각해 보아야 한다. 첫째로 문학사의 일차적 사료는 문학 작품이어야 한다. 많은 문헌 중에서 문학을 가려내는 것은 가치 평가 행위이다. 실증주의는 가치 평가를 무척 두려워하지만, 문학사에서 가치 평가를 기피한다는 것은 우스운 일이다. 가치 평가는 이론을 전제로 한다. 이 이론은 『삼국사기』라는 웅장한 문헌을 이질적인 것으로 버리게 하고 『배비장전』, 「동동」, 『임진록』, 「사미인곡」을 동질적인 것으로 판단케 하고 선택하게 한다. 동시에 「동동」은 「가시리」에 비하여 더 좋다든가 못하다든가 하는 평가도 하게 해준다.

둘째로 시대 구분의 문제가 있다. 일반 역사는 왕조사, 정치 지도자 계승사를 따르는 것이 보통이나, 문학사는 그런 통치자 중심의 정치사와 반드시 일치하지는 않는다. 이 점은 현대의 문학사가들이 다들 인정하지만, 조선 후기 문학, 영·정조 시대의 문학, 《창조》 시대의 문학, 낭만주의 문학 등 단순한 시간의 단위, 통치 기간, 문학 유파의 활동 시기, 문학사조 등 서로 다른 원칙에 의하여 구분한 시대가 한 문학사 속에 섞여 있는 것도 불합리하다. 문학사의 시대 구분 역시 평가와 관계 없을 수 없다. 예부터 오늘날까지의 문학을 시대적으로 고찰하면 각 시대에 따라 문학이 목표로 한 가치가 서로 조금씩 달라지는 것을 더듬어낼 수 있다. 시조와 가사가 주도적인 시대와, 소설이 주도적인 시대는 정치사에 따라 구분되는 것이 아니라, 문학이 어떤 가치를 어떤 문체와 장르를 통하여 구현코자 했는가에 대한 판단에 의하여 구분된다. 물론 각 시대는 정치사나 경제사에서도 그렇지만, 문학사에 있어서도 딱 떨어지게 구분되는 것이 아니고 서로 겹치는 부분이 있을 수밖에 없다. 그러나 주도적인 경향은 서로 구분될 수 있다. 언제부터 한 문학적 경향(즉 어떤 문학적인 가치를 실현하고자 하는 어떤 경향)이 다른 경향에 비추어 주도적이 되었는가를 판단하는 것 역시 문학사가의 평가 작업이다.

문학사는 영향 관계를 빼놓을 수 없다. 예전에는 영향 관계를 원인과 결과의 관계로 단정하고 숱한 오해를 낳기도 했다. 선배가 후배에게 영향을 끼치는 경우는 허다하지만, 또 그런 영향 관계의 계속이 문학사의 흐름을 형성하는 큰 맥락이 되지만, 그것은 인과율처럼 필연적이고 고정된, 그리하여 예견할 수 있는 자연과학적 관계는 아니다.

후배는 반드시 이름난 선배의 이름난 작품에서만 영향을 받는 것도 아니며, 반드시 그 나라의 문인에게서만 영향을 받는 것도 아니며, 선배의 소설이 후배의 시에 영향을 끼칠 수도 있고, 선배의 형식적 요인이 후배의 주제 선택에 영향을 끼칠 수도 있다. 영향 관계는 그처럼 복잡하고 예측이 불가능하다. 오히려 명백한 영향 관계는 후배가 선배를 그대로 답습했다는 뜻이니, 그 후배가 독창성이 없음을 뜻하고, 따라서 문학사의 실질적 확충을 위하여 큰 공헌을 못한 것이 된다. 그런데도 불구하고 문학사에서 영향 관계라면 그처럼 명백한 것들만을 논하는 것이 보통이다. 독창성의 연속이 문학사의 질적 계승을 보장한다. 독창성은 영향을 안 받았음을 뜻하지 않고, 영향을 〈창조적으로〉 받았음을 뜻한다.

문학은 사회의 영향을 받는다. 어느 문학사가든지 이 점을 강조한다. 그러나 사회가 문학을 결정한다는, 즉 사회를 알면 문학을 알 수 있다는, 또는 문학을 보면 그 결정 요인인 사회를 알 수 있다는 단순한 생각은 불합리하다. 사회란 구체적으로 무엇인가? 그것은 정치, 경제, 법률, 종교, 예술, 교육, 언어, 문학 등 헤아릴 수 없이 많은 제도들을 한꺼번에 이르는 추상적 개념이다. 그러니까 사회와 문학을 대비시킨다면 추상적인 개념과 구체적 제도를 대비시킨다는 의식이 필요하다. 그런 만큼 그것은 진정한 대비는 아니다. 대비는 동등한 입장에 있는 것끼리 해야 한다. 사회가 문학에 영향을 끼친다는 것은 실제로 교육, 종교, 정치, 언어 등이 문학과 어떤 관계를 맺는다는 말이다. 동등한 제도끼리는 언제나 영향을 주고받는다. 우리는 경제가 문학에 끼친 영향을 논하지만 말고 문학이 경제에 끼친 영향도 논해야 한다. 문학이라는 사회적 제도는 다른 제도들에게 언제나 영향을 받는 입장에 있다는 생각은 고쳐야 한다. 문학, 특히 통속문학이 (텔레비전이나, 대중잡지를 통하여) 대중의 경제 생활에 끼치는 영향은 굉장하다는 것이 최근 밝혀지고 있다. 현대 구조주의 이론에 의하면 사회의 여러 제도들은 다 각기 저마다의 자율적 규칙을 가지고 있지만, 심층적으로는 모두 단일 구조의 산물들이다. 즉 과학, 정치, 교육, 종교, 예술 등 일체가 서로 동등한 자격을 가지고 있지, 선후 관계나 더더구나 원인 결과의 관계에 있지는 않다는 것이다.

문학이 사회의 한 제도로서 가지고 있는 자율적 규칙이 무엇이며 어떻게 변모하였는가를 밝히는 것이 문학사의 대단히 중요한 부분이 될 것이다. 장르의 발생과 변천의 원인을 사회 환경에서 구하기에 앞서 문학이 하나의 제도로서 계속되기 위한 자체 내의 조정 관계로 보는 것이 옳다. 문학적 관습, 기법 등도 마찬가지이다. 제도는 자체의 역사를 가지며 물론 사회의 다른 여러 제도들과의 교섭의 역사를 또한 갖는다. 이 교섭의 역사를 기술하는 방법은 아직 개발되지 못하고 있다.

그러한 교섭은 각 제도 자체 내의 규칙(전통과 관습 일체) 때문에 일방적이거나 평면적이 아닌 까닭에 일반적인 묘사 방법으로는 기술하기가 불가능하다. 그러한 자체 내의 규칙 때문에 커다란 역사적 사실이 발생하여도 문학은 입을 다물고 있기도 하고, 또는 사회 전반적으로는 별 문제가 안 되는 것 같은 주제와 소재를 열심히 다루기도 하며, 정치 사상과 문학 속의 사상이 서로 평행선을 긋지 않기도 한다.

오늘날의 문학사가는 이런 점들에 유의하여야 하며, 단지 아마추어 문학사가나 정치사상사가 노릇은 하지 말아야 한다. 그는 전문적인 문학사가이어야 한다. → 관습, 사회, 전통

문학 운동, 유파   literary movements, schools

문학 유파는 공통적 취미, 사상 또는 친분 관계 때문에 하나의 집단으로 뭉쳐서 서로 창작 활동을 자극, 격려하고 창작의 경향을 대체로 합의된 원칙과 주장에 따르는 무리를 말한다. 그들의 원칙과 주장은 대개 인상적인 말투로 되어 있는 선언문의 형식으로 동인지, 합동 작품집 또는 기성 잡지나 신문에 발표된다.

문학적 유파는 기성 세대의 문학에 반대하여 생기는 것이 보통이다. 따라서 유파는 대체로 젊은 사람들로 구성되며, 어느 시기가 지나면 새로운 유파가 또 생겨서 흩어지든가 새로 흡수되며, 그중 문학적으로 명성과 지위를 획득한 사람은 유파에서 초연하게 처신하기도 한다.

우리나라 신문학사상에서 〈백조파〉니 〈창조파〉니 하는 유파들도 대체로 위에 열거한 특징들을 갖고 있었다. 오늘날에는 많은 동인들이 유파들을 형성하고 있다.

문학 운동은 유파에서 시작하여 많은 동조자를 얻고 적어도 한 세대를 풍미하여 때로는 국제적으로 파급된 것이다. 서양의 낭만주의, 사

실주의, 상징주의 운동들은 세계 문학사에 뚜렷한 자취를 남기고 있는 대표적 문학 운동들이다. 문학적 유파가 문학 운동으로 성장, 심화되어 하나의 사상의 흐름을 형성한 것을 문예사조라고 한다. 문예사조는 문학 운동이 넓게 오래 퍼질수록 다양, 복잡해져서 한마디로 규정할 수 없게 된다. 현대에는 유파들이 스스로 과장하여 운동이라고 내세우기도 하는데, 순수시 운동, 초현실주의 운동 등은 실제로는 소수 집단에 의한 단명한 유파였다.

문화유물론 cultural materialism

마르크스주의에 입각하여 문학을 비롯한 문화적 산물들과 사회, 정치, 특히 경제적 요소들과의 상호 관계를 규명하고자 하는 노력으로서 마르크스주의의 문학 내지 문화 이론을 포스트모던 시대에 다시금 재정립하려는 시도의 하나이다. 한 사회의 문학을 비롯한 문화 현상을 관념적이든가 이상주의적이든가 당위론적인 관점에서 보지 않고 그것을 발생시키고 그것의 성격을 규정하는 요인을 물질적 사회 관계에서 보려고 한다. 다만 정통적인 유물사관이 전제로 하는 다분히 관념적인 변증법을 떠나 문화에 결정적 영향력을 행사하는 것으로 믿어지는 물질적·경제적 관계를 실증적이고 경험적으로 밝혀내고자 한다.

문화유물론에서는 물질적 생산이라는 경제적 기초(이른바 하부 구조)가 문학을 비롯한 문화 현상이라는 상부 구조를 전적으로 결정한다는 정통 마르크스주의의 도식을 다소 수정하여, 그 하부와 상부가 고정되어 있는 것이 아니라 하나의 과정에서 서로 다른 단계를 이루는 것들로서 상부 구조는 전적으로 하부 구조에 종속되어 있지 않고 그 자체로 어느 정도의 독립성을 가지고 있다고 보았으며 상부 구조역시 나름대로 물질적인 것으로 본다. 이는 수정주의 마르크스주의 이론가들의 공통된 견해이기도 하다. 정통 마르크스주의에서는 둘은 서로 대립적인 개념으로서 하부 구조(경제적 생산)에 비하여 상부 구조(문화)는 전혀 독립성이 없는 〈화려한 가상〉에 지나지 않는다. 이상주의적 논의에서도 〈문화〉와 〈물질〉은 서로 정반대되는 개념으로, 같이 어울릴 수 없는 짝이다. 그러나 문화유물론에서는 이 둘을 통합하고자 하는 것이다.

현대인류학에서는 문화가 현실을 능가하는 높은 가치가 아니라 단지 사회 현상의 전체적 구조라고 본다. 이러한 관점에서 문화유물론은 문화의 물질적, 현실적, 사회 경제적 성질에 주안하며 동시에 문화와 물질을 서로 뗄 수 없는 상호 작용의 과정 속에 통합한다. 그러므로 문학은 당대의 물질적 조건을 초월하는 보편적 가치를 표현하는 것이 아니라 그 조건을 모방, 재현, 반영하는 것이다. 문학비평은 문학 작품에서 바로 그러한 조건들을 가려내는 일이다.

〈이데올로기〉는 문화유물론의 중심적 개념이다. 정통 마르크스주의에서 이데올로기는 사회 관계를 왜곡하는 그릇된 신념들의 덩어리에 지나지 않지만 수정주의적 마르크스주의에서는 이데올로기를 어느 사회에서든지 사람의 행위와 사상을 지배하는 관념, 신념, 지식들의 체계로 본다. 한 사회의 이데올로기는 고정되어 있거나 단순한 것이 아니라 유동적이며 현재의 주도적 요소 이외에 과거의 잔재적 요소와 미래를 주도하게 될 상승적 요소들이 다소의 갈등 양상을 띠며 한데 어울려 있다. 문학은 이러한 요소들을 반영하고 비판하는 하나의 사회적 도구가 된다.

문학은 특히 주도적 이데올로기가 권력을 행사하여 저항적 요소들을 억누르는 여러 양상을 반영한다. 기존 이데올로기가 자체를 강화하고자 하는 양상, 새로운 세력이 기존 이데올로기를 점차 와해하는 과정, 기존 이데올로기가 저항적 요소들을 수용하고자 하는 작용 따위에 문화유물론자들은 주의를 기울인다. 문학은 주도적 이데올로기가 내포하는 모순과 불일치를 드러냄으로써 그것을 와해하는 세력이 된다. 그러므로 문학은 영원한 보편적 가치나 인간의 불변의 본질을 추구하는 것이 아니라 물질적 우위를 장악하고자 하는 현실 정치적 목적에 이바지하는 행위이다. 창작뿐 아니라 문학비평 역시 정치적 행위의 하나이다. 나아가서는 문학 이론의 탐구 역시 정치적 실천이 될 수 있다.

문화유물론은 문학이 역사적 환경의 산물이라는 견해에 있어서는 전통적인 역사주의와 견해를 같이하지만, 역사 자체에 대한 관점에서 현격한 차이를 보인다. 문학이 과거 시대라는 확정된 배경에서 벌어지는 객관적인 사건이라고 보지 않는다. 역사는 통일된 완벽한 그림이 아니라 다양한 세력들이 충돌하고 어울리는 유동적 행위들의 집합으로서 물질적 기초와 문화가 다양하게 상호 작용을 벌이는 마당이므로 〈역사와 문학〉을 〈무대와 연기자〉로서 이분법적으로 보는 것은 잘못이라고 생각한다. 즉 문학은 당대의 정치적 세력들과 일체를 이루고 있으므로 문학만을 따로 떨어져 존재하는 특권적(또는 소외된) 지위에 놓지 않는다.

문화유물론과 신역사주의는 상당히 비슷하다. 그러나 문화유물론자들은 주로 영국의 마르크스주의 추종자들로서 문학의 분석과 해석과 이론으로써 사회의 모순을 드러내어 사회적 변혁을 추구하는 공공연한 좌익인 데 반하여 주로 미국인들인 신역사주의자들은 대개 한 시대의 권력 구조가 내포하고 있는 저항적, 이질적 요소들을 분석하여 드러내는 것으로 그친다. 즉 현실 정치적 목적 의식이 적다.

문화유물론의 약점은 명백하다. 현실 정치적 경향을 스스럼없이 드러내는 도전적인 태도는 자연히 반감을 불러일으킬 수 있으며 특히 세계 사회주의 운동의 퇴락 이후에 정치 활동으로서의 비평은 설득력이 더욱 떨어질 수밖에 없다. 또한 마르크스 이전의 문학에 대한 유물론적 해석은 시대착오적이기가 쉬우며, 본질론과 보편성을 부정하면서도 마르크스주의만은 시공을 초월하여 모든 사회, 모든 문학에 절대적으로 오류 없이 적용될 수 있다는 주장은 악성 집단 중심주의이다. 더욱이 유물론적 해석에 특별히 어울리는 시대나 문학 작품을 반복적으로 선택하여 다루는 경향이나, 미리 정하여 있는 이론의 틀에 넣어 다루므로 결론이 뻔한 논의를 귀 따갑게 벌이는 경향이 있다. 또한 독자가 문학을 읽는 것은 과거 시대의 물질적 권력 관계를 알아보기 위함이라기보다는 이야기나 시에서 재미와 감동을 얻기 위함이라는 단순한 사실이 너무도 쉽게 도외시되기도 한다.

→ 마르크주의 비평, 비판 이론, 신역사주의, 역사, 역사주의

미래파 futurism

20세기의 전위적 예술 유파의 하나. 1909년 이탈리아의 시인 마리네티가 파리의 일간신문《피가로》에「미래주의 선언」을 발표함으로써 정식으로 출범했다. 마리네티는 19세기의 문학 전통인 낭만주의의 감상주의와 상징주의의 심리적 신비주의를 배격하고 또한 과거 유물의 보존소인 도서관, 박물관 등을 매도하고 현대를 예찬하였다. 현대의 특징은 속도, 기계, 도시, 특히 공업 지대에서 나타나는데, 그것들이야말로 인류의 미래를 위해 희망이 넘치는 시적 소재라고 주장하였다. 미래주의자들은 새로운 미학을 수립하려는 목적 의식에서 〈달빛〉을 제거하라고 외쳤으며, 세계의 건강을 위해 전쟁이 좋다고 하였고, 특히 기계와 속도의 결정체인 비행기를 예찬하였다. 작시법에 있어서는 통상적인 구문의 파괴, 전통적 리듬의 거부, 기발한 글자 배열, 시에서 수학이나 화학 기호의 사용 등 충격적인 방법들을 거침없이 썼다.

1919년 이후 마리네티의 추종자들은 다른 전위파들인 다다이즘, 표현주의, 초현실주의 등에 흡수되든가 전위 예술을 포기하였다. 러시아에서는 마야코프스키가 미래파에 동조하여 상징주의를 누르고 새로운 시 운동을 전개하다가 혁명 후에는 잠시 미래파를 혁명 예술로 내세우기도 하였다.

다른 전위파들과 마찬가지로 미래파는 전통적 문학의 무기력한 부분을 과감히 제거하도록 자극하는 데 공헌하였다. 그러한 공헌이 아마도 그들이 남긴 작품들보다 더 중요할 것이다.

서양 원어는 〈감각적인 지각〉이란 뜻을 갖고 있다. 예술에 있어서의 아름다움, 그 성격, 조건, 법칙 등에 관한 지식이라는 의미로 이 낱말을 사용한 첫번째 사람은 독일 철학자 알렉산더 바움가르텐이었다. 〈미〉에 대한 체계적 고찰은 물론 그보다 훨씬 이전 플라톤으로부터 시작하여 중세, 르네상스를 거쳐 현재에 이르기까지 계속되고 있다.

플라톤은 당시에 대중의 인기를 끌고 있던 시인, 예술가들은 진정한 아름다움을 모르는 가짜들로서, 단지 속임수를 쓰는 자들이라 하여 그의 이상적 국가에서 추방하였지만, 진정한 진리와 선과 연결될 수 있는 참된 아름다움은 찬양하였다. 특히 아름다움이 가진 매력(이를 에로스eros라 하였다)은 현명한 사람을 절대적인 아름다움, 즉 순수 관념의 세계까지 이끌어간다고 하였다.

아리스토텔레스는 음악, 미술, 무용, 시 등을 아름다움의 관점에서라기보다는 모방이라는 관점에서 보았다. 특히 문학은 창조적인 모방으로서, 있는 그대로의 사실 그 자체와 개연적인 관계를 가진다는 점과, 완전성을 띤다는 점에서 달라진다고 하였다. 사실에 얽매이지 않고 보다 보편적(개연적) 의미를 가지고 있으며 또한 완전한 구조적 형상을 가진 문학 작품을 그는 단지 아름답기만 한 것 이상으로 존중하였다.

중세에는 플로티노스가 플라톤 사상을 새롭게 해석하여 우주의 창조자요 주인인 이른바 〈유일자〉가 곧 아름다움이라고 하여 그에게서 떨어져 나온 인간 영혼은 그와 다시 합일하고자 열망한다고 하였다. 이 열망의 정신이 철학뿐 아니라 예술을 낳는다는 것이다.

중세의 최고 철학자 토마스 아퀴나스는 신의 정신, 곧 성령이 정돈된 세상의 물질에 광명을 던진 모습을 아름다움이라고 하였다.

위에 열거한 고대 및 중세의 미학 사상에다 기원전 1세기의 로마 시인 호라티우스가 설파한 〈어울림〉의 개념을 합치면 르네상스 시대의 미학의 대계가 이루어지는 셈이다.

17세기 말에 발굴된 고대의 문서 『숭엄미에 대하여』(지은이는 롱기누스로 알려져 있다)는 당시 영국 철학자들 사이에 논의되기 시작한 미학의 경험적, 심리학적 접근과 합하여 새로운 근대미학의 수립을 촉진하였다. 아름다움은 질서, 조화, 균형 즉 다분히 기하학적이고 정지된 상태의 형상과 관계가 있으나, 숭엄한 것은 높고 험한 산, 사나운 파도 따위의 압도적인 힘과, 크고 거대한 운동과 같은 불균형, 부조화 불규칙한 상황과 관계가 있다. 이러한 현상을 파악하거나, 또는 예술적으로 조성하는 능력을 상상력이라 하였다. 18세기 초에 지암바티스타 비코가 상상력을 이성의 능력에 대립시키고 독자적인 영역을 부여한 이래 상상력은 근대미학의——특히 문학과의 관련에서—— 가장 중요한 개념의 하나가 되었다.

독일의 합리론적 내지 관념론적 미학은 18세기 말, 칸트에 의하여 영국 계통의 경험론과 종합을 이루었다. 〈사심(私心) 없는 관조〉에서 오는 깨끗한 쾌감, 실용적 목적 의식 없이 그것 그대로가 목적이 된다는 뜻의 〈무목적(無目的)의 목적성〉은 그러한 종합적 관점에서 생긴 미학의 중요 개념들이다. 짧게 말하자면, 그는 감각과 이성의 화합이 이루어지는 자리가 바로 예술이라고 보았던 것이다.

이러한 조화, 화합의 고전적 사상은 낭만주의 시대에 이르러 보다 주관적, 감성적, 열정적인 것으로 변모하였고, 헤겔은 미의 개념에 다시 이성을 끌어들여 예술을, 그중에서도 시를 〈절대 정신〉의 감각적인 표출로 정의하였다. 그러나 쇼펜하우어는 세속적 욕망으로부터의 해방을 가능케 하는 예술, 특히 음악의 무의지적 관조를 다시금 강조하였다. 니체의 아폴로적 예술과 디오니소스적 예술 구분은 예술의 범주 설정에 크게 기여하였다. 그에 의하면 광명의 신인 아폴로에게서 연유한 예술은 회화, 조각, 서사시 같은 안정되고 균형과 조화가 있는 예술이 되고, 취흥과 광기의 신인 디오니소스로부터는 음악, 무용, 서정시 등 힘과 움직임이 있는 예술이 나왔다는 것이다.

프랑스와 영국의 미학 사상은 관념적인 독일의 사상과는 달리 예술과 사회의 관계에 주목하고 있었다. 프랑스의 텐느는 실증주의의 영향을 받아 예술의 원인이 되는 사회의 제 요소에 주의를 환기시켰고, 영국의 러스킨은 예술의 윤리적 영향을 강조하였다. 이러한 경향에 가장 반대되는 입장을 취한 소수 집단은 예술을 위한 예술을 절규한 심미주의자들이었다.

독일 철학자 페히너는 19세기 말엽에 실험심리학의 방법으로 미학을 다루었다. 이 연구는 현재까지 많은 추종자를 가지고 있는 과학적 미학의 시조가 되었다. 20세기에 들어와서 크로체는 비코의 상상론을 계승하여 직관과 표현의 동시성, 동질성을 강조하는 미학을 수립하여 실증주의적 및 과학적 미학에 대항하였다. 미국의 듀이는 뚜렷한 체험으로서의 예술을 주장하는 실용주의적 미학을 창도하였다.

문학의 입장에서 볼 때, 미학의 역사보다는 심미적 또는 예술적 체험이란 무엇인가를 알아보는 것이 바람직할 것이다. 예술 작품에 대한 체험은 형식적, 추상적 양상과 내용적, 구체적 양상을 띤다. 내적, 구체적 양상이란 한 폭의 그림이 무엇을 그린 것인지, 한 소설이 무슨 이야기를 하는지에 관련된 것이고, 형식적, 추상적 양상은 리듬, 균형, 조화 및 통일성 등을 뜻한다. 특히 통일성의 개념은 중요해서 리듬, 균형 등 형식적 요소들의 통일은 물론, 형식적 요소와 내용적 요소들의 통일까지 뜻한다. 〈다양 속의 통일〉은 모든 예술 작품의 절대적 기준으로 인정되고 있다. 이처럼 다양한 요소들에서 통일성을 지각하는 것이 미적 체험이다. 다시 말하면 형식과 내용의 통일성을 경험할 때 생기는 즐거움이다.

이러한 미적 경험은 우리의 실용적 경험과는 그 〈무용성〉과 〈무목적성〉으로 말미암아 구별된다. 미적 경험은 실제의 직접적 이득이나 필요한 정보를 위한 수단적 경험이 아니라는 것이다.

미적 경험은 이처럼 직접적인 목적 의식에 사로잡히지 않기 때문에 미적 대상(작품)을 관조할 수 있는 거리가 생긴다. 그러나 한편 미적 경험은 산만한 일상 생활의 경험과는 달리 예술 작품이 불러일으키는 집중되고 일관된 흥분 및 고조된 흥미의 상태이기도 하다. 이 두 경험은 상반되는 듯하나, 목적 추구적 경험(예컨대 남의 심부름 갔다 오기)에 비해 미적 체험은 초연하고 거리가 있으며, 무미건조한 습관적인 일상 생활 체험에 비하여 흥미의 체험인 것이다.

현대의 실험심리적 미학의 일단인 형태심리학에서는 잡다한 부분들이 어떤 일정한 상호 관계 속에 놓여 있을 때, 거기서 인간 심리는 하나의 전체를 형성해 내는 능력이 있다고 하였다. 그러한 형성적 능력을 예술적 창조와 경험의 근거로 보았다. 한편 영국의 리처즈는 미정리, 무질서의 상태에 있는 일상적 인간 심리가 예술의 통일성으로 말미암아 질서와 균형을 얻는 경험을 한다고 말한 바 있다.

예술의 기원에 대해서는 모방 본능설(아리스토텔레스), 유희 본능설(실러), 자기 과시설, 건축 본능설(새가 둥지를 짓는 것 같은 본능), 도구 유래설(인간의 도구에서 실용성이 쇠퇴하고 장식적 요소가 확대되었다는 것), 성 본능설(프로이트, 억압된 성 본능의 승화가 예술이라고 함) 등 다양하고 이견이 분분하다.

미적 경험은 조화와 통일성의 경험이라기보다는 감정이입의 경험이라는 독일 철학자 로체의 의견도 있다. 후에 립스가 발전시킨 이 의견에 의하면 예술 작품은 어떤 특정한 정서를 우리 내부로 무의식중에 흘러 넣어준다는 것이며, 이 감정이입의 경험이 강렬하고도 일관적이면 그 작품은 좋은 작품이라는 것이다. 톨스토이도 정서의 감염 정도를 예술 작품의 가치 척도로 삼았다.

문학을 미학의 입장에서 다루면 미술, 음악, 무용 등과의 동질성 또는 유사성에서 관찰하는 것이 보통이므로 문학의 일면만이 과장되기 쉽다. 문학에 대하여 단지 아름답다든지, 조화와 균형이 있다는 설명만으로는 그 전부를 다 설명하기에 훨씬 모자라는 감이 있다. 문학에는 역사성 및 윤리성이라는 형식화하기 곤란한 복잡한 요소들이 개재한다. 그래서 일부 이론가들은 문학을 미학의 테두리 안에 두지 않고자 한다. →비평, 평가

민담　folk tale

　민속 문화folklore의 여러 갈래 중에 가장 문학과 관계가 깊은 것 중의 하나가 민담(또는 설화)이다. 민속 문화는 민간에 오랜 세월을 두고 입에서 입으로 전해 내려오는 이야기, 노래, 격언, 무용, 제사 방식, 미신, 유희, 우주 만상에 대한 설명 등 일체를 총칭하는데, 그중 민담은 말로 전승되는 길지 않은 동화, 야담, 일화, 우화, 전설, 신화, 농담 등을 포함한다. 민담은 한 사회 공동체의 성격을 알아보기 위한 문화인류학의 자료가 되는 것으로 주로 간주되지만 한편 고도한 학문적, 기술적 노력과 관계가 없는 민간의 예술적 표현으로서도 의의가 크다.

　확실히 민담은 단지 이야기의 재료에 그치지 않고 청중의 즉각적 흥미를 돋울 수 있는 소박한 예술적 기교도 가지고 있다. 〈옛적도 옛적 호랑이 담배 먹던 옛적에〉 같은 동화의 시작은 〈지금으로부터 약 300년 전〉이라든지 〈17세기 중엽〉 등의 예술적 기교가 의도적으로 철저히 배제된 사실적 서술과 전혀 다르다.

　민담의 이야기 문학으로서의 예술적 기교에 대해서는 아직 연구가 미진하지만, 분석자들에 의하면 본래 민담은 기억에 의하여 전승되는 것인 만큼 구체적인 고유명사가 별로 쓰이지 않고 〈그래서〉, 〈그러고 나서〉 등과 같은 반복적 요소의 배치, 전형적인 정황과 배경, 공식화된 전개 방식 등이 적절히 동원된다. 청중의 기대감을 불러일으키기 위한 〈딴전〉도 중요한 기교이다.

　더욱이 민담은 말하는 사람의 말재주에 크게 의존한다. 같은 이야기도 말하는 사람에 따라 새로운 흥미를 자아낼 수 있다는 사실이 이를 입증한다. 이렇게 말하는 사람의 표정, 말투, 약간의 동작, 심리적 호소력 등에 민담의 성공이 달려 있다면, 그것은 이미 이야기술을 넘어선 연극의 일종이 되는 셈이다.

　민담은 독자 아닌 청중을 가지고 있다는 것도 중요하다. 독자는 책을 읽는 순간 가장 철저히 고독해지지만 민담의 청중은 다분히 군집성을 띠고 있고 또한 유희적 기분으로 흥분해 있다.

문자에 의한 정규 문학은 민담을 소재로 한 것이 적지 않다. 엄격히 말하자면 항간에 떠도는 이야기라는 뜻의 민담을 소재로 이용한 부분을 안 가진 소설 작품은 없다. 그런데 작가의 성격 또는 의도로 인하여 민담적인 성질을 가진 소설이 있을 수 있다. 말을 통하여 청중에게 재미있게 전달될 수 있는 소설 작품은 민담적이다. 예컨대 김동인의 「광화사」 같은 작품은 민담을 소재로 하고 있다. 그러나 이상의 「날개」는 민담적이라고 할 수 없을 것이다.

일반적으로 말해서 인쇄 문화가 철저히 보급된 오늘날 소박한 예술 양식으로서의 민담은 쇠퇴했다고 볼 수밖에 없다.

→ 동화, 민요, 우화

민요 folksong

입에서 입으로 전승되는 노래 일체를 가리킨다. 민요는 한 개인의 독특한 시적 감흥을 표현한 것이 아니라 하나의 동질적인 집단의 정서적 표현이다. 농사, 사냥, 고기잡이 등의 노동과 동시에 부르는 일 노래, 희노애락을 나타내는 보편적인 정황을 표현하는 소박한 서정적인 노래, 「만전춘」같이 이야기가 들어 있는 담시(譚詩, ballad), 자장가, 종교적인 노래(찬송가 같은 것), 무당의 노랫가락, 유희와 함께 부르는 노래(여자아이들의 줄넘기 노래), 세태에 대해 풍자적인 노래, 무용이나 특수한 동작을 수반하는 노래(강강수월래) 등을 포함한다.

민요는 문자 문명과 대중 전달 문화가 있기 전에 가장 흥했고, 지금도 그러한 문명의 이기의 뒷전에서 명맥을 유지하고는 있다. 그러나 동질적인 공동체의 일원으로 같이 흥을 나눈다는 의식이 없으면 민요는 불가능하다. 아무리 민요의 대가라도 현대식 무대에서 민속 예술에 대해 학술적인 관심을 가진 청중 앞에서 민요를 부른다면 그것은 참된 민요를 표현하는 것이 아니다.

민요는 무엇보다도 자의식에서 멀어야 한다. 민요는 저자가 알려진 경우가 아주 드물지만(그래서 민중이 집단적으로 창작한 것이라는 설도 있었다), 애초에 어떤 개인이 지었다는 것은 확실하다. 저자가 알려진 경우, 그것이 개인의 감정의 표현이라는, 즉 개인적 창작품이라는 의식이 조금이라도 살아남아 있는 한, 진짜 민요는 되지 못한다. 민중은 가끔 개인의 창작품 중에서 마음에 드는 것을 골라 그 곡조나 가사에 수정을 다소 가하여 완전한 민요로 재창조하는 수도 있다. 이러한 재창조는 바로 개인성의 삭제를 뜻한다. 그것을 창작면에서 볼 때에는 와전 또는 타락이라 한다. 민요가 싫어하는 것은 독특한 시어, 까다로운 리듬, 힘든 발음, 이해하기 힘든 심상, 심각한 내용 등이다. 민요는 몸의 규칙적인 동작 내지 춤, 부르기 쉬운 곡조와 같이 어울리는 만큼 단순하며 노래처럼 흐르는 소리를 많이 이용한 시이다. 민요의 전성기는 갔지만, 지금도 민요가 발생하지 않는 것은 아니다. 〈갑돌이와 갑순이는 한 마을에 살았더래요〉(김부해, 「갑돌이와 갑순이」)는 근래에 생긴 민요인 것이다.

김소월을 〈민요시인〉이라 한다면 그것은 한국인 일반의 보편적 감정을 전통적인 민요의 리듬과 말씨를 사용하여 지었다는 뜻이 될 것이다. 그러나 엄밀히 따져서 소월의 시의 어느 하나도 진짜 민요가 되어 소월이 그 작사가라는 것이 전혀 의식되지 못한 채 불려지지지는 않는다(〈나의 살던 고향은 꽃피는 산골〉(이원수, 「고향의 봄」)과 비교하라). 이 사실은 그를 민요시인이라 부르는 것이 잘못되었음을 입증한다. 민요는 오늘의 인쇄 문명 시대에도 주로 책(민요집, 노래책)을 통하여 전파되지 않고 입에서 입으로 전달되는 것이다.

ㅂ

 **바로크** baroque

　원어는 〈찌그러진 진주〉라는 뜻의 포르투갈어에서 왔다. 르네상스의 전성기가 지난 16세기 말에서 17세기 말까지의 유럽 건축미술의 한 특징을 가리키는 말로 사용되었던 말이지만, 요즈음은 장르와 시대에 한정시키지 않고 어느 시대의 예술이든지 그 비슷한 특징을 가지고 있다고 판단될 때 이를 가리켜 바로크라 평하기도 한다. 원래 조형예술론에 사용되었던 용어이니만큼 문학 용어로서는 부적당한 면이 있으나, 문학의 어떤 특징을 설명하기에 다소 편리한 점이 있어 최근에 많이 사용되고 있다.

　17세기 유럽의 바로크라는 것은 르네상스 전성기의 질서와 균형이 잡히고 조화와 논리성이 강조된 예술에, 우연과 자유분방과 때로는 기괴한 양상까지 섞어 넣은 결과로 생긴 예술 양식을 말한다. 바로크는 단순한 자유분방과 불균형이 아니고, 최소한의 질서와 논리의 테두리는 벗어나지 않기 때문에 강한 힘이 느껴진다. 〈전통적인 표현 방식을 자의식적 모더니즘에 활용하려는 급진적 노력〉의 결과로 생긴 모양을 바로크라고 설명한 학자도 있다. 정지, 안정의 상태를 피하기 위하여 기이한 이미지, 논리 등을 사용할 때 기괴하거나 난해하거나 궤변적이거나 기상천외한 효과를 자아낼 수 있는 것이다. 영국의 형이상학파 시인들(존 단, 조지 허버트 등)을 바로크하다고 평하기도 하는데, 이 시인들이 바로 위에 열거한 그런 특질을 가지고 있다고 보기 때문이다. 현대의 어떤 작가들에도 간혹 바로크하다는 평이 가해지지만, 그들은 단지 기괴 또는 기상천외하다는 것 이외에, 커다란 질서와 논리에 대한 힘있는 수용 태도가 전혀 모자란다는 점에서 안티 바로크라는 말이 더 어울릴지도 모른다.

박진감(迫眞感,　verisimilitude) →모방,　사실주의

배경　setting

　이야기 문학(소설,　희곡,　서사시)에서 사람(또는 의인화된 생물이나 사물)의 행위가 벌어지는 물리적 또는 정신적 장소. 배경은 인물(성격),　행위와 더불어 이야기 문학의 3대 요소로 불린다. 사람의 행위가 벌어지기 위하여서는 장소가 반드시 필요하지만 장소는 단지 행위가 벌어지기 위한 마당으로서만 중요성을 갖는 것은 아니다. 작품에 따라서 배경이 오히려 행위를 통제하는 듯한 것도 있다. 특수한 장소,　예컨대 어느 특정한 농촌 또는 어촌의 생활상을 부각시키기 위해서 생활의 터전과 지형과 풍습과 생활 방식 등을 자세하고도 정확히 묘사하여 배경을 강조하면 사람의 행위는 그런 배경에 파묻힌 인상을 준다. 이런 작품을 〈지방색local colour〉이 짙다든가 지방주의regionalism 문학이라고 한다.

　배경을 형성하기 위한 요소들을 구분하면 다음과 같다.

　(1) 사물의 지리적 및 물리적 위치. 크게는 지형,　경치 등이며 작게는 길과 건물의 배치,　더 작게는 방안의 책상,　옷장,　유리창 등의 위치.

　(2) 인물들의 일상적인 생활 방식이나 하는 일. 농사 짓는 광경,　사무실의 풍경.

　(3) 이야기의 소재가 되어 있는 행위가 벌어지는 시기. 여기에서 우선 크게는 역사의 어느 시대,　1년 중의 어느 계절,　작게는 어떤 날 오전 또는 오후 몇 시쯤 등. 한국에서 100년 전 5월의 농촌의 아침 10시는 어떤 배경을 이루었을지 작가는 세심한 연구를 근거로 하여 그려야 할 것이다. 확실히 경운기는 없었을 것이다.

(4) 인물들이 처한 무형의 배경, 즉 종교적, 도덕적, 사회적, 정서적 상황도 배경이 된다. 100년 전 5월 어느 아침 10시쯤 경상도의 어느 농촌의 양반 지주인 김모 씨의 도덕적, 사상적, 사회적, 정서적 상황을 어떻게 사실적으로 재현시킬 수 있을지 문외한은 상상조차 못할 정도이다.

19세기 이후 개인은 유아독존적으로 존재하는 것이 아니라 배경, 다시 말하면 일체의 물리적 및 사회적 환경의 지배를 받는다는 생각이 받아들여져서 작가는 인물의 행위의 사실성을 배경의 사실적 설정에 의하여 이룩하는 경향이 강하다. 사실주의는 사회 환경의 묘사로 인물의 행위를 설명하고, 자연주의는 물리적 환경과 사람의 동물적 본능을 개인의 행위를 결정짓는 요인으로 보고 있다. 그러나 한편, 로만스 계열의 문학, 알레고리 등은 사실적인 배경에서 해방된 순수한 행위를 보이거나, 상징적인 배경을 마련하여 행위의 상징성을 보인다. 사실주의적 배경이라고 할지라도 한 작품에 한정된 가상(허구)의 배경임은 두말할 나위 없다.

번역 translation

세계 문학사를 볼 때 번역은 거의 창작 못지않은 구실을 했음을 부인할 수 없다. 중국, 인도, 그리스 같은 문학의 원류들을 제외하고는 다른 모든 민족의 문학은 그런 원류들과의 교섭에서 자극을 받아 배우고 충실을 기할 수 있었고, 현재에는 외국 문학의 번역을 민족문학의 발전에 불가결한 요소로 인정하고 있다. 현대 비교문학의 한 가지 큰일은 번역에 의한 문학의 국제적 확산을 추적하는 일이다.

〈번역은 반역〉이라는 말은 확실히 19세기 이후에 생긴 재담일 것이다. 문학, 특히 시는 번역할 수 없다는 생각은 낭만주의 시대에 생긴 것이니까 말이다. 번역은 다른 매체를 통한 의미의 전달을 목표로 하는바, 매체와 의미, 즉 형식과 내용은 분리할 수 없다는 문학관에서는 번역의 가능성을 의문시한다. 시인 프로스트는 시를 아예 〈번역을 하고서도 그대로 남은 것〉이라고 정의할 만큼 번역은 문학의 본질을 건드리지 못한다고 보았다. 이러한 견해는 옳은 반면에 또한 그르기도 하다.

번역은 형식과 내용이 불가분의 관계에 있는 이상적인 문학을 창작함을 목적으로 하지 않는다. 다시 말하면 문학의 이념과 번역의 실용성은 서로 다른 것을 목표로 하고 있다. 우리는 문학 작품의 뜻을 풀어 새기는 것[paraphrase]이 그 작품의 해체를 뜻한다고 믿지만, 그렇다고 해서 그런 뜻풀이의 실용성을 부인하지도 않는다. 뜻풀이가 없다면 작품에 대한 설명이 불가능하고 그러한 설명 과정이 없다면 그 작품 자체를 감상하도록 유도할 수가 없게 된다. 비평은 실상 독자들을 위하여 친절한 뜻풀이 과정을 반드시 포함한다. 뜻풀이 자체는 물론 문학 작품 자체가 될 수도 없고 대신할 수도 없다.

마찬가지로 번역을 일종의 뜻풀이로 보면 현대문학 이론과 충돌될 리 없다. 그런 뜻풀이(번역)를 작품 자체로 오인하지만 않으면 되고, 또 독자는 오인하지도 않는다. 셰익스피어의 번역을 읽고 셰익스피어가 그 옛날 영국에서 한국어를 사용했다고 오인할 사람은 없다. 번역은 외국어 습득의 필요를 없애지는 않는다.

물론 특수한 언어 구조에 크게 의존하는 문학 작품 즉 시, 그중에서도 말의 암시성을 최대한도로 이용한 상징주의 작품은 뜻풀이가 무척 힘들 것이다. 그러나 좋은 작품은 순수 형식으로만 씌어질 수 없고 반드시 내용 요소와 형식 요소가 통일을 이루고 있으니만큼, 비록 인위적으로나마 그 내용 요소를 분리하여 뜻풀이를 해낼 수는 있다. 그 고유의 아름다움이나 효과를 잃어버리는 것은 어쩔 수 없지 만, 번역자는 그럼에도 불구하고 번역 즉 뜻풀이의 현실적 가치가 있 는가 없는가를 판단하여 번역 여부를 결정할 것이다. 문학의 형식적 요소가 전적으로 언어로 구성되어 있다는 생각도 잘못이다. 장편소 설의 경우, 형식은 언어적인 것이 아니라 오히려 사건과 세부 묘사의 선택과 배열로 이루어진다. 수필 같은 산문에서도 저자의 사상과 감정의 조절과 전개 방법이 말의 소리나 뜻의 미묘한 느낌에 대한 배려에 앞서는 수가 많다. 소설, 희곡, 서사시, 산문 등 분량이 큰 문학이 서정시보다 번역이 수월한 것은 그 까닭이다. 서정시 중에서도 언어보다는 그 생각의 〈기승전결〉에 형식이 의존하는 경우도 적지 않다. 우리는 번역을 통해서『삼국지연의』를 읽고 그 작품의 문학적 가치, 그 형식과 내용의 통일성까지도 상식적인 차원을 넘어서 논할 수 있다. 호메로스나 단테에 대해서도 어쩌면 그것이 가능할 수도 있겠다. 그러나『두시언해』만 읽고 두보의 문학을 논하거나, 프랑스어를 전혀 모르면서 말라르메의 시를 논한다는 것은 우습다.

위에서 번역은 뜻풀이의 일종이라고 했지만, 번역은 좀 특수한 뜻풀이다. 번역은 분량에 있어서 외형상 원작의 분량을 닮으려고 하는 뜻풀이이다. 원작이 500쪽이라면 번역도 500쪽쯤 되게 하려고 하며, 원작이 20행의 시라면 번역도 20행이 되게 하려고 한다. 그만큼 어려운 뜻풀이인 것이다. 이러한 외형적 요건을 충족시키기 위하여 이른바 글자 따르기(축자주의) 번역이 많이 행하여지지만 그것은 독자를 위해 뜻을 풀이한다는 근본 목적에 위배된다.

번역은 제2의 창작이라고 한다. 이 말은 번역의 어려움과 좋은 번역의 문학적 가치를 높이는 말이기도 하고, 번역이 원작으로부터 멀리 떨어진 또 다른 창작, 즉 원작에 충실치 않은 못 믿을 것이라는 비난이기도 하다. 번역가는 우선은 비평가로서, 번역할 만한 원작의 가치를 판단하고 그것의 번역의 실용성에 확신을 가지고 자국어를 능숙하게 구사할 수 있는 창작적 작업을 벌여야 한다. 글자 따르기식의 번역은 양쪽 언어에 대하여 모두 무비판적인 태도이다. 그러므로 엄밀히 따지자면 모든 번역은 번안(飜案, adaptation)이 되는 것이다.

구조주의적 사고 방법에 따르자면 번역은 서로 다른 의미 체계의 비교를 전제로 한다. 각국 문학은 각기 의미 전달의 기호를 달리 사용하고 있지만, 심층에 들어가면 의미 생성의 토대는 보편성을 띤다. 기호 사용의 규칙이 다를 뿐이다. 이 보편적인 토대까지 파헤쳐 들어가면 각국의 문학의 뿌리는 만나고 있다. 〈나는 두통을 갖고 있다 I have an headache〉는 영어식 표면 구조(표현)이고, 〈나는 머리가 아프다)는 한국어식 표면 구조이다. 이는 동일한 심층 구조(나와 머리와 아픔의 관계를 나타내는)에다 각기 별다른 변형 규칙을 적용한 결과이다. 이처럼 번역은 동일한 심층 구조를 찾는 일이 되어야 한다고 현대의 일부 이론가들은 주장한다. 심층 구조의 개념은 단지 언어적인 것뿐만 아니라 일체의 문화적인 양상에도 적용될 수 있다.

보편성(普遍性, universality) →고전주의

부조리 문학 literature of the absurd

카뮈는 『이방인』, 『시지프의 신화』 등의 작품에서, 인간이 우주에서 목적과 의의를 찾고자 하나 우주는 언제나 대답을 거부한다고 하고, 이때 인간이 자기 자신의 존재를 이유 없는 것, 엉뚱한 것, 즉 부조리한 것으로 느끼게 된다고 하였다. 그후 마틴 에슬린이 『부조리극』이란 책에서 1940, 50년대의 전위극 작가들——베케트, 이오네스코, 주네 등——을 다루면서, 그들이 인간 존재의 무의미함, 인간 사이의 의사 소통의 불가능함, 인간 의지의 전적인 무력함, 인간의 근본적인 야수성, 물질성, 비생명성, 즉 한마디로 해서 인간의 부조리를 아이로니컬하게 나타냈다고 설명하였다. 이는 요즈음 부조리라는 말이 주로 전위적 극 문학과의 관련에서 많이 쓰이게 된 직접적 동기가 되었다.

부조리극의 가장 중요한 특색은 주제가 우주의 부조리성을 드러낸다는 것뿐 아니라, 극의 구성 자체가 부조리하다는 것이다. 전형적인 부조리극인 『고도를 기다리며』에서 볼 수 있듯이, 전통적 극의 조리, 즉 논리성의 중추 역할을 하는 연속적 플롯, 희곡의 색채를 이루는 성격 구현 및 합리적 언어가 의도적으로 교묘히 말살된다. 이 점이 조리 있는 언어로써 부조리의 철학을 말한 카뮈와 가장 큰 대조를 이룬다.

부조리는 극 문학 이외에 미국의 존 바스 같은 작가의 소설에도 나타난다.

복잡한 구조를 가지고 있는 사물을 해체하여 그 부분들 또는 요소들을 구별하고 그 성질과 기능, 상호간의 관련성 및 각 부분의 전체에 대한 관계를 고찰하는 작업을 분석이라 할 수 있다.

문학에 있어서의 분석은 문학이 복잡한 구조를 가지고 있다는 것을 전제하며, 그 부분 또는 요소들이 우연히 모여 있는 것이 아니라, 각기 특수한 성질 및 기능이 있고 또한 그 기능, 성격은 부분 각자 간의 상호 연관성에서, 또한 전체에 대한 관계에서 구체적으로 드러난다는 것을 전제한다. 근래에 이르러 문학은 주로 복합적 의미의 덩어리로 규정되는 까닭에, 문학비평적 분석은 복합적 의미의 분석을 뜻하게 되었다. 그런데 의미는 그것을 전달하는 언어와 분리시킬 수 없다는 현대적 사상으로 말미암아 의미의 분석은 결국 언어의 분석이 되는 셈이다. 언어는 의미의 옷이라는, 즉 언어는 의미라는 내용을 담기 위한 형식에 불과하다는 생각은 이미 부정되었다. 언어는 의미에 대한 단순명백한 기호라는 생각 대신, 의미는 언어적 요소들의 복잡한 상호 작용의 결과라는 생각이 받아들여지고 있는 것이다. 그러므로 한 작품의 언어의 전체적 상호 작용을 분석한다는 것은 그 작품 자체에 접근하는 일이 된다.

언어는 소리, 낱말, 문장 등의 미세한 요소들을 내포하고 있으므로 작품의 언어적 분석은 자연히 작품을 세밀히 관찰할 것을 요청한다. 그러나 분석은 그러한 미세한 부분뿐 아니라, 좀더 큰 의미의 단위들 즉 주제, 사상, 관념 등의 성질과 기능 및 그것들의 상호 작용에 대해서도 역시 세밀한 주의를 기울인다. 분석의 특징은 막연한 일반론이나 인상론을 넘어서서 작품에 깊이 파고든다는 것이다.

분석은 부분과 전체, 다른 말로 하면 다양(복합적 요소)과 통일(요소들의 뭉침)의 필연적 관계를 전제하지 않을 수 없다. 부분들에 대한 고려와 전체에 대한 고려를 화해시키려는 노력이 없다면 분석은 제 구실을 다하지 못하는 것이 된다. 즉 분석과 종합은 떨어질 수 없다.

과거의 언어적 분석은 언어 사용의 기술이나 기교에 대한 고찰에 기울어지고 그들의 종합적 의의를 별로 설명하지 않았기 때문에 미흡한 감이 있다. 수사학적 분석이 그 대표적 예이다. 작품의 사상 즉 내용을 성급히 도출하여 가지고, 그 사상이 정말로 그 작품의 각 부분들의 상호 작용의 결과로 생긴 고유한 사상인가를 밝히지 않은 채로, 그것의 일반적 중요성만을 논하는 것 역시 분석이 못 된다.

분석은 복잡한 사물을 이해하기 위해서는 피할 수 없는 작업이다. 문학의 경우 그것은 언어의 분석, 즉 의미의 분석이 될 수밖에 없는데, 관점에 따라서, 음운론적, 구문론적 분석도 있을 수 있고, 사상, 관념(낭만주의, 실존주의 등)의 분석도 있을 수 있으며, 작가나 시대 연구를 위하여는 원인 또는 선행 조건(텐느의 종족, 환경, 시기, 유물론자들의 사회 경제적 조건 등)의 분석도 있을 수 있고, 심리학적 분석(프로이트의 정신분석학, 형태심리학 등)도 있을 수 있고, 문학 특유의 전통(형식의 관습, 장르 등)의 분석도 있을 수 있다. 그러나 이 모든 분석 방법들은 문학이 소리, 낱말, 문법 등 구체적인 언어 규칙의 지배를 받고 있다는 사실을 잊지 않아야 한다. 즉 가장 명백한 의미의 언어적 분석이어야 하는 것이다.

비개성주의 impersonal theory of art

몰개성주의(沒個性主義)라고도 한다. → 개성, 전통

비교문학 comparative literature

비교문학은 19세기에 학문의 과학적 방법에 있어서 비교의 방법이 각광받기 시작하자 문학사 연구의 한 방법으로 제창된 것이다. 19세기의 생물학은 비교해부학의 방법에 의하여 한 생물의 진화 과정이라는 종적인 현상뿐 아니라 그 생물의 다른 생물과의 친족 관계라는 횡적 현상을 설명할 수 있게 되었다. 비교언어학 역시 유럽 언어의 공통적 조상과 그 후손 언어들의 분파 관계를 밝혀주었다. 엄격한 의미에 있어서 비교 방법은 공통적 조상이라는 종적 관계와 친족이라는 횡적 관계가 동시에 성립되는 경우에 적용될 수 있다.

비교문학은 비교해부학이나 비교언어학처럼 종적, 횡적 관계를 명확히 확정시킬 수 없는 경우가 많기 때문에 문학 연구의 방법으로서는 상당히 제한된 방법이다. 비교문학의 방법론적 시비가 그 실질적 성과보다도 더 주목할 만한 까닭은 바로 거기에 있다.

작업 영역을 명확히 하기 위하여 비교문학의 직능을 좁게 잡으면, 서로 언어가 다른 문학들 사이의 영향 관계를 실증적으로 규명하는 것이 비교문학이 하는 일이 된다. 이를테면 영국의 월터 스콧의 낭만적 역사소설이 어느 해에 어떤 경로를 통하여(누구에게 번역되어) 프랑스의 알렉상드르 뒤마로 하여금 역시 낭만적 역사소설을 쓰게 하였는지를 밝히는 작업이 좁은 의미의 비교문학이다. 이러한 작업에는 문학의 가치 평가는 대체로 외면되고 객관적 사실들의 발견이 주안점이 된다. 최근에는 여러 나라 문학에 널려 있는 공통적인 테마, 테크닉, 형식 등의 원천을 거슬러 올라가는 일과, 그것들이 그처럼 전파된 경로(사회적인 요인, 독서 취미의 확산, 시대 정신 등)와 그 전파 과정에서 각국의 문학의 특수성으로 말미암아 생기게 된 변모를 밝히는 일이 비교문학의 중요한 과제로 대두하고 있다. 동양의 경우 당나라의 이백의 시가 언제 어떤 경로로 한국과 일본에 전파되었는가를 밝히는 것도 비교문학이 하는 일이지만, 이백의 문학이 각각 중국, 한국, 일본의 문화적 차이로 말미암아, 얼마만큼 원형을 유지하고 또 얼만큼 변모했는지를 밝히는 것이 더 중요한 일이 된다. 현대의 구조주의 언어학과 변형생성문법, 신화학 등은 외부에 나타나지 않은 원형을 그것의 많은 다양한 변형들에서 추적해 내는 방법을 제시하고 있다. 프라이의 원형비평은 문학의 진화론이란 별명을 가질 만큼, 비교문학의 한 방법을 제공했다고 볼 수 있다.

위에서 잠깐 언급한 바와 같이 비교문학은 문학의 본질을 추구하거나 가치를 평가하는 일과는 일차적으로 거리가 있기 때문에 문학 이론도 아니고 비평도 아니라는 평을 듣는다. 그러나 비교문학의 방법론을 사실 규명에다 한정시켜야만 할 이유는 없다. 사실 비교 방법은 분석 방법과 아울러 문학 작품의 가치를 평가하기 위한 합리적 방법으로 인정된다. 정철과 윤선도의 비교에 의하여(이러한 비교에는 반드시 분석이 따른다) 그 두 사람의 우열을 판가름한다는 것은 우스운 일이나 두 문학의 성질의 대조로 말미암아 각자의 고유한 성질이 더욱 명확히 드러나고 그에 따라 평가의 근거가 더 확실해진다. 이러한 비교를 반드시 같은 언어권 문학 내에서만 행하여야 한다는 법은 없다. 예컨대 어느 중국 시인과 어느 한국 시인 사이의 비교로써도 상호 조명의 효과를 꾀할 수 있을 것이다. 즉 언어가 같은 작가끼리의 비교가 언어가 다른 작가끼리의 비교와 방법론상 본질적인 차이가 없다는 말이다. 이 말은 결국 참다운 비교문학은 언어의 장벽을 절대적인 것으로 인정하지 않고, 동양의 문학을, 유럽의 문학을, 세계의 문학을 그냥 문학으로 보자는 주장과 통한다. 프랑스의 비교문학과는 대조적으로 최근의 미국의 비교문학은 서로 다른 언어를 쓰는 민족간의 문학적 교섭을 다루는 것이 아니라, 세계 문학 즉 일반 문학을 다루는 경향이 있다. 그러나 언어의 차이, 문화적 배경의 차이는 그대로 문제로 남는다. 그러한 차이를 고수하고 집착해야 할 것인가 또는 인류 화합이라는 이념에서 극복하여야 할 것인가가 문제인 것이다.

한 가지 첨부해야 할 사항은 비교는 장르, 형식, 관습, 주제, 소재 등에 있어 공통되는 요소가 뚜렷해야 성립되며 그것이 또한 주요 요소이어야 한다는 것이다.

비극 tragedy

서양에서 비극론은 〈심각한 인간 행위의 모방으로서 연민과 두려움을 불러일으키고 그것들을 다시 정화시켜 준다〉는 아리스토텔레스의 비극의 정의의 재해석, 확충으로 일관되었다고 해도 과언이 아니다. 아리스토텔레스는 『시학』을 실상 비극을 설명하기 위하여 썼던 것이

고(서사시나 희극에 대한 언급도 비극의 성질을 조명하기 위해서였
다), 세계 문학사상 가장 위대한 비극이 씌어지던 시대에 살고 있었
고, 그 이후 서양의 비극은 직접, 간접으로 그리스 비극과 그의 『시
학』의 영향을 입었으므로, 비극론은 아리스토텔레스의 이론의 테두
리 안에서 전개시키는 것이 가장 좋을 듯하다.

첫째로 심각한 행위의 모방(또는 재현)이라는 말에 주의해야 한다.
심각한 사상, 주제, 철학을 따른다고 해서 다 비극이 되는 것은 아니
다. 아리스토텔레스는 심각한 〈행위〉라는 말을 하고 있다. 행위는 반
드시 행위자, 즉 인물은 전제한다. 비극에는 심각한 행위를 하는 인
물이 등장한다. 심각한 행위는 일상 생활의 행위가 아닌 비범한 행위
이므로, 그 인물 역시 비범할 수밖에 없다. 비극의 주인공은 보통 사
람보다 더 우수, 우월, 위대하다고 아리스토텔레스는 말했다. 옛 비
극에서 대체로 왕, 장군, 귀족 등 한 국가나 민족 또는 큰 집단의 지
도자가 주인공이 되었는데, 그것은 높은 신분에 있는 사람이 또한 위
대한, 적어도 비범한 행위를 할 수 있다고 믿어졌기 때문이다.

비극의 주인공은 청중의 경탄을 자아낼 만큼 비상한 용기가 있다.
그의 용기에도 불구하고, 또는 그의 지나친 용기 때문에 그는 남다
른 고통을 겪어야 하며 또 그 고통의 과정을 겪어 파멸에 도달하게
된다.

우리의 일상적인 도덕관을 초월하여 우리는 그 용기에 경탄할 수밖
에 없지만, 그 용기는 강력한 도전에 맞서다가 드디어는 패배하는 것
이다. 그의 패배는 불가피한 것으로 느껴지기 때문에 청중은 막막한
두려움에 휩싸인다. 신분상으로도 자기가 소속된 집단에서 다소 격리
되어 있지만, 그의 용기와 그가 처한 고통스런 상황 때문에 그는 인
간의 집단에서 멀리 소외되고 드디어 광포한 죽음, 또는 지독한 불행
의 상태에 빠진다. 주인공의 용기를 최대한도로 발휘하게 하는 고통
과 죽음은 비극의 가장 두려운 면모이다.

비극적 정황이 발생하게 된 원인은 운명, 주인공의 적들의 흉계, 그
자신의 갈등 등 여러 가지 형태로 제시되지만, 아리스토텔레스는 어

느 비극에서나 주인공이 단지 수동적이지 않고 자기의 비극의 초래에 약간의 책임이 있다고 하였다. 이것이 이른바 비극적 결함hamartia이라는 것이다. 주인공은 어떤 도전에 대하여 용감하게 능동적으로 맞서는 사람이므로, 설사 그 도전이 완전히 운명적인 것이라 해도, 그 자신의 순간적인 판단의 오류, 잘못된 인식 때문에 어떤 행동을 취했다는 인상을 주도록 되어 있다. 그의 도전자가 운명이 아닌 사람인 경우에는 그의 비극적 결함에 대한 청중의 의식은 좀더 명확해진다. 그러나 그 결함이 절대로 주인공을 벌받을 만한 죄인으로, 또는 우스운 못난 인물로 만들지 않는다. 실상 그의 결함으로 나타난 특질은 지금 그가 처한 비극적 정황이 아니었다면 오히려 그의 장점이 되었음직한 것이기 때문에 청중에게는 더욱 안타깝게 느껴진다. 햄릿 왕자의 심사숙고하는 태도는 그가 재학하던 비텐부르크 대학 교정에서는 오히려 큰 장점이었을 것이지만, 부친의 원수를 갚아야 한다는 비극적 정황 속에서는 너무나 엄청난 고통과 불행의 원인이 된다.

이처럼 비극은 어떤 정황 속에서는 더없이 용감한 사람의 작은 잘못, 판단의 오류, 특별한 기질, 행위가 너무나도 엄청난 무질서와 고통과 악의 세력이 쏟아져 들어올 구멍을 뚫어주는 모습을 제시한다. 인간의 질서와 선은 악과 무질서의 무서운 압력을 받고 있는 가냘픈 막으로 겨우 보호받고 있는 듯한 느낌을 금할 수 없다. 이 느낌은 선과 질서의 위기를 감지하는 형이상학적 두려움이다. 비극은 일상 생활의 세계를 떠나 인간의 실존과 운명이라는 근본 문제에 맞서는 것이다.

비극의 주인공은 자기도 모르는 사이에 더욱더 파멸로 가까이 간다. 그는 오히려 자기가 그의 도전자에게 올바르게 대처하고 있다고 믿는다. 그러다가 결정적인 순간에 그는 자기의 진정한 입장을 알게 된다. 그러나 이 깨달음anagnorisis의 순간은 이미 자기의 행위를 돌이킬 수 없을 때에 온다. 대체로 이러한 깨달음과 정황의 뒤바뀜peripeteia은 동시에 일어난다. 주인공의 입장은 공세에서 수세로 바뀐다. 그는 낙담하고 실망하여 주저앉지는 않지만 그의 용기가 쓸모없음을 인식한다. 그가 초인간적 용기를 발휘한 일체의 행동이 그를 전혀 딴 곳으로 몰아온 결과가 되었다는 것은 아이러니이다. 이를 비극적 아이러니라 한다.

청중은 주인공의 용기에 대하여 일상의 도덕적 시시비비를 떠나 경탄을 금할 수 없으며(맥베스 같은 죄인의 경우에도 우리는 그의 용기에 경탄을 보낸다), 그가 처한 비극적 아이러니에 대해서는 연민을 금할 수 없다. 한편 그에게 엄청난 고통을 가져다주는 세력에 대하여 분노 또는 두려움을 금할 수 없다. 연민은 대상으로 향하는 마음이고 두려움은 대상에서 멀어지려는 마음이다(경탄과 분노도 마찬가지다). 즉 비극은 연민과 두려움이라는 서로 상극적인 정서를 일으켜준다. 정신 건강상 한 가지 정서가 지나치게 생겨나도 좋지 못한데, 서로 상극적인 정서들이 최대한으로 생겨나면 일종의 정서의 체증이 생긴다. 그러나 비극은 그런 정서들을 유발할 뿐 아니라, 작품의 적절한 구조(처음, 중간, 끝이 잘 맺어짐)에 의하여 그것들을 말끔히 소화시켜 준다는 것이 아리스토텔레스의 카타르시스catharsis 이론인 것이다. 정서의 소화는 음식물의 소화처럼 기분이 좋을 뿐 아니라 유익한 것(거의 무의식적으로 받아들인 인간에 대한 교훈)이 남는다. 음식물의 소화가 자양분을 남기듯 말이다.

근래에 아리스토텔레스의 비극론에서 제일 눈에 띄게 재해석된 부분은 주인공에 관한 것이다. 18세기 이후 인류는 영웅을 믿지 않기 때문에 비극의 주인공도 보통 사람 중의 하나에서 선정되었다. 간혹 높은 신분의 인물이 주인공으로 등장한다고 하여도 그 신분에도 불구하고 하나의 사람으로서 겪는 그의 비극적 정황이 강조된다.

19세기 이래 사회적 환경과 인간의 선천적 유전(대개 어쩔 수 없는 인간의 동물성)이 주인공의 행위 또는 성격의 결함을 대신하는 경향이 생겼다. 주인공은 자기가 책임질 비극적 결함을 가진 것이 아니라 그가 처한 사회 또는 그가 그 자신과는 관계없이 물려받은 유전(또는 본성)에 결함이 있어 그가 희생을 강요당하는 것으로 되어 있는 것이다. 그런 주인공의 고통과 죽음은 인간 실존의 형이상학적 문제를 제기하기보다는 현실 사회의 부조리 또는 인간 본능의 동물성을 지적한다.

현실 사회의 부조리를 제시하는 면이 강하면 비극적 카타르시스를 성립시키기보다는 문제를 안겨주어 그 문제 해결을 위한 행동을 촉구하는 이른바 문제극이 된다. 그러나 문제극은 이미 비극이 아니다.

주인공이 비범한 용기를 가지고 엄청난 도전에 응하는 것이 아니고, 단지 착하거나 아름다운 주인공이 점점 악하고 추한 세력에 몰려 부당한 고통과 불행에 빠져서 청중으로 하여금 연민의 눈물만을 흘리게 하는 슬픈 극을 멜로드라마라고 한다. 진정한 비극은 아니다.

주인공이 처한 비극적 정황이 거의 결판에 가서 우연 또는 예기치 못했던 작은 사건으로 말미암아 죽을 뻔했다가 다시 행복하게 되는 극은 비희극tragicomedy이다. 대중적인 인기가 있다.

동양에는 근대적 비극의 전통이 없는 듯하다. 서양 비극은 지중해 연안에서 풍요제의 하나, 특히 디오니소스 신에 대한 제사에서 유래하였는데 동양의 고대 제사 양식은 그와 달랐던 모양이다. 또한 희곡이란 본래 〈놀이〉이므로 동양의 서민은 희곡에서 심각해지기보다는 놀기, 즉 즐기기를 원했던 듯하다. 슬퍼할 수 있는 정신적 여유를 가진 귀족 선비가 그런 놀이에 적극 참여했다면 비극이 생겼을지도 모른다. →희곡

비판 이론 critical theory

1923년에 독일 프랑크푸르트 대학에 설립된 프랑크푸르트 사회연구소에서 마르크스 사상을 중심으로 한 진보적 사회 사상을 바탕으로 하여 아도르노, 마르쿠제, 그리고 이들과 긴밀한 관계를 맺었던 벤야민 등이 인문학과 사회과학, 특히 사회와 문학 및 예술의 관계에 대한 깊고 넓은 연구를 진행하였다. 나치 시대와 2차 세계대전 중에 흩어졌다가 종전 후에 다시 프랑크푸르트에 돌아와 연구를 계속하였는데 새로이 하버마스 등이 가세하였고 1973년에 연구소는 해체되었으나 그 영향은 세계적으로 파급되었다.

이 학파의 핵심은 〈비판 이론〉이라는 것이다(〈비판 이론〉을 〈문학비

평 이론〉이라고 오해하지 말 일이다). 그것은 우선 독일철학의 중심 과제인 해석학에 대한 비판으로서 전통적 해석학의 지나친 관념성, 사변성, 일반성을 비판한다. 다음으로 그것은 객관적 관찰과 실험에 근거한 통계적, 분석적 설명, 즉 이른바 과학적 방법도 비판한다. 비판이론은 초역사적이거나 실증주의적인 방법을 포함한 모든 지식은 각각 나름의 이데올로기에 뿌리박고 있다고 주장한다. 모든 이데올로기는 한 개인이 속한 지배 세력의 이해 관계를 정당화하는 기제이다. 이는 물론 마르크스 이론을 발전시킨 개념이다.

그렇다고 해도 비판 이론은 상대주의에 대해서도 비판적이다. 상대주의란 어차피 모든 지식은 각 계급, 민족, 성 등의 집단 이해 관계에 기초하고 있는 만큼 어느 지식도 보편타당성을 확보할 수 없다는 주장이다. 그러나 이 주장에 따르자면 파시즘도 다른 어떤 주장이나 꼭 같은 주장의 하나일 뿐이고 본질적으로 악하다고 할 수 없다는 난처한 결론을 내릴 수밖에 없다. 비판 이론에서는 지식의 정당성은 〈실천〉에서 보장받는 것인데 인류 역사상 근본적 실천이란 오로지 모든 사람의 〈해방〉에 기여하는 일이라고 전제한다. 이는 물론 마르크스 사상에 바탕한 것이다(그러나 마르크스에 앞서 예수가 〈너희는 진리를 알게 될 것이며 진리가 너희를 자유롭게 할 것이다〉고 했다). 따라서 모든 지식이 각각 집단 이데올로기에 뿌리박고 있다고 하여도 인간 해방 이데올로기에 뿌리박은 지식만이 절대적으로 정당하다는 주장으로써 상대주의를 극복하려고 한다.

이처럼 정당한 지식의 가능성을 전제하고 나서 인간 해방을 도모하는 능력인 이성의 조건을 규정한다. 이 부분은 물론 독일 관념론에 뿌리를 둔 것이다. 이성에는 비판적인 것과 도구적인 것이 있다. 일반적, 보편적 이성은 진리에 대한 객관적, 절대적 이해(예컨대 과학적 지식)를 얻기 위한 도구로 쓰이며 또한 그 자체의 이해 관계를 따지고 실용적이다. 즉 어떤 목적을 위한 도구이다. 이에 대하여 비판적 이성은 도구적 이성이 내세우는 이른바 객관적(과학적) 진리의 고착성을 부정함으로써 도구적 이성 자체를 비판한다. 이처럼 진리나 사실의 고착성을 부정하면 도구적 이성이 간과하든가 부정하기 일쑤인 문학과 예술의 〈진실성〉이 긍정될 수 있는 근거가 마련된다.

또한 비판적 이성은 그 자체를 비판 또는 적어도 끊임없이 반성하는 기능도 가지고 있다. 그러한 자아 비판이 없다면 비판적 이성도 하나의 도구로 고착되고 말 것이다. 즉 그것은 그 자체를 포함하여 모든 것에 대하여 비판을 게을리하지 않는다. 그런 까닭에 비판 이론이 유일한 목적으로 삼고 있는 인간 해방이 정통 마르크스주의에서처럼 저 멀리 따로 떨어져 있는 고착된 단순한 객관적 목표물이 아니라 비판 이론 속에 내재하는 동시에 객체로서의 현존성도 지니게 된다. 가장 두려워해야 할 것은 순수 객관을 표방하는 고착성이다. 단순한 객관은 부정되어야 할, 〈해체〉되어야 할 과제인 것이다. 이 점에서 비판 이론은 해체 이론과 상통하는 바가 있다.

이리하여 문학과 예술의 가장 괴로운 문제였던 이른바 과학적, 객관적 진리의 문제가 해소될 수 있다고 본 듯하다. 객관적, 과학적 진리는 현대에 이르러 인간 정신의 해방보다는 새로운 종류의 구속을 가져다준다.

이 학파의 거두인 아도르노는 모더니즘의 현실 또는 사실에 대한 강렬한 부정을 해방의 자율을 쟁취하려는 운동으로 보아 이를 긍정적으로 평가했다. 인간 해방이라는 최고의 목적에는 과학보다도 예술이 훨씬 더 가깝다고 본 것이다. 프랑크푸르트 학파의 비판 이론은 그래서 직접, 간접으로 예술 이론과 관련성을 가진다. 그러나 문학과 예술이 자주 거부하는 이성의 힘을 신뢰한다는 점에서 비판 이론은 계몽주의 이래의 독일 관념철학의 후예임을 뚜렷이 보인다.

→ 마르크스주의 비평, 이데올로기

비평   criticism

문학이란 무엇인가, 한 편의 문학 작품의 뜻은 무엇인가, 작가는 무슨 일을 하는가, 한 작가 또는 작품의 가치는 어떠한가 등등을 논의하는 일을 문학비평이라고 한다. 짧게 말해서 문학에 관련된 일체의 논의를 넓은 의미의 비평이라 할 수 있다. 이해를 위하여 그러한 논의를 대략 다음과 같이 몇 가지로 구분해 보기로 한다.

(1) 이론비평theoretical criticism: 어떤 보편적 원칙에 의거하여 문학에 대한 논의의 체계와 방법과, 그것들을 설명할 일정한 용어들을 수립하려는 노력을 말한다. 이론비평의 가장 중심적인 문제는 아마도 문학이란 무엇이며 그것의 기능은 무엇인가 하는 것일 것이다. 그 다음으로 중요한 문제는 무엇이 좋은 문학인가 하는 것이다. 다시 말하면 문학의 본질, 기능, 가치 평가의 기준이 이론비평의 핵심적 문제들인 것이다. 그 밖의 문제들은 모두 그 문제들에서 파생되는 것들이다. 이론비평에 있어서 구체적인 작가나 작품은 이론을 전개시키기 위한 제1차적 자료가 되고 또한 이론의 타당성을 증명하기 위한 실험의 재료가 되지만 관심의 주대상이 되지는 않는다.

(2) 실제비평practical criticism: 실천비평 또는 응용비평이라고도 할 수 있다. 실제로 구체적인 작품이나 작가에 대한 논의를 말한다. 무릇 어떤 논의이든지 무슨 원칙이나 이론의 뒷받침이 있기 마련인데 실제비평의 경우, 그러한 원칙이나 이론은 표면에 드러나지 않거나, 또는 독자와의 일종의 묵계처럼 논의 자체에서는 생략되어 있다.

그러나 물론 실제비평을 분석해 보면 불충분하나마 원칙과 이론의 요소를 밝혀낼 수 있다. 실제비평의 주안점은 비평가가 실제 작품 또는 작가에 대하여 어떤 이해와 평가를 보이느냐 하는 것이다.

이론비평과 실제비평은 상보적이라고 주장하는 사람도 있지만, 이론적 체계가 명확하다고 해서 구체적 작품과 작가에 대한 명확한 논의를 전개할 수 있는 것은 아니다. 마찬가지로 실제비평가가 언제나 자기의 문학관을 이론적 체계의 틀에 맞추어 논술할 수 있는 것도 아니다. 이론비평의 또 하나의 중요 기능은 실제비평가의 논의에서 이론적인 틀을 더듬어내는 일일 것이다. 즉 실제비평가의 이론적 요소까지도 이론비평가의 영역에 속한다. 그러나 이론비평가가 자기 이론을 쉽게 실제비평에 응용할 수 있는 것은 아니다. 물론 두 가지를 다

겸할 수도 있다.

(3) 기술비평technical criticism: 실제 작품의 제작 기술에 관한 논의 및 충고를 말한다. 소설 작법이라든지, 시 창작에 있어서의 요령 같은 것이 이에 속할 것이다. 창작의 방법을 처방한다는 뜻에서 입법비평 legislative criticism, 또는 처방비평prescriptive criticism이라고도 할 수 있다. 작품 제작의 방법 즉 테크닉을 논하는 것은 다분히 이론비평에 가깝지만, 이론비평이 문학적 형이상학 내지 미학원론에 속한다면 기술비평은 실제 작품의 생산과 관계되어 있으므로 훨씬 실용적이다. 과거에는 기술비평은 창작가에게 어떤 정해진 법칙을 강요하는 경향이 있었으나, 창작가의 자유를 인정하는 현대에는 우수한 작품으로 판단되는 작품의 제작 기법을 분석하여 기술함으로써 간접적으로 좋은 작품의 모방을 자극한다. 이 점에서 기술비평은 실제비평을 겸하게 된다. 이는 바꾸어 말하면 실제비평이 제작 기법에 관심을 둘 때 자연히 기술비평으로 이전된다는 말과도 같다. 이른바 뉴크리티시즘은 실제비평과 기술비평을 가장 잘 겸한 비평의 양태이다.

현대 기술비평의 기술적(記述的) 경향과는 대조적으로 사회주의적 또는 민족주의적 집단 의식을 고취하는 사람들은 기술비평을 대체로 입법비평에 국한한다. 즉 창작가의 개인적 자유를 유보하고, 그에게 집단의 이념을 고취할 수 있는 기정 방법을 처방하여 따르게 하는 것이다.

한편 기술비평이 구체적 작품의 구조 분석을 거듭하는 사이에 문학의 일반적 구조 또는 작품의 우수성을 보장하는 보편적 성질들에 관한 논의로 번져나가면 이론비평에 가까워진다.

(4) 인상비평impressionistic criticism: 문학에 관한 논의가 이론적 뒷받침이 극히 취약하든가, 개인적 주관적 견해와 감정이 주로 토로된 것일 때 이를 인상적이라고 한다. 한 작품을 대할 때 떠오르는 생각과 감정을 일관된 논리나 철학으로 정리함이 없이 오직 자기의 인상을 충실히 표현하고자 하는 의도에서 토로한 것인 만큼 작품의 가치에 대한 설득이나 설명보다는 비평가 자신의 감정의 상태를 보여주

는 것이 인상비평이다. 〈민감한 정신이 명작의 세계를 탐험하는 것〉이라고 아나톨 프랑스는 인상비평을 정의한 바 있다. 따라서 인상비평은 정확한 의미의 비평이라기보다는 예술 체험을 주제로 한 감상문 또는 수필이라고 할 수 있다.

위에서 본 바와 같이 비평은 순수 이론 즉 객관적 지식을 지향하는 방 향과, 순수 감상 즉 주관적 표현을 지향하는 방향으로 엇갈린다. 아 마 양 극단은 모두 비평의 한계를 벗어나는 영역일 것이다. 순수 이 론은 철학 또는 과학이고 순수 감상은 또 다른 창작인 것이다. 비평이 얼마나 객관적이 될 수 있고 얼마나 주관적이 될 수 있느냐 하는 문제는 언제나 제기될 수밖에 없다. 즉 비평 자체의 문제는 양 극단의 가능성을 한꺼번에 안고 있음으로 해서 생길 수밖에 없는 것이다.

이 양 극단 사이의 어느 지점에 서 있느냐에 따라 비평가의 비평 안목이 정해진다. 비평가의 주관성을 강조하는 사람들은 주관은 취미와 마찬가지로 개인적이니만큼 옳고 그르다고 할 수 없으니, 한 작품에 대한 해석이나 평가는 개인적일 수밖에 없고 그 개인에 관한 한, 정당하다고 할 수밖에 없다고 주장한다. 즉 객관적으로 합당한 단일한 해석이나 평가는 없다는 것이다. 그러나 이러한 상대주의를 수긍한다고 해도 실제적으로는 더 나은 해석, 더 합당한 평가가 있을 수 있음을 부인할 수는 없다. 철저한 상대주의는 철저한 절대주의와 마찬가지로 순전히 이론적인 것이지 실제로는 존재하지 않는다. 한 작품의 의미와 가치에 대해서 수학의 정답처럼 단일한 합일점은 찾을 수 없을지 모르나 대개의 경우에 있어 보다 넓은 의미 및 가치의 영역에 대해서 의견이 모아질 수는 있다. 확실히 한 작품의 유일무이한 단일한 의미와 가치를 꼭 집어낼 수 있는 사람은 없다. 그러나 작품은 사회의 공통적 약속인 언어를 사용하며 또한 사람들의 공통적 관심사인 인생 체험을 다룬 것이므로 넓은 뜻의 객관성을 지니게 되고 그것을 취급하는 비평은 상당한 정도까지는——지적인 논의를 서로 나눌 수 있는 정도까지는——객관성을 띠게 된다.

주관, 객관의 문제는 다시 비평을 작품의 이해(의미의 설명)로 보느냐 또는 작품의 평가(좋고 나쁨의 판단)로 보느냐 하는 문제와 직결된다. 작품의 의미는 객관적이지만 작품의 가치는 보는 사람에 따라 달라질 수도 있으니 주관적이라는 것이다. 원본비평 textual criticism, 문학사, 해석학 등은 객관적 사실의 이해를 강조하고 작품과 작가의 가치 평가는 되도록 회피한다. 일부 신화비평가도 문학의 근본 구조의 이해를 강조하고 평가를 유보한다. 따라서 객관주의자들은 자기들을 비평가라 하지 않고 학자로 자처하든가, 진정한 비평은 문학이라는 전체적 체계를 밝혀내는 일이지 주관적 평가 작업이 되어서는 안 된다고 주장하기도 한다. 그러나 아무리 객관적 사실들의 이해만을 치중한다는 학자라 해도 무명 작가 아닌 위대한 작가의 작품을 골라서 연구하는 것을 보면 그들이 일단은 가치 평가를 하고 작업에 임하는 것이 분명하다. 다시 말하면 비평은 가치 평가를 완전히 외면할 수 없다. 오히려 비평은 가치 평가가 궁극적 목적이며, 이 가치 평가를 뒷받침하기 위하여 이해를 공고히 하는 것은 그 부수적 작업이 된다고 보아야 한다.

문학을 어떤 관점에서 보느냐에 따라 또한 비평의 종류가 달라진다. 여기서 미국의 이론가 에이브럼즈의 분류법을 따르기로 한다.

문학을 (1) 그것이 취급하는 사물과의 관계에서 볼 때, (2) 그것이 독자에게 미치는 영향과의 관계에서 볼 때, (3) 그것을 창작한 작가와의 관계에서 볼 때, (4) 그 자체로서 하나의 존재가 된다고 볼 때 각각 다른 관점이 생기게 된다.

(1)의 경우는 모방론이 된다. 문학은 인간의 만사, 우주의 만상을 다 그 취급 대상으로 할 수 있는데, 모방론에서는 문학이 그것들을 모방, 반영 또는 재현한다고 보는 것이다. 따라서 모방론적 비평에서는 한 작품이 어떤 사물과 사건을 모방, 반영, 재현하는지를 밝혀내려고 하며 그것들을 얼마나 진실되게 모방, 반영, 재현하는가에 따라 가치를 매기는 것이다.『홍길동전』이 조선 시대의 한 사회상을 반영하는 것이라면 모방론적 비평은『홍길동전』이 그 사회상을 얼마나 가깝게, 진실되게 반영했는가를 밝혀 그 작품의 가치를 평가하는 것이다.

즉 〈닮음〉의 정도가 가치의 척도가 된다. 현대의 사실주의 비평은 모방론적 비평의 대표적 형태이다.

(2)의 경우는 효용론적 비평이 된다. 어떤 문학 작품이 독자에게, 독자들에게, 또는 사회 일반에게 어떤 영향을 끼치는가를, 넓게 말하자면 문학이 어떤 사회적, 실용적 효용성이 있는가를 판단하는 것이다.

문학이 개인과 사회에 주는 영향은 주로 흥미와 교훈으로 믿어지고 있다. 재미, 쾌감, 안정감, 만족감, 황홀감, 해방감 등은 흥미의 축을 이루고 윤리적 반성, 인식, 지혜, 지식, 정보 등은 교훈의 축에 속한다. 「농가월령가」에서 흥미(즐거움)의 효과는 주로 4·4조의 리듬에서 오고 교훈의 효과는 주로 농사에 관한 정보에서 온다고 나누어 생각할 수 있다. 그러나 좀더 면밀히 고찰하면 흥미와 교훈은 문학을 체험하는 순간에는 구분되지 않는다. 아마 이렇게 구분되지 않은 상태를 감동, 감화라고 할 수 있을 것이다. 효용론적 비평은 우선 문학이 어떤 종류의 감동, 감화력이 있는가를 밝히고 그 정도가 크고 적음에 따라 가치를 평가하게 된다.

(3)은 표현론이다. 문학을 작가의 독특한 정신의 표현으로 보는 것이다. 표현론적 비평은 작가의 사상, 감정, 상상력, 태도 등을 가장 중요하게 여기고, 작품 속에 그것들이 표현되어 있다고 보고 그것들을 추적해 낸다. 작가의 태도의 성실성, 진실성이 그의 문학을 평가하는 한 가지 척도가 되며, 또한 그의 독창성, 창조력, 천재성 역시 그의 문학적 공헌을 평가하는 기준이 된다. 오늘날 크게 유행하는 작가론은 대개 표현론적 비평이다.

(4)는 존재론적 비평을 낳는다. 문학 작품을 사물, 독자, 저자로부터 격리시켜 놓고 하나의 독립된 존재 또는 세계로 취급하는 것이다. 하나의 존재란 그 스스로 그 자체를 유지시키기 위한 내적인 원리를 가지고 있는 사물을 말한다. 문학 작품을 하나의 존재로 본다는 것은 그것이 하나의 독특하고도 독립된 존재를 이루기 위한 내적인 원리를 가지고 있다고 보는 것이다. 존재론적 비평에서는 한 작품의 여러 부분들이 서로 화합하여 하나의 전체를 이룬다고 보고 있다. 즉 모든 작

품은 부분의 측면에서 볼 때 복합적이며, 전체의 측면에서 볼 때 통일적이다. 복합과 통일은 서로 충돌하는 개념이지만, 좋은 작품은 그 충돌을 무의미한 파괴로 돌아가게 하지 않고 생동하는 힘으로 느껴지게 한다고 믿는다. 즉 최대의 복합성을 가지면서도 최대의 통일성을 이룩한 작품은 최고의 작품이 되는 것이다.

물론 위에 열거한 접근 방법이 따로따로 순수하게 적용되는 일은 아주 드물다. 많은 경우에 있어서 모방론 계열의 사실주의 비평은 문학의 원천으로서의 사회를 논할 뿐 아니라 문학의 사회적 효용에 관해서도 말하게 된다(아마 효용 가치 중에서도 교훈적인 면을 강조할 것이다). 존재론 역시 작품의 독특한 원리를 밝히는 작업이 궁극적으로는 인간 체험, 곧 인생의 질서와 조화의 이념에 공헌하는 것이라고 주장할 수도 있다.

이론가 웰렉은 비평을 외재적extrinsic 비평과 내재적intrinsic 비평으로 구분하는데, 모방론, 효용론, 표현론은 앞엣것에 속하고 존재론은 뒤엣것에 속한다고 볼 수 있다. 인간의 생활이나 우주 만상, 독자에의 영향, 작가의 정신 등은 모두 문학 작품의 외부에 존재하는 것으로 보고 가치 있는 의미 구조는 문학 작품에 내재하는 것이라고 보는 것이다.

아마도 비평의 가장 중요한 과제는 그러한 외재적 요소와 내재적 구조 사이의 끊을 수 없는 관련성을 문학 작품을 손상함이 없이 어떻게 규정하고 서술하고 평가하느냐일 것이다. 또 한 가지 부인할 수 없는 사실은 문학 작품 자체에 대한 면밀하고도 편견 없는 관찰이 어떤 종류의 비평에서나 필수적이라는 것이다. → 미학, 평가, 해석

人

 寫實主義, realism

우선 세 가지를 구분해야 하겠다. (1) 작품의 어떤 부분에서 외부 사실에 대한 세밀하고도 정확한 재현을 기하는 것, 즉 사실 묘사의 수법을 간간이 이용하는 것. (2) 작품 전체의 형성 원리이며 예술적 의도로서의 사실주의. 이 경우는 事實주의라고 적는 것이 옳을 것이다. 이것은 인생관과 관련된 보다 철학적인 태도이다. (3) 19세기 중엽에서 말엽까지 사실주의적 철학(위의 2)에 따라 주로 소설 문학에 크게 성했던 경향, 즉 역사적 사조의 하나.

위의 셋 중 첫번 것은 문학이 시작된 이래 언제나 있어왔던 것이다. 『삼국지연의』에도 특별히 사실적인 부분이 있고 또 사실감을 나타내기 위하여 사용한 여러 가지 수법이 보인다. 아리스토텔레스가 말한 〈개연성〉과 로마 사람들이 제일 중요하게 여기던 〈어울림〉의 개념은 모두 문학이 우리의 일상적인 사실 감각에 어긋나지 아니할 것을 규정한 것이다. 르네상스 이후 발전한 〈박진감〉의 개념도 마찬가지이다. 특히 신고전주의 시대의 〈박진감〉은 그 전시대의 다소 허황되고 과장된 문학에 대한 사실 감각의 반발로 생겼던 요청이었다. 낭만주의자 워즈워스는 다시 신고전주의에 반발하여 〈실제의 사람들이 실제로 사용하는 말〉로 시를 쓰기를 주장하였다. 스콧은 역사적 과거를 허황된 옛이야기로 꾸미지 않고 다시 생생한 과거의 현실로 보이게 세밀하게 꾸몄다. 그러나 이들 낭만주의자들에 대해서 19세기 중엽의 사실주의자들이 또 사실의 이름으로 반발하였고, 그뒤에는 다시 자연주의자들이 진짜 사실의 이름으로 사실주의의 모자라는 점을 힐난하였다. 현대의 표현주의나 실존주의는 또다시 보다 근본적인 인간적 사실의 이름으로 전시대의 사실주의에 반발하였다. 이렇게 보면 모든 문학의 변천은 사실, 진실, 진리 추구의 역사였다. 사실의 개념은 계속 변천하는 까닭에 문학에서 사실 취급의 방법이 달라지지 않을 수 없다.

그러나 19세기의 사실주의는 사실에 집착하여 그것을 묘사하기 위한 방법을 가장 철저하게 개발했고, 그 영향을 아직도 우리가 받고 있다. 사실주의를 하나의 주도적인 예술 원칙으로뿐만 아니라 인생관으로 받아들인 사람은 첫째로 실용주의자이다. 그는 사실을 초월적인 것으로 보지 않고 보통 사람이 실생활에서 경험하고 확인할 수 있는 것으로 본다. 관념적인 것이 진리가 아니라 경험적 사실에 부합되는 것이 진리이다. 사실이란 개인의 체험과 관련되어 있으므로 절대적으로 규정된 것이라기보다는 상대적이다. 사실주의자는 또한 민주주의적 내지 사회주의적 정치관을 가지고 있다. 그러므로 인물이나 주제에 있어 본질적으로 더 훌륭하든가 덜 훌륭한 것이 있다고 보지 않으며(〈시골 읍내인 용비유가 대도시 콘스탄티노플이나 꼭 마찬가지다〉라고 플로베르는 말했다) 그가 취급하는 대상은 보통 도시 또는 시골에서 보통 일을 하는 보통 사람의 보통 행위이다. 바로 이렇게 흔한 소재가 그 이전 문학에서 오래 등한시되었던 것이다. 그것이야말로 사람의 가장 자연스러운 사실을 보여준다고 믿었다. 사실주의는 영웅의 모험담과는 관계가 없다.

사실주의자는 평범한 개인들이 뒤섞여 사는 사회를 자세히 관찰하면서 자연히 사회의 모순점들을 찾아낸다. 그러한 모순점에 대하여 그는 관념적 설명을 피하고, 실용주의적 내지 실증주의적 사회관에 입각하여 비판을 가한다. 그러나 그 비판의 소리를 직접 들려준다기보다는 그가 선택한 소재와 그 소재에 대한 면밀한 묘사에 의하여 간접적으로 독자에게 호소한다. 사실주의는 사람의 사회 윤리 문제를 제기하되 스스로 윤리 교사의 입장이 되는 것은 피한다. 19세기의 사실주의는 사람은 사회적(또는 정치적) 동물이라는 명제를 증명하려고 한 셈이다. 한편 개인의 외부적 행동에 못지않게 그의 행동의 동기에 대하여 관심이 컸기 때문에 심리적 주체로서의 인간을 부각시킨 것도 후기 사실주의의 공적이다. 별로 굉장한 것이라고는 믿어질 수 없는 평범한 사회 생활의 표면을 객관적으로 묘사한 까닭에 사실주의는 본격적인 비극 이야기를 하지 않는다. 19세기 사실주의자는 인생을 통째로 비극적이거나 희극적이라고 관념적으로 생각하지 않고 단지 생활이라는 현실을 다소 비관적으로 바라보았다. 그 때문에 아이로니컬하든가 풍자적인 데는 있어도 우울하지는 않다.

위와 같은 철학에서 사실주의는 사실을 있는 그대로 보여줄 수 있는 모든 기법을 동원하였다. 특히 당시 새로 생겨난 사회학적 고찰 방식을 본떠서 사회 환경과 관련지어 개인을 묘사하되 당시 크게 발전된 신문처럼 객관적으로 보도하는 양식을 취하였다. 사실들에 대한 충실한 보고가 사실의 의미를 보여주리라고 믿은 것이다. 실증주의적 사회학과 역사학의 기록 방법을 본떠서 사실의 원인, 경과, 결과에 관하여 객관적인 어휘와 문장으로 증빙 서류documentation를 작성하듯 하는 것을 이상으로 삼았다. 아마 당시에 처음 발명된 사진술도 상당한 자극이 되었을 것이다. 언어 사용에 있어서는 아름답거나 감동적이라고 해서 쓰던 미문을 피하고 실제로 보통 사람이 사용하는 말을 그대로 옮겨놓고자 노력하였고, 한편 도덕적, 종교적 이유로 금기되었던 말을 필요하면 거침없이 사용하였다.

현시점에서 볼때, 19세기의 사실주의는 문학, 특히 소설의 폭을 크게 넓힌 것이지만 인생을 있는 그대로 보여준다는, 인생의 단면도를 제시한다는, 사회 풍속상을 제공한다는 주장은 과장된 것임을 알 수 있다. 첫째로 사실주의자는 평범하고 흔한 사건을 다룬다고 하나, 자세히 따지고 보면 그가 다루는 사건은 분명히 그가 선택한 것으로서 그만큼 그것은 유별난 것이며 이야깃거리가 될 만한 것이다. 보바리 부인의 이야기는 확실히 재미있는 이야깃거리이다. 간혹 사실주의 소설은 『로빈슨 크루소』처럼 비상하기 이를 데 없는 사건을 취급하면서도 서술을 신문 보도식으로 함으로써 일상 생활의 단면처럼 받아들이게 한다. 또한 아무데서나 잘라온 생활의 단면도라고 하나 사실은 작가가 세심한 배려 끝에 선택한 지점에서 조심스레 부분들을 선택하여 배열한 것이다. 선택과 배열, 처음과 끝이 있으면 벌써 그것은 인생 그대로가 아니라 인생을 재료로 하여 다시 만든 것, 즉 허구가 아닐 수 없다. 그들이 아무리 한 사회상을 여실히 그려냈다고 해도 그들의 소설이 후일 역사가의 역사 서술의 자료가 되지 않는 것은 그것이 개인에 의하여 창작된 허구인 까닭이다.

그러므로 어떤 소설을 보고 그것이 그 당시 사회를 정확히 반영한다고 하는 말은 위험하다. 왜냐하면 우리는 그 당시의 사회를 알지 못하기 때문이다. 하도 강렬한 사실감을 주니까 그 소설이 그 당시의 여실한 반영이라는 말을 하게 된 것이다. 이것은 실제 인물은 보지 못한 사람이 그 인물의 잘된 초상화를 보고, 〈꼭 그 사람 같다〉고 하는 것과 다르지 않다. 사실주의는 사실을 보여준다기보다 사실의 환영을 보여준다. 즉 우리의 사실 감각을 강력히 자극한다. 그러므로 사실주의는 사실을 전달하는 독특한 창안으로 보기보다는 〈개연성〉, 〈박진감〉 등의 문학적 이념의 전통에서 보는 것이 더 옳을지 모른다.

또한 사실주의자들이 내세웠던 객관적 문체——신문 같은 보도체 문체——는 정말로 비개인적인 사실로 하여금 스스로 말하게 하는 문체가 아니라, 작가 개인이 독특하게 개발한 문체라는 것이 확실하다. 모파상과 플로베르의 문체의 차이는 두 사람의 성격만큼 절대적이다. 또한 같은 사실을 보지만 작가마다 사실 선택의 원리와 묘사의 순서, 강도 및 배치가 다 다른 것도 역시 개인차를 나타낸다.

이로 미루어보면, 사실주의는 전통적인 소설 문학을 계승, 발전시킨 것이고, 소설 문학의 처음과 마지막을 그은 것은 아니다. 사실주의의 철학적 입장은 지금은 많이 수정되고 극복되었을 뿐 아니라, 톨스토이나 도스토예프스키 같은 작가들은 벌써 그 당시에 전혀 다른 철학을 가지고서 뛰어난 사실주의 기법을 이용하였다.

일부 사회주의자들은 그후 사실주의가 자연주의로 대치되어 사람의 무의미함을 파고드는 것에 반발하고, 사회주의적 이념을 향하여 사회를 이끌어가려는 의도를 분명히 가진 사실주의를 추구하기를 요청하였다. 이를 〈사회주의적 사실주의〉라 하는데, 어떤 특정한 이념을 분명히 제시한다는 것은 벌써 사실주의의 객관성, 탈이념성을 범하는 것이므로 사실주의의 본령을 벗어난 것이다.

현재의 사실주의는 자연주의의 여파를 벗어나지 못하고, 주로 타락하고 파멸로 나아가는 사회를 제시하고 있는 것이 특징이다.

→ 자연주의

사회　society

문학과 사회의 관계는 다음의 세 가지 면에서 고찰할 수 있다. (1) 문학의 재료 및 원천으로서의 사회, (2) 문학 작품 속에 들어 있는 사회적 요소, (3) 문학이 사회에 끼치는 영향.

첫째로, 문학의 재료 및 원천으로서의 사회에 관하여는 누구나 조금씩은 생각해 보기 마련이다. 우선 문학의 필수불가결한 수단인 언어는 문학의 표현 수단이기에 앞서 사회의 산물이며 사회 전체의 공동 재산이다. 문학에서 소중히 사용하는 말의 소리, 리듬, 심상, 상징 등은 물론 모두 사회의 일상 언어가 주는 것이다. 문학의 언어가 간혹 지나치게 글말투(문어체)가 되었다고 느껴질 때에는 사회의 일상 언어에 가깝게 되돌아가려는 운동이 반드시 벌어지는 것을 보아도 (언문일치 운동도 그 한 예이다) 사회의 일반 언어는 문학에 대하여 원천으로서의 지위를 잊지 않게 하고 있다.

문학의 수단뿐 아니라, 재료 역시 사회에서 직접 오거나, 사회와 관련을 맺고 있다. 사랑, 미움, 협동, 분파, 화합, 갈등, 참여, 소외 등은 모두 문학의 흔한 주제들인데, 이 주제들은 모두 사람 사이에서 벌어지는 사회 관계의 여러 양상들이다. 이런 주제들을 나타내기 위한 소재들도 역시 구체적인 사회인들 사이에 재산, 명예, 애정, 동정 등등 때문에 벌어지는 갈등 또는 화합의 이야기들이다. 주제와 소재가 사회에서 가져온 것이라는 느낌을 직접적으로 강하게 주는 것은 사실적인 이야기 문학이지만, 극히 주관적인 서정시나 환상적, 상징적 작품에서도 사회 현상에 대한 작가의 독특한 입장을 얼마쯤은 짐작할 수 있다.

그런데 작가는 사회에서 주제와 소재를 자기 마음대로 그냥 골라 잡기만 하면 되는 초연한 입장이 아니다. 작가는 다른 모든 사회의 구성원들과 마찬가지로 그가 속한 사회의 영향을 받는다. 그는 사회의 산물이다. 그가 받는 유형, 무형의 교육을 통하여 그는 사회가 제시하는 대로 사회 현실을 보게 되고 나아가 실재 자체에 대한 관념도 갖게 된다. 요즈음 흔히 쓰이는 말로 그는 사회 환경이 〈결정한〉 존재이다. 어떤 의미에서는 그는 스스로 사회의 어떤 주제와 소재를 선택하는 것이 아니라 필연적으로 그런 주제와 소재를 다루지 않을 수 없는 입장에 처해 있다. 김시습은 그가 처한 사회 여건상 『금오신화』를 창작할 수밖에 없었다고 보는 것이다. 따라서 작가가 처했던 사회를 면밀히 고찰하면 작가와 그 작품을 완전히 이해할 수 있다고 보는 것이다. 사회적 필연성에 채 부응하지 못한 작가는 물론 좀 못난 작가로 평가된다.

그러나 사회가 개인을 전적으로 결정해 버린다면 개인은 전혀 능동적인 행동도, 창조나 가치의 선택도 할 수 없다. 사회가 개인을 결정한다고 주장하면서도 어떤 개인의 행동을 사회적 필연성에 부응하지 못했다고 비난한다는 것은 모순이다. 실상 사회적 필연성은 오히려 개인의 책임을 과중하게 묻는다. 개인의 성격과 능력의 차이를 인정할 때에 비로소 사상과 행동에 있어서의 창조가 가능해진다. 물론 개인은 사회의 산물이지만, 사회는 개인들의 창조적 활동이 집약되어 지속되는 현상이지 그냥 추상적으로 존재하는 것은 아니다. 셰익스피어는 틀림없이 16세기 영국 사회가 생산한 인물이지만, 『햄릿』이나 『리어 왕』 같은 작품들을 왜 그의 동년배들은 못 지었는지는 어떤 사회 법칙으로도 설명할 수 없다. 그와 같은 시대에 많은 극작가들이 있었고 그들의 작품은 영국 르네상스 희곡이라는 다소 모호한 무리를 짓고 있긴 하지만, 그 공통성을 알아내는 것 못지않게 그들 각자의

차이점, 곧 창조적 능력의 차이를 알아보는 것도 대단히 의미 있는
일이다.

또한 환경이 과연 작품을 결정한다면, 하나의 환경을 면밀히 검토
하여 어떤 작품이 생산될지를 예언할 수도 있을 것이다. 그런데 이런
종류의 예언은 적중한 예가 없다. 개인의 창조 능력에 크게 의존하는
문학에 대한 예언이 투표 결과의 예언보다 훨씬 힘들 것은 자명한 일
이다. 문학에 영향을 미치는 사회 환경을 심층적으로 정밀하게 파악
하는 법을 아직 몰라서 문학적 예언이 틀린다고 할 수도 있겠지만 보
다 근본적으로는 문학 창작은 기계적인 인과율의 법칙을 따르지 않기
때문이다. 창조 행위는 자유와 가장 밀접한 관계가 있다. 문학의 사회
성과 문학의 개인성을 동시에 시인하면서 또한 동시에 그 둘이 확고
한 이원적 대립 관계에 있지 않고 화합을 이룬다는 것을 인식해야겠
지만, 사람의 논리적 습관상 그 둘을 양분하여 어느 한쪽에 주의를
기울이든가 또는 따로따로 취급하게 되는 것은 어쩔 수 없는 불행한
일이다.

둘째로, 사회적 환경이 작가와 작품의 주제 및 소재를 다 결정한다
면 작품은 환경의 충실한 반영이 되는 것이 최상의 목적이 될 것이다.
환경결정론자들은 사실적 문학뿐 아니라 모든 문학이 그 사회를 반영
한다고 믿고, 그 사회를 알아보는 데 문학이 역사적 문서에 못지않다
고까지 주장하기도 한다. 하여튼 문학이 사회에 대하여 1 : 1의 대응
관계는 아니더라도 분석해 낼 수 있는 대응 관계가 있다고 본다. 화
합, 갈등 등의 사회 관계가 문학의 주제와 소재를 이룬다는 것은 그
것들이 문학 작품 속에 들어 있다는 말이다. 즉 사회는 작품의 밖에
실존하는 동시에 작품 속에도 들어와 서로 반향을 일으킨다.

문학이 사회를 반영한다는 생각은 근본에 있어서 모방론에 속한다.
희곡이 자연에다 거울을 들이대는 것이라고 한 셰익스피어의 비유는
문학이 자연을 모방한다는 고전주의적 관점을 나타낸 것이다. 자연은
불변하는 것이니까 자연의 모방인 문학은 불변의 진리와 관계가 있다
고 보았다. 18세기까지 지배적이던 이 사상은 19세기에 크게 수정되

었다. 문학은 불변하는 자연의 모방이 아니라 변하고 흘러가는 사회의 반영이라는 것이었다. 스탕달의 비유를 인용하자면 문학은 거리를 질주하는 말에 실은 거울이다. 즉 문학은 사회의 파노라마를 반영한다. 사회는 불변하는 추상적 의미의 실재가 아니라 산 사람들로 북적이는, 움직이고 변모하는, 즉 넓은 의미의 〈풍속〉 전체임을 말한다.

그러나 문학이 아무리 사회 풍속을 반영하려고 하여도, 복잡다단한 그 상태 그대로 반영할 수도 없거니와 설사 반영한다 하여도 그것이 무슨 의의가 있을지 의문이다. 거울이라는 말은 비유에 지나지 않는다는 사실을 또한 잊지 않아야 할 것이다. 작가는 사회 현상을 자기 나름의 입장에서 바라보고, 그냥 보지 않고 반드시 해석하고 비판하며, 자기가 보는 것을 언어로 〈번역〉해야 하며, 한편의 소설이나 희곡 또는 시, 수필을 만들기 위하여 그러한 장르들의 관습(옛말로는 법칙)을 따라 관찰한 바를 선별하고 정리하고 수정해야 한다. 밖에 있는 사회 현상이 작품 속에 들어오기 위해서는 엄청난 분량의 선택과 정리 과정을 거치게 된다. 모든 사회 현상이 다 문학적인 언어로 표현될 수도 없거니와 또 모두가 상연 시간 두 시간 정도의 희곡에, 또는 30줄짜리 시에, 또는 3백 쪽짜리 소설에 들어올 수도 없다. 선택되어 들어오는 부분은 또한 희곡에서는 대화, 수필에서는 가벼운 사색과 정서적 분위기, 시에서는 심상과 리듬, 소설에서는 이야기와 성격의 화합이라는 여러 가지 요건을 충족시키도록 재정리되어야 한다.

염상섭의 『삼대』가 1920년대의 한국의 사회상을 여실히 반영한다는 말은 조심스레 비판할 필요가 있다. 『삼대』가 반영하는 것으로 되어 있는 사회상을 현재의 우리가 얼마나 잘 알고 있기에, 『삼대』가 그것을 〈여실히〉 반영한다고 하는가? 『삼대』는 염상섭의 사회적 체험 내용을 그의 독특한 입장에서 독특한 언어로 사실주의적 소설의 문학적 요건을 참작하여 다시 해석하고 선별하고 정리한 결과이며, 우리는 바로 이 결과를 보는 것이지 염상섭의 소설과 관계없이 존재하던 그 당시의 사회를 대면하는 것은 아니다. 사실주의적 작품의 묘미는 우리로 하여금 우리의 지식과 경험을 토대로 하여 우리의 것이 아닌 시대와 사회에 대한 상상적 재구성을 할 수 있게 한다는 것이다. 즉 사실감을 조성한다. 작품이 사회의 여실한 반영, 생의 한 단면이라면 역사학의 직접적인 자료가 될 수 있어야 할 것이다. 그처럼 역사적 자료의 가치가 있는 것이라면 역사에 관심이 없는 독자는 흥미를 못 느껴야 할 것이다. 1920년대 사회를 잘 반영한다는 것이 현재의 독자들에게 특별한 의의가 있다고 할 수도 없다.

작가가 역사적 기록을 근거로 하여 역사적 상상력을 발휘하여 꾸민 역사소설이 과거 사회를 여실히 〈반영〉한다는 말을 하기는 더욱 곤란하다. 역사소설에는 아무 역사가도 의의를 부여하지 않는다. 근본에 있어 모든 사실주의적 소설은 역사소설과도 같다. 불과 하루 전의 일이라도 역사적 사건이니 말이다. 최근의 일은 현대사가 다룬다. 꼭 백 년이나 5백 년 전 일만이 역사는 아니다. 그러므로 모든 문학은 허구 즉 만들어낸 이야기임을 어느 순간에는 기억해야만 한다.

마지막으로, 문학이 사회에 끼치는 영향은 예전부터 주의 깊게 관찰되고 있다. 공자의 『시경』 편찬이나 플라톤의 시인에 대한 공격은 모든 문학의 사회적 영향을 깊이 통찰한 결과이다. 공자는 선한 임금이 다스리던 이상적인 시대에 생긴 시들이 후세에도 그러한 선한 영향을 끼칠 수 있다고 믿었고, 플라톤은 문학의 타락적 세력을 크게 두려워하였다. 일반적으로는 문학이 진리의 효과적 전달 또는 사람의 심성의 올바른 순화를 위하여 좋다고 보았기 때문에 교육, 특히 지도층의 교육에 문학 교육을 포함시켰다. 지금도 국어 교육의 자료는 대부분 문학 내지 〈잘 쓴 글〉이다. 그러나 〈나쁜〉 종교 사상, 정치, 철학 사상이 있듯이 〈나쁜〉 문학도 있다고 믿기 때문에 어느 사회에나 검열 제도가 있다. 그 검열의 원칙은 심미적이라기보다는 도덕적, 정치적, 종교적이다.

대중 매개 수단의 급속한 보급으로 말미암아 문학이 일시에 대중에게 전달되면서 이른바 통속문학, 대중문학, 순수문학의 구별이 생겨났다. 대중 매체의 상업화로 말미암아 문학도 넓은 의미의 교육적 목적을 벗어나 상품화되는 경향이 생겼다. 대중은 문학을 여느 상품처럼 즐기기 위하여 대금을 지불하고 사 보게 된 것이다. 예전에 없었던 매문업자(買文業者)라는 직업인도 생겼다.

그러나 일부 문학이 상품화됐다고 해서 문학이 곧 타락했다고 타매하는 것은 잘못이다. 고전음악을 들으려면 입장료를 내고 연주회에 가거나 값을 내고 음반을 사야 하지만, 고전음악을 감상하고 즐기는 것이 오늘 새로 사 입은 유행하는 옷을 즐기는 것과 같다고는 할 수 없다. 문제는 유행하는 옷처럼 오늘만 즐기고 아무 유감도 없이 내일이면 버릴 순수한 소비재와 같은 문학이 범람하여 시대와 장소를 뛰어넘은 고전이라는 것이 존재함을 대중으로 하여금 망각하게 할지도 모른다는 것이다.

문학이 어떤 진리를 발견하여 가르칠 수 있느냐 없느냐 하는 문제는 지금까지도 논쟁거리이지만, 문학이 어떤 내용과 사실을 효과적으로 전달해 주는 매개물이 될 수 있다는 것은 대체로 모두 수긍한다.

그런데 그 전달되는 사실과 내용은 어떤 것인가 하는 문제가 생긴다. 대체로 그것은 작가 자신이 생각해 낸 것이기보다는 민중에게 바람직한 것으로 정치가, 사회사상가, 도덕가가 직접, 간접으로 작가에게 제안 또는 요청하는 것이다. 또는 작가 자신이 그런 정치사상가, 도덕가를 겸할 수도 있다. 19세기 이후 사회의 부조리적 요소가되어 있는 측면, 특히 경제적, 정치적 부정의 사실적인 제시, 폭로, 공격, 개혁 요청이 독자들의 사회적 사고 방법과 행동에 큰 영향을 끼치고 있다. 그러나 한 시대 한 사회의 부조리는(예컨대 스토 여사의 『톰 아저씨의 오두막』의 흑인 노예 제도의 철폐 요구) 시대가 지나가면 그 호소력이 많이 퇴색할 수밖에 없고, 심한 경우에는 무의미하게 된다. 그러한 문학은 자칫하면 당장의 효과만을 노리는 선전이 되기가 쉽다. 작가가 더 큰 안목을 가지고 한 시대의 특정한 부조리를 인간의 근본적 부조리의 상징으로 제시한다면 문학 작품은 계속하여 인간 사회에 대한 교훈적 비판이 될 것이다.

좀더 근본적으로, 문학은 사람의 사회적 체험을 해석하고 조직하고 의미 깊은 모습을 갖추도록 심리적, 지적 훈련을 시킨다. 우리가 좋은 그림을 보고 그것에 대하여 의미 있다든가 아름답다는 의식을 가지는 훈련을 거치지 않았다면, 우리는 어떤 자연 풍경이나 사람의 표정 또는 행위를 그림 보듯 아름답고 뜻 깊게 볼 수가 없다. 산수화를 보거나, 산수에 대하여 감탄하는 글을 읽거나 듣지 못한 사람은 금강산을 보아도 덤덤할 뿐이다. 마찬가지로 문학을 읽지 않았다면 우리의 체험은 우리의 기억 속에 선택 정리되어 하나의 의미 있는 심상으로, 또는 〈이야기〉로 간직될 수 없다. 그러므로 문학과 예술은 사람의 체험의 형식화라는 중대한 일을 하고 있는 것이다. 문화적 세력으로서의 문학이 사회에 미치는 영향으로는 이것보다 더 큰 것은 없을 것이다.　→ 문학사, 사실주의

산문　prose

　산문의 반대 개념은 시라고 생각하기 쉬우나 산문시도 있고, 시적인 산문도 있으니 잘못된 생각이다. 산문의 반대는 운문, 즉 정형의 율격을 판독할 수 있도록 조직한 글이다. 비시적, 비문학적인 글을 〈산문적〉이라고도 하는데, 이 경우의 산문은 문학적, 시적 성질을 전혀 띠지 않은 글을 말한다. 산문적인 운문이라는 말도 있을 수 있는데, 이 경우에는 비문학적 운문이 가지고 있는 성질을 말한다(구구단은 운문이지만, 산문적인 즉 비문학적인 운문이다).

　일상적인 언어를 글로 적어놓으면 산문이 된다고 생각하기도 쉬우나 일상 언어는 연속적이지 못하고 반복적이며 말의 목적을 지향하여 논리적인 진행을 하지 못한다. 산문은 말의 목적, 즉 논지를 지향하여 낱말과 구문을 선택하고 논리적으로 조직, 전개시킨 것이며 추리적 사고 과정의 형식에 따라 말을 조절한 결과이다. 산문은 어떤 논지에 대한 논리적 사고 방법을 배운 사람의 조심스런 말이다. 그러므로 산문은 추상적 사고 방법에 대한 교육이 일정한 수준에 도달한 사람이라야 구사할 수 있는 말의 형태이다. 이에 비하여 운문은 오히려 어린이나 원시인, 또는 자연스런 상태의 사람이 정서적인 발언을 할 때

자연스럽게 생기는 말의 현상이다(욕설, 놀람을 표현할 때의 강한 리듬, 노동할 때 저절로 나오는 강한 리듬의 콧노래 등). 그런 까닭에 어느 나라 문학에서도 운문이 먼저 발생하고 산문은 훨씬 후에야 운문에서 독립하여 성립된다. 한글로 된 최초의 산문의 하나인『월인석보』는 근본적으로 한국 고유의 자연스런 운문 가락인 4·4조를 못 벗어나고 있다. 그러니까 산문이라기보다는 아직 운문이며, 문학적인 운문인 만큼『월인석보』는 산문이라기보다는 시라고 보아야 되겠다. 한글 산문은 한글로 철학적 논의를 전개할 때까지는, 즉 20세기에 들어서기까지는 완성되지 않았었다고 할 수 있다.

어쨌든 반복적인 리듬이 주도적이고 문장 구조(논리 전개의 기본 단위)가 그 리듬에 종속적일 경우에는 운문이 되고, 문장 구조가 주도적이고 반복적 요소는 극히 종속적이거나 또는 극히 불규칙한 경우에는 산문이 된다. 문학적 산문은 추리적 사고 과정의 언어를 문학적인 목적을 위하여 차용한 것이다. 완전한 문학적 산문에 앞서서 역사학, 철학의 산문이 먼저 발전하는 것은 이 까닭이다. 다시 말하면『삼국지』라는 역사서가 있은 다음에『삼국지연의』라는 문학적 산문이 생길 수 있었다.

운문은 산문보다 수사학적 문채들을 더 잘 수용하여, 비유적 내지 상징적 언어로서의 시를 형성케 한다고 여겨지고 있다. 그러나 산문도 운문의 그 규칙적 또는 거의 규칙적인 율격을 제외하고는 비유적, 상징적 방법을 많이 수용하였다. 이것이 문학적 산문의 발전을 특징지은 것이다. 철학, 역사, 과학의 산문이 운문의 모든 성질을 벗어 버리고 순수한 사고 과정의 차가운 재현이 되려고 노력한 반면, 문학적 산문(수필, 소설 등)은 시의 율격만 제외하고는 시의 상징적, 비유적 요소들을 계속 수용하려고 한 것이다. 산문시나 일부 자유시는 그처럼 발전된 문학적 산문이 다시금 시로 전용된 형태라고 볼 수 있다. 이리하여 산문과 시는 문학 속에서 다시 만나게 된 것이다.

물론 둘의 근본적 영역은 다르다. 시는 강렬한 정서, 응결된 체험 내용, 치밀히 조직된 형식 등으로 인해서 빈틈이 없는 글이다. 그러므로 빈틈이 있는 내용이나 풀어 헤쳐진, 불명확 불일치가 내포된 체험은 산문에 적합하다. 즉 산만한 생활 체험은 우선 산문의 영역이다. 그렇기 때문에 산문은 무엇보다도 사실주의 문학의 수단이 된다. 산문은 전체적 문맥에 대하여 덜 중요한 것, 좀 이질적이라 느껴지는 것까지도 포괄할 수 있는 아량이 있다. 그러나 현대의 과학과 철학의 산문은 바로 이 아량을 극력 배제한 결과이다.

산문시 prose poem

서정시가 가지고 있는 특징을 대부분 또는 모두 다 가지고 있되 산문의 형태로 인쇄된 시라고 보면 좋다. 일반 산문 중에도 다소 시적인 특징을 가진 산문이 있지만, 산문시는 하나나 두 문단, 1쪽 내지 2쪽의 짧은 길이를 가지고 있다. 아무리 시적인 산문이라 할지라도 산문시처럼 심상, 상징 등의 긴밀한 조직과 소리의 효과를 가질 수는 없다. 산문시는 시행을 나누지 않는다는 점에서 자유시와 다르다. 이것은 산문시가 리듬의 단위를 행에다 두지 않고 한 문장, 나아가서는 한 문단에다 두고 있음을 말한다. 자유시나 정형시는 행 단위의 리듬 구성으로 말미암아 읽기가 다소 느려지나 산문시에서는 읽기가 거침없이 진행되어 다소 호흡이 가빠진다. 그 때문에 긴 산문시는 대개 성공하지 못하든가 그냥 시적인 산문, 곧 일종의 수필이 되어버린다.

서양에서는 기독교의 성경의 일부를 산문으로 된 시로 보아왔고, 많은 문인들이 시적인 산문을 썼지만, 산문시가 일종의 장르로 인식되기 시작한 것은 보들레르, 랭보, 말라르메 등 프랑스의 상징주의 시인들이 산문시 작품을 쓴 이후부터다.

현재 산문시는 소설가들의 시적인 산문의 어떤 대목에 나타나든가, 다시 운문적 요소를 띠어서 자유시로 되든가 하여 독립된 장르로서의 구실은 위축된 느낌이 있다. 자유시가 산문시를 흡수한 듯하다. 현대의 모든 시인은 산문시만 쓰거나, 산문시를 자유시 또는 정형시보다 더 많이 쓰지는 않는다. →시, 자유시 상상, 상상력, 상상적 등등의 낱말들은 현재 문학론에서 쓰일 때 최고의 가치를 뜻하는 말들이 되지만, 르네상스 이전까지는 대체로 인간의 합리적 사고를 방해하는 이상심리(異常心理)의 하나로 간주되었다. 특히 플라톤은 그것을 비합리적 세력이라 하여 위험시하고 진리와 실재의 발견을 크게 저해한다고 보았다. 그로부터 중세를 통해 르네상스에 이르기까지 상상 또는 환상은(상상 imaginatio과 환상 phantasia은 같은 뜻의 낱말이었다) 혹 그 가치가 인정되기도 하였지만 인간의 〈이성적 영혼rational soul〉을 훨씬 밑도는 심상을 만들어내는 능력쯤으로 생각되었다. 더군다나 문학 이론적으로는 아리스토텔레스 이래 신고전주의 시대까지 모방론이 주류를 이루었으므로 문학을 주로 상상력과 결부시켜 생각할 풍토가 마련되지 못하였다. 르네상스 시대에 영국의 시드니 같은 사람은 신이 거룩한 상상력으로써 없음의 상태에서 세상(즉 있음)을 만들어냈듯이 시인도 세상에 없던 형상들을 상상으로 만들어낸다는 주장을 하였으나, 이 주장도 자연의 모방이라는 테두리 속에서 한 것이었다.

문학이 이성보다는 상상력과 관계가 깊다는 생각은 프랜시스 베이컨이 처음 분명히 하였다. 그는 상상력이 이성과 동등하다거나 더 높은 능력이라고 보지는 않았지만, 역사는 기억, 문학은 상상, 철학은 이성에 직결되어 있음을 말하고, 역사와 철학이 사실과 실재를 다루는 데 반하여 문학은 사실에 대한 지식을 가지고 유희하는 것이라고 하였다. 상상은 사실의 세계에 매이지 않고 사실들을 변형시켜 사실보다 더 아름답게, 좋게, 다양하게 만들어 즐기는 것이라고 하였다. 이 능력이 실재를 있는 그대로 파악하는 이성보다 훌륭한 것은 아니나 인간성의 한 필요를 채워준다고 본 것이다. 토머스 홉스도 감각적 체험의 잔재들을 가지고 새로운 심상을 만들어내는 능력을 상상이라 했다.

이러한 경험주의 철학자들의 사상이 문학비평가에 의하여 받아들여겨서 널리 보급되기 시작한 것은 18세기 초에 영국의 애디슨이 「상상의 즐거움」이라는 제목의 일련의 평론을 발표한 다음이다. 상상은 감각적 체험을 심상으로 파악하는 능력일 뿐 아니라, 감각의 대상이 없을 때에도 머릿속에 심상을 만들어보고, 또한 여러 심상들을 융합하여 전혀 새로운 심상을 형성할 수 있는 능력이다. 즉 상상은 사실이나 실재의 부족한 것을 완전하게 꾸밀 수 있는 일종의 창조적 능력이다. 이 사상은 자연의 모방, 즉 사실에 대한 충실성을 강조하던 당시의 문학관에 정면으로 도전한 셈이었다.

데이비드 흄, 애덤 스미스 같은 철학자들도 상상이 윤리적 판단에 있어서 이성에 앞선다는 생각을 하였고, 이탈리아 인문학자 비코와 독일 철학자 헤르더 등은 시, 특히 원시 문학과 예술의 힘이 상상력에 의존하는 것이라고 주장하고, 신고전주의의 이성 편중의 문학이 맥이 빠진 것은 바로 상상력의 부족, 다시 말하면 원시적인 예술 정신을 부정한 데에서 오는 것이라는 견해를 보였다.

이리하여 유럽 전역에 민속 문학(민요, 민담, 동화 등)에 대한 열의가 퍼졌고, 이론적으로는 칸트가 영국의 경험주의와 독일의 관념론을 융합하여 상상력의 중요성을 강조하였다. 그는 상상력을 감각적 지각의 자료들을 능동적으로 종합하는 능력이라고 규정하고, 이 능력이 없는 한 세상에 대한 인식은 불가능하든가 불완전하다고 하였다. 상상은 외계의 사물을 한 주체가 받아들일 때 거칠 수밖에 없는 정신 영역이며, 그러지 않는 한 이해력(이른바 오성(悟性))은 전혀 무력하다. 더욱이 상상은 오성에 대해 필수적인 동조자의 역할을 할 뿐 아니라 그 자체로서 자유롭게 활동하는 능력으로, 외계의 사물에 매이지 않고 스스로 창조한다. 이것이 예술이다. 즉 인식 작용에서는 상상력이 오성(이해력)을 보조하나 예술 창조에는 오성이 상상력을 보조한다. 칸트에게 있어 상상력은 이성과 대등한 능력으로 승급되어 있다.

그러나 급진적인 낭만주의자들은 상상과 이성의 대등 관계나 상호 보조적 관계에 만족하지 않고 인간의 참다운 생활에서는, 또는 적어도 예술에서는 이성을 아주 제외하든가 극히 부차적인 역할만을 이성에게 맡기고자 하였다. 〈상상은 영혼의 감각이다〉라고 하면서 시인 블레이크는 상상만이 본질적 실재에 도달할 수 있다고 주장했다. 그러니까 상상으로 파악한 내용은 철학자들이 말하듯 허구가 아니라 진리 그 자체인 것이다. 콜러리지나 워즈워스 같은 낭만주의 선구자들은 이성을 거부한다기보다는 순수한 상태의 이성이란 결국 상상이라는 견해를 내세워 이성을 상상 속에 포함시켜 이성의 존재를 결과적으로 부인한 셈이 되었다. 어쨌든 예술적 창조는 물론이고, 진정으로 충만한 윤리적 인생, 플라톤 이래의 관념철학의 목표인 절대적 실재의 발견과 그 향유 등 일체는 상상에 달려 있다고 주장하였다. 진리는 상상의 내용인데, 〈시는 상상의 표현〉(셸리)이니까 결국 시는 진리 중의 진리인 셈이다. 철학자 셸링은 우주의 정신, 즉 실재가 자기 자신을 가장 완벽하게 드러내는 곳은 예술이라고 하였다.

이러한 상상에 대한 본질론적, 철학적 주장과 동시에 상상의 정신적 기능이라는 다분히 심리학적인 문제에 대해서도 논의가 계속되었다. 콜러리지는 상상의 그 종합적, 형성적 능력을 강조하였다. 다양을 통일로 이끄는 이 힘은 서로 반대되는, 또는 불일치하는 성질들의 균형 혹은 화합, 같은 것과 다른 것, 구체와 추상, 개체와 일반, 새로운 것과 낯익은 것의 화합에서 나타난다. 다양 또는 불일치의 통일이란 결국 무질서를 질서로, 무형을 형상으로 창조하는 것을 말하고 예술이란 바로 그런 일을 하는 것이니 상상과 예술은 동일한 것이다.

20세기에도 상상은 특히 영미 계통의 문학론에서는 중심적인 문제가 되어 있다. 그러나 19세기식의 이성에 대한 질투나 반감, 우주정신론적인 주장은 제거되고 인간 정신의 자유로운 활동, 창조적 능력, 잡다한 경험의 의미 있는 형상화 등의 개념과 결부되어 논의된다.

상상에 대한 우주론적, 초월론적 주장은 현대의 자연주의, 특히 정신분석학의 조명을 이겨내지 못했다. 정신분석학 및 기타 심리학적 인간관은 상상을 심리 현상의 하나로 보고, 심한 경우에는 욕구 충족의 가상적 만족을 위한 백일몽의 일종으로 간주한다. 형태심리학은 전체적 형상을 그 부분들에 앞서서 파악하는 능력을 인간의 본능의 하나로 보는데, 이를 상상력이라고 해도 될 것이다. 이 이론은 조형 예술론에 상당한 영향을 끼치고 있다.

영국 문학이론가 리처즈는 잡다한, 따라서 무의미한 체험들을 하나의 형상으로 통일시켜 인간의 심리적 안정을 가져다주는 예술적 상상력을 생각했다. 초현실주의 예술관은 프로이트 이론의 일부를 과학적이라기보다는 예술적으로 곡해하여 수용한 것으로, 그들에 있어 상상력이란 무한히 아름다운 무의식에 침잠하는 힘이다. 현대 문학론자들은 상상력보다는 심상에 대하여 더 많은 관심을 보인다는 것도 사실이다. 심상을 만드는 것이 상상력의 일의 전부라는 생각이 널리 퍼져 있는데 그것은 상상의 기능을 상당히 낮게 잡은 결과이다.

낭만주의적 상상관을 20세기에도 견지한 이론가는 크로체로서, 그는 예술은 직관이라고 규정했고 직관은 곧 상상이라는 주장을 하였다. 그에게 있어 예술, 직관, 표현, 상상은 모두 같은 의미를 가졌다고 해도 과언이 아니다. 신칸트 학파(카시러 등)와 일부 뉴크리틱들은 상상을 과학이나 역사와는 길을 달리하는 그 나름대로의 독자적 인식 방법이라고 하였다. 이 인식 방법에서는 언어적 표현과 그 전달 내용이 절대로 분리될 수 없는 통합을 이룬다고 보고 있다. 인류학적 심층 심리학의 영향을 받은 신화비평가들은 상상을 인류 공동의 꿈, 즉 잠재적 신화에 참여하는 능력으로 본다. 상상의 생활은 외부 사정의 변화와는 관계없이 영구불변한 원형적 심상들을 언어로 삼는 성찰이라는 것이다. → 낭만주의, 환상

상징 symbol

그 자체로서 다른 것을 대표하는 사물 일체를 우선 상징이라고 할 수 있겠다. 아라비아 숫자는 어떤 수량을, 한글 스물네 글자는 각각 어떤 소리를 대표한다. 낱말들은 뜻을 대표한다. 화학의 분자식이나 기하학의 도표, 도형 등도 다 어떤 관념, 생각, 형상 등을 대표한다. 이러한 종류의 상징은 기호라고 해도 된다.

국기, 상표, 학교나 단체의 배지, 십자가 같은 종교의 표지 등은 일반적 기호와는 구별하여 제도적 상징이라고 부른다. 어떤 제도적 집단에 소속되어 있는 사람에게 제도적 상징은 큰 의의가 있으나(국기는 한 국민에게 생명을 바쳐도 아깝지 않을 상징이다) 그 집단에 소속되지 않은 사람에게는 거의 무의미하다.

작가는 말을 사용하는 만큼 물론 기호적 상징을 사용하며 제도적 상징도 필요한 만큼 사용하지만, 특히 문학적이랄 수 있는 상징을 사용하는 일에 정성을 기울인다. 문학적 상징은 우선 심상의 일종으로 본다. 그러나 일반적 심상이 구체적, 감각적 사물을 환기시키는 낱말이라면, 상징은 그런 사물이 가리키는 또는 암시하는 또 다른 의미의 영역을 나타낸다. 〈장미꽃〉이라는 낱말이 하나의 구체적, 감각적 인상을 되살리는 데에서 그친다면 그것은 심상이고, 이 장미꽃이라는 심상이 정열, 또는 쉽게 사라지는 사람의 아름다움 등의 뜻을 가리키거나 암시하면 상징이 될 수 있는 것이다.

그런데 한 심상이 어떤 추상적 의미를 나타내되 다소 막연히 암시하는 것이 아니라 한 가지 의미만을 대표하도록 계속 쓰인 경우에는 알레고리 상징이라고 한다. 〈인생의 정오에 나는 헤어나올 수 없는 험한 숲에서 길을 잃었다〉고 단테는 『거룩한 희극』 서두에서 말하고 있는데 여기서 정오는 그가 생의 절반을 살았음을, 즉 35세임을 뜻하며, 험한 숲은 정신적 고민과 방황을 가리키는 알레고리 상징인 것이다. 세상의 모든 사물이 확정된 정신적 의미를 배후에 감추고 있다고 믿어졌던 시대에는 상징은 대개 그러한 알레고리 상징이었다. 근세 이래로 사람은 알레고리에서 의의를 덜 느끼므로, 현대인이 추구하는 문학적 상징은 그 심상이 더 막연하고, 불확정적이며 암시적인 것이다.

이러한 문학적 상징 가운데는 우선 자연적 상징들이 있다. 사람의 오랜 말버릇이나 문학적 전통, 또는 일부 이론가들이 주장하듯, 사람의 보편적 심성 때문에 대부분의 사람에게 비슷한 뜻을 가진 상징들이 있다. 하늘, 해, 별, 나무, 석양, 새, 벽, 제비, 국화 등 자연물과 할머니, 스승, 임금, 처녀, 공주 등의 신분, 집, 그릇, 화로 등의 생활

도구, 어떤 색채, 음향, 형체 등 인류의 생활과 역사를 같이한 사물들은 사람이 자연스럽게 반응을 보이는 심상일 뿐만 아니라, 사람의 생활 체험의 어떤 면을 환기시키는 상징 노릇도 쉽게 한다. 동양사람들에게 국화는 고결함과 관계되는 일체의 정신적인 뜻을 내포하는 자연스런 상징이다. 국화를 상징으로 받아들이는 것은 동양 문화의 한 가닥이 되어 있다. 그런데 그런 자연적 상징들이 계속 사용되면 점점 그 추상적 의미가 확정되어 알레고리에 접근하게 된다. 실상 대부분의 알레고리 상징은 그런 과정을 거쳐서 형성되었다.

문인들은 제도적 상징, 알레고리 상징, 자연적 상징들을 많이 사용하지만 또한 개인적인 상징을 만들어내기도 한다. 개인적 상징을 만들어내는 경향은 현대에 가까이 올수록 강하여지는 듯하다. 개인적 상징은 사람들이 다 알고 있거나 짐작할 수 있는 뜻에 기초를 두지 않고 어떤 구체적 심상을 제시하고 그것으로 하여금 지금까지 다른 사람들이 의도하지 않았던 추상적인 뜻을 암시하게끔 만들어놓은 것이다. 유치환의 시 「깃발」에서의 깃발은 인상적인 심상인 동시에 사람의 어떤 본질적인 열망을 암시하는(한마디로 그게 무엇이라고 꼬집어 말할 수 없는) 추상적 의미를 나타낸다. 깃발이 인간 본연의 열망을 나타내는 상징이 된 것은 유치환 자신의 비전 때문이다. 상당히 많은 경우에 있어서 자연적인 상징들이 문인의 개인적 해석에 의하여 개인적 상징의 성격을 띠는 것을 볼 수 있다. 박두진의 「해」라는 시에서 해는 밝음 곧 진리를 나타내는 자연적 상징인데, 박두진은 단지 막연한 밝음의 이념뿐 아니라, 어린이의 순결성(이글이글 앳된 얼굴)이라는 동양적이지 않은 의미까지 암시하도록 하여 해를 거의 개인적 상징으로 만들었다 이상의 〈날개〉도 역시 못난 현실로부터의 비약을 뜻하는 자연적 상징을 개인적으로 재해석한 상징이다. 결국 따지고 보면 많은 문인들은 자연적 상징이라도 그냥 그 보편성에 의존하지 않고 반드시 개인적 의미를 다시 살린다. 서정주의 「국화 옆에서」의 국화도 마찬가지이다.

상징은 다른 뜻을 함축하고 있는 심상이라는 점에서 은유의 일종이라고 할 수도 있으나 일반적인 은유는 두 사실 사이의 유사성, 상호 암시성을 근거로 한 1 : 1의 유추적 관계에 의존하므로 그러한 유추적 관계를 갖고 있지 않은 상징과는 다르다. 더욱이 일반적 심상이나 은유가 작품의 한 부분에서 맡은 일을 하는데 비하여 상징은 작품 전체(또는 한 작가나 시대의 작품 세계 전체)를 지배하는 의미 또는 암시성의 배경을 형성한다. 따라서 어떤 심상이 상징인가 아닌가를 가려내는 일은 작품 전체의 의미 또는 암시성이 그 심상을 중심으로 하여 구성되어 있는가의 여부를 가려내는 일이 된다. 해석상의 차이로 한 심상을 상징으로, 또는 한 상징을 심상으로 규정짓는 일이 생길 수도 있다.

그러나 상징은 문학의 다른 요소들과 마찬가지로 작품 속에서 그 기능을 발휘하도록 쓰였을 때에만 상징의 구실을 한다. 자연적 상징을 문인이 스스로 재해석하여 사용한다는 말을 위에서 하였거니와 일체의 상징은 저절로 그 효과를 발휘하는 것이 아니라, 그것이 상징 노릇을 할 수 있도록 전체가 짜여져야 한다.

문학 운동의 하나였던 상징주의는 상징의 그 암시성을 극단적으로 추구하여 일체의 산문적 의미, 사실성, 상식성을 배제하려 하였다. 암시성이 극단화되면 비논리, 비의미에 접근할 것이다. 이때의 상징은 실제로 아무 정신적 의미도 대표하지 않는다. → 알레고리

상징주의 symbolism

일반적으로 상징을 많이 사용하고 상징 체계를 가지고 있는 문학을 상징주의라고 할 수 있으나, 19세기 중엽에 프랑스에서 일어난 문학 운동을 특히 상징주의라고 부른다.

상징주의는 이 세상의 사물이 아름다운 관념의 세계의 희미한 그림자에 지나지 않는다고 본 플라톤 사상의 한 표현으로 우선 간주할 수 있다. 낭만주의는 일반적으로 플라톤 사상과 관계가 깊지만, 감각적으로 파악할 수 있는 사실들에서 쾌감을 느꼈다는 점에서 상당히 플라톤 사상에 위배된다. 상징주의자들은 감각과 정서와 상상을 중요하

게 여기는 낭만주의자들임에 틀림없으나, 감각의 대상이 되는 실제의 사물을 그대로 즐기려 하지 않고 그것이 희미하게 암시한다고 생각되는 또 다른 세계를 나타내고자 한 것이 특징이다. 현실의 사물들이 암시하는 영원히 아름다운 세계는 아무나 볼 수는 없고 단지 섬세한 감각과 영감이 부여된 사람만이 직관할 수 있는 신비로운 세계이다. 이런 뜻에서 상징주의자들은 유럽의 한 전통으로 되어 있는 신비주의의 후예들이다.

19세기 중엽, 프랑스의 낭만주의자들은 단지 감각적인 세계에 대해서는 흥미를 잃었고, 루소 등이 가르친 인간성의 아름다움, 그에 기초한 발전 사상, 낙관주의를 깊이 의심하게 되었으며, 더욱이 당시 새로운 실증주의에 자극받아 생긴 사실주의에 반감을 느껴 그들 스스로를 〈퇴폐파〉라고 자칭할 만큼 다소 절망적, 비관적, 조소적인 태도를 갖고 있었다. 상징주의라는 공식 명칭은 1886년 일단의 퇴폐파가 《피가로》라는 잡지에 선언문을 발표할 때 처음 사용되었지만, 상징주의는 이미 1857년 보들레르의 『악의 꽃』에 개화되어 있음을 볼 수 있다. 그는 전원이 아닌 도시에 사는 현대인이 향유할 수 있는 신비의 세계를 암시하려고 하였다. 그 세계를 암시함에 있어 그는 세상의 사물과 정신적 세계의 상호 대응 관계를 말하고(모든 사물은 다 정신의 상징이라는 것), 또 감각의 통일에서 사물을 더 깊게 느낄 수 있음을 믿고 청각과 후각, 촉각과 시각 등의 혼합(이른바 공감각, 〈요란한 냄새〉는 청각과 후각의 동시적 감각이다)을 추구하고, 이기적이고 상식적인 현실 세계와 또한 자기 자신의 현실적, 일상적 자아를 비꼬는 태도를 보이고 의미를 배제하면서까지 음악성을 강조한 앨런 포와 무한한 신비의 화음을 만든 음악가 바그너의 예술에 경탄을 보냈다.

그의 후배인 베를렌은 특히 시의 음악성과 음악성에 의한 암시를 통하여 끝내 도달할 수 없는 완전한 아름다움에 대한 향수를 표현한 시인이었다. 또 하나의 후배 랭보는 특히 암시성이 강한 상징들과 감각의 혼합(공감각)으로 조성한 심상들의 요지경, 암시성이 강한 내재율, 천재적 반항아의 인상 등이 한 덩어리를 이룬 작품 세계를 보이고 있다.

 말라르메는 이들의 대후배로서, 말이 가지고 있는 음악성을 최대한도로 발휘시키기 위하여 말에다 무서운 강제력을 행사하였다. 말을 음악의 보표처럼 쓴다는 말은 그가 한 것이다. 말의 일상적인 뜻(외연적이거나 함축적이거나 간에), 말을 연결시키는 원칙인 문법 등은 조직적으로 파괴되고 극도의 암시성이 남을 뿐이다. 말라르메의 후계자는 상징주의에다 지적인 통제를 가하여 한층 견고하게 만든 발레리로 알려져 있다. 이러한 대가들의 문학의 여러 특질들이 그후 상징주의의 특질로 인식된다.

 상징주의는 20세기 초엽에 유럽 문학 전반에 파급되어 독일의 릴케, 영국의 예이츠와 엘리엇, 미국의 월리스 스티븐스와 하트 크레인 등에게 자극을 주었고 표현주의, 초현실주의 등 유파에도 영향을 끼쳤으며 차차 전세계 문학에 파급되었다. 이제는 상징주의라기보다는 상징주의적 연원을 가진 문학이 전세계에서 씌어지고 있다.

 현재의 난해한 문학은 상징주의 문학, 특히 말라르메의 작품과 관계가 있다고 해도 과언이 아니다. 상징주의자에게는 세상의 사물 일체가 다 형언할 수 없는 신비로운 세계에 대한 상징이 되므로, 모든 심상을 상징으로 사용하려 할 뿐 아니라, 상식적이거나 자연적인 상징을 피하고 극도로 개인적인 상징을 창조하려 하기 때문에 난해할 수밖에 없다. 결국 독자는 굉장한 부담을 안게 되지만, 무한한 암시의 세계를 더듬는 상상의 자유를 허용받는다는 점에서 의미의 영역을 고정시킨 종래의 문학이 줄 수 없는 정신적 체험이 가능케 된다.

상호 텍스트성   intertextuality

 서양어의 〈텍스트〉란 말의 본디 뜻은 여러 올실로 짠 〈직조물〉이다. 여기에서 텍스트가 여러 가닥의 문장과 문맥으로 짜 맞추어 만든 글이나 말을 뜻하게 된 것이다. 구조주의적으로 말하자면 텍스트란 하나의 그물을 이루는 기호 체계이다. 물론 기호 체계에는 비언어적 기호 체계——교통 표지, 그림, 무용 같은 것——도 포함된다. 그런데 역시 구조주의적으로 말하자면 하나의 텍스트는 독자적으로 존재할 수 없고 다른 여러 텍스트들과의 상호 관계 속에서만 그 기호적 역할(의미 조성 또는 의미화)을 배당받게 된다. 따라서 어떤 텍스트이든지 한 문화를 이루는 모든 텍스트들과의 상호 관계를 맺고 있지 않을 수 없다. 즉 〈상호 텍스트성〉을 가지게 된다. 한 텍스트는 독립된 닫혀진 공간이 아니라 다른 그물코들로 연결되는 열린 공간이 된다. 그런데 한 사회의 문화(文化: 글스럽게 됨)란 문자 그대로 의미화의 조직체이므로 결국 종합적인 기호 체계이다. 그러므로 하나의 문학적 텍스트라는 기호 체계를 문화라는 큰 기호 체계 속의 제자리에 가져다 놓으면 개별 문학 작품을 다루던 형식주의나 구조주의의 한계를 벗어나 그것의 사회 문화적 의미화의 과정을 파악할 수 있다고 본다. 예컨대 한 소설 작품은 당대의 다른 소설들은 물론, 광고술이나 예절, 남녀 사교 방법, 대중음악, 가정 윤리, 교육 과정, 상거래, 소비 성향 등 온갖 〈텍스트〉들과 같은 기호 체계들과의 상호 교섭의 한 면모를 보여 줄 것이다. 다른 말로 하면 한 텍스트가 문화의 온갖 문맥(문맥이란 다름 아닌 텍스트이다)들과 이어지는 모습을 보일 것이다.

한 특정 기호 체계가 다른 기호 체계와 상호 교섭하는 지점에서 둘은 〈대화〉를 벌인다. 창조적 텍스트는 그러한 〈대화〉에 능동적으로 참여하는 텍스트일 것이다. 여기서 〈대화〉란 바흐친이 설파한 이론으로 설명되는 현상이다. 즉 대화란 서로 상대방의 존재를 인정하고 상대방의 담론에 대응하여 자기의 담론을 조절하며 상대방으로 하여금 자기의 담론도 조절하게 하는 행위이다. 대화는 물론 완전히 같은 담론들 사이에서는 성립되지 않는다. 대화는 〈여러 목소리〉에 의한 일종의 〈난장(카니발)〉, 즉 모두가 〈한바탕 놀이〉에 참가하는 열린 공간이라는 것이 바흐친의 이론인데, 상호 텍스트성이란 궁극적으로 그러한 〈난장〉의 상태를 가리킨다. 이것은 활발히 살아 있는 사회에다 문학 텍스트를 환원시킴을 뜻한다.

한편 상호 텍스트성이 발생하는 지점, 즉 한 기호 체계가 여러 다른 기호 체계들과 만나는 지점은 근본적으로 문학 텍스트이기에 앞서 주체, 또는 〈주관적 자아〉라고 할 수 있다. 특히 정신분석학적 관점에서 보면 그렇다. 라캉에 의하면 사람의 무의식은 언어 구조와 같은 것이니 사람의 자아란 일종의 텍스트라고 볼 수 있는 것이다. 사람의 의식은 온갖 기호 체계들이 복잡하게 한데 어울리는 구심점인 동시에 모든 기호 체계들이 걷잡을 수 없이 사면팔방으로 확산되는 원심점도 된다. 이처럼 자아는 상호 텍스트성의 열린 공간이기도 한 것이다. 자아가 열린 공간에 들어서면 이미 자아는 해체된다. 이것이 이른바 〈중심의 해체 decentering〉라는 것이다. 여기서 〈저자의 죽음〉이라는 개념도 탄생했다. 저자는 여러 다른 텍스트들의 접합점인 동시에 여러 다른 텍스트들 속으로 확산되는 현상이므로 독립된 존재나 어떤 본질로서는 더 이상 존재하지 않는다는 것이다. 더욱 중요한 것은 이처럼 여러 텍스트들이 상호 관계만 있을 뿐 하나의 궁극적 의미로 확정되지 않으므로 문학비평은 한 텍스트의 의미의 확정이 아니라 기호 체계들의 서로 얽히는 양상을 추적하는 것일 뿐이다. 따라서 저자의 독특한 인생관이나 철학을 추출하려는 전통적인 노력은 허망한 짓이다. 그러므로 상호 텍스트성 개념은 해체론의 한 필수 요소가 된다.

그러나 물론 텍스트들의 상호 관련성에 대한 관심은 전통적 비평의 중요한 분야 중 하나이다. 기호 이론이나 해체론이나 대화 이론과는 별로 상관없이 서로 다른 작품들 사이의 말투의 주고받음, 예컨대 다른 작가로부터의 인용, 의도적인 왜곡 따위는 언제나 비평가들의 관심을 끄는 텍스트의 전략이다. 신화비평도 알고 보면 신화라는 초개인적 텍스트의 개인적 변용 양상을 탐구하는 것이었다. 다만 탈구조주의적 기호 이론이라는 새로운 측면에서 텍스트의 상호 관련성이 새로이 부각된 것이다. → 탈구조주의, 해체론

서간체 소설   epistolary novel

18세기 영국인 새뮤얼 리처드슨의 『패멜라』(1740)로부터 본격적으

로 시작된 소설 양식의 하나. 그 이전에 이미 사람들 사이에 오고 가는 편지의 형식을 빌려 교훈, 여행담, 세상 소문 등을 이야기하는 관습이 있었으나, 리처드슨이 처음 구체적인 인물과 사건을 설정하고 그 인물의 마음의 변화와 동기, 사건에 대한 직접적인 반응을 세밀하게 보이도록 하였다. 그후 여러 변형이 생겼는데, 열거하자면, (1) 사건 발생시에 주인공이 써서 보내는 일련의 편지들로 된 것, (2) 주인공뿐 아니라 여러 인물들이 서로 주고 받는 편지들로 된 것, (3) 한 편의 긴 편지 속에 전체 이야기를 다 담은 것으로 된 것, (4) 여러 인물의 편지들로 되어 있되 그에 대한 대답들은 중복을 피한다는 이유로 생략된 것, (5) 주인공의 사연을 잘 아는 제삼자가 또 다른 제삼자에게 보내는 편지 속에 이야기가 전개되는 것 등이다.

서간체 소설은 처음에는 사건의 현장을 직접 목도하는 듯한 사실감과 인물의 심중을 그대로 들여다보는 듯한 친밀감 때문에 호감을 사서 유행하였으나, 사건을 바라볼 수 있는 시야가 좁고, 저자의 논평이 들어갈 자리가 없다는 부자유 때문에 충분한 소설적 효과를 낼 수 없다고 배격되기도 하였다. 그러나 현대에도 중요한 대목에 서간을 삽입하여 사건 또는 심경을 알리는 방법은 많이 사용되고 있다.

우리에게 잘 알려진 서간체 소설은 괴테의 『젊은 베르터의 슬픔』, 지드의 『좁은 문』 등이다. 이광수의 『유정』도 긴 고백적 서간이 중심을 이루고 있다.

서사시　epic

장중한 문체로 심각한 주제를 다루는 장편의 이야기 시로서 국가, 민족 또는 인류의 운명과 직결되어 있는 한 위대한 영웅의 행위가 그 중심 이야깃거리가 된다.

서사시는 대체로 둘로 나뉘는데 하나는 전승적(傳承的) 또는 일차적 서사시로서 한 민족 집단이 위대한 지도자(영웅)의 영도하에 외적을 물리치고 국가를 형성하던 창업의 시대의 역사 및 전설을 소재로 하여 익명의 시인이 지은 장편의 노래를 말한다. 이는 애초에는 기억에 의하여 구전되던 것인데 훨씬 이후에 문자로 정착되었다.

또 하나는 문학적 또는 이차적 서사시로서 일차적 서사시를 모범으로 삼아 시인이 의도적으로 창작한 서사시를 말한다. 처음부터 문자로 기록된다.

일차적 서사시의 기원에 대해서는 한때, 민중이 공동으로 긴 세월 동안에 걸쳐 점점 덧붙이고 세련시킨 결과 현재 우리가 보는 예술적인 작품으로 성장했다는 설이 대두하였으나, 현재는 배격되고 있다. 일차적 서사시는 어떤 시인에 의하여 갑자기 생겨난 것은 아니고, 예부터 전승되어 오는 노래, 이야기, 역사, 전설 등을 토대로 하여 일정한 시기에 어떤 시인이 지금 우리가 보는 형태로 짜놓은 것으로 간주된다. 이차적, 즉 문학적 서사시가 일차적 서사시를 모방하여 지은 것이라면, 일차적 서사시의 예술적 방법(기교)과 가치를 높이 인정했다는 뜻이 된다. 그만큼 일차적 서사시는 예술 작품으로 손색이 없을 만큼 잘 지어진 것이다. 그러나 일차적 서사시를 문화 유산으로 전승받은 민족은 그리 많지 않다. 그리스의 『일리아스』와 『오뒤세이아』, 수메르의 『길가메쉬』, 이스라엘의 『출애굽기』, 앵글로색슨의 『베오울프』, 프랑스의 『롤랑의 노래』, 독일의 『니벨룽겐의 노래』, 인도의 『마하바라타』 등이 현존하는 일차적 서사시들이다.

문학적 서사시로서 가장 이름 높은 것은 로마의 시인 베르길리우스의 『아에네이스』, 이탈리아의 타소의 『예루살렘의 구출』, 영국의 밀턴의 『잃어버린 낙원』 등이다. 이들은 모두 호메로스의 작품으로 전해지고 있는 『일리아스』와 『오뒤세이아』를 직접, 간접으로 모방하고 있으며, 특히 『아에네이스』는 가장 모범적으로 모방을 잘했다는 이유로 후세의 모방의 대상이 되었다. 문학적 서사시를 창작하고자 하는 것은 많은 우수한 시인의 야심이지만, 위에 언급한 작품들의 수준에 도달한 것은 별로 많지 않다.

서사시의 일반적인 특성을 열거하면 다음과 같다.

(1) 주인공은 위대한 국가 민족적, 인류적 영웅이다. 그는 능력에

있어서는 물론 출생에 있어서도 비범하다. 많은 경우에 있어 그에게는 신적인 요소가 있다. 베르길리우스 서사시의 주인공 아에네아스는 비너스 여신의 아들이며, 밀턴의 『잃어버린 낙원』의 아담은 인류의 조상이다.

(2) 사건이 벌어지는 배경은 광대하다. 『잃어버린 낙원』에서는 우주 전체가 배경이 되며, 『오뒤세이아』에서는 당시의 천하였던 지중해 지역 전부가 배경이 된다. 많은 경우에 있어 지옥, 천당까지도 포함된다.

(3) 영웅적 행위는 인간의 차원을 넘어 초자연적 성격을 띤다. 『잃어버린 낙원』에서 사탄과 천사들의 전쟁은 신들의 싸움답게 웅장하다. 오뒤세우스의 해상 방랑은 신들과의 투쟁도 포함한다. 신들이 인간들의 투쟁에 참여하는 경우도 많다. 『일리아스』는 트로야 벌판에서 벌어지는 영웅적 인간들의 행위뿐 아니라 올림포스산 위의 신들의 투쟁도 포함된다.

(4) 본래 귀족적 청중에게 음송되던 것이므로 장중한 문체로, 또한 거기에 어울리는 운율로 구성되어 있다. 음송은 기억에 의존하므로, 기억을 쉽게 하기 위한 방법들——일정한 수사법(『일리아스』에서 바다는 으레 〈포도줏빛 검푸른 바다〉로 표현된다), 문구, 운율 형식 등——이 이용된다. 심한 경우에는 제사의 축문처럼 의식적이고 형식적이다.

(5) 서사시는 보편적 중요성을 갖는 큰 주제를 다루므로 자연히 객관적이다. 저자는 개인적인 정서나 사상을 표현하려고 하지 않고, 커다란 역사 공동체, 나아가서는 인류 전체의 이념을 기리는 입장을 견지한다. 또한 광범위한 배경 속에서 벌어지는 많은 부차적 영웅들의 행위를 다루므로 소재가 다양하고, 전체적으로 보아 포괄적이다. 즉 한 민족 집단의 종교, 군사뿐만 아니라 풍속, 사회 구조, 상공업, 교육, 과학, 사상 등 집단 생활의 모든 면모가 언급되고 논의되고 비판될 여지가 있는 것이다.

18세기에 영국을 중심으로 하여 소설을 근대적 의미의 서사시라고 주장하기 시작한 이래, 심각한 주제를 다루는 장편 이야기라는 의미의 서사시는 실상 소설, 특히 방대한 스케일을 가진 대하소설에 의하여 계승된 것 같다. 그러나 소설은 문체와 운율과 표현의 시적 성격을 많이 제외시킬 수밖에 없으므로 〈서사시적〉이라는 형용사는 붙일 수 있어도 서사시 자체라고는 할 수 없다. 또한 심각한 주제의 장편시, 예컨대 워즈워스의 시적 자서전인『전주곡: 시 정신의 성장』을 현대적 서사시라고도 하지만, 방대한 스케일의 행위(즉 영웅적 사건)가 없다. 에즈라 파운드의『캔토즈』를 문명 비평적 서사시라고 하나 영웅적 행위와 형식적 통일성이 결여되어 있다.

한국의 경우 단군신화나 고구려 동명성왕의 전설 등은 훌륭한 서사시적 소재인데 그것이 서사시로 읊어져서 전해지지 않은 것이 안타깝다. 이규보의『동명왕 편』은 좀더 자세하고 방대하게 취급하였더라면 서사시가 되었을지 모르나, 현존 상태로는 간략한 역사 이야기에 머물고 있다. 김동환의『국경의 밤』은 서정적인 이야기 시이지 서사시는 아니다.

중국인이 운문 서사시를 발전시키지 않은 까닭에 한국인이 모범을 갖지 못하였다고도 볼 수 있다. → 소설, 역사소설

서사 이론 narratology

서사, 즉 이야기란 들려주든가 보여주는 일이라는 생각은 서양에서는 고대 헬라 시대부터 있었다. 플라톤은 이야기하기 또는 들려주기란 뜻으로 〈디에게시스diegesis〉란 말을 썼다. 옛 영웅에 관한 이야기는 영웅의 행적을 기술한 서사시나 역사서를 통하여 들려줄 수도 있고 연극을 통하여, 즉 배우들의 말과 행동을 통하여 (들려주기보다는) 보여줄 수도 있는 것인데 그는 이처럼 연극으로 보여주는 이야기의 방식을 미메시스mimesis라 했다. 그의 뒤를 이어 아리스토텔레스는 디에게시스란 말을 안 쓰고 들려주기이든 보여주기이든 사실을 재현한 이야기를 모두 미메시스라고 했다. 다만 그는 들려주는 서사시보다 보여주는 연극이 더 〈예술적〉이라고 했다. 미메시스는 후에 〈모방〉 또는 〈재현〉으로 번역되어 오늘에 이르고 있다. 비평사에서는 대

체로 디에게시스와 미메시스가 구별되지 않은 채 뭉뚱그려서 그냥 미메시스, 즉 모방 또는 재현이라는 말로 둘을 다 나타내는 것이 관행이지만 최근에 그 둘을 다시 구별하는 서사 이론이 대두하면서 디에게시스라는 말이 다시금 쓰이고 있다.

어느 문화 사회에서든지 예술은 외부의 사물이나 사실을 모방 또는 재현하는 것이라는 생각, 또는 적어도 외부의 사물이나 사실을 나타내는 것이라는 생각이 전제되어 있다. 서양에서는 19세기에 주로 서사 문학에서 이른바 사실주의의 발전과 함께 사실이나 사물을 진짜처럼 믿을 만하게 재현하는 방식에 대한 논의가 활발하게 전개되었다. 그러나 소설은 성질상 들려주기의 형식을 취하는 수밖에 없으나, 말하는이가 이야기의 모든 내용을 전적으로 직접 통제하는 이른바 〈전지적 저자〉의 지위를 장악해야 한다는 생각은 후퇴하고, 자기를 드러내지는 않되 이야기의 모든 진행을 철저히 관장하는 객관적 저자의 위치를 견지해야 한다는 생각이 대두하였다. 마치 이야기가 저절로 진행되는 것 같은 인상을 주어야 한다는 것이다. 그러나 이 방법도 저자가 은밀히 모든 것을 통제한다는 느낌을 완전히 없앨 수는 없다. 다시 말하면 이 방법은 여전히 디에게시스의 차원에 머물고 있다.

그래서 프랑스 소설가 플로베르와 미국 소설가 헨리 제임스 등은 소설의 등장인물들의 지각과 생각과 말과 행동을 통하여 인물 자신들의 성격을 스스로 드러내게 하는 기법을 발전시켰다. 즉 인물들을 통하여 이야기를 〈보여주는〉 것이다. 이것은 인물의 시점에서 이야기가 진행되게 하는 방법이라고도 할 수 있다. 이 기법에서 개발한 방법이 〈자유 간접 말투 free indirect style〉라는 것으로 그후에 생겨난 〈의식의 흐름 수법〉과 아울러 현대의 소설 기술 방법의 대종을 이루게 되었다. 이런 방법에 의하여 현대소설에서 드디어 이야기를 〈들려주는〉 저자는 숨어버리고 이야기를 〈보여주는〉 인물들의 의식과 말과 행동이 저자의 간섭 없이 진행되는 듯하게 되었다. 이것이 현대 사실주의 서사 문학의 가장 발전된 기법이라 할 수 있다.

아리스토텔레스는 『시학』에서 인물의 행위를 시작에서 중간을 거쳐 끝에 이르기까지 긴밀하게 짜는 것, 즉 플롯이 연극의 〈영혼〉이라고 하였다. 서양은 고대에 시인을 〈포에타〉(요샛말로 poet)라고 했는데 이는 〈만드는 사람〉이라는 뜻을 가진 말이었다. 아리스토텔레스는 시인이 〈만드는 사람〉이라면 그것은 이야기를 지어낸다는 뜻에서가 아니라 플롯을 만들어내는 사람이라는 뜻에서라고 주장하고 그는 인물의 성격이 아니라 그의 행동을 적절히 조직하여야만 플롯이 이루어진다고 강조했다. 이 고전적 이론으로부터 인물의 성격의 유형보다는 인물의 행동을 조직한 플롯의 구조를 분석하는 이론이 발전하여 오늘의 서사 이론의 기본의 하나가 되었다.

아마도 현대 서사 이론에 가장 직접적인 영향을 끼친 것은 러시아 형식주의자의 한 사람이었던 블라디미르 프롭의 『민담 형태론』(1928)일 것이다. 이 책은 1968년에야 영어로 옮겨져서 서유럽에 널리 소개되었다. 종래의 인류학자들은 구전되는 옛이야기를 이야기에 나오는 행위자(왕, 공주, 도둑, 난쟁이, 장수 따위의 구체적 신분이나 직업)나 사물(보물, 보검, 궁성, 낡은 집 따위의 구체적 사물)이나 구체적 행위(왕을 구하다, 도둑을 잡다, 공주와 결혼하다, 보물을 얻다 따위)나 도덕적 내용(착한 사람이 공주와 결혼한다, 용감한 사람이 보물을 차지한다 따위)에 따라 분류하는 것이 관행이었는데(그 결과 이야기의 유형은 한없이 많아지곤 했다) 프롭은 좀더 추상적인 차원으로 옮겨가 인물이나 사물의 역할과 기능에 따라 구분했다. 이는 바로 구조주의 언어학에서 무한히 다기한 언어 현상을 구체적 의미에서 분리하여 몇 개의 기본 구조로 구분하는 것과 비슷하다. 즉 인물의 역할에 따라 영웅, 악한, 보조자 따위로 분류하면 왕자, 공주, 도둑, 장수 등 무수한 개별적 특징과는 관계없는 일정 수의 역할의 종류만이 생기며, 마찬가지로 수없이 많은 이야기의 사건들을 보상, 사명, 시험 따위의 일정 수의 기능으로 분류할 수 있다. 결국 이야기를 인물과 사건의 역할과 기능에 따라 구분하면 일정한 수의 구조적 유형으로 분류된다는 것이다. 플롯이란 실상 무한히 다기한 것이 아니라 유형화가 가능하다는 생각이다.

이와 함께 또 다른 러시아 형식주의자였던 빅토르 시클로프스키는 플롯을, 이야기의 줄거리 또는 기본적 내용을 짜 맞춘 것이라는 통상적인 이론을 지양하고 이른바 이야기를 〈낯설게〉 하기 위한 단위들, 즉 되풀이, 나란히 하기, 틀에 넣기, 깔아 넣기, 곁에 놓기 등의 역할을 수행하는 기능적 단위들의 배열로 보아 서사 이론을 진일보시켰다. 이로써 이야기와 플롯의 절대적 차이가 드러난다. 플롯은 통상적으로 이해되듯 이야기 줄거리가 아니라 그런 줄거리를 그 같은 기능적 단위에 의하여 구조화한 것을 뜻한다. 그러므로 같은 춘향의 이야기를 가지고 여러 개의 다른 플롯(작품)이 생길 수 있다. 이 역시 구조주의의 선구를 이룬 이론이다.

그후의 이론은 러시아 형식주의의 이론을 구조주의적으로 더욱 발전시킨 것에 지나지 않는다. 소쉬르의 언어학에서 발전의 계기를 얻은 구조주의는 구체적 사물과 사회 현상을 반영하는 역사적, 문화적 도구로서의 언어가 아니라 그 뒤에 깊이 잠재해 있다고 여겨지는 불변적 구조의 법칙을 추구한다. 구조주의 언어학에서 가장 중시하는 것은 구조를 이루는 기본 요소들의 선후 관계, 즉 통사적 구문이다. 하나의 이야기는 일종의 긴 문장이라 할 수 있으므로 문장의 통사처럼 어떤 규칙에 의한 이야기 구성 요소들의 연속적 나열로 보는 것이다.

이리하여 구조주의 언어학의 기본 개념들인 음소phoneme, 형태소morpheme 따위에 해당하는 이야기소narreme, 신화소mytheme 따위의 서사 이론의 개념들이 생겨났으며, 이야기에도 문장의 구성 성분인 주어(명사), 술어(동사), 보어(목적어, 보어), 수식언(형용사), 부사어(시간어, 장소어) 등에 해당하는 성분들이 있는 것으로 분석한다. 즉 주인공은 주어인 셈이며 그가 벌이는 영웅적 행동은 술어(동사)인 셈이며 그가 행동의 목적으로 삼고 있는 공주는 목적어인 셈이다. 이 밖에 구조주의 언어학의 금과옥조인 기표signifiant와 기의 signifié의 개념도 서사 이론에 도입되어 이야기란 근본에 있어 기표들의 조직이고 이 기표들의 조직 양상과 조직의 법칙 따위를 연구하는 것이 서사 이론이고, 기의 즉 의미의 세계를 연구하는 것은 통상적인 문학비평, 문학 해설이라고 한다. 이는 소쉬르의 구조주의 언어학에서 의미 해석을 논의에서 제외했던 것과 같다. 여기서 서사 이론은 기호학semiotics과 같은 것이 된다. 이것이 바로 구조주의 서사 이론인 것이다.

한편 촘스키 언어학의 기본 개념을 원용하여 이야기란 본시 단지 몇 개의 기본 〈문법〉이 있을 뿐이나 여러 단계에 걸쳐 변형의 법칙들을 적용하는 과정에서 무수한 구체적인 이야기들이 생성되는 것이라는 이론이 개진되기도 했다. 또는 언어철학자 오스틴의 언어 행위 speech act 이론에서 발전한 화용론pragmatics을 응용하여 담화 조건의 어떤 변용이 어떤 이야기를 어떻게 발생시키는지를 연구한 학자도 있다.

오늘날 문학과 비문학을 엄격히 구별하지 않는 경향에 따라 서사 이론은 이야기의 요소가 들어 있는 모든 텍스트를 분석 대상으로 삼는다. 영화는 물론, 일부 광고도 〈통사적 구문〉을 이루는 것으로 보며, 어떤 기표들이 그러한 구문을 형성하는지를 밝히고자 한다. 여기에 해체론이 가세하면 모든 서사는 모든 텍스트와 마찬가지로 실제적, 객관적 의미의 세계와는 전혀 무관한 순전한 기표들의 그물 속에 갇힌다. 이 기표들 자체의 끝없는 어울림 속에서 저자는 완전히 소멸한다.

어떤 이는 역사학 저술은 물론 심지어 물리학적 설명까지도 이야기인 이상 사실 그 자체는 (그것은 알 수도 없는 것이지만) 아니며 사람이 알아들을 수 있는 이야기로 변조 내지 허구화한 것이라는 이론을 제기하기도 한다. 이러한 허구화, 즉 플롯화를 거치지 않는 한 객관적 사실은 사람에게 전달되거나 이해될 수 없다. 모든 담론은 결국 허구적 서사라는 것이다. 여기서 우리는 허구의 문제가 다시금 서사 이론의 중요한 문제로 부각되는 것을 본다. 아리스토텔레스는 허구의 근거를 〈개연성〉으로 상정하여 그것이 역사적 사실보다 더 철학적이라고 했는데 오늘날 전자공학 기술에 의해 〈가상 현실 virtual reality〉이 조성되므로 허구 이론은 〈가능한 세계 possible worlds〉의 이론으로 더욱 힘을 얻는 듯하다. 서사란 허구화이며 허구란 〈가능한 세계〉의 구성인데 허구란 이야기뿐만 아니라 과학, 철학, 역사 등 모든 인위적 담론을 포함한다고 보는 것이다.

→ 개연성, 구조주의, 기호학, 상호 텍스트성, 소설, 허구

서정시 lyric

서양 원어는 리라lyra라는 현악기에서 왔다. 서정시는 본래 악기에 맞추어 부르는 노래 가사를 뜻했던 것이다. 그러나 후에는 말의 짜임새가 노래의 리듬이나 선율을 암시하지만 주로 읽기 위해 씌어진, 개인적인 감정을 표현하는 짧은 시를 뜻하게 되었다.

노래는 많은 사람을 대상으로 한다. 즉 비개인적이다. 개인적 감정의 표현은 많은 사람을 대상으로 하지 않는다. 이처럼 노래의 대중 지향성과 감정 표현의 개인 지향성을 서정시는 한꺼번에 가지고 있어서 서정시의 폭은 극에서 극에 이르기까지 넓은 셈이다. 따라서 서정시에 대한 만족스러운 설명을 하기가 어려워진다.

우선 서정시의 노래스러운 성격부터 논한다. 애초에 문학은 읊기 위하여, 또는 노래하기 위하여 지어졌던 것이고, 거기에 춤까지 곁들이는 것이 보통이었다. 그러므로 원시 문학은 노래와 율동에 어울리기 위하여 자연히 운문이 아닐 수 없었다. 서양에서 운문 문학은 차차 그 길이, 소재, 제시 방법, 운율의 종류 등에 따라 극시, 서사시, 노래시melic poetry(즉 서정시)로 구분되었다. 노래시는 짧고 정열적이고 그 곡조와 리듬의 아름다움과 이야기를 담고 있지 않음이 다른 두 장르와 구별되는 점이었다.

노래시는 독창이든 합창이든 공중을 의식하는 공개된 발언이다. 따라서 노래시는 극히 사사로운 일은 다루지 않는다. 대체로 노래시는 사회 전반이 참여하는 경축 제전, 많은 사람이 공통으로 느낄 수 있는 자연적 풍물, 인간 사이에 벌어지는 일, 그에 대한 보편적인 정서와 생각 등을 소재로 한다. 노래시의 저자는 그것이 자기 자신의 정서라는 관점에서가 아니라 모든 사람의 보편적인 정서가 자기를 통해

체험되었다는 관점에서 정서를 나타낸다. 개인적인 정서를 강렬히 체험했다고 해도 노래가 되도록 하기 위하여, 즉 많은 사람에게 불리워지게 하기 위하여 상당한 재조정을 하여야 했다. 낱말과 수사법이 선율과 어울려야 할 뿐 아니라 노래를 부르면서 동시에 쉽게 가사를 알아들을 수 있어야 했다. 노래의 호흡, 리듬, 선율 등 음악적 조건에 맞도록 말의 음성적 요소들을 선택하고 배열한 결과 이른바 율격 meter이라는 것이 발생하였다. 율격은 노래시의 말씨를 형식화시켰다. 율격에 맞도록 말씨를 조정한다는 것은 현대의 우리가 생각하기에는 예술적 목적에 위배되는 것 같으나 노래와 말을 동시에 어울리게 하려는 노래시에는 당연한 일이었다. 이처럼 그 공중적, 형식적 성격으로 말미암아 노래시는 그 작자의 중요성이 줄어들어 급기야는 작자 미상의 상태에 이른다. 대부분의 민요가 작자가 알려지지 않은 이유도 여기에 있고 설혹 작자가 알려진 국민가요, 대중가요 같은 현대의 노래시의 경우에도 그 작자에 대하여 우리는 별로 관심이 없다.

그러나 노래시가 문자로 정착되어 눈으로 읽혀질 수 있게 되면서 그 노래스러움보다 그 말스러움에 독자들의 관심이 가기 시작하였다. 이것은 노래시의 전통이 끊겼다는 것이 아니라 또 다른 전통이 발생하였다는 말이다. 음악적 선율과 박자의 도움 없이 말은 그 스스로 상당히 소리의 아름다움을 나타낼 수 있을 뿐 아니라 그것과 의미가 적절히 어울리면 음악적 효과 이상의 정서적 감흥을 불러일으킨다. 노래를 제거했을 때, 그 대신 말의 의미적 요소가 두드러지게 나타나지 않을 수 없다. 노래시를 개인이 읽고 혼자서 그 뜻에 감흥을 느끼는 데에서 개인의 정서를 표현하는 노래시——이제는 그 노래라는 말을 떼어버리게 되었지만——를 창작하는 것까지의 거리는 그리 멀지 많다. 즉 혼자 읽는 시의 개념과 혼자 느끼는 감정의 표현으로서의 시의 개념은 상보적이다. 이리하여 노래와는 직접적인 관련이 없는 근대적 서정시가 생겨난 것이다. 그 역사는 노래시보다 훨씬 짧으나 문학이라는 인간의 노력이 의식적인 것이 된 이후부터, 즉 기록된 문학이 생기면서부터이니 역시 오랜 역사를 갖고 있다.

개인적인 짧은 시는 노래시와는 정반대로 작자가 최대한도로 드러나게 되어 있다. 관습적인 수사법이나 말씨는 작자의 개성 표현을 방해한다고 믿어지고 시에 구현된 정서는 유일무이한 작가 자신의 것이라는 사실을 강조하기 위하여 낱말, 수사법, 소재 등이 새로 선택되고 개발되고 배열된다. 독자는 제한되며, 심한 경우에는 자기 자신밖에 독자가 없을 수도 있다. 노래시의 말은 그 주체가 〈나〉인 경우라 할지라도 〈우리〉의 대표로서의 〈나〉이지만 개인적인 시의 〈나〉는 독특한 〈나〉이며, 따라서 독자가 몰래 엿듣는 듯한 작자 〈나〉의 내밀한 독백, 또는 소수의 상대자에게 몰래 들려주는 고백 같다. 그러한 고백과 독백을 전달하는 언어의 소리는 배경 음악처럼 은근하고도 교묘하게 암시성의 분위기를 조성하도록 되어 있다. 전통적인 형식은 노래시의 경우처럼 적극적인 도움으로서가 아니라 극복해야 할 제약으로 인식되는 때가 많다. 그런 제약을 외면하지 않고 오히려 창조적으로 이용하는 데에서 근대 서정시의 독특한 힘이 조성되기도 한다. 많은 경우에 있어 서정 시인은 당장의 자기의 정서를 자기의 말로 표현하고자 하므로 그의 시는 노래시보다 훨씬 입말〔口語〕스럽다.

소위 자유시는 시인이 입말에 접근하고자 한 노력의 결과로 볼 수도 있다. 그러나 서정시는 국어의 자연적 리듬을 도외시하지 않는다. 리듬이 없다면 결국 완전한 산문이 되고 만다. 〈시는 아름다움을 리듬으로 창조하는 것〉이라는 앨런 포의 정의는 음미할 만하다. 근대 서정시의 대표적 이론가의 한 사람인 그가 말하는 이 리듬이란 노래가 가진 적극적인 물량적 리듬이 아니라 말의 소리들의 상호 연결과 반향, 소리와 의미의 긴밀한 연결, 그로 말미암은 정서의 기복의 반복 등으로 이루어지는, 보다 정서적인 리듬이다. 이를 그후 동양에서 내재율이라 부르기도 하였다. 노래시보다 두운, 협화음, 불협화음, 각운, 소리의 강약, 높낮이, 장단 등에 더 신경을 쓴다. 그러한 소리의 조직을 노래시의 악기 반주 대신으로 사용하는 셈이다. 요컨대 서정시는 본래 노래에서 유래했다는 근본 성질을 아주 버릴 수는 없다.

서정시는 서양에서는 19세기 이후, 한국에서는 현대문학이 시작된 이래 창작되는 모든 시의 질과 양에 있어서 압도적이며, 서정시의 그러한 독점적 위치로 말미암아 극시, 서사시는 사실상 시의 영역에서 벗어나 산문화되었다고 해도 과언이 아니다. 뿐만 아니라 서정시가 문학의 정수라는, 문학 그 자체라는 관념이 생길 정도로 표현의 심도와 다양성을 갖고 있다.

중국의 『시경』에 수록된 한시들은 대개 개인적이기보다는 민중의 도덕적 상념을 표현하는 노래시들이었다. 후에 당송의 시들은 대개 개인의 감정을 표현하는 서정시였지만 역시 일정한 가락에 맞추어 읊을 수 있었다. 한국의 향가는 물론 노래시였고 고려가요들도 마찬가지였다. 가사와 시조는 물론 가락에 맞추어 읊는 노래시였다. 시조의 그 형식성과 관습적 말씨에 대하여 우리가 불만을 가진다면 아마 그것이 노래시임을, 따라서 개인 정서 위주의 서정시가 아님을 간과한 결과일지도 모른다. 가락과 곡조가 없는 서정시는 한국에서는 20세기 훨씬 안쪽에서 씌어지기 시작했다. 곡조가 있는 노래시의 전통은 아마도 창가, 교가, 국민가요, 그리고 대중가요 등 좀 못난 형태로 이어진다고 볼 수 있다. 이들은 본격적 노래시였던 시조, 가사, 고려가요에 비하여 너무나도 모자란다. 김억, 박목월 등은 자기네의 독특한 개인적 정서를 억누르면서라도 많은 사람이 거의 저절로 흥얼거릴 수 있는 노래시에 다시 접근하였다.

서정시는 사람의 정서의 표현이라는 근본 욕구를 만족시킬 뿐 아니라 그 정서에 어울리는 형식을 마련함으로써 정서를 아름답고도 의미 깊게 만드므로 사람에게 가장 친근한 문학 장르일 수밖에 없다.

선전(宣傳, propaganda) → 계몽주의, 교훈주의

설화(說話, folk-tale) → 민담

인물이라 칭할 때도 있다. 정확히 말하자면 인물은 외부에서의 관찰의 대상이고, 성격은 그 인물의 내적 속성이다. 성격은 주로 소설이나 희곡 같은 이야기 문학의 요소로 생각되지만, 엄격한 의미에 있어서는 모든 문학 작품에 필수불가결한 요소이다.

서정시와 수필은 저자 자신의 성격의 일면, 또는 그가 창조한 목소리의 주인공의 성격을 드러낸다. 예컨대, 김소월의 「진달래꽃」은 버리고 떠나는 임을 고이 보내드리는 여인의 말로 되어 있다. 즉 김소월은 그러한 정황에 처한 그러한 성격의 여인을 창조한 것이다. 비록 몇 줄 안 되는 시이지만, 그 적은 데이타에서도 우리는 그 여인의 성격의 제일 중요한 면을 상당히 잘 알 수 있다. 마찬가지로 수필 역시 그 수필을 말하는 목소리(어조)의 주인공의 성격을 드러낸다. 서정시나 수필에 드러나는 성격은 일관성 있으며 인간적 의미가 있고 또한 독특한 면모가 있을 때 독자의 흥미를 끌게 된다. 기행문, 일기, 편지, 회고록, 자서전 등도 저자의 성격을 흥미 있게 드러낼 때 적어도 성격의 면에 있어서는 문학적인 성질을 띤다. 저자가 문학적 창작을 한다는 의식 없이 쓴 역사 논문, 과학 논문, 체험기, 보고서, 논설 등도 상당한 시일이 경과하여 그 학술적, 정보적 가치가 없어진 후에 그 저자의 독특한 성격이 독자의 흥미를 끌 경우 문학적 성질을 띠게 된다. 이만큼 성격의 중요성은 크다.

물론 성격은 소설이나 희곡과 같은 이야기 문학에서 본격적으로 구현된다. 성격을 구현한다는 것은 인물의 창조, 곧 허구를 뜻한다. 이런 의미에서 성격 구현은 문학의 본령이다.

성격 구현에는 다음의 세 가지 기본 방법이 있다.

(1) 저자가 직접 인물을 소개하고 설명을 가하는 것. 대체로 옛 소설을 보면 〈모모 황제의 치세 때에 모모처에 모모한 자가 있으니, 어려서부터 총명하고 담대하며 뭇사람의 칭찬을 받고〉 하는 식으로 되어 있는데, 이는 가장 단순한 형태의 인물 소개인 것이다. 이보다 조

금 더 복잡한 형태는 각 대목에서 인물의 성격을 조금씩 설명하는 것이다.

이와 같은 인물에 대한 설명 뒤에는 반드시 그 설명에 해당될 만한 행위를 그 인물이 행하는 것으로 제시되어 있다. 즉 총명하고 담대한 사람이라는 소개가 있은 후 그 인물은 정말 총명 담대한 행위를 행한다. 희곡의 경우에는 극중 인물의 하나가, 또는 합창대가 저자를 대신하여 설명 대목을 대화 속에 삽입한다.

(2) 인물의 행위만을 직접 보여서 그것으로부터 독자가 그 인물의 성격을 추정케 하는 것. 저자는 직접적인 설명을 되도록 피한다. 사실주의 이후의 많은 소설이 이 방법을 따른다.

(3) 위의 (2)의 방법의 변형이라 할 수 있는 것으로서, 인물의 내적 체험을 나타내 보임으로써 그 인물의 성격이 독자에게 파악되게 하는 것. 그러니까 인물의 행위 자체를 보이는 것보다도 그 행위가 인물의 내적 자아에 어떤 영향을 미치는가, 인물이 어떤 정서적, 정신적 반응을 일으키는가를 보임으로써 결과적으로 인물의 성격을 속속들이 나타내고자 하는 방법이다.

(1)의 방법은 저자가 내세운 〈나〉가 주인공이 되든가(이른바 1인칭 소설), 또는 저자가 모든 등장인물 위에 군림하여 그들의 일거일동을 다 알고 있는 입장을 취할 때(이른바 다 아는 저자) 이용된다. 〈나〉가 주인공이 되어서 내가 누구이며 어떤 생각을 하고 있다는 설명을 가하든가, 모든 것을 전지적 저자의 입장에서 인물들을 설명하는 것이다. 따라서 이런 방법을 사용한 작품에서는 그 인물의 성격에 거의 못지않게 저자 자신의 성격도 흥미를 끈다.

(2)의 방법은 주로 객관적 묘사의 방법이다. 저자는 자기를 나타내지 않고, 인물들이 스스로 행동하는 것처럼 묘사한다. 대체로 인물들은 3인칭(그, 그들)으로 지칭된다. 이 경우 저자는 이른바 〈자기 소멸의 저자〉가 되는 것이다. 이것은 근본에 있어 〈극적〉인 방법인바, 정규적인 희곡에는 오직 인물들만이 등장하고 저자의 모습이 조금도 어른거리지 않는 법이다. 이 방법은 근대 사실주의 발흥 이후 가장 보편

적인 인물 구현 방법으로 인정되고 있다.

(3)의 방법은 미국 작가 헨리 제임스가 실험, 성공한 방법으로서 저자가 한 인물의 내부를 보여주는 것이다. 한 인물의 내부를 보여준다는 것은 결국 그 인물의 심리 과정을 재현하는 것이 된다. 20세기에 들어와 이 방법은 세칭 〈의식의 흐름 수법〉으로 발전되었다. 인물의 내적 독백을 통하여 그의 의식적 또는 무의식적 심리의 움직임이 드러나게 된다.

이러한 방법들을 통하여 저자가 구현하는 것은 일관성 있는 성격이라는 것이다. 일관성이란 곧 통일성, 동일성을 뜻한다. 그런데 성격의 일관성은 그 인물의 특징적인 일면만을 계속 집중적으로 제시할 때에 조성될 수도 있고, 또는 그 인물의 여러 면을 다각적으로 제시하여 그 여러 면이 결국 한 성격을 이룸을 보여줌으로써 나타날 수도 있다. 앞의 경우에는 인물이 평면적으로 구현되며, 심하면 희화(戲畵)가 된다. 뒤의 경우에는 입체적으로 될 수 있다. 모든 언행에 있어 언제나 겁부터 먹는 겁쟁이로 시종일관 묘사된 인물은 물론 평면적 성격이며, 이야기가 진행됨에 따라서 처음에는 겁쟁이인 듯하다가 차차 조심스런 인물, 판단력 있는 인물, 과단성 있는 인물, 진정 용감한 인물로 그 인물의 면모가 밝혀져 하나의 온전한 성격으로 발전하는 인물은 입체적 성격이다.

대체로 평면적 인물들은 능동적으로 행동한다기보다는 어떤 행동이 그에게 벌어진다고 보는 것이 옳다. 그들은 그 행동이 지나간 다음에도 그전과 별로 변한 것이 없는 상태를 유지한다(그래서 그들을 정적 성격이라고도 한다). 입체적 성격은 행동을 통하여 그 성격의 새로운 면모를 드러내는 것이 보통이다. 계속 변화하는 것이다(그래서 동적 성격이라고도 한다). 그 변화의 방향은 하나의 온전한 성격을 드러내는 방향이다. 대체로 평면적 인물은 현대소설에 있어서는 주인공이 아니라 부차적, 보조적 역할을 하지만, 저자의 특별한 의도에 따라 풍자적 또는 알레고리적 작품의 주인공이 될 수도 있다. 또한 행동이 전개될 여유가 적은 단편소설에 있어서는 평면적 성격이 주인공이 되는 예가 허다하다.

작중 인물의 성격은 일관성뿐 아니라 인간적 의미와 독특성이 필요하다. 인간적 의미란 즉 보편성, 많은 사람이 의미 있다고 수긍할 수 있는 것이다. 그러나 막연히 일반성을 띤 인물보다는 독특성과 하나의 개인이라는 사실감이 있어야 한다. 이는 다른 말로 하자면 좋은 인물의 창조란 결국 보편과 특수, 추상과 구상의 융합으로 가능하다는 것이다. → 관점, 어조

성실성 sincerity → 개성, 아이러니, 정서

소리 sound

문학은 말을 수단으로 할 뿐 아니라 재료로도 사용한다. 말은 소리와 뜻의 결합체인데, 둘 다 문학의 재료가 될 수 있다. 말의 소리가 단지 뜻에 대한 기호 이상의 것이라는 사실은 문학에서뿐만 아니라 일상 생활에서도 가끔 인식되고 있다. 그 뜻보다도 그 소리가 좋아서 선택되는 말이 그 실례이다.

인쇄 문화가 확산된 오늘날에는 문학은 눈으로 읽는 것이 되었지만 인류는 훨씬 더 오랜 기간 동안 입으로 말하고 귀로 듣는 문학을 즐겼었다. 인쇄 문화가 상당히 보급된 시대에도 글을 소리 내어 읽는 관습이 남아 있었고, 특히 운문은 소리 내어 읽기로 되어 있고 희곡은 배우가 무대에서 직접 발성하기 전에는 실현되지 않은 채로 있다.

사람이 내는 소리의 자질을 적극적으로 이용하는 예술은 시와 음악(노래)이다. 소리의 자질을 열거하면, 높고 낮음, 세고 여림, 길고 짧음, 목소리의 질(흐리고 맑음), 소리 낼 때의 입 놀림(나아가서는 몸짓), 소리의 색깔, 여러 소리의 연속되는 꼴 등이다. 이 모든 것이 시에서 적극적으로 이용되지만, 각국 언어마다 특이한 이용 방법과 효과를 전통적으로 발전시켜 가지고 있다.

소리를 반복하는 것은 사람의 본능적 성향인 듯하다. 사람이 강한

감정(슬픔, 분노, 기쁨 등)을 표현할 때 특히 소리는 반복적 요소를 강하게 노출시키며(자연발생적), 또한 공식적인 의식, 제사, 회합, 행사, 군중의 공동적 의사 표시 때에도 말은 일정한 단락을 짓고 반복적 성격을 띠게 한다(의도적). 기도문, 주문 등도 마찬가지이며, 최면술사가 환자를 최면할 때에 쓰는 말도 주문처럼 반복적 성질을 띠고 있다.

각 언어마다 그러한 반복의 기본 틀을 가지는 것이 보통 보이는 현상인데 우리말은 4음절을 한번 반복하고 다시 이를 한번 반복하여 모두 16음절을 이룬 것이 제일 큰 단위가 된다. 이른바 4·4조라는 한국어의 기본 율격이 이것이다. 3·3조니 7·5조니 하는 것들은 실상 4·4조의 변형임을 우리는 알고 있다. 자유시는 4·4조의 기본 율격으로부터의 상대적인 자유를 누리는 시의 운율이다. 즉 자유시의 배경에는 4·4조의 가락이 느껴지고 있다. 격앙된 산문에서도 그것이 느껴진다.

4·4조라는 기본 구조는 어떤 때에는 한국어의 자연스런 흐름을 억제하는 통제력을 발휘하기도 한다. 〈먼 산에 진달래 울긋불긋 피었고〉(동요)에서 〈먼 산에〉는 〈먼〉이 본시 긴 소리(머언)를 갖고 있으므로 3음절로 되어 있어도 4음절의 소리값을 다 갖고 있는 효과를 낸다. 자연스런 발성이다. 그런데 못난 시인이 4음절을 다 채우기 위하여 〈멀고먼 산〉이라고 썼다면, 읽는 사람은 〈머얼고 머언 산〉이라고 6음절의 소리값을 내어 읽지 않고, 4·4조의 율격을 의식하고 〈멀고먼 산〉이라고 4음절의 소리값으로만 읽어낸다. 보통말로서는 부자연스럽지만 4·4조의 율격면에서 보면 자연스럽다. 이와 같은 자연스런 소리와 율격의 충돌을 피하지 않고 오히려 미묘한 효과를 내기 위하여 이용하는 시인들도 있다. 4·4의 기본 단위 다음에 쉼이 오기로 되어 있는데 이때에는 소리의 쉼뿐 아니라 뜻의 단락도 있게 된다. 이 쉼자리를 옮기든가, 그 자리에서 뜻의 단락은 짓지 않는 경우에도 잘만 다루면 특수한 효과——그냥 말의 뜻으로서는 불가능한——를 낼 수 있다.

율격보다 훨씬 미세한 조작이 필요한 것은 소리의 결 texture이다. 이에는 앞서 열거한 소리의 자질들이 모두 이용된다. 그 여러 자질 중에 하나만 단독으로 이용된 예보다는 두 가지 이상이 결합해 이용되는 예가 더 많다.

〈가르마 같은 논길을 따라 꿈속을 가듯 걸어만 간다〉(이상화)라는 인상적인 시구의 소리의 결을 알아보자. 우선 두운의 효과가 분명하다. 두운은 센 소리가 있는 음절들의 닿소리가 서로 반향을 일으킬 때 생긴다. 여기서는 가르마의 첫소리 ㄱ과 〈걸어만〉의 첫소리가 일치한다. 둘 다 센 소리 자리에 있다. 다음 〈같은〉의 첫소리도 아주 센 소리 자리는 아니나 비교적 센 소리 자리에 있으므로 마지막의 〈간다〉의 첫소리와 더불어 역시 두운의 효과에 보탬이 되는데, 그러고 보니 〈꿈속을 가듯〉의 〈가듯〉 역시 두운에 얼마쯤 참여함을 알겠다. 〈꿈속을〉의 ㄲ소리는 ㄱ소리와는 다르지만 되고 무른 소리의 차이일 뿐 같은 계열의 소리이니까 역시 두운에 합세한다 그러나 ㄲ소리도 홀로 동떨어진 외로운 현상이 아니다. 그 앞에 〈논길〉에서 〈길〉이 〈낄〉로 소리가 나니까 역시 서로 반향을 일으킨다. 단지, 논길의 〈낄〉은 센 소리 자리에 있지 않을 뿐이다.

두운은 닿소리 어울림 consonance의 한 종류로서 그 어울림이 특히 현저한 것을 말하는 것이다. 같은 닿소리, 또는 같은 계열의 닿소리의 반향은 모두 닿소리 어울림에 속한다. 위의 시구에서 ㄹ소리의 반복은 대번에 우리 귀를 자극하는 것을 알겠으며, ㄴ소리는 그 다음으로 자주 반복되고 있다. 또 ㅁ소리는 세 번만 반복되어 나타나지만 특히 〈가르마〉와 〈꿈〉을 연결시켜 둘 사이의 상징적 관계를 암시한다.

홀소리 어울림 assonance도 알아 들을 수 있다. 각 단원(5음절 단원)의 첫소리들을 살펴보면 첫째와 둘째(가, 논)는 밝은 소리(양성)이자 열린 소리로서 서로 어울리며, 셋째와 넷째(꿈, 걸)는 모두 어두운 소리(음성)이자 또한 닫힌 소리이다. 밝고 어두움, 열리고 닫힘이 고르게 앞뒤로 나뉘어 있는 셈이다. 그런데 덜 센 소리 자리에 있는 〈같은〉, 〈따라〉, 〈가듯〉, 〈간다〉는 모두 밝은 소리인 ㅏ소리로 시작되어 전체적으로는 밝고 열린 소리가 우세하다. 따라서 이 시구의 뜻——가볍고 빠르게(그러나 우울함을 안고) 꿈처럼 걷는다는——과 어울린다. 소리의 결은 뜻과 어울릴 때 대체로 효과적이다.

우리 시에는 각운은 없지만 각운의 효과와 비슷한 것은 홀소리 어울림에서 찾을 수 있다. 위의 시구에서 각 단원의 마지막 요소들을 살펴보면, 첫째와 셋째가(〈같은〉, 〈가듯〉) 서로 닿소리끼리 잘 어울리고 둘째와 넷째는(〈따라〉, 〈간다〉) 마지막 홀소리가 어울려 일종의 각운을 형성한다. 한 줄의 시구이니까 서양식 이름을 따르자면 속운 in ternal rhyme이 되겠다.

이 시구의 율격과의 관계도 흥미 있다. 외형상 이 시구는 5·5조이다(그런 것이 있다면 말이다). 그러나 우리의 본능적인 4·4조의 감각은 이 시구의 5음절 단위들을 4음절 소리값으로 빨리 읽게 한다. 즉 4음절을 읽는 속도로 5음절을 읽게 한다. 여기에 ㄹ이라는 〈흐르는〉 소리가 요소요소마다 배치되어 있어 빨리 읽는 것을 도와준다. 이것은 이 시구의 〈꿈처럼 빨리 걷는다〉는 내용과 물론 관계 있다.

이 밖에 〈지지배배〉 같은 흉내 소리(의성어 onomatopoeia), 〈성큼성큼〉, 〈꼬불꼬불〉 같은 짓 흉내나 꼴 흉내(의태어) 등은 일상 언어에서보다 시에서는 절제하는 경향이 있으며, 소리 같고 뜻 다른 말(동음이의어)에 의한 말장난 pun도 옛 시조 〈오늘은 찬비〔寒雨〕 만났으니 얼어 잘까 하노라〉 같은 구절에서 멋있게 사용되었지만 현대시에서는 별로 안 쓰이는 듯하다. 〈위 증즐가 태평성대〉투의 후렴은 반복 효과 중에 큰 것이지만 역시 현대시에서는 그 잠재력을 별로 이용하지 않는다. 요즈음 서양에서 다시 부활되고 있는 시 낭송 기술이 우리나라에서도 부활된다면——시조, 가사, 한시 등 모든 시가는 읊는 격식이 있었다——한국의 현대시도 한국어의 율격과 소리의 결을 더 적극 이용하여 〈소리의 교향 orchestration〉이 이루어질 것이다. 소리가 좋은 시는 독자가 따로 외기 쉽다는 것도 시인이 유의할 만한 일이다.

→ 각운, 두운, 서정시, 율격

영어의 〈노블〉은 단편소설과 구별되는 장편소설을 말한다. 여기서
는 편의상 그냥 소설이라 부르기로 한다. 소설은 〈적어도 한 권의 책
이 될 만한 길이의 산문으로 꾸민 이야기(즉 허구)〉라는 대단히 막연
한 정의로 우리는 우선 만족할 수밖에 없을 만큼 그 주제나 형식이 여
러 갈래이다.

〈긴 산문 이야기〉들은 대부분의 민족이 예전부터 가지고 있다. 어
떤 사건에 대하여 제삼자에게 보고하는 것은 결국 이야기가 되며 그
것을 듣는 사람이 자기에게 직접적, 현실적 이해 관계가 없이 그 보
고에 흥미를 느끼면 그 이야기는 재미있는 이야기가 된다. 그러한 흥
미를 일으킬 수 있는 여러 요소들을 의도적으로 발전시키고 적절히
이용하면 재미있게 이야기하는 기술이 된다(여기서 재미란 말의 의미
를 저속하게 해석하지 말 일이다). 이렇게 의도적으로 꾸민 이야기를
허구(픽션)라고 한다.

〈재미나게 꾸민 이야기〉는 운문으로도 산문으로도 들려줄 수 있고
연극으로 제시할 수도 있다. 소설은 그중 산문으로 들려주는 이야기
에서 온 것이다.

재미있게 꾸민 이야기는 크게 세 갈래로 나뉘는 듯하다. 첫째, 옛
날에 일어난 일에 대한 이야기 즉 옛이야기이다. 둘째는 요사이 일어
난 일에 대한 이야기, 즉 소문, 요샛말로는 〈뉴스〉라는 것이다. 셋째
는 옛날 또는 요즈음에 일어난 것으로 되어 있지만 사실적이 아닌 환
상적이고 놀라운 이야기이다. 이중에서 옛이야기는 다시 나눌 수 있
으니, 하나는 사실적인 이야기 즉 역사이고 또 하나는 환상적인 이야
기이다. 그러니까 옛이야기는 사건의 시기를 먼 과거로 하고 있을 뿐
결국 사실적인 이야기 아니면 환상적인 이야기이다. 결국 재미있는
이야기에는 사실적인 이야기와 환상적인 이야기의 두 큰 갈래가 있다
고 볼 수 있다.

근대소설은 그 두 갈래의 전통을 유지하는 듯하다. 영미에서 사용

하는 〈노블〉이란 말은 새로운 이야기, 새 소문, 뉴스란 뜻에서 온 말이다. 이웃간에 벌어지는 사실적인 사건에 관한 이야기란 뜻이다. 유럽 대륙에서는 소설을 로만roman이라고 부르는데, 이는 중세 시대에 남유럽에서 로만스말(프랑스어, 스페인어, 이탈리아어 등)로 씌어지던 환상적인 이야기(주로 놀라운 무용, 도술, 연애를 다루었다)를 뜻하는 말에서 왔다.

동양의 〈소설〉이란 말도 민심의 소재를 파악할 자료로 삼기 위하여 정책적으로 수집하던 항간의 떠도는 〈자질구레한 이야기〉란 뜻에서 왔다. 문자 그대로 〈소설〉은 철학이나 역사처럼 웅장, 심각한 이야기가 아니고 자질구레한 이야기, 하찮은 이야기, 소일거리라는 것이었다. 그런 이야기들 중에는 환상적이고 놀라운 이야기들도 있었고 사실적인 이야기도 있었다. 둘이 혼합된 경우도 많았다.

그러한 재미있게 꾸며진 이야기가 모두 우리가 가지고 있는 소설 문학이 되는 것은 아니다. 근대적 의미의 소설은 분명히 그냥 재미있게 꾸민 긴 이야기와는 다른 특징들을 가지고 있다. 근대적인 의미의 소설은 사람의 본성과 행동이 서로 긴밀한 인과 관계에 있음을 설득력 있게 확인시키기 시작하면서 성립되었다. 근대소설은 어떤 사건에 대한 단순한 보고가 아니라 그 사건이 생기게 된 이유를 사람의 본성에서 구하며 또한 사람의 본성 때문에 어떤 사건이 발생하게 되는가를 경험적 사실에 근거하여 이야기한다. 따라서 미신적이거나 종교적인 해석이나 설명을 피하고 합리적 판단에 의한 해석, 설명을 내포한다. 넓은 의미의 사실주의, 특히 사람의 본성에 대한 사실주의적 태도가 근대소설의 가장 중요한 근간이다. 따라서 합리적 판단에 근거한 성격 구현은 근대소설의 빼놓지 못할 요소가 된다.

또한 사실이 아니라고 판단되는 것에 대한 비판을 내포하는 것도 근대소설의 공통점이다. 세르반테스의 『돈 키호테』는 환상적인 영웅담(즉 중세의 로만스)을 사실주의적인 입장에서 비판, 공격한 근대소설의 선구이다. 그러나 인물의 성격과 사건의 인과 관계가 철저히 탐색된 본격적 근대소설은 리처드슨의 『패멜라』로부터 시작된다고 볼 수 있다. 리처드슨은 이상화된 주인공의 멋있는 행위를 묘사하지 않고 평범한 남녀의 미묘한 심리적 갈등과 그 갈등의 표현으로서의 행동을 세밀히 묘사하였다. 그를 지배한 것은 인간성에 대한 사실주의적 이해였다. 리처드슨은 사람 심리의 미묘한 움직임뿐 아니라 사람의 사회적 관계, 풍속, 신념, 행동 양식 등이 사람의 심리와 어떤 관계가 있는지도 간접적으로 암시했다. 사람의 사회 관계, 넓은 의미의 풍속에 대한 해석과 비판은 근대소설의 빼놓지 못할 또 하나의 요소가 되어 있다.

한편 환상적인 이야기의 전통은 사실적 이야기에 밀려서 없어진 것은 아니다. 그것 역시 상당한 정도까지 사실주의를 받아들여 단지 흥미 본위의 무책임한 환상을 벗어버렸다. 그러나 합리성에 기초한 사실주의가 심리와 사회의 상식적 표면에 머무는 경향이 있음에 반하여, 사람의 깊은 내면의 꿈과 두려움을 표현하기 위하여서는 다소 비현실적인 소재를 다룰 필요도 있었다. 이를테면 뒤마의 『몽테크리스토 백작』은 이상적 영웅의 사랑과 복수의 이야기를 하기 위하여 현실적으로는 불가능한 가공적인 일들을 꾸며 넣고 있다. 멜빌의 『흰 고래 모비딕』은 고래잡이라는 사실을 알려줌에 그치지 않고 사실주의적으로는 그처럼 힘있게 제시할 수 없는 현대인의 깊은 절망감을 초자연적인(아마도 초상식적, 초일상적이란 말이 더 어울리겠지만) 요소를 도입하여 이야기하고 있다. 본래 노블과 로만스를 구별하여 로만스가 사람의 깊은 꿈과 두려움에 관한 것이라는 말을 한 사람은 『주홍 글자』의 작가 호손이었는데, 『주홍 글자』는 물론 로만스에 속한다. 근대 로만스가 허무맹랑한 환상이 아님은 이로써 명백해진다.

사람의 심리와 사회에 대한 비판적 태도가 반드시 사실주의적 소설을 낳는 것은 아니다. 『돈 키호테』는 물론 사실성을 지향하고 있지만 돈 키호테라는 사람의 기괴한 환상도 큰 부분을 차지한다. 이처럼 사실에 대한 비판의 방법으로 엉뚱한 환상의 방법을 의도적으로 택하는 경우도 많은데, 그 좋은 예로서는 스위프트의 『걸리버 여행기』, 루이스 캐럴의 『이상한 나라의 앨리스』, 헉슬리의 『멋진 신세계』 같은 것들이 있다. 이들을 로만스의 계통에 속하는 것으로 보기도 하지만, 로만스라 하여도 안티로만스라 하겠다. 사람의 꿈과 두려움의 허황됨을 환상적 이야기로 비판하는 까닭이다.

근대소설은 이처럼 문자 그대로 신출귀몰하는 환상에서 신문 잡지의 보도에 접근할 만큼 극에서 극까지의 넓은 폭을 가지고 있어, 주제와 소재가 한없이 다양하다. 여기에 서술 방식의 다양성까지 합쳐진다.

근대소설의 발생과 근대 산문의 발전은 불가분의 관계가 있다. 단순히 이야기를 하기 위한 옛 산문은 물론 수필, 편지, 역사, 철학 논문, 종교 서적, 기행문 등의 각종 산문의 방법들을 응용하여 소재, 주제에 따라 변화무쌍한 서술 방식을 발전시켰다. 더욱이 희곡으로부터는 대화에 의한 이야기의 전개 방식, 서정시로부터는 정서적 분위기 등을 대량으로 수용하였다.

근대소설은 인쇄술이 보편화된 뒤에 본격화되었다. 희곡과 시는 읽히기 전에 입말(구어)에 의해서 전달되던 오랜 전통이 있어, 낭독 기술, 곧 운율적 형식이 생겼으나, 소설은 비교적 그런 형식적 요소가 적다. 소설은 개별적 독자가 가장 사사로운 시간에 읽는 것이다. 따라서 소설의 전개 방식이나 서술 형태보다 전달되는 이야기의 줄거리와 사상과 내용에 독자의 주의가 가게 마련이다. 사실과 문학을 구분하는 뚜렷한 형식이 없는 데다 사실주의적 경향 내지 인간 내면에의 호소력 때문에 작중 인물에게 독자는 훨씬 밀착감을 느끼며 나아가서는 동일성을 느끼게 된다.

이런 이유로 소설에 대한 논의는 소설의 형식이나 구조에 관한 것보다도 소설의 내용에 관한 것이 훨씬 많다. 심리소설, 사회소설, 관념소설, 역사소설 등은 모두 소설의 취급 주제나 소재를 가지고 구분한 소설의 형태이고, 성격소설, 행동소설, 대하소설 등은 다소 소설의 구조를 염두에 둔 구분이다. 소설의 구조에 대한 재래의 논의는 지나치게 시나 희곡의 구조를 논하는 어휘와 개념에 의존하였기 때문에 제대로 이루어지지 않고, 오히려 소설은 무기교, 무형식의 문학이라는 통설이 생겼었다. 그러나 요즈음은 저자가 독자에게 어떤 설득 방법을 사용하는지 주제 및 소재에 따라 그 변하는 양상을 밝히기도 하고, 주제의 전개 방식, 플롯의 기본 형태와 그것의 변용 과정 등등 소설구조론이 새롭게 제기되어 근본에 있어 시학과 다른 이론이 왕성하게 개발되고 있다. → 단편소설, 로만스, 허구

수사학 rhetoric

서양의 〈레토릭〉이라는 말은 본래 모임에서 말하는 사람, 즉 청중을 앞에 둔 사람의 웅변술을 뜻했다. 웅변은 청중을 설득하기 위한 말이다. 아테네의 공화정치 시대에는 각 시민이 모두 정치적 발언을 했고, 법적인 시비가 있을 때에는 자신의 변호사가 되었고(법정 웅변), 어떤 인물의 업적에 대한 찬양 또는 공격을 했기 때문에 자연히 말 잘하는 법을 각자가 다 잘 익혀야 하였다. 소피스트들 중의 일부는 말재간을 강조하여, 진리나 지식과 관계없이 말재간으로 상대방을 마음대로 조종할 수 있다는 말까지 하여, 소크라테스와 플라톤 같은 진리의 수호자에게 공격을 받았다. 아테네의 공화정치가 쇠멸한 후에는 〈웅변술〉은 쇠퇴하고 말보다도 글의 장식적 효과를 내는 방법이 집중적으로 추구되었다. 이리하여 웅변술은 수사학, 즉 작문법으로 위축된 느낌이 있다.

로마 시대에는 키케로 같은 대웅변가와 퀸틸리아누스 같은 수사학의 권위자들의 저술들의 영향이 지대하여, 모든 상류층의 기본 교육 과목에 반드시 수사학이 포함되었다(수사학, 논리학, 문법이 3대 필수 교양 과목이었다). 이 교육 전통은 중세, 르네상스를 지나 19세기까지 이어져서 교육받은 사람은 자기의 의견을 설득력 있게 발표할 수 있는 훈련을 받은 사람을 뜻했다. 과거의 유럽의 정치가나 과학자의 글이나 말이 현대인의 그것과 크게 다른 점은 과거의 글의 그 웅변성, 읽을 만함일 것이다. 과학자 다윈의 글도 읽을 만하고 정치가 글래드스톤의 글도 아직 감동적이다. 요즈음 서양의 수사학은 문장 작성법에

지나지 않고, 그것이 그대로 동양에 수입되었다. 그러나 어쩐 일인지 서양에서는 이미 오래전에 버린 장중체, 화려체 등의 문체의 명칭과, 환유, 직유, 은유, 과장법 등의 문채의 명칭들을 주로 따로 외우는 수사학이 아직도 국내의 교실에서 가르쳐지고 있다.

수사학은 말을 잘 쓰는 법 내지 문장을 아름답고 힘있게 꾸미는 법이니까 역시 좋은 글의 일종인 문학을 다루는 시학(또는 문학론)과 겹쳐지는 부분이 있다. 소피스트 중에는 웅변과 시가 결국 마찬가지라고 보는 사람도 많았다. 아리스토텔레스는 둘의 공통점을 인정했지만——예컨대, 직유는 시에서나 웅변에서나 공통으로 사용된다——둘의 차이를 분명히 하기 위하여 『시학』을 저술하고 『수사학』을 따로 저술하였다. 『시학』에서는 시가 단지 잘 쓴 글일 뿐 아니라 인간 행위의 완전한 모방이라는 것과 그러한 모방의 구조적 요건(플롯)이 어떤 것이며 그 장르들은 무엇인지 말했고, 『수사학』에서는 웅변의 종류, 그 각 종류에 따른 수사법, 말씨 등을 논했다. 그러나 『시학』은 16세기에 재발견되기까지 잠적해 있었고 후세에 영향을 끼친 것은 오히려 그의 수사학적 가르침이었다. 문학을 행위의 모방으로 보기보다는 잘 쓴 글로 본다는 것은 상식적이고 쉬운 관점이었다. 로마의 시인 호라티우스의 『시의 기술』이라는 저서는 18세기 말까지 유럽 문학론의 가장 중요한 문헌의 하나였는데, 이 저서는 독자에게 어떤 특별한 영향을 미치기 위하여 시인이 조심하여야 할 조항들을 충고의 형식으로 나열하고 있다. 문학은 즐겁든가 유익하든가 두 가지가 잘 화합하게 해야 한다는 그의 유명한 말은 문학론으로 보면 효용론에 속하는데 효용론은 궁극적으로는 독자의 마음을 어떻게 움직이고 설득할 것인가에 관심을 갖는 수사학(웅변술)의 목적과 합치한다. 르네상스 시대에 플라톤이 말한 시의 영감설과 아리스토텔레스의 모방론이 문학론으로 대두한 것은 사실이나, 이미 수사학적 관념이 강하게 박혀 있던 터이라 그 새로운 이론들도 모두 말에 의한 청중의 설득 방법으로 이해되었다. 18세기 영국 비평가 존슨도 〈시는 보편적 인간성의 모방이되 사람을 즐겁게 가르치기 위한 것〉이라고 말하고 있다.

19세기 초에 낭만주의자들은 시(문학)를 독자에게 도덕을 설득하는 방법으로 보지 않고 개인적 정신의 표현으로 보았다. 따라서 시는 청중을 의식하지 않는 개인의 노래이고, 청중은 기껏해야 엿듣는 입장이라고 하였다(《웅변은 듣는 것, 시는 엿듣는 것》이라고 영국 철학자 존 스튜어트 밀은 말했다).

19세기 이래, 아리스토텔레스가 당초에 구상했던 것처럼 문학과 수사학을 구분하려는 끈질긴 노력이 있어왔다. 창작 정신이나 문학의 근원으로서의 사회, 사상 등에 대한 연구는 모두 문학이 독자에게 무슨 효과를 미치고 있는가, 무엇을 전달하고 교훈하려 하는가 하는, 수사학적 문제와는 별개의 문제를 대상으로 한다. 문학을 언어의 특수한 조직으로 보는 견해 역시 수사학적 관점을 멀리하고 있다.

그러나 최근에 문학은 정신이 아니라 글로 되어 있다는 것, 또한 효과적으로 전달되는 독특한 구조라는 사실에 다시 관심이 생기고 있다. 내용을 전달하기 위한 형식으로서의 글재간이라는 의미의 수사학적 관점은 극복되었으나, 문학은 그 독특한 언어 구조로 인하여 매우 교묘한 전달 능력을 갖고 있고 독자에게 다른 종류의 글에서 얻을 수 없는 어떤 독특한 인식을 독특하게 안겨주는 힘의 덩어리라는 생각이 새로 싹트고 있다. 뉴크리티시즘의 선구자인 리처즈도 실은 문학의 효과에 가장 흥미가 있었고, 그 효과를 내기 위한 문학의 언어 조직에 더 흥미를 느끼고 있었으며, 뉴크리티시즘의 아이러니, 비유, 중의성, 긴장 등은 대부분 수사학적 용어 아니면 적어도 효과적 언어 사용법에 관련된 용어들이다. 문체론 역시 수사학에 속한 것이었지만, 현재 문학론의 대단히 중요한 과제로 되어 있다. 이처럼 문학론에서 수사학은 앞문으로 쫓겨났다가 새로 단장하고 뒷문으로 다시 들어온 셈이다. → 말, 문채, 문체, 소리, 직유

수필 essay

앉은 자리에서 한번에 기꺼이 읽어낼 수 있을 만한 길이의 산문으

로서, 취급하는 주제는 인생의 경험만큼이나 다양하고 형식도 일정한 것이 없다. 비슷한 길이의 논문과 다른 점은 체계가 완전한, 즉 서론, 본론, 증명, 결론이 명백히 갖추어져 있는 설명문이 아니라는 점과, 다루는 주제에 대하여 전문적, 학술적인 용어와 설명 방법을 따르지 않고 상식적이고 비전문적인 말을 사용한다는 것, 전문가를 독자로 삼지 않고 어느 정도의 교양을 가진 일반 대중을 상대로 한다는 것이다.

동서양을 막론하고 수필은 산문 문학으로서는 가장 먼저 발전하였다고 볼 수 있으니, 예컨대 중국 고대의 『사기(史記)』의 「열전(列傳)」은 간략한 위인의 평전으로서 인물의 특징적 면모를 말하는 근대적 수필의 초기 형태라 할 수 있으며, 로마의 세네카의 도덕적 사색을 담은 『대화록』 등은 훗날 발전한 인생론적 수상록의 선구가 된다.

서양의 경우 에세 essai란 말은 프랑스의 몽테뉴가 인생과 사회의 여러 문제에 대하여 전문가의 입장이 아닌 하나의 교양인의 입장에서 〈시험적으로 말하여 본다〉는 뜻으로 1580년에 자기의 글 모음에다 붙인 명칭이다. 1597년에는 옛날 로마 시대의 도덕적 사색록을 본떠서 지은 짧은 글들을 모아 내면서 영국의 프랜시스 베이컨이 몽테뉴의 저서의 이름을 차용하여 에세이 essay라 이름하였다. 이리하여 서구에서는 에세이라는 이름이 붙은 산문이 나오기 시작했다.

에세이는 18세기 초에 영국의 애디슨과 스틸이 《스펙테이터》라는 잡지를 내면서 다시금 변모하였다. 그들은 당시 사회에서 일어나는 일들에 대하여 도덕군자의 입장을 버리고 만평, 한담하는 입장에서 유머와 위트를 많이 가미한 짧은 글을 썼다. 현대 에세이 문학의 본질의 하나로 간주되는 해학과 기지가 들어가게 된 것이다.

19세기 낭만주의 시대의 찰스 램, 윌리엄 해즐릿 등은 역시 신문 잡지를 통하여 유머는 물론, 개인적인 공상과 애상, 섬세한 감각을 시적 정취가 넘치는 문장으로 표현하였는데, 아마도 근대 에세이 문학의 최고봉을 이룬 것들일 것이다.

이 시대에 또한 사상적 내용을 담은 심각한 산문도 발달하였는데 윤리, 문학, 종교에 대한 비평적 에세이들이 많이 씌어졌다. 특히 문학에 관한 에세이, 즉 문학 평론은 프랑스의 생트 뵈브, 영국의 매슈 아놀드 등이 최고의 모범을 이루었다고 할 것이다.

현대에는 문화, 사회, 정치 등을 비평적으로 취급하는 심각한 에세이가 훨씬 우세하여 모든 교양지에서는 주로 그것들이 자리를 차지하고, 애디슨이나 스틸, 램의 전통을 이은 사사로운 신변적 수필은 보다 적은 지면을 차지한다.

위에서 이미 암시한 바이지만, 에세이는 크게 두 갈래로 나누어 볼 수 있다. 하나는 심각한, 공식적formal 에세이이고, 또 하나는 비공식적 informal, 사사로운personal 에세이이다. 심각한 에세이는 그 주제의 심각함이 강조되는 정도에 따라 논문에 접근하고 심하면 에세이라는 명칭에 걸맞지 않게 된다. 그렇게 되면 그것은 어떤 지식을 전달하기 위한 설명문이 되고 상식인의 입장에서 같은 상식인에게 한번 말해 본다는 인간적, 대화적 요소가 없어진다. 즉 저자의 성격은 사라지고 글의 내용만 남는다.

에세이가 에세이 구실을 할 수 있는 가장 중요한 요건은 그 글을 통하여 저자의 독특한 성격——문제를 바라보는 독특한 각도, 자기만이 알고 있는 어떤 일화나 독특한 체험, 그러한 일화나 체험에 대한 그의 독특한 태도와 해석, 그의 독특한 말솜씨——이 표출된다는 것이다. 이러한 독특한 성격에서 독자는 글의 내용보다도 말을 같이 나눌 수 있는 친근한 벗(또는 자애로운 스승)을 만나는 느낌을 갖게 된다. 이러한 느낌은 성현의 『용재총화』에서도, 김진섭의 수필에서도 느낄 수 있으나 대개의 신문 논설이나 경제학 교수의 『후진국 경제란 무엇인가?』라는 제목의, 그 나름으로는 친절한 글에서는 느끼기 힘들다. 즉 뒤엣것들은 에세이가 아니다.

동양에서 에세이를 수필이라 번역한 것은 잘된 것은 아니나 이제는 별로 어색하지 않다.　→ 산문

순수시 pure poetry

1850년에 미국 시인 앨런 포가 발표한 평론 「시적 원리」에 자극받아 프랑스의 보들레르가 발전시킨 시의 이론. 그로부터 말라르메를 거쳐 발레리에 이르기까지 프랑스 상징주의의 기본 이념이 되었다. 그 가장 중요한 주장은 시에서 웅변, 교훈, 관념 등 산문으로 해결할 수 있는 일체의 요소를 제거하고, 음악처럼 언어적 의미와 관계없는 효과를 내어야만 진정한 시, 즉 순수한 시가 된다는 것이었다. 이것은 시의 영역을 독립시키려는 여러 근대적 노력의 하나로 볼 수도 있으나, 시의 의미 요소를 최소한도로 축소시키거나 교란시킴으로써 시의 자율성을 기하려 했다고 보는 것이 더 옳다. 순수한 시가 암시하는 세계는 말의 의미로 설명할 수 있는 세계가 아니라 음악의 여운처럼 직접적이면서도 형언할 수 없는 세계이다. 20세기의 순수시 이론가였던 브레몽은 시의 음악성보다는 신비경에 파묻힌 자의 기도처럼 최면적이고 주문 같은 효과를 강조하였다.

일반적으로 소위 순수시는 산문적인 사고를 유발할 개념이나 낱말을 제외하고 청각적 자극(음악성) 또는 시각적 자극(회화성, 즉 심상)에 주력하는 시라고 하겠다. 자연히 듣기 좋은 소리, 보기 아름다운 심상만을 골라 쓰므로 인위적이라는 인상을 짙게 풍기며, 지속적인 긴 작품이 될 수도 없다. 상징주의자들의 좋은 작품들은 실상 그들의 이론에 부합하는 무의미한 음악 같은 순수시라기보다는 오히려 복잡다단한 토론을 불러일으키는 〈불순한〉 작품들이다.

숭엄미 the sublime → 미학, 영향론적 오류, 정서

시 poetry

현재에 이르기까지 시란 무엇인가에 관한 논의가 문학론의 대부분을 차지해 올 만큼, 시는 문학의 문제에 깊숙이 침투해 있으면서도

아직 모호한 개념으로 남아 있다.

시에 대하여 가장 간단한 정의는 소설, 희곡, 일반 산문이 아닌 글이라는 것이다. 그런데 이 단순한 정의도 서양의 경우 18세기까지는 성립되지 않았었다. 옛사람들은 〈시〉 하면 우선 떠오르는 것이 희곡과 서사시, 즉 고양된 말과 운문으로 쓴 이야기 문학이었다. 셰익스피어는 요즈음의 용어로는 극작가임에 틀림없지만 그 당시 말로는 시인 poet이라 불렸다. 〈행동하는 사람의 모방〉을 시로 규정했던 아리스토텔레스도 서정시가 아니라 희곡과 서사시(둘 다 운문으로 되어 있었다)를 염두에 두고 있었던 것이다. 현재의 우리는 시를 주로 개인 감정의 표현으로 생각하는 것이 보통이고, 시에서 이야기 듣기를 기대하지 않지만, 18세기까지는 이야기가 없는 개인적 감정의 표현으로서의 짧은 서정시는 시 문학 전체에서 하급에 속하였다. 서정시는 문학이 인간 행위의 모방이라는 정통적 개념에 부합되지 않았을 뿐 아니라 개인적 정서의 짧은 표현인 까닭에 인간 전체에 대한 보편적 진리를 말하기에 부적당하다고 보았던 까닭이다.

이에 비하면 동양의 공자는 일찌감치 시를 개인 감정의 표현으로 본 것 같다. 그가 편찬한 『시경』에는 전적으로 서정시만 수록되어 있고, 운문으로 되어 있으면서도 형이상학이나 역사를 말하는 글은 『역경』과 『서경』 등에 수록하였다. (본래 중국에는 고양된 운문으로 된 시극이나 서사시가 없기도 하였다.) 공자 사상의 대표적 해석자인 주희의 정의에 따르자면, 사람의 성질이란 사물을 느낄 때에 움직이고픈 법인데, 이처럼 움직임에의 욕구가 있으면 생각이 생기고 생각이 생기면 말이 생기고 말로 다할 수 없을 때에는 차탄하고 영탄하게 되며 차탄, 영탄은 자연히 좋은 소리와 마디가 있을 수밖에 없다고 하였다. 즉 사물에 대한 느낌에서 일상적인 말로 다할 수 없는 부분은 리듬이 있는 읊음이 된다는 것이다.

이 12세기 대사상가의 시론과 비슷한 시론은 서양에서는 18세기 말에야 생겨났다. 〈시는 강한 느낌의 상상적인 표현으로서 리듬이 있는 것이 상례이다〉, 〈시는 강한 느낌이 저절로 넘쳐나온 것이다〉라는

19세기 초의 워즈워스의 말은 당시에는 시에 대한 새로운 선언으로 간주되었다. 문예비평사에서 볼 때 시를 정서의 표현으로 보기 시작한 것은 문학 사상이 모방론에서 표현론으로 옮겨온 것을 뜻한다. 동시에 다분히 모방적인 문학 장르 즉 소설, 희곡 등과 시, 특히 서정시는 상당히 명확히 구별되기 시작했다. (현대의 사르트르는 문필가와 시인을 구별하고 문필가를 훨씬 높이 본다. 반면에 크로체는 시와 문학을 구별하고 문학(주로 산문 문학)은 불순하고 모자라는 것이라고 하였다.)

모방론은 사물 그 자체, 우주, 자연의 실재, 근본 원리, 이념, 진리를 문학이 복사 내지 구현, 재현한다는 사상이다. 표현론에서는 시가 단지 사물을 있는 그대로 묘사하는 데 그친다고 보지 않았지만 우주, 자연 및 인간의 근본적인 진리를 구현, 상징한다고 믿었고, 다만 그런 진리는 종교, 철학, 과학이 알려주는 것이 아니라 시인이 가진 독특한 능력인 상상에 의하여 직관적으로 파악되는 것이라고 하였다. 사물의 진리를 다룬다는 점에서는 모방론과 서로 관련이 있으며, 그런 진리의 발견이 보편적인 이성이 아니고 극도로 주관적인 상상에 의한다고 주장한 점만이 표현론의 특징이다. 이 양면성은 아직도 시에 대한 중요한 관점으로 남아 있다.

모방론은 시와 객관적 진리(또는 사실)와의 관계를 긴밀히 맺는 만큼 진리의 전달, 즉 가르침이 시의 자연스러운 효용 가치라고 보았으나 서정시 위주의 표현론에서는 시는 일상적인 사물에 대한 현실적 정보를 제공하거나 현실적 행동 지침을 가르치지 않고, 시인의 상상력으로 도달한(또는 창조한) 놀라운 정신의 세계를 보여줌으로써 독자를 황홀케 한다는, 깊이 감동시킨다는, 심오한 즐거움을 준다는 주장을 한다. 짧게 말하자면 시는 즐거운 감흥을 일으키는 것이란 말이다. 이러한 감흥을 줌으로써 사람의 윤리 의식의 밑바탕을 튼튼히 해준다는 것이 표현론 이후의 시의 효용론이다. 그러나 시인이 느꼈던 것과 같은 고양된 정서의 체험을 갖게 하는 것으로 족하다고 생각하는 것이 보통이다. 고양된 정서의 체험은 그것대로 가치 있다고 보는 것이다.

좀더 급진적인 시인과 이론가들은 시는 개인적 감정의 표현이니까 가장 중요한 것은 남에게 전달하는 것이 아니라 시인 자신의 내적인 충동을 자기에게 가장 만족스럽게 토로하는 것이라고 본다. 〈시는 고독의 순간에 그 자신에게 그 자신을 고백하는 느낌일 뿐이다…… 그 고백이 그 자체로서 목적이 되지 않고 남에게 어떤 인상을 남기려는 목적을 위한 수단일 때에, 그것은 시가 되기를 그치고 웅변이 된다…… 웅변은 듣는 것이요, 시는 엿듣는 것이다〉라고 철학자 존 스튜어트 밀은 말하였다. 근대의 서정시는 우선 전달보다도 개인의 감정의 표현에 역점을 두는 듯한 것이 사실이다. 우리는 사실상 시인의 넋두리를 듣는다기보다 그의 내밀한 마음의 움직임을 엿보는 듯하다.

이처럼 시를 시인의 내부의 본질과 연결시키는 까닭에 시를 구체적인 작품으로보다 어떤 정신이나 성질로 보는 태도가 생겨났다. 즉 시 poetry는 시의 여러 장르에 속한 작품들의 총칭이라기보다는 인간 체험의 어떤 공통된 특질을 가리키는 말이 된 것이다. 따라서 작곡가 쇼팽을 〈피아노의 시인〉이라고 한다든가, 헤세의 어떤 소설을 가리켜 서정적 소설이란 말을 한다든가, 시정(詩情)이 넘치는 풍경화라는 말도 생겼다. 즉 글자로 정착되기 이전의 어떤 상상적, 정서적, 미적 특질을 시라고 부르게 된 것이다. 시라는 용어를 이렇게 광범위하게 쓰는 것은 19세기 이후 서정시를 문학의 본령으로 보기 시작한 뒤부터다.

시는 운문verse으로 되어 있는 것이 보통이지만, 운문이 곧 시가 된다고 주장한 적은 없는 듯하다. 아리스토텔레스는 시인이 운문을 만들기 때문에 포에타(만드는 사람이라는 뜻)가 아니라 부분들을 가지고 전체를 얽어 짜는 까닭에 즉 플롯을 만드는 까닭에 시인이라고 하였다. 운문은 전체를 지향하여 부분들을 얽어 짜는 데에 가장 적절한 언어적 방법의 하나인 까닭에, 시와 아주 밀접한 관계를 맺고 있다고 믿어졌다. 표현론의 대두 이후 현대에 이르기까지, 우리는 운문이 자연스러운 개인적 감정의 표현을 저해하는 강제적인 형식이 되는 것을 우려하고 있다. 옛사람들이 물려준 운문의 정형을 달가워하지 않는 것이다. 우리는 형식적 운문이 아니라 표현 자체의 리듬을 중요하게 여긴다. 〈아름다움을 리듬 있게 창조하는 것〉이라고 앨런 포가 시를 정의했을 때, 그는 시의 운문 형식(즉 율격)이 아닌 리듬, 다시 말하면 표현의 억양이 저절로 반복적으로 나타나는 것을 뜻했다. 그 옛날의 주희도 영탄은 소리의 마디를 이룰 수밖에 없다고 했거니와, 열정의 발언은 사람의 생리 현상인 맥박, 호흡 등의 상승된 리듬에 편승할 수밖에 없다는 주장이 널리 받아들여지고 있다. 현대 서정시의 리듬은 외형적 율격에 의하여 미리 정해진 것이 아니라 시적 표현의 욕구에 의하여 자연발생한 것이라 하여 내재율이라고도 한다.

말로 표현되기 이전의 어떤 특질을 시라고도 하지만, 물론 시는 구체적으로 말로 만들어진 글이다. 시라는 말의 한 덩어리가 그 밖의 다른 여러 가지 말 덩어리들과 어떻게 다른가를 구별하려고 우리는 애쓴다.

정보 제공이 목적이 아닌 글, 내용과 형식을 분리할 수 없도록 된 글, 외연적, 기호적 언어 사용이 아니라 함축적이고 정서 유발적인 글, 그 자체로서 충족된 하나의 의미의 세계를 이루고 있는 글, 그것 자체로서 하나의 통일된 심상, 나아가서는 상징이 되어 있는 글 등, 시에 대한 현대의 정의는 모두 시가 특수한 언어임을 의식하고 내린 것들이다.

언어는 본래 원시 시대에는 비유적이고 신화적이었는데 차차 관념화되었다고 하는 견해는 시가 인간의 본질과 떨어질 수 없다는 더 큰 신념을 내포하고 있다. 시가 철학이나 과학처럼 관념 전달의 목적을 띤다면, 인간은 자기의 본질을 확인할 길을 잃는다는 것이다.

어쨌든 시는 문학의 기본적 장르의 하나인 동시에 인간의 깊은 내면을 암시하는 일체의 질을 가리키는 말도 된다. 인간의 깊은 내면이란 곧 인간의 원시적 성질이므로, 시는 원시 시대의 주문(呪文)처럼 내면을 건드리는 힘있는 말이라는 생각도 생겼다. 〈시인은 가장 문명화된 사람이면서 가장 원시적인 사람이다〉라는 말이 시의 그런 특질을 말한다. → 서정시, 소리

시극poetic drama → 시, 희곡

시상 → 영감

시어 poetic diction

문학에서 사용하는 말은 좀 별다른 말인가 아닌가 하는 문제는 문학론의 중요한 논점이 되고 있다. 특히 시에서 사용하는 말, 즉 시어에 대해서는 상당히 의견이 엇갈리고 있다.

인류 문화의 초창기에는, 신중한 발언은 모두 시적이어서, 시어라는 것이 별도로 존재한다고 생각하지 않았을 것이라고 어떤 학자는 말하고 있다. 그러나 이미 동양의 『시경』이나 서양의 『일리아스』에는 당시의 일반적인 신중한 발언, 즉 철학이나 역사적 기록에서 사용됐던 말과는 다른 말을, 즉 특별히 시적인 낱말과 어법을 사용하고 있음을 볼 수 있다. 더욱이 그러한 최고의 고전들을 모범으로 삼고 문인들이 의식적인 모방을 하기 시작한 이래, 시에서 사용될 만한 말과 시에서 사용될 수 없는 말이 구별되게 되었다. 창조적 천분이 모자라는 문인이나 시객이 하는 일은 근본에 있어 과거 또는 현재의 모범을 흉내 내는 일이고, 이 흉내란 주로 말귀의 흉내인 것이다. 조선 시대의 수많은 선비들의 7언시나 5언시들의 말귀들이 서로 비슷비슷한 것은 그들 전부가 동일한 모범, 즉 당송의 대가들을 흉내 내고 있었기 때문이다. 더군다나 5언시, 7언시처럼 평칙법이 엄격히 규제되어 있는 장르에서 어휘 선택의 자유는 훨씬 줄어든다. 시어는 확정된 밑천일 뿐 아니라, 그 밑천을 사용하는 방법마저도 규정하고 있는 까닭에 시인은 어떤 의미에 있어서는 시 한 편 짓기가 낱말놀이처럼 쉬울 수도 있고, 또한 그 제한 속에서 창조적인 작품을 만들어낸다는 것이 더욱더 어려울 수도 있다.

위에서 암시한 바와 같이 시어와 장르는 밀접한 관계가 있다. 7언시에만 으레 등장하는 문구가 있고, 그 문구는 이를테면 산문 수필에는 어울리지 않을 수도 있다. 마찬가지로 비극에는 주로 엄숙하고 장중한 말 즉 고급 문체가 쓰이고, 희극에는 비속한 말, 저급 문체가 쓰여야 한다는 장르와 문체의 어울림을 강조한 시대도 있었다. 〈아해야!〉, 〈어즈버!〉 등의 감탄사는 주로 옛 시조에서 사용되던 시어였으며, 그것도 주로 시조의 종장 첫머리에 사용되었었다. 즉 그것이 쓰일 장르와 작품 속에서의 사용 위치까지 정해져 있던 시어였다. 이러한 시어들을 따로 외우고 그것들의 바른 용법을 익히는 것이 시인의 수업이 되는 셈이었다.

그 밖에 고사나 관용구도 시어로 간주할 수 있다. 문학이나 설화를 통해 널리 알려진 전설, 신화, 역사의 어떤 사건을 언급, 암시하는 말(이른바 풍시(諷示, allusion)), 또는 이름난 시구나 격언의 인용이 시어의 구실을 하는 것이다. 앞엣것의 예로는 〈천상백옥경(天上白玉京)〉(정철, 「속미인곡」), 뒤엣것의 예는 〈낙락장송(落落長松)〉(옛 시조에 잘 나오는 관용구)이다. 이들은 단지 그 말의 뜻 때문이 아니라, 그것들의 문학적 또는 신화적 연유 때문에 시적 흥취가 있다고 생각되어 자주 쓰이는 것이다.

이론적 입장에서 생각할 때 시어가 본질적인 의미에서 존재한다고 보기는 어렵다. 〈어즈버〉라든지 〈낙락장송〉이라든지 〈장미〉, 〈님〉, 〈구름〉이 시적인 본질을 갖고 있다고 볼 수는 없다. 문학의 전통상, 시 내지 문학에 동원되는 말의 영역이 과학 논문이나 역사적 기록에 쓰이는 말의 영역과 상당히 다른 것은 사실이지만, 그 두 영역 사이의 경계선이 엄격히 그어져 있는 것도 아니며 오히려 진취적 시인은 다른 영역의 언어를 자기 것으로 삼으려는 노력을 게을리하지 않는다. 또한 비과학적, 비역사적 영역에 속한 언어라고 해서 모두 시에서만 사용되는 것도 아니다.

시어는 본질적으로 존재하는 것이 아니라, 말이 특수한 기능을 발휘하도록 사용된 것을 이른다. 〈어즈버〉는 그것 자체대로 시적인 것이 아니라 그것이 시적인 기능을 발휘할 수 있는 장르, 전체 의미 구조에서의 위치, 리듬 조직에서의 위치 등에 놓여 있기 때문이다. 따라서 〈어즈버〉가 시조의 초장 첫머리에 절대로 올 수 없는 것도 아니다(단지 그런 위치에 올 수 있도록 혁신적인 시조 형식이 개발된다면 말이다).

리처즈는 모든 말이 다 시적으로 사용될 수 있다고 보았는데, 시적으로 사용된 말은 정서 유발적emotive 언어라는 것이 그 특징이라고 하였다. 또 시적 언어는 함축적connotative으로 사용된 일체의 언어를 가리킨다고 하는 설도 있다. 그러나 정서 유발적, 함축적 언어가 시어가 아닌 경우도 허다하므로 어떤 단일한 특징만 가지고 시어를 규정한다는 것은 위험하다. 시에서 쓰인 모든 말이 다 시적인 것도 아니다. 시에서 진정 시적으로 쓰인 말, 즉 특별히 시적인 기능을 발휘하도록 의도된 말은 구체적인 작품 속에서 그 문맥에 따라 고찰되어야 할 것이다.

시적 정의 poetic justice

합리주의가 지배하던 17세기 중엽에 생겨난 관념으로서 이야기 문학에서 착한 자에게는 좋은 보답이 돌아가고 악한 자에게는 벌이 돌아가도록 꾸며야 한다는 것이다. 〈시적〉이라는 관형사는 시에 관한 것이라는 뜻이 아니라 일상 생활을 초월한 고차원적 세계에 관한 것이란 뜻이다. 일상 생활에서는 착한 자가 반드시 복 받고 악한 자가 반드시 벌을 받지는 않는다. 도덕적 보상을 합리적이라고 믿는 합리주의에서 볼 때 현실 생활은 불완전하기 짝이 없다. 예술은 사실의 모방이라고 합리주의자들은 주장하였지만 현실의 그 비도덕적 상황을 그대로 모방할 수는 없었기 때문에 도덕의 보상, 죄악의 징벌에 있어서만은 현실에다 합리적, 이상주의적인 강제를 행하지 않을 수 없었다. 이 점이 바로 신고전주의 모방론의 모순이었다.

그러나 문학에 있어서 정의의 문제는 단순하지 않다. 아리스토텔레스는 착한 사람이 행복에서 불행으로 떨어지면 아무런 예술적 효과를 내지 못하고 우리에게 단지 충격만 안겨줄 것이라고 하였다. 악한 사람이 불행으로 끝나는 것 역시 당연하게 느껴지고 특별히 예술적 효과를 줄 수가 없다. 그래서 그는 훌륭한 사람이되 어딘가 결함이 있는 인물만이 비극의 주인공이 될 수 있다고 하였다. 그 결함은 어떤 특별한 정황에 처하였을 때에만 비로소 치명적, 운명적 결함으로 나타나지, 보통의 정황에서는 아무런 결함으로 느껴지지 않을 그런 성질의 것이다. 햄릿은 너무 골똘히 생각하는 것이 그의 치명적 결함으로 알려져 있으나, 그의 불행한 정황이 아니었다면 그 결함은 오히려 장점이 될 수도 있었다.

소포클레스나 셰익스피어 같은 위대한 작가가 지니고 있던 정의에 대한 관념은 신고전주의자들의 좁은 합리주의적 정의관보다 훨씬 폭넓고 질적으로 달랐다. 위대한 작가들은 악이 승리한다고 하지는 않았지만 선이 반드시 쉽게 승리한다고도 하지 않았고 오히려 인간의 불완전함으로 말미암아 인간의 선도 불완전할 수밖에 없고 악과의 투쟁에서 자기도 희생당하는 수밖에 없음을 말해 준다. 인생이 그러한 취약점이 있음을 시인하고 그것을 외면하지 않으려는 의지가 비극 대가들의 시적 정의관이었다. 괴테가 본래 비극으로 끝나던 『파우스트』이야기를 희극 작품으로 형상화한 것은 단지 〈죄인은 지옥으로〉라는 좁은 합리주의 사상을 초월하는 정의관을 가졌었기 때문일 것이다.

선은 상 받고 악은 벌 받는다는 단순한 관점은 거부하지만, 선이 악과의 투쟁에서 희생당할 수도 있다고 믿는 비극 작가들은 선의 가치를 심각하게 믿는 사람들이다. 선은 인간적인 차원에서 패배하는 듯이 보이나, 우주의 근본은 궁극적으로 선의 편이라고 믿는다. 그러나 선의 근본적인 가치를 믿지 않는 작가는 선에 대하여 냉소적이 되든지, 또는 선의 패배든 악의 승리든 간에 모두 무의미하고 우연한 것으로 제시한다. 하디의 작품에서 그런 경향을 볼 수 있으며, 현대의 일부 부조리 문학은 선악관과 정의관이 완전히 배제된 무의미의 문학이다.

권선징악을 목적으로 하는 동양의 작품은 서양의 합리주의 시대의 시적 정의관에 부합하는 작품일 것이다. 동양의 사필귀정(事必歸正)이란 문구도 실제 역사에 대한 묘사가 아니라 편협한 합리주의의 희망적 기원이다. 그러나 『삼국지연의』를 보면 정의의 편인 유비 삼형제와 제갈량이 정의를 실현하지 못하고 패배한다. 그럼에도 불구하고 독자는 유비 일파의 정의관에 동조하도록 되어 있다. 우리의 『임진록』이 소박한 정의감 때문에 역사를 환상적으로 왜곡하고 있는 것과는 크게 대조적이다. 상식적인 차원에서의 권선징악, 시적 정의는 대중 통속문학에 어울린다. → 교훈주의 문학

시학 poetics

시에 대한 조직적, 체계적 이론. 시의 정의를 내리고(본질론), 시를 분류하고(장르론), 형식과 기교를 논하고(운율론, 기교론), 독자에게 주는 효과를 논하며(효용론), 그 밖에 다른 예술과의 관계, 시의 기원 등을 체계 있게 합리적으로 설명한다. 〈시학〉이라는 말은 아리스토텔레스의 『시의 기술에 대하여』라는 저서를 『시학(포에티카)』이라고 부르게 된 데서 생긴 것이다. 그는 시학의 서두에서 〈시 그 자체와 시의 종류들 및 각 종류의 독특한 기능과, 작품이 아름다워지기 위하여서 플롯을 어떻게 형성해야 하며 어떤 부분으로 얼마나 많은 부분으로 플롯을 형성해야 하는지 기타 등등의 문제〉를 다룬다고 하였다.

유럽의 가장 오래된 시학의 체계는 모방론과 효용론일 것이다. 문학이 사물, 특히 인간 행위의 모방이라는 생각은 지금까지도 지속되는 서양 시학의 근간이다. 모방이니까 가짜이다, 모방은 생활을 재료로 한 재창조이다, 모방은 생활의 여실한 반영이다 등등은 모두 모방론에 속한 시학의 주장들이다. 시는 즐겁다, 유익하다, 즐겁고도 유익하다, 즐겁게 유익한 말을 들려준다 등등은 효용론 계열에 속한다.

낭만주의 시대에 서양의 시학은 일대 변동을 겪어, 시의 근원론에

논의의 중점을 두었다. 시는 인간 내면의 표현이다, 우주 정신의 발현이다, 민족 정기의 표현이다, 상상의 산물이다 등등의 이론적 주장은 모두 낭만주의 시학에 속한다.

서양 시학의 다른 한 문제는 시학이 처방적, 명령적, 교훈적인 것이냐 또는 묘사적, 기술적(記述的)인 것이냐 하는 것이다. 적어도 18세기 신고전주의 시대까지는 시학의 큰 과제는 시 창작의 방법을 가르치고 지도하는 것이었다. 문학의 법칙을 조목화하는 것이 또한 시학의 큰일이었다. 낭만주의 시대에는 시는 이러이러한 것이라는 선언이나 주장이 논리성을 다소 멀리하면서 시학을 독점하다시피 했고, 한편 예술철학이 발전하면서 시에 대한 철학적, 사변적 이론(미학)이 성립되었다. 아리스토텔레스가 설파했던 존재로서의 시에 대한 이론이 이때부터 학술적 체계를 갖추었다.

19세기의 실증주의의 발전으로 말미암아 시를 문화사의 일부로 보는 관점이 생겨 근대적인 문학사가 성립되었다. 문학사는 시학의 새로운 분야이다. 역사학이 시학에 충격을 준 이후 심리학, 사회학 등 기타 학문들의 방법과 원리가 원용된 시학이 많이 생긴 것도 현대의 특징이다.

시학과 문학비평의 관계는 언제나 명백하지는 않다. 대체로 이론과 실제의 차이가 있는 만큼 그 둘 사이에도 차이가 생긴다. 비평가는 실제 작품의 분석과 평가를 하는 사람이지만 그 평가의 기준은 어떤 시학과 관련이 지어져 있다. 자기의 시학적 기준을 정확히 의식하는 비평가보다는 막연히 느끼고 있는 비평가가 더 많을 것이나, 현재에는 많은 비평이 학자에 의하여 씌어지므로 시학에 대한 의식이 전보다 훨씬 명백하다.

시학과 창작의 관계는 훨씬 더 미묘하다. 대체로 시인이 시가 무엇이라는 시학적 정의를 가지고 창작을 한다고는 볼 수 없으나, 시에 대한 의견을 비교적 명확히 가지고 있든가, 시학에 대하여 흥미를 많이 느끼는 시인은 다분히 주지주의적 시인일 터이고, 시학과 관계가 비교적 적은 시인은 주관적, 직관적 시인이기 쉽다. 막연하게나마 시

인이 상정하는 완전한 시를 이루도록 해주는 원리가 그의 시학이라고
할 수 있겠다. 한 시인의 발언과 시 작품에서 그 시인의 시학을 끌어
내는 일이 현대의 시학이론가의 중요한 일의 하나이다. 각 시인의 시
학적 근거를 알아내고, 그런 것들을 종합하여 한 시대 또는 한 나라
문학의 시학을 수립하면 더 폭넓은 본격적인 시학이 될 것이다.

시학은 물론 산문 작품을 제외한 시 또는 운문 작품을 대상으로 삼
고 있으나, 간혹 문학 이론의 다른 명칭으로 쓰이는 경우도 있다. 이
는 시가 문학의 본질을 이루고 있다고 보는 데에서 유래한다. 그것은
그대로 하나의 시학적 관점이다. →비평

신고전주의 neo-classicism

넓게는 그리스·로마의 문학을 새로운 열의를 갖고 읽기 시작한 르
네상스에서 낭만주의가 일어나기 이전의 유럽 문학 전반을 가리키기
도 하나, 좀더 집약적으로는 17세기 중엽에서 18세기 말엽까지의 문
학사조를 가리킨다.

신고전주의는 고전문학에서 발견한 자연의 보편성, 조화, 균형, 합
리성을 더욱 철저히 방법적으로 따르기를 주장하였다. 르네상스 문학
은 고전에서 인간 정신의 자유분방한 표현을 배우고 거기에 중세적
환상까지 합하여 정서적으로나 지적으로 지나치게 호방한 기질을 보
였는데, 신고전주의는 사람의 제한성과 불완전성을 강조하고 비합리
적 열광의 위험을 이성에 의하여 제재할 것을 요청하였다.

전통은 많은 사람들의 동의하에 지켜오는 것이므로 합리성은 질서
적인 세력으로 인정되었지만, 개혁이나 새로운 유행을 찬성하지 않는
경향이 있었다. 특히 모범적인 고대 작품들, 즉 고전에 대한 존경은
문인의 필수적 태도로 여겼다. 후세의 문학은 확고한 고전의 우수성
을 능가할 수 없고 단지 힘써 모방하고 배우는 중에 고전에 상당히 닮
은(고전을 모방한) 작품을 낼 수 있다고 믿었다.

문인이 천재적 능력을 타고나야 한다는 것은 널리 믿어졌으나 끊임

없는 훈련과 연구를 거치지 않으면 소용없다고 여겨졌다. 오히려 후천적인 훈련이 더 강조되어 문학은 선천적 재능의 소산이라기보다는 예술(즉 기술)의 소산으로 보는 경향이 강했다. 문학의 법칙이라는 것이 강요된 까닭도 거기에 있었다. 특히 모든 문학은 정확히 장르의 구별이 있으며, 모든 장르는 그에 해당되는 법칙이 있어서, 그 법칙을 운용하는 법을 철저히 익히지 않으면 작품을 만들 수 없다고 하였다. 희곡에 있어서 3일치의 법칙은 대표적인 것이다.

문학은 개인 감정의 토로 수단이 아니라 많은 사람들이 공통으로 가지고 있는 성질, 사상, 감정을 적절한 말로 나타내어 많은 독자들로 하여금 인간 본성에 대한 지식을 즐겁게 받아들이도록 하는 것이라고 하였다. 신고전주의 문학은 합리적 생활을 하고 있는 사람들을 상대한다는 의식에 지배되고 있었다. 합리적 생활은 곧 도시 문화 생활이라고 생각되어 문학의 소재는 그러한 문화 생활의 여러 양상이며 간혹 자연을 다룬다 하여도 사람의 심미적 취미가 가미된 커다란 정원으로, 또는 우주의 합리성에 대한 증거로서 다루어졌다. 합리성에 대한 강조로 말미암아 신고전주의 문학은 무척 지적이고 때로는 관념적이었고 사람의 비합리적인 면모를 효과적으로 공박하기 위한 풍자와 아이러니가 극도로 발달하였다. 아마도 관념문학과 풍자문학은 이 시대 최대의 업적이다 .

현대의 주지적이고 비개성적이고 기교적이고 아이로니컬한 문학은 신고전주의 문학을 상당히 닮은 데가 있다. 그러나 현대는 합리성을 근거로 한 사람과 자연의 동질성에 대한 신념을 못 가지고 있다.

→ 고전주의

신념   belief

19세기 이후 신념의 문제는 문학의 근본 문제의 하나로 부각되었다. 우선 작가가 무슨 신념을 가지고 작품을 써야 하느냐 하는 문제가 있다. 그러나 이 문제는 특별히 작가에게 국한된 문제는 아니다. 일반적으로 지성인이 어떤 신념을 가져야 할까, 많은 신념의 체계들 중에서 어떤 것을 선택할 것인가 하는 문제는 유독 문학적인 문제만은 아닌 것이다. 지성인은 기독교, 불교 등의 종교적 신념이나 무신론, 유물론, 불가지론, 인본주의 등 어떤 신념이든지 철저히 또는 어떤 유보 조건하에서도 가질 수 있다. 문학적 창작을 위하여 그 어느것도 특별히 도움이 된다든지 불리한 것은 없다.

신념의 문제는 오히려 문학 작품에 나타나는 어떤 신념과 그 작품을 읽는 독자 사이에 벌어지게 된다. 작품이 말하고 있는 종교 또는 철학, 인생관, 다시 말하면 작품이 주장하고 있는, 또는 근거로 삼고 있는 〈진리〉에 대해서 독자는 어떻게 반응해야 하는가? 그것을 독자가 받아들일 수 없을 경우 또는 받아들일 경우, 그것이 작품을 감상하는 데에 어떤 영향을 끼치는가? 이것은 쉽게 대답할 수 없는 문제들인 것이다. 더욱이 과학이 발전함에 따라 모든 진리는 실증적이어야만 한다고 진리의 기준을 엄격히 제한한 현대에 있어서, 문인이 작품을 통하여 간접적으로 암시적으로 제시하는 사상은 과학적 진리 곧 현대적 의미의 진정한 진리는 못 되지 않는가 하는 의구심이 생기지 않을 수 없다. 그러한 의심쩍은 진리, 즉 진리 비슷한 것에 대하여 독자가 전적으로 감복할 수 없다면 작품 속에 충분히 들어갈 수 있겠는가?

플라톤은 문인이 진리를 전달할 수 없다는 주장을 강력히 폈지만, 대체로 보아 문인은 다른 지성인들, 즉 철학자와 과학자(과학과 철학은 아직 구분되지 않았었지만) 등과 꼭 마찬가지로 진리를 파악하고 전달하는 사람으로 자처했고 또 그렇게 인정받았었다. 진리는 과학의 전유물이란 편협한 생각은 없었던 것이다.

근대 낭만주의 시대와 더불어 문학과 과학은 인간 정신을 상상(감성)과 이성으로 양분하여 가지고, 문학은 과학의 비인간적 비생명적 진리를 초월하는 진리를 소유했다고 주장하고 과학은 과학대로 문학이 도저히 가까이 올 수 없는 확실한 진리를 다룬다고 하였다. 그러나 문학이 말하는 상상적, 감성적 진리는 실은 진리가 아니라 일시적인 정서적 만족, 심리적 욕구의 대리 충족에 불과하다고 실증주의자들은 분석했다. 이후부터 점차로 신념은 반드시 진리, 적어도 실증주의적인 진리에 근거한 것은 아니라는 생각이 대두하였고, 문학은 그처럼 과학적 진리와는 달리 개인적, 주관적 신념과 관계가 있다는 생각이 점증하였다. 그와 동시에 문학에 포함된 작가의 주관적 신념을 독자가 어떻게 옳은 신념으로 받아들이느냐 하는 현대의 신념의 문제가 확정된 것이다.

진리를 기술하는 글을 진술statement이라 한다면, 외형상 그러한 진술을 닮았으되 과학적으로 실증할 수는 없는 진술을 유사진술pseudo-statement이라고 하고, 유사진술은 진리의 전달이 목적이 아니라(진리를 전달할 수 없으니까) 정서적 욕구 충족을 목적으로 한다고 상당히 충격적인 구분을 해낸 사람은 리처즈였다. 따라서 문학은 진리와 관계가 없어도 되며, 신념조차도 독자의 정서적 효과를 조성하기 위한 수단이니까 신념과 문학은 분리할 수 있다는 것이었다. 개인적 신념을 진리로 받아들이기를 강요하든가, 또는 그것을 계속 선전, 주장하면 독자의 정서적 반응이 저해를 받게 된다고 하였다.

리처즈의 극단적인 견해는 현대의 과학주의 문명 속에서 문학이 살아남기 위한 작전이라고 볼 수 있으며, 따라서 심각히 경청할 필요가 있다. 최근에는 이른바 과학적 진리라는 것도 절대적이 아니라 시험적이고 가설적이라는, 즉 상대적이라는 사실이 밝혀지고 있기 때문에 진리의 절대적 독점을 주장할 수는 없게 되었다. 또한 심층심리학은 인간의 정서적 반응이 인간 정신의 말초적 기능에 불과하다는 종래의 통념을 부정하고, 인간 내면의 깊은 자아와 관련된다는 사실을 알려주고 있다. 개인의 주관적 신념 중에도 어떤 것은 일정한 처리 과정(문학적 또는 예술적 과정)을 거치면 많은 사람의 내면적, 심층적, 무의식적 동감을 불러일으키는 것으로 이해되고 있다. 특정한 사회의 교육을 받은 특정한 지식인의 신념은 액면 그대로는 남에게 반발을 살 수 있고, 따라서 선전이나 주장으로는 설득시킬 수 없지만, 문학적 변형 과정을 통하여 남에게 상상적인 공감의 체험을 이루어줄 수 있다는 것이다. 이때에 독자는 〈불신을 자발적으로 중단하게 된다〉(콜러리지). 저자도 독자도 개인적 신념의 좁은 테두리를 벗어나게 되는 것이다.

물론 저자의 어떠한 신념이라도 처리만 잘하면 모두 그런 공감을 자아낼 수 있는 것은 아니다. 〈성실성〉(신념에 대한 진지한 태도), 〈일관성〉(신념의 체계가 통일되어 있음), 〈성숙성〉(천박, 유치하지 않음), 〈포괄 복합성〉(단순, 편협하지 않고 인류의 경험을 넓고 깊게 반영하는 것) 등이 문학적으로 가치 있는 신념의 기준으로 논의되고 있다. 신념의 진리적 내용보다도 작품에 제시된 신념의 질과 형태가 문제가 된다는 것이다. 훌륭한 신념이 반드시 훌륭한 작품을 낳을 수는 없으나, 졸렬한 신념이 훌륭한 작품을 낳을 수도 없다는 것이 확실해진다. 기독교와 불교의 신념의 우열은 신앙 생활의 차원에서는 문제가 되지만 문학에서는 둘이 서로 불신(不信)을 중단하고 공감할 수 있다. 문학의 이 놀랍고 중요한 기능은 그 정체가 쉽게 밝혀지지는 않는다.

→ 의미

신역사주의 new historicism

전통적인 문학 연구에서 정전(正典)으로 구성된 문학 작품을 위주로 문학사를 기술하는 관행에 반발하여 경제적, 정치적 문맥 속에서 종래에 비문학적으로 간주되던 다른 여러 문헌 자료들을 문학 작품들과 함께 고찰하는 방법이다. 문학을 특별히 뛰어난 창조적 작업으로 보지 않고 다른 많은 정치적, 경제적 활동의 하나로 보는 것이다. 그러므로 비문학적 자료들과 마찬가지로 문학도 자료의 한 가지일 뿐이다. 그래서 신역사주의자들은 전통문학론에서 쓰는 〈작품〉이라는 말을 피하고 〈텍스트〉라는 말을 즐겨 쓴다. 모든 자료는 다 같이 〈텍스트〉들이며 이들 〈텍스트〉들은 서로 영향을 주고받으므로 한 시대의 문화는 여러 텍스트끼리 뒤섞이는 이른바 〈상호 텍스트성〉을 이룬다. 문학 텍스트만이 전체 문화에서 동떨어져 독립적으로 존재하는 것으로 보지 않는 것이다. 생각하는 주체로서 사람 자신도 구체적인 역사적 맥락(또는 문맥) 속에서 하나의 〈텍스트〉를 이룬다는 구조주의적인 관점을 받아들인다.

신역사주의는 정통 마르크스주의의 하부 구조-상부 구조의 결정론적 역사 설명 방식을 거부하지만 사람이 주로 정치·경제적 사회 요인에 의하여 형성된다는 전제를 따르며 역사의 한 시대가 통일된 하나의 〈그림〉이나 하나의 감동적이고 일관된 〈이야기〉(이른바 〈큰 이야기〉)를 형성한다고 보던 종래의 관념적, 이상적, 정신사적 역사주의를 거부한다. 우리나라로 치면 신라 시대나 조선 초기나 개화기의 문화 등을 몇 가지의 특징을 띤 단일하고 동질적인 한 시대로 볼 수 없다는 것이다. 더더구나 문학은 그러한 한 시대의 동질적 문화를 객관적으로 묘사, 또는 재현하는 초연한 입장에 있지 않다고 본다. 하나의 텍스트로서 다른 모든 텍스트들——당시의 역사, 철학 문헌뿐 아니라 자질구레한 기록들은 물론 그림과 풍속까지 합하여——과 서로 대등한 지위에서 유동적으로 뒤섞이고 있다. 문학은 특별히 우수한 텍스트, 이른바 〈정전〉의 지위를 가지는 텍스트가 아니다. 제아무리 셰익스피어라고 해도 당대의 많은 텍스트들 중의 하나일 뿐이다. 그러므로 한 문학 작품이 한 시대를 관류하는 통합적 시대 정신을 대표한다든가 구현한다고 할 수 없다. 불변하는 인간성이라는 본질이 있다고 보지 않으므로 그것의 한 표현인 한 시대의 정신이라는 것도 있지 않으며 더더구나 문학이 그것을 가장 우수하게 구현하는 것으로 보는 것은 큰 오류라고 주장한다.

신역사주의자들은 뉴크리틱들보다도 더 분석적으로 텍스트를 읽으며 기호론자들보다 더 예리하게 모든 텍스트에서 어떤 사실에 대한 징조나 흔적이나 표시를 찾아내려고 하며 해체론자보다 더 철저하게 텍스트의 틈새나 단절을 발견하려고 애쓴다. 다시 말하면 그들은 마르크스주의로부터 사회·경제적 세력의 문화 결정력을 배우는 한편, 뉴크리티시즘, 기호론, 헤체론의 분석적 방법을 차용한 것이다. 그리고 또한 한 시대에서 텍스트를 구성하는 방식과 텍스트들의 서로 뒤섞임에 나타나는 특별한 수사법을 주시한다. 즉 수사학적 비평 방법을 원용하는 것이다. 예컨대 정극인의 「상춘곡」은 당시의 식자들이 벼슬을 하지 않으면 경제적 지위 향상(즉 생산 수단의 장악)을 꾀할 수 없음을 독특한 전원적 수사법으로 표현한 것이라고 할 수 있다는 것이다. 즉 단지 전원 생활의 즐거움에 대한 예찬 내지 본질적 인간성의 표현이라고 볼 수 없다는 말이다. 이 작품 또는 텍스트를 정확히 자리매김하기 위해서는 당시의 관료 관계, 토지 소유 관계, 농촌 생활 방식 등 구체적인 역사적 자료들(텍스트들)이 이루는 문맥(컨텍스트)과 아울러 당대의 말씨의 수사법을 자세히 재구성해야 한다. 그러므로 문학은 그 역사성(정치경제성)과 텍스트성을 동시에 고려해야 하는 대상이다.

　그들은 또한 문화유물론으로부터 한 사회의 주도적인 세력과, 그에 저항하는 주변적 세력 또는 와해나 파괴를 꾀하는 세력들 사이의 갈등이라는 개념을 배웠다. 문학 속에는 반드시 이러한 갈등 요소들이 한데 합하여 텍스트를 이루고 있으므로 일반 역사에서는 잘 발견되지 않는 주변적, 와해적 세력들이 분명히 드러난다. 정치 관계에서 주도적 세력은 인간성의 본질인 양 선전되지만 결국은 와해적 세력들과의 갈등 속에 휩싸여 있다가 궁극적으로는 대치될 수 있는 또 하나의 가변적 요소임을 문학 텍스트가 나타낸다고 보는 것이다. 한 문학 텍스트의 주제나 모럴은 대체로 주도적 세력의 표현일 뿐이고 영구 불변의 진리의 표현은 아니며 한 시대의 세력들 사이의 갈등 관계로 환원시킬 수 있다는 것이다.

　그들은 교조적 마르크스주의자들과 달리 자신들의 역사성과 텍스트성을 자각한다. 즉 자기들은 자기들대로 오늘이라는 시대에서 수많은 갈등 관계의 텍스트를 이루고 있으므로 초역사적, 무시간적 본질을 논하는 객관적 위치에 있지 않다는 사실을 인정한다(이는 종래의 역사적 상대주의의 태도이다). 즉 그들은 지금 당장의 수사법에 따라 대체로 전통 와해적 세력에 동조하고 있다고 인정한다. 또한 그들 모두가 대학 교수들이므로 대학의 인문학의 주도권을 쟁취하려는 전략적 이론이라는 비아냥을 들을 수도 있다. 어쨌든 정치적 입장을 확정하기를 거부하는 그들의 태도는 그 나름의 조심스러운 객관주의의 표현이라고 할 수도 있다. → 문화유물론, 역사주의

신화 myth

서양 원어의 뜻은 〈구전하는 이야기〉였다. (그리스어의 mythos는 영어의 mouth, 즉 〈입〉과 같은 어원을 가졌다.) 신화는 한 집단이나 민족의 기원, 우주와 인간과의 관계, 민족이 살아남기 위한 투쟁, 지도 이념, 삶과 죽음, 인간의 미래 등 한 민족 내지 인류 전체의 가장 본질적인 문제들을 상징적으로 이야기한 것이다. 여기에는 초인간적인 존재, 즉 신들이 반드시 개입하는데, 이것은 인간의 본질적 문제가 일상적인 생활을 영위하는 인간의 차원에서는 설명될 수 없다고 본 까닭일 것이다. 따라서 신화는 궁극적으로 종교적이다.

신화와 전설 legend의 차이는 신화가 신과 인간과의 관계를 이야기함에 반하여, 전설은 주로 인간에 관한 이야기로서 초인간적인 기적이 발생한다고 해도, 그것을 예외적인 인간(즉 영웅)의 능력의 일부로 취급한다는 점이다. 전설은 신화보다 훨씬 역사적 근거가 있다고 여겨진다. 환인, 환웅, 단군의 이야기는 신화이고, 동명성왕의 이야기는 전설이다.

동서양을 막론하고 〈신화〉라는 말은 두 개의 상반된 뜻을 갖고 있다. 첫째로 신화는 근거 없는 이야기, 거짓, 이성적인 판단을 거치지 않고 막연히 갖고 있는 편견, 상식, 관습 등을 뜻한다. 〈백인은 흑인보다 인종적으로 우세하다〉는 편견을 〈인종주의자의 신화〉라고 할 때의 바로 그 뜻이다.

둘째로 신화는 고대인이나 미개인이 인간과 우주에 대한 생각을 말한 것이라고 보는 것이다. 미개 사회에서는 신화는 신학이며, 역사이며, 철학이며 또한 과학이었다. 즉 미개한 형태의 학문이었다. 현재의 우리가 이러한 신화를 분석함으로써 미개인의 우주관을 알아볼 수

있으니만큼, 신화는 중요한 학술 자료가 된다. 그러나 학문이 발전한 이래 사람은 신화의 방법을 이용하지 않고 우주관을 말할 수 있게 되었으니, 신화는 현대적 의미는 없고 과거의 유물이라고 본다.

세째는 신화를 고대인이나 현대인이나 미개인이나 문명인이나 다 같이 공유하고 있는 인간성의 본질적 양상으로 보는 것이다. 카시러 같은 철학자는 사람이 외부 사물을 파악하는 순간부터 상징적, 나아가서는 신화적 틀에 그 파악 내용을 담는다는 주장을 하고 있다. 예를 들면 동쪽에 해가 뜨면서 어둠이 사라지는 자연 현상을 보고 햇빛이 어둠을 물리쳤다는 생각이 자연히 생기며, 나아가서는 해라는 용사가 어둠이란 적을 이겼다는 이야기가 쉽게 생긴다. 이러한 〈신화 만들기 mythopoeia〉는 우리의 시점에서 볼 때 예전 사람들만이 특히 잘했던 것으로 보이지만, 르네상스 시대까지 굳게 믿어졌던 천동설도 실상은 우주과학 사상이었지 환상으로 제시된 것은 아니었다. 그러나 우리가 볼 때에는 신화의 하나임에 틀림없다. 뉴턴의 기계론적 우주관——우주 만상은 오차가 전혀 없도록 잘 조립된 시계 같다는 것——역시 지금은 당시의 과학주의가 몽상한 신화임이 밝혀졌다. 카시러 등은 〈신화 만들기〉를 사람의 기본적 속성으로 보고 있다.

과학적 또는 철학적 신화를 (역사의 변증법적 발전이란 사상은 철학적 신화의 한 예이다) 관념적 신화라고도 부르는데, 관념적 신화를 거짓말이라고 우습게 본다면 사람의 기본 속성을 무시하는 것이 된다. 그런 신화는 사람이 우주와 사람의 문제를 심각히 관찰하고 해석한 결과 도달한 체계이다. 인류 문화는 그러한 신화의 창조 덕분에 이어지고 있다고 본다.

그러나 문학에서는 신화 만드는 속성보다도, 신화의 그 이야기스러운 면을 더 중요하게 본다. 기계론적 우주관보다는 완전한 시계를 조립하고 나서 그것의 태엽을 감아놓고는 간섭하지 않고 그 옆에 조용히 앉아 있다는 초월적인 신의 이야기——이른바 이신론(理神論)의 신화——에 더 흥미를 느끼고, 그보다도 인류 문화 초창기에 전세계적으로 한꺼번에 발생한 듯한 신들의 이야기에 대단한 관심을 가진다. 신들의 이야기는 소박한 민담으로부터 거창한 서사시에 이르기까지 가장 사랑받고 숭앙받는 문학적 소재가 되어왔다. 중국문학은 일찍이 유교의 주지주의 철학의 영향 때문인지 신화가 최고의 문학적 소재 구실을 못했고 그 여파로 한국에서도 신화적 문학이 야담류에 그치고 최고의 정통적 문학을 이루지 못한 것은 예외적 현상이다. 이스라엘, 그리스는 물론 아프리카 흑인들까지 신화는 종교 사상의 설화적 표현임은 물론, 인간적 체험의 상징적 표현 방법으로 끊임없이 이용되고 있다.

서양의 18세기에 시와 언어의 기원이 인간의 신화 만드는 능력에 있다고 생각하기 시작한 이래, 문학은 계속 신화를 만들어내는 일을 하고 있다는 생각이 굳어졌다. 이어서 문인이 만들어낸 신화, 일반적으로 사람이 만들어내는 모든 신화는 궁극적으로는 모두 다 인류의 기본적 신화의 변형이라는 학설이 대두하였다. 프레이저 같은 유명한 신화학자들의 방대한 연구가 이 학설을 뒷받침했다. 그들에 의하면 인류의 기본 신화는 인류가 원시인의 상태에서 농경 문화로 비약하였을 때 생겨난 것이라고 한다. 따라서 고대의 신화는 모두 농사 짓는 일, 그와 불가분의 관계에 있는 기후, 사계절, 지세, 농경 집단과 관계있는 가족, 종족 보존, 남녀 관계, 세대 계승 등에 관한 것인데, 인류는 근본적으로 아직 농경 문화의 연장선상에 살고 있으므로 그 기본 신화는 외양은 변하지만 그대로 계승되고 있다는 것이다.

고대에는 신화가 충실히 구전되어 왔지만 차차 사람은 관념적 및 제도적 신화에 의존하게 되어, 기본 신화의 계승이 어떻게 가능한 것인지 설명하기가 곤란했지만, 심리학자 융이 〈집단 무의식 collective unconscious〉이라는 학설을 내세움으로써 그 설명이 가능해졌다. 그에 의하면 우리의 원시적 조상들의 신화의 요소들이 마치 유전 인자처럼 우리도 모르는 사이에 〈유전〉된다는 것이다. 그리하여 역사를 같이하는 한 집단은 아는 사이 모르는 사이에 조상의 신화적 기본 요소들을 날 때부터 가지고 있다는 것이다. 이에 따르면 한국인은 모두 하눌님(환웅)과 단군, 웅녀의 신화를 모르는 사이에 무의식 밑바닥 어디엔가 가지고 있다. 그것이 간혹 뜻을 알 길 없는 꿈으로 나타나든지, 그 꿈이 다시 재조정을 통하여 문학으로 나타나든지 한다. 따라서 문학은, 특히 심각한 문학은 한 집단, 나아가서는 인류의 공동적인 꿈의 표현이 된다. 단군 왕검의 아내가 될 웅녀는 어두운 굴 속에서 일정 기간을 보내고 나서 미인이 되었고, 초라한 시골 소녀 심청도 깊은 바닷속에 잠행한 지 얼마 후에 꽃 같은 아가씨가 되어 왕의 배필이 되었다. 둘은 다 같은 신화의 조금씩 다른 표현이고, 이것은 아마 한국 여성의 근본적인 꿈인지도 모르겠다. 이 꿈을 한국 여인이면 모두 무의식 속에서 전승한다는 말이다.

현대의 신화비평은 문학이 인류의 기본 신화, 곧 꿈을 계속 이야기하는 막중한 구실을 하고 있다고 믿으며, 진정한 문학 연구는 문학에 나타난 신화적 요소들을 분석해 내어서 기본적 신화 요소(〈원형〉이라고 부른다)의 어떠한 변형인가를 밝히는 것이라고 주장한다. 김동인의 「감자」에 나오는 복녀는 우리의 태곳적 할머니인 단군 시대의 웅녀와 어떤 관계가 있는가, 무슨 이유로 어떤 몹쓸 변형을 겪어 그리 타락했는가를 밝히는 것도 신화비평의 한 작업이 될 것이다.

→ 구조주의, 원형

실존주의 existentialism

19세기 덴마크의 철학자 쇠안 키에르케고르가 『불안의 개념』, 『무서움과 떨림』, 『죽음에 이르는 병』 등의 저서에서 그 개념을 명확히 종합하기 이전에도 실존주의적 사조는 파스칼, 중세 철학자 아우구스티누스, 초기 기독교의 성자 바울, 고대 이스라엘의 임금 다윗 등의 글에서 발견되는 하나의 전통이며, 일부 분석가들은 그러한 사조의 표현을 셰익스피어, 도스토예프스키 등 문인들에서도 발견하고 있다. 그 근본 전제는 합리주의 철학(데카르트, 칸트, 헤겔 사상)이 규정하는 인간에 대한 추상적 이론과는 아무런 상관 없이 실제로 존재하는 체험적 개인의 상황 그 자체가 가장 중요한 문제라는 것이다. 개인의 구체적 실존은 합리적인 이론으로 설명할 수 없는 비합리적인 것이므로 합리 이외의 다른 방식에 의한 질문과 해답이 요청된다는 것이다.

20세기의 대표적 실존주의 철학자는 독일의 마르틴 하이데거와 프랑스의 장 폴 사르트르 등인데, 특히 문학 활동과 관련하여 가장 중요한 영향을 끼친 이는 사르트르이다. 2차 대전이 끝난 후 합리주의에 의한 낙관적 세계관이 불신되자 개인의 실존의 비합리성이 두드러지게 느껴졌고, 이것이 프랑스를 중심으로 작가들의 가장 중요한 테마가 되었다. 이들 실존주의적 사조를 띤 문인들에 의하면, 사람의 실존은 기존의 이론, 신학, 사회, 과학이 규정하는 것이 아니라 자기 스스로를 어떻게 만드느냐에 달려 있다. 사람은 자기가 성취하는 바 그대로라는 것이다. 그러니까 그만큼 그는 자유롭다. 이 자유에 의하여 사람은 남이 자기를 규정하려 드는 것을 완강히 뿌리치고 자기를 스스로 정립할 책임이 있다. 그러므로 사람은 자기의 자유 의지를 발휘해서 행동해야 한다. 이처럼 자유롭게 자기의 실존을 성취하기 위한 행동을 〈앙가주망〉이라고 부른다. 인생은 한시도 쉴 수 없는 행동의 연속이어야 한다. 실존은 결국 앙가주망인 것이다.

한편 실존주의는 합리적으로 설명할 수 없는 부조리한 세계 속에 인간이 실존한다고 보기 때문에, 결국 인간은 궁극적인 허무, 부조리를 안고 실존하는 것이 된다. 그러한 절대적 무의미와 허무를 받아들이면 불안, 고뇌가 생기지 않을 수 없다. 실존의 무의미함에서 오는 고뇌, 불안이야말로 모든 실존주의적 문학의 공통 요소가 된다. 그러나 실존주의는 타락한 세상에 자기를 내던져 포기하는 허무주의와는 달리, 각자가 처한 상황에서 오히려 완전한 허무이기 때문에 자유롭게 열렬히 스스로 선택한 또는 창조한 가치에 따라 성실히 행동할 것을 가르친다. 절대적으로 무의미하다는 것을 완전히 알고 있으면서도 자기의 실존을 주장한다는 자신감과 성실성에서 그 무의미에 반항하여 계속 행동하는 신화적 거인 시쉬포스는 그러한 실존주의자의 모습이다. (『시지프의 신화』의 저자 알베르 카뮈는 사르트르와 같은 실존주의자는 아니나 인간의 실존적 문제에 대단히 민감한 저작들을 남겼다.) 결국 그러한 성실한 행동이 무의미를 의미로 바꿀 수 있다는 처절한 낙관론이 가능한 것이다.

대부분의 실존주의적 경향의 문인들은 무신론적이지만, 키에르케고르의 전통을 이어받아 가브리엘 마르셀 등은 허무의 저 너머에서 만날 수 있는 궁극적인 존재, 즉 신을 인정하였다.

실존주의적 사조 중 세계에 대한 절망과 인간 존재의 무의미함 등 불안과 허무의 정서는 현대 문명에 대한 공포 및 반감과 합하여 카프카 류의 소설이나 부조리극 등에 잘 표현되고 있지만, 실존주의의 보다 핵심적인 강령인 허무를 받아들이고 성실한 앙가주망으로 나간다는 생각은 문학 속에서는 그렇게 큰 설득력을 갖지 못하는 듯하다. 그것은 결국 로마의 영웅주의의 근본이었던 견인주의(스토이시즘)의 현대판의 하나라고도 볼 수 있으며, 견인주의가 모든 사람에게 다 매력적일 수는 없다. 1940년대와 1950년대 초기에 누렸던 인기를 실존주의 문학은 계속 누리지는 못하고 있다.

실험 experiment

전통적 관습을 벗어나고자 하여 새로운 것을 시도하는 일은 언제나 있어왔다. 그러나 전통적 관습에 불만을 느껴 새로운 것을 시도한다는 것을 공공연하게 밝히고 선언하는 일은 비교적 근래의 것이다. 영국의 워즈워스와 콜러리지는 18세기 말에 지나치게 틀에 잡힌 글말투(문어체)의 전통적인 시에 반발하여 실제 사람들이 사용하는 말을 약간 수정하여 마음에 흡족한 시를 쓸 수 있지 않을까 하여 〈실험〉한 결과를 발표한다고 선언하였다. 이는 영문학사상 최초의 낭만주의 선언으로 간주되고 있다. 이처럼 전통에 대한 불만과 새로운 것을 개발할 필요성 주장, 실제로 새로운 것을 시도하여 보이는 것이 현대적 의미의 문학적 실험이다.

〈실험〉이란 말은 물론 과학에서 따온 말인데, 이를 처음 비평적으로 사용한 사람은 19세기 말의 프랑스의 소설가 에밀 졸라였다. 그는

「실험소설론」이라는 글에서 과학자(의학자)가 과학의 원리에 따라 생물을 실험하여 그 과정과 결과를 관찰하듯이, 소설 문학도 사람을 전통적인 인간관에 의하지 않고 근대과학적 원리에 따라 객관적으로 실험, 관찰한 결과를 보여주어야 한다고 주장했다. 이것은 자연주의의 제창이거니와 졸라는 사실주의 소설의 진부함을 깨뜨리기 위하여 새로운 소설을 개발할 것을 주장한 것이다.

일반적으로 실험적 작품은 전통적인 관습과 대조를 이룰 때에 그 효과가 충분히 인식된다. 즉 독자는 전통적 관습을 알고 있어야 새 작품이 어떤 면을 어떻게 깨뜨리려고 실험하고 있는지를 알 수 있다. 심각한 실험은 과거 전통에 대한 장난이 아니라 인간에 대한 새로운 관점을 표현하기 위한 노력이다. 이 노력이 일단 성공하면 그것은 또 다른 보편적인 관습, 즉 하나의 전통이 될 수도 있다. 계속 실험적인 것이 아니라 기성 방법으로 확정되는 것이다. 프루스트와 조이스의 〈내적 독백〉의 방법은 표면적인 사실 묘사만 알던 소설 문학의 관습을 깨뜨린 실험적 수법이었지만 이제는 하나의 전통으로 굳었고, 이 전통은 다시 〈누보 로망nouveau roman(신소설)〉이라는 새로운 실험의 도전을 받았다.

현대의 문학적 실험은 주로 사실의 충실한 외부적 이미지를 제시하려는 노력보다는 사실에 대한 새로운 개념을 표현하고자 하는 노력이 훨씬 우세하여 결과적으로 사실주의적이라기보다는 반사실적, 표현적이다. 현대의 문학적 실험은 졸라가 상정했던 것과는 정반대로 모든 합리적 즉 과학적인 사실 설명을 불신하고 내면적, 비합리적 비전에 의한 사실, 진실을 발견하고 표현하려는 노력으로 점철되고 있다. 〈아방가르드〉와 〈실험〉이 종종 동일시되는 이유도 여기에 있다. 변천하는 사회에 속한 문학이 언제나 실험에 의한 의식적인 자기 발전을 꾀하지 않는다면 죽고 말 것이다.

문학은 어떤 심리적 동기에서 창작되어 독자에게 어떤 심리적 영향을 준다. 뿐만 아니라 문학은 사람의 행위와 언제나 관계가 있는데 모든 행위는 다 심리적 동기가 있는 법이니 모든 문학은 직접적이든 간접적이든 사람의 심리를 나타낸다고 할 수 있다. 심리학은 사람의 심리의 모든 면모를 설명하는 과학으로서 그 학문의 역사는 비교적 짧지만 사람의 심리에 대한 지적 관심은 물론 대단히 오래되었다. 문인은 아주 예전부터 사람의 심성에 대하여 상당한 직관을 가지고 있는, 말하자면 아마추어 심리학자였다. 인간성에 대한 직관력이 없이 문학을 한다는 것은 있을 수 없는 일이다. 마찬가지로 문학에 대한 논의에서도 사람 심리에 대한 적절한 고려를 제외할 수 없었다.

19세기 말쯤에 과학적 심리학이 대두하자 창작이나 비평에 대한 심리학의 영향은 눈에 띄게 커졌다. 우연하게도 현대심리학의 시조인 프로이트와 융이 과거의 문학을 사람 심리에 대한 중요한 자료로 이용하였기 때문에——프로이트는 소포클레스의 『오이디푸스 왕』에서 〈오이디푸스 복합심리〉를, 융은 니체의 『비극의 탄생』에서 외향성, 내향성의 인물 전형을 도출하였다——심리학과 문학은 더욱 긴밀한 관계를 맺었다. 문학의 심리학적, 즉 심리 이론적 분석은 이들 심리학의 태두들이 벌써 해 보인 셈이다.

사람의 심리에 대한 심층적인 해석으로 말미암아, 꿈이나 환상 같은 비논리적, 반논리적 현상이 정신의 병적 현상이 아니라 당연하고도 자연스러운 현상이며, 이성적 생활이 오히려 그런 자연스러운 인간의 본질적 생활을 억압하고 있는 얇은 막이라는 생각이 현대 작가들에게 알려지자, 그들은 앞을 다투어 이성적 생활 저편에 있는 잠재의식, 무의식의 세계를 탐색하였다. 심리주의 소설과 희곡, 초현실주의 시, 표현주의 등은 모두 현대심리학의 영향을 받아 생긴 문학 유파들이다.

한편 문학론에서는 심리학을 주로 세 갈래로 이용한다. 첫째는 작가에 대한 심리학적 고찰, 즉 창작심리학이다. 플라톤은 창작 심리의 신비로움을 합리적으로 설명할 수 없어 〈시신의 영감〉이라고 하였고, 이 영감설이 실상 창작 심리에 대한 적절한 설명으로 19세기까지 받아들여졌다고 해도 과언이 아니다. 프로이트의 무의식 이론이 생기자 창작심리학은 영감설을 벗어났다. 창작은 무의식에서 온다. 무의식은 의식 생활의 좌절, 억압, 미해결에 대한 반동에서 생긴다. 창작가는 무의식의 표현을 통하여 의식 생활에서 못 이룬 바를 실현한다. 정신의학적으로 본다면 모든 창작 행위는 심리적 자위 행위이다. 나중에 프로이트는 자기 입장을 다소 바꾸었지만, 처음에는 예술적 창작은 좌절된 심리의 병적 증세라고 하였었다. 그러나 같은 심리적 좌절을 앓으면서도 그것을 만족스럽게 표현할 수 없는 많은 보통 사람들에 비하여, 창작가는 스스로의 능력으로 자신의 좌절을 창조력으로 전환한, 즉 스스로 인간적 약점을 극복한 인간이라는 관점이 생겨났다.

프로이트 심리학과는 좀 다른 형태심리학이 나중에 발전하면서 사람이 외부의 잡다한 사물들을 지각할 때 분산된 상태로 지각하고 그치는 것이 아니라 그것들이 하나의 커다란 전체를 이루는 것으로 지각한다는 설을 정립시켰다. 즉 분산된 파편을 가지고 전체의 형상을 만드는 창조적인 능력이 사람에게는 있다는 것이다. 조형예술, 특히 추상예술은 이 학설이 아니라면 설명하기 곤란한 점이 많다.

창작심리학의 발전에 따라 크게 융성한 것은 작가에 대한 심층적인 연구이다. 이른바 비평적 전기 연구, 즉 평전은 20세기의 발명품이다. 모든 작품은 작가의 심리적 동기를 밝히기 위한 자료가 된다. 그러나 작품과 작가의 심리가 혼동되어서는 안 된다. 〈의도론적 오류〉는 이 위험을 지적하고 있다.

둘째로, 심리학은 작품 자체가 내포하는 심리 현상을 해석하는 데에 도움이 된다. 특히 복잡한 심리——햄릿이나 라스콜리니코프, 『이방인』의 뫼르소——에 대한 설명은 작품심리학의 본령이다. 왕자 햄릿의 심리는 오이디푸스 복합심리라는 것이 거의 정설처럼 되어 있다. 햄릿의 심리를 셰익스피어 자신의 심리였다고 하는 것이 또한 통설로 되어 있다(작품심리학은 작가심리학으로 손쉽게 둔갑한다). 한용운의 『님의 침묵』의 여러 시편에 나타나는 좌절과 체념의 여인은 심리학적으로 어렵지 않게 설명될 수 있을 것이다. 그러나 그 여인과 한용운 자신과의 관계는 그리 쉽게 규정할 수 없을 것이다. 애국열사 한용운과, 좌절과 체념의 여인상은 확실히 관계가 있겠지만 섣불리 동일시하여서는 안 된다. 작품 심리와 작가 심리의 관계는 아마도 현단계의 심리학 방법으로서는 정확히 규정할 수 없을지 모른다.

셋째로 심리학은 독자에게 끼친 문학의 심리적 영향을 설명해 준다. 즉 독자심리학을 형성한다. 아리스토텔레스의 〈카타르시스〉라는 개념은 이제는 좌절감, 억압된 감정의 대리적 만족, 환상의 해방이라는 심리 작용이라고 해석된다. 역사책과 역사소설에 대하여 독자가 가지는 태도는 서로 완전히 다르다. 역사책에 대해서는 이성적 판단, 정보에 대한 기억 등 부담감이 있으나 역사소설에 대해서는 저자가 마련해 준 적절한 방법으로 무의식의 욕구를 해소시킬 환상에 정신을 맡겨버린다는 것이다.

어떤 문학이 좋은 문학이냐에 대하여 심리학은 당연히 보다 큰 좌절감을 적절히 해소시켜 주는 문학이라고 할 것이다. 프로이트나 융의 심리학이 아닌 특수한 행태주의behaviorism 심리학을 이용했던 리처즈는 문학의 가치를 독자의 심리적 무질서에 안정을 가져다주는 정도에 따라 판단하기도 했었는데, 궁극적으로 심리학적 가치관은 심리의 해방, 안정, 쾌적함 등을 기준으로 삼고 있다. 문제는, 전통적인 문학적 기준에 의하면 분명히 못난 작품인 선동적, 선정적 문학, 예컨대 외설, 통속소설, 유행가 등이 그런 환상적 즐거움을 더 많은 사람에게 더 크게 준다는 사실이다. 심리학적 기준과 문학적 기준에는 엄청난 차이가 있음이 분명하다. 여기에 이른바 〈영향론적 오류〉라는 것이 문제가 되는 것이다

최근에는 융의 심층심리학이 말하는 집단 무의식, 종족의 기억, 즉 신화의 개념이 문학의 창작과 평가에 큰 영향을 미치고 있다. 프로이트의 개인 심리적 및 병리학적 입장을 융의 심층심리학이 극복하며

예술적 내지 종교적 차원에 접근시킨 것으로 인정되고 있다. 신화비평은 주로 융의 심리학을 응용한 것으로서, 모든 문학은 궁극적으로 인류 공통의 근본적인 꿈, 즉 신화를 나타낸다고 보며, 그러한 신화를 그 시대에 알맞게 가장 잘 구현하는 작품이 가장 위대하다고 본다. 그러나 신화비평은 인간의 구체적인 심리적 체험과 그 체험의 역사성을 초탈한 초시간적, 초월적 신비성을 띠기 시작하면서 심리학과 결별한다.

심리학은 문학비평에 많은 어휘와 분석 방법을 제공했지만, 문학비평을 대치할 수는 없다. 또한 심리학의 어휘와 방법이 문학비평 고유의 영역으로 들어오기 위하여서는 새로운 의미와 적용 방법이 주어져야만 하는데 이것은 쉬운 일이 아니다.

심미주의 aestheticism

19세기 후반 프랑스와 영국에서 한때 유행한 문예사조로서 예술은 그 스스로를 위하여 있는 것이므로 도덕적, 정치적, 기타 비예술적 표준에 의하여 판단될 수 없다는 것이 근본 입장이었다. 이 사상의 철학적 배경은 18세기 말에서 19세기 초의 독일 관념론이라고 할 수 있다. 칸트는 그의 『판단력 비판』에서 심미적 판단은 〈사사로운 이해 관계가 없는〉 또는 〈실용적 목적이 없는〉 순수한 행위라고 설파하였고, 심미적 대상에 대하여서는 순전한 관조만이 있어야 한다고 하였다. 쇼펜하우어 역시 예술은 인간의 정신으로 하여금 의지의 속박을 받고 있는 속된 생활에서 벗어나게 하는 지고한 기능이 있다고 주장했다. 이해 관계, 실용성, 의지의 속박은 모두 인간의 현실 생활에 속한 것으로서 인간 정신의 순수하고 자유로운 비약을 저해하는 요소들로 보았던 것이다.

이 사상을 극단적으로 받아들인 사람들은 예술이 현실 생활의 모습이나 냄새를 멀리하면 할수록 더 순수하고 아름다워지는 것으로 보았다. 쇼펜하우어는 음악을 모든 예술 중에 가장 비물질적이고 순수한 것으로 보고, 〈모든 예술의 열망은 음악처럼 되는 것이다〉라고 선언하였는데, 이 말을 되받아 영국의 평론가 페이터는 〈모든 예술은 쉼 없이 음악의 상태를 희구한다〉는 명언을 낳았다

음악의 순수성은 그것의 형식성에서 기인한다. 모든 예술이 음악의 상태를 지향한다는 주장은 다시 말하면, 모든 예술은 순수한 형식 form이 되려고 한다는 말이다. 칸트를 비롯한 심미철학자들은 모든 형식에 최대의 중요성을 부여하였다. 괴테와 셸링의 유기적 형식론 organicism은 형식을 빈 껍질로 보지 않고 오히려 가장 아름다운 형태의 생명 그 자체로 보았다.

이러한 독일의 관념철학은 낭만주의 물결을 타고 유럽 전역에 전파되어 전위적 문인들의 예술적 선언 속에 조금씩 왜곡된 형태로 나타나게 되었다. 프랑스의 테오필 고티에는 좀 장난기 섞인 소리로 예술은 전혀 실용성이 없는 것이라고 했고, 미국의 앨런 포는 시를 정의하여 〈미의 율동적 창조〉라 하고 가장 위대한 작품은 〈그 자체만을 위하여 씌어진 시〉라고 하였다.

프랑스의 보들레르는 〈예술을 위한 예술 l'art pour l'art(〔영〕art for art's sake)〉이라는 심미주의의 구호를 실제 인생에 적용시켜 예술을 위해서 현실 생활 전부를 바쳐야 한다는 예술지상주의를 주장하였다. 예술가는 오직 예술의 절대성만을 신봉하는 일종의 밀교(密敎)의 사제의 입장이 되는 것이다. 그 나름대로는 준엄하다고 할 수 있는 이 태도는 그후 상징주의의 기본 정신의 하나가 되었다. 플로베르, 말라르메 등도 그와 같이 예술의 절대적 존엄성을 신봉한 문인들이었다.

심미주의는 월터 페이터에 의하여 영국에 널리 보급되었다. 그는 그의 예술평론집 『문예부흥』의 결론에서 〈시적 열정, 미에의 열망, 예술을 위한 예술의 사랑〉을 추구하여 항상 〈단단한 보석 같은 불꽃으로 불타는〉 순수 감성의 생을 보내는 것이 마땅하다고 하였다. 19세기 말의 많은 군소 문인, 예술가들이 페이터의 뒤를 따랐는데, 그중에서도 스윈번, 오스카 와일드 등은 이름이 높다.

심미주의는 예술의 존엄성을 신봉하는 엄숙한 문학 예술가들을 한쪽에 포용하기도 하였으나 보다 일반적으로는 퇴폐적 양상을 띤 것으

로 알려져 있다. 그런 까닭에 좁은 의미의 심미주의는 주로 퇴폐주의와 동의어로 이해되기까지 한다.

프랑스의 급진적 심미주의자들은 그리스와 로마의 쇠퇴기의 문화가 융성기의 문화보다 오히려 기이한 향기와 미가 있다고 하였다. 19세기 후반의 유럽 문화도 그처럼 쇠퇴, 퇴폐의 향기와 미가 있으므로 동질성을 느낀다는 것이었다. 문화가 무르녹을 대로 다 녹아 퇴락의 특이한 향기와 미를 발산할 때, 이른바 〈고전주의적〉이라는 건전한 정신과는 거리가 멀어진다. 고전주의는 자연을 예술의 원천이며 목적이요, 또한 표준으로 보았었는데(이를 자연의 모방이라 했다) 퇴폐 주의자들은 예술은 자연과의 관계를 끊지 않으면 불가능하다고 주장하였다. 따라서 퇴폐주의자들은 기발한 인공성, 자연의 흔적을 찾아 볼 수 없도록 일그러뜨린 사물의 기괴미 grotesque, 인간의 자연적 윤리와 풍습에 위배되는 난잡한 생활 방식과 성윤리를 추구하였다. 프랑스 시인 랭보의 말대로 하자면 〈모든 감각의 체계적 교란〉을 위해서 그런 것들이 필요하다는 것이었다. 그들의 악마주의 diabolism도 종교적 신앙의 자연적 형태를 뒤집어놓은 결과, 즉 신에 대한 숭배가 악마에 대한 숭배로 뒤바뀐 형태이다. 보들레르의 『악의 꽃』이라는 시집의 제목 자체가 이를 암시한다.

심미주의의 이 퇴폐적 경향은 19세기의 마지막 20년 동안에 절정에 달했다. 〈세기말 fin de siècle〉이라는 말은 이 시기를 가리킨다. 영국에서는 오스카 와일드가 동성애 스캔들 때문에 재판을 받고 투옥 된 1896년을 그 종말로 간주한다.

심미주의는 한때의 병적인 문학적 유행으로서 지금은 보통 수치의 시대로 보아 넘기고 있지만, 문예사회학적 입장에서 객관적으로 고찰해 보면, 그것은 어느 시대에나 있을 수 있는 전위파 예술의 일단임이 밝혀진다. 그것은 초기 낭만주의의 혁명적 낙관주의가 중산 계급의 발흥과 산업주의의 팽배에 의하여 크게 위축당했을 때 하나의 반항 운동으로 생긴 것이었다. 예술가와 예술을 애호하는 사람들은 이미 미미한 소수에 지나지 않았고, 다수를 점한 중산층은 기술에 의한 산업 발전을 종교로 믿고, 현실 속에서 건강하게 살고 있었다. 이들에 대한 반항의 방법으로 퇴폐적 심미주의자들이 현실, 과학, 산업, 발전, 정상적 사회 생활 일체를 적대시한 것은 자연스러운 일이기도 하다. 어떤 이는 이와 흡사한 예술 운동을 최근의 비트beat 및 히피hippy 운동에서 찾기도 한다. 비슷한 환경에 대한 비슷하게 병적인 반항인 것이다.

대국적 견지에서 볼 때, 칸트, 쇼펜하우어, 셸링 등의 예술의 자율성에 대한 신념은 괴테와 영국 비평가 콜러리지의 예술의 유기적 형식론, 보들레르, 플로베르, 말라르메의 예술에 대한 절대적 헌신, 특히 플로베르와 모파상 등의 사실주의적 테크닉의 세련화, 보들레르에서 발레리에 이어지는 상징주의, 상징주의와 직·간접으로 관련을 맺고 있는 여러 갈래의 모더니즘 등과 밀접한 관계가 있다. 그러나 이들에게 꼭같이 예술지상주의 또는 퇴폐주의란 명칭을 부여할 수는 없으며, 심미주의란 이름도 부적당하다. 세기말의 퇴폐주의는 이처럼 무척 생산적인 문예사조가 사회적 충격으로 말미암아 얻게 된 병리 현상으로 볼 수 있다. →퇴폐

심상　image, imagery

문학에서 말하는 심상은 〈어떤 사물을 감각적으로 정신 속에 재생시키도록 자극하는 말〉을 뜻한다. 그러니까 감각적 체험과 관계가 있는 일체의 낱말은 모두 심상이 될 수 있다. 추상명사보다 보통명사, 감각적 지각을 암시하는 형용사 또는 부사로 수식된 명사와 동사는 심상이 될 가능성이 크다.

그러나 한 편의 글 속에서 그 말이 심상의 구실을 하도록 쓰였을 때, 즉 독자가 그것을 심상으로 파악해야만 그 글의 전체적 의미를 보다 충실히 알 수 있게 되어 있을 때, 그것은 진정한 심상이 된다. 그냥 〈붉게 노을진 하늘〉은 심상의 가능성은 있지만, 그것이 심상으로 실현되기 위하여서는 적절한 문맥 안에 들어 있어야 한다.

또한 문학에 있어서의 심상은 감각적 요소를 되도록 배제하려는 이성에 호소하는 것이 아니라 감각적 체험과 직접적인 관계를 맺고 있는 상상력에 호소하도록 의도된 것이라야 한다. 〈푸른 하늘〉을 우주 과학의 사실을 알리기 위한 말로 썼다면 문학적 심상이 아닌, 오히려 불명확하게 쓴 천문학 용어가 된다.

문학에서 심상이란 말은 무척 광범위하고 다양하게 쓰이는데, 대략 다음의 세 가지로 구분하여 논의하는 것이 보통이다. (1) 글을 읽고 (또는 말을 듣고) 독자(청자)의 마음에 생긴 감각적 재생. 우리가 쓰는 심상이란 말은 실상 여기 해당될 것이다. (2) 그러한 심상이 생기도록 자극하는 비유적인 또는 묘사적인 말. 여기서 특히 비유적인 말은 결국 문채(文彩)가 될 것이다. (3) 그러한 말들이 한 작품 또는 한 작가의 전체 작품, 나아가 문학 전통이나 경향에서 어떤 특수한 배합 양식을 갖고 있든가, 어떤 세계관 또는 진리를 상징적으로 나타내는 것. 이 경우는 단지 심상이라 하지 않고 〈심상의 조직 양식〉이란 뜻의 이미저리imagery라고 하는 것이 옳다. 위의 구분에서 (1)은 독자의 심리와 관계되는 것, 즉 심상의 효과이고, (2)와 (3)은 심상의 원인이 되는 특수한 언어이다.

독자의 심상 파악 능력은 심상이 전달되기 위하여 중요하지만 독자의 체험이란 각양각색일 뿐 아니라, 감각을 재생하는 능력도 개인차가 심한 까닭에 일률적으로 규정할 수 없다. 더욱이 독자의 심리는 문학 연구라기보다는 심리학의 분야이며 특히 심리통계학의 응용이 필요한 분야이다.

연구 결과에 따르면 독자가 재생한 심상은 사람의 모든 감각 기능에 관련된다. 물론 시각적 심상이 많지만(색채, 명암, 운동 등), 청각(소리의 크고 작음, 음악성 등), 후각(향기, 악취 등), 미각, 촉각(부드러운, 따뜻한 등), 근육 감각(핏대를 세우고 등) 등도 마찬가지로 많다.

문학을 읽으면서 이러한 감각을 재생시키는 훈련을 하면 물론 감각 기능의 세련화 및 언어 감각의 세련화라는 교육적 효과가 있겠다. 또한 어떤 저자가 주로 어떤 감각에 호소하는 심상을 사용하는지 금방 파악하는 능력도 생길 것이다. 예컨대 김소월의 「진달래꽃」은 근육 운동(밟다, 참다 등)과 관계 있는 심상을 많이 갖고 있는데, 이를 시각적 심상들로 받아들이려면 무리가 생긴다.

독자의 심상이 언어적 현상이라기보다 심리적 현상인 만큼, 작품 전체에서의 그 심상의 기능을 무시하고 그것만 따로 떼어 느끼기 쉬우므로 반드시 심상을 만들어주는 그 언어 자체로 시선을 돌려야 한다.

첫째로 묘사적 심상——〈예컨대, 푸르고 높은 하늘〉——은 가장 흔한 심상 구성 방법이다. 이를 문자적 심상literal image이라고 부르기도 한다. 한때 유럽에서는 〈시는 말하는 그림〉이라는 생각이 널리 퍼져서 서경시(敍景詩, descriptive poem)가 유행하였었는데, 서경시야말로 묘사적, 문자적 심상으로 충만하다. 그후 일부의 이미지스트들도 이 방법을 썼다. 한국의 시인 오일도의 몇 작품도 철저한 묘사에 의한 〈그림〉을 보여준다.

심상에 관한 문학론의 가장 보편적인 관심의 대상은 말할 것도 없이 비유적 언어이다. 유럽에서는 현재 비유적 심상으로 제유(提喩 synecdoche), 환유(換楡, metonymy), 직유, 은유, 의인법(擬人法 personification), 알레고리, 상징 등 여섯 가지를 주로 거론하고 있다. 이 모든 것들이 어떤 말로 다른 말을 뜻하도록 쓰이는 것이다. 리처즈의 용어를 사용한다면 문장에 사용된 말은 매개어vehicle요, 그것이 의미하는 뜻은 취의tenor인데(유치환의 〈소리 없는 아우성〉은 매개어이고 〈나부끼는 깃발〉은 취의이다), 시적 심상은 그 둘의 화합에서 빚어진다. 위의 여섯 가지 심상 중에서 처음 둘은 두 사물의 종속 관계 또는 원인과 결과의 관계에서 얻어지는 것이고, 나머지는 서로 다른 두 사물에서 유사성을 발견함으로써 얻어진다. 그러나 상당히 많은 경우에 있어 어떤 심상의 매개어만 주어지고 그 취의는 추정하기 곤란하다. 예컨대 이육사의 〈겨울은 강철로 된 무지개〉라는 비유는 선명한 심상임에는 틀림없으나 그것의 취의, 곧 내포된 의미는 얼른 떠오르지 않는다. 취의와 매개어의 화합에서 심상이 성립된다고 하였지만, 이런 경우에는 취의는 거부된, 매개어만의 심상이 생기는 셈이다. 이렇게 산문적 의미가 거부된 심상은 특히 초현실주의 이후의 문학에서 의도적으로 많이 쓰이는데 이를 간혹 〈절대적 심상〉이라고 하기도 한다.

비유의 조직적 작용은 작품 자체(또는 작가의 작품 전체)에 관련된다. 궁극적으로 심상들의 상호 작용은 한 작품 또는 한 작가의 의미 전체의 상징적 의미를 구현한다. 이를테면 같거나 비슷한 심상이 반복 사용될 경우에 이를 그 작자의 정신적 습관이나 세계관에 대한 상징적 표시로 해석할 수 있다. 학자들은 작자가 불명한 작품의 이미저리를 분석하여 그 특징을 밝혀 그것의 작자를 추정하기도 하였고, 또한 그 작자의 개인적 체험, 기질, 취미 등을 추정하기도 하였다. 그러나 이런 연구에는 독단이 개입되기 쉽다.

이미저리의 분석으로 작품의 일반적 분위기, 어조, 색조의 근원을 밝혀내는 것은 좀더 보람 있는 일이다. 한 작품의 심상들은 서로 하나의 양식(패턴)을 형성하는 까닭에 선택되어 조직된 것이다. 그러한 양식은 그 작품 세계에 대한 상징이 된다. 위에서 언급한 바와 같이 김소월의 「진달래꽃」의 근육 및 내장 운동적 심상들(역겨워, 아름 따다, 사뿐히 즈려 밟고, 죽어도 아니 눈물 흘리오리다 등)은 모두 비유가 아닌 문자적 심상들인데, 이들이 한 덩어리의 조직체를 이루어 이 작품의 어떤 의미 세계를 상징적으로 구현하고 있다. 이 시는 이별의 슬픔이라는 격렬한 심리 상태를 말하기도 하지만, 그 발상 방식이 근육적, 피부적이기 때문에 훨씬 직접적이고 가깝게 느껴진다. 비슷한 심상들의 집합을 학자들은 심상 무더기image cluster라고 부르기도 한다.

심상은 한 작품 안, 또는 한 작가 안에서만 상징적 조직 관계를 형성하지 않고 때로는 민족 내지 인류 공통적인 상징 체계와 연결되기도 한다. 이른바 신화적 심상, 또는 원형적 심상이라는 것이다. 「진달래꽃」의 심상 체계는 김소월의 특질도 보여주지만, 또한 남녀 관계의 불변하는 어떤 드라마를 나타내는 원형적 심상이라고 해석할 수도 있겠다. 이것은 실험적인 가설이지만, 원형적 여성과 원형적 남성의 생식을 위한 원형적인 교섭을 이 작품이 상징한다고 볼 수도 있다. 여성은 깔리고 남성은 밟고 지나간다. 두 몸 사이에는 붉은 꽃이 이즈러지듯 생식을 위한 피가 흐른다. 대체로 원형적 여성은 밟힐 땅이요, 남성은 밟고 지나가는, 또는 스치고 가버리는 바람이나 태양빛으로 상징되는 것이 원형적 남녀 관계로 되어 있다. 붉은 꽃은 자주 나타나는 피의 원형적 심상이다(아도니스의 상처에서 흘린 피가 아네모네꽃이 되었다는 그리스 신화가 있다). 이처럼 여성에게 수태만 시켜놓고 훌쩍 가버린 남성의 이야기는 환인과 웅녀, 해모수와 유화, 동명왕과 그 아내(유리왕의 어머니) 등 무수하다. 아마 모계 사회의 잔재인지도 모른다. 그러나 원형적 심상의 탐구는 작품 바깥으로 너무나 멀리 나가서는 안 된다.

심상은 현재 시의 가장 본질적 요소라고 보는 것이 보통이나 심상이 없는 우수한 시도 있으며 또한 심상만이 시를 만드는 것은 아니다. 그 외의 여러 요소들——관념, 리듬, 말씨, 수사법, 문법적 요소 등——이 시인의 통일적 형성 능력에 의하여 한 작품을 완성시키는 데에 참여하는 것이다. 심상 자체가 형성 능력이 있다고 보는 것은 잘못이다. 그러나 수사학에서 생각한 것처럼 심상은 추상적 내용에 대한 장식이나 설명이 아니다. 장식과 설명은 떼어버릴 수도 있으나 문학적 심상은 작품의 형성에 본질적으로 참여하고 있으므로 그것을 떼어버린다는 것은 작품을 와해시키는 것이 된다. 그렇다고는 해도 현대 문학이 오직 심상의 구성에 주력하는 경향에는 분명히 잘못된 데가 있다. →비유, 직유

아이러니 irony

이 영어 낱말은 〈에이론 eiron〉이라는 그리스어에서 유래한 것으로서, 〈에이론〉은 고대 그리스 희극에 으레 등장하던 붙박이 인물의 하나였다. 에이론은 겉보기에는 약하고 세력도 없지만 꾀자기여서 역시 희극 붙박이 인물이던 〈알라존 alazon〉이라는 힘센 허풍선이를 살짝 골려주곤 한다. 겉보기에는 아무런 특별한 데가 없지만 속으로는 대단한 힘을 발휘하는 인물인 에이론의 뜻이 아이러니라는 추상명사에 살아남아 있다. 즉 아이러니는 겉으로 나타난 말과 실질적인 의미 사이에 괴리가 생긴 결과이다.

현대 이론가들은 대체로 아이러니를 말의 아이러니와 극적인 아이러니로 크게 나눈다. 말의 아이러니는 겉으로 하는 말이 내용적으로 의도된 뜻과 다른 (또는 정반대 되는) 경우에 생기는 것이다.

〈북천이 맑다커늘 우장 없이 길을 가니 / 산에는 눈이 오고 들에는 찬비로다 / 오늘은 찬비 맞았으니 얼어 잘까 하노라〉 하는 임제의 이 유명한 시조는 그것의 문맥 속에서 〈찬비〉가 두 가지 의미를 갖고 있어서 그 뒤에 오는 〈얼어 잘까〉의 의미도 두 가지의 판이한(사실 정반대의) 의미를 가지게 됨으로 말미암아 아이러니를 성립시킨다. 〈찬비〉는 겉으로는 그냥 차가운 비이고 그것을 맞으면 얼어서 춥게 자는 수밖에 없다. 그러나 실질적으로는 〈찬비〉는 한우(寒雨)라는 기생의 한문 이름의 번역으로서, 그와 얼어 잔다는 것은 어울려 잠자리를 같이 한다는 전혀 엉뚱한 뜻이 되는 것이다. (이에 대한 한우의 대답 시조는 거기에 맞먹는 아이러니를 못 담고 있어 저조하다.) 그러나 상대방이 문면 그대로만 가지고는 책잡을 수 없게 되어 있다. 여기에 동원된 아이러니의 수단은 〈같은 소리 다른 뜻의 낱말〉(동음이의어)을 이용(영어로는 pun)한 것이다.

그런데 위의 임제 시조에서 찬비가 한우를 가리킨다는 것을 한우 자신은 모르고 독자들은 다 알았다면, 좀더 기막힌 아이러니가 된다. 이 경우에 임제는 아무런 괴상한 의도도 없이 단지 상식적인 말을 하는 척 시침 떼고 꾸며대는 〈에이론〉이 될 것이고, 한우는 그 말을 그냥 표면적으로 받아들이는 멍청한 〈알라존〉이 될 것이고, 그 내막을 아는 우리들 독자는 〈에이론〉(임제)의 편이 되어 〈알라존〉(한우) 몰래 서로 한 짝패라는 눈짓을 나눌 것이다. 이렇게 말재간 있는 자와 속는 자와, 말재간 있는 자의 편이 되어 있는 제삼자의 세 요소가 갖추어졌 을 때 완전한 아이러니가 성립되는 것이다. 극히 불순한 날씨를 보고 〈허 참, 날씨 한번 좋다!〉고 누가 내뱉었을 때 그는 나쁜 날씨를 좋은 날씨라고 할 만큼 바보 같지만 실상은 그 정반대를 의도하는 똑똑한 말쟁이, 즉 〈에이론〉이며 그런 말에 대하여 아무 대답도 못하는 침울한 날씨는 〈알라존〉인 셈이며, 그 말하는 사람과 같이 있어 그의 말의 진의를 알아차리는 우리는 그와 한편이다.

〈키가 전봇대같이 크다〉는 과장, 돈이 많으면서도 겸손하게 〈그저 밥술이나 먹을 만합니다〉 하는 축소understatement는 모두 일상 언어 생활에서 흔히 사용되는 아이러니의 형태들이다. 이들은 너무나 귀에 익어 그 이중적 의미를 거의 못 느끼지만 역시 아이러니의 세 요소를 분석해 낼 수도 있다. (그중 〈알라존〉적 요소(키 큰 사람, 부자라는 사실)는 무척 약화되어 있다.)

패러디parody는 보다 문학적 내지 언어유희적 아이러니의 한 형식이다. 〈태산이 높다 하되 하늘 아래 뫼이로다〉에 대하여 〈콧대가 높다 하되 얼굴 속에 콧대로다, 꺾고 또 꺾으면……〉식으로 장난을 치면, 한국 시조에 대한 교양이 있는 사람은 금방 그 아이러니를 알아차린다. 이처럼 특수한 교양, 즉 문화적 내지 사회적 문맥이 배경으로 되어 있는 아이러니는 보다 고급한 차원에서 사용된다. 임제의 시조도 그런 종류에 속한다. 과장, 축소 등 일상적 사실과의 대조에서 오는 아이러니와는 달리 그러한 고급 아이러니는 제삼자, 즉 독자의 지식과 지능을 발휘시키며 독자는 에이론의 교묘한 말재주를 알고 있다는 지적 만족감을 느끼게 된다. 아이러니를 이해하지 못하는 자는 알라존 뿐 아니라 독자 중에도 있을 수 있다. 아이러니를 이해하지 못하는 독자를 바라보는 또 다른 똑똑한 독자는 또 다른 아이러니를 맛보는 셈이다.

극적 아이러니는 작품 자체가 전체적으로 아이러니를 담고 있도록 구성된 것을 말한다. 흔한 예로는, 주인공이 자기가 체험하는 사건 또는 의도하는 일이 종국적으로는 자기가 생각하는 것과는 전혀 딴판인데도 모르고 행동하는 것이다. 그것은 비극일 수도 있고 희극일 수도 있다. 주요섭의 「사랑방 손님과 어머니」에서 어린 딸은 어른들 사이에 오고 가는 일의 진정한 의미를 전혀 모르는 순진한 〈바보〉이다. 슬프도록 귀여운 알라존인 셈이다. 작자 주요섭은 에이론의 구실을 한다.

소포클레스의 『오이디푸스 왕』에서 오이디푸스는 자기의 결백과 선의를 믿어 의심치 않고, 아버지를 죽이고 어머니와 결혼한 천하의 대죄인을 (그것이 자기 자신인 줄도 모르고) 끝까지 추적한다. 이 비극의 관중은 그가 멋도 모르고 스스로 제 무덤을 파고 있음을 알고 있다. 그는 처참한 비극적 알라존이다. 표면적으로 볼 때 『오이디푸스 왕』을 지은 소포클레스는 에이론이지만, 좀더 깊이 생각할 때 진짜 에이론은 오이디푸스에게 그러한 불가해한 멍에를 지워준 운명이다.

많은 문학이 운명의 아이러니, 다시 말하면 운명의 〈장난〉을 다루고 있다. 모든 비극의 주인공은 어딘가 운명의 아이러니의 희생이 되는 듯한 느낌을 준다. 『햄릿』을 가리켜 성격비극이라 하지만, 그를 비극으로 몰아넣은 여러 가지 우연한 요소들은 결국 운명적이라고도 할 수 있는 것이다. 비극에 있어서 뒤바뀜 peripeteia은 필수적 요소로 되어 있는바, 그것에 의하여 주인공의 종말은 그가 의도했던 것과는 정반대로 되어버리는데, 이는 확실히 아이러니이며 그때의 에이론은 궁극적으로는 불가해한 세상, 운명, 우주라고 할 수밖에 없다. 그러나 말의 아이러니보다 비극의 아이러니의 에이론은 약화되거나 정체가 묘연한 것이 사실이다.

하디의 소설들은 우주를 지배하는 소위 〈내재적 의지〉가 인간 비극의 장본인 곧 에이론이고, 인간은——주인공은 물론 독자를 포함하여——하찮은 알라존임을 드러내고자 한다. 그의 비극의 특징은 에이론의 정체를 얼버무리지 않고 강력히 부각시켰다는 것이다. 이른바 우주적 아이러니라는 것이다.

〈낭만적 아이러니 romantic irony〉는 독일 낭만파에서 거론한 개념으로 작가가 아름다움 또는 진실의 현상을 박진감 있게 그리다가 돌연히 어조를 바꾸든가, 비평을 가하든가, 반감을 표시하든가 하여 그것을 파괴하고 씁쓸하게 웃는 태도를 보이는 것을 말한다. 예컨대 바이런은 『돈 주안』에서 무르녹은 연애 장면을 열렬히 묘사하다가 돌연, 〈자, 독자 여러분, 이제 어떻게 이야기를 진행시키면 좋죠?〉 따위의 수작을 하여 찬물을 끼얹는다. 이는 낭만주의의 환멸과 관계가 있다.

〈소크라테스의 아이러니〉는 똑똑하다고 자부하는 자에게 못난 듯한 질문을 계속하여 결국 똑똑하다는 자에게 어리석고 못난 척했던 자가 더 똑똑하다는 것을 보이는 것을 말한다. 소크라테스가 자칭 현자들인 소피스트 sophist들과 논쟁할 때 취한 태도라고 해서 그런 이름이 붙었다.

현대의 뉴크리틱들을 중심으로 많은 이론가들은 아이러니를 내포한 문학이 그렇지 않은 문학보다 우수하다고 믿는다. 아이러니가 인생의 체험을 한 면만 보지 않고 그 정반대의 면도 동시에 보고 동시에 표현하는 방법이라고 보는 까닭이다. 그들이 말하는 아이러니는 통상적인 의미의 해학적 요소 이상의 것으로서 인생에 대한 폭넓은 비판 의식을 뜻한다.

확실히 위대한 문학에는 여러 목소리가 한데 어울려 있다(이를 대화적 또는 다성적 구조라 한다). 독자의 해석이 다양해지는 것도 그 이유

에서다. 특히 근대의 소설은 정신적 부패를 의식 못하는 금권주의
자, 바로 자기 발밑을 못 보는 이상주의자, 자신의 신앙을 파먹고 있
음을 의식 못하는 광신자 등의 알라존들을 주인공으로 등장시켜 비판
하는 것은 물론, 그들을 비판하는 에이론의 입장은 견고한 것인가도
깊이 성찰하는 심각한 복합적인 아이러니를 구사하고 있다. 마찬가지
로 현대의 주지주의적 경향의 시도 아이러니를, 다시 말하면 다각적
인 관점을 한꺼번에 말하고 있다.

악한소설   picaresque novel

에스파냐어에서 피카로picaro는 극악무도한 범죄자가 아니고, 재
미있는 무뢰한을 뜻한다. 16세기 중엽에 에스파냐에서 그런 인물이
잔인하고 부도덕하고 위선적이고 우둔한 현실 사회에서 생존하고 성
공하기 위하여 주로 재치 있는 임기응변과 심각하지 않은 부도덕을
범하는 일련의 사회적 모험담을 이야기하는 문학이 처음 나왔다. 이
어 프랑스와 영국의 여러 작가들이 그 근본 구조를 모방하여 근대소
설의 한 중요한 장르로 확립시켰다. 디포의 『로빈슨 크루소』도 악한소
설의 양식을 많이 닮고 있고, 같은 작가의 『몰 플랜더스』는 재미있는
악녀 즉 〈피카라〉를 등장시킨, 악한소설의 변형이다.

악한소설의 특징을 열거하면, 첫째로 그것은 한 악한의 일생에 대
한 기록, 일종의 자서전으로 꾸며져 있다. 그래서 대개 〈나〉가 주인공
이 된다. 둘째로 그의 신분은 하층 계급에 속하며, 이야기가 시작될
때 대개 부잣집의 하인 노릇을 하다가 주인의 박대나 오해 때문에 세
파에 뛰어든다. 임기응변하는 재치는 많되, 기성 사회의 도덕적 관습
에 비추어볼 때 얌전하다든가 성실하다는 평은 듣지 못한다. 셋째로
이야기는 성격과 행동의 인과 관계에 의하여 유기적으로 연결되는 것
이 아니고, 주인공이 이곳에서 저곳, 이 직업에서 저 직업으로 전전
할 때에 겪는 여러 가지 사건들의 나열이다. 넷째로 주인공 악한은 시
작부터 끝까지 성격이 변화하지 않는 평면적 인물이다. 끝에 가서 악

한은 다분히 우연하게 그가 추구하던 돈을 소유하고 그와 더불어 안정된 생활을 얻고 과거를 뉘우친다는 말을 하지만 그가 모험의 인생을 살면서 정신적인 변화를 겪었다는 인상은 들지 않는다. 다섯째로 서술 방식은 사실적이다. 귀족적 교육을 받지 못한 악한이 하는 이야기로 되어 있으므로 문학적, 철학적 표현법이나 해석이 섞이지 않으며, 수사학적 미화가 없이 일상 생활의 말씨로 사건이 묘사된다. 여섯째로 도덕적 및 지적 열등감도 죄책감도 안 가지고 있는 악한의 눈에 비친 기성 사회는 존경스럽다든가 아름다운 것으로 보이지 않고 단지 서로 물고 뜯는 악한들의 투쟁 장소로 보인다. 그런 투쟁 과정에서 요행히 금력과 권력을 쟁취한 악한들이 도덕적, 지적 우월성까지 가장하는 꼴을 주인공은 잘 간파하고 있다. 그는 되도록 여러 계층의 인물들과 여러 장소에서 여러 정황 속에 만나 그들의 악행과 위선 때문에 혼날 뻔하다가도 자기의 재치의 덕으로 빠져나온다. 마지막으로 주인공은 독자의 지탄을 받을 만한 실제적 범죄를 저지르지 않는다. 부도덕한 행위를 저지르더라도 그것은 그보다 몇 배 더 악하고 위선적인 인물들의 마수에서 빠져나오기 위하여 저지르는 것이다. 여기에 그의 가장 큰 매력이 있다.

악한소설은 상류층의 이상주의적 문학에 맞서는 하류층의 문학이며, 로만스 문학에 대한 비판으로서의 사실주의 문학의 기본 양식이다. 『수호지』나 『임꺽정』은 동양식 악한소설이나, 주인공을 서민적 영웅으로 미화한 것이 사실감을 감소시킨다. 『레 미제라블』의 장 발장도 〈악한〉의 후예이나 역시 낭만적 영웅으로 미화되어 있다. 주인공이 영웅으로 미화될 때 사실감의 감소는 물론, 그가 처한 사회가 사실 이상으로 악한 곳으로 묘사되기 쉽다. 주인공이 영웅이 되면 이 반로만스 문학은 다시 로만스로 전환한다.

현대소설의 이른바 반영웅anti-hero은 악한의 정통적 후예이다.

　　서양 원어의 의미는 〈다른 것을 말함〉이다. 한문 용어로는 풍유(諷喻) 또는 우유(寓喻)라 번역하나, 그냥 알레고리라 하는 것도 괜찮을 듯하다. 알레고리는 〈확장된 비유〉라고 우선 정의할 수 있는데 그것은 표면적으로는 인물과 행위와 배경 등 통상적인 이야기의 요소들을 다 갖추고 있는 이야기인 동시에, 그 이야기 배후에 정신적, 도덕적, 또는 역사적 의미가 전개되는, 뚜렷한 이중 구조를 가진 작품인 까닭이다. 짧게 말하면, 구체적인 심상의 전개와 동시에 추상적 의미의 층이 그 배후에 동반되는 것이 의식되도록 꾸민 작품이 알레고리인 것이다.

　　실례를 들자면 〈태산이 높다 하되 하늘 아래 뫼이로다／오르고 또 오르면 못 오를 리 없건마는／사람이 제 아니 오르고 뫼만 높다 하더라〉라는 시조는 표면상으로 태산을 높다고만 하면서 직접 올라가려고는 하지 않는 사람들에 관한 이야기이나, 이면적으로는 〈아무리 힘든 일이라도 사람의 일이라면, 조금씩 힘써 실행하여 이룰 수 있다〉는 도덕적 내용을 말하고 있는 것이다. 즉 표면은 일종의 확장된 비유이고, 그 비유의 의미는 표면과 평행선을 그으며 전개되는 까닭에 비교적 쉽게 이해된다.

　　〈가마귀 싸우는 골에 백로야 가지 마라／성난 가마귀 흰 빛을 새오나니／창파에 좋이 씻은 몸을 더럽힐까 하노라〉는 표면상 가마귀와 백로에 대한 이야기이지만 실제 의미는 깨끗한 선비더러 권력다툼(즉 당쟁)에 빠져들지 말라는 일종의 정치적 권고이다. 따라서 이 시조는 정치적 알레고리라고도 할 수 있으며, 또한 이 작품이 정몽주의 모친의 작품이란 설을 받아들인다면, 정몽주와 이방원 일파의 역사적 사실을 암시한다고 보아 역사적 알레고리라고도 할 수 있다. 물론 순진한 사람이 악인들 사이에 가서는 안 된다는 도덕적 알레고리도 될 수 있다.

　　알레고리의 기본 방법은 용기, 사랑, 덕성, 악, 지혜 등의 관념을 사람처럼 꾸미는 것이다. 〈노력은 성공의 어머니〉라는 격언에서 노력과 성공이라는 관념은 어머니와 자식이라는 사람의 관계로 나타나 있다. 이렇게 의인화된 관념은 특정한 면만이 강조된 인물로서 그 관념의 정신적 작용을 나타낼 만한 행동만을 취한다.

　서양문학에서 가장 잘 알려진 알레고리는 단테의 『거룩한 희극』으로서 그것은 복잡다단한 정신의 편력을 주로 다루고 있으며, 또한 잘 알려진 번연의 『천로역정』은 기독인이라는 주인공이 전도인의 경고를 받아 파괴시를 떠나 천국시라는 곳으로 가는 도중에 신앙인이란 친구도 사귀며, 절망이란 거인을 만나 혼나기도 하고 허영시에서 유혹을 받기도 하는 이야기로 되어 있다. 이는 물론 기독교인이 이 세상을 살아갈 때에 당하는 여러 가지 정신적 체험을 여행기의 형식을 본따 전개한 것이다. 오웰의 『동물 농장』은 독재 정치에 대한 현대 최대의 풍자적 알레고리이다. 김만중의 『구운몽』은 불교 및 도교의 알레고리적 요소를 포함하며, 중국의 『손오공』 역시 단순한 원숭이의 이야기를 넘어서서 불교인의 인생 행로를 말하는 알레고리로 볼 수 있다. 『이솝우화』는 가장 널리 읽히는 대중적 알레고리들인바, 우화는 의인법 대신 〈의동물법〉을 사용했다고 할 수 있는(즉 사람을 닮은 동물 이야기이다) 알레고리이다.

　중세에는 성경의 사실을 알레고리로 해석하는 방법이 크게 발전하여(예컨대 모세의 영도 하에 이스라엘 민족이 애급에서 나오는 역사적 이야기는 예수의 인도로 인간이 죄악의 사슬에서 풀려 나온다는 정신적 알레고리로 해석), 그 방법이 신화와 문학의 해석에도 적용되었다. 표면상 하찮은, 또는 부도덕한 이야기까지도 모두 심각한 의미가 있는 것으로 해석되었으며, 일부 창작가들은 겉 이야기와 속 뜻의 병행을 기하기 위해 특별한 구조적 기교를 부리기도 하였다. 그러나 알레고리의 관념 위주의 구조, 또 그 명백한 추상적 의도 및 교훈적 태도는 낭만주의 시대에 이르러 상징과 신화와 같은 중의성과 암시성이 풍부한 이미지의 선호로 말미암아 기피되는 바 되었다. 그러나 알레고리의 요소가 창작과 해석에서 사라졌다고 생각하면 오해이다.

　한 작품이 이야기하는 구체적 사실을 어떤 고정된 정신적 의미(교훈 또는 철학 사상)로 해석하는 사람은 그 작품을 알레고리로 이해하는 것이며, 또한 작가가 한 뚜렷한 사상, 교훈을 말하고자 하여 그것을 한 인물의 행위에 가탁하고자 하면, 그는 알레고리를 지향하는 것이다. 현대의 정신분석학과 신화학은 종래의 교훈주의와는 달리 문학을 무의식의 작용 및 인간의 잠재적 신화의 표현으로 해석하는 경향이 생겼다. 이것도 작품을 표면과 심층의 양면성에서 다루는 만큼 알레고리식 해석이라 할 수 있다.

앙가주망 engagement → 실존주의

어울림　decorum

　문학 작품에서 성격, 주제, 배경 또는 말씨가 불합리하거나 위화감을 주지 않고 적절히 맞아 들어가는 것을 말한다. 로마 시대의 수사학자들이 강조하였던 것인데 유럽의 르네상스 시대에 다시 강조되고 17, 18세기 신고전주의 시대에 한껏 강조되었다. 인물의 행위는 그 정황과 성격에 어울리도록 제시되어야 하고 사상과 감정은 성격에 어울려야 하며 언어적 표현은 소재에 알맞아서 중대한 사실은 위엄 있게, 사소한 사실은 질박하게 나타내어야 한다는 것이다. 돈 많은 노인을 제시하려면, 우선 부유층에 어울리는 행동과 말씨를 갖게 해야 하고 동시에 노인의 언행을 갖게 해야 하며, 순박한 농부는 그에 어울리는 언행이 주어져야 한다. 심각한 주제는 심각한 문체로, 저속한 주제는 저속한 말에서 골라 표현해야 한다. 문학 장르 중에서 비극과 서사시는 심각하고 장엄한 소재를 다룬다 하여 고급 문체를 써야 했고, 희극이나 소극에는 저급 문체를, 일반적인 지적 사실을 다루는 글에서는 중급 문체를 써야 한다고 하여, 장르에 따라 고·중·저의 세 문체가 구별되기도 하였다.

　어울림의 원칙은 실상 어느 시대의 문학에서도 다소간 지켜지지 않을 수 없는 것이지만, 그것이 정해진 규칙으로 강요될 때에는 인위

적, 조작적인 것이 되어 오히려 어울리지 않는다는 느낌까지 주게 된
다. 본래 서양 원어의 뜻은 〈정황에 알맞게 처신함〉, 즉 〈예절〉을 뜻
하였던 것이니만큼, 그것은 미학적, 문학적 원칙이기에 앞서 윤리적
원칙이었다. 그러나 구체적 정황은 미리 정확히 예견할 수는 없는 것
이므로 몇 가지로 한정된 기정 예절만 가지고는 언제나 어울리게 행
동할 수는 없다. 오히려 부자연스런 격식을 보이는 것이 되기 쉽다.
문학적 표현에 있어서도 어울림은 적절한 표현과 묘사를 하여 사실
감, 자연스러움을 조성하려는 목적이 있지만 몇 가지 기정 조목(이를
테면 비극에서는 반드시 장중체를 사용케 하는 것)으로 문학의 무한한
다양성을 다 처리할 수는 없다. → 문체

어조　語調, tone

　문학은 그냥 씌어진 채로 있는 글이 아니라, 특정한 인물이 특정한
어조로 특정한 사물에 대하여 특정한 사람에게 하는 말이다. 본래 모
든 말과 글은 그러한 요소들의 상호 연관 속에서 성립되며, 그 말(글)
의 뜻은 그러한 관계를 세밀히 파악해야만 정확히 이해할 수가 있다.
이른바 문맥이라는 것도 실상 그러한 여러 요소들의 상호 관련성에서
이루어지는 것이다. 문학을 하나의 말의 사건speech으로 보아야 할
이유가 여기에 있다.
　하나의 말은 그 듣는이(이른바 청자) 쪽에서 볼 때 다음 네 가지로
구분된다. (1) 처음부터 끝까지 한 목소리가 들리는 것. 수기, 수필, 편
지글 등에서 볼 수 있다. (2) 처음부터 끝까지 한 목소리임에는 틀림
없으나 그 저자(또는 화자)의 목소리가 아니라 그가 내세운 어떤 다른
사람의 목소리인 경우. 김소월의 「진달래꽃」의 말하는이는 김소월이
란 신식 교육을 받은 평안도 청년이 아니라 어떤 젊은 여성이다. (3) 두
가지 이상의 목소리가 들리는 것 혹은 저자의 목소리와 더불어 남의
목소리가 직접 인용되어 있는 것. 남의 목소리는 따옴표 속에 들어 있
는 것이 보통이다. 대화가 삽입된 소설 같은 것. (4) 남의 목소리들만

이 직접 인용된 것. 저자가 꾸민 극중 인물들의 목소리에 의존하는 희곡.

형태상 위의 첫째 것은 주관적이고 넷째 것은 객관적이나, 내용상으로는 희곡을 통하여서도 저자의 주관성을 나타낼 수 있으니까 주관과 객관의 차이를 말의 방식만 보고서는 가릴 수 없다.

저자가 위의 말의 방식 중에서 한 가지를 선택하는 것은 그가 자기가 하고자 하는 말의 내용과 주제에 대하여 어떤 태도나 입장을 취하고 있느냐 하는 문제와, 독자에 대해서 어떤 태도로 임하느냐 하는 문제와도 직접 결부된다. 그리하여 어조는 의미 전달에 있어 큰 문제가 되는 것이다. 어조는 저자가 말하고자 하는 사물과 독자(듣는이)에 대한 저자의 태도에 의하여 결정되는 까닭이다. 그러니까 어조는 말하는이의 사람됨, 그의 신분과 정신 상태를 나타낼 뿐 아니라 듣는이의 신분, 정신 상태에 대한 그의 판단도 살며시 나타낸다. 조롱조, 농담조, 고백조, 분개조도 있을 수 있고, 심각할 수도, 우회적일 수도, 단도직입적일 수도 있다. 이러한 어조는 말의 구체적 정황을 세밀하게 분석한 다음에야 판별할 수 있다. 또한 어떤 말이 조롱조라 하여도 그 근본 의도가 심각한 것일 수도 있으므로 (대개의 풍자문학의 경우) 앞에 내세운 어조와 저자의 숨겨진 어조를 동시에 들을 수 있어야 한다.

작품에 따라서 이처럼 앞에 내세운 어조와, 저자의 내면의 것으로 들리는 어조가 대단히 큰 차이를 보이는 것도 있고 그 차이를 인정하기 곤란한 경우도 있다. 서정시의 경우, 「진달래꽃」처럼 내세운 어조와 그 어조를 조정하고 있는 김소월의 저자로서의 목소리가 분리된 것이 확실한 작품도 있으나, 대체로 시는 개인적 정서의 진실된 표현이라는 문학관에서 비롯된 서정시나 개인적 수필에서는 그 두 어조는 합치하는 듯하다.

그러나 현대 이론에서는 내세운 어조와, 배후에 함축된 저자의 목소리는 정도의 차이는 있지만 구분되는 것이며, 그 어조들은 모두 작품이라는 허구의 일부라고 주장한다. 독자가 작품을 통하여 느끼는 직·간접의 목소리, 어조, 넓게 말하여 인격적 요소는 모두 작품의 의미를 규정하는 작품의 속성들, 즉 허구적 요소라는 것이다. 그들은 모두 작품을 떠나서는 존재하지 않는 까닭이다.

저자의 어조를 배제한 듯한, 이른바 자기 소멸의 저자의 3인칭 사실주의 소설에서도 독자는 모든 이야기가 자기 스스로 전개되는 듯한 느낌을 가지면서도 그 배후에서 작용하는 〈함축된 저자〉와, 그의 의도와 솜씨를 또한 느낄 수밖에 없다. 과학 논문에서조차 어떤 목소리뿐 아니라 그 뒤에 작용하는 어떤 인간적 지성을 막연하게나마 감지할 수 있다. 더욱이 희곡처럼 저자의 목소리가 전혀 직접 들어 있지 않은 작품에서도 한 〈함축된 저자〉의 어조가 형성되고 있다는 느낌이 든다. 실상 작품의 진정한 해석은 바로 이 함축된 저자의 어조를 바로 파악하는 데에서 온다. 그런데 이 〈함축된 저자〉도 작가의 창작이라는 것이다.

이리하여 저자는 독자에게는 어디까지나 〈탈〉을 쓰고 있다. 잘 알다시피, 누구든지 남을 대할 때에는 일정한 태도를 취하고 그 태도에 합당한 〈얼굴〉을 보이는데 바로 이렇게 내세운 얼굴을 〈탈(가면, persona)〉이라고 하는 것이다. 탈은 본래 연극에서 배우가 자기가 맡은 역에 어울리는 얼굴을 하기 위하여 쓰던 도구인데 연극처럼 완전히 객관적인 제시가 아니라 할지라도 모든 발언은, 특히 저자가 어떤 태도를 취할 수밖에 없는 문학에서는 〈탈〉이 불가피하다.

저자뿐만 아니라 독자도 언제나 어떤 특정한 입장에 있기 마련이다. 저자는 어조에 의하여 독자가 어떤 태도를 가져야 하는지를 암시한다. 이 암시에 응하여야만 독자는 작품을 잘 전달받을 수 있다. 요즈음에는 함축된 저자뿐만 아니라 〈함축된 독자〉에게도 관심이 쏠리고 있다. 한 작품은 저자의 목소리뿐 아니라 독자의 태도도 만들어낸다. 즉 한 작품은 독자까지 허구의 범위 속에 넣는다. 〈자네도 알다시피〉로 시작되는 소설은 확실히 그 말하는이와 비밀을 터놓고 이야기를 나눌 수 있는 친밀한 관계에 있는 독자를 상정하고 있다. 다시 말하면 꾸며내고 있다.

이렇게 본다면 결국 특정한 사람이 특정한 어조로 특정한 사실에 관하여 특정한 사람에게 말하는 것이 문학 작품이므로, 모든 문학 작품은 연극적인 허구이다. 현대 이론에서 문학의 연극스러움이 크게 거론되는 것은 바로 그 이유에서이다. → 아이러니

언어(言語, language) → 말, 소리

역사소설　historical novel

작품이 씌인 시기보다 상당히 앞선 시대의 실제 배경과 인물 및 사건이 소재로 취급되는 소설을 말한다. 여기서 상당히 앞선 시대라는 것은 〈역사적〉이라고 느껴질 만큼 오래된 과거를 말한다. 따라서 현재의 우리에게 5·18항쟁은 아직 역사소설의 소재는 되지 않는다.

역사소설은 크게 두 갈래로 나뉜다. 첫째는 시대 배경과 사건은 실제 역사에서 따오되 중요 인물은 그 시대에 살았음직한 가상의 인물인 경우가 있다. 물론 이런 종류의 역사소설에는 실제 역사상의 인물도 등장하나——대개 역사상 이름이 높은 인물들이다——소설 자체 내에서는 큰 역할을 하지 않고 단지 역사적 사실감을 높이는 효과를 위해 삽입된다.

둘째는, 역사상의 위인을 주인공으로 하여 한 역사적 시대와 사건을 역사적 기록에 되도록 부합하도록 재구성한 이른바 정사소설(正史小說)이라는 것이 있다.

중국 원 나라의 소설가 시내암과 나관중은 그 두 가지 역사소설에 각각 성공하였는데, 『수호전』은 첫째 부류에, 『삼국지연의』는 둘째 부류에 속한다고 볼 수 있다.

서양의 경우 근대적 소설 양식을 가지고 실제 역사를 처음 취급한 사람은 영국 소설가 월터 스콧인데, 그는 소설의 플롯에다 지나치게 많은 역사를 섞어넣는 것은 바람직하지 않다는 것과 역사적 실재 인물은 소설의 주요 인물로는 그리 적합하지 않다는 역사소설관을 확립

하였다(즉 그는 첫째 부류에 속한다). 그는 사회의 격변기를 그의 소설의 배경으로 택하고 그의 주요 소설적 인물들이 그 변동에 직접적으로 관련되도록 그리되, 그들은 모두 가상 인물들이고 실제 역사의 인물들은 배경의 일부로 등장한다. 역사상의 사건과 인물이 등장하므로 가상적인 인물들의 성격, 사고방식, 말씨, 행동 일체가 사실감을 갖는다.

스콧이 창안한 이 방법은 곧 유럽 전역에 전파되어 대유행하였다. 톨스토이의 『전쟁과 평화』도 스콧의 방법을 따라, 알렉산더 황제, 나폴레옹, 쿠투조프 등 역사상의 위인들이 등장하고 1812년의 전쟁이 배경으로 되어 있으나, 실제로 주요 인물들인 나타샤, 안드레이, 피에르 등은 모두 가상적 인물들로서 그 시대의 사건에 전적으로 영향 받고 개입되어 있는 인상을 주도록 설정되어 있다.

이른바 정사소설은 서양에서는 뒤늦게 개발된 것으로, 역사상의 위인들이 주인공이 되는 만큼, 작가는 역사적 기록을 면밀히 검토하여 한 시대와 인물을 재구성한다. 이 방법이 좀 특수하게 발전하면 결국 소설 즉 허구라기보다는, 즐겁게 읽힐 수 있도록 씌어졌으나 정확한 내용으로 이루어진 전기(역사)나 다큐멘터리가 된다.

소설 발달사와 관련시켜서 볼 때 역사소설은 자못 흥미 있는 결과를 가져왔다. 가상적인 평민들로 하여금 실제적인 역사에 적극 참여하게 한 스콧의 역사소설 방법은 그후 사실주의 소설의 성립에도 공헌하였다. 즉 사실주의자들은 지금 현재 벌어지고 있는 사건에 가상적인 평민들이 적극 참여하고 있는 모습을 사실감 있게 그리기 시작했던 것이다. 과거 재현 방법을 현재 재현 방법으로 전환시킴으로써 사실주의의 방법을 개발한 셈이다.

반면 역사소설의 그 과거적 성격을 강조함으로써 한 민족, 한 사회의 영광스럽던, 아름다웠던 또는 그리운 과거를 형상화함으로써 일종의 서사시를 이루는 소설이 생기게 되었다. 스콧은 실상 그 두 가지 가능성을 다 암시하였다.

역사소설은 역사적 로만스와는 구별될 수밖에 없는데 역사적 로만스는 배경만 과거로 되어 있고 인물의 언행과 심사는 현재의 것으로 그냥 남아 있는 양식으로서, 이는 작가의 미숙 때문일 수도 있으나, 특수한 효과를 위한 것일 수도 있다. 이 경우 역사적 배경은 소설의 〈액자(프레임)〉가 될 뿐이다. →소설

역사주의 historicism

문학 연구에서 역사적 사실을 배제할 수는 없다. 한 작품을 어느 작가가 언제 쓴 것인지 안다는 것은 가장 기초적인 필수 지식이다. 작품이 씌어진 시대의 언어를 판독할 수 있는 것 역시 기초적인 역사적 지식의 하나이다. 그러나 〈역사주의〉라는 뚜렷한 문학관은 문학 연구가 역사적 지식을 필요로 한다는 것을 인식하는 데에서 그치지 않는다. 역사주의는 문학은 그것이 씌어진 시대의 상황과 사상과 문학적 전통, 관습 등의 포괄적인 문맥 속의 적절한 자리에 되돌려놓아져야만 그 의미와 본질이 밝혀진다는 이론적 주장이다.

문학적 가치의 영원불멸을 운운하는 말에 우리의 귀는 젖어 있지만 잠시만 생각해 보아도 작가는 자기가 사는 시대에 속하며 그 시대의 제약을 다소간에 안 받을 리 없다는 것을 알 수 있다. 위대한 작가는 자기의 시대를 초월한다고 하지만, 얼마나 초월했는지를 알기 위해서라도 그 시대를 먼저 알아야 한다고 역사주의는 주장한다. 오히려 역사주의는 작가가 시대를 초월한다는 생각에 대하여 대단히 회의적이다. 셰익스피어는 그 시대를 자세히 알아보면 볼수록 더 철저하게 16세기 후반, 17세기 초의 영국인임이 드러난다고 역사주의는 주장한다. 그러니까 역사주의는 특정한 시대가 작품의 의미와 가치를 규정한다고 믿을 수밖에 없다.

실상 단지 즐거움이나 교훈을 얻으려 하는 현재의 독자는 현재의 관념과 가치관을 가진 채로 과거의 문학을 읽으면서 자기는 충분히 잘 이해하고 있다고 믿을 것이다. 한국의 독자는 셰익스피어가 어느 때, 어느 나라 사람인지도 모르면서, 학자들이 말하는 이유와는 전혀

별개의 이유에서 『햄릿』을 읽고 감동하거나, 불만을 느낄 수도 있다. 그러므로 역사주의는 현재의 우리가 과거의 문학을 올바로 볼 수 있도록, 작품을 생산한 과거를 다시금 재구성하는 작업에 주된 노력을 기울인다. 역사의 재구성은 역사주의의 가장 큰 과제인 것이다. 그러한 작업을 통하여 과거의 작품의 진면목을 볼 수 있다고 믿는다.

어떤 작품이든지 다 구체적인 시대에 구체적인 인물에 의하여 구체적인 상황에서 씌어졌다. 간혹 그 시대, 인물, 상황을 명확히 알 수 없는 경우도 있는데, 역사주의는 그런 경우 그 작품의 의미와 가치에 대해서 임시적, 가설적인 결론을 내릴 뿐이다. 시대, 인물, 상황 등이 명백히 밝혀질수록 작품의 의미와 가치가 분명해진다고 믿는 까닭이다. 상당히 많은 경우에 있어, 작품의 역사적 사실들은 충분히 밝혀져 있어서(근대문학의 경우 특히 그렇다) 그런 작품들의 의미와 가치는 확정되었다고 생각하기 쉬우나, 지금까지 어떤 작가에 대해서도 확정된 결론이 내려진 예가 없는 것을 보면 역사적 사실의 확정이란 보기보다는 훨씬 더 큰 문제를 안고 있음이 틀림없다.

과거의 재구성이 과연 가능한가 하는 의문이 저절로 생긴다. 과거를 아무리 정확히 재구성해 보려고 해도, 현재의 우리는 우리 나름의 역사적 제약을 받고 있으니, 결국 우리가 재구성한 과거는 우리의 관점에서 본 과거일 뿐이다. 그 때문에 같은 역사적 자료를 가지고도 30년 전의 역사주의자가 재구성한 과거와 현재의 역사주의자가 재구성한 과거는 상당히 달라지게 된다. 과거의 재구성이란 실상 현재의 입장에서 과거에 대하여 역사적 상상력을 발휘하는 것에 지나지 않을지도 모른다.

더욱이 과거를 17세기, 세종 시대, 고려 말 등으로 구분하는 것은 과거를 인위적으로 토막 내어, 그 각각의 토막을 동질적인 한 덩어리로 보려는 편법이지만, 그런 구분을 역사주의는 절대적으로 보는 경향이 있고 또 그런 경향을 벗어날 수 있을 것 같지도 않다. 그러나 17세기라는 동질적인 시간의 토막은 사실상 있을 수 없다.

과거의 위대한 작품을 과거의 역사적 문맥에 놓고 본다는 것이 설사 가능하다고 쳐도, 그 역사적 문맥이라는 것은 그 시대의 가장 평범하고 가장 널리 퍼져 있는 요소들로 재구성된 것이니, 결국 위대한 천재도 평범한 요소들로 구성된 시대가 생산한 것에 지나지 않는다는 결론에 도달한다. 그러나 우리는 〈위대한 작품은 시대를 초월한다〉는 생각을 쉽게 부정할 수는 없다. 역사주의는 과거의 재구성에 주력하는 나머지, 때로는 역사학과 구별되지 않으며, 작품의 독특한 의미와 가치의 발견에는 소극적이다. 역사학은 한때 객관성을 표방했으나, 사료를 취급하는 사람의 성향에 따라 사료의 선택과 해석이 달라질 수밖에 없다는 사실에 부딪혔다.

역사주의는 문학의 전부를 말한다기보다는 문학의 의미와 가치를 알아내는 일에 필요한 보조적 수단이 된다. 그것의 가장 큰 기여는 역사적 투시와 역사적 상상력을 풍부하고 올바르게 지도한다는 것이다.

→ 문학사, 전통

역설   paradox

겉으로 보기에는 명백히 모순되고 부조리한 듯하지만 표면적인 논리를 떠나 자세히 생각하면 근거가 확실하거나 진실된 진술 또는 정황. 본래는 수사법의 하나로서 청중의 주의력을 환기시키는 데 효과적인 방법의 하나였다. 〈무신론자처럼 신의 존재에 대하여 관심이 큰 사람은 없다〉는 말에 우리는 처음에는 그 명백한 비논리성에 당혹을 느끼지만 다시 생각해 보면 근본적으로 옳은 말이라는 수긍을 하게 된다. 의혹이 그 정반대의 수긍으로 급변하는 데에서 우리는 쾌감을 느낀다. 그러한 즐거운 수긍에 도달하기 위한 긴 설명과 설득의 과정이 역설적 진술로 말미암아 일거에 생략된다. 일상 생활에서도 〈좋아서 죽겠다〉 같은 역설적 표현이 많이 사용되지만 대개 말버릇처럼 되어 있어서 경이감을 일으키지 못한다.

합리주의적 철학에서는 일체의 역설적 요소를 제거하고 논리적 연속성을 추구하였으나, 현대에는 우주의 본질이 논리적 연속성으로 설명할 수 없음을 시인하고, 논리의 단절을 받아들이고 있다. 종교는 본래 논리적 단절과 그로 말미암은 역설을 가장 중요한 진술 방식으로 삼고 있다. 〈죄가 많은 곳에 또한 하느님의 은혜가 많다〉는 예수의 역설을 기초로 하여 하느님의 사랑을 더 받기 위해서 죄를 더 많이 지어야겠다는 역설이 생겼다. 신비주의적 종교의 진술들, 이를테면 참선하는 사람의 명상의 제목, 〈도(道)를 도라 할 수 있으면 도가 아니다〉 같은 도교의 잠언 등은 모두 역설들이다.

문학은 설득의 방법으로서의 수사학적 역설을 이용하기도 하지만 근본에 있어 직선적 논리에 의하지 않고, 논리의 단절에도 불구하고 통일을 이루는 직관에 의하여 세상을 인식하기 때문에 자연히 역설법을 사용하게 된다. 〈님을 갔지마는, 나는 님을 보내지 아니하였습니다〉라는 한용운의 역설은 이별이 이별이 아닐 수 있는 높은 경지에 대한 직관의 표현이다. 〈찬란한 슬픔의 봄〉이나 〈슬플 정도로 아름다운 여인〉처럼 사람의 정서의 단절적 상황을 드러내는 역설도 있다.

뉴크리티시즘에서는 문학, 특히 시의 언어는 〈역설의 언어〉라는 극단적인 주장을 하였다. 논리의 연속성에 근거한 과학 및 철학의 언어와는 다르게, 문학은 세계에 대한 또 다른 독자적 인식 방법이라는 뉴크리티시즘의 입장에서는 그런 주장이 나올 법하다. 과학에서 보면 시의 진술은 대부분 비합리적이나, 우리가 시를 무의미하다고 내버리지 않고 또 다른 차원에서 그 타당성을 수긍하는 것만 보아도 시의 언어가 근본적으로 역설적이라는 말도 시인할 수 있다. → 아이러니

연극 → 희곡

영감 inspiration

문학 작품, 특히 시를 창작한다는 것은 의식적인 노력이나 연구에 의존한다기보다는 시인 자신도 마음대로 부릴 수 없는 어떤 힘의 작용의 도움을 받는 것이라는 생각은 서양에서 특히 강한 전통을 이루

고 있다.

크게 나누어 세 갈래로 구분해 볼 수 있는데, 첫째는 시인의 몸 밖에 있는 어떤 신통한 능력이 시인 속으로 들어와 작용하여 시를 토해 내게 할 뿐 아니라 시 창작이라는 고난의 삶에 헌신하게끔 한다는 것이다. 고대 그리스 시인들은 시신(詩神, Muses)에게 영감을 내려달라고 기도하고 나서 시를 시작하였는데 이는 아마 당시에는 진정한 신앙의 표현이었을 것이다. 그후에는 그런 의식이 시의 서두를 장식하기 위한 일종의 관습이 된 느낌이 있으나, 시의 창작은 일상 생활을 영위할 때 사용하는 실용적인 정신이나 똑똑한 의식 상태에서는 불가능하고 일종의 광증(狂症)에서만 가능하다는 통설이 있었다.

플라톤은 시인이 맑은 이성을 버리고 제정신이 아닌 상태에서 정체를 알 수 없는 영험한 정신을 받아 시를 뱉어낸다고 말하고, 이렇게 나온 시를 듣는 청중도 역시 자기도 모르게 정신이 나간 듯 시에 끌린다고 하였다. 그는 이것을 자석의 힘이 쇠붙이에 미치고, 다시 그 쇠붙이가 다른 쇠붙이를 잡아당기는 것과 같다고 하였다. 시적 영감은 감염성이 있다고 본 것이다.

기독교는 삼위일체의 하나인 성령을 믿는데, 성령은 사람의 마음을 감동, 감화시키는 신의 능력이다. 그리스인의 영감설은 기독교의 성령 신앙과 결부되어 신의 뜻에 합당한 중요하고도 좋은 시적 발언을 하고자 하는 자는 성령께 기원해야 한다는 사상이 생겼다. 영국의 시인 밀턴은 진정한 신앙적 동기에서 성령의 영감을 기원하며 『잃어버린 낙원』을 썼다.

둘째는 천재론이다. 영감은 어느 순간 밖으로부터 시인의 정신 속으로 들어오는 것이 아니라 시인이 태어날 때 이미 그의 정신 속에 특별한 총애의 선물로 들어 있다는 것이다. 다시 말하면 시인은 특수한 능력을 타고난 사람이라는 생각이다. 그 능력은 보통 사람은 물론, 시인 자신도 잘 알 수 없고 통제할 수도 없다. 그런 능력을 타고나지 않은 사람이 노력과 연마에 의하여 시를 쓰겠다고 한다면 망발이다. 이 사상은 낭만주의 시대 초기에 한때 성했었다.

　세째는 심리학적 설명이다. 영감은 밖에서 들어오는 것이 아니라 시인의 심층심리에서 떠오른다는 것이다. 동양에서는 〈시상(詩想)이 떠오른다〉는 표현을 하고 있는데, 진작부터 우리는 심리학설을 믿고 있었던 셈이다. 우리의 무의식에는 이성의 제재를 받지 않은 원초적 경험의 잔재들이 쌓여 있는데, 이것들의 표현은 인간의 순수한 욕구, 희망, 공포, 기쁨을 그대로 나타낸다고 본다. 초현실주의는 바로 이러한 심리학설을 받아들여, 순수한 무의식이 떠오르는 것을 되도록 이성의 간섭을 받지 않고 그대로 기록하려고 한다. 초현실주의의 시 창작 방법은 다분히 이론적이지만, 일반적으로 모든 문학의 가장 문학다운 요소는 무의식의 표출이라는 설을 현재 많은 사람이 수긍하고 있다.

　〈인스퍼레이션〉이란 말은 〈바람을 불어넣는다〉는 뜻을 갖고 있는데, 시신과 접신(接神)한 상태에서 시가 나온다는 주술적 영감설은 지금 믿어지지 않는다. 또한 천재론은 영웅 숭배 사상의 한 표현이며, 무의식설은 시 창작의 불가해한 면에 대한 자연주의적 해석이라고 생각된다. 그러나 융 학파는 시의 근원이 단순한 무의식이 아니라 집단 무의식, 나아가서는 인류 공통의 무의식에 있다고 보는 만큼, 시적 영감은 개인의 밖에서, 즉 집단 정신에서 온다고 할 수도 있다. 인류 공통의 거대한 꿈이 개인을 통해 표현되는 것이 시라는 것이다. 어쨌든 프로이트의 학설만 가지고는 시 창작의 초개인적 양상을 다 설명할 수는 없다. 더군다나 프로이트는 시적 표현을 억압된 심리, 곧 노이로제의 표현이라고 보았는데, 창작된 시가 병의 흔적이 아니라 정신의 자유와 아름다움을 구현한다는 것을 부정할 수 없다. → 심리

영향 influence → 문학사, 전통

윔섯과 비어즐리가 공동 집필한 논문에서 다룬 비평 문제의 하나로서, 문학 작품의 가치를 그 독자에게 미친 영향이나 효과에 두는 것은 잘못이라는 말이다. 작품에서 받는 영향은 독자마다 다를 수밖에 없으므로 순전히 영향에만 작품 평가의 기준을 두면 극단적 인상주의 및 상대주의에 빠지게 된다는 것이다. 작품의 본질적 성격과 그 가치를 규명하기 위한 근거를 영향에 둔다는 것은 결국 작품과 영향을 동일시하는 것이라고 보는 것이다.

물론 개인 독자에게 미친 영향과 효과만을 작품의 평가와 논의의 근거로 삼는 것은 무책임한 짓임에 틀림없다. 그러나 윔섯과 비어즐리는 그러한 무책임한 인상주의 말고도 플라톤의 문학해독설, 아리스토텔레스의 유명한 카타르시스 이론, 롱기누스의 숭엄미론, 리처즈의 심리안정론도 다 효과에 의해서 작품의 가치를 판단하려는 것이므로 영향론적 오류에 빠진 것이라고 주장한다. 영향과 효과를 이야기하는 것 자체가 사회학 또는 심리학의 영역이고, 구체적 작품의 본질 규명과 가치 판단, 즉 엄밀한 의미의 문학비평과는 직접적인 관련이 없다는 것이다.

그러나 하나의 작품은 독자가 실제로 경험하기 전에는 파악될 수 없고, 또한 작품을 경험한다는 것은 그 작품에서 어떤 영향을 입는 것이므로, 작품의 가치와 그 영향 사이에는 어떤 관계가 있음이 확실하다. 다시 말하면 영향은 작품 평가에 있어 빼놓을 수 없는 요소인 것이다. 그러나 작품의 평가에 있어 영향을 참조하는 것이 무원칙한 인상주의가 되지 않게 하기 위해서는, 책임 있는 독자(비평가)가 자기가 받은, 또는 받을 가능성이 있는 영향을 길잡이로 하여 작품 자체의 내적 구조로 더듬어 올라가야 한다. 즉 영향은 작품 판단의 기준 자체가 되는 것은 아니나, 그 기준 설정의 전제가 되며, 그러한 전제가 되는 만큼 그 기준에 의한 판단의 가능한 범위를 결정한다고도 할 수 있다.

이런 견지에서 볼 때 웜섯과 비어즐리의 그 도전적인 주장은 결국 인상주의와 상대주의의 극복 및 객관주의의 선양을 다시금 강조했던 것이라 할 수 있다. →의도, 카타르시스

예술지상주의 art for art's sake →심미주의

외설 pornography

남녀, 또는 간혹 동성간의 부도덕한 성적 관계를 묘사한 글을 외설이라고 할 수 있으나, 그런 정도의 외설은 세계의 최대 명작, 심지어는 종교적 경전에도 나온다. 따라서 그러한 이야기의 근본 목적이 무엇이냐가 문제시된다. 최대 명작 또는 종교적 경전에 나오는 부도덕한 성관계의 이야기는 전체 문맥으로 보아 그 부도덕함을 비판하고 독자에게 올바른 도덕의 가치를 인식시키려는 목적에서, 또는 그것을 통하여 어떤 상징적 진리를 가르치려는 목적에서 삽입한 부분에 지나지 않는다. 그런데 진보적이거나 비판적인 경향이 있는 사상가나 문인이 기존 사회의 성도덕이 개인의 건전한 인격 형성을 오히려 저해한다고 볼 때에는 부도덕한 것으로 간주되는 성행위가 오히려 당연하다든지, 불가피하다든지, 더 도덕적이라는 주장을 펴기도 한다. 또는 성관계의 묘사에 사용하는 언어에 대한 금기를 비판하는 뜻에서 성도덕을 깨뜨릴 수도 있다. 비속하다고 간주되는 말과 세부적 묘사도 효과적인 비판과 토론의 방법이 될 수 있다.

사실주의 문학의 대두 이후, 문학은 비판적인 의도를 드러내지 않은 채로 일체의 사물을 자세하게 묘사하는 버릇이 생겼다. 성행위, 그것도 부도덕한 것으로 간주되는 성행위가 세밀하고도 직접적으로 묘사될 뿐 아니라, 그런 행위의 심리적 동기와 결과까지도 세밀히 서술된다. 사람을 쳐 죽이는 행위를 자세하게 묘사하는 것과 성행위를 자세하게 묘사하는 것을 다 마찬가지로 문학의 고유한 기능의 발휘로 보는 것이다. 더욱이 성행위에 관한 심리학이나 사회학의 보고서는

창작 아닌 현실의 적나라한 모습을 정밀하게 알려준다. 그것들을 다 외설이라 할 수는 없다. 사실주의 예술이나 학술 연구는 각종 성행위에 관한 일반적 금기를 넘어설 권리가 있다고 인정된다.

그러니까 외설은 윤리적이거나 예술적, 학술적이지 않은 것을 가리킨다. 외설은 성적 자극을 유일한 목적으로 한다. 그런 자극을 되도록 강하게 하기 위하여 기이한 성관계, 동기, 행위, 심리적 반응 등을 금기 없는 언어로 세밀히 묘사한다.

이론가들은 전체적으로 조화를 이룬 사람의 개념에서 성본능을 분리시켜 다룰 때 외설이 생긴다고 말한다. 도덕적인 이유로 해서 사람의 성본능의 현실을 인위적으로 외면하도록 강요하면 사람은 관념적 도덕과 육체적 본능을 부자연스럽게 구분하게 되고 인격이 분열되어, 본능이 도덕의 외면 속에서 도덕과 관계없는 만족의 방법을 찾게 된다. 외설은 바로 도덕이 외면하는 본능에게 밀수품처럼 제공되는 것이다.

외설은 누가 쓰며 누가 읽느냐 하는 문제도 중요하다. 외설은 그 작가의 개인적 성적 환상을 만족시키는 것 이외에 그의 경제적 이득 추구의 수단이 된다. 문인들은 모두 자기 작품이 잘 팔릴 것을 기대하지만, 외설 작가야말로 팔리지 않을 글은 쓰지 않는다. 그는 가장 대표적인 매문업자이다. 그는 간혹 성도덕의 문란을 공격하려는 목적에서, 또는 사회학적 실태 보고를 하려는 목적에서 글을 썼다는 점잖은 핑계를 내세워 얇은 위장을 하기도 한다.

잠재적으로 누구나 다 외설의 독자가 될 수 있다. 정상적인 사람은 성적 자극에서 쾌감을 느낀다. 도덕률과 본능은 현실적으로 마찰을 빚고 있기 때문에 둘은 쉽게 분리될 수 있는 것이다. 성 문제를 다루는 심각한 문학이나 학술서도 그 본래의 목적과는 관계없이 부분들을 발췌하여 읽은 독자에게 외설의 효과를 줄 수도 있다.

엄격히 말하자면, 파괴 본능, 식욕, 탐욕 등을 자극하거나 해소시키는 일체의 대중오락물이나 광고, 스포츠와 마찬가지로, 외설을 본능적 욕구의 간접적 해소책으로 볼 수도 있다. 또한 외설의 그 선정적 효과는 정치적 선동의 효과나 마찬가지로 진정한 문학의 효과와는 관계가 없다고 하겠다. 선동과 선전은 결국 다 같이 선정(煽情)이다.

외연(外延, denotation) → 내연/외연

우화 fable

인간의 정황을 인간 이외의 동물, 신, 또는 사물들 사이에 생기는 일로 꾸며서 말하는 짧은 이야기로서 비교적 쉽게 파악되는 도덕적 교훈이 담겨 있다. 동물(또는 신, 사물)들에게 사람 사이에 관습적으로 알려진 대로 사람의 속성을 투영한다. 예컨대 개는 충실, 여우는 간교, 곰은 우직이라는 사람의 속성을 부여받고 또한 그러한 속성에 어울리는 행동을 하고 그런 정황에 처한다. 그 속성들은 복잡미묘한 것이 아니라 단순하고 전형적인 것이며 그 행동과 정황도 전형적이고 단순하다.

그러한 전형성으로 말미암아 그 이야기가 갖고 있는 도덕적 교훈이 쉽게 파악된다. 그 교훈 역시 전형적이고 단순하며 복잡하거나 미묘하지 않다. 또 이야기의 끝에 가서 인물 중의 하나가 교훈을 직접 요약하여 말하는 경우도 많다. 대체로 그 교훈은 현실적이고 다소 아이러니가 있다. 실생활에 있어서의 똑똑함, 임기응변, 사회 관계에 있어서의 공평 등이 흔한 교훈이다.

기원전 6세기 그리스의 작가 이솝의 『우화집』은 세계적으로 유명하며 17세기 프랑스의 라퐁텐은 근대 최고의 우화 작가로 인정되고 있다. 영국의 조지 오웰의 『동물 농장』은 서양 우화의 전통을 교묘히 이용한 정치 풍자소설이다. 우화는 크게 보면 알레고리의 한 분야이다. 안국선의 『금수회의록』 역시 좋은 우화의 본보기이다. 그러나 훨씬 널리 사랑받는 우화는 『별주부전』, 『장끼전』 등이다. 우화는 민간 구전문학의 한 중요한 장르이다. → 동화, 민담

운문 verse → 산문, 율격

운율 → 소리, 시, 율격

웃음극 笑劇, farce

순전히 웃음을 자아내도록 지어낸 행동과 말은 어느 사회에나 있다. 서양에서 파르수스farsus란 말은 본래 〈빈틈 틀어막는 잡동사니〉란 뜻을 가진 말이었는데 교회의 심각한 의식 사이사이 빈 시간에 좀 덜 심각한 〈몸짓〉을 끼워넣는 것을 뜻하다가, 중세 이후에는 정규적인 연극의 막간 또는 극이 끝난 다음 잠시 덤으로 보여주는 짧은 극을 뜻하게 되었다. 웃음극은 단편적이고 짧을 수밖에 없다.

웃음극은 상당한 지적 작업과 상상력을 통해서만 파악될 수 있는 플롯, 주제, 이야기, 인물의 성격, 시적 언어 등을 되도록 배제하고 과장되고 터무니없는 행동과 정황이 빚어내는 즉각적인 웃음에 의존한다. 사실 또는 상식과의 불일치는 언제나 웃음(또는 경멸이나 비웃음)을 자아내는 요소가 있는데 웃음극에서는 그 불일치가 너무나도 눈에 띄도록 터무니없이 과장된다(과장된 동작, 표정, 말소리, 말투 등). 기지는 그 예기치 못했던 적절함 때문에 웃음을 자아내는 것인데, 웃음극에서는 기지의 그 지적 요소를 배제하고 오히려 엉뚱하게 어울리는 것 때문에 즉각적인 웃음을 자아낸다. 그러나 순수한 웃음극은 무언극처럼 언어에 의해서 전달되는 부분이 상당히 축소된 형태이다. 언어에 의존하면 의존할수록 관중의 지적 노력이 필요하게 되고 따라서 웃음의 반응은 훨씬 늦어지게 된다. 요컨대 웃음극은 내용 없이 공연히 웃겨야 한다. 요즈음의 텔레비전의 어떤 웃음거리처럼 단지 몸짓과 표정에 의해서 이유 없이 웃음을 자아내야 한다. 여기서 웃음극의 유머를 〈육체적 유머〉라 하는 이유를 알 수 있다.

웃음극은 명백한 인생관의 제시와는 관련이 없으나 분석해 보면 인간의 존엄성이라는 것에 대한 놀림(조롱)이 내포되며 부부 관계, 교우 관계 등의 신의와 사랑이라는 것에 대해서도 비판적이다. 예컨대 웃음극에서 아내는 움켜쥐는 이기적 동물이고, 남편은 당하기만 하는 바보로 제시되는 것이 하나의 공식인 것이다. 현재의 일부 부조리극에서 웃음극의 그 엉뚱함을 이용하는 이유도 짐작할 수 있다. →희극

원시주의　primitivism

원시인 또는 문명 세계에 살지 않는 미개인, 문명 사회의 때가 덜 묻은 농촌 사람, 순진한 어린이가 복잡다단한 문명 사회에 파묻혀 사는 사람보다 더 자연스럽고 생명력이 넘치고 타락하지 않았을 뿐 아니라 도덕적으로도 더 고상하다는 사상. 철학적 체계를 갖추기 시작한 것은 18세기 중엽이었고, 특히 프랑스 사상가 루소는 사람은 자연 상태에 있을 때 가장 선하고 아름다우나 문명 사회에 접촉하자마자 타락하기 시작한다고 주장하고 자연으로 돌아가라는 충고를 하였다. 이탈리아의 비코나 독일의 헤르더 등도 원시인은 인위적이지 않은 자연스러운 생활 속에서 타고난 고상한 성품을 십분 발휘하였으며 특히 그의 말은 그대로 꾸밈 없는 시가 될 수 있었다고 하였다.

어느 시대에나 현실에 대한 불만과 반감이 있는 법이고, 이러한 불만과 반감의 이면에는 예전에는 현실이 지금처럼 각박하지 않았다든지, 지금보다 훨씬 좋았다든지, 적어도 훨씬 단순하였다는 의식이 자리 잡고 있다. 공자는 요 임금, 순 임금이 다스리던 세상을 동경하였고, 맹자는 공자가 노나라의 재상을 지내던 시절을 그리워했다. 조선 시대의 선비들은 중국의 성현인 기자가 조선땅에 와서 직접 다스린 시절을 조선 역사의 황금 시대로 보기도 하였다. 이처럼 과거, 특히 아득한 전설적 과거에 사람의 완성이 있었고 그후 사람은 복잡한 물질 문화의 발전에 반비례하여 점점 타락해 왔다는 생각을 원시주의 중에서도 시대적 원시주의라 한다.

한편 과거 지향적이 아닌 원시주의도 있다. 문화적 원시주의라고 하는 것으로서, 도시 생활보다 농어촌의 생활, 정신 노동보다 육체

노동, 어른보다 아이, 똑똑한 의식보다 인류의 근본 꿈을 그대로 갖고 있는 무의식의 생활을 더 훌륭하고 인간답다고 보는 것이다. 시대적 원시주의와 문화적 원시주의는 서로 겹치는 경우가 많다.

이러한 사상은 정치, 사회, 경제 사상에 커다란 영향을 미치고 있다. 민주주의, 사회주의 사상에도 원시적 경향이 있다. 현대의 환경 보호 사상에도 원시주의가 스며들어 있다. 물론 문학과 예술에 있어서 큰 세력이 되어 있다.

전원문학은 문화적 원시주의의 한 표현이며, 루소나 워즈워스의 어린이 예찬 역시 문화적 원시주의이다. 아득한 과거에 낙원이 있었다는 창세기, 예전에는 영웅들이 살았었다는 『일리아스』 등은 시대적 원시주의이다. 현대의 서양인들이 동양 사상에 대하여 가지는 향수 비슷한 것도 역시 문화적 원시주의에 속한다고 할 수 있다. 문학의 원형, 신화적 요소를 추적하는 현대의 문학 이론도 하나의 원시주의적 경향이다. 원시주의는 현대예술에 있어서 추상적 경향과도 관계가 있고, 형식과 전통에 반항하는 전위적 경향과도 관계가 있다. 그러나 물론 현대의 전위적 경향에는 현실에 대한 대단히 날카로운 비판 정신이 깃들어 있는 까닭에 의식에 있어서 가장 앞섰다고, 즉 개화했다고도 할 수 있다. 그래서 시인은 가장 원시적인 동시에 가장 개화했다는 엘리엇의 말이 타당성을 가진다.

원시주의는 언제나 발전 사상의 도전을 받는다. 사람의 이성으로 창조해 낸 온갖 기술 문명이 사람을 과거보다 더 좋은 세계로 이끌어 준다는 발전에 대한 신념이 없다면 인류 문화는 계속될 수 없을 것이다. 예술가들이 대체로 발전 사상을 받아들이지 않는다는 사실은 예술의 현실 비판적 태도의 특징이며 한계인지도 모른다. 산업혁명이 발전 사상의 결실이었다면, 그에 반동한 낭만주의라는 예술상의 혁명은 원시주의, 즉 사람의 자연스러운 모습으로의 복귀를 강력히 주장한 것이었다. 낭만주의 운동은 루소 투의 원시주의를 문학적으로 전개한 것이었다. 같은 혁신 사상을 가졌다고 해도 현실적 정치가와 예술가는 향배를 달리할 수밖에 없다. → 전원문학

원형 原型, archetype

　문자적 의미대로 하자면 〈원형〉은 근본적인 형식으로서, 그것으로부터 많은 실제적 개체들이 만들어질 수 있는 것을 말한다. 이를테면 추상적인 의미의 결상의 원형 즉 결상이라는 개념에서 많은 실제의 결상들이 생겨날 수 있다. 이런 뜻의 원형은 플라톤 철학의 관념과 그리 멀지 않다. 문학에 있어서도 독특하거나 특징적인 요소 말고, 보편성을 띤 요소, 예컨대 모험담에 등장하는 공통적인 영웅상, 연애소설에 나오는 공통적인 미인, 기타 보편성이 있는 행동 양식, 행동이 벌어지는 배경, 사회 관계 등은 원형이라고 할 수 있다.

　원형이란 용어가 20세기 문학비평에 좀더 독특한 뜻을 갖게 된 것은 제임스 프레이저의 『황금의 가지』라는 비교인류학의 명저와, 융의 심층심리학 연구가 문학비평에 영향을 끼친 후부터다. 특히 원형archetype, 원형적 심상archetypal image, 양식pattern 등의 용어가 일반화된 것은 모드 보드킨의 『시에 있어서의 원형적 양식』이란 저서에서 비롯하였다. 그후 노스롭 프라이가 『비평의 해부』에서 문학을 원형들의 수용 양상의 면에서 포괄적으로 다룸으로써 문학비평은 곧 원형의 추적이라는 설이 확립되었다. 이로써 원형비평은 현대비평의 중요한 한 가닥이 된 것이다.

　인류학자 프레이저는 세계 각 민족의 신화와 종교 의식을 비교 연구한 결과, 신화 및 의식의 근본적인 양식이 공통된 것을 발견하였다. 심리학자 융은 우리 조상들이 수만 년 동안 살아오면서 반복하여 겪은 원천적인 경험들이 인간 정신의 구조적 요소로 고착되어 집단적(민족적) 무의식을 통하여 〈유전〉된다고 하고, 그것이 신화, 종교, 꿈, 환상 또는 문학에 상징적인 형태로 나타난다고 하였다.

　위에서 잠깐 언급하였듯이 문학에서 발견되는 보편적인 양식들, 즉 이야기 문학에 있어서의 보편적인 인물상, 전형적인 행동 방식, 보편적 이미지 등은 단지 문학의 전통적 수법이나 도구일 뿐 아니라 인류의 깊은 심리 속에 뿌리 박고 있는 것이기 때문에 논리를 초월하여 독자에게 강한 정서적 반응을 일으킬 수 있다고 본다. 예를 들자면『홍길동전』에서 홍길동이 서출이라는, 즉 비정상적이라는 사실은 홍길동이란 인물 하나에 국한된 독특한 사실이 아니라, 고대 신화와 전설에 나오는 위대한 영웅들의 출생이 모두 비정상적이었다는 사실과 일치한다. 그 작품의 작자는 전설적 영웅을 창조하기 위해서는 이미 인류가 심리 구조상 품고 있는 당위적 영웅상을 반복하지 않을 수 없었다. 또한 인류 공통의 영웅상이기 때문에 독자는 금방 그를 영웅으로 알아보게 된다. 그는 우리가 아득한 조상들로부터 물려받은 영웅상을 다시금 기억하게 해준다(융의 집단 무의식 유전설). 영웅의 일반적 행동 양식을 홍길동이 닮고 있는 것은 물론이다. 여기서 보듯이 신화적이라는 말은 원형적이라는 말로 바꿀 수 있다. 따라서 원형비평이란 말은 신화비평과 동일한 말로 쓰일 수 있다. 그러나 신화비평이 문학의 인류학적인 원천에 더 관심이 있다고 한다면 원형비평은 문학 작품에서 원형을 분석하고 비교하는 데에 더 관심을 기울인다.

프라이의 이름난 저서『비평의 해부』의 제목이 암시하듯이 원형비평은 문학이라는 범인류적 현상을 〈해부〉하려고 한다. 해부는 분석이라는 말과는 좀 달리, 생물학적 의미를 지닌다. 프라이는 19세기의 생물학이 비교해부학의 급격한 발전의 결과로 진화론이라는 위대한 법칙을 발견한 것처럼, 문학도 심층적 비교해부를 통하여 그 시간적 변형과 시간을 초월한 불변적 요소를 가려낼 수 있다고 주장했다. 고래와 개와 박쥐가 외형상 엄청나게 다르지만 비교해부학적으로는 동일한 원형을 유지하고 있듯이, 한 무리의 문학 작품들도 적절한 비교해부를 통하여 동일한 원형 구조를 가지고 있음이 밝혀질 수 있다는 것이다. 이렇게 함으로써 인류 문학의 근본적 동질성과 질서를 그려볼 수 있다는 것이다. 이 질서를 수립하려는 것이 원형비평의 궁극 목표이다.

그러나 원형비평은 개체적 작품을 보편성의 차원에서 보려고 하는 까닭에, 작품의 개체적 성격과 특징을 무시할 수 있는 위험성을 내포한다. 많은 작품이 오히려 독특성을 드러내려는 뚜렷한 의도에서 씌어졌다는 사실을 간과할 수는 없는 것이다. 미숙한 원형비평가는 작품의 여러 요소들을 너무나도 안이하게 인류학의 공식에 끼워 맞추려고 할 것이다. 문학은 이미 신화가 아니며 원형의 전달자도 아닌데, 이를 다시 신화와 원형으로 되돌리는 것은 분명히 환원주의의 오류라고 하는 일부의 비판을 음미해 볼 만도 하다.

→ 모티프, 신화, 심상

유기적, 유기체론　organic, organicism

　낭만주의 이후 현대에 이르기까지 〈유기적〉이라는 낱말은 문학 이론의 제일 중요한 개념의 하나로 되어 있다. 아리스토텔레스는 본래 생물학자였기 때문에 문학을 설명할 때, 한 문학 작품을 마치 유기체(즉 생물체)처럼 하나의 독립된 전체로 보고 이 전체를 이루는 각 부분들은 필요한 위치에 배열되어 필요한 역할을 담당한다고 하였다. 필요한 부분을 모두 구비하고 불필요한 부분은 하나도 가지고 있지 않아야 완전한 전체가 되며 어느 부분이라도 전체에서 떨어지는 순간 본래의 성격과 기능을 잃게 된다는 것이다.

　낭만주의 시대에 이 유기체론은 반기계론적 미학과 창작 심리의 역동성을 주장하기 위해 재개발되었다. 낭만주의자들은 문학이 창조적인 상상력 속에 〈씨앗〉처럼 배태되어 이질적인 요소들을 흡수, 동화하며 성장하여 완성된 형상에 이른다고 하였다. 작품의 최종적인 형상은 작품 자체가 스스로 성장의 목표로서 취한 모습이지 외부에서 강제로 주어진 형식이 아니라는 유기적 형식론이 바로 그것이다.

　현대에는 〈유기적〉이라는 말에서 생물학적인 냄새가 많이 가시고, 유기체론은 사람은 부분에 앞서 전체를 파악한다는 형태심리학 Gestalt psychology에 근거한 미학과 긴밀한 관계를 맺었다. 이 미학에 따르면 비평은 문학 작품의 다양성과 통일성에 주안해야 한다. 문학 작품은 복잡다단한 부분들의 통일된 전체이다. 그 부분들은 따로 떼어놓고 보면 전체에 포함되었을 때 가지고 있던 성질과 의미와 효과를 갖고 있지 못하다.

그러니까 전체는 부분들이 있어야 비로소 이루어지는 것이지만 한편 부분은 전체와 특수한 관련을 맺고 있을 때에만 진정한 부분의 구실을 한다. 바로 그 특수한 관계가 유기적 관계이다. 이런 뜻에서 전체는 개체적 부분들의 합계보다 크다는 말이 성립된다. 〈국화〉는 그냥 꽃의 한 가지일 뿐이나, 서정주의 「국화 옆에서」라는 작품 전체가 이루고 있는 틀 속의 적절한 자리에 들어갔을 때 특수한 뜻을 더하여 갖는다. 여기서 국화의 심상은 작품 전체에 대하여 유기적 관계에 있다.

유기체론을 주장하는 이론가들은 문학의 한 부분, 이를테면 사상, 정서, 수사법, 운율 등을 따로 떼어내어 전체와의 연관을 단절시키고 그 가치나 의미나 효과를 논하는 것을 반대한다. 형식과 내용은 분리할 수 없는 것이라고 믿으며 형식의 기계적 이용과 장식적인 비유나 표현법을 반대한다. 요즈음은 〈유기적〉이라는 말의 생물학적, 낭만적 냄새를 싫어하여 〈구조적〉이라는 말이 더 많이 쓰이고 있다.

→ 구조, 형식

유머 humour → 해학/기지

유토피아 utopia → 이상주의

율격 meter

운문을 이루고 있는 소리의 반복적 요소의 양식을 말한다. 운문에서 소리의 양식이 일정한 거리를 두고 반복되면 이를 수량적으로 표시할 수 있다. 율격은 바로 일정한 반복의 양식을 수량적으로, 다시 말하면 기계적으로 다루는 데서 성립된다.

전통적으로 시의 가장 명백한 특징은 그 소리의 반복성이었으므로 시에 관한 많은 논의는 율격에 대한 논의였다. 율격은 각 민족의 언어

의 특징과 긴밀히 연결되어 있다. 세계의 시 문학을 개관하면, 율격
에는 다음 네 종류가 있음을 보게 된다.

(1) 음절 율격: 음절의 고저, 장단, 강약에 관계없이 시의 한 행을
구성하는 말이 일정한 음절의 수에 따라 선택되고 정돈된 것. 여기에
현대 프랑스, 이탈리아 등 남유럽계의 시와 한국시, 일본시가 포함
된다.

(2) 소리값 율격: 주로 각 음절의 장단을 변화 있게 조직한 소리의
단위들로 이루어진 것. 고대 그리스와 인도의 산스크리트 시, 라틴어
시가 이 율격을 갖고 있었다.

(3) 강세 율격: 한 줄의 시행이 일정한 수의 강세(악센트)를 담고 있
는 율격. 중세 유럽의 영국, 독일 등 게르만 계통의 시의 율격이었다.
한 행 속에 들어 있는 음절의 수는 문제가 되지 않고 강세의 수만 일
정하면 되었다.

(4) 강세 · 음절 율격: 강세의 수와 음절의 수를 다 같이 일정하게 한
율격. 근대 영시, 독일 시의 대부분이 택하고 있다. 이는 실상은 강세
율격의 일종으로 보아도 무방할 것이다. 중국의 5언시나, 7언시는 상
당히 다르지만 이 범주에 넣어서 생각할 수 있다. (중국어의 4성은 강
약, 장단이 아니라 〈음조tone〉이다.)

한국시는 음절 율격(이른바 음수율)을 따르는데, 이를테면 가사는
4음절의 최소 단위가 둘이 모여 한 행을 이룬다. 4 · 4조라는 것이다.
시조는 석 줄로 되어 있는데 그 첫 줄(초장)은 3 · 4 · 4 · 4로 최소 단
위들 넷이 모여 이루어진다. 현대시에서는 이른바 7 · 5조라는 것을
많이 쓰는데 이는 엄격히 말하자면 3 · 4 · 2 · 3, 즉 시조와 마찬가지
로 최소 단위가 넷이 모여 이룬 것이다. 가사는 4 · 4조가 한 행을 이
루지만, 실제에 있어 2행이 모여서 하나의 진술을 완성시키므로 결
국 가사도 4 · 4 · 4 · 4, 즉 최소 단위가 네 개 모여 시의 한 행을 이루
는 셈이다.

한국의 시는 주로 2 내지 4음절이 최소 단위가 되고 시 한 행은 네
개의 최소 단위를 가지고 있다. 가사와 시조는 정형시로서 기본을 따

르고 있으나, 현대시는 기본 율격의 극단적 변조를 사용하여 시의 리듬을 조성한다. 예컨대 조지훈의 「봉황수」는, 인쇄 형태는 산문처럼 되어 있지만 한국적 율격을 자유롭게 변조하여 사용하고 있다.

　　벌레 먹은 두리기둥, 빛 낡은 단청, 풍경 소리 날아간 추녀 끝에는 산새도 비둘기도 둥주리를 마구 쳤다. 큰 나라 섬기다 거미줄 친 옥좌 위엔 여의주 희롱하는 쌍룡 대신에 두 마리 봉황새를 틀어올렸다.

이 구절의 율격의 형식을 시각적으로 살려 다시 적으면 다음과 같이 된다.

1　벌레 먹은 두리기둥, 빛 낡은 단청
2　풍경 소리 날아간 추녀 끝에는
3　산새도 비둘기도 둥주리를 마구 쳤다.
4　큰 나라 섬기다 거미줄 친 옥좌 위엔
5　여의주 희롱하는 쌍룡 대신에
6　두 마리 봉황새를 틀어올렸다.

결국 두 개의 문장으로 된 산문(〈벌레 먹은 (……) 쳤다〉와 〈큰 나라 (……) 올렸다〉)은 실제에 있어 6행의 정형시임이 밝혀진다. 1, 2, 5, 6의 네 줄은 7·5조이고, 3, 4의 두 줄은 시조 율격이다. 물론 다소 변조가 있으나, 이런 정도의 변조는 조선 시대의 가사, 시조에도 있었다.

한국의 시는 정형시이든 자유시이든 간에 2 내지 4음절로 된 최소 단위 넷이 모여 이루는 시행과 관계를 맺고 있다고 할 수 있다. 단지 그 변조의 정도가 다를 뿐이다. 최소 단위를 한 줄에 한 개를 넣든, 두 개를 넣든, 세 개를 넣든 간에 그것들은 모두 기본 율격의 변조들인 것이다. 또한 최소 단위의 음절수를 2 내지 4로 한정시킬 것도 없다. 간혹 1음절도, 5음절도 최소 단위 구실을 할 수도 있다. 1음절이 최소 단위를 이룰 때에는 긴 소리가 될 것이고, 5음절(또는 그 이상일 수도 있다)이 그럴 경우에는 빨리 짧게 발음해야 할 것이다. 이렇게 길게 또는 짧게 발음하도록 소리 없는 규칙을 강요하는 것은 기본 율격에 대한 우리의 감각인 것이다. 이 율격 감각의 지배(그것은 결국 한국어 감각의 일부이지만) 때문에 우리는 표어를 고안할 때에도 으레 〈두고 보면 쓰기 쉽다. 푼돈 모아 목돈 쓰자〉는 투의 완전한 율격(4·4 조의 두 번 반복)을 따르는 것이다.

이론가들은 율격이 리듬과 다르다는 것을 강조한다. 같은 율격을 따른 시조들이라도 그 내용, 쓰인 낱말, 어조, 분위기 등에 따라 그 리듬은 다 달라진다. 즉 율격은 순수한 형식적, 추상적인 틀인 반면에, 리듬은 그 틀이 각각의 시 작품에 이용된 결과 실제로 조성된 현상이다. 순수한 형식적 요인으로서 율격과 각개 작품의 말소리의 자연스런 억양이 서로 상호 작용하여 긴장 관계를 유지하면서 조성한 것이 리듬인 것이다. 〈태산이 높다 하되 하늘 아래 뫼이로다〉를 시조의 초장이 아니라 평상시의 어떤 노인의 말이라고 가정하고 발음하면 특별히 리듬감이 생기지 않으나 시조의 초장, 즉 3·4·4·4의 율격을 의식하면서 그것을 읽으면 이 시구 특유의 리듬이 생긴다. 그러나 이 리듬은 역시 시조의 초장인 〈가노라 삼각산아, 다시 보자 한강수야〉의 리듬과는 상당히 다르다. 소리의 질과 내용이 다른 까닭에 리듬도 달라진다(그러나 둘은 다 시조의 율격을 따르고 있다).

율격은 인간의 질서에의 충동에서 오는 것이라고 한다. 시인은 경험을 말에 의하여 질서화하는 작업을 하는 만큼, 율격에 의하여 말을 정리하지 않을 수 없다. 율격은 평상시의 말에 대한 우리의 습관적인 무감각에서 우리를 일깨우며 또 한편 일정한 요소의 반복으로 우리의 의식 상태를 가라앉게 하기도 한다. 심한 경우에 율격은 최면적이다. 마술사의 주문이 극히 규칙적인 율격을 따르는 것을 보아도 이를 알 수 있다. 즉 율격은 우리를 일상에서 일깨울 뿐 아니라 또한 우리를 잠재운다. 이러한 극단이 반복되는 것 역시——우리의 잠과 깸처럼 ——커다란 단위의 리듬이 된다. 리듬은 인간이 본능적으로 요구하는 것이며 즐기는 것이다. 호흡, 맥박, 쉼과 일 등은 모두 리듬이며, 흥겨울 때 어깨를 들썩거리거나 고개를 끄덕거리는 것도 우리의 즐거움이 율동을 동반함을 반증한다.

율격은 한 편의 글이 생경한 말의 한 토막이 아니라 재정리된 것, 즉 예술이라는 각성을 일으킴으로써 시와 생활을 구분하게 한다. 의도적으로 재정리된 글임을 인식할 때 이른바 예술적 〈거리〉라는 것이 독자에게 생긴다. 많은 산문 형태의 시가 그 리듬의 구조가 독자에게 파악되지 않은 까닭에 문자 그대로 산문으로 읽혀 그 뜻이 전혀 다르게 이해되기도 한다. 리듬은 의미의 구현을 돕는 가장 중요한 시의 요소 중 하나인 까닭이다. 율격에 대한 우리의 감각이 둔해졌다는 사실은 현대시의 난해성과도 밀접한 관계가 있을 것이다. → 소리

은유 metaphor

여기서 비유라는 말은 은유(隱喩)라는 뜻으로 사용키로 한다. 현대 시론에서 비유는 가장 중심적인 논의의 대상이 되고 있으나, 서양 시론의 원조인 아리스토텔레스의 『시학』은 문학의 말씨를 다루는 곳에서 다음 몇 마디의 언급을 하고 있을 뿐이다. 〈가장 중요한 것은 비유를 마음대로 부리는 일이다. 그것이야말로 남에게서 배울 수 없는 것이며 또한 천재의 표적이니, 좋은 비유는 다른 것들 속에서 같은 것을 직관적으로 파악함을 뜻하는 까닭이다.〉 비유는 시인의 특유한 직관 능력의 소산이다. 그러나 그는 이 특유한 능력의 소산인 비유에 대해서 『시학』에서는 더 이야기하지 않고 『수사학』에서 길게 다루었다. 수사학은 효과적으로 말하기 위하여 말을 꾸미는 방법이다. 따라서 비유를 수사학에서 다루었다는 것은 그가 그것을 말을 꾸미기 위한 효과적인 방법으로 취급했다는 뜻이다. 수사학은 천재의 능력이 아니라 누구든지 배우면 터득할 수 있는 것이다.

문학은 효과적으로 내용을 잘 전달하도록 꾸민 글이라는 생각은 궁극에 있어서는 문학을 수사법의 한 소산이라 보는 생각인데, 이 사상이 유럽 문학 이론을 오래 지배해 온 까닭에 결국 비유도 수사학적 방법의 한 가지로만 간주되어 왔던 것이다.

　〈메타포〉라는 서양 용어의 뜻은 자리 바꾸어 넣음이라는 뜻이다. 〈어떤 사물에다 다른 것에 속하는 이름을 갖다 붙이는 것〉이라고 아리스토텔레스는 말하고 있는데, 이렇게 〈옮겨 넣는 일〉은 유추를 근거로 하여 보편에서 특수, 특수에서 보편, 또는 특수에서 특수로 바뀜으로써 생긴다고 하였다. 그 목적은 장식, 선명감, 의미의 명확성 또는 호기심을 자극하는 수수께끼를 위해서라고 수사학자들은 말했다. 이런 목적들 중에서 특히 선명한 시각적 인상이 강조되었다.

　선명한 시각적 인상은 쾌감을 줄 수 있으나 논리학자들이 볼 때 그러한 쾌감은 의미의 정확한 전달을 방해하는 현혹적 요소일 뿐 아니라 시적 비유의 근거로 되어 있는 비유적 유추가 논리적이고 객관적인 것이 아니고 논리적 유추를 흉내 낸 허위라고 할 수밖에 없다.

　유추는 일종의 삼단논법이다. 〈모든 사람은 죽는다. ㄱ씨는 사람이다. 그러므로 ㄱ씨는 죽는다〉는 식의 삼단논법은 논리의 가장 보편적 방법이다. 〈심심산천에 붙는 불은/가신 님 무덤가에 금잔디〉라는 잘 알려진 김소월의 시구에서 금잔디는 불에 비유되고 있다. 이것은 대략 〈금잔디는 주황빛(?)이다. 불은 주황빛이다. 그러므로 금잔디는 불이다〉라는 좀 억지 삼단논법에서 이루어진 비유인 것이다(물론 불과 금잔디를 유추할 근거는 주황빛 말고도 여러 가지이다). 엄격히 말하면 〈금잔디는 불이다〉가 아니라 〈불 비슷하다고 할 수 있다〉라고 해야 할 것이다. 논리학에서 보면 동일한 것과 비슷하다고 할 수 있는 것의 차이는 엄청나다. 그러므로 비유를 거짓 유추라고 보는 것이다. 비유는 감각적 쾌감의 효과는 있으나 정확한 사고의 결과는 아니라는 것이다.

　수사학에서는 비유의 감각적 쾌감을 강조하는 한편, 논리학자들에 맞서, 비유를 〈없던 말의 창조〉라고 주장하였다. 〈병 주둥이〉란 말은 병의 위쪽에 있는 열린 구멍을 뜻하는데 그 구멍은 짐승, 특히 목이 긴 날짐승에 있어서 입(주둥이)에 해당되는 것 같다. 이와 같은 비유적 유추 과정이 없었다면 병의 위쪽 구멍을 이름 지을 수 없었을 것이다. 이처럼 비유는 알려진 사실을 이용하여 알지 못하는 또는 분명치 못한 사실을 명확히 하는 중요한 일을 한다고 보았던 것이다.

사람의 말의 상당 부분은 실상 이와 같은 비유적 과정에 의하여 생겨났다. 시계가 〈간다〉, 빛의 〈파동〉, 원자〈핵〉, 〈치솟는〉 물가 등 동사, 명사, 형용사가 모두 본래 비유의 과정을 통하여 쓰이게 된 말들이다. 그러나 그 대부분은 현재 비유로 느껴지지 않는 〈죽은 비유〉들이다.

수사학에서는 비유가 지적인 호기심을 불러일으키는 효과가 있다고도 하였다. 수수께끼는 실상 이런 종류의 비유이다. 〈머리 풀고 하늘로 올라가는 것이 무엇이냐?〉라는 우리의 전통적 수수께끼의 답은 〈연기〉인데, 연기가 비유의 과정을 통하여 〈머리 풀고 하늘로 올라가는 것〉이라는 수수께끼가 된 것이다.

선명감을 주는 장식, 유추에 의한 유사성의 발견, 새 말의 창조, 지적 자극 등등 수사학적인 관점은 정작 시적 비유를 가지고 논할 때 피상적임을 알게 된다. 금잔디가 붙는 불에 비유된다고 해서 금잔디가 선명하게 장식된다고 간단히 말하기 어렵다. 금잔디는 금잔디대로 선명한 심상인데 그것을 붙는 불이라고 하면 오히려 더 복잡해진다. 위에서 본 바이지만, 이 비유가 정확한 유추에 의해서 발견된 것도 아니다. 둘 사이의 관계는 사람의 논리로는 합리적으로 만들 수가 없는 억지이다. 수사학이 주장하는 유사성, 유추적 관계는 이 경우에 안 들어맞는다. 논리학자들이 볼 때에는 더욱 우스운 유추이다. 〈붙는 불〉은 책상의 〈다리〉처럼 필요하면서도 존재하지 않았던 낱말의 발견도 아니다. 〈붙는 불〉은 〈금잔디〉라는 말을 언제나 대신할 수도 없다. 엄격히 말하면 〈붙는 불〉은 자기의 고유한 자리를 지키고 있는 것이지 다른 말 대신에 들어간 것도 아니고, 그것으로써 새로운 어휘가 고안된 것도 아니다. 또한 〈붙는 불〉이 금잔디란 해답을 가진 수수께끼도 아니다. 우리는 〈붙는 불〉이라는 말에서 수수께끼가 가지는 지적인 호기심보다 훨씬 복잡하고 큰 느낌을 받는다. 결론적으로 수사학적인 관점에서 볼 때 〈붙는 불〉이라는 비유는 그리 잘 고르지 못한 비유에 지나지 않는다.

그러나 이 비유는 김소월의 몇 안 되는 우수한 비유의 하나이다. 확실히 수사학과 시는 크게 거리가 있다. 수사학적 비유는 명백한 유사성을 근거로 하여 한 낱말을 다른 낱말로 대치하면 끝나는 것이지만, 시적 비유는 그러한 대치가 이루어졌음에도 불구하고 그 두 낱말이 각각 가지고 있는 서로 다른 의미의 배경이 거의 그대로 강하게 느껴지도록 남아 있다. 다시 말하면 시적 비유는 두 낱말의 유사성 못지않게 오히려 유사성보다도 그 엄청난 차이점을 살리고 있다.

영국 이론가 리처즈는 비유를 매개어 vehicle와 취의 tenor로 분석하여 둘의 특수한 상호 작용에서 비유가 성립된다고 하였다. 유치환의 시구 〈이것은 소리 없는 아우성〉에서 아우성은 수사학적으로 말한다면 깃발을 대신한 비유라고 할 것이다. 그러나 아우성은 깃발을 완전히 대신하고 있지 못하다. 리처즈의 분석을 따르자면 아우성은 매개어로서 깃발이라는 취의를 담고 있다. 아우성이 깃발을 담고 있는 한, 아우성은 단순한 아우성이 아니며, 깃발은 또한 아우성에 담겨있는 한 단순한 깃발이 아니다. 깃대에 매달려 나부끼는 깃발은 그것대로 대단히 복잡한 의미를 가지고 있다. 그것은 그 스스로 하나의 의미의 세계를 이루고 있다. 아우성은 사람의 행위의 한 가지로서 역시 복잡한 뜻을 가지고 있다. 깃발과 아우성은 각각 별개의 세계를 가지고 있는데, 그 두 세계를 이루는 여러 가지 요소들 중에 서로 어렴풋하게나마 공통된 것들이 있다(실상 세상의 어떤 두 낱말이든지 억지로 찾는다면 어딘가 서로 공통되는 요소를 다소간 갖고 있을 것이다). 이 미미한 공통점이 접합의 근거를 제공하여 깃발과 아우성은 필연적이라는 인상을 주면서 연결되는 것이다. 그렇게 필연적인 듯 연결은 되었지만 그 둘의 서로 다른 점은 그대로 강하게 의식된다. 그 때문에 그 연결이 더욱 긴장을 조성하며 따라서 필연적인 것으로 느껴지는 것이다. 그러니까 비유에는 두 개의 서로 다른 두 문맥(깃발의 문맥과 아우성의 문맥)이 서로 엇갈려 접한다.

그뿐만이 아니다. 그 두 문맥이 서로 접하는 순간 전혀 새로운 제3의 문맥이 생긴다. 「깃발」이라는 시 작품 전체가 바로 그 두 문맥(의미 세계)의 상호 작용으로 말미암아 생긴 새로운 문맥이다. 깃발-아우성이 순간적으로 만나 하나의 독특한 의미를 조성하는 것은 그 둘이 만날 수 있는 제3의 문맥이 있기 때문이다. 한편 그 제3의 문맥은 깃발-아우성의 순간적인 접합이 없는 한, 이루어질 수 없는 것이니, 세 문맥의 관계는 어느것이 먼저 생기고 나중에 생겼다고 할 수 없는 긴장된 관계이다. 바로 이러한 특수한 상호 관계를 시적 비유라고 할 수 있다. 요즈음의 술어를 사용하자면 핵분열 같은 것이라고 할 수 있다. 세 개의 문맥의 상호 관계에서 생기는 의미는 단지 셋이라는 크기뿐 아니라 기대하지 않았던 훨씬 더 큰 힘을 발휘하기 때문이다.

깃발-아우성의 상호 유사성은 그 제3의 문맥이 없다면 발견될 수도 없는 성질의 것이다. 상식적으로 말하자면 그 시가 없다면 깃발과 아우성의 그 미미한 유사성은 발견되지 않았을 것이다. 그런데 어떤 비유의 경우에는 그 유사성, 즉 상호 접촉의 근거가 전혀 없이 또는 극히 모호한 채로 시에서 비유를 이룰 경우도 있다. 이육사는 〈겨울은 강철로 된 무지개〉라고 하고 있는데 겨울과 무지개는 무어라고 형언할 수 있는 의미의 공통 요소가 거의 없다. 그러면서도 둘은 그 시 속에서 필연성을 가지고 만난다. 이것은 전혀 수사학적인, 산문적인 설명을 할 수 없는 비유이다. 이를 어떤 이들은 〈절대적 비유〉라 부른다. 현대의 난해한 시는 이런 비유를 많이 쓴다. 그러나 절대적 비유라고 해서 반드시 난해한 것은 아니며 또 난해하다고 해서 반드시 좋은 시를 이루는 것도 아니다. 무슨 비유든지 작품의 문맥에서 따로 떼어서 훌륭하다거나 못났다고 할 수는 없다. 왜 그런가 하면 시적 비유는 문맥 속에서의 상호 작용의 일종이기 때문이다. 〈인생의 황혼기〉같이 따로 떼어놓아도 그럴듯한 문구는 시적 비유는 아니다. 그러나 이 문구도 작품의 문맥 속에서 독특한 기능을 발휘하도록 씌어졌을 때에는 새로운 비유가 될 수도 있다. →수사학, 직유

　　영국 소설가 로렌스는 〈예술가를 믿지 말라. 이야기를 믿으라. 비평가의 정당한 기능은 이야기를 창조한 예술가에게서 이야기를 구원해 내는 일이다〉라고 주장하였다. 그는 여기서 작가와 작품을 구별할 필요를 말하고 있다. 상식적으로 생각할 때 작가와 작품은 으레 구별되는 것으로 보이지만 작품의 의미와 그 가치를 논할 때에는 다음과 같은 문제들이 생긴다. 작가가 의도한 의미와 작품의 의미는 반드시 서로 일치하는가, 일치하지 않는가? 만일 일치하지 않는 경우에는 작가의 의도를 주로 따를 것인가, 작품의 의미를 따를 것인가? 작가가 그의 의도를 분명히 말하지 않았을 때에는 어떻게 그 의도를 알아낼 수 있는가? 작품의 의미에 대하여 작가의 의도는 어떤 관계를 갖는가?

　　이 문제는 애초에 비어즐리와 윔섯이라는 미국의 두 이론가가 1946년에 「의도론적 오류Intentional Fallacy」라는 유명한 논문을 발표한 이래 문학 이론의 큰 문제로 등장하였다. 그들은 작가의 본래의 의도와, 작품에서 성취된 의도 사이에는 근본적 차이가 있음을 밝히고 그것들을 혼동하는 데에서 작품의 이해와 평가가 잘못된다고 하였다. 〈그 작가의 관점에 되도록 가까이 우리 자신을 두고서 보라. 그가 무엇을 하려 하는지를 알아보도록 하라. 그리하면 작가가 그 목적을 얼마나 달성하는지를 알리라〉 하는 말은 작품의 성공 여부를 알기 위하여서는 먼저 작가의 의도를 알아야 한다는 의도론적 충고이다. 괴테는 〈작가는 애초에 무엇을 하려고 했는가? 그의 계획은 합당했으며, 그는 그것을 실행에 옮기는 일에 얼만큼 성공했는가?〉를 알아보는 것이 비평의 방법이라고 주장했다. 그러나 비어즐리와 윔섯은 그런 비평 방법이 말하는 것처럼 쉽게 작가의 의도를 알아낼 수 없음을 우선 지적했다. 작고한 사람의 경우에는 작가의 의도를 확인할 도리가 없거니와 혹시 자기의 의도를 따로 기록으로 남겨놓는다 하더라도 작품 자체가 가지고 있는 뜻과는 차이가 나는 것이 보통이다. 또한 많은 작가가 자기 작품의 의미에 대해서 명백한 발언을 하기를 꺼리며, 자기도 작품이 완성되기까지는 작품의 완전한 뜻이 무엇인지 알지 못했다고 고백하는 경우도 허다하다. 작가 자신은 심심풀이로 썼는데 작품 자체는 심원한 감동을 주는 것일 수도 있고, 대단히 좋은 의도에서 썼는데 작품은 못날 때도 많다. 사실 세상에 걸작보다 졸작이 비할 바 없이 더 많은 것은 작가들의 의도가 본래 졸작을 내겠다는 것이었기 때문은 아니다. 우수작을 의도했지만, 그 의도가 작품 자체에서 살아날 경우는 아주 드물다. 이러한 사실을 생각할 때 작가의 의도는 작품 자체의 의미와 동떨어지는 것이 분명하다.

작품은 말로 되어 있다. 말은 문학 고유의 수단이 아니라 본래 의사 소통이라는 사회적 실용을 위한 공유물이다. 그러므로 작가가 말을 사용하여 작품을 만들면 그 작품은 여타의 말처럼 사회의 공유물이 되며, 사회에서는 그것을 말을 이해하기 위한 사회의 관습——즉 낱말의 뜻, 문법, 수사법, 문화적 관점 등——에 따라 이해하고 평가하게 된다. 사회에서 통용되는 어휘, 문법, 수사법, 문화적 관점 등이 가리키는 명백한 뜻에도 불구하고 작가는 자기의 의도는 그런 것이 아니었다는 말을 할 수가 없다. 결국 작품의 의미는 당시에 통용되는 어휘, 문법 등에 따라 그 작품 자체에서 찾아내는 수밖에 없다. 작가가 특수한 의미를 부가하려 했다고 해도 작품 자체가 그 의미를 나타내지 않을 때에는 작품과 하등 관계가 없으며, 만일 그런 의미가 작품 속에서 살아난다고 하면 그것은 작품 전체의 의미이지 별달리 작가의 특수한 의미는 아닌 것이다

「의도론적 오류」라는 논문은 많은 오해를 불러일으키기도 하였는데 가장 큰 반대 이유는 그것이 작품의 의미를 저자의 정신은 물론 역사적 배경으로부터 완전히 단절시켜 일종의 진공 상태에서 찾으려 한다는 것이었다. 그러나 이것은 오해이다. 저자의 의도, 역사적 배경 등은 모두 비평가의 참고 사항이 되어야 한다는 것을 부정할 이유는 없다. 작품을 이루고 있는 말 자체가 역사의 소산이며 역사와 더불어 변천하며 인간의 역사적 체험의 반영인 까닭이다. 그러나 한 작품은

역사의 한 순간에 완결된 하나의 〈말 덩어리〉이다. 이 말 덩어리는 저자의 어떠한 사적인 의도에도 불구하고 당시의 말의 관습(문법, 어휘 등)에 따라 해석되고 평가되어야 한다. 작품 속에 살아 있지 못한 저자의 사적인 의도는 간혹 참고 재료는 되지만, 작품의 해석과 평가에 절대로 결정적 요인이 될 수는 없다. 결정적 요인은 언제나 작품 자체의 모든 부분들이 실질적으로 연결되어 나타내는 전체적인 의미일 뿐이다.

비어즐리와 윔섯은 작가의 의도, 그의 정신적 배경, 기질 등을 연구하는 것은 인문학의 한 분야이기는 하지만 문학비평은 아니라는 주장을 곁들였다. 아마도 이 주장 때문에 그들에 대한 반대론이 크게 일어났던 것 같다. 작품보다 작가에 관심을 가지는 것은 문학비평이 아니라는 생각은 문학비평에 대한 지나친 순수주의이다.

의미　meaning

문학은 말의 일종이며 말은 의미의 표현·전달의 가장 중요한 방법이다. 20세기에 들어와서 넓게는 기호 이론, 좁게는 의미론이 발전하면서 문학이 어떤 의미를 구현, 전달하는가에 대한 심각한 반성이 생겼다.

서양의 문학 이론의 역사를 보면 18세기까지는 다른 형태의 말과 마찬가지로 문학의 말은 기호적(또는 외연적)이라고 믿어졌다. 즉 문학은 외부에 존재하는 실재를 가리킨다고 생각했다. 이것은 〈모방론〉의 영향으로 보인다. 문학이 외부의 실재(사실, 진실)를 있는 그대로 묘사한다는(다시 말하면, 가리킨다는) 사실주의자들도 있었지만, 아리스토텔레스가 말한 외부 실재의 보편적인 면모를 뜻한다고 주장한 문학론자들이 훨씬 더 많았다. 문학이 특수한 개체를 묘사(또는 모사)하든, 객체를 이상화하든, 아니면 보편적으로 모방하든 간에 문학이 객관적 실재를 가리킨다는 생각에서는 다들 일치하는 것이다.

이 생각은 궁극적으로는 문학이 그 전달 내용, 또는 풀이할 수 있는 뜻을 위하여 존재한다는 결론에 도달한다. 그러한 내용(외부 실재) 이외의 다른 모든 요소는 그 내용을 담기 위한 그릇, 즉 형식이다. 문학의 형식이란 단적으로 말해서 잘 쓴 글, 좋은 장식에 불과한 것으로서, 독자의 시선을 끌고 독자에게 그 전달 내용을 설득 시키기 위한 수사학적 전략일 뿐이다. 문학의 현실적 교훈성, 종교성, 정치성을 강조하는 입장은 결국 문학을 수사학 즉 설득의 껍질로 보는 셈이다.

19세기에 이상주의와 관념론이 대두하면서 문학은 〈표현〉이라는 생각이 지배하게 되었다. 외부 사실에 대한 묘사적, 명제적 의미보다 훨씬 궁극적인 실재를 가까이 파악하는 것은 시인의 정신 자체라고 하였다. 시적 정신은 상상력, 즉 이성을 훨씬 능가하는 능력으로, 이성이 도저히 도달할 수 없는 실재에 도달한다고 주장하였다. 따라서 문학의 의미는 이성으로 확증할 수 있는 〈저급한〉 실재를 가리키는 것이 아니라, 보다 궁극적인 상상적 진리를 그대로 구현한다.

이 문학 사상의 배경이 되는 19세기 관념철학에 의하면 우주의 단일한 정신이 세상 모든 사물에 침투되어 있어서, 우수한 정신의 소유자(즉 예술가)는 한 가지 사물에서 우주 정신을 직관할 수 있다는 것이다. 〈한 알의 모래에서 영원을 본다〉고 영국 시인 블레이크는 말했다. 이성은 한 개의 사물의 관찰에서는 전체를 볼 수 없는 제한된 능력으로 폄하되었다.

현대의 과학적 사고방식은 이러한 관념철학의 주관적 주장에 귀를 기울이지 않을 뿐더러, 문학의 의미가 과학적으로 입증될 수 있는 객관적 사실이나 진리를 가리키고 있다고도 믿지 않는다. 문학은 외부 실재에 대한 명제를 말하는 것이 아니라, 단지 정서적 쾌감을 주는 효과가 있을 뿐이라는 생각이 대두하였다. 이것은 다시 말하면 문학은 의미가 없다는 말이다. 의미 대신 효과만 있다는 말이다. 예술을 위한 예술, 즉 심미주의는 이 사상의 계보에 속한다. 그러나 문학이 의미가 없다면 왜 노력과 시간을 들여 그에 정진하는지를 밝힐 수가 없다.

그러나 이것은 과학적 실증주의의 극히 협소한 진리 개념이다. 수량적 및 실험적으로 실증될 수 있는 객관적 사실이나 진리는 무척 드물다. 실증주의에 의하면 종래의 철학도 문학과 크게 다르지 않아, 말에 의한 정서적 자극과 안정일 뿐, 실증적, 객관적 의미를 다루지 않는다.

그러나 20세기 중반으로 오면서, 문학이 과학과는 다른 각도에서 인간 경험에 대한 객관적 의미를 구현한다는 주장이 생겨났다. 과학과 철학은 궁극적으로 외계에 대한 인간의 경험을 인위적으로 순수화한 결과이다. 그것은 물론 인간이 어떤 중요한 목적을 위하여 이룩한 의미의 세계임에 틀림없으나, 인간 경험 자체를 다 말하지 못할 뿐더러, 그것을 충실히 반영하는 것도 아니고 그냥 인위적인 것이다.

다수의 뉴크리틱들은 바로 이러한 관점에서 문학이 과학 및 철학의 명제적 진술과 대조되는 별개의 의미 체계를 구현한다고 상정하였다. 인간의 체험은 역동적이며 복합적이고 자가당착적이다. 이러한 특성에 가장 가까이 닮은 말의 체계가 문학이라고 보는 것이다. 따라서 문학은 순수한 도덕적 명제를 가르치기 위한 글이 아니라, 인간의 체험처럼 애매하고 역설적이며 아이러니가 넘치고 역동적이며 동시에 기적적으로 한 덩어리로 뭉쳐 있는 글이다. 인생이라는 복잡한 사실을 체험적으로 알기 위한 방법을 구현하는 것이다. 즉 문학은 의미가 있는 것이다. 단 그 의미의 전달 방식은 과학이나 철학의 명제적 방식을 따르지 않고 구현(즉 스스로 그렇게 되어 보임)의 방식을 따른다.

현대의 기호 이론(theory of signs 또는 semiotics)과 의미론semantics은 인간의 의미 전달 또는 구현의 방법이 명제적 방법에만 국한된다는 종래의 실증주의의 주장을 무너뜨리고, 인간의 상징 기능은 여러 갈래로 나타난다고 말한다. 과학, 음악, 종교, 문학, 법률 등 모든 인간의 문화적 기능이 다 각각 상징 체계들을 이루고 있다. 그들은 서로 상호 보완적 입장에 있으므로 하나라도 그릇된 것은 없다. 이런 의미에서 보면 문학은 인간의 본능의 한 표현으로서 문화의 일환, 곧 인간 생활의 한 방편이 되는 것이다. 이렇게 볼 때 과학과 마찬가지로 문학은 문화, 즉 인간 생활의 한 의미 체계인 것이다.

　문학의 의미에 대한 관심은 독자에 대한 관심을 불러일으키고, 해석의 문제를 크게 대두시키고 있다. 문학의 글 자체에 면밀한 주의를 보내는 현대의 경향 역시 문학의 의미 자체에 대한 관심의 한 표현이다. 그러나 문학이 어떤 확실한 명제를 담고 있는 그릇이라는 소박한 생각에 반대하는 것은, 문학이 과학 또는 철학의 인간 이해 방법을 그대로 답습하지 않는다고 믿는 까닭이다. →말, 해석

의식의 흐름　stream of consciousness

　〈의식의 흐름〉이라는 말은 미국 심리학자 윌리엄 제임스가 1890년에 사람의 정신 속에서 생각과 의식이 끊어지지 않고 연속된다는 견해를 말하면서 처음 썼다. 현대소설의 한 소재로서의 〈의식의 흐름〉은 소설 속 인물의 의식이 중단되지 않은 채로 외부로부터의 자극을 계속 받아들이고 그에 반응하면서 연속되는 것을 말한다. 생각, 기억, 특히 비논리적이고 예측할 수 없는 연상이 때로는 추상적이고 논리적인 단편적 사고와 뒤섞여 흐르는 것을 말한다. 의식의 흐름을 사실적으로 제시하고자 하는 소설가는 이야기와 논리와 수사법과 문법을 희생시키면서라도 그러한 무질서한 잡다한 흐름을 그대로 옮겨놓고자 한다. 자기의 설명이 필요하다면 극히 간결하게, 객관적으로, 삽입할 뿐이다.

　의식의 흐름을 주소재로 삼는 소설가는 사람의 실존은 외부로 나타난 것에서보다는, 정신과 정서의 끊임없는 전개 과정에서 더 잘 발견될 수 있다고 믿는다. 사람의 내적 실존은 외부에 나타나는 것처럼 조직적이고 논리적이 아니라 비논리적이고 파편들이 뒤섞여 연속되어 있으며 이 파편들이 연속될 수 있는 것은 잡다한 일상 체험의 연속성과 자유로운 연상 작용 때문이라고 믿는다.

　〈내적 독백interior monologue〉은 의식의 흐름의 또 다른 명칭이기도 하지만 이론가들은 그것을 의식의 흐름을 나타내기 위한 수법으

로 이해하기도 한다.

심리적 동기를 깊이 고찰하는 소설은 역사가 짧지 않지만 본격적으로는 19세기에 사실주의의 일환으로 개발되었고, 특히 이른바 〈심리학적 인간〉의 개념이 관심을 끌자 사람의 외부적 행위는 사회적일 뿐 아니라 심리적인 이유가 있다는 생각이 짙어지고, 차차 사회적 이유보다도 심리적 이유에 흥미를 더 느끼는 소설가가 늘어났다. 그리하여 19세기 말에 생긴 것이 심리소설인데, 외부 행동은 심리의 동기를 설명하기 위한 것이 아니면 언급되지 않는다. 자연히 인상, 회상, 기억, 반성, 사색과 같은 심적 경험이 소설의 큰 소재를 이룬다. 헨리 제임스와 마르셀 프루스트 등은 심리소설의 대가들이며, 그들도 의식의 흐름에 상당한 관심을 보였으나, 논리적 계속성의 원칙을 아주 버리지는 않았다.

내적 독백의 그 비논리적 연속을 처음 사용한 것은 프랑스의 이류 작가인 에두아르 뒤자르댕의 『월계수는 베어졌다』란 작품이라고 하지만 세계적 논의를 일으킨 사람들은 영국의 제임스 조이스, 버지니아 울프 등이다. 그후에는 내적 독백으로 일관하기보다는 그런 부분이 간간이 삽입된 작품을 쓰는 작가가 많아졌다. 제임스 조이스는 그후에 『피네건의 밤샘』이라는 소설에서 〈무의식의 흐름〉까지 재생하려고 하였다.

의식의 흐름을 취급하는 작가는 마치 자연주의자들이 인생의 단면을 그대로 보여준다고 주장한 것처럼, 의식의 흐름을 그대로 보여준다고 한다. 그런 의미에서 그들은 심리적 자연주의자들이라고 할 수도 있겠다. 프로이트를 비롯한 심리과학의 이론을 바탕으로 하고 있으니 말이다. 그러나 그들이 개발한 방법은 하나의 문학적 방법이지 의식의 흐름 그 자체는 아니다. 의식의 흐름은 말이 채 되지 않은 부분이 많지만, 소설의 어떤 수법도 이 〈말없는 흐름〉을 전달할 수는 없다. 또한 의식은 낱말 하나씩 하나씩 연달아 흐르는 것으로 그들은 묘사하지만, 진짜 의식에서는 한꺼번에 여러 말이 동시에 흐르는 경우도 많은 것이 사실이다. 포크너는 『소음과 광란』에서 저능아의 내적 독백을 재생한다고 하였지만, 물론 그는 저능아의 의식의 흐름을 확인할 수는 없었다. 즉 그는 그것을 발명한 것이지 발견한 것이 아니다.

대부분의 의식의 흐름의 소설은 사실주의적, 자연주의적 동기에서 멀어져서 차차 초개인적인 꿈, 즉 인류의 신화와의 연결을 암시하는 상징적 문학이 된다. 『율리시즈』는 1904년에 유태계 광고업자가 더블린 시가를 돌아다니면서 갖는 심리 경험일 뿐 아니라 인간 방랑의 원형인 율리시즈 신화와 연결되어 있다. →관점, 성격, 심리

이데올로기   〔독〕Ideologie, 〔영〕ideology

마르크스와 엥겔스가 19세기의 독일 기성 사회를 주도하던 의식이 물질적 결정 요인을 무시한 괜한 관념인 데다가 피지배 계급에 대한 억압을 정당화하는 태도이며 스스로 허위임을 의식하지 못하는 그릇된 〈이데올로기〉라고 경멸적으로 비판한 이래, 이데올로기라는 말은 주로 한 사회를 의식·무의식적으로 지배하는 그릇된 의식을 이르는 말로 쓰이고 있다. 신화, 헤게모니, 허위 의식, 이념, 정당화 논리 등의 용어들도 비슷한 뜻을 지닌다.

오늘날 이데올로기를 문제 삼는 비평가들은 대체로 텍스트에 나타난 권력, 성, 계급 관계를 따진다. 문학은 반드시 한 사회를 지배하거나 주도하는 이데올로기를 직접 또는 간접적으로, 의식적으로 또는 무의식적으로 반영한다고 본다. 완전한 인간 해방이 실현되지 않은 현실 사회에서는 사람과 사회에 대한 온갖 관점, 전제 조건, 가치관 등이 정치 경제적 지배 계층에게 유리하도록 모든 구성원들에게 교육되고 선전되고 설득되고 때로는 강요되므로 모든 현실 사회의 이데올로기는 근본적으로 억압과 착취와 진실 왜곡의 수단이 된다. 이처럼 이데올로기는 기성 사회의 권력 관계를 신비화하거나 숨김으로써 기성 사회의 질서를 영속화하는 성향이 있으므로 지배 계급조차 그 허위성을 의식하지 못할 수도 있다.

　그런데 문학, 특히 사실주의 문학은 의식적으로 또는 무의식적으로 그러한 이데올로기의 허위성을 직접 폭로할 수 있으며, 작가 자신도 의식하지 못한 채 그러한 허위의 틈새들을 노출시킬 수도 있다. 예컨대 프랑스의 사실주의 작가 발자크는 자기의 소설 문학에 충실한 나머지 자기가 정치적으로 옹호하던 중산층의 이데올로기의 허위성을 본의 아니게 드러냈다. 즉 그는 자기가 속한 사회 계층을 날카롭게 비판했다고 해석된다.

　마르크스주의자가 아닌 비평가들도 진실 또는 사실로 통용되던 기존의 상식적 사회관이나 세계관에 대하여 〈의심의 해석학〉의 입장에서 비판하는 경향을 보인다. 예컨대 페미니스트들은 대부분의 남성 문인들의 텍스트를 가부장적, 남근 중심적, 여성 억압적 의식이 숨어 있지 않나 하는 의심을 가지고 따지는 경향이 있고 실제로 과거에 별 의심을 받지 않던 명작 속에서 바로 반여성적 이데올로기의 흔적을 찾아내기도 한다. 탈식민주의 비평가들도 무해한 듯한 백인 작가의 텍스트에서 백인 우월주의, 타민족 억압, 식민주의 옹호 등의 의식의 낌새를 찾기도 한다.

　그러나 다소 기이하게도 이데올로기 비평가들은 모든 문학이 이데올로기에서 자유롭지 못하다고 하면서도 어떤 문학은 이데올로기를 초탈하기도 한다고 주장한다. 프랑스 마르크스주의자인 알튀세는 문학의 바탕은 이데올로기이나 문학 예술의 특징인 형식과 기교는 이데올로기와 일정한 거리를 두게 해준다고 했으며, 일부 마르크스주의 비평가들은 이 이론에 근거하여 좋은 문학은 비이데올로기적인 미적 형식을 통하여 이데올로기를 나타내므로 이데올로기 초탈의 가능성을 보일 수 있다고 본다. 즉 형식을 통하여 간간이 드러나는 탈이데올로기의 〈증상〉을 파악하게 해준다는 것이다(위에서 언급한 발자크 읽기도 그러한 방식의 읽기의 결과이다). 그러한 증상을 파악하게 해주는 문학은 보다 건강한, 바람직한 사회를 암시하므로 단순한 그릇된 이데올로기를 반영하는 문학보다 우수하다. 따라서 위대한 문학은 이상적인 사회를 지향한다고 할 수 있다는 것이다.

문학뿐 아니라 비평을 비롯한 모든 담론이 특정 이데올로기에 근거하고 있는 것이라면 어떤 비평이 믿을 만하다고 할 수 있는가? 마르크스주의자들은 마르크스주의자야말로 인류가 도달한 가장 〈진실한〉 이데올로기이며 모든 이데올로기의 좋은 점을 종합한 것이므로 그것에 기초한 담론만이 가장 정당하다고 주장한다.

→ 마르크스주의 비평, 비판 이론

이미지즘 imagism

1912년에서 1917년경까지 일단의 영미 시인들이 일으켰던 시 운동. 처음에는 에즈라 파운드가 주도하였으나 1914년경부터는 미국의 시인 애미 로웰이 주도하였다. 그들이 시선집과 주로 활동한 문예지를 통해서 발표한 이미지즘의 근본 주장은 다음과 같다. (1) 일상의 언어를 사용할 것. 그러나 반드시 정확한 말을 쓸 것. 너무 정확한 말은 피할 것. (2) 모든 습관화된 표현을 피할 것. (3) 새로운 기분을 표현하는 새로운 리듬을 창조할 것. 옛 기분을 반향할 뿐인 옛 리듬을 흉내 내지 말 것. (4) 주제의 선택에 있어서 완전히 자유로울 것. 현대 생활의 예술적 가치를 믿을 것. (5) 하나의 심상을 제시할 것. 구체적 사실을 정확히 보여주어야 하며, 아무리 웅장하고 귓맛이 좋더라도 막연한 일반론, 추상론은 배격할 것. (6) 견고하고 투명한 시를 창조할 것. 윤곽이 흐리거나 불명확한 시를 피할 것. (7) 집약, 집중을 위해 노력할 것. 그것이 시의 정수임을 알 것. (8) 완전한 진술이나 설명보다는 간략히 암시할 것.

이미지스트들은 본래 1909년경 영국 사상가 흄과 어울리던 일단의 예술가들이었는데, 그들은 그에게서 19세기 낭만주의를 배격하고 고전주의적 예술관을 부활시켜야 할 필요를 배웠고, 또한 윤곽이 뚜렷한 시를 짓는 연습도 하였다. 그들은 낭만주의의 막연한 정신 편향과 센티멘털리즘에 반대하고, 벽돌을 쌓아올리는 듯한 정밀함과 억제력을 요구하는 고전적 태도를 가지려고 하였다. 그들의 지도자인 파운드로부터는 심상에 대한 확고한 개념을 배웠는데, 그는 심상을 〈지적 및 정서적 복합체를 일순간에 제시하는 것〉으로 정의하였다. 그것은 최대의 힘이 한데 모인 초점이라고도 하였다. 그러한 순간적으로 집약된 엄청난 힘이 느껴지지 않는 시는 무가치하다고 보았다. 그러한 힘의 집약을 방해하는 요소는 막연한 감정, 사색, 묘사, 기계적인 리듬 등이라고 보았다. 그런 종류의 심상을 제시하는 것이 시이므로, 시는 자연히 짧을 수밖에 없다. 일본의 하이쿠, 중국의 한시는 그 간략한 인상적 묘사 방식으로 말미암아 이미지즘의 모범이 된 것으로 알려져 있다.

현 시점에서 볼 때, 이미지즘은 19세기 영미시의 전통을 청산하고 이른바 현대시의 시대로 넘어오는 결정적 단계로 보인다. 즉 하나의 전위적 운동이었다. 그것은 그보다 백여 년 전 워즈워스가 그 이전의 메마른 신고전주의 시의 모든 것에 반발했던 것과 비슷한 운동이었다. 워즈워스가 그 당시의 관습화된 시어, 시형, 소재 등 일체에 반대하고 사람들이 실제로 사용하는 말과 억양으로 일상 생활, 특히 시골 생활에서 소재를 얻을 것을 주장했던 것처럼, 이미지스트들도 현실 생활의 모든 것을 소재로 하여, 낭만적이고 사색적이거나 감동이 쇠퇴한 시적 언어가 아닌, 현실감이 있는 산 언어로 시를 쓰자고 했던 것이다. 낭만파와 그 후계자들이 시 정신과 영감에 의존하는 경향에 대항하여, 이미지스트들이 작품을 갈고 닦는 숙련공의 태도를 가질 것을 요청한 것은 오히려 낭만주의가 반발했던 신고전주의의 엄격성을 얼마쯤 닮고 있다.

짧은 기간의 운동이었지만, 파운드는 그것에서 시작하여 후일 독자적으로 대성하였고, 심상에 대한 관심이 보편화되는 계기를 마련했으며, 19세기를 청산하는 결정적 요인의 하나가 되었다. 그러나 심상의 제시 이외에는 어떤 주제의 전개에 대하여도 무관심했던 것, 어떤 소재라도 그 심상만 제시하면 시로 간주한 것, 사물의 표면이 곧 의미라고 본 것 등에 대하여 비판이 가해진다.

한국의 이장희, 오일도, 정지용 등의 심상의 기교는 궁극적으로 이미지즘과 연관이 있을 것이다.

철학에서 관념론이라고 부르는 것이 문학에서는 대체로 이상주의에 해당된다. 관념론은 실재가 궁극적으로는 정신 또는 관념이라고 하는 주장이다. 플라톤은 우리가 감각으로 볼 수 있는 만상은 사실이 아니며, 그것들 배후에 영원불변하게 존재하는 관념만이 실재라고 보았거니와, 이 비슷한 사상은 동서양을 막론하고 어디에나 다 있다. 관념철학의 반대는 그러므로 물질 자체가 실재라고 주장하는 자연주의(유물론)이다.

문학에 있어서 이상주의는 이와 같은 관념론적 세계관을 근본으로 삼고 있는 태도이다. 그러나 관념철학을 대변한다고 해서 반드시 이상주의 문학이라고 하기에는 다소 어폐가 있다. 문학적 이상주의는 그보다도 인간성의 고귀하고 아름다운 면을 되도록 높이고, 인간성의 물질적, 동물적 면모를 최소한으로 줄이거나 무시하거나 부인할 때 나타난다. 초기 낭만주의 시대의 인간 예찬적 문학은 이상주의 문학이었고, 영웅적 인간의 고귀함을 고취하여 이를 본받기를 호소한 로망 롤랑의 문학도 이상주의적이었다. 이광수 등의 계몽주의 역시 이상주의적 면모를 내포하고 있다.

문학적 이상주의의 반대는 자연주의 및 일부의 사실주의이다. 자연주의는 인간이 고귀한 정신적 존재임을 부정하고 인간은 오히려 물질 조건에 좌우되는 동물의 일종으로 보고자 하고, 사실주의의 근본 입장도 인간을 실제보다 더 아름답게 보려고 하지 않는다. 실제의 인간을 이상화하여 본 것은 거짓이라 믿는 까닭이다.

그러나 현실에 대한 비판의 거울을 삼기 위한 이상주의적 작품도 있다. 그 대표적 유형은 이상향을 그리는 이른바 이상향Utopia 문학이다. 토머스 모어의 『유토피아』는 가장 이름 높은 작품이며, 『홍길동전』도 이상향 문학의 성질을 조금 보이고 있다. 도연명의 「도화원기」는 동양인에게 가장 잘 알려진 이상향 문학일 것이다. 그러나 그곳이 어딘지 다시는 찾을 수가 없다는 것이 이상향 문학의 거의 공통적인 결말인데 그 때문에 더욱 이상향에 대한 향수를 불러일으킨다.

인도주의 humanitarianism → 인문주의

인문주의, 인본주의　humanism

〈휴머니즘〉이란 낱말은 19세기에 서유럽에서 사용되기 시작한 것이지만 〈휴머니스트〉라는 낱말은 그보다 훨씬 전 르네상스 시대(16-17세기)에 사용되었었다. 르네상스는 근대 휴머니즘의 온상이라고 하지만, 당시의 휴머니스트들의 근본 사상과 관심은 근대 휴머니즘과는 상당히 다른 데가 있다.

르네상스 휴머니스트들을 〈인문학자〉라고 번역하는 것이 옳을 것이다. 그들은 중세 안정기로부터 시작된 인문학——문법, 수사학, 역사학, 문학, 도덕철학 등——에 대한 관심을 계승, 확충하였을 뿐만 아니라, 때마침 동로마 제국(즉 현재의 그리스)의 붕괴를 피해 오는 망명 학자들을 통하여 고대 그리스의 귀중한 원전들에 접하고, 이를 연구하여 인문학의 획기적인 발전에 기여하였다. 인문학자들은 인간 생활과 인간적 가치를 다룬 고대 그리스와 로마의 문학, 역사학, 윤리학, 웅변들을 자연과학, 응용과학(의학 등), 신학 등에서 구별하여 존중할 만한 분야로 확정하였다. 그들은 고전 문헌에서 발견할 수 있는 윤리적 지혜, 합리적 사고 방법, 조화와 균형을 이상으로 삼은 예술관이 사람이 도달할 수 있는 최고의 상태를 나타낸다고 보았다. 그들은 그러한 고전적 문화를 현실 사회에 전파하려는 교육적 및 사회적 의식으로 충만하였다. 고전을 잘 알기 위하여 중세 교회의 라틴어가 아닌 고대 황금 시대의 라틴어를 필수적으로 익혔으며, 또한 그리스어를 익혀 플라톤의 저작을 비롯한 저서를 원어로 읽었다.

그러나 인문학자들은 소수의 예외를 제외하고는 기독교의 이념 안

에서 고전 문화를 수용하였다. 그래서 대부분의 르네상스 인문학자들을 기독교 인문학자Christian humanist라고 부른다. 에라스무스나 토머스 모어 등은 고전 문화에 정통한 지식을 가진 인문학자들인 동시에, 기독교의 이념을 현실 세계에서 실현하는 일에 직접, 간접으로 참여하였다. 이처럼 현실 생활에서 이념을 실천코자 한 것이 중세의 사변적인 철학자 및 신학자들과 다른 점일 것이다.

아마도 가장 대표적인 휴머니스트는 영국의 밀턴일 것이다. 그는 온갖 고전 문헌에 정통했을 뿐 아니라 자기의 이성과 양심이 명령하는 대로 혁명 운동(영국의 청교도들의 공화주의 혁명)에 적극 참여하여 새로운 국가 건설에 이바지하였고 또한 철저한 고전 연구에서 얻은 문학적 지식을 토대로 하여 『잃어버린 낙원』 등의 명작을 냈다.

근대 유럽의 고전주의적 경향은 결국 르네상스기에 정립된 인문학에서 연유한다. 17, 18세기의 신고전주의는 르네상스의 발랄함 대신 질서와 규제를 철저히 추구한 결과, 19세기 낭만주의의 반발을 샀으나 19세기 후반 영국 사상가 매슈 아놀드 등은 다시금 고대 그리스와 로마 문화의 인간관 및 예술관의 부활을 강조하였다. 그러나 19세기는 자연과학 및 산업 기술이 인문학에 비하여 훨씬 우세한 시대여서, 고전적 이념을 주창하는 사람들은 다분히 투쟁적일 수밖에 없었다. 그리하여 〈휴머니즘〉이란 사상 체계가 성립되었고, 휴머니스트는 단지 인문학자가 아닌 〈인본주의자〉라는 다분히 전투적인 입장을 취하게 된 것이다. 그래서 19세기 이후의 휴머니즘은 인문주의라기보다는 〈인본주의〉라고 번역하는 것이 옳다. 인본주의자들은 인문학자들과는 달리 중세적인 철학이나 신학에서 자기들을 구별하려는 것보다 과학 및 기술에서 자기들을 구분하려고 하였다. 기독교, 특히 개신교의 인간 존중 사상과 윤리성은 인본주의에 대부분 수용되었다. 그러나 인본주의가 강조한 것은 인간의 존엄성과, 과학적 연구의 대상인 자연과 엄격히 구별되어야 하는 자율적 존재로서의 인간, 문학을 비롯한 예술, 철학, 역사학 등 인문학의 제분야가 인간의 도덕적 완성을 기하는 것인 만큼 무슨 학문보다도 우선해야 한다는 문화관, 교육관 등이었다.

　20세기 초에 미국의 문학사상가 어빙 배빗, 엘머 모어 등은 아놀드의 인본주의 이념을 다시 고취하였는데, 이를 〈신인본주의 Neo-humanism〉라고 부른다. 그들은 자연과 인간의 절대적 구분을 강조하는 인본주의의 근본 전제에서 당시의 문학과 철학에 만연된 자연주의에 대항했고, 인격의 조화와 균형을 이루어주는 고전적인 합리성의 이념에서 불균형한 개인적 감정에 탐닉하는 낭만주의에 반발하였다. 또한 예술의 윤리성을 강조한 그들이었기에, 세기말의 퇴폐적 경향이나 전위파에 대하여 강한 반감을 가지고 있었다. 신인본주의자들은 조화를 이룬 원숙한 인간상을 과거의 문학, 철학, 종교 등의 세계적 고전에서 찾을 수 있다고 믿었다. 그들은 말하자면 고도의 문화인이 되는 것을 이상으로 한 개인주의적 정신의 귀족들이었던 셈이다.

　신인본주의는 1930년대에 사회주의적 비평과 뉴크리티시즘에 의해 기세가 꺾였다. 사회주의자들은 인본주의자들의 정신적 귀족주의를 공격하였고, 뉴크리틱들은 인본주의자들의 과거지향성(역사주의적 경향), 문학을 지나치게 윤리적 교훈으로 보는 태도, 현대문학에 대한 무관심 또는 반대, 과학에 대한 맹목적 반발로 문학의 가치를 현대적으로 옹호하지 못한 것 등을 들어 공격하였다. 그러나 신인본주의는 미국의 온건보수적 경향의 인문학자들의 의식, 무의식의 지주가 되어 있는 것이 사실이다.

　이 밖에도 휴머니즘은 무척 다양한 의미로 사용되는데, 사르트르가 실존주의를 휴머니즘이라고 주장할 때, 그는 실존주의의 무신론적인 인간 실존의 절대성을 강조한 듯하며, 자유주의자들은 인간의 자유 의지를 강조하는 의미에서 휴머니즘을 표방하며, 사회주의자들은 대체로 휴머니즘이라는 말을 혐오하지만, 그 종교적, 귀족적, 상층 문화적 의미를 제거하고, 인간 자체의 노력에 의한 사회 건설을 뜻하는 휴머니즘을 받아들이기도 한다. 사람 사이의 박애를 강조하는 인도주의(人道主義, humanitarianism)는 휴머니즘과 관계가 있으나 구별해야 한다.

인물 character → 성격

인상주의 | impressionism

　본래는 미술의 한 유파에게 붙여진 이름이었다. 1874년 프랑스의 화가 모네가 「인상: 떠오르는 해」라는 제목의 그림을 전시했을 때부터 인상파, 인상주의라는 말이 미술론에서 쓰이기 시작하였다고 한다. 모네와 동조한 화가들은 대상 자체에 대한 객관적 관찰을 그림으로 옮기려 하지 않고 대상의 순간적 인상을 종래의 회화 법칙(원근법, 명암, 윤곽의 처리 등)에 의하여 정리하지 않은 채 직접 섬세한 색조와 몇 번의 붓질로 나타내려 하였다. 사실 대상의 순간적인 인상이란 윤곽이 뚜렷하지 않고 단지 색조들이 한데 버무려져 있는 상태대로이다. 음악에 있어서도 작곡가 드뷔시는 논리적인 선율과 뚜렷한 화음, 박자를 피하고 음의 색조가 확산되고 서로 뒤섞여 어울리는 분위기를 조성하려 하였다.

　문학은 그림이나 음악처럼 순수하게 감각적인 매체를 사용하지 않고 지적 요소가 큰 부분을 차지하고 있는 말을 매체로 하기 때문에 인상주의라기보다는 인상주의적 기법을 사용한다고 하겠다. 화가들이 나무를 그리지 않고 화가의 눈에 순간적으로 비친 나무의 〈영향〉을 그린 것과 마찬가지로 인상주의적 기법을 따르는 문장가는 사물에 대하여 사진처럼 냉담하게 정확한 묘사를 하려 하지 않고 자기가 당장 가지고 있는 심리 상태에서 순간적으로 받아들이는 사물의 인상을 되도록 그대로 옮겨놓기 위한 낱말들을 동원한다. 그 낱말들 개별적으로는 부정확하다고 할 수도, 불합리하다고 할 수도 있으나 그것들이 한데 모여서 이루는 소리와 의미의 분위기는 그 저자의 순간적 인상을 재생하도록 되어 있다. 이러한 인상이 독자에게도 전달되면 독자의 눈과 심리는 그 저자의 눈과 심리를 닮게 된다. 인상주의적 저자는 자기의 순간적 인상을 문자로 정착시키려는 목적 이외에 시각적 인상이 감정적 인상으로 변형되어 전달되기를 노리는 것이다. 순간적 인상에 충실하기 위하여 문법, 논리, 수사법, 명백한 의미가 모두 희생될 수 있고 급기야는 그 인상을 받아들이는 주체, 즉 저자의 의식조차도 배제될 수 있다. 인상주의적 수법의 언어는 산만, 확산의 성격을 띠고 간략, 명백을 피하게 된다. 때로는 인상에 대한 적절한 말이 없어 여러 말을 급히 나열하기도 한다. 어떤 대상 전체를 자세히 보지는 않고 그 대상에서 인상을 뚜렷이 남기는 면모에 대해서만 반응을 보인다. 세부 묘사를 피하고 굵은 붓질로 처리하는 인상파의 그림과 비교된다.

문학적 인상주의는 상징주의와 어느 정도 겹치는 데가 있으나, 상징이라는 추상적이고 지적인 의미를 배격한다는 점에서 향배를 달리하며, 이미지즘과는 순간적 인상에 충실하다는 점에서 비슷한 데가 있지만, 견고하고 윤곽이 뚜렷한 심상을 만들어내라는 이미지즘의 강령은 따르지 않는다. 의식의 흐름의 기법을 따르는 소설, 특히 버지니아 울프의 소설은 인상주의적 기법이 가장 선명히 나타나는 작품이다. 표현주의는 대상을 의도적으로 왜곡하므로 인상주의와 거리가 멀다.

비평에 있어서의 인상주의는 문학 작품을 감상했을 때의 인상을 그대로 선명히 문자로 옮겨놓는 것을 말한다. 그러니까 그것은 비판하고 평가한다는 의미의 비평이 아니라 작품을 경험할 때의 감흥을 적은 감상문 내지 예찬의 글인 것이다. 즉 그것은 작품에 대한 글이 아니라 〈걸작품의 세계에서의 영혼의 모험〉을 효과적인 필치로 기술한 것이다. 그 일관된 감흥의 분위기 이외에는 논리나 논지가 분명치 않은 경우가 허다하다.

일기　diary, journal

국가에서 일어나는 일의 매일매일의 기록은 연대기chronicle가 될 것이고, 개인의 경험, 생각, 인상의 매일매일의 기록은 일기가 된다. 일기는 일상 생활의 계속적인 기록이 보통이나, 박지원의 『열하일기』

처럼 어떤 특별한 체험을 갖는 기간 동안의 기록인 경우도 있다.

일기는 개인의 사건, 체험, 생각, 감상 등을 잊지 않기 위한 비망록의 구실뿐 아니라, 체험의 의미, 자신의 생활에 대한 반성 등 수양의 방법도 되며 남모르는 비밀을 고백하는 심리적 안정법도 된다.

일기는 공개하기 위하여 기록하는 것은 아니라 하나, 지금까지 공개된 일기는 (필자의 사후에 공개되는 것이 보통이나) 거의 예외 없이 흥미 있는 사건에 대한 개인적인 반응을 여실히 드러내거나 아무도 몰랐던 필자의 내면 세계를 잘 보여줄 수 있도록, 훌륭한 문체와 구성을 가지고 있다. 즉 일기는, 적어도 공개될 만한 일기는 그 필자를 하나의 살아 있는 인물로 구현할 만큼 다분히 문학적인 것이다. 그러한 필자는 남의 글을 많이 읽고 사색하는 과정에서 무의식 중에 문학 수업을 했다고 볼 수 있고, 따라서 그의 일기는 다만 역사적 기록일 뿐 아니라 문학적 창조도 될 수 있는 것이다.

일기의 그러한 문학적 가능성을 보고 문인이 의도적으로 일기의 형식을 빌려 자기를 표현할 수도 있으며——앞으로 공개될 것을 기대하면서 일기를 잘 다듬어 쓰는 문인도 적지 않다——또한 일기체의 소설을 쓰기도 한다. →전기

ㅈ

자기 / 남(타자)　self / the other

　사람은 자기 이외의 일체를 남(타자)으로 의식한다. (〈타자〉라는 한자 용어보다는 〈남〉이라는 우리말이 더 쓸 만하니 우리는 〈남〉이라고 하자.) 문법적으로 말하면 3인칭으로 불릴 수 있는 모든 것이 남이다. 따라서 자기의 생각도 남이 될 수 있다. 헤겔은 〈자아는 자기가 아닌 일체를 중요하지 않은 부정적 객체로 규정한다〉고 했다. 남은 초극 또는 소외의 대상이다.

　문학비평에서 남에 대한 심각한 논의가 시작된 것은 페미니즘에서이다. 페미니즘 논의의 선구자인 프랑스의 시몬 드 보부아르가 세상의 주요 담론에서 남성이 주체이고 여성은 남으로 되어 있다는 주장을 했다. 문학, 철학, 역사학, 정치학, 경제학은 물론이고 과학에서도 거의 모든 경우에 남성이 주체가 되어 주로 남성에 대하여 논의하며 여성은 완전한 남으로 논의에서 제외되거나 논의의 중심에서 벗어나 있다. 남성의 사고와 경험은 절대적이고 본질적이지만 여성의 그것은 주변적이고 부수적일 뿐이다.

　동양 사상의 최고 권위자인 공자의 『논어』는 모두 남성에 관한 것이며 서양 철학의 비조인 아리스토텔레스 자신도 여성에게 지적 능력이 있는가, 영혼이 있는가에 대하여 심각한 회의를 가졌었다. 마르크스의 『자본론』, 맬서스의 『인구론』, 칸트의 『순수 이성 비판』에서도 자본이나 인구나 이성에 관한 논의는 모두 남성 독자를 상대했고, 사람에 대한 논의이지만 그때의 사람이란 남성을 뜻했고, 간혹 여성에 관한 언급이 있을 경우에는 여성은 별다른 존재, 사람의 논의에서 특별히 따로 지적하여 언급해야 하는 남으로 취급된 것이 사실이다. 가부장적 사회에서는 필연적으로 남성이 주체가 되고 여성은 남이 되어 주체성을 부여받지 못한다. 즉 가장 심각한 종류의 〈소외〉를 당하는 것이다.

인류의 가부장적 문화가 정착된 이후 완전한 남으로서의 여성이 모든 사람의 사고 방식에 뿌리 박혀 있다는 것이 보부아르의 주장이었다. 다시 말하면 여성까지도 그 문화에 길들여져 스스로 자신을 남으로 취급하는 데에 익숙하게 되었다는 것이다. 철학책을 읽는 여성은 그것이 남성이 여성을 남으로 돌려놓은 채 남성에 관하여 쓴 것임에도 불구하고 일반적인 사람에 대하여 쓴 것으로 받아들인다. 여성은 남으로서의 지위를 문제 삼지 않고 받아들이는 것이다. 심지어 여성이 쓴, 사람에 대한 글에서도 사람은 남성이며 여성은 남으로 남아 있는 것이 보통이다. 여성을 주체로 하고 남성을 남으로 돌려놓은 담론은 거의 찾아볼 수 없다. 그러나 통계적으로 여성과 남성의 숫자는 서로 대등하다. 그러함에도 이러한 심한 불균형이 존속한다는 것이 큰 문제로 인식되기 시작했다.

가부장적 문화——아마도 농경 사회를 개척한 크로마뇽인의 발명이리라——는 여성들이 서로 떨어져 있어 여성들만의 공동체(가부장 연합회, 나아가서는 정부 조직 같은 것)를 형성하지 못했다. 따라서 여성들은 〈우리〉라는 의식을 발전시키지 못했다. 그러는 사이에 여성은 남성의 압도적 권력을 당연한 것으로 받아들였다. 게다가 여성은 남성이 여성에게 부여한 역할을 쉽고 편하게 여겨 그에 도전할 생각이 쉬 들지 않게 되었다.

페미니스트 문학비평에서 모든 전통적인 담론에 나타나는 완전한 남으로서의 여성은 핵심적인 문제가 아닐 수 없다. 많은 비평가들이 남으로서의 여성의 흔적을 찾는 작업을 하고 있다. 또는 남성 중심이 당연시되는 텍스트에서 남으로서 한구석에 등장하는 여성에 초점을 맞추어, 다시 말하면 여성을 중심에 놓고 그 텍스트를 다시 읽는 작업도 활발하다. 또는 여성 자신이 의식을 가지고 쓴 텍스트이면서도 남성 중심주의의 강력한 영향을 모두 벗어날 수 없어 여성이 완전한 자기가 되지 못하게 된 양상을 분석하기도 한다(박경리의『토지』를 이 관점에서 다시 읽을 수 있다).

한편, 여성의 남 됨과 없음(부재), 음성(남자의 양성에 반대되는 어둠)을 적극적으로 받아들여 남, 없음, 음의 세계를 남성 중심 세계에 대한 대안으로 제시하기도 한다. 명백한 논리와 통일성(이는 공격적 남근 중심주의의 특성이다)을 표방하는 남성적 글쓰기를 흉내 낼 것이 아니라 여성 특유의 〈어두운 언어〉를 개발하자는 것이다. 이는 라캉이 말하는 상징의 단계 이전의 상상적 단계의 언어를 회복하는 것도 된다. 즉 아이와 어머니의 밀접한 관계를 나타내는, 자기와 남, 주체와 객체의 구별이 없는 단계의 언어를 회복하는 것이다. 이 언어는 매우 유희적이며 대화적이며 구체적이며 상상적이며 〈무의미〉하다. 대화적인 특성 때문에 육체적 접촉이 전제되며 비언어적 의사 소통 방법인 어조, 표정, 태도, 몸짓 그리고 침묵까지도 이 언어의 중요한 요소들이 된다(라캉 자신과 그를 추종하는 여성 사상가들이 가끔 이런 말투를 흉내 내어 글쓰기를 한다). 이것은 여성의 남 됨을 오히려 여성 자신의 해방의 계기로 삼는 것이다.

그런데 그러한 특성을 가진 언어는 시(서정시)의 언어가 아닌가? 이렇게 보면 문학의 핵심적 요소인 시가 곧 여성적 언어로 되어 있다는 말이 될 것이다. 남성 담론의 창시자의 한 사람인 아리스토텔레스가『시학』에서 플롯을 시의 영혼이라고 한 이래, 문학은 플롯(하나의 일관된 구조를 이루도록 짜맞춤)이라는 남성적, 지배적 원칙 아래 통합되는 글로 굳었었는데 이처럼 여성의 말투가 플롯 만들기로서의 문학에 대한 대안적 글쓰기로 내세워진 것이다. 이는 소설이나 희곡에 대한 서정시의 회복을 뜻하는 것이라고 할 수도 있다(아리스토텔레스는 서정시를 문학으로 취급하기를 간단히 거부했다). 불교 사상가이자 애국 운동가인 남성 중의 남성 한용운이 왜 여성을 가장하여 서정시를 썼는지, 다시 말하면 왜 남의 언어를, 부재의 말씨를 썼는지를 이런 관점에서 심각히 생각할 만하다.

한편, 현재의 세계 문화를 주도하는 듯한 서양 문화의 담론에서 여성만이 남이 되어 있는 것이 아니라 서양 이외의 지역의 사람, 특히 서양인의 식민지가 되었던 지역의 사람 역시 남으로 되어 있음을 발견할 수 있다. 루소, 헤겔, 버트란드 러셀 등의 서양 정통 사상가들의 글은 모두 서양인을 중심으로 쓴 것이므로 동양인이나 아프리카인들은 남이 되어 있다. 이 문제에 대해서는 탈식민주의 비평에서 잘 다루고 있다. 이 밖에도 한 사회에서 소외된 계층도 대개의 주류 담론에서는 남이 되어 있다.

차원을 달리하여 논의하자면 많은 담론에서 신-하느님은 멀리 있는 듯한 알 수 없는 무서운 남the Uncanny으로서 존재한다. 마르틴 부버는 절대적 남으로서의 신과 사람의 관계는 〈나와 당신I-Thou〉 관계가 회복되어야 극복될 수 있다고 하였다. 신-하느님이 절대적 남으로 존재하면 신은 소외되는 것이며, 동시에 사람도 신으로부터 남이 되어 소외된다고 보는 것이다. 많은 종교적 문학은 바로 이러한 소외를 극복하는 것을 주제로 삼는다. →탈식민주의, 페미니즘 비평

자서전 autobiography →일기, 전기

자연 | nature

현대문학론에서 자주 사용되는 낱말의 하나인 〈자연〉은 본래 오랜 동양의 낱말이지만 그 의미는 주로 유럽의 문학 전통에서 온 것이다.

고대 그리스 사람들이 문학을 자연의 모방이라고 한 이래 문학은 자연의 어떤 면모를 닮았다고 하는 사상이 유럽의 문학관에서 떠나지 않는다. 그러나 자연이란 무엇인가 하는 문제는 문학적 문제라기보다는 철학의 문제이다. 자연에 대한 철학적 관념은 시대를 통하여 늘 변하였다.

고대 그리스 시대에 자연은 감각적으로 선명히 파악되는 사물들의 집합체로 인식되었고, 생물과 사람뿐 아니라 신들도 그 속에서 산다

고 보았다. 신들은 단지 몇 가지 초인간적 능력을 소유하였을 뿐이다. 그리스인들에게 자연은 문자 그대로 그냥 있는 것이지, 누가 만들어 놓은 것이라는 생각은 들지 않았던 것이다.

그들은 자연이 정지 상태로 머물러 있는 것이 아니라 생성 변화하고 있다고 보았다. 이 사상은 현대의 과학적 자연관에 이어진다. 이 생성 변화하는 자연에 순응하여 사람도 적절히 생성 변화하는 것이 옳게 보였다. 왜 그런가 하면, 자연의 생성 변화는 무질서한 움직임이 아니라 질서와 조화가 있는 운동이며 또한 일정한 목적을 지향한다고 보았던 까닭이다. 문학을 행동하는 사람의 모방이라고 한 아리스토텔레스는 행동이 사람의 가장 자연스러운 모습이며, 그 행동이 어떤 목적(이른바 〈엔텔레키〉)을 향하여 조직되어 있다는 점에서 또한 자연스럽다고 생각했던 것이다. 행동을 재현하는 희곡, 행동을 서술하는 서사시가 고대 그리스에서 크게 발전했다는 사실은 그들의 자연관을 반영한다.

자연과 예술의 관계는 일찍부터 상호 보족적인 관계에 있는 것으로 보았다. 자연, 즉 바탕이 없으면 예술은 존재할 수 없다. 그러나 예술이 없으면 자연은 사람에게 친숙하게 이용될 수 없다. 자연은 사람에게 재능(재능도 자연의 일부이다)을 준다. 이 재능이 후천적인 기술(예술도 기술의 하나이다)에 의하여 적절히 통제되고 표현되지 않으면 사람에게 도움이 되지 못한다. 우주의 어떤 목적(엔텔레키)을 위해 조화와 질서를 가진 행동을 벌이고 있는 자연은 사람의 기술을 통해서만 사람에게 이해되고 응용될 수 있다. 인간이 타고나는 성질, 즉 인간 본성도 자연의 일부인데, 이는 법률, 철학, 기술 등의 통제를 받아야만 그 본래의 목적을 분명히 성취할 수 있다. 이리하여 사람이 아무런 일도 하지 않고 자연에 돌아가기를 원하는 동양적 사상은 그리스의 사상과 정면으로 대립된다.

한편 그리스인들이 자연을 그냥 주어진 것으로 보았던 것과는 대조적으로 히브리(유태) 사상은 자연을 신의 피조물로 보고, 그 피조물의 세계에서 신의 능력과 지혜와 사람에게 주는 말씀을 알아낼 수 있다고 하였다. 기독교는 이 사상을 계승하여 자연을 찬양하면서 신을 더욱 찬양하기를 잊지 않았고, 자연의 상징성, 신의 의지의 표시로서의 위치, 피조물로서의 결함, 자연에 대한 사람의 우위 등을 떠올렸다. 피조물 중에 사람이 으뜸이었고 따라서 사람이 자연을 다스릴 권한이 있다고 보았다. 그러나 자연이 신의 뜻을 틀림없이 말없이 순종하여 신의 창조 사업을 돕는 겸손한 행위자임에 반하여 사람은 죄악 때문에 신을 거역한다고도 생각하였다.

르네상스 시대에는 기독교와 그리스 사상이 종합을 이루어 자연 만상의 배후에 창조주인 신을 상정하는 한편, 자연의 변화무쌍하고도 조화 있는 능력을 감탄하기도 하였다. 중세와 르네상스 문학에서 자연은 단지 아름다울 뿐 아니라 의미 깊은 것 즉 신의 지혜와 섭리를 상징하는 것으로 나타난다. 이는 중세, 르네상스의 알레고리 문학의 발전과 관계가 있다.

17세기 이후, 자연은 점차 합리적인 것으로 생각되었고 드디어 불변의 원리에 따라 움직이는 정확하고 거대한 기계로 생각되었다. 이리하여 현대의 자연과학이 생겨났다. 그 이후 우주만상의 근본, 본체, 원리라는 의미의 자연은 자연과학이라는 새로운 철학의 전유물처럼 되었다. 이 시대는 문학적으로는 신고전주의 시대에 해당되는데 신고전주의자들은 자연을 과학자들처럼 불변하는 합리적 원리로 받아들여서 다분히 관념적인 작품을 썼다.

과학이 수학적이고 기하학적인 관념 추구에서 물질을 실험적으로 다루는 이른바 물질과학으로 변모하면서 자연 만상을 그 영역으로 독점해 버리자, 문학은 과학의 바탕을 이루는 이성 작용을 거부하고 상상력을 독특한 자연 파악 능력으로 내세웠다. 이것이 문학과 과학의 결정적 결별이었다. 낭만주의자들은 자연이 그냥 물질이 아니라 사람의 윤리적 및 심미적 정서의 근원이 되고 그것에 반응을 보이는 인격적인 주체로 보고자 하였다. 중세 및 르네상스 시대의 상징적 자연관을 상상적으로 부활시키고자 한 셈이다. 상징적 문학은 이 시대의 대표적 산물이다.

인류는 오랫동안 사람과 자연 사이에 정신적 교감이 있다고 믿었고 자연은 사람의 윤리 생활에 모범이 된다고 확신하였다. 그러나 18세기 말엽에 자연은 아무런 인간적 의의가 없는 단순한 물질, 또는 에너지의 현상이며 도덕적으로나 심미적으로나 완전히 중성적인 입장에 있다는 과학 사상이 지배적이 되었다. 낭만주의자들의 특질인 우울과 비감은 그들이 상상으로 파악한 자연의 아름다움과 상징성에도 불구하고 과학이 말하는 무의미한 자연관을 뼈저리게 의식하였던 까닭이다.

20세기에 이르러 자연과학은 기계론을 버리고 상당한 변화를 겪었으나, 자연의 비인간성과 무의미는 이제 널리 일반화되어 있다. 진화론과 정신분석학에 이어 분자생물학 등의 발달은 사람 자체가 그냥 동물의 하나일 뿐 아니라 물질의 한 현상이라는 자연주의 사상을 크게 대두시켰다. 문학에서 자연의 인간적 의미를 주장한다는 것은 이제는 우습게 여겨진다. 과학적 자연은 모든 사람이 학교 교육을 통하여 배운 것이므로 떨쳐버릴 수 없으며, 우리의 생활도 모두 과학적 상태를 지향한다. 자연에 대한 윤리적, 심미적 반응은 자연에 대한 만인 공유의 철학에서 오는 것이 아니라 개인적인 감각적 체험의 생생한 전달을 위한 언어 습관이라고 여겨진다. 〈모란이 피기까지는 나는 기다리고 있을 테요, 찬란한 슬픔의 봄을〉이라고 읊은 시인은 자연과학을 압도할 어떤 체계적 철학에 바탕을 두고 있는 것이 아니라 모란에 대한 체험의 강렬함을 표현코자 했을 뿐이라는 것이다. 이러한 표현 방식조차도 낡은 습관이니 어느 단계에 가서는 정비되어야 할 것이라는 의견도 있다. 그러나 사람의 지각 방법이 근본에 있어 그처럼 상상적, 상징적일 수밖에 없고, 과학적 자연관도 사람의 관념 상징의 한 소산이라는 새로운 주장이 나오고 있다.

과학적 자연관에도 불구하고, 눈 덮인 설악산을 보고 숭엄미를 느끼는 것은 사람의 변함없는 속성일 것이다. 지금의 과학적 자연관도 미래에 또 어떻게 변할는지 모른다. 그러나 현재, 자연에 대한 문학의 태도는 단순하지 않다. 자연은 비인간적인 물질인 동시에 내가 아름답게, 아니면 무섭게, 실제로 체험하는 것도 된다. 자연은 무의미한 것이면서도 동시에 순간적으로 사람에 대하여 무언가 말하고 있는, 또는 내가 말을 시킬 수 있는 상징적 기능도 있다. 그러므로 문학은 자연에 대하여 아이러니의 태도를 가질 수밖에 없다.

동양이 자연을 더 인간적으로 보고 있다는 주장은 이제는 무의미하다. 실상 동서양이 다 역사의 어느 단계까지는 자연을 인간적으로 보아왔고, 현재에는 꼭같이 자연을 과학적으로 이용하는 데에 급급하고 있다. 오늘날 자연은 환경이라는 이름으로 사람의 생존을 위해 보호되어야 할 대상으로 부각되는바, 인류 역사의 대부분을 사람이 자연의 보호를 받다가 이제는 사람이 자연을 보호하는 입장에 서게 되었다. 〈생태 문학〉은 그러한 자연 보호 사상을 구현한 일체의 문학을 가리키는 말로 쓰이고 있다.

자연을 문학적으로 박진하게 다루는 방법은 확실히 동양보다는 서양에서 더 개발되었다. 자연의 세밀한 묘사, 자연 체험에서 오는 감정의 미세한 표현은 서양의 자연문학의 특징이다.

자연주의　naturalism

아름다운 자연을 사랑하고 따르는 것을 자연주의라고 부른 적도 있지만, 현대문학론에서 말하는 자연주의는 아마 그와는 정반대되는 사상일 것이다. 자연주의는 19세기 과학의 자극을 받아 형성된 하나의 철학적 사조였다. 철학적 의미의 자연주의는 시간과 공간에서 생겨나는 일체의 사건을 자연이라고 부르며, 이 자연은 과학의 인과율로 모두 설명이 가능하고, 정신은 자연의 한 기능이지 초자연적인 것이 아니라고 본다. 자연주의는 유물론의 다른 이름으로 보아도 무방하다. 자연주의를 사실주의의 연장으로 보는 것은 대상의 묘사 방법에 있어서 공통점이 있기 때문이고, 철학적 전제에 있어서는 공통점이 적다. 사실주의는 주로 사물을 다루는 방식이지 어떠한 뚜렷한 철학을 내세우지는 않는다. 기독교도도, 무신론자도, 유교도도 다 사실주의자가 될 수 있지만 자연주의자는 자연주의자만이 될 수 있다(스스로를 자연주의자라고 부르지는 않을지라도).

자연주의자는 사람을 자연 속에 생겨난 하나의 동물로 본다. 사람이라는 동물은 자기가 통제할 수도, 알 수도 없는 자연의 세력, 특히 유전과 환경, 본능의 지배를 받는다. 자연주의자는 사실주의자처럼 사람의 행위를 있는 그대로 다 다루지 않고 사람을 지배하는 자연의 법칙을 잘 나타내는 부분을 특별히 강조한다. 이런 점에서 볼 때 자연주의는 이론적이고 관념적이다. 그러나 사람을 동물의 상태에 두고 보므로 이상적, 초월주의적 관념론과는 정반대이다.

문학적 자연주의의 배경이 된 철학적 경향을 좀더 자세히 살펴보면 대체로 다음 몇 가지의 사조가 있었다. 첫째로 뉴턴 이래의 기계론적인 물리학이 제시한 물질의 기계적 결정론. 자연은 자연 법칙에 의하여 예외 없이 태곳적부터 영원히 결정되어 있다는 것이다. 둘째로는 적자생존, 자연도태, 생존경쟁 등의 사상을 배태한 다윈의 진화론. 사람은 동물의 하나로서 특별히 다른 동물보다 위대하고 거룩한 속성을 가지지 않고, 동물적으로 생존하기 위한 생물학적 법칙을 따를 뿐이라는 것이다. 셋째는 사람의 역사를 경제적 목적에서 벌어지는 계급 간의 투쟁의 마당으로 본 마르크스의 유물사관. 자연이 물질의 법칙에 의하여 지배되듯, 물질의 한 표현인 사람은 경제적 사회적 법칙에 의하여 움직인다는 것이다. 마르크스는 단지 과학적 관찰자의 입장을 떠나서 사회 개혁을 강력히 요청하는 정치철학을 제창하였다. 넷째로, 텐느나 콩트 같은 실증주의 사상가들이 개인 및 집단의 행위가 환경의 절대적 지배를 받는다는 사상을 고취하였고, 프로이트 같은 심리학자는 개인의 행위가 자기도 모르는 잠재의식의 철저한 지배를 받을 뿐 아니라, 그 잠재의식이라는 것도 성적 욕구 같은 전적으로 동물적인 충동으로 가득한 것이고 고상하거나 거룩한 것은 없다고 하였다.

프랑스 소설가 에밀 졸라는 베르나르라는 의학자의 실험의학에 관한 저술에 자극받아 생물학적 및 사회환경적 지배하에서 꼭두각시처럼 행동하는 사람의 모습을 세밀하고 적나라하게 보이는 새로운 소설을 상정하였다. 그가 자신을 〈자연주의자〉라고 부른 것은 1868년 『테레즈 라캥』이라는 소설의 서문에서였고, 또한 그 자리에서 자기 소설을 문학적 시체 해부라고 불렀다. 그는 사람의 행위를 묘사하면서 비합리적, 종교적, 도덕적, 시적 설명을 엄격히 배제하고 사람이라는 현상을 당시에 알려진 생리학 및 사회과학적 인과율의 방법으로 설명하고, 그 설명을 뒷받침하기 위하여 필요한 부분에 대하여 세밀한 관찰 기록을 행하였다.

그러나 그는 과학자의 엄정하고 중립적인 태도를 그대로 견지하지 않고 사람의 행위가 추악한 동물적 상태에 머물러 있게 하는 사회 환경에 대하여 은연중 강한 반감을 보이고 나아가 사회 개혁의 필요성을 간접적으로 주장하였다. 이리하여 자연주의는 사회주의 또는 기타 혁신 사상과 결합하는 경향이 생기게 된다. 이렇게 되자 자연주의는 과학적 결정론의 그 객관성에서 멀어진다.

문학적 자연주의는 실제에 있어서는 과학적 객관을 이상으로 삼는다기보다는 도덕적, 종교적 의미가 사라진 세계에 놓인 사람에 대한 비관적인 운명을 개탄하는 태도라고 보아도 좋다. 하디는 그런 의미에서 대표적 자연주의자, 즉 비관적 운명론자였다. 사회 개혁에 대한 요구는 운명적으로 불행한 사람의 처지가 사람이 만든 우둔한 제도로 말미암아 더욱 불행해진 데 대한 반발이었다고 하겠다. 그러나 궁극적으로 제도가 사람을 동물 이상으로 만들어줄 수 있다고 믿기는 어렵다. 마르크스주의는 이 점에서 자연주의와 결별하여 그대로 비관적 태도를 고집하는 자연주의자들을 공박하였다.

김동인의 「감자」는 자연주의식 세계관과는 별로 관계가 없지만 굶주림과 성욕에 지배당하는 사람을 관찰하였다는 점에서 자연주의적이라 할 수 있다. 예전의 몇 사람이 말했듯 염상섭의 「표본실의 청개구리」는 오히려 낭만적인 자기 연민의 표현이지 자연주의적인 요소는 없다. → 사실주의, 자연

　규칙적인 운율 양식을 지키는 정형시와 대조되는 개념으로서 자유시는 현대에 세계적으로 크게 유행하고 있지만, 그것은 현대인의 발명도, 근대인의 발명도 아니다. 서양의 경우 기독교 구약성서의 대부분은 허브리 시 문학의 번역인데 외견상 산문이지만 실은 리듬이 살아 있는 자유시 비슷한 것이다. 영국 시인들이 장중한 주제를 다룰 때 즐겨 사용하던 각운이 없는 5보격 시형(이른바 blank verse)은 시인의 기량에 따라 자유시에 가깝게 되기도 하였다.

　그러나 의도적으로 정형시에 대항하여 서정시의 자유로운 표현을 담은 자유시를 쓴 것은 19세기 중엽이었다. 미국 시인 월트 휘트먼은 주제와 소재를 관습에서 탈피하여 자유롭게 택했을 뿐 아니라 또한 영어 성경의 리듬을 방불하는 리듬을 가진 자유시를 써서 그 아름다움과 힘을 과시하였는데, 이것은 세계적인 파급 효과를 가졌다.

　현 시점에서 볼 때 자유시는 특별히 이상할 것도 기발할 것도 없는 그냥 시의 한 방법으로 널리 인정되고 있다. 따라서 19세기의 일부 급진주의자들의 투쟁 구호 같았던 〈자유시〉라는 낱말의 본뜻은 지금 거의 무의미하다. 자유시를 서양에서 많이 배워온 동양, 특히 한국에서 자유시가 무엇으로부터 얼마나 자유로우냐, 그 자유를 얼마나 고맙게 창조적으로 받아들이고 있느냐 하는 문제는 반성해 볼 만하다. 실상 우리의 자유시는 전통적 정형시형인 시조, 가사, 그후에 개발된(모방된?) 7·5조를 별로 강하게 의식하고 있지 않다. 7·5조가 참을 수 없이 구속적이라고 느껴지기 때문에 자유시를 쓴다는 뚜렷한 의식이 없다는 말이다.

　다수의 이론가들은 자유시와 정형시의 본질적 차이에 대해서도 상당히 회의적이다. 정형시는 리듬의 최소 단위가 일정수 모여 한 줄을 이루게 된다. 예컨대 시조는 3음절 또는 4음절이 리듬의 최소 단위인데, 이 단위가 넷이 모이면 시조의 한 줄(장)이 된다. 이른바 자유시도 역시 리듬을 가지고 있고, 또 리듬의 최소 단위도 반드시 가지고

있게 된다. 이 최소 단위들이 몇 개 모여 자유시의 한 줄을 형성하는
데, 정형시와 다른 점은 한 줄에 들어가는 그 최소 단위의 개수가 일
정하지 않다는 것이다. 따라서 자유시의 시행(줄)은 길이가 일정치 않
다. 그러나 그 들쑥날쑥한 시행들이 다 저마다 리듬의 최소 단위들을
포함하고 있는 좀더 큰 리듬의 단위임은 정형시와 동일하다.

시의 리듬은 리듬의 최소 단위들이 결정한다기보다는 시의 한 행, 나
아가서는 한 연, 더 나아가서는 한 편의 시 전체가 그 의미 구조와의
미묘한 상관 관계를 통하여 결정한다고 보아야 한다. 즉 시조는 모두
같은 형식이지만 그 실제적 리듬은 작품마다 다 다르다. 즉 정형이 곧
실제 리듬을 고정하지 못한다는 말이다. 그러니까 시조 시인도 리듬
의 조절에 있어서는 자유시 시인과 꼭 마찬가지로 자유롭다고(또는 부
자유롭다고) 하겠다. 정형시는 외형이 고정되어 있으나 내적인 리듬의
자유를 지향하고 자유시는 외형이 무질서하나 내적인 리듬의 질서를
지향한다는 의견은 무척 타당한 데가 있다. 정형시이거나 자유시이거
나 다 〈내재율〉이라는 것이 있는데, 이는 바로 시의 외형과 별도로 실
제의 작품이 구현하고 있는 리듬을 말한다.

리듬은 일정한 또는 비슷한 요소가 일정한 (또는 비슷한) 간격을 두
고 반복되는 것을 말하는데, 서양시의 경우는 대개 소리의 강약 또는
장단의 반복이고, 우리 시의 경우는 대개 2음절 내지 4음절(4음절이
정형이다)의 단위가 반복되면 리듬으로 파악된다. 자유시의 경우 그런
최소 단위가 반복될 자리에 그것이 없으면 길다란 쉼(포즈)이 오고 이
쉼 자리를 독자의 정서적 반향이 메우면 대단한 효과를 낼 수 있다.
물론 리듬은 소리에만 의존하지 않고 심상, 관념, 낱말, 구문 등의
반복에도 의존하는데, 자유시는 자연히 그러한 이차적 리듬도 적극
개발할 의무가 있다. 즉 자유시는 리듬을 조성한다는 시의 근본 책임
에서 절대로 자유롭지 않다. →율격

프랑스어에서 〈종류〉란 뜻을 가진 이 낱말은 이제는 세계 공통의 용어가 된 듯하다.

잡다한 현상을 이해하기 위해서 분류는 대단히 중요하고 빼놓지 못할 작업이다. 문학의 장르론은 바로 문학이라는 잡다한 현상에 질서를 가져오기 위한 논의의 하나이다. 분류 작업은 반드시 분류의 원칙을 전제한다. 수없이 많이 씌어진 문학 작품들을 무슨 원칙에 의하여 몇 가지로 분류할 것인가 하는 문제는 아리스토텔레스의 『시학』에서 처음 조직적으로 제기되고 또한 대답되었다. 예술을 모방이라고 한 그는, 모방의 수단이 주로 언어인 것을 문학(시)이라 하고, 다시 문학적 모방의 대상을 행동하는 사람으로 규정하고, 그러한 사람의 도덕적 우열에 따라 장르를 구별했다. 즉 평균보다 우수한 사람을 모방한 작품은 비극이고 못난 사람을 모방한 것은 희극이라 하였다. 서사시와 비극은 다 같이 우수한 사람을 모방하는데 그 구별은 작품의 제시 방법을 따랐다. 서사시는 한 사람이 음송하고 비극은 배우들의 연기에 의해 제시된다. 그는 또한 짧은 시(이른바 디튀람보스라는 것)를 구별했는데 그 구별 원칙은 노래를 곁들였다는 제시 방법과 운율법 및 구조상 짧다는 것 등에 두었던 듯하다. 그는 사용된 율격을 구별 원칙으로 삼는 안일한 방법을 애초부터 거부하였다. 그는 일단 문학의 장르를 비극, 서사시, 희극, 단시(주로 서정시)로 구별하고 나서 단시를 제외한 각 장르의 구조(하나의 전체를 이루도록 사람의 행위가 조직된 것)를 분석하였다.

르네상스 시대에 아리스토텔레스의 『시학』이 다시 발견되었을 때 문학가들은 그것을 주로 장르론으로 이해하였고 또한 각 장르의 법칙을 규정한 것으로 확대 해석하였다. 그러니까 르네상스의 문학론은 장르 및 장르 법칙을 중심으로 하여 성립되었던 셈이다. 이 경향은 낭만주의 이전까지 계속 세련되었었다.

르네상스 및 그 뒤의 신고전주의 장르론은 첫째로 각 장르를 불변하는 틀로 생각했고, 둘째로 각 장르는 엄격한 법칙들이 있어 그 장르에 속한 작품을 쓰고자 하는 자는 그것들을 반드시 따라야 한다고 믿었고, 셋째로 장르들이 위계 질서를 이룬다고 보았다(대체로 서사시와 비극이 최상위에 자리 잡고 그 밑으로 희극, 풍자, 서정시, 전원시 등이 종적인 질서를 지키고 있었다). 그러나 장르 구별 원칙에 대해서는 아리스토텔레스의 불충분한 이론에도 접근치 못했다.

18세기 이후 소설과 수필, 서정시도 서사시도 아닌 혼합형의 장시의 등장으로 전통적 장르론은 무너지기 시작했고, 드디어 낭만주의 시대에는 소설과 서정시의 절대적 우세로 말미암아 전통적 장르론은 무의미하게 되었다. 특히 시는 모든 문학에 퍼져 있는 본질이라고 보는 단일 장르론이 나왔다.

독일 문학자들은 법칙과 구조, 위계 질서와는 관계가 없는 장르론을 철학적 기초에서 수립하려 하였다. 르네상스 시대부터 기본 장르로 구분되던 희곡(비극, 희극, 비희극 등), 서사시(18세기에 이미 산문소설을 서사시의 후예라 생각하기 시작하였다), 서정시(서정시는 시의 정수라 생각했으므로 결국 시의 대표로 간주되었다)를 철학적 체계에 들어맞도록 재조정하여 〈서사시(소설)는 객관적, 서정시(시)는 주관적, 희곡은 그 둘의 상호 침투〉라고 하였다. 즉 시, 소설, 희곡은 각각 정반합의 변증법적 관계에 있다는 것이다. 이리하여 헤겔을 비롯한 많은 관념적 사상가들이 문학의 장르는 우주의 본질상 셋일 수밖에 없고, 그 셋은 또한 우주의 본질상 변증법적 내지 철학적 관계를 가질 수밖에 없다고 주장했다. 형이상학적 시간과 결부시킨 어떤 장르론은 희곡은 현재, 소설(서사시)은 과거, 시는 미래와 관련을 맺고 있으니 문학의 3대 장르가 결국 인류의 시간을 다 맡고 있는 셈이라고 하였다.

한편 다윈의 진화론에 자극받아 각 장르의 생성과 쇠퇴를 생물학적으로 유추한 역사 장르론도 생겼다. 프랑스의 브륀티에르는 그 대표적인 이론가였는데, 그에 의하면 장르들도 인류 문화라는 환경 속에서 자연도태에 의해 진화하고 살아남는 것만 현재에 이르게 된다고 하였다. 서사시는 말하자면 고대에 있었던 공룡에 해당되고 인류 문화 환경이 그 장르에 알맞지 않자 소멸하고 그 대신 소설이라는 장르가 생겨났다고 보는 것이다.

관념철학과 생물학적 사고 방법이 쇠퇴한 20세기에는 다시 장르는 문학의 본질과는 관계없이 관습적 편의를 위한 구별에 지나지 않는다는 생각이 자리 잡았다. 표현론자들은 장르의 구별을 우연으로 치부하고 문자로 정착되기 이전, 표현과 직관이 구별되지 않는 순간을 귀중히 여기었고, 뉴크리틱들은 장르의 구별을 넘어선 〈복합성〉, 〈아이러니〉, 〈긴장〉 등에 관심을 보였다.

현대의 장르론을 다시 정립하려 한 이는 노스롭 프라이로서, 그는 명저 『비평의 해부』를 결국 장르론에 바쳤다. 그는 인류의 근본적 신화라고 보여지는 봄, 여름, 가을, 겨울의 네 계절에 관련된 신화가 문학의 4대 장르, 즉 희극(봄), 로만스(여름), 비극(가을), 아이러니와 풍자(겨울)의 원형이라고 하였다. 여기서 〈극〉이라는 말은 외형상의 희곡을 뜻하지 않고 인물의 행위를 말한다(예컨대, 『폭풍의 언덕』은 비극이 될 것이다). 그러나 이 장르론은 이른바 신화를 문학의 원형으로 인정하는 경우에나 가능하다. 다만 구분의 원칙을 전혀 새로운 각도에서 설정하려는 혁신적 태도는 감탄스럽다.

문학이라는 복잡한 현상을 이해하기 위하여 그 공통적 본질에 주목하는 것도 바람직한 일이나, 반대로 그 서로 다름과 비슷함을 인식하고 그것을 구분하는 것도 필요한 일이다. 확실히 장르론은 외부적 형태(율격, 구조 등)만을 구분 원칙으로 삼을 때에는 무의미하다. 시조 형식으로 비극도, 희극도, 초현실적 시도 쓸 수 있으니 말이다. 또한 내부적 형태(어조, 목적, 테마 등)만 가지고도 불충분하다. 외부적 및 내부적 형태를 동시에 참작하는 장르론이어야 한다. 그러니까 〈해양소설〉이라는 것은 장르가 아니고 단지 편리한 이름이고 〈탐정소설〉은 내용뿐 아니라 외적 구조의 요건을 갖추고 있으니 장르가 된다.

→ 관습, 문학사

299

저자 author → 관점, 어조

전기 biography

　〈개인의 역사〉라고 우선 정의할 수 있다. 역사에 오르기 위해서는 인물이나 사건이 상당히 중요해야 하는 것처럼, 개인의 역사 즉 전기가 씌어지기 위해서는 그 개인은 남다른 경험이나 업적이나 인격이 있어야 한다.

　동양에서는 왕조의 역사를 기술하면서 「열전(列傳)」이란 별개의 자리를 마련하여 이름을 남긴 이들의 생애를 주로 그 업적의 면에서 간략히 기술했다. 그 목적은 사실의 보존이라기보다는 국민의 교육이었다. 서양의 플루타르코스의 『영웅전』, 중세의 『제왕의 몰락』 등은 더욱 명백히 도덕 내지 종교적 교훈을 위한 것이었다. 한국의 『해동고승전』, 『균여전』 등도 다 종교적 교훈과 관계가 있었다.

　근대 유럽의 경우, 개인의 역사는 개인에 대한 관심이 높아감에 따라 더욱 많이 씌어지게 되었는데, 개인에 대한 관심이 반드시 도덕적 동기에서 생기는 것은 아니므로, 전기는 차차 그 전통적인 교훈적 성질 및 역사적 사실을 전달한다는 정보 제공의 성격을 부차적인 것으로 격하시키고, 대신 개인의 독특한 경험담에서 오는 흥미를 강조하게 되었다. 위인뿐 아니라, 악당의 개인적 역사도 흥미가 있을 수 있다는 것이 인식되었던 것이다(소위 악한소설은 평범한 인간의 특수한 경험담의 형식을 빌린 소설이다). 민주주의 사상의 발전은 이 경향을 더욱 조장했다.

　19세기의 실증주의 역사관은 전기에 실증적 방법을 적용케 하였다. 개인에 관한 모든 기록이 수집되어 엄격한 심사를 거쳐 진위가 판명되면 그것을 기초 자료로 하여 개인의 역사가 발생 순서대로 객관적으로 기술되었다.

　현대에 들어와서 역사학에 다시 해석학적 방법이 도입되면서, 이른바 해석적 또는 비평적 전기가 등장하게 되었다. 비평적 전기, 즉 평전에서는 한 인격의 통일적 형상화를 기하기 위하여 저자가 사료를 선정하고 해석하여 이를 잘 다듬은 문체로 처리한다. 평전의 저자는 인물의 형상화라는 일종의 예술, 즉 문학에 참여한다고 볼 수 있다. 그는 다른 문인과 마찬가지로 자기의 태도를 문체나 어조, 자료의 선택 및 해석을 통하여 드러낼 수 있다.

평전의 저자는 근래 정신분석학이라는 대단히 편리한 도구를 이용하는 법을 터득하였다. 개인의 언행은 단지 표면적인 의미만 있는 것이 아니라 그 내면의 동기적 의미가 더 크다는 정신분석학의 이론에 의거하여 전기의 저자는 비평과 해석의 여지를 더욱 많이 얻게 된 것이다.

인물의 구현이 현대적 전기의 기능일진대, 그것이 소설과 대단히 유사해지리라는 것은 명백하다. 과거에 가상적 전기의 형태로 소설이 씌어지기도 했던 것처럼 현대에는 소설 같은 전기가 씌어지는 판이다. 동양의 정사(正史) 소설, 실록체 소설은 이미 전기와 소설의 간격을 줄인 결과로 생긴 것이다. 객관적 전기라면서 주인공의 독백, 대화 등이 거침없이 나타나는 것을 보아도(독백, 대화 등은 역사적 증빙 자료가 거의 없다. 소설에서 따온 수법이다), 객관성은 표방에 지나지 않고 그런 전기는 소설적으로 처리된 것이다.

여기서 자서전autobiography에 대한 설명도 함께 하는 것이 옳다. 서양 자서전의 선조는 성 아우구스티누스의 『참회록』이다. 이 고전은 그후 참회, 또는 고백적 자서전의 전통을 수립했다. 루소는 신앙적인 견지에서가 아니라 하나의 정직한 인간으로서 자기의 모든 것을 숨김없이 공개한다는 자의식이 충만한 『고백록』을 썼다. 그러나 그것은 공개된 비밀에 대한 흥미보다도 자기의 정체, 자아를 파악하려고 애쓰는 다정다감한 한 사람의 내면에 대한 흥미로움으로 우리를 매혹한다. 즉 문학인 것이다. 루소 이후 많은 문필가들이 자기 자신을 주인공으로 내세운 소설적 내지 문학적 자서전을 쓰는 것이 유행처럼 되었다. 워즈워스는 『전주곡』이라는 장시로 자기의 시인 수업기를 적기도 하였다. 문학적이 아니더라도 자기가 겪은 일을 자기가 이야기한다는 데에서 개인의 특성이 느껴지는 까닭에, 또는 그 개인의 알려진 업적에 대한 흥미 때문에 자서전 또는 회고록(memoirs: 생애에서 특히 중요한 사회 활동 부분을 다룬 것)은 많은 독자를 가진다.

일기와 편지는 자서전의 자료이지만, 그것대로 또한 흥미가 있다. 가필되지 않은 채로 있기 때문에 진실에 더욱 가까이 가는 듯한 인상을 준다. 또한 독자로서는 남의 비밀을 몰래 엿보는 듯한 쾌감도 상당히 큰 것이다.

전원문학　pastoral

전원의 아름다움과 단순 소박한 생활을 찬양하고 그리워하는 내용의 문학. 과거에는 주로 시였지만 소설, 희곡도 많고 근대에는 수필도 많다. 서양 원어는 〈목동에 관한 글〉이란 뜻을 가지고 있고, 실제로 서양의 전원문학의 주인공은 목동으로 되어 있는 것이 보통이나, 동양의 전원문학에는 주로 농업 활동이 그 배경이 되고, 주인공도 농부가 아니더라도 농업과 관계 있는 인물, 즉 낙향한 선비 지주가 보통이다.

고대 그리스의 시인 테오크리토스가 도시에 나와서 출세한 다음 고향을 그리워하는 마음으로 고향의 산천과 생활을 미화하고 자기를 고향의 한 목동으로 등장시켜 근심 걱정 없는 단순한 생활을 영위하는 모습을 그린 것이 서양 전원문학의 기본 모형이 되었다면, 아마도 동양 전원문학의 모범은 도시에서의 부귀영화에 환멸을 느끼고 고향의 산천과 생활을 그리운 마음으로 미화한 「귀거래사」일 것이다. 동서양을 막론하고 전원문학은 도시 문화에 세련된 사람이 전원의 단순 소박함을 그리워하는 데에서 생긴 것이다.

전원문학은 성질상 전원에서 나서 자라 전원의 생활——소몰이, 밭갈이, 거름 나르기, 삽질, 써레질, 낫질 등——을 직접 하는 사람이 창작할 수 있는 것이 아니다. 그런 사람에게 전원은 고된 생활 전선일 뿐이다. 반면 도시에서만 자라고 생활한 사람일지라도 책을 통하여 평화와 소박한 생활의 심상으로 미화된 전원의 모습을 떠올리고 전원 문학을 지을 수 있다.

조선 시대의 많은 선비 벼슬아치들이 정권 쟁탈과 유지에 실패할 때(당쟁에서 졌을 때) 마음의 위로를 삼은 것은 미화된 전원이었다. 실제로 벽촌에 정배를 가거나 고향으로 낙향했을 때에도 그들은 농사에 직접 참여하여 땀을 흘리기보다는 양반 지주로서 일하지 않고 살았다. 〈동창이 밝았느냐 노고지리 우지진다〉는 시조는 땀 흘려 일하는 농부의 발언이 아니라 일하지 않는 양반 지주의 발언이다. 그러면서 서울에서의 부귀영화보다 시골의 한적한 생활을 즐기게 된 것을 천만다행이라고 선언하지만, 실제에 있어서는 다시 정권에 참여하는 것을 허락받기만 하면 뒤도 돌아보지 않고 서울로 달려갔다. 옛날 요순 시절에 어떤 현인이 벼슬 살라는 말을 들은 귀를 흐르는 물에 씻었다고 하는 말을 그들은 거듭거듭 반복했지만, 그것은 사람끼리의 피나는 경쟁의 마당인 도시 생활에서 탈락할 경우에 심리적 타격을 줄이려는 방어적 태세의 하나였다고 볼 수도 있다. 현재에도 정권을 놓친 사람이 〈정권 다툼에서 벗어나니 홀가분하다. 조용히 시골에서 심신을 수양하겠다〉는 말을 상투적으로 하는 것을 보면, 전원 사상은 근본에 있어 문학적 관습이라기보다 정치적 관습이 아닌가 하는 생각이 든다.

그러므로 전원문학에 나오는 전원 묘사와 주인공의 전원 생활의 동기, 전원 생활의 방법, 도시 사회에 대한 비판 등을 사실적인 것으로 오해하면 안 된다. 정철이 낙향하여 지은 가사인 「성산별곡」의 성산은 지금 가보면 나지막한 야산에 지나지 않으나 작품에 묘사된 것은 많은 문학 작품과 많은 비사실적 화폭에 그려진 것과 닮은, 더없이 웅장하고 수려한 산으로 되어 있다. 전원문학을 짓는 사람들은 자연을 직접 느끼고 즐긴 것이 아니라 예술적 관습에 따라서 그랬던 것이다.

사실주의적 경향이 전원문학의 관습을 많이 뒤흔들어놓았지만 도시 문명의 비판을 내포한 모든 농촌 생활의 옹호는 근본에 있어 전원문학적 전통을 암암리에 따른다. 엠슨 같은 이론가는 농민, 노동자, 어린이가 주인공인 문학은 궁극적으로 복잡다단한 생활에 대한 비판이며 단순 소박한 생활을 옹호한다는 점에서 모두 전원문학적이라고 하였다. 그러나 잠시 일상 생활로부터 벗어나 자연의 단순 소박함에 가까이 다가가서 복잡한 생활에 대하여 통일된 전망을 가지는 것은 모든 문화인이 정치적 이유와 관계없이 바라는 상태이기도 하다.

→ 원시주의

전통 tradition

오랜 과거가 현재에 물려준 신념, 관습, 방법 등. 오랜 역사를 통하여 형성된 한 집단의 문화를 현재 그 집단에 속한 사람들과의 관련성 속에서 바라본 것. 전통은 이렇게 현재까지 미치는 전반적인 흐름인 동시에, 여러 가닥의 작은 흐름들을 포괄하고 있다. 문학의 전통은 그 한 가지이며, 문학은 문학대로 또한 여러 작은 가닥들을 포함한다. 이 작은 가닥들이 또한 작은 전통을, 즉 현재에 미치는 흐름을 형성한다. 우리는 시조라는 장르의 전통이 현재의 우리들에게 어떤 의의가 있는가, 다시 말하면 그것이 우리에게 무엇을 주었으며 무엇을 하기를 원하는가라는 면에서 논의할 수 있다. 마찬가지로 향가라는 신라 시대의 시(그 형식과 정신)의 전통을 논한다면, 그것이 현재에도 계속되고 있는 어떤 문학적 유산에 숨어 있는가를 논하는 것이 될 것이다. 만일 향가가 현재와 아무런 관련이 없다고 한다면 향가는 아득한 과거의 한순간에 있었을 뿐이고, 따라서 〈향가의 전통〉이라는 말은 성립될 수 없다. 전통에 대한 논의가 논쟁이 되기 쉬운 까닭은 바로 그처럼 과거의 문학적 유산이 지금 우리의 행위에 조금이라도 관련성이 있느냐, 관련성이 있다면 어떤 종류의 관련성이냐 하는 질문에 대하여 대답이 구구해지는 데에 있다. 문학사가 조윤제는 한국문학의 기질적 전통은 〈은근〉과 〈끈기〉라고 주장한 바 있는데, 이 주장은 옛 문학과 오늘날의 한국문학에 의하여 실질적으로 뒷받침되지 않고는 전통으로 내세우기 힘들 것이다. 이처럼 문학사 전체를 규정하는 단일한 전통론은 논란의 여지가 많지만, 4·4조라는 율격의 전통(형식), 전원주의의 전통(문학적 사조) 등은 과거 문학의 해석뿐만 아니라 현대문학에 대한 조명 및 미래에 대한 전망을 상당히 가능케 해준다.

그런데 전통이란 말, 특히 〈전통적〉이라는 형용사는 때로는 〈과거를 그대로 답습하는〉, 〈독창성이 없는〉, 〈보수적〉, 〈반동적〉, 〈회고적〉 등등의 나쁜 뜻을 가지고 있다. 이런 전통에 대해서는 반발해야 한다고 주장된다. 현대의 전통에 대한 논의는 전통이라는 개념의 그 상반된 의미를 어떻게 조화시키느냐에 집중되는 것을 본다. 분명히 과거가 물려주는 유산을 현재는 거부할 수 없다. 현재의 문학은 우선 과거의 문학이 사용했던 언어를 계속 사용하지 않을 수 없고, 언어와 동시에 그 표현력과 표현 내용을 많이 받아들이지 않을 수 없다. 이처럼 과거가 현재에 미치는 중압에 비하면 현재에 속한 개인의 독창력이라는 것은 대단히 미미하다.

그러나 한편 과거의 중압이 미치는 초점은 막연한 현재가 아니라 구체적으로 작품 창작에 임하고 있는 개별 작가들이다. 개별 작가가 전통을 어떻게 수용할 것인지에 대해서 엘리엇은 개인의 〈역사 감각〉을 들어 유명한 설명을 하였다. 개인의 역사 감각이란 과거의 과거스러움과, 그것의 현재스러움을 투철하게 깨닫고 자기의 개체스러움, 유별남을 계속 소멸시키는 것이라고 하였다(여기서 비개성주의 문학론이 생긴다). 이러한 자기 소멸은 무자각을 말하는 것이 아니라 오히려 정반대로 날카로운 역사 감각을 가지고 애써 결단한 결과이다. 그러한 결단에서 생긴 작품은 진정으로 과거를 수용할 뿐 아니라 다소나마 과거를 신장시킨 또는 변모시킨 작품, 즉 문학사를 이루는 작품이 된다는 것이다. 전통은 비유하자면 오래 살아 있는 고목으로서 그 본체(아이덴티티)는 변함이 없으나 해마다 새로운 가지가 돋아남으로 말미암아 엄밀한 의미에서 그 전체적 형상은 끊임없이 변모한다. 새 가지는 지엽적 현상이 아니라 궁극적으로 그 큰 등걸과 뿌리와 생명적 연대성을 지니고 있다. 즉 새 가지는 뿌리와 등걸에 철저히 소속될 때 의의가 있지만, 또한 그 나무로 보면 새로운 성장임에 틀림없고, 그러한 새로운 성장이 많이 있음으로 말미암아 그 나무는 계속 살아남게 된다.

엘리엇은 〈전통은 그저 상속되는 것이 아니다. 전통을 소유하기 위해서는 굉장한 노력을 기울여야 한다〉고 덧붙였다. 전통을 살아 있는 힘으로 삼기 위해서는 그냥 묵수하거나 답습해서는 안 되고 현재의 내가 열심히 연구하고 추구해야 한다는 것이다. 한국의 시조는 현대인이 단지 3장 45자의 형식적 요건을 만족시키기만 하면 만들 수 있는 것이 아니다. 그래서 현대 시조 작가들이 좋은 의미의 전통적 시조를 만들고자 굉장한 노력을 하고 있다. 〈이 밤사 귀또리도 울어새는 삼경인데〉와 같은 전통적 시조 가락이 오히려 조지훈의 현대시에 극히 인상적으로 나타나는 것을 보면 시조의 전통은 현대시의 아주 중요한 요소로 무의식중에 확산되어 있지 않은가 하는 느낌이 든다. 이처럼 문학의 전통은 과거의 유산을 깊이 받아들인 현대 작가에게서 뜻하지 않은 형태를 취하여 나타날 경우가 많고, 오히려 그런 경우가 전통을 창조적으로 수용한 것이라고 보는 것이 진정 옳을지 모른다. 현대 시인 중에 엘리엇은 전통을 가장 강조한 사람이었지만, 그의 전통 의식이 『불모지』(『황무지』는 일본인들의 오역이다) 같은 기발한 작품으로 나타날 줄은 아무도 예기치 못했던 것이다. 그의 문학은 아마도 서양 전통이라는 큰 나무에 새로 돋아난 중뿔난 가지인 듯하다. 과거가 물려준 문학적, 문화적 유산에 대한 철저한 이해와 존경이 반드시 과거의 것을 그대로 닮은 작품을 낳게 하지는 않는다. 오히려 예기치 못한 결과를 낳는 까닭으로 해서 그 전통은 더욱 다양하게 번성한다. → 문학사

정서 | emotion

〈정서〉라는 낱말은 〈감정〉이란 낱말과 실상 큰 차이 없이 사용되지만, 여기서는 〈정서〉를 택하기로 한다. 그 이유는 〈감정〉보다는 〈정서〉가 적어도 우리말에서는 예술과 더 쉽게 연관되는 까닭이다. 이를테

면 정서 교육이라는 말은 예술을 통한 교양을 이르는 용어인데, 이를 감정 교육이라고 부르는 것을 별로 들어보지 못한 듯하다. 물론 정서와 감정의 차이를 이론적으로 구분할 수는 있겠지만, 여기서는 생략한다.

문학에 있어 정서의 문제는 두 방면으로 구분하여 논의하는 것이 좋다. 첫째는 문학이 독자에게 어떤 정서적 효과를 미치는가 하는 문제이고, 또 하나는 작가가 어떠한 정서를 작품에서 나타내는가 하는 문제이다.

문학의 정서적 효과는 플라톤 이래 문학론의 가장 중요한 문제로 취급되어 왔다. 플라톤은 예술, 특히 문학이 정서를 유발하는 능력이 뛰어나다고 보았는데, 그가 관찰한 바대로 하자면 문학이 유발한 정서는 이성적이고 합리적인 생활을 와해시키는 극히 바람직하지 못한 것이었다. 플라톤 시대 이후로 언제나 문제가 되어온 것은 이성과 정서의 대립 관계인데, 플라톤은 그 두 기능의 화합 가능성보다는 둘의 적대적인 관계, 즉 이것 아니면 저것이라는 극단적인 관계를 생각한 듯하다. 그러나 아리스토텔레스는 문학의 효과를 정서(연민과 두려움)의 자극인 동시에, 예술적 해결에 의한 그러한 정서의 해소(이른바 카타르시스)까지 포함한다고 보았다. 따라서 그는 문학이 주로 정서와 관계가 있되, 그 정서가 이성의 수긍을 받을 수 있는 형태로 정리된다고 했던 것이다. 정서가 불합리하게 다루어질 때에는 카타르시스가 생길 수 없다. 카타르시스란 정서와 이성의 화합의 한 형태라고 할 수 있다. 이러한 화합은 문학에 의해서만 이루어질 수 있다는 확신이 서양 문학 사상의 주류이다. 로마의 호라티우스가 즐거움과 유익함의 적당한 화합을 이야기했을 때에도 그러한 전통을 따른 것으로 볼 수 있다.

그러나 고전주의의 근본 입장은 예술이 인격 도야에 기여하는 정도에 따라 평가되어야 한다는 것이었으므로 정서는 옳은 마음, 나아가서는 옳은 행위로의 자극제로서 가치가 있다고 보았다. 르네상스 시대에 문학이론가들은 한결같이 문학이 도덕철학보다 우수한 이유는 교훈을 기꺼이 받아들이고 또한 행하도록 감화시키는 능력이 있기 때문이라고 주장하였다. 문학이 유발하는 정서는 즐거움뿐만 아니라, 공포, 연민, 분노, 슬픔 등 다양하지만 모두 악한 것, 어리석은 것, 비합리적인 것을 멀리하고 아름답고 착하고 위대한 것을 기꺼이 받아들이도록 조정된다고 본 것이다. 그러니까 문학이 유발하는 모든 정서는 궁극적으로 즐거움, 쾌감의 방향으로 수렴된다고 할 수 있었다. 그리고 문학과 도덕철학을 비교할 때 둘은 교훈적이라는 점에서 공통되지만, 정서의 유발, 그것도 즐겁게 수렴되는 정서의 유발이라는 점은 문학 특유의 기능으로 차차 간주되었다. 다른 말로 하자면 감동시키는 것이 문학의 특유한 능력이라는 말이다.

따라서 정서 유발의 정도가 큰 문학은 좋은 문학이라는 생각이 자연히 대두하였다. 17세기에 발굴된 기원후 1세기경의 수사학자 롱기누스의 저서 『숭엄에 대하여』는 우리의 이성이나 판단력과 관계없이 우리의 정신을 황홀케 하는 글을 숭엄하다고 말하고, 또한 이런 숭엄감을 강하게 자극하는 글일수록 위대한 글이라는 말을 했는데, 롱기누스의 이 사상은 문학의 정서적 효과를 강조하던 18세기 후반의 문학적 취미에 어울렸고 곧 이어 낭만주의 문학관의 한 초석이 되었다. 그러니까 문인의 위대성은 우리의 정서를 얼마만큼 일으킬 수 있느냐에 따라 정해진다. 이성적 판단에 호소하는 사상적 내용은 강한 정서의 유발을 저해할 경우에는 마땅히 제거되어야 한다고 믿었다. 이성이 문학에 대하여 적대적이라는 생각은 사실 지금도 얼마쯤은 살아 있는데 그것이 일반화된 것은 낭만주의 시대부터라고 할 수 있다.

문학이 일으키는 정서는 일상 생활에 있어서의 정서와 같은 것인가, 아니면 특수한 것인가 하는 문제도 늘 제기되고 있다. 아리스토텔레스의 카타르시스나 호라티우스의 교훈과 화합된 쾌감은 모두 일상 생활에서 체험할 수 있는 정서와는 별다른 문학 예술 특유의 정서들이다.

이 문학 특유의 쾌적한 정서(즐거움, 해소감, 해방감, 황홀감 등은 모두 쾌적한 정서이다)에 대하여 이론적으로 연구하기 시작한 것은

18세기에 윤리학에서 미학이 구분되면서부터이다. 예술이 주는 쾌적한 정서를 심미적 쾌감이라고 부르기 시작한 역사는 그리 길지 않은 것이다. 다수의 이론가들은 심미적 쾌감을 일상 생활의 어떤 현실적 목적과 직접적으로 관계없는, 독립적인, 거리가 있는, 그 자체가 목적이 되는, 오직 관조의 대상이 되는, 그러한 쾌감이라고 하였다.

그러나 문학의 즐거움을 특수한 것으로만 간주할 때 그것을 향유하는 것은 문학적 또는 지적 엘리트에게만 한정된다는 점에서 사회주의적 이론가들은 심미적 정서의 특수성에 반대했고, 리처즈 같은 심리주의 이론가, 존 듀이 같은 실용주의 이론가도 역시 심리학적 및 경험적 근거에서 심미적 정서와 일반 정서 사이에 단절이 있다고는 보지 않았다.

다음으로 문학은 작가의 정서와 어떤 관계가 있는지 알아본다. 롱기누스는 위대한 문장, 즉 독자를 황홀케 하는 숭엄미가 있는 문장은 작가의 위대한 정신에서 오는 것이라고 주장한 바 있는데 이 사상이 최고의 기림을 받은 것은 18세기 말 낭만주의 태동 이후이다. 〈시는 거센 감정이 저절로 넘쳐나온 것〉이라는 잘 알려진 워즈워스의 정의에서 보듯이 문학의 여러 장르 중 특히 시는 작가의 정서의 표현이라는 생각이 낭만주의 시대에 널리 수긍되고 있었다.

그런데 작가의 정서와 실제 작품에 나타나 있는 대로의 정서적 요소가 전적으로 동일한 것인가 아닌가 하는 문제가 애초부터 잠재해 있었다. 워즈워스는 위의 정의를 내리고 나서 다시 부연하기를, 실제 체험 당시의 정서가 그대로 시로 표현되는 것이 아니라, 이 정서를 나중에 조용한 가운데에서 다시 회상할 때 마음속에 일어나는 정서가 넘쳐나서 시가 된다고 하였다. 즉 실제의 정서와 작품 제작시의 정서는 차이가 있다는 것이다. 슬픔을 당했을 때 그대로 슬픈 시가 되어 나오는 것이 아니라 일정한 시간이 경과된 다음에라야 그 정서가 말로 표현되는 것이다. 시간이 경과했기 때문에 본래의 정서는 혼란스런 상태를 벗어나 정리되고 또한 문학적으로 가다듬어졌을 것이다.

엘리엇은 〈시는 정서의 표현이 아니라 정서로부터의 도피〉라는 유명한 말을 했는데, 그가 여기서 말하는 정서는 물론 실제 생활의 그 미정리 상태의 혼란스런 정서를 말하는 것으로 해석해야 한다. 그는 다시 덧붙여 말하기를, 그러나 정서를 듬뿍 가지고 있는 시인만이 정서로부터의 도피가 무슨 말인지를 알 수 있다고 하였다. 즉 시인은 막중한 정서의 부담을 안고 있는데 그것이 시가 되려면 객관적인 입장에서 그것을 질서 있게 정리해야 한다는 말이다. 시인의 정서 자체가 시는 아니라는 것이다. 엘리엇은 작품에 나타난 정서도——이를테면 작품 『오셀로』에서의 장군 오셀로의 정서도——실은 일상 생활의 정서가 아니라 그 작품 속에서 조성된 〈예술적 정서〉라고 주장했다. 그가 말하는 이른바 〈객관적 상관물〉은 시인이 전달하고자 하는 현실적인 생활 정서가 어떤 구체적 작품의 인물, 행위, 정황 등의 변모된 형태로 독자에게 전달되는 것을 뜻한다. 어느 무명 작가의 첫사랑의 감미로운 정서는 광한루에서의 이도령과 춘향의 만남이라는 구체적인 정황과 인물과 행동을 통하여 간접적으로 또한 객관적으로, 다시 말하면 객관적 상관물을 통하여 전달된다. 실제 정서와 광한루라는 장소와는 필연적 관련이 없지만, 그 정서가 객관화되기 위해서는(즉 전달되기 위해서는) 광한루라는 구체적, 즉 객관적 사물이 필요하였던 것이다.

이러한 객관화의 과정을 강조하는 이론가들은 개인적 정서가 거의 그대로 노출되는 작품을 저급한 작품이라고 할 것이다. 여기에서 작가의 성실성이 문제가 된다. 작가가 자기 정서를 손질하는 과정에서, 즉 객관화하는 과정에서 그 본래의 순수성을 더럽히거나 파괴하지 않겠느냐, 그러니까 객관화된 작품은 본래의 자기 감정을 솔직하게 꾸밈없이 나타내지 않고 손재간을 가미한 불성실한 작품이 아니겠느냐 하는 의문이 제기된다. 톨스토이는 작가가 자기의 마음을 있는 그대로 성실하게 표현할 때에만, 독자에게 그대로 전달할 수 있다고 주장했다. 그는 일체의 객관화 과정을 불성실한 기교로 보고 그것이 도리어 전달을 방해한다고 여겼다.

그러나 작가가 어떤 정서적 체험을 문학적으로 전달할 결심을 하고 장르를 택하고 인물, 배경, 행동을 선택하여 구성하는 것(플롯), 적절한 낱말을 찾는 것 등 일체가 객관화의 과정임에 틀림없고, 그러한 과정을 거치는 동안 본래의 정서는 또한 변모되지 않을 수 없다.

따라서 작품 자체를 볼 때에 작가의 본래의 정서가 분명히 무엇이었는지 모두 가려낼 수는 없다. 사람의 언행을 토대로 하여 그의 심성을 알아낸다는 현대의 정신분석학도 문학 작품이 그 작가의 심리 구조를 알아내기 위해서는 무척 믿기 어려운 자료임을 인정하고 있다. 허균이 『홍길동전』을 쓸 때 정확히 어떤 정서를 품고 있었는지 우리는 무의미할 정도로 어렴풋한 짐작밖에 할 수 없다. 어쩌면 많은 이론가들이 주장하듯이 작품을 토대로 하여 그 본래의 정서를 재구성하는 것은 불가능할 뿐 아니라 특별히 문학적인 연구도 아니며, 더욱이 그 작품의 가치를 판단하는 일에는 거의 필요가 없는지도 모른다.

→ 개성, 객관적 상관물

정신분석학적 비평　psychoanalytic criticism

오스트리아의 의사 프로이트가 정신병의 치료를 위해 개척한 정신분석학의 핵심 개념은 이른바 〈무의식〉이라는 것으로서, 그 속에는 사람의 성적 본능과 관계된 개인의 성적 경험이 축적되어 있어 의식에 끊임없는 영향력을 미치고 있다는 것이다. 〈성〉이란 단지 육체적 기관의 생리적, 신경적 욕구만을 뜻하는 것이 아니고 유아기에서 노년기에 이르기까지 온갖 형태로 지속되는 정신적 욕망으로서, 그것은 꿈, 심상, 말(말실수, 농담), 행동, 육체적 증상(히스테리) 따위로 외부에 나타나지만 이들의 명백한 합리적 의미는 일상적 의식으로써는 파악되지 않는다. 성적 욕망을 되도록 억누르고자 하는 〈억압〉으로 인하여 특이하게 변형 또는 위장된 까닭이다. 사람의 심리는 성적 욕망과 그것의 억압이 끈질기게 벌어지고 있는 극적, 역동적 공간이다. 욕망의 변형은 억압의 〈검열〉을 피하기 위한 기제이다. 일상적 의식은 바로 한 꺼풀 아래에서 그러한 극적 상황이 벌어지고 있다는 사실을 모르고 지낸다.

프로이트는 정신병 임상 경험에서 그의 이론을 수립한 것이지만, 그가 깊이 관심을 가지고 연구한 문학과 신화, 그리고 신화와 불가분의 관계가 있는 민속 문화에서 결정적 힌트를 많이 얻었다는 사실을 그는 인정하였다. 가장 유명한 이론은 〈오이디푸스 콤플렉스〉인데, 이는 두말할 것도 없이 고대 헬라의 신화, 특히 소포클레스가 연극으로 형상화한 『오이디푸스 왕』에 기초한 것이다. 그는 임상 경험에서 얻은 사실을 문학과 신화에 비추어 확인하고 이론화하곤 했다. 그는 문인이 꿈과 환상을 억압하지 않으므로 대체로 작품에 무의식이 자연스럽게 표출된다고 보고 문학을 다른 담론들보다 우위에 두었다. 다른 담론들은 합리성, 윤리성, 정치성 따위의 고려라는 〈검열〉을 통과하였으므로 부자연스러운 것들이라고 보았다. 이리하여 프로이트 사상, 프로이트주의는 문학과 특별한 친근 관계를 갖게 된 것이다. 여기에 한 요인을 더 덧붙인다면 프로이트는 자기의 개인적 경험 ——부유한 유대인, 늙은 아버지와 젊고 아름다운 어머니, 어머니의 귀염둥이, 많은 형제자매, 임상의학자, 학문과 예술의 중심지였던 비엔나 등등 ——을 인간 심성에 대한 판단의 솔직한 기초로 삼았는데 이는 바로 문인과 예술가의 세계 인식과 판단의 기본 방법이기도 한 것이다. 정통 과학자는 그러한 개인적 사실들에서 되도록 탈피하고자 한다. 그는 문인, 예술가처럼 자기 고백적이었다.

프로이트의 이론은 매우 다양한바, 우리는 문학비평과 문학 이론에 직접 관련된 부분들을 논의하기로 한다.

사람의 육체가 그 구성 요소들의 역동성으로 말미암아 항상 불균형의 위험이 있어서 균형을 유지하기 위한 기제들이 발달되어 있듯이, 정신도 그 나름의 균형을 유지하기 위하여 〈전위 displacement〉와 〈응축 condensation〉이라는 기제를 사용한다. 전위는 어떤 대상에 관련되었던 강렬한 정감 affect을 떼어내어 그 대상과는 간접적인 연관만이 있는 다른 대상에 가져다가 붙이는 〈위치 바꾸기〉를 말한다. 즉 정감의 강렬함을 분산시켜 균형을 구하는 기제이다. 이와 반대로 응축은 하나의 관념으로 하여금 여러 가지 관련 정감들 전체를 뭉쳐 한몫에 대표하게끔 하는 기제이다. 전위와 응축은 꿈에 잘 나타나며 그러한 기이한 심상은 문학 작품에서 흔히 볼 수 있다. 콜러리지가 상상 아닌 공상의 산물이라고 낮추어 보았던 〈환상적 심상〉이 그런 것이다. 사자 몸에 여자 머리가 달린 스핑크스는 전위, 하나의 도마뱀 몸에 아홉 개의 머리를 가진 히드라라는 괴물은 응축의 신화적 심상이라고 할 수 있다.

프로이트는 인류의 보편적, 전통적 유추를 따라 사람의 정신을 몇 개의 층으로 된 건물에다 견주었다. 잘 알려진 대로 그는 처음에는 그 것을 의식, 전의식, 무의식의 3층집에 비유했다. 의식은 일상적인 외 부 세계를 지각하고 판단하는 기능을 맡은 층이고, 전의식은 주로 언 어에 의하여 환기할 수 있는 저장된 기억의 층이며, 무의식은 검열과 억압의 대상이 되어 의식과 전의식이 인식할 수 없게 깊이 잠겨 있는 층이다(전체적으로 단층집의 1층, 반지하실, 지하실에 비할 수 있다). 그뒤에 프로이트는 건물의 층보다는 각 역할을 담당한 영역으로 비유 를 바꾸어, 〈에고ego〉, 〈슈퍼에고superego〉, 〈이드id〉라는 라틴어 용어들을 만들어 썼다. 라틴어로 〈나〉라는 뜻의 에고는 자기 정체성과 외부 사실에 대응하는 의식적 주체, 〈나를 넘어선 것〉이란 뜻의 슈퍼 에고는 에고가 내면화하고 있는 사회 윤리, 즉 넓은 의미의 양심, 무 엇이라고 밝혀 규정할 수 없는 중성대명사인 〈그것〉이란 뜻의 이드는 무의식적인 본능적 충동을 뜻한다. 에고는 이드의 충동을 표출하고자 하나 슈퍼에고의 규제와 간섭을 받는다. 서로 끊임없이 영향을 주고 받는 이 셋의 긴장, 대립, 갈등, 분열, 타협이 사람의 정신의 드라마 를 빚어낸다.

본능적 충동 중에 가장 핵심적인 것을 프로이트는 성적인 것으로 보고 이를 〈리비도libido〉라 이름했는데 이는 〈성욕〉이란 뜻의 라틴어 이다. 그는 리비도를 단순한 성적 욕망으로 보지 않고 사람의 육체적 정신적 발달, 발전의 원동력으로 보았다. 젖먹이 시절의 젖 빨기, 배 설, 성기의 자극에서부터 사람은 성적 만족과 불만족, 대리 만족 따

위를 경험하는데 특히 무의식중에 오이디푸스 콤플렉스를 발전시킨
다. 이는 아이의 아버지나 어머니에 대하여 아이가 이성적인 욕구(성
욕)를 가지며 아버지나 어머니와 동성 간의 경쟁(증오) 관계를 발전시
킨다는 것이다. 이러한 부모에 대한 성욕과 증오는 사회 윤리상 억압
될 수밖에 없으므로 여러 가지 무의식적인 해소, 대처, 위장의 기제
가 발달한다. 그러한 기제는 사람에 따라 다르며 그에 따라 개인의 성
관념이 결정되고 아울러 그의 성격이 결정된다. 그 해소 또는 대처 방
법에 대한 불만, 불안, 불안정, 부조화 등이 노이로제의 원인이 된다
고 프로이트는 보았다.

사람의 성적인 리비도는 사회 윤리에 의하여 억압되지만 문학은 그
리비도의 작용을 꿈과 같은 환상에 옮겨넣고(이른바 전이 transference
시키고) 특수한 방법으로 전개함으로써 억압을 교묘하게 기술적으로
회피할 수 있다. 문학예술가는 그러한 리비도의 작용에 특별히 민감
하여 노이로제의 증상이 심한 성격이지만 보통 노이로제 환자와는 달
리 그것을 예술 창작으로 해소, 승화하는 놀라운 방법을 터득한 에고
를 가진 사람이다. 특히 프로이트 이후의 정신분석학자들은 이러한
에고의 창조적 기능을 중시하였다. 〈승화〉는 사회적으로 부끄러운 욕
망을 사회적으로 인정받을 만한 고상한 형태로 변형하는 것이다. 그러
므로 이드의 무정부적인 강한 충동을 통제하는 예술적 형식(언어의 구
조화)은 일반 정신병자가 갖지 못하는 창조적 요인이 된다. 창조적 형
식은 일반 정신병의 무질서에 대한 방어 기제인 동시에 사회적 억압에
대한 방어 기제도 되는, 교묘한 역할을 한다.

따라서 정신분석학적 비평의 기본적인 방법은 비평가는 마치 정신
과 임상의처럼 문학 텍스트라는 노이로제 환자의 환상적(억압에서 풀
려난 자유로운) 진술에서 그 환자의 〈증상〉을 진단하는 것이다. 어네
스트 존즈라는 영국의 정신과 의사가 셰익스피어의 『햄릿』이 셰익스
피어 자신의 오이디푸스 콤플렉스를 중세의 덴마크 왕자 햄릿에게 전
이한 것으로 진단한 이래, 모든 문학 텍스트는 그 저자의 정신적 증
상과 그 증상의 해소, 승화의 방법(이른바 〈타협의 형식〉)을 분석하기

위한 기본 자료가 되어 있다. 더 나아가 독자나 관객은 자신들의 오이디푸스 콤플렉스를 햄릿에게 전이하여 해소의 경험을 갖는다. 홍길동은 허균의 오이디푸스 콤플렉스의 위장된 표출인가? 더 나아가 홍길동의 원한은 허균 자신의 아름다운 어머니에 대한 욕망과 무서운 아버지에 대한 증오가 슈퍼에고의 검열을 벗어날 수 있는 신분 제도에 대한 반감으로 전이된 것인가? 그의 경우 그것 역시 충분한 방어 기제가 되지 못하여 그 빌미로 사형을 당했지만.

문학 작품은 리비도의 해방일 뿐 아니라 교묘한 방법으로써의 해방이므로 대단한 쾌감을 준다. 비평가는 작품 텍스트를 통한 작가의 정신분석뿐 아니라 그 독자의 정신분석도 상당한 정도까지 해낼 수 있다. 우선 자기 자신이 분석의 주체일 뿐 아니라 독자의 한 사람으로 되어 스스로 자가 분석의 대상이 되는 까닭이다. 프로이트가 정신질환자를 상대하다가 차차 자기 자신의 무의식의 분석으로 옮아갔다는 사실(이 역시 〈전이〉이다)은 잘 알려져 있다.

최근에 정신분석적 비평은 프랑스 정신과 의사 자크 라캉의 기발한 구조주의적 착상으로 매우 새로운 국면을 전개하게 되었다. 〈무의식은 언어와 같은 구조를 가진다〉는 그의 말은 이제 아주 유명하다. 정신분석의 대상은 단순한 개인의 심리이기보다는 언어적 구조를 가진 텍스트로서의 심리, 더 나아가서는 심리라는 〈텍스트〉가 된다. 그는 심리의 양상을 셋으로 가른다. 모든 것을 자기 몸의 연장으로 인식하는 〈거울〉의 단계(유아기) 또는 상상적 세계, 사회적 규제가 내재된 언어(기호화)의 단계 또는 상징적 세계, 그리고 (다소 막연하게 설명되는) 기호의 세계 너머에 있는 실재의 세계가 그것이다. 이 셋째 단계에 대해서는 라캉이 아주 자신 있게 말하는 것 같지 않다.

그는 6개월쯤 되는 유아가 거울 속의 자기 영상을 알아볼 수 있다는 아동심리학의 발견에 근거하여, 사람은 근본적으로 욕구의 대상을 자기를 객체화한 데에서 찾는 것으로 해석했다. 에고가 욕망의 주체가 되기 위해서는 자기 자신의 영상을 욕망의 대상, 즉 〈남the other〉으로 내면화해야 함을 뜻한다. 자기의 욕망의 대상으로서의 자기를

<남>으로 삼는 것은 나르시시즘이다. 이처럼 상상의 단계에서 사람은 자기와 세계가 분리되어 있지 않고 통합되어 있다는 환상 속에 빠진다. 특히 어머니와 자기를 통합된 존재로 받아들인다. 오이디푸스 콤플렉스는 이처럼 유아기의 상상적 단계에 형성되는 것으로 사람의 의식의 핵심이다. 그러나 이러한 나르시시즘에 의하여 생긴 <남>은 물론 자기의 욕망을 완전히 해소할 수 없다. 따라서 상상의 단계에서 욕망은 언제나 불안한 채로 남아 있게 된다. 그러다가 상징의 세계에 들어오게 되면 주체와 객체의 분리를 확실히 할 것을 요구받는다.

라캉은 소쉬르의 구조주의 개념을 전용하여 상징계란 기표의 세계, 곧 언어의 세계로서 폐쇄된 체계를 이루고 있다고 보았다. 언어의 체계에서 하나의 기표는 독자적으로 확정된 의미를 가지는 것이 아니라 그 체계 안에 포함된 다른 모든 기표들과의 대립적 관계에 있을 뿐이다. 사람의 주체도 그 스스로 독립성이나 독자적 의미가 있는 것이 아니라 다른 주체들이 빚는 기표들의 관계 그물에 속하여 있을 뿐이다. 사람의 무의식은 언어와 같다는 것이 그의 전제인바, 사람의 주체는 상징계에 들어서자마자 무의식의 영역, 즉 언어의 감옥에 빠진다. 사람의 주체란 본질적으로 존재하는 것이 아니라 기표들의 상호 관계들의 한 양상일 뿐이다. 주체는 생리적 존재가 아니라 상징들에 의하여 구성되는 현상이다. 프로이트의 오이디푸스 콤플렉스라는 심리적 기제는 라캉의 상징계에서는 <아버지의 이름>이라는 기표가 된다.

실재의 세계는 다소 막연하지만 상상과 상징의 세계를 넘어선 것이다. 라캉은 상상과 상징의 전제로 되어 있는 욕망 해소의 불가능성 또는 영원한 <차연>에 대한 대안으로서 실재를 상정하지만, 그 부분은 그 매우 모호한 영역이다. 어쨌든 그는 실재는 기호의 세계를 넘어섰으면서도 기표에 의해서만 접근할 수 있다고 보았다. 그것밖에 사람에게 주어진 것이 없기 때문이다. 무의식이 언어와 같은 구조를 가졌다면 언어의 특수한 기능들인 은유와 환유의 기제를 가질 것은 뻔하다. 이는 프로이트의 전위와 응축의 개념을 야콥손의 언어학적 개념으로 바꾼 것이다. 무의식은 은유, 환유 작용이 활발하게 일어나는 공간이다. 이는 언어의 논리적 작용을 차단, 절단(잘라버림)하는 작용이다. 언어란 〈아버지의 이름〉과도 같이 작용하여 주체를 어머니로부터 단절시키고 그 체계 속에 편입될 것을 강요한다. 이러한 잘라버림은 프로이트가 말하는 유아기의 〈거세castration〉 공포와도 같은 것이다. 이를 라캉은 다시금 〈남〉, 〈타자〉 특히 〈어머니〉에 대한 욕망을 단절시키는 작용으로 보았다. 언어는 욕망의 대상, 특히 어머니와의 통합을 단절시키는 대가로 은유와 환유에 의한 대치를 끊임없이 제공하나 그러한 대치는 영원한 불안과 불만(차연)을 나타낸다고 보았다.

라캉은 프로이트의 개념을 많이 전용했으나 일체를 구조주의적 틀 속에서 재구성했으므로 구조주의 이후 문학비평에 넓은 해석 영역을 열어주었다. 〈주체〉, 〈남(타자)〉, 〈욕망〉, 〈부족〉 또는 〈부재〉 따위의 개념들은 새로운 차원에서 정신분석학적 비평에는 물론, 페미니즘과 마르크스주의 비평에도 적용, 전용되고 있다.

사회철학자 미셸 푸코는 사회의 권력 관계에 대한 분석을 위하여 정신분석학적 무의식의 개념에 크게 의존하였는데 이는 다시 오늘의 문화비평에 응용되고 있으며 데리다의 해체주의를 응용한 페미니스트들은 말썽 많은 프로이트와 라캉의 남근 중심주의phallocentrism 개념을 해체하고는 정신분석학의 개념들인 몸, 욕망, 쾌감, 남, 부재 등의 개념을 살려서 문학과 문화에서의 성관계를 파헤친다.

→ 심리학, 자기 / 남(타자), 페미니즘

정전　canon

기독교의 경전인 성경에는 「창세기」 등 구약 39권과 「마태복음」 등 신약 27권이 합하여 66권이 들어 있다. 초기 기독교의 경전에는 그보다 훨씬 더 많은 수의 문서들이 있었지만 여러 차례의 신학적 토의 끝에 그 66권만을 신학적 표준에 비추어 하나님의 뜻을 바르게 기록한 〈정전〉으로 확정하여 오늘에 이르고 있다. 가톨릭 교회에서는 11권의 그 밖의 문서들을 〈외전apocrypha〉이라 하여 별도로 취급한다. 〈정전)으로서의 성경은 기독교의 신학과 교리의 기본이 되며 기독교인의 신앙과 생활의 표준이 된다. 따라서 기독교인은 궁극적으로 인생 문제에 대한 모든 해명이나 해답을 성경에서 얻도록 되어 있다.

바로 이러한 개념의 〈정전〉이라는 말을 문학에 대해서도 진지하게 쓰기 시작한 것은 19세기 후반, 초월적 신이 아닌 인간의 정신을 기리는 인본주의와, 특정 문서의 진위나 그 저자나 연대를 정밀하게 따지기 시작한 역사주의의 발흥 이후이다. 즉 기독교의 성경에 버금가거나 대치할 만한 수준 높은 문학 텍스트일 뿐 아니라 어떤 특정 저자의 저서라고 할 만한 근거가 밝혀진 책을 〈정전〉이라고 부르기 시작했다. 그러나 물론 당시인들은 그런 기술적 용어보다는 〈고전〉이라는 통상적인 용어를 더 즐겨 썼다. 고전에 대한 논의가 시작된 것이 바로 그 즈음이었다. 연구와 교육의 대상이 될 만한 것만이 고전이었다.

문학적 정전 논의가 갑자기 불거진 것은 1960년대 이후이다. 미국과 영국에서 학자들의 연구와 교육의 대상이 되는 문학 텍스트는 대략 19세기 후반에 선택되고 20세기 초에 확정되어 거의 변함이 없이 그야말로 문학의 〈정전〉을 이루었었는데 1960년대에 그런 정전이 성립된 과정에 대한 강력한 의문과 아울러 흑인, 여성, 소수 민족 등의 관점에서, 일률적으로 강요되는 이른바 정전이 주로 앵글로색슨 계의 백인, 개신교도, 남성 중산층(이른바 와스프WASP)에 의하여 씌어진 것, 다시 말하면 개신교 계통의 중산층 백인 남성이라는 엘리트의 지배 이데올로기의 반영이며 그것의 배타적 연구와 교육은 다름 아닌 그 이데올로기의 지속적 재생산의 방법일 뿐이라는 주장이 대두하였다.

애초에 교육 과정에 영국, 미국의 문학이 포함된 것은 19세기 후반과 20세기 초였다. 보편적인 종교 교육(기독교 교육)과 고전 교육 대신 민족 단위에 의한 국가주의적 교육을 위해 자국의 문학을 교과 과정으로 편성했던 것이다. 근대의 문학적 정전은 문학에 대한 인본주의적 숭상과 지배 계층의 문화적 민족주의의 표상인 셈이었다. 이러한 문화적 민족주의는 분명히 민족의 특수성에 대한 신념에 기초한 것이지만 종교와 고전의 보편주의적 논리를 차용하여 보편성의 이름으로 연구, 교육되었다. 예컨대 영국 문학의 금자탑인 셰익스피어는 보편성의 이름으로 세계의 시인으로 추대되었다. 영문학은 곧 세계의 문학이 된 것이다. 프랑스 문학도, 독일문학도 그러했다. 한때 우리에게는 중국문학도 그랬다. 셰익스피어나 빅토르 위고나 괴테나 이태백의 작품이 세계의 많은 사람이 즐겨 감동받을 수 없다는 말은 아니다(그런 의미에서 그들은 〈보편적〉이다). 그런 작품은 각각 특수한 문화의 소산이며 그런 만큼 세상에 선전되고 있는 통상적인 이유 때문에 보편적인 것은 아니다. 그것들이 자국 특유의 이데올로기를 표출하고 있다는 사실도 감추어진다.

이른바 정전을 성립시킨 역사적 배경을 꼼꼼히 되짚어본 비판적 학자들이 정전의 이데올로기적 성격을 폭로하고는 그 정전을 대신할, 또는 대등하게 정전의 반열에 오를 만한 다른 텍스트들을 내세우기 시작했다. 가장 중요한 것은 여성의 저작들이었다. 동서양 문학사에서 여성의 텍스트는 여간한 경우가 아니면 정전에 포함되지 못하였다. 그러나 남성 주도의 문학사의 이면에는 무수한 여성 텍스트가 묻혀 있었다. 예컨대 미국 노예 제도 폐지 운동가였던 스토 부인의 『톰 아저씨의 오두막』은 분명히 중요한 작품인데도 여성적이다, 감상적이다, 유치하다 등등의 이유로 연구와 교육의 대상으로 인정받는 국민적 텍스트에 포함되지 못했었다. 여성은 특히 소설이나 희곡 같은 남성들이 독점한 듯한 본격적 장르보다도 일기, 편지, 수기 등의 아류로 인정되던 장르에서 많은 텍스트를 남겼는데 최근 문학과 비문학의 경계가 희미해지면서 이들 여성의 특기가 발휘된 텍스트들이 대거 주목을 받게 되어 그중 적지않은 텍스트가 공식적인 연구와 교육의 대상이 되고 있다.

마찬가지로 흑인과 기타 소수 민족의 텍스트들도 새롭게 조명을 받게 되었다. 예컨대 미국의 흑인 노예였던 프레데릭 더글러스의 자서전은 1980년대 이후에는 대학 교재로 쓰이는 미국문학 선집에 반드시 오르게 되었다. 미국 원주민, 아시아계 미국인 저자들도 조금씩 미국 문화를 대표하는 위치에 오르고 있다. 여성 저자의 경우와 같이 흑인 등 기타 소수 민족 출신들은 주로 수기, 일기, 편지 등의 글로 대표되고 있다.

또한 고급 문화에 비하여 저급하다는 이유로 멸시되던 대중 문화, 평민 문화도 새로운 평가를 받게 되었다. 문학 연구가 고전 연구에서 문화 연구로 경향을 달리한 것은 아마도 이러한 대중 문화가 학술적, 교육적 대상이 된 이후일 것이다.

그러나 정전에 관한 열띤 논쟁은 기존의 저작들의 대부분을 몰아내고 여성과 노예와 소수 피압박 계층의 글을 대신 그 자리에 들어서게 한 것은 결코 아니다. 예컨대 남성 중심적 사고의 틀에 매였었다는 윌리엄 워즈워스의 작품이 정전 반열에서 밀려나고 그 대신 그를 헌신적으로 도와준 그의 여동생 도로시 워즈워스의 일기가 정전으로 올라서지는 않았다. 대체로 기존의 정전에 더하여 또 다른 여러 텍스트들이 정전에 끼이려고 자기들끼리 자리 다툼을 하는 양상을 보이고 있어 일종의 아이러니를 느끼게 한다. 실상 문화사는 대치의 역사이기보다는 누적의 역사인 까닭일 것이다. 하여튼 정전 논쟁은 많은 새로운 텍스트를 발굴하였고 그 과정에서 명백히 왜곡된 이데올로기 덕분에 중요하게 여겨지던 기존의 텍스트들이 다소 평가 절하되었고 또한 저평가되던 주변적 텍스트들이 평가 절상되어 중심부로 이행되기도 했다.

우리나라의 경우에, 완판(또는 경판)『춘향전』이 어떤 경로로 하여 국어국문학의 정전 중 정전이 되었는지, 곰곰이 따져볼 필요가 있으며 『박씨부인전』은 왜 정전에 포함되지 않는지, 양반 시조들은 정전이지만 내방가사들은 왜 정전이 아닌지, 궁녀들의 한글 편지들은 왜 정전에 포함되지 않는지 따져볼 필요가 있다. 또는 보다 근본적으로 우리에게는 〈정전〉의 논의는 무의미하지나 않은지 심각히 논의할 필요가 있을지 모른다. → 고전

서양에서 주인공을 〈히어로〉, 즉 〈영웅〉이라고 부른 것은 서사시나 희곡의 소재가 되던 신화, 전설의 주인공들이 초인간적인 능력을 가진 인물들이었기 때문이다. 그들은 신들과 밀접한 관계를 맺거나 그들 자신이 신의 후손이거나 하여, 그들의 행위는 개인적인 데 그치지 않고 민족 사회 전체, 나아가서는 우주적 의미가 있었다.

이러한 신화적 영웅들이 문학 작품 속에 나타나기 시작하자, 그들의 초인간적, 신적인 행위는 차차 작품의 구조에 제한되어 훨씬 인간화되었다. 신화와 달리 문학은 인물의 행위를 단일한 것으로 통일시킨다. 이 통일된 구조에 적합치 않은 것은 대폭 수정되거나 제거되는 수밖에 없다. 또한 문학은 신화처럼 이야기로 행하여지는 제식이 아니라, 인간적인 기술의 하나인 고로 신화적 영웅은 문학에서 점점 더 인간화되어 갔다.

아리스토텔레스는 비극과 서사시가 보통보다 우수한 인물을 모방한다고 하였는데, 이는 문학의 영웅이 신화의 영웅이 아닌 인간다운 인간임을 지적했다고 볼 수 있다. 희극의 주인공이 반드시 영웅적인 인물이 아니더라도, 작품의 통일을 기하는 데 가장 크게 기여하는 중심적인 인물이면 된다고 한 것으로 이해된다. 비극이나 서사시에 있어서도 아리스토텔레스는 그 주인공들의 영웅적인 면모에 관심을 보이지 않고 그들의 행위가 어떻게 작품의 전체적 구조에 통일을 가져오는가에 주의를 기울였다.

작품 내에서의 주인공의 구조적인 역할에 관심을 갖는 것이 올바른 방법이라고 현대 이론가들은 대략 동의하고 있으나, 낭만주의 및 역사주의 비평가들은 작중 인물을 실제 인물인 양 따로 떼어내어 그 개인적 역사를 재구성해 보려고도 하였다(예컨대 햄릿은 비텐부르크 대학에 다닐 때 당시 누구에게 무엇을 배웠을까?) 그들은 주인공 hero이란 말을 피하고 성격(인물 character)이란 말을 즐겨 썼는데, 이 말은 지금도 비평계에서 애용되고 있다(물론 뜻은 달라졌다).

합리주의 시대에 이르러 영웅의 개념이 사라지고 평균적인 인간이 오히려 인간의 모범으로 상정되면서 소설에 그런 주인공이 등장하였다(톰 존즈, 패멜라, 로빈슨 크루소 등). 사실주의가 발전함에 따라 영웅적 주인공의 개념은 아주 사라지고(예컨대 새커리의 대표작 『허영의 시장』은 〈주인공(영웅) 없는 소설〉이라는 부제가 붙었다). 평범한 인물, 그것도 좀 못난 인물이 주인공으로 군림하였다. 이런 못난 주인공들에게 독자는 아이로니컬한 시선을 주게 마련이다. 그러나 이들 못난 인물들은 그래도 우리와 동일시될 수도 있는 사람들이지만 20세기의 전위적 작품에 나타나는 인물들은 사람이기보다는 꼭두각시 또는 기괴한 만화적 존재이다. 이들에게 주인공, 영웅, 중심적 성격이란 명칭을 붙이기란 불합리하여 반주인공anti-hero이란 명칭이 주어지기도 한다. → 성격

주제　theme, subject

서양의 테마thema란 말과 서브젝트subject란 말을 다 같이 〈주제〉로 번역한 까닭에 혼동이 생겼다. 원래 테마는 나무의 잎과 잔가지들을 달고 있는 중심 줄거리란 뜻을 가진 낱말이다. 그러니까 문학 작품의 소리, 낱말, 비유, 문장 등의 요소들이 나무 잎새와 잔가지라면 그것들이 다 흩어지지 않게 하면서도 그 자체는 눈에 띄지 않는 중심의 큰 줄기가 테마라고 할 수 있다. 즉 테마는 구조적 개념이다.

그러한 중심의 줄기, 다시 말하면 문학의 각 요소들을 적절한 배열 순서를 따라 붙들고 있는 그 중심적 뼈대가 무엇인가가 문제가 된다. 그것을 도덕적 또는 철학적 명제thesis라고 하는 사람도 있고, 단지 관념idea이라고 하는 사람도 있다. 어쨌든 그것이 사용된 언어, 심상, 상징들보다 더 추상적이라는 것은 분명하다.

그러나 현대의 다수 이론가들은 그러한 테마가 구조적 개념인 까닭에 언어, 심상 등의 요소들과 결합된 상태에서만(그런 결합을 가져오는 것은 플롯이다) 테마 구실을 하므로 구체적 작품에서 추출되어 작

품을 떠나면 벌써 그 본래의 형태와 성격을 잃는다고 본다. 그것이 어떤 관념적인 것으로서 문학 작품의 인식적 기능을 주로 담당하는 것임을 그들은 주장하되, 그러한 인식은 문학적 인식으로서 과학이나 철학의 인식 방법과는 별개의 것이라고 본다.

뜻의 요약과 풀이를 좋아하는 사람의 본성 때문에 작품의 테마를 강제로 추출해 내면 주제 subject, 즉 주된 화제가 된다고 그들은 본다. 주제는 도덕적 명제(〈사람은 서로 도와가며 살아야 한다〉)일 수도 있고 철학적 관념(〈실존은 본질에 앞선다〉)일 수도 있다. 그러므로 테마는 주제로 풀이할 수 있되, 모든 주제가 다 테마 즉 구성 원리가 될 수 있는 것은 아니다.

소재 subject matter는 그러한 주제를 예증하기 위한 또는 구현하기 위한 재료이다. 〈실존은 본질에 앞선다〉는 실존철학의 관념을 구현하기 위해서, 두 젊은 남녀의 연애 이야기를 이용할 수 있고, 아버지와 아들의 세대 차이로 인한 갈등을 이용할 수도 있다. 문학에 있어서 소재는 구체적인 인간적 정황인 것이다.

주체성 → 개성

중의성　ambiguity

영국 이론가 윌리엄 엠슨이 『중의성의 일곱 가지 형태』라는 저서에서 다룬 이래 문학의 말씨의 중요 문제로 대두한 개념이다. 서양 원어는 〈두 길로 몰고 감〉이란 뜻을 가지고 있다. 우리말로는 〈뜻겹침〉이라 할 수 있다. 보통 글에서는 중의성은 명백성의 반대로서 피해야 할 결함이다. 법조문이 두 가지 이상의 서로 다른 뜻으로 해석될 수 있다면, 그 법조문은 법조문으로서 무가치할 뿐 아니라 해롭다. 그러나 사람의 말은 동음이의어 같은 명백히 애매한 말 이외에도, 억양의 변화나 말의 끊고 이음을 달리함으로써 뜻이 여러 가지로 해석될 수 있는 경우가 허다하다.

문학, 특히 압축된 언어가 사용되는 시에서는 언어의 중의성을 오히려 적극적으로 이용하여 의미의 풍부를 기할 수도 있다. 시는 단지 한정된 의미의 전달이라는 기능을 넘어선다. 시의 어떤 낱말들은 핵심적인 의미와 더불어 풍부한 암시성을 수반하든가, 동시에 둘 이상의 의미를 다 수용할 수 있는 융통성 있는 문맥을 형성한다.

중의성은 난해성과는 구별해야 한다. 어떤 낱말, 문장의 뜻이 겹쳐 있다고 규정하는 것은 이미 그것의 복합적 의미, 또는 의미의 풍부를 의식했음을 뜻한다. 즉 그것대로 이미 하나의 해석이 되는 것이다. 그러나 한 낱말이나 문장이 난해하다고 규정할 때에는 아직 그 의미를 판별하지 못했다는 말일 수도 있다.

참고로 엠슨의 일곱 가지 중의성의 유형은 다음과 같다. (1) 한 낱말 또는 문장이 동시에 여러 방향으로 효과를 미치는 경우(이 유형이 기본 유형으로서 나머지 여섯 가지는 그것의 다른 면모이다). (2) 둘 이상의 뜻이 모두 저자가 의도한 단일한 뜻을 형성하는 데에 같이 참여하는 경우. (3) 일종의 동음이의어로서 한 낱말로 두 가지의 별다른 뜻이 표현되는 경우. (4) 서로 다른 의미들이 합작하여 저자의 착잡한 정신 상태를 나타내는 경우. (5) 일종의 직유로서 그 직유의 두 개념은 서로 잘 어울리지 못하나, 저자가 한 개념에서 다른 개념으로 옮겨가고 있음을, 즉 그 자신이 불명확에서 명확으로 나아가고 있음을 보이는 경우. (6) 한 진술이 모순되거나 부적절하여 독자가 자기 스스로 해석을 꾸며내야 하는 경우(이것도 저자가 의도적으로 해놓은 것이라는 것이다). (7) 한 진술이 근본적으로 모순되어서 저자의 정신에 원천적 분열이 있음을 나타내는 경우.

어떤 경우에는 중의성이라는 용어보다 다의미 plurisignificance라는 용어를 택하기도 한다. 그것은 알송달송한 것이 아니라 여러 뜻의 동시적 작용이라고 보는 까닭이다.

지방색 local color, **지방주의** regionalism → 배경

문채의 하나로서 두 가지 사물 사이의 유사점이 직접 드러나게 쓰인 것을 말한다. 〈ㄱ은 ㄴ이다〉는 것이 은유라면 〈ㄱ은 ㄴ과 같다〉는 것은 직유이다. 〈같다〉는 말 이외에 〈비슷하다〉, 〈처럼〉, 〈인 듯〉, 〈……인 양〉, 〈만큼〉 등 두 사물 사이의 유사점을 말할 때 쓰이는 토씨와 형용사가 두 사실 사이에 개입된다. 은유는 두 사실을 동일시한다면 직유는 나란히 세워놓는다. 즉 두 사실의 구분이다. 구분에는 합리적인 분석이 필요하다. 언급된 두 사실에 대해서 우리는 상식적으로 잘 알고 있다. 〈전봇대처럼 키 큰 사람〉이라는 직유에서 전봇대와 키다리는 둘다 우리의 일상 체험상 잘 아는 사실들이며 둘을 나란히 세워놓는 일은 새로운 사실의 발견이 아니라 아는 사실의 보강인 것이다. 이에 비해 은유는 새로운 사실의 발견으로서 상상력을 자극한다. 그러므로 직유는 실재에 대한 새로운 파악과 직접적인 관계가 없고 단지 알려진 실재에 대한 흥미를 더할 뿐이다. 다시 말하면 일상 생활에 대한 즐거운 긍정이다. 그런 까닭에 일상 생활에서 직유는 희극적이거나 풍자적인 묘사에 잘 쓰인다(〈솥뚜껑 같은 손〉, 〈퉁방울 같은 눈〉, 〈여우 같은 아내, 토끼 같은 자식〉 등).

그러나 은유와 직유가 서로 언제나 다른 것은 아니다. 비교, 대치, 묘사를 위한 은유는 실제에 있어서는 〈같이〉, 〈처럼〉이 생략되었을 뿐인 직유인 것이다. 예를 들면 〈백척간두(百尺竿頭)에 선 조국〉같이 흔한 웅변에 나오는 〈백척간두〉는 형태상으로는 은유이지만 백척이나 되는 막대기 끝에 매달린 것〈처럼〉 위태롭다는 직유의 상식적 축약에 지나지 않는다. 〈맏아들은 집안의 기둥〉, 〈청소년은 나라의 꽃〉같은 은유들도 다 실제로는 직유들이다. 그러나 〈밤은 아시아의 종교이며 미학이다〉(오상순)라는 은유가 직유로 바뀔 수 없는 것을 보면, 이 은유는 진정한 은유라는 것을 알수 있다.

한편 직유의 형태를 갖고 있으면서도 두 사실 사이에 유사성이 명백하다고는 할 수 없는 것도 있다. 〈연꽃 같은 발꿈치로 가이 없는 바

다를 밟고〉(한용운)에서 연꽃은 발꿈치에 비교되고 있지만 형식상 그럴 뿐이지, 실제로 그 둘 사이에 유사성은 고사하고 관계조차 모호하다. 그러나 시 전체에서 그런 비유가 타당함을 독자는 직감할 수 있다. 〈세 마지기 논배미가 반달만큼 남았네〉(「농부가」), 〈구름에 달 가듯이 가는 나그네〉(박목월) 등의 직유들은 약간의 유사성을 근거로 하여 성립된 비유들이나, 그외 차이점이 훨씬 더 큰 까닭에 거의 은유의 감동력을 가지고 있다. 그러니까 실제로는 직유인데 은유의 꼴을 하고 있는 직유도 있고 그 반대도 있다는 말이다. 아마도 진정한 시적인 직유는 위의 「농부가」나 박목월의 예 같은 것이리라. →비유

ㅊ

차연 → 탈구조주의

초현실주의 surrealism

2차 대전 후에 처음 다다이즘에 동조했던 시인, 예술가들이 앙드레 브르통을 중심으로 일으킨 문학 운동의 하나이다. 공식적인 발족은 앙드레 브르통이 1924년에 파리에서 〈선언문〉을 발표하면서부터였지만, 사람의 비이성적, 비논리적 성질에 대하여 관심을 보이던 오랜 역사를 가진 문학의 한 가닥이 낭만주의와 더불어 표면화하고, 그 후예인 상징주의자들에 의하여 심화되고 다다이즘에 이르러 잠시 철저한 허무주의로 전락하였다가, 사람에 대한 새로운 긍정적인 비전을 주장하게 된 것이 초현실주의였다.

초현실주의는 프로이트 등이 밝혀낸 무의식의 세계가 지금까지 문학에서 이용되지 않은 재료와 방법을 제공한다고 믿었다. 무의식은 합리성이나 논리에 의하여 전개되지 않고 비합리적, 비논리적이며, 자동적으로, 자유로운 연상 작용으로 전개된다. 무의식은 사람의 깊은 욕구와 공포가 논리적으로 조직되기 이전의 상태에서 큰 힘을 가지고 꿈틀대고 있는 것이기도 한다. 이러한 무의식의 내용(재료)이 의식적인 조작을 받지 않고 그대로 표출되게 하기 위하여서는 꿈을 꾸든지, 꿈꾸는 듯한 상태에 있어야 하며 그런 순간에 의지를 발동시키지 않고 손이 저절로 움직이게 하는 〈자동 기록automatic writing〉의 방법을 사용하여야 한다. 자동 기록은 최면 상태에서 가장 잘 이루어지므로, 초현실주의자는 정신 수양에 의하여, 또는 특수한 환경을 조성하여, 아니면 환상을 일으키는 약품을 사용하여 자신을 최면 상태에 빠지게 한다.

초현실주의는 이름이 암시하듯이 사실주의에 대한 비판을 내포한다. 의식 세계의 사실은 실제에 있어서는 인위적인 조직과 합리화의 과정을 통하여 꾸며낸 것이므로 그만큼 인간의 진정한 의식에서 멀다는 것이다. 인간의 내면에서 볼 때 표면적 사실은 거짓인 셈이다. 또는 무의미하든지 무가치하다. 초현실이야말로 진실이며 이 진실을 파악하고 전달하는 것은 인간을 조작된 일상의 사실에서 해방시키는 일이다. 그러므로 현실, 나아가서는 진실을 덮어버리는 일체의 도덕, 철학, 미학은 부정되어야 한다. 그런 후에야 비로소 사람은 우주와 진실된 관계를 맺을 수 있고 또한 진실된 사회를 이룰 수 있다. 바로 이러한 인간 해방을 강조하는 혁신적 태도가 그 전 시대의 다다이즘과 크게 다른 점이며, 또한 1930년대의 다수 초현실주의자들이 공산주의자를 겸한 배경도 된다(물론 오래 자리를 같이할 수는 없었다).

초현실주의는 일종의 인식론이기도 하다. 그 성질상 조직적 체계는 이루지 못하지만, 초현실주의자는 감각으로 파악한 세계가 진실된 세계임을 믿는다. 그들은 전 시대의 낭만주의자들처럼 감각적 인상을 시적 비유에 의하여 표현하려 하지 않고(그것은 벌써 수사학적 조작이 개입된 것이라고 본다), 감각적 체험에 대하여 무의식이 보내는 반향을 그대로 쏟아놓으려고 한다. 이때 무의식은 일련의 낱말을 흘러 내보내는데, 그 낱말들은 모두 심상의 꼴을 하고 있다. 그 심상들은 각자 그 나름의 생명을 갖고 있어서, 심상과 심상의 연결은 논리적 서술에서처럼 주종 관계(주어 술어 관계)에 있지 않고 서로 대등적이고 독립적이다. 초현실주의 문장의 특징은 거의 동등한 힘을 가진 심상들의 계속적 병치 및 공존 관계라고 할 수 있다. 이 세상의 진실은 인간의 인위적인 합리적 조작이 있기 이전에는 모든 사물이 그처럼 독자적인 생명을 가지고 나란히 늘어서 있는 것이라고 주장한다.

초현실주의의 주제는 사랑, 특히 본능적인 성욕, 온갖 본능적 욕

망의 예찬, 현실의 도덕적 의미와 관계 없는 자유분방, 현실에 대한
반항, 요즈음 문제가 되는 이른바 〈검은 해학(black humor: 터무니
없으나 강력한 아이러니)〉 등이다. 초현실주의는 미학과 도덕이 발전하
기 이전의 원시 미술에 매혹을 느끼며, 광태, 도착 심리, 이상 심리
에도 물론 흥미가 있고, 장르 구별은 물론 반대하며, 문학과 기타 예
술의 구별도 되도록 없애려고 한다(살바도르 달리 같은 화가도 애초부
터 초현실주의에 가담했었다). 현재에는 초현실주의자보다는 초현실주
의적 수법을 조금씩 이용하는 예술가가 훨씬 더 많다. 즉 그것은 현대
문학에 뚜렷한 흔적은 남긴 것이다. → 다다이즘, 모더니즘

추상적 abstract → 구체적 / 추상적

ㅋ

  katharsis 또는 catharsis

보통 정화 작용purgation으로 번역되는 이 낱말은 아리스토텔레스가 『시학』 6장 〈연민과 두려움을 통하여 비극은 그 감정들의 카타르시스를 가져온다〉는 대목에서 한번 사용하고 더 설명한 일이 없다. 그러나 비극이, 나아가서는 문학이 독자에게 주는 직접적인 영향을 설명하는 개념으로서는 최고로 적절한 것으로 인정되어 역사적으로 많은 해석이 생겨났다.

아리스토텔레스가 문학의 심리적 효과를 중요한 대목에서 언급한 동기는, 그의 스승 플라톤이 비극은 이성적 생활에 방해가 되는 감정을 억눌러 없애는 대신 조장한다고 비난한 데 대하여 대답하고자 한 데에 있다. 이성적 생활의 혼란을 제거하기 위해서는 감정을 억압해야 하는 것이 아니라, 오히려 감정을 적절히 표현, 배출해야 한다고 그는 믿었던 것이다. 비극이 바로 그런 일을 가장 잘할 수 있다고 보았다. 비극은 플라톤이 주장하듯 두려움과 연민이라는 상극적인 강렬한 감정을 일으킬 뿐만 아니라, 그 감정들을 적절히 소화시켜 주며, 또한 거기서 오는 쾌적한 균형감과 안정감으로 사람의 정신적 건강에 크게 도움이 되게 한다고 보았던 것 같다.

그러나 카타르시스는 단순히 심리적 효과만이 아니고, 또한 비극의 고통 저 너머에 보이는 듯한 어떤 지혜, 직관(비록 말로 다 설명할 수는 없어도)에 순간적으로 도달하게도 한다. 문학, 특히 비극이 단지 무섭고 슬프지만 않고 심각하고도 의미심장하게 느껴지는 것은 카타르시스가 심리적 효과를 넘어서 인식의 체험까지 마련하기 때문이다.

카타르시스에 대한 역사적 해석을 보면, 르네상스 이론가들은 그것을 주로 교훈주의의 입장에서 해석하여, 불행에 대한 인내의 정신을 길러주는 것이라고도 하고, 세상의 부귀영화가 하루아침에 무너질 수 있음을 보고 영혼이 구원받아야 할 필요를 절감하게 해주는 것이라고도 했다. 또는 격렬한 열정이 비극의 원인이 되는 것을 보고 자기의 열정을 순화, 억제하는 법을 배우는 것이라고도 했고, 무서움과 슬픔이라는 불쾌한 감정을 무섭고도 슬픈 사실을 목격함으로써 몰아내는 것——이열치열(以熱治熱)——이라고도 했다.

낭만주의자들은 그러한 명백한 교훈주의를 배격하고, 카타르시스를 우주적인 비극의 그 막막함과 숭엄함에 압도되어 세속적인 두려움과 연민을 잊는 것, 엄숙한 비극 앞에 이성적 동의 이전에 승복하는 것, 겸허하게 되는 것, 인간으로서의 동류 의식을 느껴 무조건적으로 비극에 같이 참여하는 것 등으로 해석했다.

심리주의 비평가 리처즈에 의하면 비극적 두려움은 대상으로부터 멀리 떨어지고자 하는 감정이고, 연민은 반대로 거기에 가까이 가고자 하는 감정이다. 비극은 그러니까 서로 상극하는 감정을 일으킨다. 즉 최대한의 불협화음을 조성한다. 그러나 비극 작품의 구조는 이 상극적 감정들을 함부로 억누르지 않고 순조롭게 조화시킴으로써 정서적 안정을 준다는 심리적 해석을 다시 내세웠다. 그는 이와 같은 조화를 가져오는 비극의 특수한 구조를 중요시하였다. 즉 예술적 형상화에서 카타르시스가 조성된다는 것이다. 아리스토텔레스도 그 점을 강조하여 비극의 구조를 면밀히 검토하였다. 두려움과 연민이 일상 생활에서는 쉽사리 화해를 이룰 수 없는 상극적 감정으로 남는 것을 보아도 비극이 특수한 구조를 갖고 있음은 분명하다. 이 점을 강조하면, 비극적 카타르시스는 극의 끝에 가서 관중을 정화시키는 것이 아니라, 비극의 과정(사건들의 연쇄 구조)을 통하여 주인공 자신도 정화되고 관중도 정화를 체험하는 것으로 볼 수 있다.

한편 비극은 정화 작용에 의하여 안정 상태를 조성하지 않고 오히려 흥분시킨다고도 할 수 있다. 흥분이란 말 대신 고양시킨다고 해도 좋다. 비극의 웅장함을 보고 신명이 난다고 볼 수도 있는 것이다. 그러나 물론 그것은 어떤 성취감, 어떤 결말의 도달에서 오는 쾌적한 흥분이지 괴로운 흥분은 아니다.

현대비극은 위에서 설명한 바와 같은 카타르시스를 조성하지 못한다는 평을 듣는다. 그래서 비극의 불가능을 운위하는 사람도 많다. 확실히 현대의 어떤 작품은 공포와 불안, 위기 의식을 잔뜩 고취하고 그것의 카타르시스를 거부한다. 이것을 카타르시스가 불가능한 현대의 상황을 표현한 것으로 볼 수도 있고 현대문학의 병적 증세를 나타내는 것으로 볼 수도 있겠다. →비극, 영향론적 오류, 정서

ㅌ

타자 → 자기 / 남(타자)

　기존의 구조주의의 한계가 인식되면서 그것을 극복하든지, 그것의 새로운 차원을 열고자 하는 시도가 1970년대에 시작되었다. 그러나 구조주의 자체의 많은 개념들이 이 새로운 시도에 많이 전용되고 있음을 볼 수 있다. 다만 구조주의는 사람의 의식 자체가 초역사적인 고정된 구조를 반영한다고 전제하였는데 탈구조주의는 그러한 초시간적 구조란 없다고 전제한다. 그러나 둘은 모두 사람의 의식의 구조에 대한 급진적 관점이라고 할 수 있다. 그리고 둘 다 사람의 언어에 대한 집중적 탐구에서 출발하여 그 안에 머문다. 소쉬르는 언어의 구조 밖의 사항(의미)은 언어학의 대상이 아니라고 믿은 까닭에, 탈구조주의자는 언어의 밖에는 아무 의미가 존재하지 않는다고 믿는 까닭에 어쩔 수 없이 언어 속에 갇힌다. 프랑스 비평가 롤랑 바르트는 구조주의에서 시작하여 탈구조주의로 마감한 대표적 이론가인데 그는 초기에 사용하던 구조주의적 용어나 개념을 탈구조주의로 전향한 다음에도 계속 쓰는 것을 볼 수 있다. 모든 〈구조〉를 해체한 데리다 역시 구조주의의 기본 개념인 〈기표〉, 〈기의〉, 〈이항 대립〉, 〈차이(차연)〉 따위를 모두 재사용하고 있다. 그가 주도하는 해체 이론은 탈구조주의의 대명사라고 인정될 만큼 둘은 가깝다. 이러한 논의들에서 우리는 구조주의 언어학을 창시한 20세기 초의 프랑스의 혁신적 언어학자 소쉬르의 정신이 어른거리는 것을 감지할 수 있다.

데리다가 해체를 시작한 것은 바로 구조주의자들이 내세운 구조 자체의 개념이었다. 구조주의자들은 한 작품은 부분들이 유기적으로 결합하여 하나의 전체를 이룬다고 전제하는 동시에 하나의 전체는 서로 유기적으로 결합하는 여러 부분들로 이루어진다고 하였는바, 여기서 핵심이 되는 관념은 바로 〈전체〉라는 것이다. 다시 말하면 우연한 듯한 잡다한 여러 부분들이 하나의 〈중심〉을 향해 화합과 질서를 형성한 것이 〈전체〉가 된다는 전제이다. 데리다는 바로 그 〈중심〉이라는 것이 본래적으로 존재한다는 전제를 받아들일 수 없었던 것이다. 이것이 〈탈중심〉이다. 역사주의에서는 그런 〈중심〉을 작품을 지은 작가라고 주장하였지만 작가 자체도 글의 여러 가닥들이 서로 얽히고 설키는 관계 속에서 종적이 없어진다. 이른바 〈작가의 죽음〉이라는 것이다. 데리다는 글이나 생각의 뜻을 보장해 주는 〈중심〉은 서양 형이상학에서 오랫동안 전통적으로 고수해 온 소망적 사고, 즉 근거 없는 꿈일 뿐이라고 주장했다. 따라서 모든 구조는 객관적, 절대적 중심이 없는 부분들의 이합집산 현상에 지나지 않고, 독자의 자의에 따라 임시로 여러 다른 중심을 가질 수도 있는 떠도는 현상일 뿐이라고 했다. 즉 전체를 이루는 부분들의 질서정연한 구조에서 〈벗어난〉 구조주의, 즉 탈구조주의인 것이다. 이리하여 작품이라는 개념 대신 텍스트라는 개념이 자리 잡게 된 것이다.

소쉬르는 의미의 생성을 서로 다른 기표들의 상호 관련성, 즉 이른바 이항 대립binary opposition에서 발생하는 제삼의 어떤 것으로 보았다. 다시 말하면 의미는 기호의 고유한 속성이 아니라 기호들의 서로 다름의 관계에서 빚어지는 것, 즉 일종의 〈차이〉의 작용들의 집합이다. 예컨대 〈사람〉은 〈신, 동물, 천사, 돌……〉이 아닌, 또는 그것들과 다른 것이지 어떤 특수한 속성을 확정적으로 가리키는 기호가 아니라는 것이다. 그런데 데리다가 보기에 기표들은 자기들끼리 무한히 계속하여 상호 관련성을 형성할 뿐 어느 단계에서 상호 작용의 결말에 도착하여 의미 자체를 형성하는 일이 없다. 언어는 아무리 조리 있고 논리적이라 해도 단지 기표 signifiant들이 서로 이리저리 상호 관련을 맺는 일을 계속할 뿐이고 어떤 의미 signifié에 도달하는 일은 무한히 연기할 뿐이다. 즉 〈사람〉의 의미 자체에 도달하는 것이 아니라 사람이 아닌 것, 또는 사람과 다른 것들의 연속만이 끝날 줄 모르고 이어질 뿐이다. 이는 말이 궁극적으로 의미를 형성할 수 없다는 비관적 허무주의에 도달한다. 〈차이의 연속으로 말미암은 의미의 영원한 연기〉라는 뜻으로 그는 〈différance〉라는 말을 만들어 썼다. 이 말은 〈차이〉라는 뜻의 〈différence〉라는 명사와 〈계속하여 차이를 보인다〉는 뜻의 현재 분사 〈différant〉을 교묘하게 합쳐서 만든 것이다(발음은 같고 단지 e를 a로 바꿨다). 우리말로는 〈차연〉이라고 옮기고 있다. 어차피 의미의 세계는 두절되었거나 존재하지 않는다(이처럼 말장난을 치는 것은 해체 이론, 나아가서는 탈구조주의의 한 특성으로 되어 있다).

이리하여 탈구조주의 비평의 가장 중요한 특징인 〈언어에 대한 조작〉이 시작된 것이다. 형식주의나 구조주의의의 개념인 〈작품〉이 탈구조주의에서는 객관적인 고정된 중심이 없는 〈텍스트〉로 바뀌었는데 텍스트란 〈헝겊〉을 뜻한다. 그냥 헝겊이므로 비평가의 자의에 따라 무엇이든 만들 수 있다. 탈구조주의 비평가는 기존 관념에서 해방되어 언어와 진리, 지식, 욕망, 권력 따위와의 관계를 매우 자유롭게, 매우 개성적으로 다룬다. 또한 담론의 방법도 기존의 학술적 논의의 형식을 벗어나 다분히 유희적이어서 문학적, 시적, 허구적 텍스트와 이론적, 철학적 텍스트를 뒤섞는다. 결국 문학과 비평, 글쓰기와 글읽기가 서로 구분되지 않는다. 나아가서는 작가나 저자가 소멸되는 대신 독자가 개입하여 읽으면서 지어나가는 것, 즉 독자와 저자의 차이가 없어진다고도 한다. 롤랑 바르트는 오래전에 독자가 단순히 수동적으로 읽는 글과, 읽으면서 능동적으로 지어내며 읽는 글을 구분하기도 했다. 그러나 물론 독자도 독립된 의미의 중심을 소유하는 것이 아니라(그런 중심은 없으므로) 독자 역시 허구이며 다만 존재한다고 인정할 수 있는 것은 사면팔방으로 뻗어나가는 텍스트들의 상호 연결성, 상호 텍스트성intertextuality이다. 어떤 텍스트(작품)에 대한 한 비평가의 텍스트(평론)는 어떤 확정된 의미나 내용을 찾아낸 결과를 알려주는 글이 아니고 단지 텍스트에 대한 텍스트에 대한 텍스트에 대한…… 텍스트일 뿐이다. 어떤 텍스트도 궁극적 진리나 의미에 대한 것이 아니라 단지 또 다른 텍스트에 관한 텍스트일 뿐이기 때문이다. 의미는 〈현존presence〉을 무한히 연기하다 못해 영원한 〈없음(부재absence)〉으로 남는 듯하다. 탈구조주의 비평은 이처럼 의미의 궁극적 〈부재〉를 받아들이되 단순한 회의론이나 비관론에 머물지 않고 한없는 텍스트들의 연속을 탐험하는 즐겁고 자극적인 유희가 될 수도 있는 것이다.

좀더 넓게는 해체 이론이나 탈구조주의 모두 이른바 포스트모더니즘에 포괄되는 20세기 후반의 경향이라고 할 수 있다. 때로는 위의 세 개념은 서로 비슷한 뜻을 가진 것으로 통용되기도 한다.

→ 구조주의, 기호학, 해체론

탈식민주의 비평   post-colonialism

주로 제국주의 유럽의 식민지였거나 그 강력한 정치, 문화적 통제하에 있던 세계 여러 나라의 일부 지식인들이 과거의 식민지 문화 잔재에 대한 분석, 비판, 반발 등을 문학 내지 문화비평의 가장 중요한 문제로 삼기 시작한 것은 대체로 1960대 이후이다. 프랑스 식민지였던 알제리 출신의 정신의학자 프란츠 파농은 제국주의 지배자들이 깊이 심어놓은 식민지적 의식을 뿌리뽑기 위해서는 대대적인 폭력의 발산에 의한 일종의 카타르시스가 필요하다고 주장했다. 식민 지배를 받은 사람은 지배자들이 물러간 뒤에도 독립된 주체가 못 되고 지배자가 규정한 대로의 타자로서만 존재하므로 그런 정신적, 사회적 굴레를 벗기 위해서는 문화적, 정치적 대수술이 필요하다는 것이었다.

한편 팔레스티나 출신의 에드워드 사이드는 유럽인들이 백인 우월주의를 바탕으로 하여 〈동방(오리엔트)〉이라 일컬은 지역은 중동인 자신들의 세계와는 무관할 뿐 아니라 동방이라는 막연한 신비의 세계를 상상하여 도피적 피안으로 삼게 하거나 강한 정복 욕망을 일으켰음에도 불구하고 중동인들에게까지 그러한 관념을 심어주었다고 비판하였다. 즉 지배자들의 식민지 문화가 식민지 이후 시대에도 끈질기게 남아 있다는 것이었다. 이러한 그릇된 관념에 바탕을 둔 〈과학적〉 연구는 의심받지 않은 채 오래 전수되고 있다. 실상 한국인이 가지고 있는 중동 지역에 대한 관념도 거의 대부분이 그러한 유럽인들의 식민주의적 〈동방 정신〉에 물들어 있다고 할 수 있다.

최근에는 스피박이나 바바 같은 인도 출신 비평가들이 영국을 비롯한 유럽의 식민주의가 인도인에게 행한 문화적 폭력과, 그 결과로 인도인에게 남겨진 교묘한 식민주의 의식의 잔재를 분석하고 비판했다.

이러한 여러 경향에서 알 수 있듯이 탈식민주의 비평가들은 식민 지배자들이 남긴 그릇된 의식을 비판하는 동시에 식민 시대 이후에도 힘을 뻗치는 위장된 제국주의적 습성을 분석해 내는 일에 주력한다. 이들은 근대 유럽 문화 자체가 근거 없는 백인 우월주의에 깊이 뿌리박고 있어서 유럽인 자신들도 모르는 사이에 인종차별주의 내지 제국주의적 경향을 띨 수밖에 없다고 주장한다. 따라서 문화적 〈주체〉의 문제는 매우 중요하다. 더 급진적으로 말하면 유럽인들은 숙명적으로 식민주의 또는 인종차별주의라는 왜곡된 문화를 벗어날 수 없다고 할 수 있다. 그런 까닭에 유럽의 양심은 아마 앞으로 수세기 동안 계속하여 죄책감을 느껴야 할 것이라는 주장이다.

한편 최근까지 식민주의 논의가 주로 아프리카와 인도 등 강력한 식민 통치를 받은 지역의 문화를 중심으로 한 데 반하여 오늘날에는 타민족과 타문화를 억압하는 모든 우월주의적 경향에 대한 논의로 확산되고 있다. 예컨대 근세에 중국에 대한 서구 열강의 식민주의적 고정 관념——그것이 경멸적이든 예찬이든——이 예리하게 분석, 비판되고 있다.

오랫동안 영국의 식민지였던 오스트레일리아의 상황은 인종 차별과는 거의 관계가 없으나 역시 미묘한 의식의 차이를 분석해 내는 비판적 연구가 발표되고 있다. 오스트레일리아 원주민의 식민적 상황은 또 다른 종류의 분석 비판의 대상이 됨은 물론이다.

마찬가지로 한국에 대한 일본의 식민주의적 관념들이 어떤 것이었는지, 그것이 어떻게 위장되어 오늘날에도 전수되고 있는지, 그 여파로 한국인 자신이 모르는 사이에 입고 있는 정신적 외상이 어떤 것인지 따위는 식민지 시대가 지난 현재에도 탈식민주의 비평의 입장에서 문학을 포함한 문화 일반을 예리하게 분석하여 밝혀내야 할 것이다. 이는 한국인의 주체성에 관한 문제이기도 하다. 아마도 김소월이나 이상의 피해 의식도 탈식민주의적 분석의 대상이 될 수 있을 것이다.

탈식민주의 비평은 자연적으로 인종주의와 페미니즘과 여러 면에서 맞닿아 있으며, 기존 관념에 대한 해체를 주장하는 해체 이론, 지배자의 경제적 수탈을 파헤치는 마르크스주의와도 긴밀한 관련성을 가지고 있다. 최근의 급진적 이론에 의하면 모든 지배적 이데올로기나 실천은 부당하게 성, 피부색, 종교, 문화, 언어, 사회 계급 등의 우연한 조건에 따라 동족인 인간을 압제하였으므로 모두 부끄러워해야 하며, 그와 반대로 가장 떳떳할 수 있는 사람은 식민지의 가장 세력 없고 빈곤한 여성, 그중에서도 장애인(혹은 어린이)이라고 한다. 그 만큼 그것은 정치적이며 윤리적인 측면이 강하다.

탐정소설　detective story

탐정의 추리력과 의지력에 의해서 어떤 범죄적 사건의 해결을 보는 내용의 소설. 탐정은 범죄 추리에 특별한 능력이 있는 개인일 수도 있고, 우연히 말려든 똑똑한 개인일 수도 있고, 아니면 우수한 공복, 즉 경찰관(형사)일 수도 있다. 소설의 구조 중 가장 융통성이 적은 것이 탐정소설이라 할 수 있는데, 그 이유는 소설의 첫 부분에서 어떤 범죄(주로 살인)가 벌어지고, 대단히 과학적으로 보이는 추리 과정을 통하여 범죄자를 추적하는 탐정의 명철한 두뇌와 결단력, 우수한 무술(사격술 또는 권투, 유도 같은 것)이 계속 발휘되어야 하는 까닭이다.

그리하여 탐정소설에는 대략 다음과 같은 요소가 포함된다고 볼 수 있다. (1) 겉으로 보기에 완전한 범죄. (2) 겉으로 나타난 증거가 가리키는 용의자. 그는 범죄자가 아니라는 것이 드러난다. (3) 일반 경찰의 미숙한 처사. (4) 뛰어난 관찰력과 추리력을 가진 탐정(대개 그의 사생활은 특이한 데가 있다). (5) 이 탐정을 존경하는, 그러나 그보다 모자라는 두뇌의 보조자.

겉으로 보기에는 분명한 듯한 증거가 실제에 있어서는 다 틀린 것이라는 것을 탐정은 그의 관찰력과 추리력에 의하여 알아차리고 남이 눈치 채지 못한 자료를 수집하고 남이 엄두도 못 낼 분석 과정을 거쳐 범죄자의 심리에 대한 통찰까지 해내는 것이다. 독자는 그 탐정의 보조자의 입장에서 전혀 앞을 보지는 못하지만 그 추리 과정에서 경탄을 느끼며, 앞의 일에 대한 기대감을 갖는다.

탐정소설은 1841년 미국 문인 에드거 앨런 포가 「모르그 거리의 살인 사건」이란 소설을 처음 발표한 이래, 주로 영국과 미국에서 발전하였다. 코넌 도일이 창조한 셜록 홈즈는 명탐정의 대명사가 되었고, 프랑스의 모리스 르블랑이 만든 인물 아르센 뤼팽도 거의 역사적 인물이 되다시피 하였다.

중세 시대의 기사의 모험담이 근대에 이르러 도시화함으로써 생긴 것이 탐정소설이라는 설이 있을 만큼 탐정소설은 현대의 도시 문명, 그것이 안고 있는 범죄와 관계가 있고, 탐정은 중세의 기사처럼 도시의 현대판 영웅이다. 얼마 전까지도 강대국들의 냉전의 여파로 첩보 활동을 소재로 한 탐정소설이 많이 씌어졌다. 포는 끔찍한 살인이라는 엽기적인 사건의 심리적 충격을 문학적으로 무의미하다고 보지 않았다. 또한 그것을 해결하는 비상한 두뇌의 인간에 대한 경이감 역시 문학적으로 이용 가치가 있다고 보았기에 본의 아니게 탐정소설이라는 대중 장르를 창안한 것이 되었다. 그 이후 범죄와 그 해결에 이르기까지의 정신적, 사회 계층적, 육체적 갈등을 다루는 것은 현대 이야기 문학에서 일반적인 경향이 되었다. 예컨대 도스토예프스키의 『카라마조프 가의 형제들』, 스티븐슨의 『제킬 박사와 하이드 씨』 등은 모두

범죄와 그 해결에 이르기까지의 미스터리와 추리 과정이 개재된 본격
적 작품들이다. 요즘은, 주로 일본인들의 영향으로, 〈탐정소설〉과
〈추리소설〉 또는 〈미스테리〉라는 말이 자주 쓰인다.

통일성 unity → 구조, 유기적, 플롯, 형식

퇴폐 decadence

일반적으로 문학의 퇴폐적 경향은 문학의 황금 시대가 지나고 난
뒤에 새로운 방향이 정해지지 않았을 때 생기는 현상으로 알려져 있
다. 서양 고대문학사에 있어서는 그리스 문학의 황금기가 사라지고
난 기원전 3세기에서 기원후 1세기경의 헬레니즘 시대의 문학, 또는
아우구스투스 황제 사후 기원 1세기 이후의 로마 문학을 퇴폐한 문학
이라고 하는데, 그 이유는 당시의 문인들이 전 시대의 높은 경지에 도
달할 수 없음을 의식하고 무력감을 느끼면서 문학의 일면적인 효과를
과장되게 추구하거나(조화와 균형을 잃음), 독자, 청중을 자극하기 위
한 감각적, 선정적 수법(부도덕함)을 사용하여 문학의 질이 전반적으
로 저하될 뿐 아니라 기괴하고 병적인 경향을 띠었던 까닭이다.

그런데 문예사조사에서 퇴폐파 decadent라고 하면 특히 19세기 후
반의 프랑스 및 영국의 일단의 문인들을 말한다. 프랑스의 보들레르
나 고티에 등은 고대문학의 전성기보다도 그 퇴폐기의 문학의 시들어
가는 듯한 분위기를 찬양하였다. 막 피어나는 꽃봉오리보다, 난숙기
를 지나 시들려고 하는 꽃, 싱싱한 풋과일보다 익어서 떨어지는 과
일, 10대를 금방 벗어난 청춘보다 중년의 문턱에 다다른 사람을 좋아
하는 병적인 취미를 가졌었다고 할 수 있다. 그러한 심리 구조에서 그
들은 자연스러운 것보다는 비자연적이고 인위적인 사실에 대한 취
미, 또 그러한 취미를 만족시킬 사물에의 탐닉(시든 꽃, 시든 여자, 퇴
락한 향기가 있는 술, 음식, 퇴폐적인 색채의 옷 등), 과민한 자의식, 인
간의 타락상과 병적인 기질에 대한 문학적 흥미, 정신분열 증세, 특

히 성적 도착 증세(대개는 작품에서만 큰소리한 것이지만), 예술을 위한 예술의 강조, 현실 사회에 대한 반감, 기괴한 병적인 주제(내용)를 강조하거나 특수한 형식이나 기교를 강조한, 균형 잡히지 않은 작품의 제작, 전통적인 수사법과 문법 논리의 파괴, 음악성 또는 회화성의 일면적 강조, 난해성의 의식적 조장, 사회는 물론 자기 자신에 대한 아이러니 또는 냉소 등등의 특징을 보였다.

그러나 위의 특징 중의 어떤 것은 신중한 전통적인 문인들도 가질 수 있는 것이므로, 퇴폐성 여부를 가늠하는 데에 그것들을 쉽사리 척도로 사용해서는 안 될 것이다. 퇴폐파로 자처했던 프랑스의 많은 문인들은 그후 상징주의를 발전시켜 문학적 표현의 한 방법을 창안하여 세계 문학에 공헌하였다. 퇴폐 자체는 병일는지 모르나, 19세기 말의 사회 환경은 문인들로 하여금 그러한 병을 자초하게끔 압박하는 요소가 다분히 있었다고 볼 수 있으며, 몇몇 소수의 병든 문인들은 말하자면 그러한 투병 과정을 통해 특수한 건강——사회의 도덕적 규범이 줄 수 없는——을 획득하였다고 볼 수 있다. 병들었던 보들레르는 마냥 건강했던 신사 시인들(롱펠로나 테니슨 등)보다 현대의 우리의 눈에는 더 건강했던 면이 있는 듯하다. 영국의 오스카 와일드는 아마도 그냥 병으로 일관하고 건강을 찾지 못했던 사람이었을 것이다.

우리나라 현대문학 초기에 나타났던 퇴폐주의는 유럽 세기말 문학의 모방이었기 때문에 병까지도 그냥 앓는 척 모방만 했던 것 같다. 무엇보다도 우리 문학은 그전에 특별히 문학의 황금 시대를 맞았던 것도, 시들어가는 시대를 겪은 것도 아니었으니까 우리 신문학의 퇴폐주의는 근거가 없었다. → 심미주의

ㅍ

페미니즘 비평　feminism, feminist criticism

　　서양의 근대 정신의 발전은 자연히 여성의 정치 참여 의식을 고취하였다. 19세기 말부터 본격적으로 일어난 여성 선거권 쟁취 운동은 그것의 한 주요 표현이었다(한국 같은 후발 자유민주주의 국가들에서는 대개 그러한 투쟁 없이 여성에게 참정권이 주어졌다). 영국 소설가 버지니아 울프의 『자기만의 집』(1929)은 유럽의 페미니즘 문학비평의 효시로 생각된다. 울프는 이 책에서 오랜 역사를 통하여 여자가 여자이기 때문에 당해 온 편견과 불이익에 대하여 논하고 여자가 〈자기만의 방과 1년에 500파운드의 수입〉만 있다면 남자 못지않게 문학 창작을 할 수 있으며, 미래에는 여성, 남성의 차별보다는 그 둘을 아우르는 〈양성 androgyny〉이 진정한 창작을 가능케 할 것이라고 하였다. 프랑스 작가 시몬 드 보부아르는 『제2의 성』에서 실존철학에 입각하여 남성적 담론에서 완전한 〈남〉으로 소외된 여성의 문제를 매우 깊게 천착하였다.

　　페미니스트 문학비평이 본격적으로 논의의 지평에 떠오른 것은 1960년대 말, 전통적인 인문주의 문학관이 퇴조하고 문학의 사회적, 정치적 의미와 기능이 강한 관심을 불러일으키면서부터이다. 페미니스트들은 역사적으로 가부장 제도가 인류 사회를 지배해 오면서 사회를 남성에게는 유리하고 여성에게는 불리하도록 조직하고 그러한 관계를 정당화하는 의식을 교육과 제도를 통해 영속화하였다고 본다. 우리는 일상 언어 생활에서 의사, 교사, 변호사, 소설가, 화가, 학생 등 사회적 직업이나 신분을 나타내는 명칭이 저절로 〈남성〉을 뜻하는 것으로 받아들이는 습관이 들어 있다. 여성임을 나타내고자 할 때에는 일부러 여의사, 여교사, 여변호사, 여류 화가, 여학생 등, 접두사 〈여〉나 〈여류〉를 붙여야 한다. 심지어 〈거지〉조차도 남자를 뜻하며 특별히 여성임을 나타내기 위해서는 〈여자〉라는 말을 덧붙여야 한다. 따라서 암묵적으로 받아들여지고 있는 남성 위주의 가부장적 제도를 혁파하고 그것을 가능케 하는 남성 위주의 의식 성향을 개혁하는 것이 모든 페미니스트의 공통된 할 일이다.

더 구체적으로 페미니스트 문학비평에서는 우선 모든 사람을 교육시키는 데 쓰이는 이른바 고전(또는 정전) 가운데 여성이 쓴 글이 거의 없음에 반발한다. 첫째로 가부장적 사회에서는 전통적으로 여성이 글 쓰는 것을 금지한 까닭이다. 예컨대 한국문학의 경우 허난설헌이나 황진이는 매우 귀한 존재로 대접받아야 하며 그들이 대표하는 수많은 여성의 억눌린 〈문학적〉 침묵을 풀이하는 것도 중요한 일이 된다. 전통적으로 무당이 부르는 「바리 공주」 같은 무가는 여성 문학의 진수이며 문학 자체의 고전으로 올려 세움직하다. 아마도 한국문학의 특징이라고 하는 〈한〉은 침묵을 강요당한 한국 여성의 근본적 문학 의식일지 모른다. 그 〈한〉을 김소월이나 한용운이 여성의 목소리로 여성을 대신하여 나타내는 데에는 명백한 한계가 있다.

다음으로 여성 입장에서 기존 문학, 특히 정전들에 대한 새로운 읽기를 시도한다. 거의 모든 전통적인 정전을 비판할 뿐 아니라 그들에 대한 비평이 주로 남성 위주의 해석에 기초하고 있음을 지적한다. 예컨대 밀턴의 이름난 『잃어버린 낙원』의 주요 인물들인 신, 아들, 사탄, 아담, 천사들까지 모두 남성이며 여성은 사탄의 머리에서 나온 죄와 아담의 갈비뼈로 만든 이브뿐이니 이것은 여성이 모두 남성에게서 파생된 존재임을 암시한다. 이렇게 생긴 사회는 전적으로 가부장적인 구조라고 할 수 있다. 페미니스트 비평가들은 작자인 밀턴의 문화적, 사상적 배경과 함께 그의 개인적, 심리적 배경이 그러한 철저한 가부장적 상상력으로 몰고 간 양상을 파헤친다. 우리 문학의 경우 박경리의 『토지』가 단순한 민족사적 대하소설(민족사나 대하소설이라는 단순 개념은 남성적이다)이 아니라 한국 근대 여성의 자기 정립 과정으로 읽어야 하며 그 당면한 과정을 민족이나 가족 윤리를 이유로, 다시 말하면 가부장 제도가 어떻게 억압하는지를, 작가 자신이 여성이면서도 그 사실을 명확히 의식하는지 여부 따위를 밝혀야 할 것이다.

페미니즘의 방법론은 다양하다. 마르크스나 프로이트 같은 근원적 시조가 있지 않으므로 페미니즘은 비평가에 따라 이런저런 이론이나 개념을 편리한 대로 전용한다. 마르크스나 프로이트는 많은 페미니즘 비평가의 이론적, 개념적 근거가 되고 있으나 잘 알려진 바와 같이 이 두 사상가는 남성 위주의 생각을 굳게 가졌던 사람들이다. 그러므로 이들을 이용하는 비평가들은 이들의 근본 사상을 왜곡한다는 비판을 무릅쓰는 수밖에 없다. 근래에는 마르크스를 문화적으로 재해석한 알튀세의 이론을 바탕으로 하기도 하며, 특히 프랑스에서는 프로이트를 재해석한 정신분석학자 자크 라캉의 이론(특히 그의 오이디푸스 심리와 원초적 〈어머니〉와 〈아버지의 이름〉에 대한 해석)에 많이 기울어 있음을 볼 수 있다. 그러나 그는 남근 중심주의phallocentrism를 그의 학설의 핵심으로 삼았는데 페미니스트들이 그에게 기댄다는 것은 자가당착적인 데가 있다. 남성이 자기의 남근을 거세castration당할지도 모른다는 공포가 있는 까닭에 그것을 더욱 공격적으로 방어한다는 것이 정신분석학의 해석이다. 그러한 공포와 공격성이 바로 가부장적 성격을 형성한다는 것이다.

데리다는 플라톤 이래의 모든 철학적 사상은 〈남근 중심주의〉 즉 남성 우월주의의 산물이라고 비판했다. 다시 말하면 로고스 중심주의와 남근 중심주의는 궤를 같이한다는 것이다. 따라서 진리, 권위, 신, 선, 자본, 자아 등 전통적인 통합적 단일 개념들은 모두 남근 중심주의 또는 가부장 의식patriarchy의 산물로 본다. 그의 해체론은 남근 중심적 경향을 분석 비판하는 데에 크게 기여한다. 여기에 더하여 모든 지식 체계를 지배 계급의 권력 유지의 기제로 이용한다는 미셸 푸코의 비판 이론도 절충적으로 받아들여 프랑스 페미니스트들은 특수한 비평적 담론을 형성하고 있다.

　이론적 근거가 다양한 대로, 때로는 박약한 대로, 페미니스트 비평은 여성 문학 전통의 발굴과 재구성, 여성적 입장에서의 역사 기술의 문제, 정전의 재구성, 인종주의 또는 소수 집단과의 관계, 여성을 소재로 한 문학적, 예술적 재현의 비판, 기성 작품에 제시된 여성의 왜곡 문제, 대중문화의 여성 착취, 여성의 생리적 결정성과 사회적 규정성, 동성애(레즈비어니즘), 글쓰기와 글읽기에 관련된 성 의식의 문제, 양성의 관계, 여성적 글쓰기, 특히 일기, 편지, 수기, 자서전 등 여성적 영역으로 인정되는 장르의 문제, 남근 중심주의에 대한 비판과 그 극복 문제(여자가 펜을 든다는 것은 남근을 붙잡아 조정하는 것이라는 논리도 이에 속한다), 가부장적 언어에 대한 전복 전략, 여성의 본질론과 여성의 사회규정론 논쟁(여성은 생리적이기보다 사회적으로 규정된다는 구조주의적 논점, 즉 여성이 본질적으로 존재하는 것이 아니라 소쉬르의 기호 이론이 가르치듯 사회적 기표들의 상호 관계에서 생성되는 것이라는 논점), 남성과 대조되는 여성 자아의 문제, 남성 위주의 논리에 대한 대안 논리의 수립(남성은 직선적이며 단일하고 강압적인 논리를 사용하는 반면 여성은 곡선적이고 다원적이며 포괄적인 논리를 사용한다는 주장), 여성적 인식론의 수립, 남성의 완력에 대한 여성의 몸, 남성의 성적 욕망과 여성의 즐거움(이른바 jouissance)의 차이 등등 한없이 다기하다. 서양의 경우에는 흑인 여성과 백인 여성의 차이, 식민지 피지배 여성과 식민 통치 세력의 여성의 차이 등도 중요한 논의와 논쟁의 주제가 되며 여성 연대 의식의 고취라는 정치적 기획도 중요한 논제가 된다. 최근에는 여성과 남성을 아우르는 〈성차 gender〉 논의와 양성 androgyny 논의로써 급진적 페미니즘의 공격성에서 포괄적 전망을 여는 경향도 커가고 있다.

→ 자기 / 남(타자), 탈식민주의

문학 작품에 대한 비평이란 곧 가치의 발견과 그 평가를 말한다. 여기서 가장 크게 문제되는 것은 가치란 무엇인가 하는 것이다.

가치의 문제를 논의하는 가치론axiology은 비교적 최근에 발전된 철학의 분야로서 아직 큰 성과를 거두지는 못한 듯하나 문학의 가치 평가 문제에 상당한 빛을 던져준다.

가치 평가는 으레 평가의 기준이 문제가 된다. 기준에 대한 반성이 없이 마음 내키는 대로 평가하는 것을 인상주의라고 한다. 반대로 기준의 순수성만 고집한 까닭에 기준의 실제적 적용에 필요한 융통성이 모자랄 때 이를 독단론이라고 한다. 이 두 극단을 피하기 위하여서는 우리의 평가 기준이 실상은 우리 자신의 경험에서 온다는 것, 즉 다분히 주관적 면모를 띠고 있되 또한 넓게 보면 인간의 보편적, 즉 넓은 의미의 객관적 적용 가능성을 가지고 있는 것이라는 사실을 잊지 않아야 한다. 순전한 이론, 원칙, 학설, 교리는 인간의 보편적인 경험에 대하여 언제나 열려 있어서 융통성이 있어야 한다. 순전한 주관은 또한 많은 인간적 경험을 토대로 하여 설정된 이론, 원칙에 입각하여 자체를 반성하여야 한다.

가치 기준이란 바로 이처럼 과거로부터 현재까지 사람이 창조한 가치의 구현체(즉 예술품)들을 경험의 토대로 삼아 설정한 일종의 척도로서 당장에 새로운 작품이 창조되었을 경우에 이것의 가치를 판정할 자격이 부여되어 있다. 그러나 그 기준은 본래 실제 작품에 대한 경험에 근거하고 있으므로 새로운 작품이 나타났을 때, 이를 단지 판정하기에 그치지 않고 스스로 약간이나마 수정을 받게 된다. 즉 가치 기준은 정지 상태에 있지 않고 조금씩 스스로를 변화시켜 나간다. 비유하자면 커다란 나무처럼, 나무 자체는 그 나무이지만 언제나 조금씩 변모하는, 즉 자라는 나무 같은 것이 한 문화 전통 안에 속한 가치 기준의 존재 양식인 것이다. 가치 기준은 경험적, 역사적이라는 말의 진의를 알아야 한다.

한 예술 작품의 가치는 그 작품이 가지고 있는 어떤 성질로서, 우리의 흥미, 감상, 욕망, 자극을 만족시키는 것을 말한다. 즉 작품 자체의 어떤 성질과, 우리의 심리적 흥미가 연결되는 지점에 가치가 존재한다. 그런데 흥미가 있기 때문에 가치가 있는 것이냐, 아니면 가치가 있기 때문에 흥미가 생기는 것이냐 하는 문제가 자연히 생긴다. 한 편의 시가 아름다운 것은 우리가 그것에 흥미를 느끼기 때문인가, 아니면 그것이 아름답기 때문에 우리가 흥미를 느끼는 것인가? 앞의 경우라면 미적 가치는 주관적이 되겠고, 뒤의 경우라면 객관적이 될 것이다. 그러나 미적 가치가 객관적이라면——독단론은 그렇다고 믿지만——그 가치에 대한 의견이 사람마다 다르다는 사실을 설명하기 곤란하다. 반대로 미적 가치가 순전히 주관적이라면(인상주의가 말하듯), 우리의 실제 체험은 그와는 상당히 다르다. 우리가 〈이 작품은 잘된 작품, 아름다운 작품, 가치 있는 작품〉이라 했을 때, 우리는 우리 자신의 감정 자체에 대해서 말하고 있는 것은 절대로 아니다. 확실히 작품 자체에 대해서 말하고 있는 것이다. 더욱이 철저한 주관주의자는 예술 작품의 가치를 더 잘 감상할 수 있는 훈련과 교육이 불가능하다고 믿어야 하는 우스운 입장에 서게 된다. 또한 작품끼리의 비교도 할 수 없다는 불합리한 주장에 머물러 있어야 한다.

실제에 있어 순수한 주관주의와 순수한 객관주의는 그대로 유지되지 않는다. 그래서 이 두 극단의 중간적 입장을 취한 이른바 〈객관적 상대주의〉가 설득력을 갖는다. 이에 의하면 한 작품이 가치를 갖는 것은 우리가 그것에 흥미를 느끼기 때문이지만, 본래 그 작품이 우리의 흥미를 일으킬 수 있는 객관적 요소들을 갖고 있다는 것이다. 한 작품에 흥미를 느끼는 것은 우리이지만 그 사물은 흥미를 일으킬 만한 구조를 가지고 있다고 보는 것이다. 결국 가치는 우리와 작품 사이의 간단 없는 상호 작용의 결과 점점 드러나는 현상으로 볼 수 있다. 한 작품은 한 문화 전통 안에서 생기는 새로운 현상이고 우리는 쉴새없이 새로운 체험을 통하여 수시로 변하는 존재이므로 그 둘 사이의 상호 작용은 넓게 보면 하나의 커다란 범위 내에서 생기는 보편적 현상이고 좁게 보면 새로운 현상이 되는 것이다. 그러므로 작품에 대해 흥미를 느낀다는 것은 대단히 중요한 것이고 또한 작품에 대한 예리한 분석을 할 수 있다는 것도 중요하다. 흥미는 가치에 대한 반응이고 분석은 흥미에 대한 반성이요 이해의 과정인 것이다. 둘의 상호 작용이 긴밀해지면 이해가 곧 흥미요, 흥미가 곧 이해가 되는 경지에 이른다. 과거의 경험에서 생긴 가치 기준은 새 작품에 대한 흥미를 일으켜줄 뿐 아니라 또한 그 작품을 이해할 수도 있게 한다. 분석과 감상의 첫 길잡이가 되는 것이다.

이미 언급한 바와 같이 문학의 가치 기준은 한 문화 전통, 나아가서는 인류의 보편성에 참여하는 모든 문화적 양상들, 즉 정치, 경제, 교육, 종교 등등과 역시 긴밀한 상호 작용의 한 현상이라는 것을 잊지 않아야 할 것이다. 즉 언제나 활동성을 띠고 있고 고착, 정체된 것이 아닌 열려진 것임을 자각하고 있어야 할 것이다. →비평, 해석

포스트모더니즘　postmodernism

본래는 모더니즘 건축 양식 이후post에 생긴 양식이라 하여 새로운 건축미술에 붙였던 이름인데, 지금은 1960년대 이후에 문학, 연극, 그림, 조각, 음악, 무용, 영화 등 예술뿐 아니라 철학, 역사학, 신학 등 모든 문화 분야에 걸쳐 나타나는 여러 가지 새로운 경향을 두루 이르는 용어가 되어 있다. 가장 단순한 해석은 포스트모더니즘이라는 말이 가리키듯이 모더니즘이라는 문화적 충격의 큰 파도가 지나간 후에 자연적으로 다시 밀려온 문화적 파도를 가리킨다는 것이다. 모더니즘이 20세기 전반의 경향이었다면 포스트모더니즘은 그 뒤를 이은 20세기 후반의 경향들을 뭉뚱그리는 개념이라는 것이다. 따라서 한마디로 그 성격을 규명하기란 불가능하다. 또 하나의 간단한 해석은 모더니즘의 보다 혁신적인 면모의 계승 발전이 바로 포스트모더니즘이라는 것이다. 이 해석은 모더니즘의 어떤 면이 혁신적이었는지에 관한 논쟁을 불러일으키고 역시 매우 다양한 답변들이 생겨나게 한다.

분명한 것은 모더니즘과 비교는 할 수 있으나 모더니즘의 단순한 아류나 계승으로 해석할 수는 없는 복잡한 성격을 띤 것이라는 사실이다. 그러므로 모더니즘의 아류라는 인상을 주는 포스트모더니즘이라는 용어는 부적절하다고 할 수 있다.

포스트모더니즘은 모더니즘의 실제 생활과의 대결 의식(반정치경제성), 초역사적, 반역사적, 반사회적 태도의 정당화(반역사주의), 밀교의 비의같이 폐쇄된 개인적 세계의 구축(예술적 개인주의), 인류 구원과 같은 굉장한 주제의 표방(문명 비판의 사명) 등을 주관심사로 삼지 않는다. 무엇보다도 다른 모든 사람은 틀렸는데 자기 자신만은 인간과 세계 문제에 대한 직관과 해결 방안을 가지고 있는 듯한 인상을 주지 않는다.

포스트모더니즘은 모더니즘의 미래 지향적 성격에도 불구하고 예견할 수 없었던 정치, 경제, 문화 등 일체의 급속한 변모와 관련이 있다. 핵 기술, 우주 정복, 정보통신 기술, 유전자 공학 등 과학 기술의 급속한 발전과 그 확산으로 말미암은 세계관, 자연관, 인간관의 급변, 그것이 암시하는 인류의 여러 가지 꿈과 악몽의 실현 가능성(가상과 실제의 넘나듦), 냉전과 그것의 종식으로 말미암은 국제 관계, 특히 산업에서 금융으로 이행한 세계 자본주의의 미래의 불확실성(후기 자본주의의 문화), 맹목적인 생산성 추구의 결과로 빚어진 환경 파괴의 문제 등 20세기 후반부는 변화의 속도만이 현실적으로 느껴질 뿐, 어떤 지향성도 확실하게 느껴지지 않는다. 따라서 과거의 인간과 사회에 대한 확신, 역사에 대한 주관, 진리에 대한 신뢰 따위가 근본적으로 흔들릴 수밖에 없지만 모더니즘 시대와는 다르게 포스트모더니즘의 오늘날에는 그러한 충격들이 심각한 고뇌를 촉발하기보다 새로운 예술적, 기술적, 상품적 처리를 요청하는 도전으로 받아들여지는 경향이다. 즉 충격은 당연한 것으로 여겨지나 다만 그 지향하는 바는 불확실한 것이고 불확실이 반드시 불안한 것으로 여겨지지도 않는다.

아마도 포스트모더니즘의 가장 눈에 띄는 양상은 주체가 자기의 의식을 표출하는 방식일 것이다. 오늘의 예술가는 과거의 모든 예술, 특히 바로 전 시대인 모더니즘의 예술적 성과를 확실하고도 세밀하게 알고 있다. 그러나 세계가 완전히 변한 오늘날, 그것을 단순히 모방하거나 그것과 경쟁한다는 것은 무의미하다는 것도 잘 알고 있으므로 극도로 자의식적이지만 또한 자의식적이라는 사실을 부끄러워하지도 않는다. 모더니즘을 비롯한 과거 예술의 기법과 관습을 숨기지 않고 이용하면서 동시에 멋대로 왜곡하고 파괴한다. 시, 희곡, 소설 따위의 전통적 장르 구분은 무의미하게 되어 장르들 사이 넘나들기, 소설과 뉴스 보도의 혼합(상상과 실제의 무의미한 구별 지양), 영화와 음악과 문학의 뒤섞음, 고급 예술과 통속물의 혼합, 더욱이 예술과 예술 이론의 동일화 같은 일이 스스럼없이 행해진다. 따라서 극도로 자의적인 아이러니가 두드러지며 매우 유희적이기도 하다. 이는 예술가의 완전한 자유를 뜻하지만 그 자유가 낭만적 이상주의의 가슴 설레던 자유와는 달리 열렬히 투쟁하여 얻을 만한 가치가 있는 것으로 여겨지지도 않는다. 가치라는 개념 자체가 해체, 또는 무기한 유보되었다고 본다. 이것은 19세기식의 허무주의와는 달리 오늘의 세계에 어울리는 한 생활 방식이다.

이처럼 전통에 대한 파괴적 성향 때문에 사회 경제의 문제에 있어서는 마르크스주의와, 가부장제 문제에 대해서는 페미니즘과, 패권주의, 제국주의에 대해서는 탈식민주의와 겹치는 부분이 있다. 포스트모더니즘은 실상 어떤 주의, 주장과도 어울릴 수 있다. 그러나 어울리는 것이 편드는 것은 아니다. 그런 주의들이 모두 일정한 정치적 지향성이 있음에 반하여 포스트모더니즘은 그런 것이 없다. 역사, 재현(예술적 모방), 주체성, 객체, 본질, 보편성, 신화, 신념 등 일체가 〈의심의 해석학〉의 대상이 되는 마당에, 마르크스주의를 비롯한 어떠한 이데올로기도 포스트모더니즘의 흉내와 왜곡과 파괴, 궁극적으로는 유희화의 대상에서 제외되는 특권을 누릴 수는 없다.

→ 모더니즘, 탈구조주의, 해체론

동양 용어는 〈겉으로 나타냄〉이란 뜻이고 서양 용어는 〈밖으로 내어밀음, 짜냄〉이란 뜻이다. 문학에 있어서의 표현은 말에 의한 나타냄을 뜻한다. 말에 의한 나타냄에는 여러 가지가 있는데 첫째로, 음성적(또는 문자적) 기호로써 객관적 대상을 대신하는 것(이를테면 네 발 달린 가축의 일종을 〈개〉라는 소리로 나타내는 것)은 가장 기초적인 의미의 표현이고, 둘째로 객관적 대상에 대한 특별한 해석을 내포하는 말(예컨대 성난 물결, 찌푸린 태양), 셋째로 주관적인 정서를 말로써 나타냄(〈내 마음은 호수요〉)이 있다. 표현 이론에서 가장 문제가 되는 것은 바로 이 세번째의 표현이다. 사람의 정서는 언어에 앞서는, 또는 언어와 아직 관련을 맺지 않은 독특한 심리 현상인데, 이것이 밖으로 나타나기 위해서는 기존 언어를 힘입어야 하는 데에서 문제가 생기는 것이다.

표현의 과정에는 다음의 세 요소가 개재된다. (1) 표현될 내용(정서, 사상 등), (2) 표현하는 것(문장 또는 하나의 작품), (3) 표현을 생산하는 자(즉 작가). 다시 말하면 정서, 언어, 주체의 세 요소가 개재되는데, 이 셋의 관련성에 대해서는 구구한 의견이 있다.

고전 시대에는 언어의 선택이 곧 표현이라고 보았었기 때문에 정서나 표현 주체(작가)의 문제보다 수사법에 역점을 두었다. 수사법은 곧 좋은 표현법이었고, 이 표현의 목적은 물론 표현 주체의 뜻과 생각을 상대방에게 효과 있게 전달하는 것이었다. 효과 있게 전달함, 나아가서는 설득이 수사학의 근본 목표였던 것이다. 같은 내용, 같은 사상도 표현의 방법 여하에 따라 설득력이 강하거나 약하게 된다고 보았다.

18세기 말에 이르러 진정한 표현은 주체의 정서와 사상에서 구분될 수 없다는 생각이 대두하였다. 이것은 시와 수사학이 결별을 고하고 시는 설득과 전달에 대하여 일차적인 관계가 없다는 생각과 그 기원을 같이한다. 정서와, 정서의 언어적 표현이 동일하다는 말은 정서와 표현, 감정(또는 사상)과 말이 동시에 한 덩어리로 주체의 정신 속에 자리 잡고 있다는 뜻이다. 〈시는 거센 감정의 저절로 흘러 넘침〉이라고 주장한 워즈워스의 말은 그러한 사조적 배경에 놓고 볼 때 그 진의가 밝혀진다. 진실된 감정은 곧 〈소리 없는〉 말의 덩어리이므로 흘러 나오면 시가 될 수밖에 없다는 것이다. 문학의 플롯, 운율 등 형식적 요소는 정서의 격렬함을 간접적으로 나타내고 순화하기 위한 수단에 지나지 않는다는 주장이 나오기도 하였다. 요컨대 표현, 정서, 사상은 구별될 수 없는 필연적 단일체를 이룬다는 것이다. 〈우리의 감정은 표현하기 전에는 진정으로 느껴지지 않는다〉는 생각도 결국 같은 생각이다. 말에 의하지 않고서는 사물의 존재를 인식할 수 없다는 현대의 신칸트주의도 거의 같은 생각이다(〈사람〉이란 낱말과 그 말에 으레 따라다니는 여러 낱말을 모른다면 우리는 〈사람〉의 개념을 전혀 가질 수 없다. 말이 존재를 가능케 한다. 말이 즉 창조이다).

표현 이론의 극단론자는 크로체였다. 그는 시가 직관의 표현이라고 주장하였다. 직관은 어떤 사물(감정, 사상도 합쳐서)의 완전한 심상인데, 정서는 바로 이런 심상을 통해서만 표현될 수 있다고 했다. 따라서 미리 정해진 표현 방식은 있을 수 없다. 정서의 동기, 크기, 방향, 내용 등은 개인에 따라, 경우에 따라, 어느 하나라도 서로 같을 수 없으므로 정서의 표현은 언제나 새로운 것이고, 따라서 정해진 방법을 따르면 거짓이 된다. 한 작품(즉 표현체)에 좋았던 문구가 다른 작품에서도 그대로 좋을 수는 없다. 그러나 기존 표현 방식도 이미 사용되고 있는 낱말들처럼 우리에게 주어진 것으로서 새로운 표현에 예기치 않은 효과를 내도록 이용될 수도 있다. 운율, 형식, 플롯 등 구조적 요건들은 예술의 한 부분이라기보다는 표현이 이루어질 수 있도록 하는 틀에 불과하다고 크로체는 말한다. 즉 음악의 보표, 그림의 캔버스 같은 것이다. 『햄릿』의 줄거리, 극적 구조, 인물 등은 모두 셰익스피어의 정신의 표현을 위한 틀에 지나지 않는다. 그러므로 셰익스피어 자신의 직관과 정서를 배제하고, 햄릿이란 인물을 마치 산 사람인 듯 다루는 것은 셰익스피어의 예술을 논하는 것과 관계가 없다.

크로체의 사상을 극단으로 몰고 가면 결국 시, 희곡, 소설의 외형적 형식에 의한 장르 구별이란 무의미하게 되고 나아가서는 문학, 미술, 음악 등의 장르 구별도 무의미하게 된다. 결국 모두 언어 이전에는 같은 정서였던 것이 표현된 것이니까 말이다.

고전적, 보수적인 이론에서는 표현은 그것을 가능케 하는 구조에 대하여 종속적이라고 보아왔다. 정서나 사상의 표현이 중요한 것은 사실이나, 그것은 표현을 가능하게 하는 어떤 구조가 없이는 불가능하다는 것이다. 따라서 내적인 것의 표현보다도 그 표현을 가능케 할 구조에 관심을 쏟았던 것이다. 그것이 작품의 제작, 즉 어떤 객관적 사물을 만들어낸다는 데에 주의를 기울인 반면, 19세기 이후 현대에 이르기까지 아마 대다수의 문인, 비평가는 내적인 것의 표현 자체에만 관심을 보인 것 같다. 그러나 표현은 예술이요, 예술은 표현이라는 주장은 진실의 일면만 말한다는 것이 분명하다.

표현주의 expressionism

1911년에 독일에서 그림에 관하여 처음 사용된 용어로서 곧 문학, 특히 희곡의 한 유파를 지칭하는 말로 쓰였다.

다소 막연한 감이 있지만 대체로 표현주의는 19세기에 크게 득세했던 사실주의와 자연주의의 〈모방적〉 성격에 반발하여 삭막한 현실 세계 속에 사는 개인의 깊은 정신의 상태를 그대로 나타내고자 하였다. 그러기 위해서는 전혀 새로운 비유, 리듬, 문체를 사용해야 했고 희곡의 경우 조명, 분장, 무대 장치, 인물의 연기 등이 사실감을 나타내기 위함이 아니라 볼 수 없는 내면 세계를 강렬히 암시할 수 있도록 꾸며져야 했다.

유럽 문학을 오래 지배해 온 모방의 개념——사실을 진실되게 그대로 재현하는 것이 문학이라는——에 대항하여, 표현주의자는 의도적으로 외부 모방적인(또는 사실적인) 일체의 요소를 배격했다. 표현주의자는 외부의 사실을 그대로 사실로만 받아들이는 정상적인 인물을 버리고 정서적으로 불안한 상태에 있는 인물의 내면적 체험을 나타내려고 했다. 불안한, 즉 일렁거리는 심리에 투영된 세계는 형체를 알아볼 수 없이 찌그러질 수밖에 없다. 현대의 물질주의, 공리주의, 산업주의의 압력으로 인하여 개인의 내면은 불안하고 초조하고 허무감에 차 있지 않을 수 없다고 표현주의자는 믿고 있다. 즉 그는 현대 문명에 대한 반감을 갖고 있다. 현대 문명에 대한 비판 정신 때문에 그는 일부 낭만주의자처럼 전원으로 도피하기를 거부하고 도시의 소용돌이에서 이미지와 리듬을 발굴한다. 정상적인 물리적 의미의 시간이나 공간은 파괴되고 정상적인 논리적 맥락 역시 종잡을 수 없게 된다. 이 경향은 그후 다다이즘에서 더욱 철저히 추구되었다. 표현주의는 1925년 이후에는 초현실주의에 많이 흡수되었다고 볼 수 있다.

역사적으로 볼 때에 스트린드베리의 희곡에 표현주의적 수법(비사실적 수법)이 광범위하게 이용되었을 뿐 아니라 거기에 어울리는 주제와 소재를 개발하였고, 고트프리트 벤, 게오르그 트라클 등의 시인들과 카프카 같은 소설가도 같은 주제를 다루었다. 미국의 유진 오닐 등의 희곡 작가도 그 수법을 응용하였으며, 부조리극도 상당히 영향을 입었다. 특히 이상 심리를 다루는 잉그마르 베르히만 같은 영화감독의 영상 작품들은 표현주의 수법을 기계의 기능성에 의하여 확대시킨 본보기들이다.

풍자 satire

서양에서 로마 시대에는 풍자가 한 장르의 이름이었으나, 18세기 이후에는 모든 장르에 나타날 수 있는 특수한 태도 또는 어조를 뜻하게 되었다.

대개의 문학 장르가 그렇듯이 풍자도 원시 시대에는 주문의 하나였다고 한다. 즉 적에 대한 저주의 한 형태로서 효과적인 말에 의하여 적을 우습게 만들어버리는 방법이었다는 것이다. 이러한 주술적 의도는 한국의 옛 향가의 하나인 「처용가」에서도 볼 수 있다. 「처용가」는 대단히 달관한 인격을 가진 자가 그의 적수를 멋있게 물리치기 위한 주문임에 틀림없다. 그 이후 「처용가」가 역병을 물리치는 주문 구실을 했다는 기록만 보아도 한국에서도 풍자가 주문의 한 종류였음을 알 수 있다. 고대 그리스에는 시인의 노여움을 산 자가 시인의 강력한 풍자에 못 이겨 자살을 하고 말았다는 기록이 여럿 있다.

이처럼 풍자하는 사람은 풍자의 대상에 대하여 우월한 태도를 유지한다. 처용은 개인적인 성급이나 질투를 초월한 넓은 도량의 인간으로서 아내를 범한 역신을 충분히 하찮게 볼 만한 우월성을 가지고 있다. 도덕적 우월성이 아마도 가장 흔한 풍자의 태도이지만, 그 외에 지능, 판단력, 사상의 우월성도 풍자를 뒷받침한다.

예전부터 풍자가는 도덕적으로나 지적으로 모자라는 사람들(또는 제도나 철학)을 우습게 보이도록 제시함으로써 인류를 교훈하려 한다고 하였다. 풍자가는 우월한 입장에 있으니까 못난 자들을 비판할 자격이 있다고 자처한다.

풍자가가 자기의 지주로 삼고 있는 도덕적 또는 지적 표준은 풍자 문학 자체에서는 명확히 밝혀지지 않는다. 열등한 도덕적, 지적 상태를 공격하기 때문에 그의 도덕적, 지적 표준이 간접적으로 암시될 뿐이다. 이 점은 풍자가에게 대단히 유리한 입장을 마련해 준다. 풍자가는 자기의 도덕적, 지적 표준을 명시하고 그것을 변호, 증명해야 하는 어려운 입장에 처하는 법이 없다. 그는 절대적으로 유리한 입장에 있다.

명확하지는 않지만 그의 도덕적, 지적 표준은 특수한 교리에 근거하거나 보통 사람들이 올려다보지 못할 만큼 높은 것은 아니다. 풍자가의 수준은 그의 독자들이 암암리에 자연스럽게 수긍할 수 있는 정도의 것이고, 그가 공격하는 대상은 독자들도 역시 불찬성, 경멸하는 대상이다. 즉 풍자가는 자기의 입장을 변호함이 없이 독자들을 자기 편으로 갖고 있다. 독자는 풍자가의 공격에 자연스럽게 기꺼이 합세한다.

풍자가가 공격의 대상을 너무나 심각하고도 힘센 자로 느낄 때, 그의 풍자에는 위기감이 떠돌 수 있다. 독자들도 그와 더불어 자신감보다 불안감을 갖게 된다. 이런 때에 풍자는 문제소설, 문제극 내지 위기문학, 대재난을 예고하는 묵시록 같은 것이 된다. 조지 오웰의 『1984』는 이런 기분이 드는 풍자이다.

풍자가가 우월한 입장에 있는 여유만만한 태도를 견지하지 못하고 적에 맞서서 1 : 1로 싸울 때에는 욕설이 된다. 아무리 재치가 넘친다고 해도 욕설은 정치가들의 선거전에서의 상호 공격 정도에 그친다. 풍자가의 여유만만함이 대상에 대한 극도의 반감으로 말미암아 위축되면 〈냉소〉가 되기도 한다. 차가운 웃음, 즉 비수처럼 찌르는 예리함만이 느껴진다.

풍자는 여유 있는 우월한 태도에서 상대방을 우습게 만들어버릴 수 있는 방법을 다 동원한다. 역설, 아이러니, 과장, 축소 등 모든 〈웃기는〉 방법이나 해학과 기지 같은 웃기는 말투가 다 동원된다. 그런 까닭에 풍자는 희극과 잘 어울리지만, 순수한 희극이 웃음을 위한 웃음을 목적으로 하고 웃음의 대상이 희극 작품 자체에 포함되어 있음에 반하여 풍자는 도덕적, 지적 열등생들을 경멸적 웃음의 대상으로 하며, 그 열등생들은 작품 속이라기보다는 현실 사회에 살고 있는 부류로 인식된다.

현실에 대한 도덕적 비판을 통하여 사회악을 제거하겠다는 풍자의 목적은 실제로 실현되지는 않았으니, 그런 의미에서 풍자는 언제나 실패작인 셈이다. 그러나 스위프트의 『걸리버 여행기』는 18세기 초의 영국 사회를 비판하여 교정한다는 목적을 훨씬 넘어 현재에도 계속 우리와 더불어 사람의 못남을 비웃고 있다. 인류 전체가 풍자의 대상이 되는 셈이나, 독자는 그 순간만은 그 풍자의 대상에서 제외된다는 기이한 착각에 사로잡혀 풍자가와 더불어 자기 자신이 소속된 인류를 비웃는 것이다. → 아이러니

〈얽어짜기〉라고 옮길 수 있는 뜻의 영어 낱말. 무릇 모든 잘 쓴 글은 주제나 논지를 살리기 위하여 잡다한 자료 중에서 적절한 것을 선택하고 배열하여 처음, 중간, 끝이 필연성 있게 연결되도록 한 것인데, 이와 같은 글의 구성 원리가 곧 넓은 의미의 플롯이다. 한 편의 짧은 서정시, 수필도 얽어짜기의 결과임은 물론이다.

그러나 얽어짜기는 주로 소설과 희곡처럼 이야기를 주요 재료로 가지고 있는 문학의 형성 원리를 뜻한다. 얽어짜기의 이론은 아리스토텔레스가 처음 수립했을 뿐 아니라 가장 완벽하게 수립했다고 인정된다. 그는 예술적으로 사람의 행위를 모방한다는 것은 결국 사람의 행위(사건)를 얽어짜는 것이라고 하였다. 행위를 얽어짠다는 것은 그 행위를 하나의 전체로 만드는 것을 뜻한다. 하나의 전체는 처음, 중간, 끝을 가지고 있는 사물이다. 처음은 그 앞에 필연적으로 아무것도 없으나, 그 뒤에 무엇인가가 필연적으로 따르는 것, 중간은 그 앞에 무엇인가가 필연적으로 있고, 그 뒤에도 필연적으로 무엇이 따르는 것, 끝은 필연적으로 앞에 무엇이 있는 것, 그러나 뒤에는 필연적으로 아무것도 없는 것이다.

전체라는 것은 부분들의 통일이 없어서는 성립되지 않는다. 부분들이 통일을 이루기 위하여서는 그들 중의 어느 하나라도 자리를 바꾸든지 빼어버리면 전체가 망가질 정도로 필요한 부분들을 다 각기 제자리에 갖추고 있어야 한다. 빼어버려도 무방한 부분은 그 전체에 불필요한 부분인 만큼 통일성을 저해하는 요소이다. 그런 까닭에 부분들이 우연히 첨가되어 한 작품을 이루고 있는, 이른바 장면 연결(에피소드)식 소설보다 부분들이 서로 인과 관계로 인하여 전후좌우로 개연적 또는 필연적으로 연결되어 이루어진 작품이 더 가치 있다고 할 수 있다. 이런 작품을 아리스토텔레스는 〈뒤바뀜〉이나 〈깨달음〉, 또는 그 두 가지가 함께 일어나도록 짜여진 좋은 플롯의 작품이라고 하였다. 〈뒤바뀜〉이란 것은 정황이 처음 제시되었던 것과 정반대로 되어버리는 것, 〈깨달음〉은 주인공 또는 독자가 모르고 있던, 혹은 오해하고 있던 사실을 알게 되는 것을 말한다. 이를테면 〈옛날에 임금님이 돌아가셨습니다. 한참 후에 왕비님도 돌아가셨습니다〉라는 투의 이야기(동화에 많다)는 두 개의 장면(에피소드)을 발생 시간 순서대로 연결시켰을 뿐이다. 〈왕비님이 돌아가셨습니다. 나중에 알고 보니 그 전에 임금님이 돌아가셨기 때문에 슬퍼하다가 돌아가신 것이었습니다〉라는 이야기에서는 끝에 가서 독자의 〈깨달음〉이 생기고, 그 때문에 왕비가 죽었다는 처음의 대목과의 필연적 연결이 인상 깊게 이루어진다. 〈뒤바뀜〉은 예컨대 불행했던 정황이 갑자기, 그러나 예측하지 못했던 필연성 때문에 행복으로 바뀌는 것을 말한다.

사람의 행위들은 일상 생활에 있어서는 앞뒤가 특별히 인상적으로 긴밀히 연결되어 있는 것은 아니다. 정해진 순서에 따라 습관적으로 무자각하게 생활하는 것은 흥미 있는 행위의 연속이 아니다. 문학에서 특별히 얽어짜고자 하는 사람의 행위는 비상한 행위, 특별한 정신적 및 육체적 체험, 모험 등이다. 이러한 행위는 갈등의 요소를 내포한다. 부모의 반대를 무릅쓰고(이것이 갈등이다) 사랑하는 사람과 결혼하는 이야기, 원수와 대적하다가(역시 갈등) 예견하지 못한 불운으로 말미암아 실패하는 이야기, 이것을 택할까 저것을 택할까 번민하다가(마음의 갈등) 하나를 택하는 이야기 등등은 모두 비상한 행위에 관한 것이고, 사람들은 그러한 행위를 통하여 사람다운 가치를 실현한다. 그러한 갈등이 없으면 얽어짤 것이 못 된다. 갈등은 적어도 두 가닥의 서로 대결하는 세력 사이에 벌어지므로 서로 주고받는 인과관계가 있을 수밖에 없다.

갈등을 주로 겪고 있는 인물을 주인공(프로타고니스트)라고 하고 그에게 맞서는 인물은 적수(안타고니스트)라고 하는데, 적수는 언제나 명백히 드러나지는 않는다. 이 경우, 적수를 알아차리는 일은 보통 끝에 온다. 주인공이나 적수의 행위가 어떤 결과를 초래할지 그 당사자들은 물론, 독자는 초조한 기대감을 갖게 되는데(이른바 서스펜스와 스릴), 이 정서만을 일방적으로 자극하는 허구는 탐정소설 같은 것이다. 많은 경우에 있어 주인공과 적수가 서로 본격적인 갈등에 접어들게 되는 계기가 마련된다. 어떤 작품은 한 가닥의 행위만 얽어짜지 않고 그와는 직접적인 연관이 없는 것 같은, 그러나 그것을 측면에서 조명하여 돋보이게 하는 부차적 플롯을 갖고 있다.

대개 플롯은 이야기(사건)가 발생한 순서대로 사건들을 얽어짜지 않기 때문에 위에서 말한 처음, 중간, 끝은 작품 자체의 처음, 중간, 끝을 말한다. 작품은 실제 사건의 시작에서 시작되지 않을 수 있다는 말이다. 사건의 중도에서부터 시작하여(이른바 〈사건 중도에 뛰어들기〉 수법) 앞에 일어난 일로 되돌아가는 일(이른바 플래시백)은 의도적으로 창작된 작품에서 흔히 볼 수 있다.

독일의 프라이탁은 대개의 작품의 플롯이 도입부, 오르는 행위, 전환점, 내리는 행위, 끝맺음의 다섯 단계를 가지고 있는 피라미드라고 하였다. 전환점에서 갈등하던 두 세력은 결정적으로 대결하며 끝맺음으로 향하게 된다. 끝맺음을 〈풀림(데누망)〉이라고도 하는데, 이는 갈등의 풀림을 뜻한다. 동양에서는 기승전결(起承轉結)의 네 단계를 말하고 있는데, 서양 개념과 다른 바가 없으나 〈내리는 행위〉를 전환점 즉 〈전(轉)〉과 통합시키고 있다.

플롯은 실제 생활을 재료로 하여 선택하고 보완하고 배열을 다시 한 것이니만큼, 인위적인 것이다. 실제 생활은 무질서, 무형한 것이나, 플롯에 의하여 질서와 형식을 갖게 된다. 생활을 예술로 변모시키는 최대의 요소가 플롯인 것이다. 문학은 결국 플롯이라는 아리스토텔레스의 사상은 문학론의 최대의 진리의 하나이다.

플롯을 이야기 줄거리로 잘못 이해하는 사람도 있는 듯하나, 이야기 줄거리와 플롯은 오히려 서로 대립되는 개념들이다. 『춘향전』의 이야기 줄거리는 한 가지이다. 그러나 그 줄거리를 재료로 삼아 지어낸 (다시 말하면 얽어짠) 작품은 여러 가지이며, 앞으로 더 생길 수도 있다. 작가를 모르는 구소설 경판본 『춘향전』, 신재효의 판소리 「열녀 춘향 수절가」, 이해조의 신소설 『옥중화』, 이광수의 소설 『일설 춘향전』 등은 모두 같은 이야기를 가지고 얽어짜기를 달리한 결과 생긴 별개의 창작품들이다. 그러므로 얽어짜기를 하는 것이 진짜 창작의 일이지, 이야깃거리를 지어내는 일은 근본에 있어 창작 이전의 것이든지 창작과 관계없는 일이다. 한국의 구소설들은 대부분 이야깃거리의 상태로 되어 있는 까닭에 지금도 누구나 그것을 재료로 하여 정말로 잘 얽어짜인 작품을 지을 수 있다.

이야깃거리가 풍부한 시대에 뒤이어 창작 문학이 융성해지는 예를 세계 문학사에서 많이 볼 수 있다. 고대 그리스의 풍부한 전설이 극작가들에 의하여 창작품으로 정착된 사실, 르네상스 때 풍부한 중세 이야깃거리가 최고의 문학으로 정착된 사실을 상기할 수 있다. 한국은 17, 18세기의 이야깃거리가 차원 높은 작품으로 정착될 기회를 잃었던 것 같다. 산문과 희곡의 발전이 뒤늦은 까닭일 것이다. 이야깃거리로만 남아 있는 글은 저자가 알려져 있다고 해도 후세의 기량 있는 작가가 다시 재료로 이용할 수도 있다. 허균의 『홍길동전』은 소설 작품이라기보다는 이야깃거리인 까닭에 지금도 그것을 바탕으로 해서 새로운 작품이, 즉 새로운 플롯이 얽어짜지고 있는 중이다. 그런 일은 톨스토이의 『전쟁과 평화』에 대해서는 하지 못할 것이다. 톨스토이는 이야깃거리를 제공하려는 목적에서가 아니라 자기가 수집하고 조금씩 지어낸 이야깃거리를 플롯으로 얽어짜는 일, 즉 본격적 창작을 목적으로 했던 것이다.

낭만주의 시대는 사람의 행위보다 사람의 성격에 더 관심을 집중했었기 때문에 플롯은 성격의 입체적 제시를 위한 보조 수단이라는 견해도 대두하였었다. 그러나 대다수의 이론가들은 성격과 행위의 상호 보족적 관계를 강조하였다. 〈성격이란 사건이 결정하는 것이 아니고 무엇인가? 사건이란 성격이 드러난 것이 아니고 무엇인가?〉고 소설가 제임스는 말한 적이 있다. 성격에서 행위가 나오고 행위는 성격을 암시한다는 생각은 이제는 보편적으로 받아들여진다. 그러나 그 말은 성격과 행위 사이에는 인과 관계가 있다는 말밖에 되지 않으니, 결국 성격과 행위는 플롯으로 얽어짜여야 한다는 말이다. 플롯을 행동의 얽어짜기로만 생각한 것이 잘못이다.

　　각 부분들의 필연적 연관성을 지배하는 원리, 즉 플롯은 작가에게
는 창작의 지도 원리이고(그 지도 원리가 반드시 의식적인 것은 아니
다), 독자에게는 전체 파악의 질서를 유지하는 원리이다(이 역시 무의
식적인 경우가 대부분이다). 그러나 작품을 다 읽고 난 후에 독자의 기
억에 남는 것은 대체로 이야깃거리이고, 그 이야깃거리의 조직적 파
악 순서는 배후로 물러나 버린다. 그 이야깃거리(및 사상적 내용)를 그
와 같은 순서에 따라 그와 같은 감흥을 느끼며 파악할 수 있었던 것은
플롯의 덕분이나, 독자는 그 덕분을 금방 잊는다는 말이다. 희곡이나
소설에 대한 논의가 이야깃거리와 사상 또는 교훈에 집중되는 것은
바로 그 때문이지만, 그런 논의가 얼마나 일면적인지 알 수 있다.

→ 구조, 유기적 형식, 희곡

ㅎ

함축 connotation → 내연/외연

> **해석** interpretation

한 편의 완결된 글의 뜻을 알아내고 그것을 다시 정확히 전달하는 것을 전문적 의미의 〈해석〉이라고 한다. 사람의 말(글)은 사람들끼리의 의사소통의 거의 절대적인 수단이지만, 말이 의사를 정확히 전달해 준다는 보장은 없다. 이것은 말하는 사람의 잘못일 수도 있고 말 자체의 어떤 결함일 수도 있고 말을 듣는 사람의 잘못일 수도 있다. 또한 그 셋 중 누구의 잘못도 아니나 시간의 흐름에 따라 말의 뜻이 달라져서 의사가 전달되지 않는 경우도 허다하다. 이러한 여러 가지 장애를 극복하여 말(글)의 진정한 의미를 찾아내고 이를 다시 독자에게 일러주는 일이 해석의 일인 것이다.

이 일은 낱말의 뜻, 문장 구조, 문법, 수사법 등 언어의 의미 조직 관계만 알면 다 해낼 수 있는 일이라고 쉽게 생각할는지 모르나, 여러 가지 힘든 문제를 안고 있다.

첫째로 대부분의 가치 있는 문학은 과거에 씌어진 것인데, 인간의 의식 생활은 시각에 따라 예측할 수 없이 변하기 때문에 과거와 현재 사이에 다리를 놓기가 까다로워진다. 5백 년 전의 작품은 단지 다른 문법, 어휘, 수사법으로만 씌어진 것이 아니라 우리와 다른 인생관, 다른 사회적 조건, 다른 목적 의식에서 다른 독자들을 위하여 씌어졌던 것이다. 사실 과거의 작품뿐 아니라 현재의 문학도 인생관이 다른 저자가 특정한 상황 속에서 쓴 작품을 어느 독자든지 쉽게 이해할 수 있는 것은 아니다.

독자는 독자대로 특수한 인생관을 가지고 있으므로 저자의 특수한 인생관을 이해하고 그것이 직접, 간접으로 표현되어 있는 작품을 이해하기 위하여서는 되도록 자기의 인생관을 백지 상태로 두어야 할 것이다. 즉 자기 자신을 과거의 한 독자로 만들거나 가능하다면 그 저자의 마음속으로 들어가야 할 것이다.

그러나 이처럼 현재의 내가 과거로 돌아가기란 실제로는 불가능하다. 우리는 아무리 노력하여도 향가가 창작되던 통일신라의 시민이 될 수는 없다. 그것이 가능하다고 생각하는 사람은 인간 정신을 너무도 단순한 것으로 본 것이다. 과거의 기록을 연구, 참작하여 역사를 재구성한다는 것(소위 역사적 재구성)은 역시 현재의 내가 하는 일이지 과거가 스스로 구성되는 것이 아니다.

둘째는 해석이란 독자의 주관적 행위이니까, 모든 해석은 타당성이 있다는 주장이다. 한 작품에 대하여 해석이 제각각인 것을 보면, 작품의 의미는 단 한 가지가 아니라 모든 독자가 각각 받아들이는 것만큼 많아진다고 볼 수 있는 것이다. 그러니까 옳고 그른 해석이 따로 있을 수 없다는 극단적인 상대주의도 나올 만하다.

그러나 위의 두 주장은——앞엣것은 의도론, 뒤엣것은 영향론의 한 형태이다——우리의 실제적 경험과 상식에 어긋난다. 우리는 작품이 한 가지 의미를 구현하고 있으며, 그 의미는 현재의 우리도 상당히 가까이 파악할 수 있으며, 따라서 의미의 해석에는 비교적 옳고 그름이 있다고 믿는다. 아무리 의도론을 굳게 믿는 이라고 해도 충분한 교양을 가진 현재의 독자가 과거의 작품의 의미를 전혀 알 수 없다고 할 수도 없으며, 아무리 영향론을 확신하는 이라도 정몽주의 「단심가」를 부모님을 향한 효도의 시라고 해석한 사람을 옳다고 하지는 않을 것이다.

문학 작품은 잘 쓴 글, 즉 의미를 잘 구현하도록 잘 짜여진 글이다. 언어가 변한다고 해도 그 잘 짜여진 근본 구조가 변하는 것은 아니니까, 그 근본적 의미가 변한다고는 할 수 없다. 현재의 우리는 역사적 변천으로 말미암아 해석의 어려움을 안고 있으나, 노력 여하에 따라 작품의 고유한 의미 구조에 상당히 접근할 수 있다. 사실 과거의 문학뿐 아니라 당장 현재에 씌어지고 있는 문학도 역시 독자와 다른 사상, 견해, 주장, 상황에서 씌어진 것인 만큼 정도의 차이가 있을 뿐, 해석의 난점은 마찬가지다. 과거의 문학이나 현재의 문학이나 꼭 마찬가지로 우리의 언어에 대한 지식 및 감수성과 모든 조건들을 한꺼번에 조화시켜 볼 수 있는 상상력을 가지고 작품의 고유한 의미에 가까이 가야 하는 것이다. 세상의 아무도 의미 그 자체를 꼬집어낼 수는 없다. 그러나 많은 신중한 해석자들이 타당하다고 동의할 만한 의미의 영역을 가려낼 수는 있다.

현재의 해석 이론에 따르면 한 작품에 대한 구구한 해석은 〈의미〉와 〈의의〉를 혼동하는 데에서 온다고 한다. 작품의 의미는 단일한 것이지만, 그 작품이 독자에 대하여 가지는 의의는 다양할 수밖에 없다. 독자가 불교도라면 향가의 의의(의미가 아니다)는 기독교도 독자에게 가지는 의의와 다를 수 있다. 의미는 하나이나 의의는 독자의 입장에 따라 얼마든지 달라질 수 있다는 것이다. 의의와 의미가 언제나 엄격히 구별되어 작용한다고 믿기는 곤란하나 신중한 해석자는 처음에는 작품의 의의(즉 자기와의 관련성)에 주로 관심을 가졌다가, 작품에 대한 예리한 관찰을 계속하고 자기 자신의 관점을 반성하는 과정을 거듭함에 따라 차차 의의보다는 의미 자체에 접근하게 될 것이다. 어떤 객관적 대상의 이해에도 이런 일은 생기는 법이다. 나의 주관은 객체와의 계속적인 오고 감(대화, 관찰, 반성의 반복)을 거치는 사이에 그 사사로운 것, 우연한 것, 불합리한 고집을 점차로 벗어나 객체를 비교적 정확히 바라볼 수 있는, 보다 객관적이고 포용적인 입장에 도달한다는 것이다. 진정한 해석은 그렇게 객관성을 띤 주체가 의미를 파악하여 또 다른 독자들에게 전달하는 일이며, 비평은 그 의미의 현재적 의의를 판단하고 평가하는 일이라고 할 수 있다. 해설은 해석과 비평이 뒤섞인 상태이다. 이런 관점에서 볼 때 모든 비평은 철저한 해석이 행하여진 후에야 가능하다. 그러나 아무리 신중한 해석자라도 위대한, 또는 좋은 작품만을 골라서 해석하는 것을 보면, 해석 이전에 작품의 평가를 무의식적으로나마 하는 것이 분명하다. 해석과 비평은 객체와 주체의 관계처럼 서로 주고받음에 의하여 차차 구분된다고 볼 수 있다. →비평

해체론   deconstruction

프랑스 철학자 자크 데리다는 1960년대 말에 서양의 전통적인 철학의 기본 전제들이 허구 위에 수립되어 있음을 날카롭게 지적하여 큰 반향을 일으켰다. 서양 철학에서 진리, 논리, 존재, 현존, 의미, 의도, 통일성, 근원 따위의 개념들은 아무도 의심할 수 없이 확고하게 주어진 핵심적 전제들이었다. 데리다는 감히 이들을 의심하고 그 기초가 과연 튼튼한 것인지를 깊이 따지기 시작했다.

그는 어떤 절대적 존재나 확고한 실재가 말, 관념, 사상 따위의 의미나 진실성을 확실하게 뒷받침한다는 서양 형이상학의 기본 전제를 〈로고스 중심주의logocentrism〉라고 부르고 이를 비판한다. 즉 로고스 중심주의는 말, 관념, 사상이 따로 떨어져 있는 객관적인 존재나 실체를 나타낸다고(또는 대신한다고) 전제하는데, 이를 그는 부인하는 것이다. 말과 실체 또는 대상은 서로 1 : 1의 대응 관계를 가지고 있으며 말은 오로지 실체나 대상, 넓게 말하여 존재를 가리키는(나타내는) 명백한 구실을 한다는 것이 통상적인 생각이다. 그런데 데리다는 말이 가리키는 것은 또 다른 말일 뿐이지 말의 밖에 있는 실체나 존재가 아니라고 보았다. 뿐만 아니라 로고스 중심주의는 같은 말이라 할지라도 〈소리말(음성 언어)〉을 대상으로 삼았지만 데리다는 근대에는 〈글말〉, 곧 시각적 기호에 의한 텍스트가 탐구의 대상이 되어야 한다는 주장을 했다. 기억 속에 흔적을 남기고 금방 사라져서 〈순수〉한 것으로 여겨지던 소리에 비하여 글말은 기의, 기표, 차연의 문제들을 고스란히 그대로 남기는 까닭이다.

그는 프랑스의 구조주의 언어학의 태두인 소쉬르가 말을 〈기호의 체계〉로 설파한 데에서 그런 생각을 굳혔다. 소쉬르는 말이란 한 무리의 기호들끼리 서로 일정하게 다른 까닭에 하나의 체계를 이루는 것이라고 하였다. 그는 말을 기표(시니피앙 signifiant, signifier)와 기의(시니피에 signifié, signified)의 두 면이 있는 기호 작용 signification으로 보고 기의의 측면을 이론적 언어학의 대상에서 제외하였다. 기의란 기호 sign가 나타내는 사물 또는 뜻인데, 사물이나 뜻은 유동적이고 가변적이며 개인적 차이가 있는 것이므로 과학적 지식의 대상이 될 수 없다고 보았던 것이다. 기표에 대한 기의의 관계는 전적으로 우연일 뿐이다. 구조주의 언어학에서 보면 〈사람〉이라는 기호는 〈동물〉이나 〈신〉이나 〈무생물〉 따위의 기호들과 서로 다른 관계 속에 있기 때문에 비로소 존재하는 것이 된다. 즉 〈사람〉은 어떤 실체나 본질을 가리키는 기호이기보다는 서로 다른 기호들이 이루는 체계에 속해 있기 때문에 그것에 주어진 기호로서의 구실을 할 뿐이라는 것이다. 바로 이 사상을 확대, 변질시켜 데리다는 모든 말은 실질적인 내용이 있는 것이 아니라 오직 서로 다른 까닭에 〈서로 다름의 그물〉 속에서 주어진 구실을 하는 것이라는 주장을 했다. 그러므로 말은 종전의 일반적 관념처럼 뒤에 숨어 있는 어떤 것(서양 형이상학의 기본 전제인 존재, 절대적인 있음 Presence)을 실제로 나타내지 못하며 단지 또 다른 말을 가리킬 뿐이다. 그 다른 말도 역시 또 다른 말을 가리키므로, 말은 끝없이 이어지는 다름의 관계를 이룰 뿐이고 궁극적인 뜻, 실체, 존재에 도달하는 것을 영원히 연기할 뿐이다. 이렇게 계속하여 다름을 나타낼 뿐이고 실제의 뜻에 도달하는 것을 영원히 연기하는 상황을 가리켜 〈차연 differance〉이라 했다. 기표의 〈차이〉들만 있을 뿐이고 궁극적 실재에 도달하는 것은 계속 〈연기〉된다는 뜻이다. 그러므로 말의 뜻은 확고하게 정착하지 못하고 이리저리 떠돌아다닐 뿐이다. 이를 데리다는 씨뿌림 dissemination이라고 했다. 씨앗들이 여기저기 널리 뿌려질 뿐 서로 저절로 연결되어 일정한 하나의 진리를 구성하지 못한다는 뜻이다. 말의 이런 성격 때문에 같은 말에 대한 해석이 무한히 다양하게 되며 궁극적으로 불가능하게 된다는 것이다. 그러므로 한 사람이 어떤 뜻을 전달한다는 것은 궁극적으로 불가능하다고 보게 된다.

이는 서양 철학의 근본을 뒤흔드는 생각이다. 어느 철학 체계도 마찬가지이지만 서양 철학은 근본적 〈진리〉 또는 〈본질〉이 무엇이냐에 대한 탐구였다. 그러한 진리나 본질이 절대적으로 존재함을 전제하고서 철학이라는 지적 노력을 벌일 수 있었던 것이다. 그런데 그런 절대적 전제를 부정하고 난 다음에 철학에게 남은 일은 무엇인가? 19세기 말에 니체가 본격적으로 거론하기 시작한 이 형이상학적 문제가 20세기 후반에 다시금 서양 지성계 전반에 큰 충격과 함께 떠올랐던 것이다.

이 철학 사상은 주로 미국에서 문학 이론에 도입되면서 문학비평에 큰 반향을 일으켰다. 해체론은 〈구조의 해체〉를 뜻하므로 당연히 구조를 논의의 초점으로 삼는 형식주의나 구조주의 문학관과는 결정적으로 향배를 달리한다. 즉 해체론은 숨어 있는 구조를 밝혀내거나 의미의 조직을 알아내는 일이 아니라 오히려 그런 근본 구조나 조직으로 생각되는 것이 실상은 인위적 조작물이며 그런 만큼 언제나 쉽게 와해될 수 있다는 전제에서 출발한다. 그러나 기존의 구조나 조직에 대한 비판과 분석과 반성에서 출발하므로 어쩔 수 없이 구조주의와 뗄 수 없는 연결을 가지고 있다. 데리다가 구조주의 언어학의 기본 개념인 〈이항 대립binary opposition〉, 〈기표〉, 〈기의〉 따위를 자기 나름대로 이용한 사실만 가지고도 그것을 알 수 있다. 그래서 해체론을 〈탈구조주의〉 또는 〈후기구조주의post-structuralism〉의 하나로 간주하는 것이다.

많은 비평가들이 이와 같은 해체론의 성격을 기존 구조의 해체에 응용하면서 슬며시 〈더 견실한 또 다른 구조〉를 제안하기도 한다. 한 텍스트를 종전의 구조주의나 형식주의보다 더 철저히 분석적으로 파고드는 것이다. 게다가 데리다는 기존 형이상학이 플라톤 이래 지나치게 음성적인 말을 높이고 글을 낮추든지 억압하는 전통을 수립해

왔다고 하면서 현대는 글이 사고의 대상이 되는 철학의 시대여야 함을 역설했는데, 이는 글이야말로 개인의 의도를 떠나서 그 자체의 세계를 이룬다고 보았기 때문이다. 주관적인 의도를 선언하는 말과 달리, 글은 서로 얽혀 뜻의 확정을 끝까지 서로 미루며 순환시킨다고 본 것이다.

글이 서로 얽힌 상태를 중시하는 태도는 구조주의나 형식주의 문학관과 곧바로 이어질 수 있는 여지를 마련한다. 바로 그러한 얽힘을 자세히 풀어보는 것이 이른바 〈자세히 읽기〉가 아니었던가? 또한 그러한 글의 얽힘 상태 자체를 벗어나서는 아무것도 없다는 것이 데리다의 전제이다. 이 전제는 하나의 완성된 작품의 의미는 그 작품 밖의 다른 요인들에 의존하지 않고 독립적인 조직을 가진다는 일부 구조-형식주의자들의 논점과도 비슷한 데가 있다. 예컨대 한국 현대문학의 대표작의 하나로 인정되는 이효석의 「메밀꽃 필 무렵」을 〈해체〉하여 읽으면, 첫째로 아버지와 아들이 만난다는 동화적, 신화적 텍스트가 있고, 둘째로 사회의 소외 계층으로서의 장돌뱅이에 대한 텍스트가 있으며, 셋째로 밤중에 여자와 만나 성관계를 가지는 내용의 텍스트가 있고, 부가적으로 발정한 수당나귀 텍스트 등이 있는데, 이들 서로 이질적인 텍스트들은 서로 흔적 없이 융화되어 있는 것이 아니라 한 꺼풀을 벗기면 억지로 봉합한 흔적이 남아 있다고 할 수 있다. 그 봉합 흔적을 가리느라고 달빛 속의 희끄무레한 메밀꽃으로 모든 것을 희미하게 한 것이다. 해체하면 할수록 이 텍스트는 애써 봉합한 흔적들이 역력히 드러난다.

이처럼 해체의 방법은, 옹근 작품이 여러 이질적인 가닥들이 얼버무려진 텍스트들의 집합임을 드러낸다. 그래서 존 힐리스 밀러 같은 비평가는 해체론이 작품의 해석을 더 깊은 차원에서 가능하게 해주기 때문에 응용한다는 말을 하기도 했다. 해체론은 일종의 비판적 독서법의 하나가 된다는 것이다(데리다 자신이 보기에는 그의 사상의 왜곡이지마는). 해체론을 응용하는 비평가가 대체로 고전(오늘의 말로는 정전)에 대한 재해석(또는 해체적 읽기)에 주력한다는 사실은 그것이 문학의 전통을 대체로 묵수한다는 인상을 주기에 충분하다. 물론 그것은 이른바 정전에 대한 기존의 해석을 강력히 해체하는 공로가 있지만 바로 그런 정전들을 다루었다는 점에서 정전의 전통을 더욱 확고히 했다고 할 수 있는 것이다. 글읽기의 가능성 자체에 대한 급진적 회의에서 출발한 해체론이 다시금 철저히 읽기의 한 방법으로 굳어지는 경향을 보인 것은 이 사상의 유행이 지나갔다는 신호인지 모른다.

해체론은 사회의 모든 제도(여기에는 지식 체계까지도 포함된다)를 권력 소지자의 권력 유지 및 재생산의 기제로 파악하는 미셸 푸코의 권력과 지식의 신랄한 해부 및 비판, 프로이트 정신분석학의 현대적 재해석인 자크 라캉의 정신분석, 리오타르의 현대문화 분석 따위 등 주로 프랑스 사상가들의 주장, 이론과 뒤섞여 문학에 대한 매우 다양한 논의를 촉발했다. 여기에 후설, 하이데거 등 독일의 현상학적 해석학이 겹쳐 더욱 다기하게 될 수밖에 없었다. 이들을 주관적으로 응용하고 왜곡하고 절충한 문학비평은 앞서 말한 대로 매우 분석적인 읽기를 생산하는 한편, 서로 이질적인 이론의 파편들이 어지럽게 얽힌 기이한 담론을 양산하게 되었다. 해체적 비평은 읽을 만한 글의 생산이 아니라 문제스러운, 괴로운 글이 되는 경향을 띠게 되었던 것이다. 그러나 그에 대한 가장 큰 비판 대상은 그 무역사성, 그 무정치성, 그리고 과거 사상들의 계보를 구분하지 않고 일괄적으로 폐기한 것 등이다. 근래에 해체론적 비평은 전성기를 지난 듯한 인상을 준다.

→ 구조주의, 기호학, 상호 텍스트성, 탈구조주의

해학/기지　humour/wit

유머와 위트를 해학과 기지로 옮기고 있으나, 적절하지는 못하다. 이 두 영어 낱말은 대조를 이루는 한 쌍으로 붙어다니는 것이 보통이다. 둘은 상호 대비에 의하여 그 차이가 잘 드러난다.

본래 유머는 중세 및 르네상스 시대의 생리학 용어로서 개개인의 기질과 관계되는 네 가지의 체액(요샛말로 하면 호르몬 같은 것)을 뜻하였었다. 그중 하나가 과다하면 그 사람의 기질의 한 가지가 비정상적으로 발달하여 괴팍한 사람이 된다고 보았다. 비정상적으로 우울한 기질의 사람은 흑담즙이 과다하게 분비되는 사람이었다. 이러한 괴팍한 기질의 사람을 청중의 웃음을 자아내기 위한 희극에 의도적으로 등장시킨 극작가는 17세기 초의 영국의 벤 존슨이었다. 그의 이 독특한 양식의 희극을 유머의 희극comedy of humours이라 하는데, 이때에는 아직 유머가 우스운 것이란 뜻은 갖지 않았으나 괴팍한 기질이 불쾌하든지 병적이라기보다는 우습고 재미있는 것이라는 통념이 생기기 시작하였다. 그러나 풍자나 조롱과는 달리 정답고도 긍정적인 형태의 희극성을 가리키는 말로 유머란 말이 유행하기 시작한 것은 18세기에 산문 문학이 발달하면서부터이다.

위트는 본래 사람의 다섯 감각을 뜻하던 말로서 차차 두뇌의 기능을 뜻하는 말이 되었고, 르네상스 시대에는 정신 능력, 특히 타고난 우수한 두뇌를 뜻했다. 17세기에 이르러 위트는 재빠른 두뇌 작용, 식별력, 언어 표현 능력을 뜻하게 되었고 18세기에 우스운 말의 일종으로 간주되기 시작했다.

유머는 성격적, 기질적인 것이고, 위트는 반면에 지적인 것이라 할 수 있다. 따라서 유머는 태도, 동작, 표정, 말씨 등에 광범위하게 나타나나 위트는 언어적 표현을 떠나서는 존재하지 않는다. 유머는 동료 인간에 대하여 선의를 가지고 그 약점, 실수, 부족을 같이 즐겁게 시인하는 공감적인 태도이며, 위트는 서로 다른 사물에서 남이 보지 못하는 유사점을 찾아내고, 그것을 경구나 격언 같은 압축되고 정리된 말로 능숙히 표현하는 지적 능력이다. 〈위트는 집약적이거나 안으로 파고드는 것이고, 유머는 밖으로 확산하는 것이다. 위트는 빠르나 유머는 느리다. 위트는 날카로우나 유머는 부드럽다. 위트는 주관적이고 유머는 객관적이다. 위트는 기술이고 유머는 자연이다〉고 어떤 이론가는 그야말로 재치 있게 말하고 있다.

아리스토텔레스는 희극을 〈보통 사람보다 열등한 사람을 모방한 것〉이라고 정의하고, 또한 희극은 어떤 결점이나 추악함을 모방하되 고통을 줄 정도의 것이 아닌 경우라고도 하였다. 자기보다 못난 사람의 행위를 보고 웃는 것은 조소라고 한다. 프로이트는 사람들이 경쟁 관계에 있을 때 남의 실수나 부족에 대하여 쾌감을 느끼는 것을 외부 지향적 위트라 했다. 상대방에 대하여 악의가 있는 공격적인 태도이다. 아리스토텔레스나 프로이트가 말하는 종류의 희극성은 다소 위트에 가까울 수는 있어도 유머는 아니다.

유머는 유희 본능과 관계가 있다. 유희가 아닌 사실 그대로라면 기괴할 뿐 웃고 즐길 수는 없다. 유머는 청중의 습관적인 기대를 유희적으로(즉 현실적인 위험이나 손해가 없이) 깨뜨릴 때 성립된다. 단지 기대만 깨뜨리는 것이 아니라 동시에 기대하지 않았던 어떤 흥미나 욕구를 충족시켜 준다. 즉 낡은 기대에 어긋나면서 새로운 기대를 발견시키고 충족시켜 주는 것이다.

위트 역시 그러한 일은 어느 정도까지는 한다고 할 수 있으나, 그 재빠른 판단력, 기발함에 대하여 자연스런 즉각적인 웃음보다는 경이감을 자아낸다. 영국 비평사에서는 18세기까지는 위트의 그 언어 구사 능력과 재빠른 판단력, 기발한 이미지의 발견 능력 등을 높이 쳐서 위트를 문학의 본질적 요소로 보았으나 낭만주의 시대에는 그것이 이성과 판단력의 기능이기 때문에 상상력과 대치되며 따라서 극히 산문적인 능력이라고 혹평하였다. 매슈 아놀드가 18세기의 지적인 시인들의 작품을 가리켜 시라고 하지 않고 〈위트의 글〉, 즉 〈재치 글〉이라 명명했던 일은 기억할 만하다. 그러나 유머는 비록 심각한 문학에는 들지 못하나 개인의 기질적, 성격적, 상상적 태도와 관련이 있다고 보아 가치가 인정되었다. 20세기에는 다시금 위트가 심각성과 양립하지 못한다는 생각을 뒤엎고 오히려 심각성을 지적으로 유희할 수 있었던 형이상학파 시인들을 지성과 열정을 동시에 가진 부러운 존재들로 추켜세웠다.

유머와 위트는 능력 있는 작가에 있어서는 한데 합친다. 또한 유머는 유머대로 혹은 애상감pathos과 적절히 화합할 수도 있고(『리어왕』에서 광대의 우스개는 전체의 비극과 기이하게 어울린다. 『흥부와 놀부』

에서도 슬픈 처지의 홍부의 유머는 독특한 맛이 있다), 환상과 합치면
『이상한 나라의 앨리스』 같은 유례없는 작품이 생긴다. 이미 언급하
였듯이 위트와 열정이 합하여 형이상학파 시를 낳았는데, 이것은 현
대의 주지주의적 경향의 시인들이 가장 부러워하지만 성취할 수는 없
는 것이다. 열정, 사랑, 유희가 없는 위트는 풍자에서 지나쳐 냉소가
된다.

허구 fiction

〈픽션〉이라는 서양 낱말의 번역으로서 〈허구〉라는 말이 잘 어울리
지는 않는 듯하다. 서양 원어는 〈모양을 빚어내는 것〉, 즉 진흙을 빚
어서 그릇을 만드는 것 같은 행위를 뜻했다. 그러나 〈빚어내다〉란 뜻
에서 〈꾸며내다〉, 〈만들어내다〉란 뜻으로 의미의 중심이 옮겨감에 따
라 〈없는 것을 있는 듯이 꾸미다〉, 〈거짓말을 하다〉란 뜻이 가미되었
고 그리하여 문학론 이외에서 픽션은 대체로 비도덕적인 행위로서의
〈거짓〉을 뜻하게 되었다. 그러나 〈재료를 빚어서 새것을 만들다〉라는
본뜻이 문학론에서는 살아 있다.

〈허구〉라는 말은 〈빚어 만들다〉라는 의미가 전혀 포함되어 있지 않
으므로 〈픽션〉의 개념을 바로 전달하지 못한다.

허구는 크게 말해서 〈비허구(이른바 논픽션)〉, 즉 사실과 진실에 대
한 글이 아닌 일체의 꾸며낸 글(거짓말까지 포함해서)을 가리킨다고
알 수 있다. 그러나 일반적인 의미로는 허구는 꾸며낸 이야기, 즉 이
야기 문학을 가리키며 그중에서도 〈산문 서사문학〉, 곧 소설을 뜻한
다. 허구 즉 픽션이 소설을 의미하게 된 가장 중요한 이유는 소설이
사실에 대한 기록인 역사와 가장 닮았으면서도 전적으로 꾸며낸 이야
기 즉 거짓 이야기라는 것이 명백하기 때문일 것이다. 시도 허구성이
있지만, 영탄하는 것을 보고 거짓말, 즉 꾸민 이야기를 한다고 하지
는 않는다. 희곡, 우화, 동화 등은 허구임에 틀림없지만 본격 소설처
럼 진짜처럼 꾸며진 이야기 형태를 못 가지고 있는 까닭에 〈허구적〉이

라는 형용사는 붙이나 〈허구〉(픽션)라고는 하지 않는다.

소설을 허구라고 했을 때 강조되는 것은 소설의 그 〈역사 아님〉 즉 꾸며낸 면이다. 문학 이외에서는 허구는 대개 죄악인데, 소설이라는 허구는 어떻게 정당화될 수 있는가?

주지하다시피 플라톤은 거짓은 거짓이지 그것을 통해서 무슨 진실이 가르쳐질 수는 없다는 주장을 했고, 아리스토텔레스는 자연적 사실이 아니라 할지라도 문학의 완성된 형식이 자연의 완성된 모습을 잘 닮고 있어서 가치가 있을 뿐 아니라 그것의 그 완전한 형식으로 말미암아 사람에게 카타르시스라는 바람직한 정신적 효과를 준다고 문학적 허구를 옹호하였었다. 대체로 후세의 사람들은 작가의 도덕적 의도, 즉 사람들에게 옳게 사는 법을 가르치겠다는 좋은 의도를 달성하기 위한 효과적 수단이 허구라고 생각하였다. 불쌍한 장 발장을 곤경에서 구하기 위하여 미리엘 신부가 경찰관에게 거짓말을 했을 때, 그의 성자 같은 의도가 그 거짓말을 부도덕에서 구제할 뿐 아니라 오히려 더없이 합당한 것으로 만들어버린다. 빅토르 위고가 장 발장과 미리엘 신부 이야기를 꾸며냈을 때, 즉 거짓 이야기를 사실처럼 시침떼고 했을 때, 그 거짓이 정당하다는 것은 인간애를 가르치려는 그의 도덕적 의도 때문인가? 만일 그렇다면 특별한 도덕적 의도가 있는 것 같지 않은 작가의 거짓말, 즉 허구는 정당화될 수 없다는 말인가?

그러나 이광수의 소설적 허구는 계몽주의적 의도가 있었으니 좋은 거짓말이고, 김동인의 허구는 그런 명백한 의도가 없는 것 같으니 정당화될 수 없는 거짓말일 뿐이라고 할 수는 없을 것이다.

사람은 사실을 흉내 낸 것, 즉 모방에서 흥미를 느끼는 본능이 있다고 아리스토텔레스는 말했다. 허구는 모방의 일종이다. 전쟁은 두렵지만 전쟁영화는 재미있다. 즉 허구는 즐거움을 주는 구실을 한다는 점에서 정당화될 수 있으리라. 그러나 허구의 그 오락적 기능만 인정해 가지고서는 문학의 인생에 대한 공헌을 다 설명할 수가 없다.

근래에 인생 자체와 문학적 허구의 관계를 재료와 제작품의 관계로 생각해 보는 경향이 생겼다. 우리의 인생은 온갖 잡다한 요소가 뒤섞여 있는 무형한 혼돈의 연속이다. 사람은 그 혼돈에 아무렇게나 섞여 있는 무의미한 인자가 되어 있음을 만족스럽게 여기지 않는다. 그는 그 나름대로 어떤 질서를 구하려고 한다. 인생관은 인생이라는 혼돈을 질서화한 결과이다. 철학, 과학, 종교 등은 모두 인생의 질서화 작업의 방식인데, 문학 역시 그렇다. 그런데 질서는 인생이라는 혼돈을 의도적으로 정리 정돈한 것, 즉 인위적으로 만들어낸 것, 곧 꾸민 것이니까 결국 허구이다. 다시 말하면 인생이란 재료를 가지고 질서의 이념을 구현하기 위하여 빚어낸 것이다. 문학적 허구는, 특히 소설은 다른 질서 작업에 비하여 인생의 모든 것에 되도록 충실하려는, 인생의 다양함을 다 담으려는 노력을 하되, 명백한 질서와 형상을 눈에 띄지 않게 구현한다. 그러기 위하여 문학적 허구는 구체적인 실제 인물의 이야기인 척하면서 많은 사람의 이야기로 보일 수 있는 방식으로 이야기하며, 무척 철학적인 것 같으면서도 실은 철학과는 반대의 방법을 응용하며, 기타 문학 특유의 인생 처리 방법을 갖고 있는 것이다. 어쨌든 허구는 과학이든 철학이든 인생을 정리, 처리할 때에는 피할 수 없는 방법이다. 그러나 〈꾸며낸 이야기〉로 진리를 발견해야 한다는 것은 아이러니가 아닐 수 없다.

현상학적 비평   phenomenological criticism

서양 철학에서 〈현상학〉이라는 이름의 철학 방법이 대두한 것은 20세기 초의 독일 철학자 후설의 새로운 인식론의 영향이다. 경험주의적 인식론에 대항하여 현상학은 감각에 의한 개별적 사물의 지각을 인정하는 동시에, 보편적 본질에 대한 정신적 인식을 특히 강조하여 관념론의 새 전기를 마련코자 했다.

현상학의 가장 중심적인 관심은 〈의식〉이다. 〈의식〉은 본질적 인식의 대상이다. 현상학은 바로 〈의식〉의 본질에 대한 사변적 철학이라고 할 수 있다. 외부의 지각 대상인 사물들과 의식의 대상은 서로 완전히 다른 세계를 이루는 것으로 본다. 외부의 사물은 언제나 구체적 양상을 통해서만 부분적으로 인지될 뿐이나, 의식의 세계는 우리가 관심을 집중하면 직접적으로 그 본질을 파악할 수 있는 것이다. 철학의 가장 중요한 목적은 바로 이 의식의 본질을 파악하고자 하는 노력이며 의식의 주체인 자아와 의식의 관계를 규명하는 것이어야 한다고 현상학은 믿는다.

현상학에서는 〈심상적 환원eidetic reduction〉을 강조하는데 이는 어떤 본질에 대하여 강렬하게 사고하여 마치 그 본질을 생생히 눈으로 보는 것처럼 의식 속에 명료하게 떠올리는 것을 말한다. 이는 어떤 사물이나 사실을 그 불변의 본질로 환원시켜(근본으로 되돌려) 그 본질을 총체적으로 직접 〈보는 것〉이다. 예전 말로 하면 직관이다. 이렇게 〈보게〉 되면 본질들 사이의 관계도 모두 분명히 드러난다. 따라서 자아와 사물의 본질 사이의 관계도 환하게 드러나는 것이다. 궁극적으로 현상학은 본질들의 관계의 구조를 밝히는 일에 힘쓴다.

사물의 본질을 생생하게 보기 위해서는 편견을 버리고 사물의 본질로 직접 의식을 집중하여 이론적 사변이나 역사적 고찰 따위를 벗어나야 할 것이다. 현상학에서는 〈외부 세계를 괄호 속에 넣을 것〉을 강조한다. 그렇게 하여야만 우리의 의식의 대상이 되는 사물들(그것이 객관적으로 존재하는지 안하는지에 관계없이)의 본질을 생생히 〈환원〉시킬 수가 있다는 것이다. 더 나아가서는 의식의 대상보다도 의식 자체가 근본적으로 〈환원〉되어야 한다. 그래야만 의식의 본질이 생생한 그림처럼 우리 앞에 나타날 것이다. 의식은 수동적인 지각 기능이 아니라 능동적 의도적, 의지적, 주체적 행위자라는 것이 드러난다. 따라서 의식은 주체적 자아의 행위로서 반드시 의도성intentionality을 띠고 있다. 의도성을 전제하지 않으면 철학은 무미건조한 고전적 관념론을 극복할 수 없으며 〈살아지는 세계〉에 대한 탐구가 되지 못한다.

이러한 현상학적 개념의 일부를 문학비평에 적용한 것은 폴란드 철학자 로만 인가르덴의 『문학적 예술 작품』이 아마 처음일 것이다. 그는 문학 작품 읽기가 형성하는 의식의 특수한 경험의 구조를 밝히려

고 하였다. 그는 후설의 〈괄호 속에 넣기〉의 개념을 응용하여 올바른
독서 경험, 즉 예술 작품의 본질을 생생히 드러내는 것만을 부각시키
는 것 이외에는 모두 의식의 대상에서 제외하기를 제안하였다. 예술
작품은 자연적 사물처럼 단지 수동적 지각의 대상이 아니라 그 스스
로 의도성을 가지고 있는 구조이다. 이 문학관이 후에 르네 웰렉과 오
스틴 워런의 형식주의 문학관의 명저 『문학의 이론』의 기본 토대가 되
었다.

　제네바 대학을 거점으로 한 풀레와 스타로뱅스키 등은 후설의 의식
구조 이론과 심상환원론을 작품 해석에 적용하여 이른바 제네바 학파
라는 실제비평 유파를 형성했다. 이들은 작품의 의도성과 작품을 대
하는 독자의 의식에 관심을 집중했다. 문학 작품 자체, 특히 그 언어
가 독자의 의식에 작가가 파악한 세계를 어떻게 제시하는지를 되도록
세밀하게 기술하려고 했다. 이 과정에서 역사적, 사상적, 이론적 의
미나 관심사는 되도록 제외된다. 오직 작품의 의도성과 독자 자신의
의식의 만남만이 문제가 되며, 독자의 이러한 능동적 반응을 나타내
는 언어 역시 중요시된다. 현상학적 비평에서 궁극적으로 드러나는
것은 문학 작품을 대하는 독자의 의식의 구조이며 동시에 작품 속에
구조화된 작품 자체의 의도성, 나아가서는 작가의 의식과 의도성(자
아)이다. 즉 독자의 주체적 의식과 작가의 작품과 그 속에 나타나는
그의 의식은 서로 분리할 수 없는 한 문맥을 이룬다. 이 모든 과정에
서 작품의 언어는 본질적 가치를 구현한다고 본다.

　현상학적 비평의 바탕이 되는 역사성의 부정, 주관적 자아의 고
취, 의식의 본질성 등은 당연히 마르크스주의, 해체론, 정신분석 비
평 등의 공격을 받을 수밖에 없다.

형식　form

　문학론의 가장 중요한 논의 대상의 하나인 형식은 대단히 복잡하고
까다로운 용어로 간주된다. 형식의 가장 상식적인 의미는 첫째 장르이

고(예컨대 서사시의 형식), 둘째로는 외형적으로 고정되어 있는 운율, 장, 절을 뜻하고(시조의 형식), 세째로는 작품 구조에 있어서의 막연한 공통성을 뜻한다(비극 형식, 삼각 관계의 형식 등).

그러나 이들을 다 포괄할 수 있는 보다 근본적인 의미의 형식에 대해서는 철저한 이론적인 고찰이 필요하다. 우선 〈한 예술 작품의 개별적 요소들을 단일한 전체로 조직하는 원리〉라는 형식의 정의에서 출발하기로 한다. 잡다한 것들, 우연한 것들은 전혀 무가치한 것은 아니지만, 그것들이 정말로 소용이 있기 위해서는 어떤 커다란 전체 속에 적당히 배치되어야 한다. 이러한 의미의 형식은 〈아무런 가치가 없는 빈 껍질〉이 결코 아니다. 오히려 무의미한 것들을 의미 있는 하나로 뭉쳐놓는 창조적인 힘이다.

플라톤은 형식의 그 창조적이고 본질적인 성격을 특별히 강조했다. 그의 철학에 있어서 형식은 곧 관념이었다. 모든 구체적인 사물들(연필, 고양이, 구름 등)은 모두 그들에게서 떨어져서 존재하는 관념의 그림자로 보았다. 구체적인 연필은 부러지고 없어질 수 있으나 연필이라는 구체적인 현상이 나타나도록 뒷받침하고 있는 연필의 관념(또는 형식)은 없어지지 않고 불변한다. 그 구체적 연필은 사라져도 계속 다른 구체적 연필들이 생길 수 있는 것은 그 불변하는 관념이 남아 있기 때문이다. 상식적인 차원에서 말하자면, 과학자의 연필 설계가 많은 실제의 연필을 생산할 수 있게 하는 근원이 되는 것과 마찬가지다. 예술 작품은 어떤 형식(관념)이 구체화된 실례의 하나이다. 칸트나 헤겔의 관념론의 영향을 받은 낭만주의적 이론은 형식(관념)의 구현이 곧 예술이라고 하였다.

아리스토텔레스는 사물이 존재하기 위하여 네 가지 원인이 필요하다고 하였다. 예술 작품을 예로 들자면, 그 작가, 그 목적, 그 재료 및 그 형식 등 네 가지 요인이 작품을 생겨나게 한다. 이중에서 작가와 목적은 작품의 밖에 있는 것이고, 그 재료와 형식은 작품 자체와 본질적 관계에 있다. 작품은 재료로 만들어지는 것이고, 형식은 그 작품으로 하여금 그 작품이 되게 하는 요건이다. 그러므로 형식은 단지 겉 모양이 아니라 겉 모양은 물론 속 모양까지 형성하는 것이며, 단지 골격 구조나 특질을 이루는 것이 아니라 그 골격 구조의 원리이며 그 특질을 부여하는 주체인 것이다. 하나의 작품으로 제시된 사물 ——구체적인 한 소설 작품, 시 한 편——은 하나의 형식을 이루기 위한 원리에 따라 그 재료들이 선정되고 배열되고 조직되어 있는 것이기 때문에 이를 다시 순수한 재료로 환원시킨다는 것은 생각보다 훨씬 힘들고 아마 불가능할는지도 모른다(자동차를 완전 분해하여 광물 이전의 토양의 상태로 환원시킬 수 없듯이). 그렇다고 해서 작품은 형식만이라는 것도 아니다. 재료가 없다면 형식은 무의미하다. 이는 형식이 없다면 재료 역시 무의미한 것과 같다. 형식은 언제나 재료를 통해서 구현된다.

작품을 세분하면 여러 가지 요소(소리, 낱말, 의미 비유, 문장 등)가 있는데, 이들은 모두 각각 그들 나름의 형식화의 단계를 거쳐 전체 작품에 참가하고 있다. 즉 작은 형식들이 큰 형식, 통일적 형식을 이룬다. 이는 작은 재료들이 큰 한 덩어리의 재료를 이루어 한 형식으로 구현된다는 말과도 통한다.

문학의 재료는 크게 말해서 언어이다. 작가는 자기 시대의 말을 가지고 작품을 만든다. 그런데 말 자체도 따지고 보면 순수 재료가 아니라, 그것대로 인간의 체험을 형식화한 결과인 것이다. 그러니까 문학은 이미 형식화되어 있는 것을 다시 더 의미 있는 형식을 위하여 재료로 사용하는 것이다. 운율법, 수사학, 문법, 사상 체계 등은 모두 말의 형식화인데, 작가는 이들을 다시금 재료로 사용한다는 말이다. 작가에게는 작품을 제작하기 위하여 이용되는 일체의 사물이 재료의 상태에 있는 셈이다. 그런데 이 재료들은 그들대로의 형식들인 것이다. 이 점을 보아도 작품에서 쉽게 순수한 재료를 추출하기란 아주 어렵다는 것을 알 수 있다.

작가는 작품에서 무슨 말을 하려고 한다. 그러나 그가 하고자 하는 말, 표현하고자 하는 내용은 작품 제작이라는 커다란 종합적인(즉 형식적인) 과정의 한 부분만을 차지할 뿐이다. 그러므로 표현하고자 한 것이 작품의 재료이고 그 나머지는 형식이라고 생각해 버리는 습관은 아직 없어지지 않고 있지만 틀린 것임을 알 수 있다. 작품 속에서는 사상, 감정의 표현은 다양한 의미 구조의 한 요소로 참여할 뿐이다. 의미 구조로 형식화되지 않는 한 참여할 수도 없다. 사상과 감정을 표현하는 것은 재료에다 형식을 주는 것과는 전혀 다르다. 왜냐하면 재료와 형식의 결합은 통일성(단일성)을 이루는 반면, 어떤 내용을 아무리 잘 표현하다고 해도, 표현되는 것(사상, 감정)과 표현하는 것(언어 또는 시인)은 언제나 구별되기 때문이다.

그러나 형식이라는 말이 〈빈 껍질〉이라는 뜻을 버리지 못하고 있음을 간과할 수는 없다. 부분들을 하나로 화합시키는 원리라는 의미의 형식을 〈유기적 형식〉이라 하고 딱딱하게 굳어진 껍질이라는 의미의 형식을 〈기계적 형식〉이라 하여 둘을 인정하면서도 엄격히 구별한 것은 영국 이론가 콜러리지였다(뒤엣것을 허버트 리드는 〈추상적 형식〉이라고 했다). 그에 의하면 기계적 형식은 한 주어진 재료에, 그 재료의 성질과 필연적 관계가 없는 미리 정해진 형식을 주었을 때의 결과를 말한다. 진흙에 신발 자국 내는 것이 그 예가 될 것이다. 한 편의 글을 4·4조의 운율로 짜 맞추는 것도 기계적 형식을 강요하는 것이다. 유기적 형식은 재료의 본질에 잠재하는 것으로서 속으로부터 꿈틀거려 밖으로 나타나 결국 그것의 최종적 발현은 그것의 외형의 완성과 동일하다. 예컨대 나무의 껍질은 나무 자체의 소산인 동시에 나무의 외형을 이룬다. 재료가 스스로 발전하여 최종적 단계에 이른 상태가 곧 그 재료의 형식이 된다는 것이다. 이 사상은 지나치게 생물학적 유추에 기울어져 있으나, 재료와 형식의 나눌 수 없는 관계를 인상 깊게 강조하고 있다.

한국의 시조는 낱말들을 줄이고 늘이고 하여 그 외형에 맞추어 넣었을 때에는 기계적 형식을 만들어낸 것이 되고, 여러 다양한 재료들을 선정, 배열하고 또한 시조의 엄격한 운율까지도 재료로 이용하여 그러한 모든 재료들이 하나로 화합할 수 있는 원리에 따라 제작한 결과 시조 한 수가 되었을 때에는 〈유기적 형식〉을 이룬 것이 될 것이다.

그러니까 정해진 형식(정형시 등)이라고 해서 반드시 〈기계적 형식〉이
되는 것은 아니다. →구조, 유기적, 플롯

형식주의 formalism

작가의 사상이나 감정, 작품에 다루어진 사회상, 작품이 사회에
끼치는 영향 등을 세밀히 분석하고 평가하는 문학론과는 달리 작품
자체의 형식적 요건들, 작품 각 부분들의 배열 관계 및 전체와의 관
계를 분석, 평가하는 문학론을 형식주의라고 할 수 있다. 따라서
20세기 중엽에 기세를 떨친 미국의 뉴크리티시즘 비평가들에게 형식
주의자라는 명칭을 붙일 만하다. 문학비평을 하는 사람 치고 실상 형
식주의적 관심이 다소나마 없는 사람은 없다.

그러나 서양에서 〈포멀리즘〉이라면 특별히 20세기 초에 러시아와
체코에서 일어났던 문학 이론을 지칭한다. 이른바 〈러시아 형식주의〉
라는 것이다. 1915년 혁명 전야에 모스크바 대학의 20대 청년학도들
이 언어학의 새로운 경향에 자극받아 문학의 언어적 특성에 관심을
기울인 것이 그 출발이며, 1916년에는 비슷한 서클이 페테르부르크
에서도 결성되었다. 그들은 막연한 정신주의 및 신비주의에 빠져 있
는 상징주의자들에 대항하여 문학의 언어를 언어과학에 의하여 분
석, 비교하는 방법을 개발하였다.

그들의 이론적 노력의 결과로서 우리는 여러 가지 분석의 방법과
객관적 서술(묘사)의 방법을 얻게 되었는데, 그중 몇 가지를 예로 들
면, (1) 〈낯설게 하기defamiliarization〉. 예술은 실생활의 정확한 재
현이 아니라 도리어 생활의 모습을 일그러뜨려서 낯설게 만들어 우리
의 관심을 불러일으키는 것이라는 것인데, 운율도 실상은 무미건조한
생활 언어의 억양을 일그러뜨려 우리의 습관화된 청각을 자극하는 수
단이라는 것이다. 그러니까 예술은 새로운 사실의 개발이 아니라 우리
의 습관적 반응밖에 못 일으키는 일상의 사실을 비상하게 보이도록 하
는 일체의 기술인 셈이다. (2) 리듬과 율격의 차이. 일상 언어의 억양

이 율격meter의 충격을 받아 생기는 제3의 실제적 소리의 성격. 시의 한 행이 그 최소 단위가 된다. (3) 내세우기foregrounding. 작품에 따라서 의도적으로 부각시킨 부분이 있고 그냥 놔둔 부분이 있다. 이러한 들쑥날쑥한 구조를 가지고 있어야만 우리는 그 표면에서 마찰을 느껴 주의를 환기할 수 있다. 이것은 〈낯설게 하기〉의 개념을 더욱 심화시킨 것이다. (4) 역사시학의 이론. 전통적인 작품을 분석해 보면 결국 그 요소들은 모두 과거의 작품들에 등장했던 것들이다. 이러한 요소들의 등장과 잠적, 등장하는 위치의 변화, 다른 요소들과는 상관 관계 등을 역사적으로 추적하여 순전히 〈문학적인〉 문학사를 구성하는 방법을 개발하였다(이것이 민간 설화 연구에도 응용되었다). (5) 구조주의. 부분과 전체의 관련성을 분석하는 방법을 가지고 한 체계와 다른 체계를 단순한 인과 관계나 내포의 관계로 보지 않고 두 독립된 시스템들의 관계로 보아 둘 사이를 왕래할 때에는 그 시스템들 상호 간의 적절한 조정을 거치도록 하였다. 사회에서 가장 중요한 것이 문학에서도 반드시 가장 중요한 것은 아니라는 사실은 두 시스템이 서로 다른 원칙의 적용을 받고 있음을 말해 준다. 이러한 생각이 후일 구조주의에의 문을 열었다.

형식주의의 모스크바 서클의 주재자였던 로만 야콥손은 그후 미국에 망명하여 계속 서양 이론계에 영향을 끼쳤고, 제2세대인 체코 출신의 르네 웰렉 역시 미국에 망명하여 형식주의의 대표적인 이론가로 군림하였다. → 구조주의, 뉴크리티시즘

환상 fantasy, fancy

다소 막연하게 사람의 잠재의식의 표현을 일컫는다. 문학의 한 수법으로서의 환상적 방법은 외부 사실을 잠재의식의 요구에 따라 일그러뜨린 것이든지, 비합리적인 연상 작용을 자극하는 심상, 낱말, 리듬의 배열, 병치 등을 말한다.

환상은 일반적으로는 실제 경험상의 사실에서 자유롭게 풀려난 유

희적 정신 작용으로 풀이된다. 문학사조상 반사실주의적 경향에 속하는 것이다. 표현주의나 초현실주의의 수법과 환상적 수법은 상통하는 점이 있지만, 가장 큰 차이점은 환상적 수법의 그 자유분방한 유희성인 것이다. 카프카의 『변신』을 표현주의적으로 해석하면 자못 어둡고 침울, 심각한 작품이 될 것이고 하나의 환상으로 해석한다면 합리적 사실성의 세계로부터 해방된 자유분방한 정신의 유희가 될 것이다(이 해석은 『변신』의 경우 별로 받아들여지지 않는다). 루이스 캐럴의 『이상한 나라의 앨리스』는 확실히 환상이다. 작곡가 베를리오즈의 「환상 교향곡」의 작곡 의도도 이 자유분방한 유희성과 무관하지 않을 것이다.

서양 비평사, 특히 영국 비평사에서는 환상(또는 공상)과 상상의 관계 및 그 둘의 구별이 한 중요 문제가 되어왔다. 19세기 영국의 대표적 이론가였던 콜러리지는 공상과 상상이 감각을 토대로 하여 심상을 형성하는 능력들인데, 그중 공상은 고정된 이미지들을 이리저리 뜯어 맞추어 유희하는 비교적 저급한 기능이고, 상상은 감각의 이미지들을 새로 조합, 통합, 변모시키는 종합적인 기능이라고 하였다. 공상은 다분히 기계적, 표면적인 작용이라는 것이다. 이 기능이 발휘된 작품은 심각한 것이 아니라(심각한 것은 상상의 일이다), 경쾌하고 익살스러운 작품이라고 생각되었다.

그러나 프로이트 이후 환상fantasy이란 말은 인간의 잠재의식의 반사실적, 비합리적 본질을 나타낸 것으로 인식되어 새로운 심각한 의의를 갖게 되었다.

환상이 거부된다면 일부 만화, 동화, 공상과학소설, 유토피아 문학, 초현실주의, 표현주의 문학은 불가능하게 될 것이다.

희곡   drama

중국 원어는 〈놀이play〉라는 뜻을 가지고 있고 서양 원어는 〈행동action〉이란 뜻을 가지고 있다. 그 두 개념은 다 희곡의 개념에서 뺄 수 없다.

희곡은 첫째 〈놀이〉이다. 즉 진짜로 벌어지는 사실이 아니라 꾸며 낸 짓, 흉내 낸 짓, 시늉이다. 문학을 모방이라고 정의했던 옛사람들은 우선 희곡을 염두에 두고 있었다. 희곡이야말로 사실 그 자체가 아닌, 사실의 흉내 즉 모방인 까닭이다.

사실과 닮은 시늉은 그림이나 조각이 상당히 잘 해낸다. 초상화나 동상은 실제 인물을 닮은 점에서는 다른 예술이 따를 수 없을지 모른다. 그러나 그것들은 정지되어 있는 상태에 있다. 이에 비하여 희곡은 움직임을 주로 흉내 낸다. 즉 희곡은 흉내 내는 행동을 떠나서 있을 수 없다.

사람의 행동은 대부분의 경우에 있어 말을 동반한다. 엄격히 말하면 모든 행동은 말에서 나오는 것이며, 또한 말은 행동에서 나온다. 따라서 희곡은 사람의 말과 행동을 함께 흉내 낸다.

사람들의 실제적 행동과 직접 결부되어 있는 말은 서로 주고받는 말, 즉 주로 대화이다. 희곡은 대화, 곧 말의 주고받음이 벌어지는 곳이다. 대화는 최소한 두 사람이 있어야 가능하므로 희곡이 제시하는 것은 두 사람 이상의 말하는 사람들, 즉 하나의 넓은 의미의 사회 관계이고 이 사회 관계는 대화와 결부된 어떤 전체적 행동에 같이 참여하고 있기 때문에 통일된 의미가 있게 된다(한국의 판소리는 한 사람만이 등장하지만 혼자서 어떤 일정한 관계에 있는 여러 사람을 흉내 내고 있으니 역시 사회 관계이다).

말과 행동을 의도적으로 잘 흉내 내기 위해서는 보통 이상의 기술이 필요하다. 이러한 기술이 세련되어 고정되면 흉내 내기는 형식화한다. 말은 노래에 가까워지고 행동은 춤에 가까워진다(실상 노래와 춤은 말과 행동이 형식화된 결과이다. 오페라는, 말은 노래가 되었지만 행동은 채 춤이 되지 않은 형태라고 할 수 있다). 희곡의 말이 반드시 노래가 될 만큼 형식화되는 것은 물론 아니나, 대부분의 경우에 있어 일상 생활 언어에 비하여 훨씬 운율적이 되는 것은 사실이다. 시와 희곡이 오랫동안 동일시되어 온 큰 이유의 하나는 바로 이러한 희곡의 운율적 성격 때문이었다.

희곡의 언어가 운율적이 되면서, 시의 다른 요소들, 즉 심상, 문채, 기타 수사적 방법들도 동원될 수 있었다. 이리하여 시극이 형성되는 것이다. 근대에는 산문 희곡이 발달하였지만, 시적 정취가 다분히 남아 있음을 여러 작품에서 추출할 수 있다.

희곡이 다루는 인간의 사회적 행동은 무용처럼 완전히 형식화되지는 않지만, 무대라는 물리적 공간에서 두 시간 내지 세 시간 또는 그 이상을 많이 넘지 않는 시간 안에 상연되어야 한다는 제약에 의하여 질서 있고도 단일한 행동이 안 될 수 없다. 희곡이라는 행동 자체가 하나의 단일한 형식이 되는 것이다. 그러므로 희곡이 형식적 행동이라는 견해는 타당한 것이다. 희곡의 막과 장의 구분은 이 전체적 행동의 형식화를 기하기 위한 마디들이다. 르네상스와 신고전주의 시대에 강요된 5막극의 법칙은 한 편의 희곡으로 표현될 수 있는 의미 있는 인간 행동이 다섯 개의 큰 마디로 안배되어야 균형과 질서를 구현할 수 있다고 믿었던 데서 온 것이다.

우리의 삶은 잡다한 행동들의 무질서한 연속이다. 모든 문학이 다 그렇지만, 희곡은 특히 그 성격상 인간 행동의 형식화에 가장 민감한 장르이다. 인간의 잡다한 행위 중에서 우리의 흥미를 가장 크게 끄는 것은 실패와 성공의 경험이다. 실패와 성공은 어떤 주체와 그 주체에 맞서는 또 다른 주체 또는 어떤 세력(이들을 객체라고 할 수 있다) 사이에 벌어지는 관계들이다. 주체와 객체 사이에는 어떤 〈맞섬〉, 넓은 의미의 갈등이 있게 된다. 인간의 사회 관계에 있어서 갈등은 불가피하다. 문학, 특히 희곡은 어떤 중대한 갈등을 중심으로 하여 벌어지는 행동을 질서 있게, 즉 형식화하여 다루는 것이다. 많은 경우에 있어 희곡은 갈등의 시초, 갈등의 정점, 갈등의 해소라는 일종의 세모꼴의 기본 형식을 갖는다.

갈등의 경험을 다루는 만큼 희곡은 인간 경험 중에서 보다 재미있거나 놀랍거나, 두렵든지 속시원한 경험을 이야기하는 셈이 된다. 이 점에서 희곡은 소설과 상당히 비슷해진다. 특히 산문 희곡의 대본을 읽는 재미는 소설 읽는 재미에 가깝다(이는 운문 희곡이 시같이 읽히는 것과 같다).

  희곡은 행위의 형식화이지만, 행위는 구체적인 인물을 떠나서는 있을 수 없다. 희곡의 행위자, 즉 인물은 희곡의 형식성이 강조될수록 점점 그 개인적 성격이 줄어든다. 예컨대 희곡이 음악이나 무용의 상태에 도달하면 그 연기자는 비개인적인 목소리나 동작이 된다. 그러나 구체적 인간의 정황이 강조되면 행위자는 개인성을 띠게 된다. 희곡에서 행위자의 성격을 부각시킨 것은 주로 르네상스 이후의 일이지만, 극작가들이 성격의 부각으로 얻어질 수 있는 효과를 의식한 이래, 행동과 성격의 밀접한 인과 관계는 희곡 제작상의 한 요건으로 인정되고 있다. 행위자의 특수한 성격이 그 행동을 결정한다고도 할 수 있고, 반대로 행동이 그 인물의 성격을 보여준다고도 할 수 있는 것이다. 희곡에서 인물의 성격을 강조하면 행위는 성격을 부각시키기 위한 부차적 요소가 된다. 〈성격극〉이 여기에 해당된다. 성격의 강조는 개인에 대한 존중이라는 근대 사상이 확립됨에 따라 생긴 것이고, 현대의 이른바 〈심리학적 인간〉의 탄생 이후로 더욱 짙어가는 감이 있다.

  위에서 〈희곡〉이라는 용어를 〈연극〉이란 용어와 거의 같은 의미로 사용하였는바, 이는 〈희곡〉을 가곡, 〈교향곡〉 등의 개념에 가깝게 가져가기 위함이었다. 음악의 모든 곡(曲)들이 실제로 지휘자 또는 연주자가 해석하여 상연하기 전에는 단지 가능성으로만 남는 음악 이전의 악보(인쇄물, 복사물)이듯이, 희곡도 인쇄 또는 복사된 상태에서 개별 독자에 의해 읽히기만 할 때에는 연극으로 성립되지 않는다. 우리가 희곡을 재미있는 이야기나 시적 감흥을 위해 읽는다면 그것은 희곡을 소설 또는 시로 취급하는 것이고, 만일 무대 장면을 상상하면서 읽는다면 이는 희곡의 해석, 즉 연출의 시초라 할 것이다. 그러나 그것은 관극의 체험은 아니다. 문학은 독자가 있고, 희곡은 관객이 있다. 이런 의미에서 희곡은 순문학의 범주를 훨씬 넘어서는 별개의 예술임을 인식하여야 하겠다. 문학은 현재 인쇄술 및 제책술이라는 조건만 채우면 보급되지만 희곡에 있어서 인쇄, 제책술은 가장 비본질적 요건일 뿐이고, 오히려 연출가, 연기자, 무대, 공연 장소 및 동시에 동원되는 관객 등 다른 물리적인 요건들이 필수적이다. 이러한 연극 특유의 요건들을 도외시하고 희곡의 외형만을 가진 문학 작품들도 있다. 극시, 클로젯 드라마closet-drama 등이 그 예인데, 이들은 앉아서 읽기 위한 문학이다. →비극, 카타르시스, 플롯

희극　comedy

〈고통스럽거나 파괴적이 아닌 결함 또는 추악함〉을 다루는 것이 희극이라고 아리스토텔레스는 정의하였다. 또한 그는 희극의 인물은 평균적 인간보다 저급한 인물이라고 하였다. 인물이 평균적 인간 이상이라면 위인, 영웅이 되기 쉽고, 결함 또는 추악함이 고통스럽거나 파괴적이면 심각하고도 우울한 이야기가 되기 쉽다. 그러나 아리스토텔레스의 간략한 설명이 채 이야기하지 못한 중요한 요소는 웃음, 즐거움, 행복의 요소이다. 이는 〈희극〉이란 낱말의 기본적 뜻이다. 희극의 유래를 보더라도 서양의 경우 그것은 술의 시인 바코스(또는 디오뉘소스) 축제에서 유래된 만큼 즐겁게 노는 잔치 기분과 관계가 있으며, 동양의 희극적 마당놀이들(탈춤, 꼭두각시놀이 등)도 풍요제와 관계가 있으리라 믿어지며 확실히 잔날 기분이 농후하다.

희극에서 다루는 결함, 추악함과 고통, 파괴의 요소들은 관객에게 우주에 있어서의 인간의 위치를 근심 또는 회의하든지, 신비감을 느끼게 할 정도로 제시되지 않는다. 희극에서 그러한 요소들은 우주를 배경으로 하지 않고 현실적 사회 생활을 배경으로 하며 또한 정상적 사회 생활에서 제거되어 마땅한 요소들로 제시된다. 희극은 바로 그런 부정적 요소들이 제거되는 과정을 보여주며, 그 제거 과정과 결말이 관객에게 바람직한 까닭에 희극은 〈행복한 결말〉을 갖는 것이다. 희극에서 행복한 결말에 이르는 인물은 관객이 받아들이는 인물이다. 불행 또는 수치, 아니면 우스운 꼴이 되는 인물은 관객이 미워하는, 또는 대수롭게 보지 않는, 또는 우습게 보는 인물이다.

따라서 희극은 관객이 편들 만한, 즉 사회적으로 용납될 만한 인물에게 상을 주고 사회적으로 용납되지 못할 인물에게 벌을 준다는 윤리적 논공행상, 권선징악의 요소가 있다. 그러므로 희극은 사회의 행동 규범, 즉 넓은 의미의 윤리와 불가분의 관련이 있다. 우리나라에서 어른에게 존댓말을 쓰지 않는 젊은이는 사회 규범에 어긋난다. 그런 젊은이를 희극에 등장시킨다면, 그는 반드시 결말에서 큰코 다치든지, 야단을 맞든지, 뉘우치든지 하도록 되어 있다.

그런데 사회의 행동 규범에는 윤리적인 것뿐 아니라 관습적인 것도 많으므로 희극에서 그러한 관습적인 행동 규범을 어긴 예를 다룰 때도 많다. 즉 넥타이 매고 신사복 입은 사람은 갓을 써서는 안 되는 것이 관습적 행동 규범인바, 그런 인물이 있다면 영락없이 희극 속에서 놀림을 받는 대상이 된다. 현명하고 예절 바른 사람이 희극에서 비웃음의 대상이 되는 예는 없지만(그는 꼭 행복한 결말에 도달한다), 현명한 체하고 예절 바른 체하는 사람은 틀림없이 희극에서 불행하게 된다. 현명과 예절은 사회의 규범상 바람직한 것이고 위선은 바람직하지 않기 때문이다. 규범과의 불일치는 언제나 희극적 공격, 경멸, 조롱의 대상이 되는 것이다.

앞서 언급한 바와 같이 규범에의 불일치는 순전히 풍속에 관한 것에서 심각한 윤리 문제에 관한 것까지 그 폭이 대단히 넓다. 따라서 희극은 그 종류가 많지 않을 수 없다. 순전한 풍속적인 불일치에 가까울수록, 그 희극은 웃음극(笑劇, farce) 내지 희화극(戱畵劇, burlesque)이 될 것이고(텔레비전의 짤막한 코미디들이 여기 들어갈 것이다), 윤리적 불일치만을 주로 비판, 경멸, 공격, 조소하는 희극은 풍자극satiric comedy이 될 것이고(이 경우 착한 사람은 관객 자신이 된다), 윤리적으로 나쁜 사람과 좋은 사람을 함께 등장시켜 궁극적으로 좋은 사람에게 행복이 돌아가는 모습을 보여주는 희극에도 또한 여러 형태가 있을 것이다. 어떤 이는 주로 관객의 지적 판단에 호소하는 희극을 고급 희극high comedy, 주로 웃음에 호소하는 희극을 저급 희극low comedy이라 했다. 고급 희극에는 상류 사회의 미묘한 심적 갈등을

다룬 사회희극comedy of manners, 또는 윤리 문제의 심각성이 부
각되는 문제희극problem comedy 등이 들어갈 것이고, 비희극(悲喜
劇, tragicomedy)은 선·악의 두 집단이 상충하는 사회에 으레 있게
될 희극으로서 저급에서 고급에 이르기까지 있을 수 있으며, 청춘 남
녀의 연애가 중심 소재로 다루어지는 희극(일명 낭만적 희극romantic
comedy라 한다)은 비희극적 요소를 다분히 내포하고 최고급은 아니
나 그래도 고급에 속하는 희극이기 쉽다. 용의주도한 계략으로 상대
방을 이겨내는 똑똑한 인물이 등장하는 희극(계략희극comedy of
intrigue이라고도 한다)은 우리의 두뇌에 호소하는 면에서는 고급에 속
하나, 윤리성이 결핍된 행동의 기민함만을 보이는 면에서는 저급이라
할 수 있을 것이다. →비극, 희곡

ㄱ

각운 __11

갈등 __12

감상주의 __12

감수성 __13

감정 __14

감정이입, 공감 __14

개성 __15

개연성 __17

객관적 상관물 __17

결말 __18

계몽주의 __19

고전 __21

고전주의 __22

관습 __24

관점 __26

교훈주의 __29

구조 __32

구조주의 __33

구체적 / 추상적 __36

권선징악 __37

극적 __37

기법 __37

기의 __38

기표 __38

기호학, 기호 이론 __39

긴장 __44

ㄴ

난해성 __47

낭만주의 __49

내연/외연 __54

내재율 __55

뉴크리티시즘 __55

ㄷ

다다이즘 __59

단편소설 __60

대화 이론 __62

독자 __63

ㄷ

독자반응비평 __64 동화 __69

독창성 __67 두운 __70

ㄹ

로고스 중심주의 __71 리듬 __73

로만스 __72

ㅁ

마르크스주의 비평 __75 문예사조 __92

만가 __78 문제극, 문제소설 __92

말 __79 문채 __93

매너리즘 __83 문체 __94

멜로드라마 __83 문학 __98

모더니즘 __84 문학사 __100

모방 __86 문학 운동, 유파 __105

모티프 __90 문화유물론 __106

묘사 __90 미래파 __109

ㅁ

미학 __110 민요 __115

민담 __114

ㅂ

바로크 __117 번역 __119

박진감 __118 보편성 __122

배경 __118 부조리 문학 __122

ㅂ

분석 __123	비극 __126
비개성주의 __124	비판 이론 __130
비교문학 __124	비평 __132

ㅅ

사실주의 __139	순수시 __191
사회 __143	숭엄미 __191
산문 __149	시 __191
산문시 __151	시극 __196
상상, 상상력 __152	시상 __196
상징 __155	시어 __196
상징주의 __158	시적 정의 __198
상호 텍스트성 __160	시학 __200
서간체 소설 __162	신고전주의 __202
서사시 __163	신념 __203
서사 이론 __166	신역사주의 __206
서정시 __171	신화 __209
선전 __174	실존주의 __212
설화 __174	실험 __214
성격 __175	심리학 __216
성실성 __178	심미주의 __219
소리 __178	심상 __222
소설 __182	
수사학 __186	
수필 __188	

ㅇ

아이러니 227
악한소설 231
알레고리 233
앙가주망 235
어울림 235
어조 236
언어 239
역사소설 239
역사주의 241
연극 244
역설 243
영감 244
영향 246
영향론적 오류 247
예술지상주의 248
외설 248
외연 250
우화 250
운문 251
운율 251

웃음극 251
원시주의 252
원형 254
유기적, 유기체론 256
유머 257
유토피아 257
율격 257
은유 261
의도 266
의미 268
의식의 흐름 271
이데올로기 273
이미지즘 275
이상주의 277
인도주의 278
인문주의, 인본주의 278
인물 281
인상주의 281
일기 282

ㅈ

자기 / 남(타자) 285
자서전 288
자연 288

자연주의 292
자유시 295
장르 297

ㅈ

저자 __300
전기 __300
전원문학 __302
전통 __304
정서 __306
정신분석학, 정신분석학적 비평 __311
정전 __317

주인공 __321
주제 __322
주체성 __323
중의성 __323
지방색, 지방주의 __324
직유 __325

ㅊ

차연 __327
초현실주의 __327

추상적 __329

ㅋ

카타르시스 __331

ㅌ

타자 __335
탈구조주의 __335
탈식민주의 비평 __338

탐정소설 __340
통일성 __342
퇴폐 __342

ㅍ

페미니즘 비평 __345
평가 __349
포스트모더니즘 __351
표현 __354
표현주의 __356

풍자 __357
플롯 __360

ㅎ

함축 __365

해석 __365

해체론 __368

해학 / 기지 __372

허구 __375

현상학적 비평 __377

형식 __379

형식주의 __383

환상 __384

희곡 __385

희극 __389

■ 이 사전의 표제어로 올려진 항목의 쪽수는 고딕체로 표시한다.
■ 외국어 용어의 로마자 표기를 붙인다.
■ 외국인의 경우에만 한자 또는 로마자로 표기하되 주로 성씨만으로도 잘 알려진 사람의 이름은 구태여 밝히지 않는다.
■ 작품은 저자 다음에 올리되 작품만이 잘 알려지고 저자는 거의 알려지지 않은 경우에는 작품을 올리고 괄호 속에 저자를 밝힌다.

ㄱ

「가마귀 싸우는 골에……」 233
가부장 제도 345, 347
가사 98, 103, 174
「가시리」 101
각운 11, 70, 181
갈등 12, 361, 387
감상주의 12
감수성 13
감수성의 괴리 13
감정이입, 공감 14, 69, 113
「갑돌이와 갑순이」 116
「강강수월래」 115
개성 15, 23
개연성 17, 87, 99, 139, 142, 170
객관적 상관물 17, 310
객관적 상대주의 350
검열 147, 311
결말 18, 61
계몽주의 19, 29, 47, 277, 376
고려가요 98, 174
고전 21, 89, 148, 202, 318
고전주의 22, 85, 221

고티에 Gautier 220, 342
골드만 Lucien Goldman 77
공감각 14, 159
공상 385
공자(孔子) 20, 147, 192, 252
　「논어」 285
과장 228, 229, 359
관습 24
관점 26
괴테 Goethe 24, 78, 220, 222, 266, 319
　『젊은 베르테르의 슬픔』 78, 163
　『파우스트』 199
교훈주의 20, 29, 47, 332
구조 32, 188
구조주의 33, 39, 58, 65, 82, 104, 121, 161, 333, 368, 369, 382
구체적 / 추상적 36
권선징악 37, 199, 390 → 시적 정의
『균여전』(혁련정 지음) 300
그람시 Antonio Gramsci 76
그림 Grimm 형제 69
극시 174, 389
글래드스톤 Gladstone 186
기법 37

기술비평 134
기승전결 362
기의 38, 39, 40, 71, 169, 368, 369
기지 359, 372
기표 38, 39, 40, 71, 72, 169, 170, 316,
　　335, 366, 368, 369
기호 39, 155, 161, 162
기호 이론, 기호학 33, 39, 82, 170, 268,
　　270
긴장 33, 44, 56, 188
『길가메쉬 Gilgamesh』 164
김기림 85
김동명
　『내 마음은』 354
김동인 62, 97, 376
　「감자」 212, 294
　「광화사」 115
김동환
　『국경의 밤』 166
김만중
　『구운몽』 234
김부식
　『삼국사기』 102
김삿갓 50
김소월 17, 70, 79, 116, 175, 224, 225,
　　236
　「금잔디」 262, 263
　「산유화」 70
　「진달래꽃」 175, 224, 225, 236, 237
　「초혼」 79
김시습
　『금오신화』 144
김억 174
김영랑
　「모란이 피기까지는」 290
김진섭 190
깨달음 128, 360, 361
꼭두각시놀이 389

ㄴ

나르시시즘 narcissism 316
난해성 47
남(타자) 285, 317, 335
남구만
　「동창이 밝았느냐」 303
남근 중심주의 287, 317, 347
낭만적 아이러니 230
낭만주의 24, 49, 86, 103, 111, 153,
　　158, 159, 188, 200, 201, 245, 253, 256,
　　275, 279, 290, 291, 298, 308, 309, 321,
　　363
낯설게 하기 383, 384
내방가사 320
내세우기 96, 384
내연/외연 54
내재율 55, 173, 195, 296
내재적 비평 138
내적 독백 215, 271
노래시 171-173
놀이 385
「농부가」 326
누보 로망 nouveau roman 215
뉴크리티시즘 new criticism, 뉴크리틱
　　33, 35, 55, 65, 87, 155, 188, 207,
　　230, 244, 280, 299
뉴턴 Newton 210, 293
『니벨룽겐 Niebelungen의 노래』 164
니체 Nietzsche 111, 370
　「비극의 탄생」 216

ㄷ

다다이즘 dadaism 59, 109, 327, 328,
　　357
다양과 통일 112, 123, 154
다윈 Darwin 186, 293, 298
다윗 212

단John Donne 117
단테 Dante
　『거룩한 희극』 30, 156, 234
단편소설 60, 177
달리 Salvador Dali 327
담시 115
대단원 18
대중문학 147
대하소설 165, 346
대화 이론 62, 162
더글러스 Frederick Douglas 319
데누망 denouement 18, 362
데리다 Derrida 44, 71, 317, 335, 345,
　368, 369
데카르트 Descartes 19, 35, 212
도스토예프스키 Dostoevsky 63, 142,
　212
　『죄와 벌』 217
　『카라마조프 가의 형제들』 341
도연명(陶淵明) 50
　「귀거래사」 302
　「도화원기」 277
「도이장가」 78
도일 Conan Doyle 341
독자 63, 238, 241, 244
독자반응비평 64
독창성 67, 305
「동동」 102
동화 69
『두시언해』 121
두운 70, 173, 180
뒤마 Alexandre Dumas 125
　『몽테크리스토 백작』 184
　『삼총사』 18, 73
뒤바뀜 128, 229, 360, 361
뒤자르댕 Eduard Dujardin
　『월계수는 베어졌다』 272
듀이 John Dewy 44, 112, 309
드뷔시 Debussy 281

디드로 Diderot 19
디에게시스 diegesis 166
디포 Daniel Defoe
　『로빈슨 크루소』 98, 141, 231, 322
　『몰 플랜더스』 231
뜻겹침 323

ㄹ

라블레 Rablais 63
라이프니츠 Leibniz 19
라캉 Lacan 43, 162, 287, 315, 316, 347,
　372
라 퐁텐 La Fontaine 250
랜섬 John Crowe Ransom 56
램 Charles Lamb 189, 190
랭보 Rimbaud 151, 159, 221
러셀 Bertrand Russell 288
러스킨 Ruskin 112
러시아 형식주의 96, 168, 169, 383
레비스트로스 Levi-Strauss 34
로고스 logos 중심주의 71, 347, 368
로렌스 D. H. Lawrence 266
로만 roman 183
로만스 romance 72, 119, 184, 185,
　232, 241, 299
로웰 Amy Lowell 275
로체 Hermann Lotze 14, 113
로크 John Locke 19
롤랑 Romain Rolland 277
『롤랑 Roland의 노래』 164
롱기누스 Longinus 111, 247, 309
　『숭엄에 대하여』 308
롱펠로 Longfellow 343
루소 Rousseau 159, 252, 253, 288
　『고백록』 301
루카치 Lukács 76
르블랑 Leblanc 341
리드 Herbert Read 382

리듬 45, 150, 151, 171, 192, 195, 260, 261, 275, 295, 296, 383
리비도 libido 313
리얼리즘 realism → 사실주의
리오타르 Lyotard 372
리처드슨 Richardson 163
　『패멜라』 162, 183, 322
리처즈 I. A. Richards 44, 56, 57, 67, 113, 155, 198, 205, 218, 224, 264, 309, 332
릴케 Rilke 160
　『두이노 비가』 78
립스 Theodore Lipps 14, 113

ㅁ

마르셀 Gabriel Marcel 214
마르쿠제 Marcuse 77
마르크스 Marx 75, 273, 293, 347
　『자본론』 285
마르크스주의 비평 31, 43, 63, 75, 106, 107, 130, 131, 207, 208, 274, 275, 294, 340, 353, 379
마야코프스키 Mayakovsky 109
마오쩌둥〔毛澤東〕 75
『마하바라타 Mahabharata』 164
만 Thomas Mann
　『마술의 산』 63
만가 78
「만전춘」 115
말 79
말라르메 Mallarmé 121, 151, 160, 191, 220, 222
매너리즘 mannerism 83
맥퍼슨 James Macpherson
　『오시안』 78
맬서스 Malthus
　『인구론』 285
맹자〔孟子〕 252

멜로드라마 melodrama 13, 83, 130
멜빌 Melville
　『모비 딕』 73, 184
모네 Monet 281
모더니즘 modernism 76, 84, 132
모방 22, 23, 51, 68, 86, 127, 166, 167, 187, 288, 289, 297, 356, 360, 373, 376, 386
모방론 23, 86, 89, 136, 145, 152, 193, 198, 200, 268
모어 Thomas More 277
　『유토피아』 279
모어 Elmer More 280
모티프 motif 90
모파상 Maupassant 142, 222
　「감람나무밭」 61
　「진주 목걸이」 61
몽테뉴 Montaigne 189
묘사 90
문예사조 92, 106
문제극 92, 130, 359
문제소설 92, 359
문채 32, 93, 150, 223
문체, 문체론 94
문학 98
문학사 100, 136
문학 운동, 유파 105
문화 연구 320
문화유물론 77, 106, 208
미래파 109
미메시스 mimesis 166
미스터리 mystery 342
미학 110
민담 62, 114, 153, 211
민요 115, 153, 172
밀 John Stuart Mill 188, 194
밀러 John Hillis Miller 371
밀턴 Milton
　「리시다스」 78

『잃어버린 낙원』 29, 164, 165, 245, 279, 346

ㅂ

바그너 Wagner 159
바로크 baroque 83, 117
바르트 Roland Barthes 335, 337
『바리 공주』 346
바바 Homi Bhabha 339
바스 John Barth 122
바울 212
바움가르텐 Alexander Baumgarten 110
바이런 Byron 101
　　『돈 주안』 230
바흐친 Baxtin 62, 161
박경리
　　『토지』 287, 346
박두진
　　「해」 157
박목월 174
　　「나그네」 326
『박씨부인전』 320
박종화 62
박지원
　　『열하일기』 282
박진감 118, 139, 142
반영, 반영론 86, 89, 142, 145, 146
반영웅 232, 322
발레리 Valerie 160, 191, 222
발자크 Balzac 76, 274
배경 91, 118
『배비장전』 98, 102
배빗 Irving Babbit 280
백조파 50, 105
번역 119
번연 John Bunyan
　　『천로역정』 29, 234
베르길리우스 Vergilius 88

『게오르기카』 29, 30
『아에네이스』 88, 164
베르히만 Bergman 357
베를렌 Verlaine 159
베를리오즈 Berlioz
　　「환상 교향곡」 385
『베오울프』 164
베이컨 Bacon 19, 35, 152, 189
베케트 Beckett
　　『고도를 기다리며』 19, 122
벤 Gottfried Benn 357
벤야민 Walter Benjamin 76, 130
『별주부전』 250
보드킨 Maud Bodkin
　　『시에 있어서 원형적 심상』 254
보들레르 Baudelaire 159, 191, 220, 222, 342
　　『악의 꽃』 159, 221
보부아르 Simone de Beauvoir 285, 286
　　『제2의 성』 345
보카치오 Boccaccio
　　『데카메론』 60, 73
보편성 23, 122, 318
볼테르 Voltaire 19
부버 Martin Buber 288
부조리 문학 122, 199, 213, 214, 252, 357
분석 123
브론테 Emily Bronte
　　『폭풍의 언덕』 73, 299
브레몽 Henri Bremond 191
브레히트 Brecht 76
브룩스 Cleanth Brooks 56
브륀티에르 Brunetière 298
브르통 André Breton 59, 327
블레이크 Blake 154, 269
블로흐 Ernst Bloch 77
비개성주의 17, 85, 124, 305
비교문학 124

비극 84, 126, 297, 298, 299, 321, 331
비극적 결함 128
비극적 아이러니 129
비어즐리 Beardsley 247, 266, 268
비유 54, 93, 261
비코 Vico 111, 112, 153, 252
비판 이론 77, 130
비평 132
비희극 130, 391
『열전』 189

ㅅ

사르트르 Sartre 193, 213, 280
사실주의 38, 59, 73, 76, 85, 86, 89, 92,
    100, 106, 119, 137, 139, 151, 167,
    183, 240, 248, 270, 274, 277, 292, 326
사이드 Edward Said 338
사회 143
사회주의적 사실주의 76, 143
산문 149
산문시 149, 151
『삼국지연의』(나관중〔羅貫中〕 지음) 121,
    139, 150, 200, 239
3인칭 소설 27
3일치 법칙 22, 38, 51, 203
상대주의 66, 77, 135, 247, 350, 366
상상, 상상력 52, 100, 111, 152, 385
상징 54, 90, 155
상징주의 36, 38, 90, 106, 109, 120, 151,
    158, 191, 220, 222, 282, 327
상호 텍스트성 160, 206, 338
새커리 Thackerary
    『허영의 시장』 322
생태 문학 292
생트 뵈브 Sainte-Beuve 190
서간체 소설 162
서경시 224
서사시 127, 163, 174, 192, 297, 298,

    299, 321
서사 이론 166
서정시 53, 151, 171, 192, 287, 360
서정주
    「국화 옆에서」 157, 257
    「아지랑이」 55
선전 92, 99, 148, 174, 250
설화 174 → 민담
성격 175, 321, 363, 387 → 인물
성격극 387
성실성 178, 206
성차 348
성현
    『용재총화』 190
세네카 Seneca 189
세르반테스 Cervantes
    『돈 키호테』 63, 73, 183, 184
셰익스피어 Shakespeare 101, 120, 144,
    145, 192, 199, 207, 212, 241, 319
    『리어 왕』 30, 101, 144, 374
    『맥베스』 129
    『오셀로』 310
    『햄릿』 15, 128, 144, 217, 229, 241,
    314, 321, 355
셸리 Shelley 154
셸리 Mary Shelley
    『프랑켄스타인』 73
셸링 Schelling 87, 154, 220, 222
소극적 수용력 16
소리 11, 70, 178, 179, 180
소설 26, 27, 73, 182, 299, 375
소쉬르 Saussure 34, 39, 40, 71, 169,
    316, 335, 336, 348, 369
소재 323
소크라테스 Sokrates 186
소포클레스 Sophocles 199
    『오이디푸스 왕』 216, 229, 312
소피스트 186, 230
『손오공』(오승은〔吳承恩〕 지음) 234

쇼 Bernard Shaw 92
쇼팽 Chopin 194
쇼펜하우어 Schopenhauer 111, 219, 222
수사학 186, 226, 270, 354
수수께끼 262
수용미학 67
수필 62, 151, 175, 185, 188, 360
『수호지』(시내암〔施耐庵〕지음) 232
순수문학 147
순수시 106, 191
숭엄미 52, 111, 191, 247, 291
슈퍼에고 superego 313
스미스 Adam Smith 153
스위프트 Swift
　『걸리버 여행기』 31, 184, 359
스윈번 Swinburne 220
스콧 Walter Scott 76, 125, 139, 239
스타로뱅스키 Jean Starobinski 379
스탈린 Stalin 76
스탕달 Stendhal 146
스턴 Laurence Sterne 63
스토 Stowe 여사 148
　『톰 아저씨의 오두막』 319
스트린드베리 Strindberg 357
스티븐스 Wallace Stevens 160
스티븐슨 Stevenson
　『보물섬』 73
　『제킬 박사와 하이드 씨』 341
스피박 Gayatri Spivak 339
시 191
『시경』 11, 47, 98, 99, 147, 174, 192, 196
시극 196, 387
시드니 Philip Sideny 152
시상 196, 246
시신 246
시어 51, 196
시적 정의 198

시조 24, 25, 42, 98, 103, 174, 197, 304, 306, 380
시클로프스키 Shklovsky 169
시학 187, 200
신고전주의 20, 22, 23, 36, 37, 38, 50, 51, 89, 198, 199, 201, 202, 279, 290, 297, 387
신념 203
신역사주의 108, 206
신인본주의 57
신재효 『열녀 춘향 수절가』 362
신칸트 Kant주의 355
신파조 12
신플라톤 Platon주의 87
신화 67, 209, 210, 299, 321
신화비평 90, 136, 155, 162, 212, 219, 256
실러 Schiller 24, 113
실제비평 73, 133 140 212 281 323
실존주의 212 → 부조리 문학
실증주의 92 100, 102, 201, 270, 293, 300
실험 214
심리학 216
심미주의 112, 219, 270
심상 36, 152, 155, 156, 157, 158, 222, 276, 328, 385

ㅇ

아놀드 Matthew Arnold 190, 279, 374
아도르노 Adorno 77, 130
아라공 Louis Aragon 59
『아라비안 나이트』 60
아리스토텔레스 Aristoteles 18, 86, 87, 88, 89, 89, 110, 113, 126, 127, 139, 152 166, 170, 192,194, 198, 298, 201, 218, 247, 256, 268, 285, 289, 307, 308, 321, 331, 360, 373, 374, 376, 389

『수사학』 187, 188, 262
『시학』 22, 23, 36, 64, 118, 126, 127, 167, 187, 188, 200, 261, 287, 297
아방가르드 avant garde 215
아우구스티누스 Augustinus 212
　『참회록』 301
아이러니 irony 56, 188, 203, 227, 296, 353, 358
아이스퀼로스 Aeschylos
　『오레스테이아』 47
아퀴나스 Thomas Aquinas 110
악마주의 221
악한소설 231, 300
안국선
　『금수회의록』 250
안데르센 Andersen 70
알라존 alazon 227, 228
알레고리 allegory 36, 54, 119, 156, 177, 224, 233, 250, 290
알튀세 Althusser 77, 274, 347
암시성 158, 160
앙가주망 engagement 213, 235
애디슨 Addison
　「상상의 즐거움」 153
애디슨 · 스틸 Steele
　《스펙테이터》 189, 190
야콥손 Roman Jakobson 43, 316, 384
양사언
　「태산이 높다하되……」 30, 233
양성 345, 348
어울림 235
『어수록』(장한종 지음) 60
어조 236
언어 239
언어 행위 이론 170
에고 ego 313, 315
에라스무스 Erasmus 279
에세이 essay 189 → 수필
에슬린 Martin Esslin

『부조리극』 122
에이론 eiron 227, 228
에이브럼즈 M. H. Abrams 136
엘레지 elegy 78 → 만가
엘뤼아르 Eluard 59
엘리엇 T. S. Eliot 14, 17, 37, 48, 50, 56, 85, 160, 253, 305, 306, 309, 310
　『불모지』(황무지) 306
엠슨 William Empson 56, 303
　『중의성의 일곱 가지 형태』 323, 324
엥겔스 Engels 75, 273
『역경』 29, 47, 192
역사소설 125, 147, 239
역사주의 43, 57, 64, 108, 241, 318
역설 33, 56, 243, 358
연극 83, 251, 388
『열전』 300
염상섭
　「표본실의 청개구리」 294
　『삼대』 146
영 Edward Young
　『야상곡』 78
영감 37, 217, 244
영향 103, 104, 246, 247, 254
영향론적 오류 64, 218, 247
예술을 위한 예술, 예술지상주의 57, 112, 220, 248 → 심미주의
예이츠 Yeats 49
오 헨리 O. Henry
　「마지막 잎새」 61
　「크리스마스 선물」 61
오닐 Eugene O'Neil 357
5막극 법칙 387
오상순 『아시아의 밤』 325
오스틴 J. L. Austin 170
오웰 George Orwell
　『1984』 358
　『동물 농장』 234, 250
오이디푸스 Oedipus 복합심리(콤플렉스

complex) 216, 312, 316, 347
오일도 224, 276
오페라 opera 386
와일드 Oscar Wilde 220, 221, 343
『왕조실록』 102
외설 218, 248
외연 79, 80, 250 → 내연 / 외연
외재적 비평 138
『욥기』 47
우화 42, 62, 250, 375
운문 149, 150, 194, 251, 257
울프 Virginia Woolf 272, 282
　『자기만의 집』 345
웃음극 251, 388
워런 Robert Penn Warren 56
워런 Austin Warren 379
워즈워스 William Wordsworth 51, 53,
　139, 154, 193, 214, 253, 276, 309, 320
　『전주곡 : 시정신의 성장』 53, 166, 301
워즈워스 Dorothy Wordsworth 320
원본비평 136
원시주의 13, 53, 252
원천석
　「5백 년 도읍지를……」 78
원형 225, 254
원형비평 125, 254
월명사 『제망매가』 78
『월인석보』(세조 지음) 150
웰렉 Wellk 33, 138, 384
　『문학의 이론』 379
위고 Victor Hugo 319
　『레 미제라블』 376
위트 wit 372
윌리엄스 Raymond Williams 77
윔섯 W. K. Wimsatt 56, 247, 266, 268
유기적, 유기체론, 유기적 형식론 53,
　220, 222, 256, 380
유머 humour 257, 372
유추 262, 263

유치환
　「깃발」 157, 264, 267
유토피아 utopia 257
윤선도 98, 126
　「오우가」 70
율격 172, 179, 257
융 Jung 211, 216, 218, 219, 246, 254,
　255
은유 43, 93, 157, 158, 224, 261, 325
응축 312
의도 266
의도론적 오류 64, 217, 266, 267
의미 268
의성어 181
의식 377, 378
의식의 흐름 14, 27, 76, 167, 177, 271,
　282
이광수 20, 29, 62, 97, 277
　「가실」 61
　『무정』 31
　『유정』 163
　『일설 춘향전』 362
이규보 『동명왕 편』 166
이데올로기 ideologie 75, 107, 131,
　273, 318
이드 Id 313
이론비평 133
이미저리 imagery 223, 225
이미지 image 36 → 심상
이미지스트 Imagist, 이미지즘 Imagism
　36, 85, 224, 275, 282
이백(李伯) 11, 125
이상 85, 340
　「날개」 115, 157
이상적 독자 65, 66
이상주의 269, 277
이상화
　「빼앗긴 들에도……」 55
이솝 Aesop

『이솝 우화』 234, 250
이인로
　『파한집』 60
이오네스코 Ionesco 122
이원수
　「고향의 봄」 116
이육사
　「절정」 224, 265
이장희 276
이저 Wolfgang Iser 67
이항 대립 42, 335, 336, 370
이해조
　『옥중화』 362
이효석 62
　「메밀꽃 필 무렵」 371
인가르덴 Roman Ingarden
　『문학적 예술 작품』 378
인도주의 278, 280
인문주의, 인본주의 278
인물 118, 172, 281, 318, 388 → 성격
인상비평 134
인상주의 64, 247, 281, 349
일기 282, 302, 319, 348
일연
　『삼국유사』 60
1인칭 소설 27, 176
임제
　「북천이 맑다커늘」 227, 228
『임진록』 98, 99, 102, 200
입법비평 134
입센 Ibsen
　『인형의 집』 92

ㅈ

자기 / 남(타자) 285
자서전 288, 301, 348
자세히 읽기 56, 371
자연 23, 288

자연주의 59, 85, 119, 139, 142, 143, 272, 277, 280, 291, 292, 354
자유 간접 말투 167
자유시 151, 173, 179, 260, 295
『장끼전』 250
장르 26, 196, 203, 235, 297, 379
장편소설 60, 61
재현 89, 166, 167
저자의 소멸 28, 72, 162, 337
전기 300
전원문학 253, 302
전원주의 13, 52
전위 displacement 312
전위 예술, 전위파 59, 109, 220, 276, 280
전이 314, 315
전지적 관점 27, 167
전통 50, 304
전형 75
정극인
　「상춘곡」 208
정몽주
　「단심가」 70
정사소설 239
정서 306, 354, 355
정신분석학, 정신분석학적 비평 43, 66, 154, 235, 301, 311, 372
정전 206, 317, 346, 371
정지용 276
정철 98, 126
　「경민가」 30
　「사미인곡」 102
　「성산별곡」 303
　「속미인곡」 197
　「장진주사」 99
정학유
　「농가월령가」 30, 137
정형시 151, 258, 295, 296, 383
제네바 학파 379

제머슨 Fredric Jameson 77
『제왕의 몰락』 300
제유 93, 224
제임스 Henry James 167, 177, 272, 363
제임스 William James 271
조윤제 304
조이스 James Joyce 61, 215, 272
　　『율리시즈』 63, 273
　　『피네건의 밤샘』 272
조지훈
　　「봉황수」 258, 306
존슨 Samuel Johnson 187
존슨 Ben Jonson 373
존재론적 비평 56, 137
존즈 Ernest Jones 314
졸라 Emile Zola 293
　　「실험소설론」 214
　　『테레즈 라캥』 294
주네 Jean Genet 122
주요섭
　　「사랑 손님과 어머니」 27, 229
주인공 127, 321, 361
주제 322
주희(朱熹) 192, 195
중의성(뜻겹침) 33, 56, 188, 323
즐거움(주이상스 jouissance) 348
지드 Andre Gide
　　『좁은 문』 163
지방색, 지방주의 문학 118, 324
직유 325

ㅊ

차라 Tristan Tzara 59
차연 72, 316, 317, 327, 335, 337, 368, 369
창가 174
창조 102, 105
「처용가」 357, 358

체홉 Chekhov 61
초현실주의 59, 76, 106, 109, 155, 160, 216, 225, 246, 327, 385
촘스키 Chomsky 66, 170
최남선 20
최자
　　『보한집』 60
추리소설 342 → 탐정소설
추상적 36, 329
축소 228, 229, 358
『춘향전』 82, 98, 310, 320, 362
『출애급기』 164

ㅋ

카니발 carnival 63, 72, 161
카뮈 Albert Camus
　　『시지프의 신화』 122, 213
　　『이방인』 122, 217
카시러 Cassirer 155, 210
카타르시스 katharsis 129, 218, 247, 307, 308, 331, 338, 376
카타스트로피 katastrophe 18
카프카 Kafka 73, 357
　　『변신』 385
칸트 Kant 19, 87, 111, 153, 212, 219, 220, 222, 380
　　『순수 이성 비판』 285
캐럴 Lewis Carrol
　　『이상한 나라의 앨리스』 184, 375, 385
컬러 Jonathan Culler 66
콜러리지 Coleridge 44, 66, 154, 206, 214, 222, 313, 382, 385
콩트 Auguste Comte 293
퀸틸리아누스 Quintilianus 186
크레인 Harte Crane 160
크로체 Croce 112, 155, 193, 355, 356
클로젯 드라마 closet drama 389

키에르케고르 Kierkegaard
　『불안의 개념』, 『무서움과 떨림』, 『죽
　음에 이르는 병』 212, 214
키츠 Keats 16
키케로 Cicero 186

ㅌ

타고르 Tagore 50
타소 Tasso 『예루살렘의 구출』 164
타자 285, 335 → 자기 / 남(타자)
탈 238
탈구조주의 66, 77, 162, 335
탈식민주의, 탈식민주의 비평 274, 288,
　338
탈중심 336
탈춤 389
탐정소설 299, 340
테니슨 Tennyson 343
테마 322
테오크리토스 Theokritos 302
테이트 Allen Tate 44, 56
텍스트 text 160, 161, 206, 207, 208,
　336, 337, 370
텐느 Taine 100, 112, 124, 293
톨스토이 Tolstoi 69, 113, 142, 240, 310
　『전쟁과 평화』 28, 363
통속문학 147
통일성 342, 360, 368, 382
퇴폐, 퇴폐주의, 퇴폐파 158, 220, 221,
　342
트라클 Georg Trakl 357
트로츠키 Trotzky 75, 76

ㅍ

파농 Frantz Fanon 338
파스칼 Pascal 212
파운드 Ezra Pound 275, 276

『캔토즈』 166
판소리 386
패러디 parody 228
『패림』 60
퍼스 Charles Peirce 39
페로 Perrault 69
페미니즘 feminism, 페미니즘 비평 43,
　77, 274, 340, 285, 286, 317, 345, 353
페이터 Walter Pater 220
　『문예부흥』 220
평가 102, 103, 136, 349
평전 217, 301
평칙법 196
포 Edgar Allan Poe 61, 159, 173, 191,
　195, 220, 341
　「어셔 집안의 몰락」 73
포스트모더니즘 postmodernism 72,
　77, 106, 338, 351
포크너 Faulkner
　『소음과 광란』 272
표현 15, 188, 269, 354
표현론 51, 137, 193
표현주의 76, 109, 140, 160, 216, 356,
　385
푸코 Michel Foucault 317, 347, 372
풀레 George Poulet 379
풀림 362
풍자 31, 203, 250, 299, 357, 373
　풍자극 390
프라이 Northrop Frye 125
　『비평의 해부』 254, 255, 299
프라이탁 Gustav Freytag 362
프랑스 Anatole France 135
프랑크푸르트 Frankfurt 학파 77, 130
프레이저 James Frazer 211
　『황금의 가지』 254
프로스트 Robert Frost 119
프로이트 Freud 66, 77, 113, 124, 156,
　216, 217, 218, 246, 272, 293, 311, 312,

313, 316, 327, 347, 372, 374, 385
프롭 Vladimir Propp
　『민담 형태론』 168
프루스트 Marcel Proust 215, 272
플라톤 Platon 23, 36, 37, 39, 86, 87,
　88, 89, 110, 147, 152, 158, 166, 186,
　187, 204, 217, 245, 247, 254, 277, 278,
　307, 331, 347, 370, 376, 380
　『국가론』 86
플로베르 Flaubert 140, 142, 167, 220,
　222
　『보바리 부인』 141
플로티노스 Plotinos 110
플롯 plot 68, 88, 168, 169, 187, 194,
　287, 311, 322, 360
플루타르코스 Plutarchos
　『영웅전』 300
피시 Stanely Fish 65
필딩 Henry Fielding
　『톰 존즈』 322

ㅎ

하디 Thomas Hardy 199, 230, 294
하버마스 Habermas 130
하이데거 Heidegger 213, 372
하이쿠 276
한(恨) 78, 346
한용운 287, 346
　「님의 침묵」 244
　『님의 침묵』 218
　「알 수 없어요」 325
한우
　「어이 얼어자리」 228
함축 365
합리주의 20, 47 203 212, 213, 243
『해동고승전』(각훈 지음) 300
해석 365
해석학 136

해즐릿 William Hazlitt 189
해체, 해체론, 해체 이론 44, 67, 71, 77
　132 162 207 317, 335, 337, 338, 347,
　368, 379
해학 359, 372 → 유머
행태주의 218
향가 304, 357, 364, 366
허구 99, 142, 147 170, 182, 238, 375
허균
　『홍길동전』 136, 256, 311, 315, 363
허난설헌 346
허버트 George Herbert 117
헉슬리 Aldous Huxley
　『멋진 신세계』 184
헤겔 Hegel 71, 77, 87, 111, 212, 285,
　288, 298, 380
헤르더 Herder 153, 252
헤세 Herman Hesse 194
현상학적 비평 377
현존 338, 368
형식 33, 24, 53, 220, 274, 314, 379
형식주의 58, 90, 161, 370, 371, 383
형이상학파 14, 117, 374, 375
형태 심리학 217, 256
호라티우스 Horatius 22, 110, 307, 308
　『시의 기술』 22, 187
호메로스 Homeros 50, 88, 97
　『오뒤세이아』 164, 165
　『일리아스』 98, 99, 164, 165, 196, 253
호손 Hawthorne
　『주홍 글자』 184
홀런드 Norman Holland 66
홉스 Hobbes 152
홍명희
　『임꺽정』 232
환상 66, 152, 184, 185, 313, 375, 384
환유 43, 93, 224
황진이 346
회고록 302

효용론 137, 193, 200
후설 Husserl 372, 377, 379
휘트먼 Whitman 295
휴머니즘 humanism 278
흄 David Hume 19, 153
흄 T. E. Hulme 275
『흥부와 놀부』 374
희곡 18, 26, 185, 192, 298, 356, 375, 385
희극 84, 127, 297, 298, 299, 321, 373, 389

이상섭

연세대 영문학과 및 동 대학원을 졸업하고 미국 에모리 대학에서 영문학 박사학위를 받았다. 〈대한민국 문학상〉(평론상)과 〈외솔상〉을 수상했으며, 현재 연세대 영문과 명예교수이다.
주요 저서로는 『문학의 이해』, 『문학 연구의 방법』, 『언어와 상상』, 『님의 침묵의 어휘 활용 구조』, 『영미비평사』(전3권), 『자세히 읽기로서의 비평』 등이 있으며 『연세 한국어 사전』, 『연세 초등국어 사전』 등을 펴낸 바 있다.

문학비평 용어사전

1판 1쇄 펴냄 • 1976년 8월 20일
1판 16쇄 펴냄 • 1996년 9월 10일
2판 1쇄 펴냄 • 1997년 9월 10일
2판 3쇄 펴냄 • 2001년 4월 10일
3판 1쇄 펴냄 • 2001년 11월 30일
3판 13쇄 펴냄 • 2023년 9월 19일

지은이 • 이상섭
발행인 • 박근섭, 박상준
펴낸곳 • (주) 민음사

출판등록 • 1966년 5월 19일 (제16-490호)
서울특별시 강남구 도산대로1길 62 (신사동)
강남출판문화센터 5층 (우편번호 06027)
대표전화 02-515-2000 • 팩시밀리 02-515-2007
www.minumsa.com

ISBN 978-89-374-2249-2 93800

* 잘못 만들어진 책은 구입처에서 교환해 드립니다.